dtv

Berlin heute, eine riesige Stadt, die sich täglich verändert und die stärker ist als die Menschen, die in ihr leben. Zwei Männer stehen vor dem plötzlichen Aus ihres bisherigen Lebens: durch Scheidung, durch den Tod der Frau. Der eine: Sohn eines Bauern im Wendland, Journalist in Hamburg. Der andere: einst DDR-Grenzer in Frankfurt an der Oder, dann vom Bundesgrenzschutz übernommen. Eines haben sie gemeinsam: die leidenschaftliche Liebe zu jeweils einer Frau. Ärztin die eine, Studentin aus der Ukraine die andere, vom Grenzschützer illegal nach Deutschland geschleust. Beide Frauen hat es nach Berlin verschlagen, beide Männer folgen ihnen auf diesem Weg.
Reinhard Jirgl kommt mit seinem überwältigenden Roman unserer Gegenwart so nahe wie nie zuvor. In seiner mächtigen Prosa tritt die Stadt Berlin als Schauplatz gleichgewichtig neben die Figuren, ein Wunsch-Raum für vielerlei Bedürfnisse, eine Maschinerie, die die Menschen und ihre Nöte durch ihre Mangel dreht und kuriert. In ungeheuren, plastischen Bildern entwirft er eine Gegenwart, die vom Markt und vom Geld, aber auch von den Worten und Bildern beherrscht wird.

Reinhard Jirgl wurde am 16. Januar 1953 in Berlin (Ost) geboren. Nach einer Lehre als Elektromechaniker studierte er Elektronik an der Berliner Humboldt-Universität. Ab 1975 arbeitete er als Ingenieur, gab seinen Beruf 1978 jedoch auf, um sich mehr dem Schreiben widmen zu können. Seinen Unterhalt verdiente er als Techniker an der Berliner Volksbühne. 1990 erschien sein erstes Buch »Mutter Vater Roman«. 1996 gab Jirgl die Tätigkeit an der Berliner Volksbühne auf und arbeitet seitdem als freier Schriftsteller in Berlin. Seit 2009 ist er Mitglied der Deutschen Akademie für Sprache und Dichtung.
Reinhard Jirgls Werk wurde mit zahlreichen Preisen ausgezeichnet, u. a. mit dem Anna-Seghers-Preis (1990), dem Alfred-Döblin-Preis (1993), dem Josef-Breitbach-Preis (1999), dem Kranichsteiner Literaturpreis (2003), dem Dedalus-Preis für Neue Literatur (2004), dem Bremer Literaturpreis (2006), dem Lion-Feuchtwanger-Preis (2009), dem Grimmelshausen-Literaturpreis (2009) und zuletzt mit dem Georg-Büchner-Preis (2010).
Seit 1998 erscheinen die Werke von Reinhard Jirgl auch im Deutschen Taschenbuch Verlag.

Reinhard Jirgl

Abtrünnig

Roman aus der nervösen Zeit

Deutscher Taschenbuch Verlag

Von Reinhard Jirgl
sind im Deutschen Taschenbuch Verlag erschienen:
Abschied von den Feinden (12584)
Hundsnächte (12931)
Die atlantische Mauer (12993)
Genealogie des Tötens (13070)
Die Unvollendeten (13531)

Die Arbeit des Autors am vorliegenden Text wurde in ihrer ersten Phase von der Stiftung Preußische Seehandlung Berlin; in der zweiten, abschließenden Arbeitsphase durch den Deutschen Literaturfonds e.V. Darmstadt gefördert. Der Autor dankt beiden Einrichtungen für ihre hilfreiche Unterstützung.

2. Auflage 2010
2008 Deutscher Taschenbuch Verlag GmbH & Co. KG,
München
Lizenzausgabe mit Genehmigung des
Carl Hanser Verlags München

Umschlagkonzept: Balk & Brumshagen
Umschlaggestaltung: Stephanie Weischer
unter Verwendung eines Fotos von LOOK/Juergen Stumpe
Satz: Satz für Satz. Barbara Reischmann, Leutkirch
Druck und Bindung: Druckerei C. H. Beck, Nördlingen
Gedruckt auf säurefreiem, chlorfrei gebleichtem Papier
Printed in Germany · ISBN 978-3-423-13639-6

Inhalt

Intro Szene

Spätherbst 2004

Ich bin kein Sträfling. Niemals mußte ich eine Strafe verbüßen, also bin ich niemals freigekommen.

Ich bin der Sohn 1 Bauern aus dem Wendland, dort geboren im Sommer 1959, Geschmack vom Staub sandiger Erde auch heute noch manchmal im Traum, die aufgeworfenen Zeilen gepflügter Felder bis über den Horizont, und in klaren Nächten von-dorther schimmernd Asfodelenlicht.

Ich bin nach dem Studium der Journalistik in der-Stadt geblieben, zuerst in Hannover, dann in Hamburg. So kamen flauer Geschmack des Hafens & die Zugluft zur Erinnerung an sonnenwarmen Staub. Mauerwerk, fugendicht gefügter Backstein aufgeschichtet, gespickt mit Fremder *Ertrag Reichtum Besitz*, hat mich=haltlos in windige Redaktionen geweht; – im-Feuilleton routinierte Lästrygonen mit Zungen aus Papier & Seelen aus Druckerschwärze mein Umgang von Tag-zu-Tag. (Stein & Wasser – nirgends Platz zum Wurzelfassen.) Mein 1. Arbeitstag im Frühherbst 1985 lag kühl & grau in Stille vor dem Regen.

Ich bin der Mann einer Frau geworden, wir lebten über-Jahre=zusammen schon vor der-Heirat. Sie war die Stillste, die Ernsthafteste gewesen an jenem Abend auf der Semesterfeier in der Studentenkneipe, ich sah sie immer einen Schritt zurücktreten dort, wo Andere sich nach-Vorne drängten, u sie hatte dunkles Haar. Sie nahm Alles ernst, sogar mich. So kamen wir=zusammen und so blieben wir zusammen.

Der Tag unsrer Hochzeit – das Wort JA als wär eine Tür hinter mir zugeschlagen, das Licht plötzlich glanzlos & schal. Über-Jahre=zusammen – das war frei u willig; jetzt zwischen J und A Keinplatz: verheiratet = verloren. Und Jedeswort wie Ein Richtspruch aus ihrem Mund. Um ihn nicht hören zu müssen, der Alkohol. J A : 2 Buchstaben, u: 1 fehlt immer zum andern. Doch zum öd versäuerten Leben trägt jeder selbst seine Hälfte Schuld. Die Meine drückte mich nieder wie ein uraltes Erbe: der Hof meiner Vorfahren im Wendland.

Ich hatte dies Erbe ausgeschlagen (Vater konnte Das niemals verwinden), dann wollt ich das Andere Erbe ausschlagen, die Ehe, schon am 1. Abend (u: wagte vor mir=selber das Eingeständnis nicht).

Ich bin kein Feigling, leider, also bin ich nicht davongelaufen. Sondern bin geflohen, über Vieleabende hinweg, ins Trinken. Es wuchs die Zahl der Jahre heran, wie die der Jahres-Ringe in den Ahornbäumen vor dem Haus – vom dürren Besenstiel zu Hackklotzstärke: 1 Leben. (Wir hatten keine Kinder.)

Ich bin geflohen u: ich bin geblieben. Geblieben in der Balance auf dreier Messer Schneiden: beim Trinken | bei der Zeitung | bei der Frau. (Zuflucht nirgends.) Ihre Ernsthaftigkeit wurde zur Trauer über mich, – ihre Worte lagen dunkel & schwer auf mir, schwerer mit jedem=Tag & jeder=Nacht in dieser Ehe. (Später Keineworte mehr.)

Ich fühlte, ich bins nicht. Nicht für mich | nicht für den Beruf | nicht für die-Ehe. Die sollte nicht länger sein; die-Scheidung: 12 Jahre sind mehr als ein Dutzend, wenn die Jahre kalt geworden sind wie wir u die Tage&nächte=all-1..... – Ein alter Säufer hatte zu mir mit speckiger Stimme gesagt: –Trinke solange du kannst. Wer trinkt, der bleibt. Wenn du aber gehst, denke dran: Draußen..... ist feindlich. Und Leben ist was nicht aufhört wehzutun. –

Denn was den-Menschen im Leben verloren, das ist das Wissen vom Schmerz. Im Schmerz besteht das Risiko zum Leben..... Doch weil selbst=Zweifel von Millionen Nagelfeilen der Rechthaberei glattgerieben werden, ist Dem Schmerz der Auftritt versagt; die Arena bleibt ohne Löwen. In deren Fell nähen sich die Chargen ein: Pfaffen der Wissenschaft & Hygiene; Profeten des Stoffwechsels; Veget-Arier & Sonnen-Bänkler; Börsen-Alberiche & Konjunktur-Sörfer; Domptöre für den Unterleib; Fakire mit Nagel&bett zur Beziehungskiste –: Denn Menschen wissen sich immer zu trösten u sind voller Hoffnung & anderer Gifte. So ist Leben tödlich geworden & Tod ironisch. Menschen suchen !die Sprache die auch alle=übrigen sprechen. Und geben eigenes Unwissen weiter wie die eigene Zerstörung. Sie sind gesund..... Ihre Welt ein Lazarett & jeder des anderen humaner Kranken-Pfleger. Übrig bleibt für Menschen vom Leben das-Leben.

So bin ich in die Suchttherapie geraten, in den-Kalten-Entzug, und in die neue Sucht: die Liebe zu meiner Therapeutin. Und bin ausgebrochen, wie zuvor aus der Ehe, aus dem dienstlichen Wörtermachen in der Redaktion in die Gefilde anderen Schreibens: Meinbuch –. Denn seinen Wünschen kann Niemand entgehn. Und gehe seither über diesen Bodensee, mut=willig..... Doch Schreiben frißt Leben.

→ Damals wußte ich noch nicht, wieviele Abschiede u Enttäuschungen, allsamt schon gehäuft zur Jahrzehnte=hohen Lebenshalde, ich noch in Unwürde=ertragen könnte, bis !Der-Moment einträfe der mich zurückschlagen ließ.

Davon blieb in=mir – so wie in Jedemmensch der gefangen ist im Spiralnebel All-täglicher Kränkungen & dessen Da-Sein mehr-und-mehr Aufenthalt heißt in kahlen weißgetünchten Zellen – eine Zeitbombe zurück, deren Werk, 1mal=in-Gang-gesetzt, Nichts mehr zu stoppen vermag. Und jeder Herz-Leben's Schlag wird fortan von zwei von ein ander getrennten Uhrwerken geführt : Eines zählt gleichmäßig, unabhängig vom Willen, voran. Das-Andere, voll eigen-Sinn, zählt rückwärts, sowohl in langsam schleichender Gangart als auch, unvorhersehbar, in Sprüngen Hetzjagden Raserei im Countdown von Leben's Zeit. Unvermeidbar wird !Der-Moment eintreten, in dem die Eine Leuchtziffer erscheint & im-Innern rot gellend der Aus=Ruf !GENUG. ES !REICHT.

Weitundbreit die Menschen & ihre Geschichten, die nach=mir greifen u mich schrecken. Ich werde sie einsperren in Meinembuch. Denn der Schrecken ist das Gefängnis der Wörter. Ich gehe auf sie zu, und gehe in Fremder Landschaft hinein.

Geburtstage

Schmutzige Menschen

Spätsommer 2000

1

Sie war das Nachbarskind, 2 Jahr jünger als ich, u trotzdem wars als wären wir=zusammen geboren. Im selben Kindergarten, in derselben Schule, die Nachmittage in der Woche, die Sonntage u die Ferien verbrachten wir=gemeinsam – wir blieben unzertrennlich; die-Leute sagten, bestimmt würden wir später heiraten.

Und so kam es. Ich war 20 sie 18 als wir zum Standesamt gingen. Rings-um-uns-her sahen wir die-Anderen Freundschaften-schließen/ Freundschaften-brechen, heimliche Verhältnisse Raff=Gier Betrügereien, Heirat&scheidung –:– Uns ging das Nichts an, wir lebten=zusammen. Jemand nannte uns das Eineherz-in-zwei-Leibern. Als wir Das hörten, mußten wir lachen über solchen Kitsch; aber ins=geheim empfanden wir dabei Genugtuung wie über gerecht erhaltenen Lohn. –

Nach dem Abitur hatt ich studieren wolln, Philosophie an der Humboldt Universität zu Berlin. Mußte davor zur-Armee, & für mein Studienfach verlangte MAN mehr als nur die 18 Monate Pflicht..... Ließ mich mit der Aussicht aufs Studium pressen auf 3 Jahre Armee. MAN befahl mich zu den Grenztruppen, an die Grenze zu Polen. Tat Dort meinen Dienst & versuchte in Allderzeit, Schmutz-&-Schuld von meinen Händen fern zu halten. Das war nach Neunzehn Einundachtzig auch an dieser Grenze nicht immer 1fach. Und als die 3 Jahre vorbei waren, wars auch mit meinem Wunsch nach dem Studium vorbei. Angesichts dessen, Was inzwischen geschehen war in Diesemland, wäre mir Philosophie-Studieren wie 1 verdorbenes Kindergelüst erschienen, schwärmerisch=herrisch=zankhaftes Geturn am Seitpferd klapperiger Methodik. Filosofie: Nichts als Aus=Flucht vorm Dreck= des-Alltags in Dieserwelt.....

Blieb also bei der-Armee, unterschrieb die Verpflichtung auf 12 weitere Jahre Dienst. Absolvierte die Offiziersschule & war Leutnant geworden; nach 7 Jahren im November 89 die-Wende. War Damals 28 Jahre alt u: hatte Keinenberuf der mich & meine Frau über-Wasser hätt halten können (Kinder hatten wir keine). Ich war Soldat, Meinefrau Lehrerin an einer Polytechnischen Oberschule in Frankfurt/Oder.

Die Oberschule wurde zum Gymnasium, Meinefrau konnte dort als Lehrerin bleiben, Biologie & Chemie galten als parteilos. Die Grenztruppen der N-V-A wurden zum Bundesgrenzschutz. Hätt ich Damals Filosofie studiert, wäre ich Jetzt arbeitslos. Ob Diktatur od Dämokratie : Subalterne werden !immer gebraucht, Philosophen !nie.– Blieb also Leutnant bei den Grenztruppen; auch die Grenze war dieselbe geblieben: die Grenze zu Polen. So hatte zu unserem=gemeinsamen Glück noch jeder Glück in seinem Beruf. –

2

Bei 1 Routineuntersuchung meiner Frau diagnostizierten die-Ärzte: Krebs. Wäre sie früher gekommen, hätte sie nicht operiert werden müssen. Sagten die-Ärzte & auch, daß Heilung noch möglich sei. Nach Der Operation eine Therapie, sie müsse nur !gleich ins Krankenhaus, so=fort-ins-OPe. Dort entfernten sie den Uterus, es hieß, !Keingrund zur Besorgnis, Metastasen habe man nicht festgestellt. Die Operation hatte sie sehr geschwächt, ihre Gesundheit, sagten die-Ärzte, sei stark angegriffen, sie brauche aber gerade=!jetzt zur vollkommnen Gesundung eine stabile Gesamtverfassung. Man riet ihr zu einer Genesungs-Kur im Gebirge. Danach, wenn sie sich dort erholt habe, wolle Man mit der-Therapie beginnen. Acht Wochen sollte diese Kur dauern. Sie hatte Keinewahl, also willigte sie in Alles ein. *–Jetzt, wo ich krank bin und später, in der Therapie, wenn mir die Haare ausfallen werden u mir immerfort übel ist, dann wirst du mich nicht mehr lieben.* Das sagte sie zu mir Imernst. Ich aber antwortete ihr, daß ich sie lieben werde wie am Erstentag, u Diesentag lassen wir=uns von keiner Krankheit auch nur um 1 Sekunde kürzen. Und was die Haare angeht, dafür gibts Frisöre, ich lasse mir dann meine Haare abrasieren: Derzeit ist Glatzetragen Mode. – Sie antwortete darauf nichts, aber ich sah ihr Lächeln – ohne Schwernis, heiter u jung. Und später, auf dem Bahnsteig, sagte sie: *–Ich habe das Gefühl, ich bin vor Jahren zur-Welt gekommen um dich zu finden u zu lieben und mit=dir zu leben. Jetzt aber müssen wir uns trennen. – –Aber du kommst doch !zurück*, habe ich ihr noch zugerufen.

–Morgen bist du doch wieder !da.

Doch der Zug war schon abgefahren, ins Gebirge; sie konnte mich nicht mehr hören. – Nie zuvor waren sie=u=ich für Solangezeit von ein ander getrennt gewesen, das war, als hätte man mich amputiert.

Nach knapp 2 Wochen kam aus dem Kurheim die Nachricht, letzte Nacht sei meine Frau gestorben. Plötzlich-&-unerwartet. Ich konnte Das nicht fassen, glaubte an Irrtum od Verwechslung, und fuhr andernmorgens früh dorthin, ins Kurheim im Gebirge –.

Dort mußte Sterben=Alltag's Routine sein, Keinezeit für Abschiede; beinah wäre ich zu=spät gekommen: Man hatte sie schon in den Sarg gelegt für den Abtransport. Ich bekam sie nur 1 Mal noch zu Gesicht: da lag sie, tot u still, das Gesicht 1 Fremden. Mir war, als sei ich in paar Minuten um Jahrzehnte gealtert..... Das ist jetzt über 3 Jahre her, für=mich war Es gestern. Ich begrub sie in Frankfurt.

Was ich tat, hörte, sah – es versank ohne Echo in endlos teeriger Nacht..... Mit aller Wucht aus Kindheit's Dunkel sprang Ein Satz mich Damals an – plötzlich war er wieder da –, einst mit heller Stimme & wutgeballten Kinderfäusten gesprochen im Angesicht irgendeines anderen, trotzig die Akzeptanz verweigerten Abschieds. Derselbe Satz, den ich ihr zugerufen hatte am Bahnhof; – als habe er gewartet und sollte erst Heute angesichts eines wirklichen Todes auch wirklich verstanden werden: *Morgen bist du doch wieder !da.*

Niemand war jemals wieder da. Meine Uniform gab mir Halt; sauber, gebügelt: Täglich bewahrte mich Die Uniform vorm Verfall. Kam ich vom-Dienst nachhause, war die Wohnung dunkel, auch am hell=lichten Tag. Sobald ich dienstfrei hatte, ging ich ans Grab meiner Frau. So begleitete mich der Weg zum Friedhof durch alle Jahreszeiten hindurch wie der einzig verbliebene Freund. Und trat dann stets aus mir heraus, sah mir wie aus weiten Fernen zu : 1 Fremder, Nichtich, stand dann vor einer Fremden Grab, langezeit u still. 1 Fremder gab den Blumen in der Vase & der immergrünen Umfriedung Wasser. Und 1 Fremder verwunderte sich darüber, daß ein Mensch-in-der-Erde doch wie eine Pflanze zu behandeln sei –.– Dann schlug der Fremde plötzlich die Hände vor sein Gesicht.

Tag&nacht=an-der-Grenze Meine-Pflicht. Schmal ist der Grat inmitten von Flüchtlingswogen von-Osten=her: Aus Polen, der Alten= Sowjetunion, dem übrigen früheren Ostblock & aus asiatischen Ländern –; der Neue Völkersturm..... : Jetzt ist er !da.

Unsere Ausrüstungen zum Dienst waren alt; die Nachtsichtgeräte, zumeist noch aus Beständen der N-V-A, häufig defekt. Der Sold für Soldaten aus der Ex=DeDeR war & ist um Vieles geringer als der für Soldaten aus Westdeutschland. Also setzte MAN, um Kosten zu sparn, viele der ehemaligen N-V-A-Soldaten auch hier an dieser Grenze ein. Zudem war so manch früherer Offizier degradiert worden in den Mannschafts-Stand; hatte wohl aus Vergangenen-Zeiten Dreck-am-Stecken od war den Karriere-Jüngelchen im Weg, & Die, wie über=All, nuttsten die-Gunst-der-Stunde rücksichtslos für=sich. Der Krieg Jung gegen Alt, auch hier. Die Stimmung unter den Soldaten auch in meiner Einheit war mies; viele taten nur lustlos den-Dienst, & manch 1 ließ sich schmieren, machte gemeinsame=Sache mit Schmugglern & Menschenhändlern. Derlei ging selten für-lange gut, dann flog Es auf, – Entlassung-in-Unehren. Und Neue rückten an deren Stelle.

So kam vor knapp 3 Jahren in meine Einheit ein stämmiger junger Mann, rotbraune Haare u ein gutmütiges Gesicht. Sein Name war Hermann, beinahe zehn Jahre jünger als ich; verheiratet mit 1 Polin aus dem kleinen Ort jenseits von Frankfurt. Im Dienstrang war er unter mir, doch rasch wurden wir Freunde. Nach dem Dienst saßen wir hin&wieder in Frankfurts Kneipen. Hier verkehrten Leute, die wir längst als Schmuggler & Menschenhändler kannten. Doch wir konnten Nichts tun, es gab Keinenbeweis gegen sie. –Die nehmen den Flüchtlingen !Alles ab. – Sagte Hermann an einem Dieserabende. –Und oft, wenns brenzlig wird an der Grenze, überlassen sie die Flüchtlinge skrupellos ihrem Schicksal. Manche sind am Ersaufen beim Hochwasser in den Flüssen=hier, die sie überqueren müssen od sie bleiben stecken im Sumpf od verrecken in Containern, wo sie sich versteckt halten. Menschen, die sich bis zum letzten ihrer Tage an die-Schleuser verschulden, damit sie rüberkommen können. Und laufen uns dann in die Arme. Und werden dorthin zurückgeschickt, wo sie hergekommen sind, noch ärmer als zuvor. !Das muß sich doch !rumsprechen bei Denen: ?Warum kommen sie trotzdem !immer&!immer=wieder. – Hermann, neu hier=an-der-Grenze, schaute mich fragend an.

–Wo Armut u Elend auf der einen, ist immer GELD auf der anderen Seite. *5 Minuten nasse Füße, danach ein Lebenlang im-Trockenen* –:So geht 1 Flüchtlingsspruch. – Meine Stimme zu laut, man schaute zu uns herüber. –Hunderte werden von=uns gefaßt, viele noch während der wochen=langen Flucht – die Schleuser sind längst über-Alleberge. Sich selbst überlassen krepieren manche. Doch 1ige kommen !immer !durch. So halten Diesesprüche sich am Leben.

–!Dummheiten. – Rief Hermann und schielte voller Haß auf 1 der öligen Typen an der Bar.

–Aber Dummheit=hier hört auf dumm zu sein dort wo 1 Aus-Weg aus allem Leben's Elend ins verlockend=ungelebte Leben erscheint.

–Und *Das verlockend=ungelebte-Leben* – !das vermuten Die=?Alle bei ?uns. – Hermann starrte mich an. Raunte dann in sein Glas: –Meine Frau !haßt Dieseleute..... u ich.

Einesabends lud er mich zu=sich Nachhause ein. Seine Frau hieß Krystyna – ihr heller Blick traf mich zutiefst –.– Häufig danach luden mich die Beiden zu=sich ein, und spürte sie taten es niemals aus Mitleid; in=mir glomm das Schimmern neuer Freundschaft auf –.

3

–Flüchtlinge sind *!schmutzige Menschen*, & was sie bekommen, ist *schmutziges Glück*..... – Krystynas sonst so milde Stimme zerbrach, in ihren hellen Augen Haß. Voller Glanz fiel ihr sonniges Haar, von den Schultern geteilt, auf die Oberarme herab. Ihr schöner Mund aber wurde hart, die Lippen färbten die Worte rot, & ihre weißen kräftigen Hände fügten sich auf der Tischplatte zur Mauer.

–Meine Familie stammt aus Białystok, einer Industriestadt im Nordosten Polens, etwa 50 Kilometer von der russischen Grenze entfernt. – So begann die Frau zu erzählen, in ihrer Stimme ein Zorn, wie er seit=Altersher von Mensch-zu-Menschen sich vererben kann.

–1939 rückte Die-Rote-Armee in Białystok, ein, unsere Stadt fiel dadurch der Sowjetunion zu. Es hieß, das geschah durch Einen Vertrag der-Russen mit Hitler. Und weil unser Familienname deutsch klang – unsere Vorfahren waren einst aus Preußen eingewandert – beargwöhnten uns jetzt die neuen kommunistischen Behörden. Der Mann meiner Mutter war kein Arbeiter, war Bibliothekar im Stadtschloß; seine Hände waren nicht rauh genug, MAN hielt ihn für einen Bürgerlichen..... Grund=genug, ihn immer=fort auf die-Behörden vorzuladen, auszufragen. Viele der Nachbarn, mit denen wir zuvor in Frieden zusammengelebt hatten, begannen uns plötzlich zu hassen; sie bespitzelten & denunzierten uns. Auch sie lebten im Jahrhundert-der-Lager.....

Die Frau schwieg, strich 1 Haarsträhne aus der Stirn.

–Und als später Imkrieg die-Deutschen kamen – sie bewahrten den damaligen Mann meiner Mutter vor der Deportation –, da hielten die-Deutschen uns wegen unseres Namens für Deutsche. Viele Nachbarn wurden Damals vertrieben & erschossen, uns verschonte MAN.

Deswegen hielten uns Alleleute jetzt für Kollaboratöre, und die-Deutschen räumten meiner Familie Sonderrechte ein. Wir hatten SIE weder darum gebeten, noch waren wir IHNEN jemals zu-Dienst gewesen; all-1 unser Name klang IHNEN deutsch..... Indem SIE uns Erleichterungen im Alltag verschafften, erschwerten SIE unser Alltags-Leben inmitten der Nachbarn. Keiner lebt für=sich=allein.– Als 44 dann Die-Rote-Armee zurückkam & unser Gebiet besetzte, suchte MAN auch nach meiner Familie. Doch waren sie gewarnt & zuvor mitsamt den-Deutschen Richtung Westen geflohen. Jetzt !mußte sie jeder für Kollaboratöre..... halten. An der Oder holte der-Krieg sie ein, überrollte sie. Unser Name klang deutsch für russische Ohren, der Mann meiner Mutter wurde erschossen. Einige Verwandte & Mutter aber überlebten in der Zwangsarbeit; später heiratete Mutter einen Polen; unser Name klang nun nicht mehr deutsch. So kam ich vor 30 Jahren auf 1 Dorf bei Słubice zur-Welt..... Und war ihr 1. Kind. –

Darauf schwieg sie.

Ich schaute sie fragend an : ?Weshalb waren für=sie Flüchtlinge *schmutzige Menschen*. Obwohl sie fehlerfrei Deutsch sprach, ?hatte sie vielleicht im Wort sich nur ?vergriffen u: 1 ?anderes für die Flüchtlinge gebrauchen wolln. – Doch die junge Frau entgegnete mir eindringlich, redete zu mir wie zu 1 begriffstutzigen Kind.

4

–Ich !hasse diese=Flüchtlinge, weil ich sehe, daß !sie unter:ein:ander sich hassen. Weil sie vergessen !wollen, daß der Mensch dem Menschen auch helfen kann, immer u überall auf Dieserde. – Sie schwieg einen Moment. Dann fuhr sie zorniger fort.

–Diese=Flüchtlinge, sie werfen ihren Leib in die Waagschale gegen Alldieanderen in Dieserwelt. Jeder sucht dabei jeden auszustechen, ans=Messer zu liefern, sobald die-Umstände das erlauben. Denn jeder Tote ist 1 Konkurrent weniger.

–Aber \

Die Frau duldete meine Widerrede nicht u keine Debatte; ihre weißen Finger preßten sich stärker in1ander. Erst jetzt fiel mir auf, sie trug niemals Ringe, auch den Ehering nicht. Ihr ernstes Gesicht – welch vornehme Schönheit, die mir als eine ferne Erinnerung erschien. (Meinherz ist mit Meinerfrau begraben.)

Währenddessen hatte Krystyna weitergesprochen; jetzt noch 1dringlicher als zuvor: –Diese=Flüchtlinge sind Spieler, Hassardöre ohne Regeln=ohne Gewissen, ihr 1satz das Fleisch auf ihren Knochen. Das werfen sie in-die-Welt, machen aus sich eine Waffe, hauptsächlich gegen alles übrige Leben. Denn sie=alle !wollen !Alles !verlassen: 1=für=Allemal: ihre Verwandten, ihre Gemeinschaft, ihr Land, ihre Tradition u ihren Glauben –: Und ?!was tauschen sie dafür ein, wenn sie irgendwo in einem Reichenland für 1 Weile geduldet werden; ?!was bekommen sie für Alles, was sie verlassen haben: Haß & Heuchelei von fremden Menschen. Wie Stücke Vieh die sklavische 1teilung zum *Arbeitnehmer – Arbeitslosen – Fürsorgeempfänger* –:Almosen=Bittsteller; die zynische Jagd nach dem GELD, die alles Denken Sehen & Wollen beherrscht. !DAS ist der-Horizont von Dieben & Agitatoren, von Spekulanten Winkeladvokaten Krämern & Parteipolitikern, u: wird nicht dadurch richtig, nur weil DAS über=All sich durchsetzen kann. – –Und von Freiheit bleibt, was Menschen an Freiheit schon=immer verlockend fanden: daß jeder jeden umbringen kann. Gehnurmal nach Berlin, und schau dir an, !was aus Sovielen geworden ist. – Hermann hatte jetzt das Wort übernommen.

–Die !größten Probleme haben die Eingewanderten=selbst mit ihren eigenen Kindern, die Hier=im-Fremdenland aufgewachsen sind u: denen die Lebensweise ihrer Alten so komisch=weltfremd vorkommt wien Schiff mitten inner Wüste. Wenn diese ½wüxigen auf Schule & Berufsausbildung scheißen, dafür sich vor=1=ander aufspielen müssen & ihre Matscho=Blödheiten austragen: Schlägerein & Überfälle anzetteln, Schaufensterscheiben zertöppern, Autos abfackeln, Andereleute mit ihren Messern bedrohen & niederstechen –: deren eigene Eltern sind machtlos dagegen. Und die ?Töchter. Du erinnerst dich, was ich dir erzählt hab, nachdem ich vor-Wochen die Jungefrau aus der Ukraine hier=an-der-Grenze gefaßt hab & die ganz=offen zugab, in Berlin aufn-Strich-gehn zu wolln: *–20 Minuten Arbeit !fünfzig Dollar. Daheim, wenn dort überhaupt noch Arbeit, für zwei Stunden Dreckarbeit höchstens 20 Dollar.* Wir haben sie zurückgeschickt; schon=bald wird sie wiederkommen.....

Er sah mich überrascht an, weil ich beim Erwähnen der Ukrainerin zusammengezuckt war (spürte Hitze brennend in meinem Gesicht –).

Doch Hermann redete weiter, wie mir schien etwas lauter als zuvor. –Wer glaubt, daß Hunderttausende, ja Millionen Einwanderer das Land u dessen Lebensumstände nicht entscheidend verschlechtern würden, der – entschuldige bitte – ist ein !Idiot. Das hat !nichts mit Rassismus zu tun – ich sehs dir an, daß dir solch Vorwurf auf der Zunge liegt. Ich sage ja nicht, diese-Leute seien minderwertig; Hier geht es allein um deren Großezahl: *Aus Quantität wird Qualität* – so hast dus selber zu mir gesagt. Und das gilt dann auch im-Schlechten, im Verfall. *Anhäufungen machen dumm, und sie zerstören immer.* :Schon ?vergessen: Genau !deine Worte, Filosof. Ich bin zur Polizei gegangen, weil ich an die Bedeutung von *Richtigen Normen* & von *Richtigem Verhalten* im Zusammen=Leben mit den-Menschen glaube, & Das will ich durch meine Arbeit bewahren. – Er stand vom Tisch auf: –Und diejenigen, die aus Erhabenheit od mit der kalkulierten Heuchelei aller Gutherzigen auf Verhaltensnormen laut pfeifen, sind dann oftmals die Ersten, die ebenso laut nach Staat&polizei plärren, sobalds um !ihr Besitztum geht. – Er winkte verächtlich ab, ging zum Kühlschrank, holte Bier. Krystyna, nicht minder aufgewühlt, ergriff nun erneut das Wort.

Aber: ?Hatte sie denn ?!vergessen, daß !sie=selber vor-Jahren 1 Eingewanderte aus der Volksrepublik Polen in die DeDeR gewesen war. Nein, sie hatte all die Bösartigkeiten & die Häme nicht vergessen, mit der MAN ihr in Diesemland in den Weg getreten war; noch das geringste dabei jene häßlichen Witze, die Damals in der DeDeR kursierten: *?Was gibts auf dem Alexanderplatz, wenn man vom Fernsehturm siedendes Wasser runterschüttet: Brühpolnische* –, u: Keiner der sonst so penibel über den Korrekten Partei=Ton Wachenden war dagegen eingeschritten, weil genau=!Das der-Parteiton gewesen war. Aber sie & Hermann !wollten Alldiesezeit in dem-Moment, als die Tür zum Sicherenleben hinter ihnen ins-Schloß gefallen war: !vergessen. :Das negative Lernen, u auch Erfahrungen verlängern das Elend –.– Sie ließen mich nicht mehr zu Wort kommen.

–!Nein. – Rief die Frau heftig, als hätt sie meine Gedanken lesen können, und machte eine alle=Umgebung & alle=Zeiten einbeziehende Armbewegung. –Auch Hierzulande liegt nirgends u für Niemanden ungelebtes Leben bereit, zu dem man nur herzukommen & es aufzuheben braucht. Aber !das wissen auch die-Flüchtlinge sehr genau. Nur Der Schmutz ist allgegenwärtig & setzt sich durch, über-All..... Und wer damit sich einläßt, aus dem wird 1 *schmutziger Mensch*, & was er bekommt, ist *schmutziges Glück*..... – Während die Frau das sagte, krallte sie ihre Hände fest u hart zusammen. Schwieg, sah kurz auf Hermann; der nickte seiner Frau zu. Sie waren einverstanden.

Vermutlich gabs in Krystynas Geschichte, in der ihrer Familie wie in ihrer eigenen mit Hermann, Geschehnisse, über die sie nicht hatten sprechen wolln. Ihren Groll gegen die-Flüchtlinge begriff ich noch immer nicht (und noch weniger seit Diesemabend mein eigenes Tun in der Uniform tag&nacht an der Grenze..... :!Das war Der Punkt, an den zu kommen ich immer Angst gehabt hatte). Also sprachen wir niemals wieder über Flüchtlinge & über Das-Große=Andereleben..... –

Seit Diesemabend aber war mir Eines gewiß: Die Beiden würden mir in Der-Einen-Sache=Morgennacht !Keinehelfer sein.

5

War zum ersten Mal seit dem Tod Meinerfrau in der vorigen Woche abends all-1 ausgegangen. Hermanns & meine Tag-&-Nachtdienste an der Grenze waren nicht immer zur selben Zeit, die Einsatzpläne wechselten allwöchentlich von Früh auf Spät & umgekehrt.
→ Bin an diesem Abend in der letzten Woche nicht in unsere Kneipe in Rathausnähe gegangen; sondern auf der Oder-Brücke, über-die-Grenze, hinüber nach Słubice. Sprach u verstand kein Polnisch, würde Dort zu Niemandem Nichts reden müssen; könnte all-1 u 1 Fremder bleiben, Dort, inmitten von Stimmenmusik aus einer anderen Sprache. Und lief hinein in das enge Städtchen – alsbald 1 Café.

Drinnen. Die Luft voller Stimmen Tabakrauch klirrenden Jukeboxtönen & öligen Aromen Kaffees, dicht-bei-dicht gedrängt Menschen wie im Wartehäuschen auf einem Fernbahnhof. Setzte mich nieder an 1 Tischchen mitten-im-Raum, merkwürdigerweise frei geblieben –, zeigte der Kellnerin auf der Karte meinen Wunsch. Trank 1ige Mokka – und schaute heimlich auf die Leute-ringsum.

Diese Stimmen: In rauhen Wogen schwemmten sie auf&nieder – unergründliche Wut ließ sie plötzlich hochschäumen, dann fielen sie beinahe sanft wieder herab, mitunter zerplatzte Lachen wie ein Geschoß – fauchend die Espressomaschine, grell zerklirrt von Porzellangeschepper Tassen&teller, – Brandungsgetobe an fremder granitsprachiger Küste, und wie Strandgut von Schiffbrüchigen trieben Satzbrocken vorüber (glaubte bei einigen Russisch zu hören). Verstand Nichts davon, u !sollte auch Nichts davon verstehen.

Hinter dem Tresen die Wirtin, mager, von unschätzbarem Alter. Ihre Gesichtszüge mit schweren Tränensäcken u hakenförmiger Nase, umrahmt von strähnig braungrauem Haar, beim Sprechen entblößten sich schiefe Zähne, all=das gab der Frau etwas Eulenhaftes; so häßlich, daß sie schon wieder interessant erschien. Ungewöhnlich lange hielt sie bei einer Gruppe jüngerer Leute sich auf, & kehrte immerfort zu ihnen zurück. Und raunte ihnen Bemerkungen zu (in Russisch); besonders zu 1 jungen Frau sprach sie ernsthaft & eindringlich. Diese (1 ?Russin) saß inmitten der Gruppe auf 1 Barhocker, kehrte mir den Rücken zu. Sie trug 1 knapp sitzende Jeansjacke, die fülligen Haare dunkel, leicht gewellt u mit kurzem Schnitt. Nervös wirkte sie, schien auf Nadeln zu sitzen, suchend schaute sie einigemale über die Schultern umher – : 1 Blick von ihr traf dabei auf mich : dunkelbraune Augen, überwölbt von schwarzen fein geschwungenen Brauen, das Gesicht ernst u bleich wie ein Wald nach langem Winter. Doch sah sie sofort wieder weg, auch wiederholte sie diesen Blick-zu-mir keinmal.

Wenig später verließ die junge Frau, umgeben von ihren Begleitern, das Café. Eilig & teilnahmslos strich sie dicht an-mir vorüber –; aus dem Augwinkel dunkel u flüchtig ihr Blick –.

6

Andern abends zog es mich erneut in dieses Café. Mit dem Gang über die Oder-Brücke, ins Ausland, und der Aussicht auf allein=Sein-unter-Fremden breitete sich Erleichterung in=mir aus; im Einklang mit der Dunkelheit, die bald kommen würde, eine Ruhe verheißend wie früher nur aus dem Schlaf –.

Wieder erinnerte die Situation im Café an Menschen im Wartehäuschen eines Fernbahnhofs. Diesmal aber schien der Tumult 1 Zentrum zu haben – (die junge Frau mit dem dunklen, kurzgeschnittenen Haar war nicht hier) –: An den Wänden Sitzende hatten bei meinem Eintritt instinktiv Taschen Koffer Bündel mit den Füßen unter Tische&stühle geschoben – 1ige Gestalten drückten sich hinter mir wie Schatten aus dem Café hinaus –, mit bösen Mienen schweigend wandte man sich betont deutlich ab von mir, der, am selben Tischchen wie gestern sitzend, offenbar dem Fremden-Tisch, Platz genommen hatte, und glaubte einigemal aus den Stimmenbrocken *nemjetzkij* & *Policija* herauszuhören. Die Kellnerin bediente mich eilfertig, verhuscht, gewiß hoffend, so würde ich alsbald von hier verschwinden. : Die hielten mich für 1 !Spitzel der hier=vor-der-Grenze potentielle Schleuser & Flüchtlinge ausfindig machen will, um sie dann später, auf deutschem Boden, !festzunehmen. (Es gab seit-Einigerzeit solcherart Amtshilfe zwischen deutschen & polnischen Behörden); also mußte Man mich=Hier für 1=dieser *Amtshelfer*..... halten. Sprach nicht Polnisch, auch mein Russisch haperte sehr; konnte also den Verdacht Dieserleute nicht zerstreuen. Und !Niemand glaubte Hier 1 Deutschen..... (Die junge Frau war nirgends zu sehen.)

Der Verdacht, bei den-Leuten als Spitzel zu gelten, ließ mich schließlich aufspringen, mit 3 Schritten war ich an der Theke; dort schaute verwundert das Eulengesicht zu mir auf. Sofort redete ich heftig auf sie ein, bemüht, in knappen Worten & so überzeugend wie möglich zu erklären, wer ich sei u weshalb ich !wirklich hierher, über-die-Grenze, in das Café des polnischen Grenzortes komme. Hörte mich plötzlich von Meinerfrau erzählen von Unsererliebe seit Kindertagen von den gemeinsamen=Jahren wir glaubten wir seien unzertrennlich, dann ihre Krankheit ihr Tod –: –Einherz=für=Zwei, !wissen Sie: Genau!so nannten Meinefrau=u=mich einst Freunde. Aber Diesesherz ist nun mit Meinerfrau !begraben – (schrie meine Stimme die Fremde an.) –Doch hier – (& schlug mit der Faust gegen meine Brust) –!hier schlägt Es noch=immer. Wir sind !nichttot, Meinefrau=u=ich. !Nicht: !tot. – Und brüllte der Fremden mitten ins Gesicht; über langezeit angestaute Empörung gegen Das, wogegen keine Empörung hilft.–

Die Schläge gegen meine Brust aber waren zu kräftig, die Luft blieb mir weg, Verschlucken, Husten. Und mit Hitze im Gesicht, in den Augen Tränen, zu der eulengesichtigen Frau: –Mein !Herz – (ein plötzlicher 1fall aus dem Drang, Hier=im-Ausland überzeugen zu müssen): –Mein Herz, wissen Sie, schlägt doppelt so schnell wie normal, u das ohne ersichtlichen Grund. Die-Ärzte konnten Nichts finden. 1 Untersuchung nach der andern – Blutdruck Kreislauf Schilddrüse – : Alles O-Be. Eine Anomalie, aber O-Be – !das ist das Allerschlimmste. Die-Ärzte hätten mich deswegen um-1-Haar vom-Militärdienst ausgemustert..... (Und biß mir auf die Lippen. Aber weiter, noch nicht zuende damit:) –!Ohnegrund mein Herz !doppelt so schnell. Das muß doch !prägend sein für=Alles : Denken Reden Fühlen : Alles ein Ganzesleben=lang !doppelt so schnell –.– Und fuchtelte mit Händen & Armen, der Frau den doppelt so schnellen Herzschlag zu verdeutlichen. Fegte dabei vom Tresen 1ige leere Gläser –: helles Klirren – Glassplitter sprangen über den Boden wie Schloßen – Scherben um meine Schuhe verstreut; erneutes Husten, die Augen brennend u meine Stimme prallte von-innen gegen die Stirn.

Inzwischen war es still geworden im Café, die Leute sahen her zu diesem verwirrten, tobenden Ausländer. Die Blicke der Bar=Frau, ihre Eulenaugen hielten wachsam=fest an mir. Vielleicht mochte sie aus meinem Geschrei & Faseln einzig Die Wut verstehen, mit der ein Herz-Leben's Schlag, doppelt so schnell, gegen die Gewißheit des Todes sich aufzulehnen sucht.

Zuerst hatte die Frau getan, als verstünde sie kein Deutsch. Dann, nach dem Hustenanfall auf meine Frage nach dieser jungen Frau, die gestern hier auf dem Hocker gesessen hat, rückte das häßliche Frauengesicht hinter dem Tresen meinem sehr nahe, raunend ihre Stimme: –Sie wird kommen. Morgen abend. – Dann holte sie Kehrichtschaufel u Besen, & fegte eilends die Scherben vom Boden auf.

7

Jetzt wars schon wie zu einem Rendezvous: abends in das kleine polnische Café; zur Verabredung mit 1 Frau, mit der ich noch kein 1ziges Wort gesprochen hatte. Das war an meinem letzten dienstfreien Abend; in der Nächstenzeit wieder nachts den vertrauten Abschnitt an der Grenze bewachen, wie Alldiejahre=zuvor.

Sie saß auf dem Barhocker, wie vor-Tagen in der engen Jeansjacke, den Rücken zur Tür; als ich hereinkam, wandte sie sich um –, ihre dunklen ernstblickenden Augen zu mir. Zögern –, dann setzte ich mich wieder an den kleinen Tisch mitten im Raum. Obwohl zur selben Stunde wie sonst, war Heute das Café beinahe leer; außer der Frau am Tresen lümmelten nur 1ige ½wüxige um 1 Ecktisch. Die Musikbox schwieg, ich sah zu der jungen Frau mit dem dunklen, kurzgeschnittenen Haar –, gegen meine Schläfen pochend Dasblut, & die Espressomaschine zischend wie das Überdruckventil an einer unaufhörlich beschleunigenden Maschine. Diese Maschine war ich=selbst. : Und stand auf, suchte in meiner Tasche nach Münzen, wählte an der Musikbox ein Lied, und mit den ersten Klängen ging ich zu der jungen Frau hinüber, grüßte höflich und bat sie um diesen Tanz.

Seit Jahrzehnten hatte ich nicht getanzt. Denn eigentlich verabscheute ich solch scheinintimes Gewiege & Geschiebe, aber Dasblut pochte nun heftiger gegen meine Schläfen, meine Augen brannten, – *Flammen u Gold* –, meine Stimme & meine Bewegungen, die gehörten zur Maschine, sicher & klar. – Die junge Frau wirkte zutiefst erschrocken – sie hatte wohl mit Allem, nur nicht mit einer Aufforderung-zum-Tanz gerechnet –, unsicher wechselte sie Blicke mit den Eulenaugen, dann, zögernd, rutschte sie vom Barhocker, und folgte mir in die Mitte des Raums. In meinen Armen biegsam der junge, fremde Leib – Duft ihres Haares, ihrer Haut – die zart=festen Gliedmaßen 1 Frau –, sie erinnerte mich an Alles, was ich einst verlor. – Und diese Frau=hier !lebte. Durch Kleiderstoff hindurch floß unsere Wärme zu=einander u wir beide spürten im Spiel der Muskeln & Sehnen den gleichen Widerstreit in=uns. – Das Lied war zuende, wir blieben mitten im Raum. Schaute in das blasse ernstblickende Gesicht, nahm all mein Schulrussisch zusammen:

–Mog bij wam ?pamótsch.

Hölzern wie der Satz aus 1 Reiseführer kam das Wortgeklopfe aus meinem Mund. Da sah ich an dieser jungen Frau zum ersten Mal ein Lächeln. Zum ersten Mal auch blickte sie mich direkt an, die schwarzen Brauen fragend über ihren Augen. –Sie: 1 Grenz Polizist wollen mir – ?helfen. – In ihrer Stimme weder Spott noch Verachtung; eher lag Staunen darin, weil ein Fremder so große Anstrengungen unternahm, sich um 1=wie-sie zu bemühen.

Und sie antwortete mir in gutem Deutsch: Sie heiße Valentina u ihre Familie stamme aus der Ukraine. In Kijiw sei sie auf eine Deutsche Schule gegangen; später habe sie Germanistik in Deutschland studieren wollen. Doch Alles sei anders..... gekommen.– Und schwieg. Alles Lachen war aus ihrem Gesicht verschwunden.

Ihre Eltern seien tot (redete sie weiter; offenbar froh, einem Fremden die bedrückende Geschichte erzählen zu können), verstorben beide an 1 Tag, zurück blieben sie & ihr jüngerer Bruder Andrej, der sei noch keine 18 Jahre alt. Daheim gäb es Keinearbeit, u: Studieren sei zu teuer geworden, deshalb wollten sie & ihr Bruder so=rasch=wie=möglich !fort: Nach Deutschland..... Sie habe die-Flucht schon 1 Mal probiert (sagte sie freimütig) & Dafür dreitausend Dollar an Fluchthelfer bezahlen solln. Diese Summe hatte sie nicht aufbringen können. Also mußte sie sich verschulden, mußte 1 Kontrakt..... unterschreiben, darin sie zur-Arbeit..... in einem Hotel in Berlin sich verpflichten mußte (sie nannte den Namen des Hotels & verzog geringschätzig den Mund:) als *Zimmer Mädchen*. Sie wußte, !was damit gemeint war. Aber sie unterschrieb, denn sie hatte Keinewahl. Doch die-Schleuser hätten sie hier=an-der-Grenze sitzenlassen..... Als ihr Bruder & sie die

Flucht-auf-eigene-Faust versuchten, habe Man sie geschnappt & wieder zurückgeschickt. Jetzt wollte sie Das noch 1 Mal versuchen; !mußte Das tun, & noch ein Mal Schulden machen; denn Dort, woher sie kam, war es nun noch viel härter als zuvor geworden, auch für sie. Und sie fürchtete um ihren Bruder. Der habe, um Geld aufzutreiben, Daheim angefangen krumme-Sachen zu machen – sie wollte auf ihn !Achtgeben, ihn nicht im-Stich lassen, er sei Alles, was ihr von ihrer Familie geblieben war.

8

Während die junge Frau sprach, stieg 1 stechendes Gefühl in-mir hoch, etwas nahe dem Zorn Gelegenes, doch würde es eher klein bleiben, flächig versengend wie Beleidigungen durch dumme Lügen. Denn daß Jedermensch von jedem tag=täglich & immer belogen wird, davon ist auszugehn: Die-Lüge ist die normalste Verbindung unter den Menschen. Dadurch wird jede Tatsache unwirklich, u somit die 1zige Tatsache die *wirklich* !ist: die Lüge. Wütend aber machen mich jene, die beim Lügen Keinemühe sich geben; miserabel dahergeschluderte Schwindelein, die möglichst rasch Allewelt für=dumm-halten wolln, sind, wie Politiker-Reden-anz=Folk, zutiefst beleidigend. Solchegeschichten vom Totenvater-&-der-Totenmutter=Daheim gab es !Weißgottwieoft von jedem X=beliebigen, der aufgegriffen wurde An-der-Grenze; sowas gehörte zum untersten Standard an rühr=seeligem Schrott. –:?Konnte eine Frau, die so viele Reize besaß wie diese, so ?wenig Verstand & Witz für gute Lügen haben –.– Aber ich täuschte Anteilnahme vor, fragte sie nach 1zelheiten vom *Tod-ihrer-Eltern=an-1-Tag*.

Und merkte gleich zu Beginn, daß die Frau sich überwinden mußte, Diesegeschichte mir = 1 Fremden zu erzählen; wenigstens ging sie mit ihrem Unglück nicht schamlos hausieren. –Zuletzt wohnte meine Familie in Kriwoi Rog, dort bin ich auch Zurwelt gekommen, mein Bruder Andrej 5 Jahre später. – Begann die Frau zögernd. –Mein Vater war Maschinenbauingenieur, meine Mutter Produktionsleiterin im selben Großbetrieb. Maschinenbau & Eisenerzverarbeitung – Das waren die beiden größten Industriezweige in der Gegend, Hunderttausende hatten Arbeit dort & sie wurden !gut bezahlt, hatten jeder eine Wohnung mit ganz niedriger Miete. Doch lange vor Neunzehn Einundneunzig, noch bevor die Ukraine vom Sklavenhalterstaat=der-

Sowjetunion sich losmachte, gings mit der Industrie auch in dieser Region bergab: in vielen Betrieben waren die Maschinen & die Werkanlagen marode, überaltert=unrentabal geworden; einzelne Betriebsteile wurden geschlossen, Lohnzahlungen blieben über-Wochen&monate hinweg aus, Hunderte Tausende plötzlich Ohnearbeit=Ohnelohn. Nach Einundneunzig wars !end=gültig vorbei mit dem Industriestandort Kriwoi Rog.

Sie schaute mich nicht an, blickte in die leere Kaffeetasse. Dann redete sie mit tonloser Stimme weiter. –Auch Vater wurde damals kurzerhand entlassen. Nach mehr als Dreißigjahren Arbeit als Ingenieur – er wurde in All-den-Jahren=zuvor oft ausgezeichnet, erhielt Prämien & Orden; jetzt von-1-Tag-zum-andern wertloser als Alteseisen.....

Wieder Schweigen. Als suchte sie für ihre Erinnerung nach Worten, die möglichst kühl wären, die sie jetzt&hier nicht noch einmal überwältigen könnten.

–Es gab ja nirgends=Dort eine soziale Fürsorge wie in Deutschland; wer Ohnelohn war, blieb ohne Einkommen & mußte !selber sehn, wo er Geld herbekam. Das war, als hätte Man uns ausgeraubt. Mein Bruder hatte Das !rasch erkannt, & während Vater schweigsam u voller Groll daheim saß, begann Andrej – er war gerade erst 12 – mit Klauen & Hehlerei. Alles Kleinefische zwar – aber, im Gegensatz zu Vater, brachte er GELD nachhause. Ebenso Mutter. Denn sie hatte Nochglück: Den Posten als Produktionsleiterin hatte sie zwar verloren – doch sie schrieb gut&schnell auf der Schreibmaschine & kannte sich auch mit dem-Kommpjuter aus –: Sie fand Arbeit als Sekretärin auf 1 der neuen Behörden in der Stadt. Das Diebsgeld von meinem Bruder & das 1kommen meiner Mutter: davon mußten wir=Vier leben. Vater war Mitte 50 u viel zu alt für andere Arbeit; er konnte Nichts tun, um die Lage unsrer Familie zu verbessern. Er sah sich als Schmarotzer; selbst der 12jährige Sohn stand !besser da als sein Vater –:So fühlte sich Vater noch ein Mal gedemütigt. Schweigsam wurde er, fraß sein Elend in=sich rein. So saß er tage&nächte=lang in der Wohnung..... – Die junge Frau sah mich für einen Moment an, als wollte sie die Wirkung ihrer Worte prüfen. –Meine Eltern hatten fürs=erste noch Ersparnisse, & das zurückgelegte Geld für mein Studium war auch noch da – doch das würde uns nicht lang Überwasser halten. Wir wohnten Damals in einer Neubauwohnung am Stadtrand wie Viele der ehemaligen Arbeiter aus den großen Betrieben. Mutter fuhr mit dem Bus am Morgen zur Arbeit & abends wieder zurück.

Ihre Erzählung stockte noch einmal. Den Ernst u die Blaßheit in ihrem Gesicht, diese schimmernd verdunkelten Augen, hatten gewiß auch in Früherenjahren niemals kindliche Weichheiten gestreift –; teigiges dickes Lächeln Zuversicht aus jungen Zeiten, !niemals in ihrem Gesicht; sie gehörte zu den altgebornen Kindern.

–Vor fast einem Jahr wars, Ende letzten Sommer. Der Bus, mit dem Mutter fuhr, hatte einen Unfall: er stieß mit einem anderen Fahrzeug zusammen, viele Verletzte, einige Tote – Mutter war unter den Toten.

Sie weinte nicht, ihre Lippen bewegten sich stumm, als hätt jemand die Worte aus ihrem Mund gestohlen. Ratlos wischten meine Hände über die Tischplatte hin –. Doch sie hatte sich schnell gefaßt und redete weiter. –Abends dann erschien bei uns Polizei. Zuerst dachten wir, sie kämen wegen Andrej, zu sagen, er sei verhaftet. Dann hörten wir den Wahren Grund..... Als Vater begriffen hatte, daß seine Frau tot war, verstummte er. Ein Schweigen, als hätten Steine seine Stimme zerschlagen; als lägen von 1-Moment-zum-andern plötzlich zwischen ihm und mir Welten; kein Wort konnte ihn noch erreichen. (Mein Bruder kam schon seit-Langem nur selten noch nachhaus, auch an Diesemabend trieb er sich Draußen herum.) Tiefenacht, als Vater aus der Wohnung ging. Er sah nicht zurück, sagte Keinwort; am Andernmorgen fanden ihn Nachbarn im Keller: erhängt. Nun waren mein Bruder & ich all-1. Und als Kurzezeit später der neue Eigentümer der Wohnhäuser die Mietpreise in Wucherhöhen hinauftrieb – Der wollte die Häuser für Besserverdiener luck surjös herrichten; die früheren Mieter, fast alles Arbeitslose=jetzt-wiewir, waren ihm dabei im Weg –, konnten auch wir den neuen Mietpreis nicht bezahlen. Ohne Eltern, ohne Einkommen, ohne Wohnung, der Bruder mit 1 Bein im Jugendknast. Als er dann von FLUCHT-NACH-DEUTSCH-

S. 144, Zwangsvollstreckung & Die Vollendung der Natur:
»Jeder Glaube an Wert und Würdigkeit des Lebens beruht auf unreinem Denken; er ist allein dadurch möglich, daß das Mitgefühl für das allgemeine Leben und Leiden der Menschheit sehr schwach im Individuum entwickelt ist. [...] *Der große Mangel an Phantasie, an dem der gewöhnliche, alltägliche Mensch leidet, macht, daß er sich nicht in andere Wesen hineinfühlen kann und daher so wenig als möglich an ihrem Los und Leiden teilnimmt.«* Nietzsche. Und jeglicher Ausdruck von *Verzweiflung* des Menschen am all=täglich vorgeführten Unwert seines Lebens wird zur !vitalen, zur Lebens-bejahenden Tat. Ob mit 16 od mit 60: Ausdruck von *Verzweiflung* des Menschen am all=täglich vorgeführten Unwert seines Lebens wird zur !vitalen, zur Lebensbe!jahenden Tat. 16 od 60: *Verzweiflung* kennt kein Alter. Die Gewalttaten von Terroristen – mögen sie

LAND redete & daß er Leute kenne, die Das organisieren, da nahm ich was von unseren Ersparnissen übrig war, verkaufte die Wohnungseinrichtung & bezahlte die Schleuser; 1 Rest vom Geld blieb uns noch zum Überleben, u: Heute sind wir=beide Hier..... – Darauf schwieg sie. – *Ob Lügengeschichte od nicht – Hier ist endlich=wieder 1 Mensch, der !dich !gebrauchen kann.*

von Ideologen Parteipolitikern Geheimdiensten benutzt & gesteuert sein: In diesem-!Einen=Moment ihrer Tat sind sie !wahrhaftig u !echt. In solchem Licht verwandelt sich deren Tat als das Signal des Willens zum Sein gegen das von allem Über=Mächtigen verfügte **!Du-!sollst-!nichtsein**.....

9

Unsere Augen hielten an=ein=ander fest : In ihrem dunklen Blick stand Etwas geschrieben, das in Jedersprache dasselbe hieß.

–Du kannst auf mich zählen. Ich verspreche Es: Ich helfe dir & deinem Bruder. – Und sagte Das laut & mit fester Stimme.

Stand dann vom Tisch auf, ging die Treppe hinab in den Kellergang zur Toilette. Dumpf mein Herzton: Sie !lebt ja – Sie !lebt ja –.– Und wusch mir Hände & Gesicht. Vom Waschbecken aufschauend im braunfleckigen Spiegelsilber nicht mein Abbild – ich starrte 1 Fremden an. Rührte mich nicht.

Der Fremde=hinter-mir mit strähnig aschfahlen Haaren packte meine Schulter, zerrte mich herum. Mit der einen Hand hielt er mich vorn beim Kragen, aus dem bösverzerrten Gesicht polnische Flüche, die andere verschrammte, dreckbeschmierte Faust erhob er Wut=zitternd vor meine Augen, meinen Mund – *?wieviele Zähne werd ich drinbehalten* (:der große Ekel vor der Berührung mit diesem Kerl ließ mich die drohende Verletzung nüchtern & sachlich erfassen, als sei ich schon beim Unfallarzt). Zwei seiner Kumpane, die ihm gefolgt sein mußten, packten nun ihrerseits zu & mühten sich, den Kerl fortzuzerren, der wie eine beißlüsterne Töle voll unverständlicher Wut immerfort auf mich lossprang. Jäh traf ein Faustschlag gegen mein Jochbein, über dem Knochen zerplatzte die Haut, – schwere Tropfen Blut die Wange hinab. Schritte auf der Treppe, das Licht im Kellergang schien flackernd; eine in vornehmen Blaufuchs gekleidete Gestalt schritt auf mich zu. Der Fremde baute sich vor mir auf, brachte sein gepflegtes Gesicht mit dem sorgfältig gestutzten dunklen Vollbart dicht vor meines, sperrte mich zwischen seine gegen die Schmierwand gestemmten

Arme ein & schaute mir grinsend ins blutige Gesicht. Er ließ sich Zeit. Dann sagte die sonore Stimme: –Komm !mit. – –Den!teufel werd ich. – Vor Entrüstung bellend schlug ich den Arm mit der goldenen Rolex am Gelenk beiseite, stürzte die Treppe zum Café hinauf, und wollte fort, nach Draußen. –Doitsche verstehn Schmerz nur bei sich=selbst (rief mir der Mann hinterher) –von Anderen verlangen sie DISZIPLIN. – Hämisches Lachen aus dem Keller.

Als Valentina meinen Zustand sah, sprang sie entsetzt auf, Panik in ihren Augen. Sie hielt mich fest. Und während sie mit 1 Taschentuch das Blut von meiner Wange tupfte, schrie sie die Frau-hinterm-Tresen an: –!Gospodí. !Gospodí tij !boshe moi. – Und in Richtung Keller schrie sie voller-Verachtung: –Nu pre!krásno !idjótij: Wsjò !ispórtili. – Versehentlich preßte sie das Taschentuch zu derb gegen meine Verletzung, ich zuckte im Schmerz – sie bemerkte es –, Verzweiflung trieb sie zu Tränen, während sie nun begütigend meine Wange betupfte.

Die eulengesichtige Frau am Tresen zuckte gleichmütig die Achseln. –Nur 1 Doitscher. – Sagte sie, denn sie wollte, daß ich sie verstand. –1 Grenzer, der mir das-Geschäft verdirbt. Solange der herkommt, bleiben die-Leute weg. Der wird dir !nicht helfen. – Ungerührt polierte sie weiter die Gläser.

–!Komm. – Und faßte Valentina bei der Hand. Kraftlos ließ die junge Frau sich von mir nach-Draußen ziehen. Sternelos wölbte sich die Augustnacht über unseren Köpfen, – voll mit Rauschen u Wind –.

–Ich habe dir gesagt, daß du auf mich zählen kannst. Und dabei !bleibt es. – Sagte ich in ihr dunkles Gesicht. Und nannte ihr Tag-&-Stunde, beschrieb ihr die Örtlichkeiten genau. Der Abschnitt, an dem ich eingesetzt war, lag weit=südlich von Hier, die Neiße hatte dort um diese Jahreszeit einige seichte Stellen, manchmal bildete sich sogar 1 Furt – ohne weiteres würden sie & ihr Bruder den Fluß durchqueren können; sie benötigten weder Schlauchboot noch ein anderes Wasserfahrzeug (häufig sind gerade diese Hilfsmittel im Augenblick der Flucht der Verräter: sie werden rasch von den Fernrohren erfaßt.....) Und nannte wie eine magische Formel den Spruch: –*5 Minuten nasse Füße, danach ein Lebenlang im-Trockenen.* – Sie blieb ernst, sagte, sie kenne die Gegend nicht. Ich erklärte ihr Alles noch einmal, und immer=wieder auch daß sie auf mich sich !verlassen kann.

?Glaubte sie mir. ?Hatte sie meine Erklärungen ?verstanden; Alles ?begriffen –.– Versuchte aus ihrem Gesicht zu lesen, sah die nachtschwarzen Brauen über ihrem Blick sich wölben –. Ein Herzton, !meiner, und Wind zauste wie den Gefiederflaum 1 Vogels ihr kurzgeschnittenes, dunkles Haar –. Sie blieb stumm vor mir stehn. Zum Abschied drückte ich fest ihre Hand, nannte ihr noch ein Mal Ort-&-Stunde für ihre Flucht morgen –, dann trennten wir uns.

Und eilte auf die hell erleuchtete Brücke über die Oder zu, die Scheinwerfer entlang der Brückengeländer als grelle Nietköpfe, fest ins Eisen der Nacht geschlagen. – *Flammen u Gold* – . Jetzt war ich Auf-der-Anderenseite, der Rückweg verschlossen von Meinem Wort.

10

Grünschwarz die Nächte, u wie Gespenster aus verglühtem Eisen die Menschen im Objektiv der Nachtsichtgeräte. Insbesondere die Hochspannungsmodule für den Infrarot-Scheinwerfer waren veraltet, sehr störanfällig, sie fielen oft und schon nach kurzer Betriebszeit aus. Vor-Jahren hatte ich selbst 1 Verbesserung daran eingeführt, um die Einsatzsicherheit dieser Gerätschaften zu erhöhen; jetzt brauchte ich nur wenig zu tun, um das zurückzunehmen & die für Diesenacht vorgesehenen Geräte zu präparieren.

Das Problem war Hermann.

Unsere Dienstvorschrift verlangte, daß 1 Vorgesetzter, ich, mit 1 Rangniederen die Patrouillenfahrt im zugewiesenen Grenzabschnitt auszuführen hat. Ich aber mußte zu 1=gewissen Stunde !allein an Dem Ort im Grenzabschnitt sein. Hätte ich Hermann befohlen, zurückzubleiben – es wäre nicht nur gegen Die Vorschrift; er würde sich zutiefst verwundern..... Trotz des Rangunterschieds hatte ich noch niemals zwischen uns den Befehlston bemüht.

Kurz vor der Zeit zur Patrouillenfahrt ging ich unter 1 Vorwand nach-Draußen – im fahlen Licht der Garagenbeleuchtung stand unser Jeep zur Abfahrt bereit, u Niemand außer mir auf dem Hof. Sprang in den Jeep, ließ den Motor an; die derben Reifen rissen Erdbrocken & Kieselsteine aus dem Boden – fort in die Nacht, zur Grenze. Im Rückspiegel Hermann, fassungslos stand er an der Tür, und mit den Armen fuchtelnd rannte er hinter mir her –, bald darauf war er aus dem Spiegel verschwunden. Alle übrigen Fahrzeuge bereits im-Einsatz; er würde, mich einzuholen, so rasch kein anderes Gefährt finden.– Motorlärm durch die Nacht, die Räder sprangen über die groben Fugen den Betonweg entlang –, dann hielt ich an, löschte die Lichter.

Am Ufer der schwarz dahinfließenden Neiße, vor einer Mauer aus Schilfrohr & dornigen Büschen, lauschend: – !Hier – wenn sie meiner Beschreibung folgen – !genau=!hier müßten sie über die Grenze kommen.

Etwas undefinierbar Bösartiges, Peitschendes durchzuckte das nächtlich rauschende Dunkel, die sumpfige mitternachtsfarbene Luft wie Scherben aus schwarzem Glas, das Atmen schindete sich wund. – Zeit verrann –, der Pulsschlag hämmernd durch meinen Leib, hinauf bis unters Schädeldach, – Sie !lebt ja – Sie !lebt ja –, Hitze stieg brennend ins Gesicht, schmolz auf der Stirne zu Schweiß – ?!Wo bleiben sie. – Zeit verrann – Zeit – –

Bleicher als sonst ihr Gesicht, als sie aus dem Dickicht am Flußufer kommt, dunkler u größer die Augen, als müßte ihr Blick durch ihr eigenes Gesicht erst sich hindurchzwängen. Dann, aus Angst in aller Blöße sich zu verlieren, will ihr Blick sofort & mit großer Hast überall in-der-Welt festen Grund sich verschaffen. –:All=Das in dem 1 Moment als sie, aus der Finsterness kommend, plötzlich vor mir steht, offenen Mundes nach Atem ringend, die Lippen rissig & spröd. Wind zerwirft ihr Haar. Zum ersten Mal meine Lippen auf ihrem Mund, sie drängt sich an=mich, flüstert Unverständliches in ihrer Sprache, an den Armen halten wir uns=beisammen. Sie erinnert mich an Alles, was ich einst verlor –.

Dann, hinter ihr, aus dem Schilf heraus, tritt mißtrauischen Schritts 1 hochgewachsener Bursche mit Bürstenhaar, Andrej, ihr Bruder; seine Augen starren mich an. Kleidung & Schuhe der Beiden sind vom Durchwaten des Flusses vollkommen nass; in der Dunkelheit müssen sie sich umziehen. (Kleidung zum Wechseln tragen sie in festverschnürten Plastiksäcken bei sich.) Als der junge Mann seinen Pullover eilig über den Kopf zieht & den trockenen anlegt, seh ich, an seiner Brust mit Klebeband befestigt, ein großes Jagdmesser blinken. Der neue Pullover liegt wie 1 Panzerhemd am Körper, in den Stoff geprägt die Form des großen Messers. Ohnewort mißtrauisch folgt er meinem Wink, in den Jeep zu springen.– Motor=an, die Scheinwerfer bleiben aus. Die nassen Kleidungsstücke im Plastiksack werf ich in den Grenzgraben neben dem Weg. Eilig fahren wir im Dunkel davon, zischend die Räder durch Schilfrohr u Gras. –

Plötzlich hinter unserem Rücken greifen zwei Lichtarme nach uns, die werden rasch heller & größer, Scheinwerfer blenden auf: Ein Jeep verfolgt uns. Als er bald darauf neben uns herrast – Hermanns Gesicht wutverrissen, die Augen voll Empörung, er schreit mir zu, will mich stoppen, Karosserieteile knirschen wie Gebisse mit Zähnen aus Eisen; Hermann fuchtelt mit dem Arm, ich solle anhalten – seh ich Valentinas Bruder unter seinen Pullover greifen –:Unseren Jeep reiß ich herum, Erdbrocken stieben hoch u Staub, die Kotflügel beißen gegen:ein:ander, Funken spritzen auf, ich dränge Hermanns Fahrzeug vom Weg ab, hör das Krachen als er in den Graben seitlich am Wegrand stürzt, sein Motor erstickt und flackernd verlöschen die Scheinwerfer.– Wir aber fahren tiefer hinein in die scharfkantige, peitschende Nacht –.

Weitab in 1 Dorf an der Bahnstation für die Regionalzüge setze ich Valentina & ihren Bruder ab. Aus wolkenlosem Himmel sickert blaues Morgenschimmern; der Frühzug würde bald kommen, Schulkinder & Arbeiter nach Guben, Eisenhüttenstadt od in die andere Richtung nach Frankfurt zu bringen. Hier, inmitten apathisch Wartender, aus Nacht-u-Schlaf Gerissner, würden die Beiden nicht auffallen. Gebe Valentina Geld (:aufmerksam beobachtet von ihrem Bruder, unentschieden zwischen Mißtrauen & Gier); und sage der Frau, daß ich sie suchen werde, später in Berlin..... Die Frau nickt stumm, sie reagiert wie im Traum –, und als ihr Bruder=wortlos das wenige Gepäck aufnimmt, folgt sie ihm, mechanisch Schritt-auf-Schritt. Keiner der Beiden schaut noch einmal zurück.

Die beiden stellten sich auf den Bahnsteig unter die Reisenden in Richtung Frankfurt, 2 fahle Steine mehr im Menschen-Damm..... Dann ließ ich den Motor an, kehrte um in meinen Abschnitt an der Grenze. Im 1. Morgenschimmern auf dem schmalen Bahnsteig entschwanden die beiden Gestalten rasch aus meinem Blick.

Unterwegs Hermann; er hatte soeben den Jeep wieder flott bekommen. Und sagte Nichts, schwieg verbissen, sah mich Keinmal an. Erst als wir zurück in der Unterkunft waren, am Tisch: –Wär besser, du besuchst uns !nie wieder. – Der einzige Freund war verloren.

11

Auch später sagte Hermann Keinwort über Das Geschehen in jener Nacht. Ins Rapportbuch hatte er nur seinen Unfall mit dem Jeep eingetragen: Wild hätte seinen Weg gekreuzt, sei direkt auf-ihn-zugerannt, so sei er in den Graben gefahren (dem folgte die Auflistung der Schäden am Fahrzeug).– Ende 1999 quittierte ich den-Dienst – zur

Verblüffung meiner Vorgesetzten. Sie verstanden nicht, suchten mir zuzureden, mich umzustimmen –, vergebens. Darauf schickten die Vorgesetzten mir sogar 1 Psychologen auf den Hals, weil sie glaubten, meine Entscheidung sei eine wiederholte Verwirrung als Spätfolge des Todes Meinerfrau. Der Psychologe, 1 seifglattes Bürschchen von knapp 30 Jahren, Neuling in seinem Fach, konnte nichts an&in-mir finden, was in seine Schulbuch-Schnittmusterbögen gepaßt hätte, & weil er hörte, daß Hermann u: ich befreundet seien, horchte er auch ihn aus. Hermann sagte auch diesmal Nichts. Der Psychologe agierte wie 1 aufgezogenes Spielzeug, & als die Schwungfeder abgelaufen war, ging er zu meinen Vorgesetzten & meldete kurzerhand *Ohne Befund.* – Das Verstörendste für den Gesunden Menschenverstand ist das offensichtliche Fehlen von Gründen. Also versuchten meine Vorgesetzten aus eigenen Kräften noch ein letztes Mal, mich umzustimmen : Es blieb vergebens, u: ich bei meiner Entscheidung.

An meinem Letztentag im-Dienst fehlte Hermann, ich habe ihn u seine Frau Krystyna niemals wiedergesehen. Denn auch ich war nun für=sie 1 von den *Schmutzigen Menschen.....* in seinem *schmutzigen Glück.....*

12

Die Tage nach meinem Abschied-vom-Dienst : Laufen – Laufen ohne Rast durch Frankfurts Straßen, verwirrt wie 1 Insekt im Winter, das über seine Zeit hinaus am-Leben geblieben war. Fremd u voll beunruhigender Stunden das Licht, die Nächte, der Lärm von der Stadt herauf, u: lange Ohneschlaf. Das Jahr stand still im hohen Frost. Genau wie damals in der 1. Zeit nach dem Tod Meinerfrau: dunkel u bedrohlich der Pulsschlag. Mein Ich – unauffindbar geworden, und der Rest von mir 1 Ausgestoßner aus allem Übrigenleben..... Machte kehrt schon auf halbem Weg zum Friedhof, & vereinbarte anderntags telefonisch mit der Friedhofsverwaltung die künftige Pflege für die Grabstelle meiner Frau. Und hatte sie nun zum zweiten Mal verloren.....

Zur abendlichen Stunde traf ich auf einer Parkbank 1 Kind, still u ohne Regung. 1 Junge im hellblauen Anorak u mit wollener Pudelmütze – schätzte ihn auf 8 od 9 Jahr. Und trat näher heran, schaute auf ihn hinab – das Kind rührte sich nicht. Obwohl es mein Kommen bemerkt haben mußte, hob es nicht seinen Kopf, sondern blickte starr=gradaus. Meinte, das Kind müsse sich verlaufen haben u: finde all-1 nicht mehr nachhause=zurück, auch fror es bestimmt. Daher leis u freundlich meine Frage, ob ich helfen könne. Da hob das Kind den Kopf –, mir starrte das Zwergengesicht 1 uralten Mannes entgegen, grimmig, voller Bitterkeit u Wut. *!Das-bin-!ich: der Falsche.....* Und rannte voller Grauen davon. Das Herz schlug bis zu den Augen. (Doch *ihren* Herzschlag vernahm ich nicht mehr.) Die Winterstunde schimmerte fad u weiß.

> ***S. 207, Bittere Neige →:***
> !Wie !lange habe ich glauben wollen, Worte seien aus dem Innersten der Menschen u sie könnten Dorthin einkehren, unverschlissen, unverletzend auch. Worte sind Kleider, & wer Kultur hat, wechselt sie häufig. Sie fangen sonst an zu stinken. Die-Welt hängt voll ungelüfteter Worte.....

Fuhr dann manchmal mit dem Zug nach Berlin, suchte Dort zuerst nach dem Hotel, das Valentina mir genannt hatte & mit dem sie 1 Kontrakt..... haben sollte. In dem Hotel kannte man keine Frau ihres Namens. Und weiter und weiter – durch lärmige Straßen Berlins, Straßen enger flackernder Begierden Dreck & Suff & Schlägerein – und wieder eine Nacht Suchen in Kneipen in Bars, vergebens – und Jedenmorgen zu blasser Frühe die orangefarbenen Reinigungsmaschinen, den wirren Schmutz der Nacht zu-Recht zu kehren als Tage's Ordnung, fürs Geschäft..... Überall viele Russinnen, Fremde; sie blieben stumm. –

Wieder zurück in Frankfurt auf Arbeitssuche. Bewarb mich am Stadt-Theater; sie stellten mich als Ungelernten bei der Bühnentechnik ein, als Kulissenschieber. Schon vor meinem 1. Tag=dort hatte sich bei den künftigen Kollegen rumgesprochen, !woher der-Neue kam. Keiner mochte mit »dem abgebrochnen Grenzer« sich einlassen. Am Tisch in der Kantine setzte sich nur 1 Kleindarsteller, hausbekannter Säufer, zu mir, weil er Bier&schnaps von mir schnorren konnte; alle übrigen mieden mich wie Seuche. Auch spielte man mir während der Arbeit auf der Bühne gefährliche Streiche. Vom Schnürboden ließ man wie das Fallbeil eine Zugstange runtersausen, Zentimeter neben mir schlug sie auf die Bühnenbretter. Zu-Tod erschrocken, wie angeschraubt, blieb ich stehn. Da trat ein Bühnenarbeiter, 1 Kollege, heran & raunte mir zu: –!Krieg, Gänosse Härr Loitnant Krenz-Soldat, is das !beste Theater. Und für Leute-wie-dich ist Hier: !Immerkrieg. – Man erwartete, daß ich Diese Sache an-die-Großeglocke hängen & mir so eine Blöße geben würde; ich tat es nicht. Zeigte mich nach-Außen-hin unbeeindruckt, & verdarb ihnen somit den-Spaß; das Böseblut gegen mich schwoll an.....

Tage&abende rutschten immer tiefer ins Feuer kleinlichster Gehässigkeiten und verbrannten unter scharfgelbem Licht; Tag-für-Tag Beklemmungen, und Schweiß brach mir aus bei jedem Schritt, mit dem ich Dem Theater..... näherkam. Etwas Vom-Himmel-Gefallenes, aus seinen Wolken Vertriebenes klebte an-mir, durch Alltag's Stunden gehetzt. Begegnungen mit Anderenmenschen mißrieten sämtlich. So rasch wie die-Menschen waren die Reste meines Bedürfnisses, unter-Menschen zu sein, verschwunden. Leben – das ist was für Spezialisten. Doch das Komische daran: Auch !die können Leben nicht überleben.

Kaum länger als 1 Monat blieb ich am Theater..... Dann die Kündigung. Diesmal wollte keiner mich halten. Und Nichts, was mich Danach noch länger in Frankfurt, meinem Heimatort, hätt bleiben lassen. Beschloß, <u>für=immer nach Berlin zu ziehen.</u> Meinen Lebensunterhalt wollt ich mit Taxifahren verdienen. Möglichst nachts sollten diese Fahrten sein; nachts ist besser suchen auf Straßen in Hotels Nachtclubs & in Bars nach !ihr: *Valentina* – dunkelbraune Augen, schwarze fein geschwungene Brauen, und der Wind zaust wie den Gefiederflaum 1 Vogels ihr kurzgeschnittenes, dunkles Haar. –

> ***S. 210, Bittere Neige →:***
> !Genau=!hier müßte die kleine 2-Raum-Wohnung im Hochparterre sein.– !Tatsächlich: Das Türschild trägt ihren Namen (den ich erst beim Lesen wieder erinnere); die schon späte Stunde läßt mich allerdings zögern –. Der Blick in die beiden Fenster ist mit starken, lichtundurchlässigen Rollos verschlossen, aber Unebenheiten an den Rändern geben 1ige schwachgelbe Lichtstreifen frei. Also ist sie noch wach, und jetzt kein Zögern länger, freudig u erwartungsfroh läute ich an ihrer Tür.–

Sie erinnert mich an Alles, was ich einst verlor –.

Auf Tag & Stunde

Spätsommer 2000

»Dies Geschmeiß, wie eiserne Maschinen unverwundbar, hat niemals, sommers nicht noch winters, die wahre Liebe je gekannt«
Charles Baudelaire, aus »Der Wein des Mörders«

Der Tag beginnt, wie sonst Tage enden. Draußen wird es immer dunkler, als ginge es auf Mitternacht. Braun u stagnierend wie verbrauchter Atem drückt an diesem Morgen die Luft aufs Flacheland, während am Horizont im Osten dunkelblaue Wolkensäulen schwer am Himmel tragen. Scheint, die Sonne ist in dies steinern Dunkelblaue wie in ein Verlies geraten, sie würde Dem so rasch nicht mehr entkommen. Kein Wind; nach dem Unwetter letzte Nacht steht regungslos ein kühler Hauch von Horizont zu Horizont – nicht kalt, nur ausgelaugt u feucht u schal wie Haut nach langem Fieber. Und Asfaltbänder von Überlandstraßen die Dörfer mit Dörfern Wälder mit Wäldern verbinden, u quer wie 1 Narbe durch Weizen-, Mais-, Kartoffelfelder nach dieser Sturm&regennacht die ausgekühlte Luft besonders scharf durchschneiden, dazu jener Landgeruch nach Tierschweiß Stall & Koben. Als hätte die Sturzflut Regen dies aus der Erde rausgeschwemmt & solch Gerüche seien jetzt zum langen unsichtbaren Seil gedreht, um all die Ziegelrotbrocken verstreuter Gehöfte mit-ein-ander=fest zu verbinden. Ortschaften mit ihren schönen=heidnischen Namen Kapern – Klöterhörn – Tolstefanz – Starrel – Mammoißel – Winterweyhe – Thune – Reddebeitz (:als wäre hier die-Kristianisierung..... einst spurenlos vorübergezogen). Rundlingsdörfer, die Häuser einander zugekehrt, wie stehngelassene & versteinte Wagen aus Zeiten der Völkerwanderung & Vertreibung früher=slawischer Besiedler. Und die schwarzen ausgezackten Kiefernwälder, das Gelbgrünbraun als Flikkenwerk auf blühender Erde, zusammengehalten vom Schweiß der Tiere, 1gewoben 1gebrannt in Wendlands echolosen Ebenen –.

Solch Dorfgeruch ist fast die letztverbliebene Erinnerung an hier betriebene Rinderzucht – viele Ställe jetzt hohl u leer, die Gemäuer (niemand der sie noch ausbessern mag) von Unkraut blassgrün wie mit grobem Zwirn an die Erde geheftet, bröckelig der Stein unter den Händen der Jahreszeiten, und langsam zu Staub zerkrümelnd –:-

1.) Der Grenzöffnung zum-Osten 1989 folgte der Wegfall der *Zonenrandförderung*; wer *Die* in den-Jahren=zuvor bekommen wollte (& kaum 1 Bauer, der *Darauf* verzichten konnte), dem wurde über-die-Jahre von-Oben-her bestimmt, was & in welcher Menge an landwirtschaftlichen Produkten zu liefern sei: *»Wer zahlt, bestimmt die Musick«*; & auch, von welchem Futtermittelproduzenten die Zusätze zum natürlichen Tierfutter zu beziehen sind. Abweichlern wurden kurzerhand die Fördergelder gestrichen. – 2.) Dem Wegfall von vielerlei Grenzen folgten, weil Menschen Freiheit als Losgelassenheit verstehn, als Erstes die-Kriminellen & die-Seuchen : Bovine Spongiforme Enzephalopathie und Aphthenseuche : Be Es Eh und Em Ka Es. – 3.) Schon während der Ersten verloren die Bauern fürs Rindfleisch die Abnehmer; Die verschwanden plötzlich wie Wasser im Staub. – 4.) Und *Die* sie Gestern noch mit Fördermitteln in 1seitiger Tierzucht samt vertraglich festgezurrter Futtermittellieferanten gängelten, machten plötzlich Hände=hoch. Aus den Mäulern Subalterner, die Kühe nur als Schimpfwort kennen u Milch kommt aus der Tüte, fiel sogleich *Die Neue Parole* raus: *Ökologische Tierzucht*. – 5.) !?Woher aber die hierzu nötige Landfläche nehmen. – 6.) Weil die Zulieferfirmen für Tiermehl (offiziell) von 1-Tag-zum-andern ausfielen & des 1zelnen Bauern Land auch für den Anbau der notwendigen Futtermittelmenge aus Eigenproduktion zu klein, fehlte den Tierbeständen die Versorgung. – 7.) Vom Zusammenschluß vieler Kleinbetriebe zu gemeinsam wirtschaftenden Genossenschaften – derlei wurde auch in dieser Gegend heftig diskutiert – wollten die meisten Bauern Nichts wissen; zu deutlich noch stand die Pleite der Kolchosen im-Osten als Mahnung im Land. – 8.) (Gerüchten zufolge holte manch Bauer absichtlich kranke Tiere in seinen Viehbestand & zeigte daraufhin bei den Kontrollbehörden sich selber an, um an den finanziellen Entschädigungen für die verordnete Massenschlachtung seiner gesamten Herde teilzuhaben & den Sturz der Fleischpreise auf-dem-Markt aufzuhalten. :?!Woraus denn folgte seinerzeit die Massentierhaltung: aus dem enormen Bedarf an Tierfleisch. Daran hat Nichts sich geändert. Und bald schon wird die *ökologische Tierzucht* Dasselbe noch 1mal erfinden müssen.....) – 9.) Schwarzhandel mit gesunden & mit erkrankten Tieren, der Siechen-Tier=Tourismus, raste im Wettlauf mit den Seuchen Überland. –

10.) Sooft der Betrug auch herauskam; soviele Höfe, wie im Mittelalter von Pest verseuchte Dörfer, schnell & hermetisch abgeriegelt wurden; wenn auch viele Bauern dem Ausverkauf ihres Standes nicht gewachsen waren : Immer sind Seuchen & Seuchengewinnler noch schneller..... – 11.) Über die gelben Absperrungsbänder hinweg – knatternd im Wind inmitten von Toten=Stille um die tierleeren Gehöfte – nahmen aus dem Kadavergestank erschlagener Herden die Windböen die Virensaat & breiteten sie weit über Anderesland. – 12.) Seither kaum Tiere hier=auf-den-Weiden – und viel Land unter Schilf & Ried wie alte Friedhofserde allmählich versinkend –.

So hatte mir Vater Damals berichtet –, & so hatte ich meinen Artikel für eine der größten Zeitungen Deutschlands geschrieben. Ihn druckte auch die hiesige Lokalpresse ab, Vater u ich galten seither bei den Nachbarn als !Nestbeschmutzer & !Verräter. Mir wars egal, ich lebte in Hamburg, kam ohnehin immer seltener hierher zurück an den Ort meiner Frühenjahre.– Vater=hier-im-Dorf aber ver1samte, wie man nur auf Dörfern ver1samen kann, u stärker noch als Damals, nach dem Tod seiner Frau, meiner Mutter; ich war noch 1 Kind u habe kaum Erinnerung an sie. Nach Mutters Tod bemitleideten die-Nachbarn Vater, suchten ihm zu helfen; jetzt wurde er von den-Nachbarn gemieden, Man entzog ihm jede Unterstützung. So hat Vater schließlich aufgegeben. Kurz vor seinem Tod mußte er dann den Hof verkaufen, – an einen Anwalt aus Hamburg. In ärmer werdenden Zeiten sinken die Dämme für Schamgefühl & die Flutwellen der-Reichen überschwemmen Dasland –. Sie kaufen die Gehöfte, bauen sich Wochenendhäuser draus, die Felder werden zu Golfplätzen planiert.

–Mit diesen Reichen aus der-Stadt, hat Vater in seinen Letztentagen geschimpft, seine dürren sehnigen Arme griffen aus dem Bett nach mir. *–Mit diesen-Reichen isses wie mit den-Pollietickern: Es giebt Pollieticker & es giebt reiche Pollieticker – aber noch !niemals hattes arme Pollieticker gegeben. Mit dem-Geld kommen immer die Schande & die Skandale: Betrügerein & Gift. Und jetz* – (er hustete eine schreckliche Serie aus stöhnendem Röcheln –. Dann, noch atemlos, sagte er resigniert:) *–Jetz kriegen wirs nicht nur mit den-Pollietickern von=Hier zu tun, jetz fällt Diesespack aus Ganzeuropa über uns her.....* (Er schüttelte seinen dürren Arm & rief, als wollte er mich aufwecken:) *–Halte dich !fern von den-Reichen, Junge. Der-Reiche ist eine unerbittliche Bestie, der du 1 !Sense in den Leib stoßen od die du über-den-!Haufen schießen mußt. Doch Abstechen & Ausblutenlassen ist sicherer, & auch !besser für die Wurst –.*– Dann schwieg er, sprach nie-

mals wieder davon. Und es ist gewiß das Fieber gewesen, das ihn so befremdlich unklar reden ließ mit Wörtern, die nichts als Wörter waren & Werkzeuge einzig für die Zerstörung..... Vielleicht ist Vater damals bereits heimlich im Bund mit dem eigenen Sterben gewesen, was ihn zu diesen Sätzen brachte, die überdies klangen als würde er zitieren. Später, wieder mit ruhig sich hebender & senkender Brust, sagte er noch: *–Seit vier Generationen sind wir Tierzüchter. Rinder, hundertfümfzich Stück & mehr. Und !?was bin ich jetzt: 1 Bauer u: kein 1ziges Vieh im Stall. Heut sehe ich, wie !Recht du hattest, Junge, als du vor-Jahren unseren Hof ablehntest. Als du nicht Bauer werden wolltest wie ich, dein Großvater, & all deine Vorfahren Bauern gewesen sind. Sondern fortgegangen bist in-die-Stadt, nach Hamburg. !Bleib dort & am Schreibtisch bei deiner Zeitung. Ja, du hattest tausendmal !Recht mit deiner Entscheidung – jedes Bösewort, das ich Dir deswegen gab, bereue ich heute. !Was für Zeiten, wo ein Bauer den andern Bauern haßt, denn Bauern sind zu Betrügern geworden, u die Väter blamieren sich vor den Söhnen : Gut, daß ich nicht länger in 1 Welt werd leben müssen, wo des Vaters Worte nix mehr gelten. – –*

Doch selbst die schweren Regengüsse in der Nacht lassen hier den Geruch nach Pferch & Stall zurück, als wäre jetzt der Himmel zur Senkgrube geworden u die Wolken zu Ballen aus vergorenem Dung, u haftet auch an meiner letzten Morgenstunde heut. (Soeben vom Hof herauf die Geräusche vorfahrender Autos –: zwei Limousinen mit Hamburger Kennzeichen.) !Genau 7 Uhr = auf-die-Minute pünktlich. Die haben wohl geglaubt, mich noch schlafend zu finden, um mich nun auf demütigende Weise hochscheuchen zu können –.– Nach dem Verkauf dieses Anwesens sind die beiden Männer bereits oft hergekommen, die reißerischen Styxfluten Aufbruch Betriebsamkeit & Neuerung, wie sie ihre Herr-Kulischen Auftritte empfinden mochten, hier hereinzuschwemmen: Der neue Eigentümer & sein Architekt.

Kein Wind, selbst die Außentür zur Tenne, sonst beim geringsten Luftzug schon in den Angeln pochend als sei das der Herzschlag zu diesem Haus, ruhend jetzt u verstummt unterm schweren Morgen. In die 1fache Geradheit des Hauses unterm Schilfdach sind bereits Atem & Stille der Unbewohntheit eingezogen; Vaters alten Koffer & meine Reisetasche ans Gipsgrau der Wände gerückt, neben der Tür wie verschüchterte Hunde auf den baldigen Aufbruch wartend. (Unten, im Flur, jetzt die derbe Lautheit der beiden Ankömmlinge; ihre rumorigen Schritte auf dem Dielenholz & das Kratzen des Zollstocks über die

Wände –). Noch ist die letzte Tasse Kaffee nicht leer, mokkabraun kreisen Wolken im Tassenrund, dunkle Schaumbläschen umperlen den Rand, in aromatischen Rauchgirlanden windet Kaffeeduft sich in den Raum. (Glühendheiß der Blechtopf an den Fingerspitzen.) Ich blicke hoch, starr aus dem Fenster in die Richtung die das Fenster mir weist, nach Osten –: Dorthin werd ich aufbrechen in knapp 3 Stunden. Vor dem gardinenlosen Fenster aus dem Wolkengemäuer am Horizont aufzuckend blaugelbes Licht, ohne Donner & Regen scharf umrissen ein Monument aus Wolken gebrannt, für 1 Augen-Blick –.

–Vielleicht derselbe Augen-Blick noch 1 Mal, damals, als ich Ihnen zum 1. Mal begegnet bin in der Suchttherapie in der Hamburger Klinik, zu der, auf Betreiben *meiner Frau*, ein Arzt mich überwiesen hatte. Der Arzt hatte mir nichts vorgemacht, was nun auch mir bevorstand; nichts Davon in milden gedämpften Farben geschildert. Er kannte mich seit-Jahren u wußte, ich wäre mißtrauisch geworden, hätt er anders gesprochen. Er hatte von der Suchtstation in einem Krankenhaus in Hamburg erzählt, wo ich mich 1zufinden hätte für den mehrtägigen Kalten Entzug; er hatte gesprochen von Zittern, Herzrasen und vom Tod derjenigen, die nicht stark genug wären, diese Tortur des Entgiftens – von 1-Tag-zum-andern !Keinentropfen Alkohol – durchzustehn. Und (denn er wußte auch von meinen Problemen da-Heim.....) hatte mir Danach zur Therapie mit Einzelgesprächen geraten; hatte dafür gesorgt, daß ich herkommen konnte zu Ihnen.– Draußen an der Tür auf messingfarbenem Schild Ihr Name: *Sophia Englisch* – wie ein Künstlername, ein Rosenklang –. Darunter ernüchternd die Bezeichnung Ihrer Praxis: *Psychotherapeutin*. Und drinnen 1 geschlechtslos wirkendes Büro, ohne Schatten hell & öd wie 1 3-Wörter-Satz. Die Tür zum Nebenraum wurde geöffnet, Sie traten herein und vor-mich-hin. Ein offenes Gesicht blickte mir entgegen, die lichthellen Augen schauten groß u fest – da spürte ich ihn zum ersten Mal: den süßherben Duft Ihrer Haut –. Die erste Frau, dachte ich damals, der ich seit ?wielanger Zeit wieder näher gekommen bin, als auf Blickesweite.

Meine Frau (ich nannte sie in Gedanken noch immer *meine Frau*, obwohl seit-Langem Alles anders geworden war –, u ihr Vorname *Elisabeth* erschien mir seither so fremd wie der Name einer verschwundenen Stadt), *meine Frau* also an der weit geöffneten Tür hatte offenbar seit einiger Zeit zu mir ins Zimmereck herüber- & mir beim Zusammenkramen von Papieren zugesehn – ihre Stimme nun, müde zwar, versuchte einen kräftigeren Klang (so mochte sie während ihrer Sprechstunden in der Arztpraxis dummfrechen Patienten zum xten Mal, & vergebens, die 1fachsten Krankheitsvorkehrungen einzutrichtern versuchen); meinem Rücken galten unvermittelt ihre Worte: *–Es genügt nicht, 1fach älter zu werden. Du folgst immer nur dem Trägheits-Gesetz wie jeder Stein, den man in die Luft geschmissen hat : Hör !auf zu !spinnen. Ein Haus ist 1 Haus, Wolken sind Wolken, ein Feld ist immer nur 1 Feld & wenn du nicht aufpaßt, dann war dein Leben nur 1 Leben. – –Und eine ?Frau –,* wagte ich einzuwenden, *–?ist eine Frau auch nur ?1 Frau,* und kehrte mich zu ihr. Aber sie hörte mich nicht od: wollte keine Erwiderung hören. *–!Feigling. !Du: Werd doch !end!lich er!wachsen.....* – Rief sie so laut, als sollten mich ihre Worte mit Fäusten packen & die-Vernunft in mir zurechtrütteln wie lose Getreidekörner in einem Sack. In ihre Rede war einer der Möbelträger getreten, hatte mit seinem Körper ihre Worte durchgestrichen, peinlich berührt & still trabte er, Vaters großen Eichenholztisch wie einen Schildkrötenpanzer auf dem Rücken, eiligst weiter nach-Draußen. Ich folgte ihm wie sein Schatten – ohne sie anzusehn glitt ich stumm an der Frau vorüber, und schaute von Draußen zu, wie die Träger Möbel-um-Möbel, Kiste-für-Kiste aus der winzig erscheinenden Tür aus dem flach & gerad stehenden Haus herausschafften & in den Tiefen des Transportautos verstauten: Als würde eines jener erdentsprossenen Reptilien, Zeugen eines Jahrmillionen überdauerten Anderen=Lebens, in der ihnen=eigenen Beharrlichkeit zur Laichzeit 1 Ei nach dem anderen aus der dafür vorgesehenen Leibesöffnung betulich ins Gelege ausstoßen –, einem uralten Plan zum weiteren Überleben gehorchend. (?Welche Geschöpfe aber sollten jenem ungefügen, plump geeckten Laich in hölzerner Membran entsprießen –: !Müßten das dann nicht lauter ?Krüppel sein.)– Nichts, außer einer Matratze Bettzeug den Kartons mit meinen Büchern & einigen Kleidungsstücken, hatte ich nach Vaters Tod bei der Hausstandsauflösung wie auch nach unsrer Scheidung zuvor bei meinem Auszug aus unsrer Wohnung im nordwestlichen Eimsbüttel behalten wolln; kein Möbel – kein Bild – keinen Löffel –: ?Wozu auch, wollte ich doch zweifach fort: aus der Hamburger Wohnung / aus Vaters Haus, der noch immer mahnenden Heimstatt meiner Kindheit, hier=auf-dem-Dorf.

Bisweilen trugen die Möbelpacker Kisten & Schachteln vorüber, ich gewahrte darin Spielzeug, Plüschtiere, Bilderbücher, – aus einer alten

Truhe gefallen und auf den Dielen verstreut eine Schütte Halmafiguren – rot grün blau die winzigen beinlosen Frauenpuppen aus bemaltem Holz, u meinte zuckerig-staubigen Kindsgeruch wahrzunehmen, speichelige Süße die an allem Kindhaften klebt, u die Abgeschabtheit, das Verblichene & Zerschrammte, wie das der einstige kinds=grobe Gebrauch und später nur die-Zeit solchen Sachen zufügen kann –: Dinge, so vollgesogen mit vergangnem Menschen-Leben, daß sie nicht einmal zum Sperr=Müll taugen. Diese Anblicke stachen die Stichflamme Wut in mir hoch – Wut darüber geboren zu sein, Kind gewesen, älter geworden, schon mit grauen Strähnen & in den Augen Bitterkeit, u: noch=immer nicht zu wissen, ?wozu anfangen, ?wie enden – (mühsam hielt ich stand, nahm-mich-zusammen, unterdrückte den jähen Zorn; dann las ich 2 dieser Halmafigürchen, rot bemalte, rasch vom Boden auf, steckte sie in meine Jackentasche), die übrigen wurden von dicken Möbelträgerschuhn beiseite gefegt – : *!Verschwinden will ich – alle Schiffe hinter mir verbrannt, will ich mit freien Händen fort*: –Mir war an diesem Tag, als hätt ich seit Langem gewartet auf Sie – u hatte zum ersten Mal gemerkt, daß ich auf Jemanden noch warten kann –.

Ja, *meiner Frau* sollte Alles zugehen, was für mich fortan nur Ballast wär, aus anderthalb Dutzend Kinderjahren ebenso wie aus zwölf Ehejahren neben *ihr*..... Anfänglich mißtrauisch über meine unverhoffte Großzügigkeit & darauf lauernd, wo der-Haken sei, hatte *Elisabeth* nach-und-nach begriffen, daß ich, ohne hinter-Gedanken, ihr frank&frei Alles überlassen wollte; daß ich ernst machte mit meinem Plan & zum !ersten Mal Ende mit allem Nurgerede. Sie konnte mir nicht glauben. Friedfertigkeit ist letztlich aggressiv & demütigend, kommt sie doch demonstrierter Gleichgültigkeit am nächsten.

Derlei mußte in den vergangenen Wochen, den Wochen der Scheidungsprozedur, alsbald *meine Frau* empfunden haben, & ließ keine Gelegenheit aus, jenes längst außer-Kurs geratene Mir-ins-Gewissenreden anzustiften. Mir war dies allmählich erschienen wie Auftritte 1 Popsängerin, die 1&denselben Hit unzählige Male singend, in Abhängigkeit von der aktuellen Situation nur Tonlage & Lautstärke variierte, während der Wortlaut immer derselbe blieb, so daß ich ihm nach Kurzerzeit im-Stillen schon immer ein paar Zeilen vorauseilen konnte. Hieraus vermochte ich sowohl meine winzigkleine Freiheit gegen *meine Frau*, als auch die Stabilität unserer restlichen Jahre zu beziehen; das war für uns der Inhalt des Wortes *Beziehung*. Dann ließen wir uns scheiden. Wir waren über all-die-Zwölfjahre gewiß niemals Mann&-frau –, das war mein Fehler: Immer war ich nur 1 Mann !neben einer Frau gewesen.

Obwohl also im Unfrieden getrennt, mochte sie jetzt bei diesem Anblick einer radikalen Auskehr vielleicht doch das schlechte-Gewissen anpacken; jenes ahnungsvoll Ungute, das selbst den geborenen Raffer beim Raffen beschleichen kann.– Aber die Frau-an-der-Tür hatte sich nicht bewegt, und so drang jetzt ihre Stimme aus der staubfarbenen Türöffnung heraus zu mir (denn sowohl jenes Empfinden für Fairness selbst gegenüber dem verachteten Gegner als auch das Selbst=Wertgefühl, nur gegen Ebenbürtige kämpfen zu wolln, stellten sich vermutlich bei ihr ein; während ich mich diesem Ausräumkommando tatsächlich wehrlos wie 1 Kind ergab), so daß sie jetzt mit lauterer Stimme als zuvor aus dem Haus herausrief zu mir: *–Aber nicht einmal der Tod deines !Vaters kann dich dazu bringen, er!wachsen zu werden.* – So hörte ich sie, und weiter mit fast beschwörender Stimme, rufen: *–Statt 1 1ziges Mal auf !ihn zu !hören: ?!Was machst du: läufst 1fach auf&davon – zu diesem Weib's Stück nach Berlin..... Glaubst ihren windigen Versprechungen..... Den Versprechungen einer !verheirateten Frau. !Kinzkopf: Wegen dir wird Die sich !niemals –.* Für einige Momente schwieg die Stimme so, als warte sie auf Antwort, doch im-Voraus wissend, daß sie ausbleiben würde. Dann, aus der Tür, aus dem dunklen Viereck heraus, hörte ich sie mit veränderter Stimme: *–Beim Ausräumen der Wohnung habe ich deine Briefe gefunden, die du mir geschrieben hast in unserer Erstenzeit. Ich hab sie wiedergelesen. Alle. Vor einigen Nächten. Jeden einzelnen Brief.*– Sie wußte, !jetzt würde ich aufmerken, ihr zuhören. Und nun trat sie mit einem einzigen=energischen Schritt heraus ans Licht wie das Figürchen aus 1 Wetterhaus. *–Ich hab mich danach gefühlt, als sei ich hundert Jahre alt.....* Für 1 Moment blieb mir keine Luft zum Atmen. Sie, in der Tür, versperrte den Möbelträgern den Weg. Einer, der hinter ihr schon wartete, räusperte. Sie schrak hoch, vielleicht wurde ihr klar, daß sie hier zu Wild=Fremden sprach, und rief: *–Kein Mensch kann einem Menschen geben, was ein Mensch von Menschen wirklich !braucht.*

Daraufhin verstummte sie, erschrocken verwundert, der Wucht des Echos aus ihren eigenen Worten nachlauschend, während Tränen ihre Wangen hinabrannen als hätten sie in ihr Gesicht sich nur verirrt –.– Es mußte ihr schwergefallen sein, aus dem unüberschaubaren Geröllefeld ehelicher=Alljahre jetzt !diejenigen Steine herauszuklauben & mir mit Vor-Wurf entgegenzuschleudern, die sie selbst für *typisch & überzeu-*

gend=gewichtig halten könnte –, u: hatte, die Lippen schon zum Wurf erhoben, plötzlich erkennen müssen: der 1 ist wie alle übrigen zu leicht & zu gering; nur Diemasse ist wirkliche Zerstörung. Diemasse..... aber kann Niemand sprechen, nicht mal die keifigen Enttäuschten, in der Tretmühle ihrer Nörgeleien nur die eigene Enttäuschung immerfort weiter zermahlend –.– So war ihr diese Sentenz geschehen: Aus Hilflosigkeit !getroffen.– Doch weder Entgegnung noch Widerhall, nur die 1tönig schlurfenden Schritte der Möbelträger, denen sie Platz gemacht hatte, streuten sich der sonnenhellen Stille ein. Der Hochsommerhimmel zerglüht zu glasiger Schmelze, die Sonne ein feuriger Brocken, alles Empfinden ermattend zu Staub – so kündigen sich Unwetter an : so muß für Jedenmenschen die Farbe der Verzweiflung sein. Mit 1 Mal tat diese Frau mir leid, als sie geblendet vom Sonnenlicht in der Tür stehend herüberstarrte zu mir, dem hoffnungslosen Phall.

> ***S. 395, Schwarzes Laub →:***
> »Eine Frau sitzt weinend am Wegrand, als 1 Zen-Mönch daherkommt. Er fragt die Frau: –*?Warum weinst du.* –*!Achherr* (erwidert die Frau) –*heut=morgen habe ich mein Einzigeskind begraben müssen. ?!Ist das vielleicht ?kein Grund zum Weinen.*
> Daraufhin holt der Zen-Mönch aus, haut der Frau eine kräftige Ohrfeige und sagt: –*!Da hast du einen !Grund zum Weinen.*«

Und sah sie geschwind entlang der Hauswand, deren Ziegel die Hitze ausströmten wie Kacheln an einem Ofen, davoneilen, zu ihrem Auto, ohne 1 weiteres Wort sprang sie hinein, fuhr los als schämte sie sich der Entblößung durch ihren Letztensatz, – eine Wolke aus Staub&-benzinqualm sank danach langsam wie eine schmutzige Plane zur Erde herab. Durch die hohlmäulige Türöffnung gingen nurmehr die Möbelträger als kantige Fantome ein & aus.

Vielleicht (überlegte ich später) hatte sie zu reden aufgehört und war geflohen, nicht so sehr angesichts der werweiß wie !häufig erfahrenen Vergeblichkeit ihrer Worte, die natürlich auch Jetzt&hier genau wie in all-den-Jahren=zuvor als stumpfe Messer an meiner Hartnäckigkeit abglitten; vielmehr – denn ich kannte sie hierin: schließlich waren zwölf Ehejahre, zum-Glück kinderlos gebliebene, zumindest für solch Kennenlernen überreichlich Zeit – mochte ihr end=gültig bewußt geworden sein: *Wir waren geschiedene Leute seit=Immer.* Und mit dem unfehlbaren Empfinden der-Frau für Belange der seelischen Ökonomie wollte sie schließlich der-Anderen am-Ende nicht gar den *Geläuterten Mann* überlassen; sollte Die doch zusehn, wie sie fertig würde mit diesem Spinner..... Denn – mochte sie für=sich(beleidigt entrüstet) ergänzt haben – wenn diese-Andere ihn von der Sauferei losgekriegt hatte, dann sollte Die-liebe-Arztkollegin doch versuchen, ihm auch den anderen Teufel auszutreiben: Das große ewige-Kind aus diesem Absurdenmann.....

Vielleicht hatte *Elisabeth* tatsächlich derlei im-Stillen für=sich gedacht – nicht zuende formuliert in der Art, wie Geschriebenes Gedachtes wiederzugeben meint; vielmehr mit Gedankensilben angerissen und zerstäubt zu Wörtersplittern, stumm aufblitzend im ewig mißgestimmten Orkester für alle menschlichen Burlesken. Denn schließlich, nach so=langen Ehejahren, ließ auch das Immergedachte nicht mehr sich zuende denken – & alles zu Sagende geriet wie der Blickdirekt in die grelle Sonne : Augen=zu, und der sengende Punkt kehrt auf der Netzhaut wieder und wieder als Echoserie aus dem Gehirn: erst Weißgrell – dann Blau – Grün – Rot – Orange –, letztlich als schwarzes Rund mit golden glühendem Hof –: u ?wer wollte sagen, welches die *richtige* Farbe wär.– Ich sollte *meine Frau* nach diesem Sommernachmittag über-Langezeit-hinweg nicht wiedersehn. (Seither zieht *Elisabeth* in meine Träume ein.....)

S. 397, *Schwarzes Laub* →:
Doch seltsamerweise bei ihrem Anblick empfand ich Elisabeths Erscheinen gar nicht mehr überraschend, vielmehr wie eine-jener Selbstverständlichkeiten mit der man Verabredungen einhält, und darin lediglich um wenige Minuten sich verspätet. Vielleicht geschah ihre Rückkehr-zumir, weil dem milden Aberglauben zufolge sie meinen konnte, daß, seit ich in Berlin angekommen, in einer neuen Wohnung & inmitten der Gesellschaft Anderermenschen ich mich eingerichtet hatte, Alles zuvor uns Trennende verschwunden sei.

Gebeugt über die Blechtasse aus dunkelgrünem Emaille (sie ist beim Ausräumen von Vaters Haus hiergeblieben), heißer fettiger Atem aus Kaffee&milch beschlägt Wangen & Stirn, vorsichtig mit gespittsten Lippen den heißen Tassenrand berührend, schlürfe ich den 1. Schluck –, die winzigen Schaumperlen & das hellbraune Gewölk folgen dem Sog –, noch zu !heiß –, und schaue wieder hoch, aus dem Fenster zum Horizont nach Osten – : Eine messinggelbe Lichtwand wirft sich in den Himmel, zerschellt lautlos am dunklen Wolkenmarmor. (Als gehörten sämtliches Morgengeräusch – die schrill gekörnten Vogelstimmen im Sommer üppig=grüner Baumgewölbe, der klapperige Arbeitslärm von Nachbarshöfen, das Rauschen wenn die Lüfte in weiten Bögen durch Schilf&grasland sensen – zu einer anderen, von mir längst abgetrennten Welt, in die ich nur durch dicke= schallgedämmte Glaswände noch hineinhorchen kann.) Die Treppenstufen herauf jetzt die besitzerderben Schritte eines Mannes, hier=vor-der-Tür kurz haltend, dann ohne anzuklopfen tritt er herein. In dem Mann, vielleicht Anfang 30, wiedererkenne ich den neuen Eigentümer dieses Anwesens. Mit derselben Stimme, mit der er seinerzeit Vater die Verkaufsbedingungen diktierte – jenem notariellen Kanzleiton, der seinen Worten die blasierte Kühle von Rasierwasser gibt –, jetzt voll deutlicher Ungeduld, höre ich ihn sagen: –Es wäre schön, wenn Sie in 1 Stunde !aus-dem-Haus sind.– Ohne 1 Erwiderung abzuwarten, steigt er die Treppe wieder hinab.

Wiederholt schnellt das Messinglicht ins Wolkenblau – der scharfe Grat der Horizontlinie zerschneidet das Leuchten zu dünnen Streifen –; weit=in-den-Osten zieht das Gewitter davon, Dort mögen Donner niederrollen und Blitze laut u trocken wie Granaten zerplatzen – : die Luft über Berlin, Menschen Lichter & Stein, überhitzte Geröllfelder, von Straßen & Alleen durchpflügt..... –Aber ich weiß u bin mir sicher, alles würde Ihnen Nichts anhaben können Dort; Ihnen nicht u nicht dem süßherben Duft Ihrer Haut, den ich damals in den ersten Momenten Ihrer Gegenwart wahrgenommen hab, der mich seither nicht wieder verlassen hat – und greift auch jetzt aus der Erinnerung nach mir, fest u mit Vertrauen gebender Sicherheit so, als seien Sie=persönlich bei=mir, in dieser Letztenstunde. – Hier, vor einem leergeräumten Haus, liegt ausgekühlt & stumm der starre leblose Morgen als ein ungeheurer Schatten auf dem Rest an Zeit in meinem Vaterhaus.

Die Nachbarn (die meisten kannte ich noch aus Kinder&jugendjahrn; waren nicht wie ich in-die-Stadt gezogen, sondern Hier geblieben auf den Höfen ihrer Väter), sie unterhielten sich jetzt über-meinen-Kopf-hinweg über mich, vollkommen ungezwungen, als säße ich nicht gradeben an diesem Abend im schalhellen Licht des Schankraums in ihrer Runde, sondern habe sie & Dasland längst schon verlassen. –Er hat Es nu hee rausgefordert – (so die Stimme vom 1 Ende des Tisches) –nu musser sehn wie er zurechtkomm wird, dort in Berlin..... –Mit dieser-!Frau (setzte ein Andrer hinzu) –zu der er will, auf die er sich stürzt wien Hagelschlag, u: die er noch nich mal richtich – –und so inn-tiem isser mit ihr wie jeder der ihr Namensschild anner Pracksis lesen kann (fiel ihm jemand ins Wort) – –!O (höhnte noch 1 Mal die Stimme vom Ende des Tisches) –!isdat nichne Laff-Storri ausm ?Kientopp: Der Sohn vom Q-Bauern u: die Docktersche –.– –Nejnejdu, daschamann bloß de Pielotfilm vonne Seifm-Opa ausm Vor-Ahmtprogramm: Reiche Zippe, armer Schlucker. (Einige der Stimmen schwappten lachend hoch.) –Hatz schonn 1 Mal nich ausgehaltn hier=aufm Dorf. Unnuh musser noch n zweites Mal wech. – (Und hörte dann mitleidig sagen:) –Er ist 1 Ge!triebener. Halt nur 1 Getriebener..... –:Da wollt ich mich einmischen; wollte nicht warten, bis Einer-in-der-Runde Das aussprechen würde, was ich nicht ertragen hätte; was ich !keinesfalls hören !durfte..... Mich, wußte ich durchschaut & bloßgestellt in all seinen kindhaften Narrheiten um *Diese Frau*: des-Nachts um ihre Wohnung in Hamburg schleichend; wie 1 verliebter Schulbengel *ihren* Namen in den Elbufersand geschrieben; *ihr* tagsüber nachstellend, und ein Mal auf dem Gehweg zu der Stelle, die zuvor *ihr* Fuß berührte, mich bückte als wollt ich 1 Geldstück aufheben, in-Wahrheit ließ ich meine Finger dort das Pflaster streicheln – :!?Wußten Dieseleute=hier ?Bescheid; ?hatte der Wind auch diese Art von Viren, die Saat meiner heimlich=kindhaften Verliebtheit, übers Land verbreitet & ihnen ?zugetragen, was sie !niemals hätten erfahren dürfen –.

Aber nach ihrem Trinkspruch, 1 Rülpslaut gleich, hoben sie ihre Gläser, tranken, und wechselten anschließend von-sich-aus das Thema so, als hätten sie mit dem Gesagten dieser-Sache bereits Genüge getan, und kein Wort weiter; wie auch Jeder-hier ganz=genaues Empfinden dafür hat, wieviel an Boden & Zeit 1 Menschen billigerweise zustehen soll. Ihre Worte, die sie widerwillig herzugeben schienen, klangen wie eh&je vernutzt & abgeschliffen, ihre Zungen schleppten sich wie ausgelatschte Schuhsohlen behäbig die kurzen Sätze entlang, gradaus, wie sie tagsüber mit sturen Stiefelschritten keinem Mistfladen auswichen, der auf ihren Wegen lag – als könnte solch winzigster Umweg, solch kleinstes Nachgeben sie aus ihrer Landmannsicherheit für=immer rausreißen. Und tranken jetzt in tiefen Zügen. Und kamen danach auf Anderes zu reden, wenngleich jeder neue Ansatz vom alten Absprung niemals in allzu weiter Ferne lag.

Während sie tranken, schaute ich heimlich von-Einem-zum-Andern – betrachtete diese-Runde am Tisch, an dem sie beinahe an jedem Abend im Jahr saßen & tranken & manchmal Skat od Doppelkopf spielten. Vor jedem der Gesichter ein Bierglas, die Wandung innen von Schaummänteln als seis brüchiges Gaze beklebt & von-Glas-zu-Glas verschieden hoch der Stand des gelben Getränks, als zeigte der in solch winzigen Säulen jeder dahockenden Gestalt mit breitgemachten Schultern & ruhig gestellten Händen, behäbig & derb auf dem Tischholz liegend, ihr noch verbleibendes Maß an Lebenszeit. Weitab von-Hier – in

Hamburg – hatte dieselbe Gewohnheit, alltäglich das Saufen – ob am Kneipentisch od am Schreibtisch – mich ihnen=hier gleichgemacht (so glaubte ich), doch diese Gewohnheit..... hatte sich unmerklich als Zwang einzig um-mich geschlungen, und ich kam nicht mehr davon los.– Als Vater noch lebte, war ich oft hierher gekommen; ich pfiff auf meinen Beruf als sogenannt freier Journalist, und für paar-Tage blieb ich Hier, Jedenabend eingekehrt in die von allen zurückliegenden Jahren nur wenig veränderte Gemeinschaft aus Frühererzeit.

Meistens waren sie in der-Runde aus den umliegenden Gehöften zu Acht, einige inzwischen noch nicht erschreckend weit über die Vierzig gleich mir; des Einen Sohn saß bereits Abend-für-Abend an der Seite seines Vaters, im Kleinen schon die prägnanten Züge des Alten, denen wie bei Nashörnern lediglich das Größerwerden noch fehlt. Von Dickhäutern auch schienen sie, einmal jenseits der pickeligen Jugendjahre angekommen, dann die äußerlich nicht schätzbare horngraue Alterszugehörigkeit übernommen zu haben, & selbst noch junge Gesichter vermochten in raschester Zeit dieser allgemeinen Ähnlichkeit sich 1zufügen so, als falte das-Familiäre auf-dem-Land weitfrüher & ausgereifter als in der-Stadt in den Zügen aller Nachkommenschaften seine Typik aus. So unterschiedlich ihre Gestalten, so gleichförmig deren Wirkung hier im Schankraum.

Jetzt, in der Erinnerung, sehe ich sie=Alle in ähnlicher Haltung am Tisch: Die Köpfe mit den flachen, sowohl knorrig wie rundwangig anzuschauenden Gesichtern zur Tischplatte geneigt, die Hände aus glockenförmig ausgezerrten Jackenpullover&hemd-Manschetten ragend ums Bierglas gelegt, als müßten sie 1 Flamme vorm Auslöschen bewahren. Ihre steten Blicke voll Erde, die Gesichter in jener Form hart, nicht von Seelenlosigkeit, vielmehr mit jener Härte aus der Beharrlichkeit von wetterzerspellten Bäumen, u Tod heißt für Die immer Tod=der-Anderen. Rotbraun Blau & Grau – das sind die beherrschenden Farben ihrer Kleidung, die im übrigen wie eine Zweitehaut die Körper umschlossen hält u keinen Unterschied markiert zwischen Arbeit & Freizeit, was ihren Erscheinungen Selbstbewußtheit & jene Überlegenheit der Seßhaften gegen alles Hastige Spontane zeitverhaftet=Kolerische beigibt. Sie=Alle, inmitten ihrer Gegenwart, besaßen etwas Unangreifbares, das Selbst=Bewußtsein aus Ewigem Bestand, die Fleischesseite ihrer Ställe Scheunen & Häuser, Teil jenes Eigentums an Erde, die Einem=jeden sein Maß an Lebenshalt zuteilt.

Nur 1 = ich, vor-Jahren wie die Feder aus dem Gefieder eines Zugvogels gerissen, besaß im Zugriff der Stürme noch nicht genügend Schwere, um an einem Ort bleiben zu können u nicht mehr genügend Leichtigkeit an Jahren, über das eigene Schattenbild von Welt 1fach hinwegzufliegen. Und die Freude, kurze schwächliche Flamme, über den Großen Eigenen Entschluß fortzugehen, jener Abschied für=Immer, drohte beim Rückkehren an den Vergangenheitsort zu erlöschen an Diesemabend, als wollte Einer aus der-Runde, aus Unachtsamkeit od mit Mutwillen, sein Bier drüber ausgießen.

–Ich wußte, das Licht dieser kleinen Flamme, die ihre Nahrung aus der steten Erinnerung an Sie bezog, es wäre nicht ausreichend kräftig, der ersten ernsthaften Prüfung durch Andere zu widerstehn, ihren Blicken nicht & schon gar nicht ihren wie aus Blech gestanzten, harten kantigen & sooft im Niederschlagen erprobten Wörtern. Die Gläser wie Blasinstrumente an die Gesichter gehoben, fühlte ich bei diesem Anblick deutlicher als je: *Du gehörtest noch !niemals dazu.*

Keineswegs allein weil ich unter ihnen der 1zige war der seit meiner Therapie keinen Alkohol, nicht mit ihnen=hier u mit keinem, jemals wieder trank (ihr allabendlicher Trinkspruch, er galt jedem außer mir), war auch ohne 1 Wort mein Ausschluß aus ihrer-Runde end=gültig besiegelt. Vor einiger Zeit waren mir zum 1. Mal jene X-förmigen Kreuze mit hochgestellter Ziffer, in fast allen Vorgärten als Protest gegen nunmehr wiederholte Castor-Transporte ins nahegelegene Gorleben aufgepflanzt, in verändertem Licht erschienen, und ich hatte mir in-Gedanken Einerede zu=Recht gelegt, die ich Dieserrunde halten wollte. Eure Protestbewegung *Antiatomkraft* begreife sich=selbst als regional u: übernational; der Spagat als planetares Empfinden zur 1igkeitsstiftung eurer Bewegung. (So hätte ich begonnen. Und weiter:) Übernational & planetar sei auch der Zugriff jener großen Konzerne, die an&mit Atomkraft !verdienen. Die Angst des 1zelnen suche immer die-Masse=die-Großezahl aus Gleichgestimmten u: führe zu seltsamen Bündnissen, die in-Wahrheit !niemals Bündnisse seien : Denn planetar gestimmt auch seien die globalistisch orientierten Konzernmanager mit aggressivem Zugriff nach Ver1heitlichung=der-Welt, & !Die führe zur !enormen Verarmung, nicht nur von Regionen wie dieser, sondern von Gebieten mit Erdteilausmaß. Angst des 1zelnen, zur Organisation erstarrt, kehre sich stets gegen den Ängstlichen & steigere den Anlaß für des 1zelnen ursprüngliche Angst..... (Hier hätte ich 1 Pause gemacht & in die-Runde geschaut.) Längst habe – nicht nur insgeheim – so-mancher, auf allen Etagen der pro-Test=Bewegung,

Damit seinen=Frieden gemacht. (Hätte ich daraufhin weitergeredet, wohl wissend, daß sie im Folgenden sich selbst ange-x-t sehen müßten:) Symbol für diesen-Frieden sei das Eigenheim mit Lattenkreuz im Vorgarten, gleich neben dem Sonnenschirm bei Kaffeetisch & Buddelkasten für die Kinder – die Noie Gemütlichkeit, mit politischer Farbe bepinselte Gartenzwerge; jene Sorte *Angaschmang*, die immer Garni-X koste. Dagegen, auch euer Wohlstand beruhe auf GELD, das global zugreifende Industrieen – nicht zuletzt durch Kerntechnologie – ins=Land-brächten : So beiße das Protestkrokodil sich in den eigenen Schwanz & jedes **X** streiche sich=selber durch..... – Aber ich hatte Dieserede umsonst vorbereitet; es kam niemals dazu. Und selbst als !Die Gelegenheit da=gewesen war, hatte irgendwer in-Dieserrunde geschickt dafür gesorgt, daß ich nicht zum-Zuge kam. – (Ich schielte heimlich in-die-Versammlung-am-Tisch und besah mir die Gesichter: Sie wollen nicht länger in Worten sprechen, sie suchen wieder nach 1fachen Symbolen : Lattenkreuze im Vorgarten & Wegweiser mit schwarzer Farbe beschmiern:) Vielleicht steht die Sonne des Politischen in Diesemland inzwischen so tief, daß aus aller Unmutsschlamm selbst diese=hier herausragen & kantige Schatten Widerständlerei übers Sumpfland all der 1verstandenen hinwerfen –.– Als 1ziger hatte ich kein **X** vor der Zufahrt zu Vaters Hof. (Niemand hatte mich nach dem Grund gefragt, doch, natürlich, Alle hatten das vermerkt –.)– Und nahm mir insgeheim vor: *Dieser Abend=heute ist mein letzter Abend hier.....*

–Dabei hatte es Langezeit gedauert, bis nach dem Tod des früheren Kneipen-Besitzers die-Leute den von der Neuen, 1 Zugereisten aus Kiel, umgebauten, renovierten & völlig anders 1gerichteten Schankraum wieder als *Unsere alte Kneipe* annehmen wollten. (Verblüfft stand ich seinerzeit einesabends vor der geschlossnen Schänke; sie & der allabendliche Lärm aus dem Schankraum hatte zu meiner Kinder&jugendzeit gehört wie die höher wachsenden Bäume um den sechzig Meter tiefen See, der am Dorfrand die seit über Achtzigjahren stillgelegte und längst eingestürzte Kaligrube ausfüllt. Damals hatte ich in dieser simplen Veränderung, dem Schließen der Dorfkneipe, etwas von Endgültigkeit meines Abschieds geahnt –). Es hieß, der neue Besitzer habe mit einer Reederei in Kiel sein Geld verdient und auch wieder verloren & habe, erzählte man weiter, seine Mutter hier im Wendland »abgestellt«; sie mischte für seine Begriffe sich wohl zu viel in seine-Geschäfte..... ein. Denn sie hatte, sagte man, vor der anstehenden Pleite ihres Sohnes den Fehler gemacht, zu früh = noch zu Lebzeiten, ihrem Sohn unter bestimmten Bedingungen eine-gewisse Summe aus seinem Erbteil zu überlassen. Nun störte sie als Lebendige den Sohn beim Umgang mit dem Geld einer Toten. Der Reeder aus Kiel benutzte seither diese Kneipe & das angeschlossene Hotel – im Dorf ein !Hotel – als Steuer-Oase & gewissermaßen als Altersheim für seine an Jahren noch nicht sehr alte Mutter.

–Nicht gnatzig, nur wortkarg & beinahe reglos seit nunmehr zwei Jahren Abend-für-Abend aufrecht auf 1 Hocker hinterm Tresen nahe dem Durchgang zur wenig beschäftigten Küche sitzend, verbrachte die eisgraue dürre Frau ihre Zeit. Die Hände, als schliefen 2 kleine magere Hunde, über1ander abgelegt auf dem Schoß, rührten sich nur von ihrem Platz, um Bestellungen nach Getränken, in den wenigsten Fällen nach Essen, bereitwillig aber ohne 1 überflüssiges Wort zu erfüllen. Ihre stille Gegenwart, während die Wanduhr die Sekunden hart zerschlug, rief stets den Eindruck hervor, jeden Moment könne die karge Frau von ihrem Hocker aufstehn & mit stummer Zurechtweisung, das Bettzeug schon unterm Arm, den Gästen unwiderruflich das Ende des Abends & den Rausschmiß bedeuten. Ungemütlichkeit wie kaltes Spülicht breitete damals im Schankraum sich aus u hielt die ehemaligen Stammgäste aus den Dörfern-ringsum für Langezeit fern. Die Frau verstand nichts vom Geschäft des Kneipiers u wollte das offensichtlich auch nicht erlernen, denn es kam auf Wirtschaftlichkeit nicht an, eher im Gegenteil. Das Dutzend Hotelzimmer belegten zur Sommersaison Touristen-auf-Radtour, im übrigen Jahr quartierten dort Arbeiter-auf-Montage. Zuweilen fanden auch Trauer- od Hochzeitsfeiern in diesen Räumen statt. Bei letzteren dann erstrahlte in allen Fenstern Licht, Lampionketten säumten Portal & Biergarten u ließen das Haus durch die Nacht weithin leuchten, als sei ein Ozeanluxusdampfer hier auf dem Flachenland gestrandet.– Tags=darauf aber fiel das Haus wieder zurück unter eine alles Licht verschluckende Haube, die jedesmal nach den strahlenden Nächten über das Anwesen herabgesunken war. Zurück blieb nicht nur ein lichtloses Haus; zusammen mit den Lampen mußte auch sämtliches Leben dort=drinnen erloschen sein, u etwas Ausgekühltes, von jeglichem Atmen Verlassenes hielt dann dies vierschrötige Gebäude in Bann.

–Ungastliche Kühle stellte sich in den Schankraum, sobald der erste Gast-am-Abend den Lichtschalter neben der Tür anknipsen mußte.

Niemals brannte dort-drin schon vorher 1 Licht, kein Schimmern als freundliche Aufforderung zum Einkehren griff auf die Straße heraus. Und nach dem Licht1schalten sickerte Licht allmählich heller & kälter werdend die kahlen Wände herab aus Sparlampen, die dem Schankraum die weiße Hohlheit eines Pappkartons gaben. Zusammen mit der langsam hochflammenden Helligkeit, aufrecht sitzend auf ihrem Hocker neben der Küchentür seit ?werweiß wievielen Stunden (Stunden, die das Unzeitmaß des Immer besaßen), hob aus dem Dämmer des Schankraums in den kalt leuchtenden Abend die Erscheinung jener eisgrauen Fraungestalt sich heraus.

–Indes, die Frau dämmerte keineswegs. Vielmehr schien sie überwach alles Geschehen im Raum von der 1.-Minute-an zu verfolgen – auch 1 Wachtposten hätte schließlich keinen besseren Platz als den ihren finden können, um in sämtliche, Tisch von Tisch durch schmiedeeiserne Gitter (daran künstliche Topfpflanzen hingen) trennende, wie in Käfige unterteilte Kabinette Einblick zu nehmen. Diese Frau, die das Winterland ihres Altwerdens schon mit paar Schritten betreten hatte, beteiligte sich niemals an 1 der Gespräche an den Tischen; das an sie direkt gerichtete Wort erwiderte sie höflich doch 1silbig & somit jegliche Fortsetzung ausschließend, ohne für 1 Augen-Blick ihre beobachtende Haltung aufzugeben.

–Obschon dies Beobachten ohne sichtbare Unterbrechung geschah – auch an diesem Abend, als die-Runde laut über mich redete & über meine Absicht, weg von Hamburg, nach Berlin zu ziehen, zu Ihnen (u der süßherbe Duft erschien mir wie eine Erinnerung aus frühen Jahren) –, bemerkte ich an der Art&weise dieser Beobachterin zunächst keine Spur der Anteilnahme. Ich gewahrte sie durch das kunstgeschmiedete Gitter, und glaubte plötzlich, 2 Kameraobjektive füllten ihre Aughöhlen & die verfolgten mit der leidenschaftslosen Präzision von Instrumenten die Menschen hier im Gästeraum. Während die übrigen in der-Runde die Biergläser vor ihre Gesichter hoben & tranken, begegneten sich unverhofft die Blicke dieser Frau mit den meinen. Ich sah direkt in ihre fensterhellen Augen, u wußte plötzlich, was diese Kamera-Augen je erspäht hatten, könnte niemals spurenlos verschwinden, wie auch scheinbar verlöschtes Licht immer Spuren hinterläßt, und seis über Jahrmillionen hinweg in unfaßlichen Welten-räumen, dort wo *Schuld* so fern, so unbekannt, daß *Schuld* nicht einmal Gehör, geschweige denn *Wiedergutmachung* fände. Dieser 1 feste Blick=direkt-zu-mir schien !befehlen zu wollen: *Ich verachte dich nicht, verachte Niemanden auf-der-Welt. Nicht mal meinen Sohn, diese Kanallje, die mich hier=in-der-1öde abgestellt hat. Aber dir, Freundchen, sag ich nur 1: !Such dir dein Zuhause & mach !klar=Schiff mit deinem Leben, od: was davon noch übrig ist. !Los !vorwärts: !Geh,bevor ich mit meinen alten Armen dich packen & rausschmeißen muß. Und das, !Beigott, werde ich tun, wenn du nicht augenblix von Hier !verschwindest.* :Ich erschrak, mir graute als hätt ich den Blick 1 Toten geschaut, und riß die Augen fort – Frösteln sträubte mir das Haar auf den Armen –, ich wußte, diese Frau, genau wie Vater auf seinem Totenbett, hatte recht. So erschien sie mir nicht mehr grausam, überheblich, anmaßend od: gar bedrohlich; auch sie hatte nichts als Angst vorm Getötetwerden, ob durch die Handlanger ihres Sohnes od durch die unerbittliche Zeit, deshalb war diese Frau nur 1fach immer in der gleichen Weise da – denn der Tod packt den-Menschen hinterrücks & wirft ihn nieder sobald er sich erhoben hat & mehr verlangen will als ihm zustehen soll. Deshalb laufen so viele unkrepierte Tote im Tag umher u wissen nichts von ihrem Tod; *die-Toten sind unser natürlicher Umgang.....*

–Abend-für-Abend gehörte diese Frau zu dem Raum & zu den Gästen. Obwohl umgebaut, renoviert & scheußlich 1gerichtet, stellte dieser Raum so etwas wie 1 Durchgangsstation zwischen allem Verlorenem u: allem je Unerreichbaren, den Ort aus Vergangenheit und Zukunft, für eine=ganze Landschaft samt ihren Bewohnern Tieren Flüssen Bächen Seen Wäldern Gärten & Ackerböden dar: das im schattenlos weißen Kunstlicht starr gestellte, immerwährende Jetzt.– Möglich, die-Leute-aus-den-Dörfern ahnten zumindest Davon etwas & kamen schließlich auch deshalb immer-wieder hier zusammen; es war ja der 1zige Ort, an dem man sich treffen & über das dürrer werdende Leben-auf-dem-Land sprechen konnte, & Bier u Schnaps waren billig & gut gekühlt.–

–Als mein Gegenüber das Glas absetzte, die Schaumspur von Lippen & Schnauzbart mit dem breiten Handrücken wischend, sagte er, währenddessen wie ein Suchscheinwerfer in die-Runde blickend, schließlich den Blick festgefroren an mir: –Tchaa, is schwer, nach der Sonne zu greifm, & sich !nicht die Pfoten dran zu verbrennen –.– Also hatte die eisgraue stille Frau dort=drüben !wirklich recht: *Ich mußte so rasch wie möglich fort, mußte dieses Licht heimlich, im Verborgenen, bewahren und fortschaffen – hinaus in den weiten großen Wind. Damit aus solch kleiner Flamme die Stürme=Dort !endlich ein weites großes Feuer entfachen – –*

Im Osten verdichten sich die schweren Wolken, drängen langsam ineinander zur bräunlichen Schmelze, der es jedoch an Hitze zum Flüssigwerden wie an Kühle zum Erstarren fehlt. So daß der Himmel-dort in pastösem Schlamm unentschieden steckenbleibt. Selbst das Aufblitzen jenes fernen Wetters scheint abzugleiten an solch schmutzfarbenem Gewölk – 1 dünnes verzitterndes Goldpapierlicht, von braunen Wolkenfäusten gepackt, zerknüllt und hinter den Horizont geschleudert. Die Zimmertür, von-draußen derb aufgestoßen, läßt den Mann aus Hamburg & seinen Architekten herein. Für Beide scheine ich in diesem Haus nicht mehr als 1 blassheller Fleck, wie er nach fortgeräumten Möbeln an der Tapete verbleibt. Ohne weiteres nehmen die beiden ihre Vermessungsarbeiten auch hier oben auf, drängen stumm an mir vorbei, über mich hinweg, schieben meinen Stuhl beiseite (ich bekomme dabei das Knie & den geschäftsharten Ellbogen des Mannes zu spürn). –Und den Keller, Liebermann, den werden Sie noch !ausräumen. (Höre ich plötzlich über mir die Stimme des Eigentümers.) –Dort=unten siehts aus wie beim Kuhbauern-im-Bett. Also: Sie haben dafür ge!nau – (er scheint unter der Hemdmanschette nach seiner Uhr zu suchen.) Dem Architekten dagegen ist die Situation peinlich; diskret räuspernd tritt er zu mir, der ich unverwandt durchs Fenster nach-Draußen starre, und mit gedämpfter Stimme beinahe flüsternd höre ich ihn hinter mir sagen: –Jetzt ist es genau 9 Uhr u 2 Minuten. Wir fahren für 1 Stunde weg. Um 10 Uhr sind wir wieder hier. Ich hoffe, diese Zeit wird ausreichend sein für Sie. ?Sagten Sie, Ihr Bus führe um 10 –. (Den korrekt gebrauchten Konjunktiv hüstelt der Mann hinweg, als hätt er im Ton sich vergriffen; er möchte gewiß eher für *volxnah* gelten. Und verbindlich fügt er an:) –Wir müssen nämlich noch etliche Messungen im&am-Haus durchführen, und da sind Sie & der unordentliche Keller – naja da ist Ihre Anwesenheit – ich meine, wenn Sie noch länger hierblieben, dann – :Er räuspert wiederholt; da poltert der Eigentümer ihm entschieden ins Wort: –!Also. Sie habens gehört: Bis 10 haben Sie Zeit. Dann werden wir zurücksein u dann will ich den Keller !leer sehen. Wir sind immer !pünktlich. – Er trampelt aus dem Zimmer, die Treppe hinab, gefolgt vom Architekten – die Tür lassen sie sperrangelweit offen. Den Eigentümer höre ich unten in der Diele beim Fortgehen gegen Vaters alten Reisekoffer treten –.– In den Schluck Kaffee mischt sich 1 bitterer Geschmack, und 1ige Krümel vom Bodensatz heften sich an die Zunge wie feuchtheißer Staub.

–Sie haben eine seltsame – nein, ich muß sagen: eine !seltene Art, einer Frau Komplimente zu machen.– Ich hörte die feinen Maschen ihrer Strümpfe rascheln, dieses leis knisternde Geräusch wie von winzigen elektrischen Funken, als sie im Sitzen die zuvor über1ander geschlagenen Beine wieder neben1ander stellte und hinter ihrem Schreibtisch sich erhob, somit die heutige Therapiestunde beschließend. Alles an dieser Frau wirkte kraftvoll – sie war beinahe einen halben Kopf größer als ich (nicht nur im Dorf, auch in Hamburg die Kollegen, die immer=Alles wissen, hatten gespottet über mich u: sone Gier-Raffe –), u das glatte dunkle, in der Mitte gescheitelte Haar, das bis auf die Schultern reichte, ließ ihre Gestalt noch größer wirken. Kraftvoll diese Frau & entschlossen, aus einer Unentwegtheit heraus, die nur Frauen zu-Wege bringen. Schultern Arme Hände Brüste und Beine, ihre gesamte Gestalt schien mit sich=selbst im Einverständnis, u nichts, das solch Lebens-Ganzheit einer Frau in fleischliches u: in restliches Leben zu trennen vermochte; in diesem Leib wohnte nur diese Eine Frau. –*Das waren keine Komplimente*, sagte ich u schaute in ihr offenes klares Gesicht. –*Das ist meine Art einer Liebeserklärung*. : Ihre dunklen Augenbrauen zuckten, als würden ihre Hände mir auffordernd zuwinken –; das übrige Gesicht mit den festen Zügen jedoch verriet keine Regung. Vielleicht kamen ihr in diesem Moment jene Sätze in Erinnerung, die sie während ihres Studiums gehört od gelesen haben mußte, worin die Gefährlichkeit & Kompliziertheit erwähnt wurden, sobald der Patient in seine Therapeutin sich verliebt & auch, auf welche Weise der Arzt dieser Verliebtheit zu begegnen habe, ohne die Therapie zu gefährden. Sie trat mit weiten, aber vorsichtig gesetzten Schritten hinter dem Schreibtisch hervor, als müsse sie das für solch eine Situation Gelernte memorieren. Und wieder spürte ich den süßherben Duft ihrer Haut, nun, als sie dicht vor mich hintrat, um eine Spur wärmer als sonst –.

S. 194, Englisch Unterricht →:
»Da er die Welt nie anders als durch das Fieber seiner Gelüste und Begierden gesehen hatte, stellte er sie sich als etwas künstlich Geschaffenes vor, das nach mathematischen Gesetzen abläuft. Eine Einladung zum Essen, die Begegnung mit einem Mann in maßgebender Stellung, das Lächeln einer schönen Frau konnten dank einer Kette von Umständen und Ereignissen, die eins aus dem andern hervorgingen, unabsehbare Folgen haben.«
Gustave Flaubert, *»Lehrjahre des Herzens«*

Von-nun=ab sehnte ich die Therapiestunden herbei; die Sucht nach Alkohol war der Sucht nach *ihr* gewichen, nach der Gegenwart dieser Frau mit ihrer warmen duftenden Haut –. *Sie* erfüllte meine Stunden mit Unruhe, brachte Nerven in meine Zeit; ich spürte diese Nerven zucken, sobald *Sie* – ihr Anblick, ihr Geruch – in meine Gedanken einbrach. Den festgetretenen Staub meiner Lebensjahre wühlte diese neue so unverhoffte Verliebtheit auf; sie war !da u war nicht erfunden. Aber ich hielt sie gewissermaßen unter=Verschluß, zeigte Niemandem, !Was mich umtrieb; im-Verborgenen durchlebte ich schäumende, närrische Stunden voll wunderbar burlesker Augenblicke, das Jungensgemüt aufs Tiefste ergreifend u wiederbelebend. –

?Und Sophia (in-Gedanken sprach ich sie lange schon mit ihrem Vornamen an). Sophia mochte befürchten, ich könnte meine Geständnisse wiederholen; mich festfahren, die-Therapie unmöglich werden lassen. So mußte sie beschlossen haben, mich abzukühlen, indem sie mich beharrlich auf *meine-Geschichte* zurückverwies, um aus-mir=selbst-heraus Eigenständigkeit, Selbst=Vertrauen & Entscheidungskraft schaffen zu können. Fortan legte diese Frau es darauf an, mir wie Neonlicht zu erscheinen: elektrisches Feuer, weißhell & klar anzusehen, aber ohne 1 Funken Wärme.

–Sie haben zu all unseren Sitzungen sehr ausführlich über Ihr Dorf, insbesondere über die Gaststätte=dort, dadrin jene merkwürdige alte Frau, die Besitzerin, gesprochen. – So begann sie unsere letzte Therapiestunde in ihrer Hamburger Praxis. –Aber Sie haben kaum jemals über Ihre Lebens- & Arbeitszeit als freier-Journalist erzählt, Weniges nur über Ihre Frau, Ihre !geschiedene Frau –; Sie haben keine Kinder. – Das Helle in Ihren Augen überzog 1 fragender Schatten.

–Kinder….. – (und schaute in ihre festblickenden Augen, als wollte ich dort die dunklen Punkte in der Iris zählen u jeden 1zelnen Zug in ihrem Gesicht mir einprägen, um dieses Gesicht später aus der Erinnerung-heraus zeichnen zu können.) –Kinder sind verschlagene Wesen; wie bei den-Tieren od Wahnsinnigen liegt in Kindern die-Vernunft unter einem seltsamen Bann betäubt – man kommt nicht an sie heran. Und meine Arbeit: ich, der sogenannt freie Journalist – (beinahe hätt ich laut aufgelacht) –?Ist es nicht immer so, daß man die Leute-aus-dem-Alltag samt den wenigen Orten in denen man tagaus=tagein mit&neben ihnen leben muß, ab irgendeinem Zeitpunkt nicht mehr recht !anschauen mag. Ebensowenig das Tun, mit dem man beschäftigt ist während der Nullzeit des Lebens; jenes Tun, das einem Geld zum Überstehen gibt u: – das Tun wie das Geld – man vielleicht deswegen eher als achten verachten muß : Dazu ist Nichts zu sagen.

–Im selben interesselosen Licht war auch meine Ehe vorübergezogen. Erst jetzt, wo ich weiß, ich-gehöre-nicht-mehr-dazu, wird der Schaden sichtbar, den das-Leben..... – das sogenannt eigene u: das der Anderen – genommen hat. Als sei nach schwerem Wetter ein Teil fest geglaubten Bodens plötzlich weggebrochen, und eine Doline zeigte die langjährige unterirdische & geheime Zerstörungsarbeit der Elemente erschreckend=offen her. – –Aber – (wandte sie ein) –Sie sind den Elementen nicht so wehrlos ausgeliefert wie ein Stück Land. Sie haben eine Entscheidung getroffen: Sie werden Hamburg verlassen, Sie werden nach Berlin ziehen. (Sie setzte ihre Worte so deutlich, als würde sie mir den eigenen Entschluß diktieren.) –Ja, denn ich habe eineWohnung=dort, zudem das Angebot für einen Redaktörsposten in einer Tageszeitung; ich muß nur noch zusagen. (Log ich, rasch sie unterbrechend). –Glauben Sie mir, es wird Alles in bester=Ordnung sein für mich. Ich werde !neu !beginnen. In Berlin. – Sie maß auch dieses Mal bei meinen Worten aufmerksam jeden meiner Gesichtszüge (?ob sie wirklich ?Alles lesen könnte –).

–Trotzdem. (Sagte sie schließlich, das Wort klang trocken wie Räuspern.) –Ich möchte Ihnen behilflich sein, wenn Sie Hilfe nötig haben sollten – warten Sie, – & entwischte hinter ihren Schreibtisch, zog dort rasch eine Schublade auf & mit stelzigen Fingern durcheilte sie einen Karteikasten. Dabei, glaubte ich, sprangen aus dem über die Kartei gebeugten Gesicht 1ige Blicke auf und herüber zu mir. Kurz hielt sie inne, schaute jetzt wirklich auf, als hätte sie mich erst jetzt so recht wahrgenommen. –Ihren Entschluß, sämtliche Schiffe zu verbrennen hinter sich, aus dem Altenleben & Milieu sich be!wußt & !endgültig herauszulösen, und in Berlin – in vollkommen anderer Umgebung mit anderen Menschen unter neuen Arbeitsbedingungen – einen Anfang zu suchen: !Das finde ich sehr mutig von Ihnen. Und es ist !wirklich das Beste für Sie. Und deshalb will ich, wo ich kann, Ihnen Hilfe & Unterstützung sein. Denn wie ich Ihnen schon zu Beginn der Therapie gesagt habe – (setzte sie kühl hinzu) –haben mein Mann u: ich beschlossen, unseren Wohn- & Arbeitsplatz nach Berlin zu verlegen – kurzum, ich beabsichtige – (sie lachte plötzlich auf, denn die Vollendung solch beamtisch gewundenen Satzes schien auch ihr unfreiwillig komisch.) –Also was ich sagen wollte: Wir haben gewissermaßen die gleichen Pläne. So sehen wir uns wieder in Berlin. Hier in Hamburg sind Sie mein letzter Patient, dann werden Sie in Berlin mein erster sein. Obwohl ich glaube, Sie schaffen Ihr weiteres Leben jetzt auch ohne die Hilfestellung von Ärzten. – –Wenn die Frau der Arzt ist –

(sagte ich und spürte meine Worte von=selbst weitersprechen), –dann habe ich keinen anderen Arzt nötig als die Frau. – Sie lachte meinen Ernst mit warmer Stimme davon: –Klingt wie aus einem Theaterstück. Von ?wem ist es. – –Ich erinnere mich im Augenblick nicht daran. – Plötzlich hatte mir der Mut gefehlt, ihr den Urheber zu nennen, denn sie hätte mir u: meinen Gedanken diesen Satz gewiß nicht zugetraut.

Und während ich dies zu ihr sprach, fiel mir der Rat ein, den diese Frau mir einst während der Therapie gegeben hatte: Das Weiter-Schreiben an meinem Buch (an dem ich seit Zehnjahren in Allerheimlichkeit schrieb) wieder aufzunehmen & fortzusetzen. –*Die Hemmung*, hatte sie voller Zuversicht gesagt, –*wird schwinden in Berlin. Sie werden !schreiben !können, und werden !endlich heraustreten aus Ihrer Selbst=auferlegten Anonymität. Sie, in Ihrer Vergrabenheit, waren Jahrelang voller Trotz & in die Heimlichkeit gestelltem Groll –:– Wenn aber Ihren Trotz niemand !sieht & Ihren Groll niemand !erkennen kann: Dann richten Groll & Trotz Selbst=mörderisch allein sich gegen !Sie. Aus diesem Teufelskreis können Sie herausspringen. Der Trotz der in Jedermanns Schreiben liegt wird Sie retten, wenn Sie wieder mit dem Schreiben beginnen.* – !Ja: !Schreiben..... Ich werd wieder !Schreiben.: ?Angst – : Das Eingeständnis, Schreiben zu !müssen, bedeutet zugleich das Bekenntnis, man verstehe nur !schlecht zu leben –: Also ?!wovor sollte jemand, der schlecht zu leben versteht, noch ?Angst-haben müssen. – Und als ich zum 1. Mal ihr gesagt hatte, ich ginge für einen Neuanfang nach Berlin, war das die 1. Lüge, die zu Wahrheit wurde, noch bevor sie als Lüge sich einnisten konnte; aus meinen eigenen Worten heraus wußte ich jetzt, !was tun. –

Ihre Finger hatten längst aufgehört, durch die Kartei zu eilen, seit geraumer Weile, wie selbst=vergessen, hielt sie in ihrer Hand 1 Zettel bereit, den sie aus dem Karteikasten genommen hatte. Ich starrte, genau wie sie, auf ihre Rechte an dem halb erhobenen Arm, der in der Bewegung des Zureichens steckengeblieben war. : Der Anblick ihrer Hand hatte mich stets verwundert, denn diese Hände wollten nicht zu ihrer übrigen Erscheinung passen. Fremdartig wirkten die kurzen stummligen Finger, die kleinen polsterartigen Handballen, seltsam kühl ausgelaugt & rissig deren Haut, als müßten sie grobe Arbeit verrichten in einem weiteren, außerhalb dieser Praxis gelegenen, freudelosen Leben.....; 1 Leben, das mit jeder 1zelnen Kerbe in der Haut von Auszehrung, stillgestelltem Verlangen & Unterwerfung gezeichnet schien. Nicht die Augen – Augen sind nichts als dummfreche Lügner –; jedes Menschen Hand ist der echte Spiegel seines Gesamtenlebens. –

Ihre Finger hielten mir den Zettel entgegen – 1 weißes viereckiges Stück Sicherheit; ich zögerte mit dem Zugreifen: Nehme ich das Papier mit der aufgedruckten Adresse 1 Wohnungsmaklers, dann wäre die gröbste Sorge – obdachlos in Berlin – fürs-erste behoben; ich wäre, vorerst, in=Sicherheit : Doch gerade !dieses Zugeständnis an meine Veranlagung zur Feigheit, an mein Anpassertum & die Kleinkinderangst vorm Großen-Wald !beschämen mich in-Diesemaugenblick zutiefst: !?Was sollte werden aus meiner ursprünglichen Absicht, mich voll-u-ganz auszuliefern und wie 1 Vogel-Freier Dieser Frau zu folgen, egal wohin Sie gehen würde – –

?Ahnte sie das aus meinem Blick, der vielleicht zulange schon auf ihren Händen lag. –!Hier. !Bitte. – Sagte sie schließlich betont laut, als müsse sie mich aus langem Gedankentraum aufwecken. Sie blickte mich mit dem Versuch zu lächeln an & reichte mir mit der ausgestreckten Rechten (am Mittelfinger der schmale glatte Goldring schimmernd) die Adreßkarte über den Tisch. –Sie werden eine preiswerte Wohnung benötigen. Deshalb habe ich mich in-dieser-Angelegenheit bereits an !ihn gewendet. Er ist ein Bekannter meines Mannes, ebenfalls Immobilienhändler. – Beeilte sie sich mit geschäftsmäßiger Sachlichkeit anzufügen, doch in ihrem Blick ein fernes Gewitterlicht – (und !solch Anblick, bei Allem was mich trennen mochte von dieser Frau, ließ mich spüren, aus all unsern verlornen Jahren ist uns=beiden der gleiche Hunger verblieben – –).

–Momentan ists noch recht einfach, in Berlin bezahlbare Wohnungen aufzutreiben; Hauptstadt-Koller Metropolen-Wahn & Fehlkalkulationen haben manchmal auch ihr Gutes. (Redete die Frau meine Skrupel beiseite.) –Nehmen Sie, ich helfe Ihnen gern. Und wenn Sie mit ihm über den Mietpreis sprechen werden, sagen Sie, !ich habe Ihnen die Adresse gegeben. Damit wird dann Vieles für Sie leichter werden. Ich kapitulierte und nahm die Karte aus ihrer Hand.

–Und nehmen Sie auch !diese Karte – bittesehr: Meine neue Anschrift in Berlin. Sie können immer & zu Allenzeiten mich anrufen od 1fach vorbeikommen. Ich werde immer für Sie da-sein. – Fügte sie hinzu, der süßherbe Duft ihrer Haut gab dem formelhaften Ausklang ihrer Worte das

S. 151, Zwangsvollstreckung & Die Vollendung der Natur →:
Insbesondere das Empfinden für den ihm zustehenden, natürlichen Lebens-Raum ist beim Menschen stark ausgeprägt. Somit gilt sowohl jedweder Überschreitung solchen Maßes für angemessen menschlichen Raum als auch dessen Beschneidung ausgesprochene Idiosynkrasie von seiten

Einzigartige einer ersten=wirklichen Begegnung.– Und Stille danach, erhitzte Luft im Raum.

Wenig später dann stand ich im grellen Sonnenlicht auf der Barmbeker Straße, spürte Hamburgs zugigen Windstrom –, ließ mich zum Letztenmal den Hans-Henny-Jahnn-Weg entlangtreiben hin zur Außenalster, einem weitoffenen hellgrauen Auge hinaufschauend zum salzscharfen Blau des Himmels. (Und spürte sogleich den fauligen Geschmack aus unselig gewordner Vertrautheit:) Im nordwestlichen Eimsbüttel, gewiß auch zu-Dieserstunde *Elisabeth, meine vergangene Frau*, befangen im Gewerke alltäglicher Handgriffe einer praktischen Ärztin & im Pferch ihrer Ansprüche an 1 Leben, das ihr zur Erfüllung den Falschen beschert hatte, Zwölfjahre=lang vergebliche Leben's Müh..... (Und schluckte den fauligen Speichel hinunter, Geschmack des Versagens u der Versagung.) Die Schritte im Steinklang meinen Weg entlang: Schwanenwik – Kennedybrücke – Alsterufer – :steinerne Krebsscheren mit Blech-Gelärme umschlingend die Mittagsstunde in dieser großen Stadt. Deren Häuserzeilen besaßen selbst etwas vom Warten all der Schiffe-vor-Anker, als wär jeder Frachter, der langsam die Elbe-abwärts fuhr, ein losgelöster Brocken aus diesem zwar unbeirrbaren, doch geduldlosen Warten. Seit heute war ich der-Fremde=auch-hier, in solch einer Stadt, die wie ein zu weiter Mantel schlotternd den mager gewordenen Leib umschlägt. So fremd Hier wie fremd Dort im Wendlanddorf unter hochgespannten Himmeln u dem heißen staubigen Erdgeruch aus dem Korn der Mittagssonnenfelder.

der Zukurzgekommnen. Genau wie Leidenschaft zu heftigem sexuellem Begehren, verführt Mitleidenschaft zum vitalen Drang nach Leiden-machen, dem wollüstigen Fest der Grausamkeit als dem Äquivalent für davor empfangenes Leid. Im Fest der Grausamkeit sucht der einem verordneten Recht Unterlegene Gerechtigkeit, und der Genuß am Leid Anderer muß umso größer geraten, je höher das ursprüngliche Ansehen des Gemarterten in der Gesellschaft war, das indes durch die Marter im selben Maß seine Einbuße erlebt. Mit aller Präzision des Unbewußten erkennt der Leiden-Macher den Körper-Ort als den je geeigneten, der dem »Kassenort zum Abbezahlen« des ihm davor zugefügten Leids als Schauplatz entspricht – –

Sie hat mich nicht aus dem Dorf u nicht aus dem Altenleben fortgelockt und dann stehngelassen, wie das die-Runde in der Dorfschänke & die Saufkumpane in Hamburgs Kneipen behaupteten. Denn !wie hatte sie noch vor-kurzem zu mir gesagt: –*Unser Leben ist eine Zusammenfügung aus Wörtern, jedes 1zelne bringt seinen Sinn mit, da-*

her die Bedeutung unseres=Lebens. Heimat, Zuhause, Frieden, Verlieren u: Gewinnen – und jedem dieser Wörter kann Jeder einen neuen Sinn hinzuerfinden. Denn kein Leben gleicht anderem Leben. Aber (hatte sie noch angefügt u auf ihre Hände, deren kurze stummlige Finger mit der rissigen Haut sie gespreizt hielt, herabgeblickt) *–es ist so schwer als Sieger zu bestehn, denn Nichts ist leichter als das Verlieren; sich besiegen zu lassen, sich matt zu unterwerfen einem zerbrechenden, geschändeten Leben..... Dort=unten, im abgesoffnen Fundament seines Daseins, verlernt man schnell die Fähigkeit sich zu fürchten – weil Alles zu Furcht geworden ist. So verliert der Furchtsame den Kontakt mit der Wirklichkeit – –*

Diese Frau mit dem süßherben Duft ihrer Haut, sie hatte mich meine neue Art zu sehen, zu denken und zu sprechen gelehrt. Aber das-allein wäre noch Garnichts, wäre nur ein Gewicht mehr auf der Waagschale menschlicher Selbst=Unsicherheit. In allen-Jahren=davor, ohne das jemals recht zu bemerken (wenn überhaupt, dann hatte ichs für die-Gewöhnung angesehn, die man 1=jeden Erwaxenen als das Vermögen, Vernunft anzunehmen, zuschreibt & die anzunehmen *Elisabeth, meine Frau*, über Zwölfjahre=lang mich beschworen hatte, vergeblich), hatte ich – auf meine Art – mit Sterben begonnen..... Und dies Sterben wollte allmählich im Fleisch festwachsen, dem *inneren Leib* den Atem nehmen im unentrinnbaren Würgegriff & wieder nach-Außen sich sträuben mit den 1. grauen=Haaren. Und je verschlissener u wertloser die eigene Haut, desto größer auch dieses Sterbens bestimmende Macht, daran festzuhalten, wie sie festhielt an=mir mitsamt der hämischen Maske des 1zig Haltgebenden, die flüchtige Euforie & Wärme nach den ersten Schlucken Alkohol.....

– – Jetzt muß ich noch Eines tun, Hier & Heute, in diesen letzten Minuten im Haus meines toten Vaters. Ein Haus, das längst schon 1 Fremden..... gehört. Der wird, nach 1 Stunde, !pünktlich zurück sein. Dann wird er dieses Haus nicht mehr brauchen, u kein anderes Haus nach diesem – –

Ausgekühlt u schlecht der Atem in den leergeräumten Zimmern – vor den Fenstern blindäugig der Morgen, stagnierend u drückend – hinter der Horizontlinie=im-Osten gewittriges Leuchten, erinnernd an Großstadtschweiß & Atemnot..... Noch 1 Mal dort aus dem Wolkengemäuer lautlos das Aufzucken von blaugelbem Licht – in $\frac{1}{4}$stunde der Bus –, und Tierschweiß Dung & echoloses Land: – verschwunden ausgelöscht, als hätt Elbehochwasser meine Jahre aus den

Dörfern geschwemmt.– Den Schlafsack wollt ich soeben zusammenrollen, das Bett aus der Letztennacht in diesem Haus, ihn zu Vaters Koffer & Tasche packen; die Reisejacke vom Nagel nehmen & um die Schultern legen –: Als in der drückendschwülen Atmosfäre, die seit-Stunden den Morgen erstickt, in der Luft über dem Haus 1 Geräusch ertönt, als würde Stanniol zerreißen, 1 winzigscharfes Signal – eher gespürt als gehört, – und !Regen !Regen – nicht in Tropfen nicht in Strömen; dicke Blöcke aus Wasser brechen senkrecht & dröhnend herab, den Tag wie in Nebel verhüllend, Hof u Erde schäumen auf in grauen blasigen Strömen – und aus den Himmelsmassen herniederrasenden Wassers weht kühlfrischer Wind –. Ihn in tiefen Zügen atmen gibt dasselbe Gefühl, als sei ein lange gehegter Wunsch !endlich in Erfüllung gegangen. Eine Landschaft schwemmt den Fremdling fort.–

Aus dem Keller dumpf der Feuchtigkeitsatem – ich steige unter die Erde hinab –, und, das schwankende Licht 1 Kerze in der Hand, trete ich vor die Eine Stelle im Gemäuer des Kellergangs: an die immer verschlossen gehaltene, aus rohen uralten Bohlen gefügte & mit derben rostigen Eisenbändern beschlagene Tür. Als Kind hatte ich in dem Raum=Dahinter Ein Verlies geahnt, darin gefangen all meine Ängste –. So hatte ich stetes Grauen vor dem Eintritt verspürt; nicht mal die Klinke zu Dieser Tür zu berühren fand ich den Mut.

Jetzt drücke ich die Klinke nieder, sie gibt erstaunlich leicht nach, die Tür ist unverschlossen, ich trete ein. Großgebärdiger Kerzenschein reißt fantastische Helldunkelwesen aus dem Schacht. An die eine Wand gereiht unter Mumienschleiern von Spinngeweben die alten Benzinfässer, die Vater seit ?Werweißwielange hier=Unten aufbewahrte (kann sein, er glaubte an die Wiederkehr von Preisexplosion, Kontingent & Schwarzmarkt für Benzin, u lag damit gewiß nicht verkehrt. Und diesen Raum im Fundament – im Gegensatz zu der sonst in Rundlingshäusern üblichen Bauweise die Häuser nicht zu unterkellern – hatte Vater eingerichtet vielleicht nur zum Zweck, seinen Benzinvorrat aufzubewahren.) Die Fässer hocken wie heidnische Götzen im Dämmerlicht ihres Kellerverlieses. Diesen Gerätschaften in-Stille&-staub, allsamt stumme Spuren aus dem festen u vertrauten Gehäuse einer längst vergangenen Zeit, scheint etwas von früher Obhut anheimgegeben – als brauche man sie nur zu berühren, und alles Verschwundene u Verblichene träte unbeschadet aus dem Dunkel aufs-Neue hervor –: !Trügerische Gespenster, Schimären aus Niederungen 1 bleichen Keller-Wahns Geborgenheit, die !so doch !niemals Wirklichkeit, schon Damals nichts als kindhafte Träumereien & Wünsche gewesen. Denn Geschichte ist nicht 1fach die Vergangenheit gewordene Gegenwart, sondern 1zig die *Vorstellung einer Gegenwart*, die einst hätte Wirklichkeit werden können.....: Aus. Vorbei. :– !Fort damit.

Bissiger Ölgestank sticht aus dem Faß herauf, das Benzin ist von den-Jahren offenbar unversehrt geblieben, wie ein uralter Zorn, der mit seiner Zeit nicht verrauchen konnte. Den Kerzenstumpf berechne ich auf 10 Minuten; solange würde er brauchen, bis die ruhig brennende Feuertulpe niedersinken & den Anfang der Lunte in Brand setzen könnte – der Lunte gebe ich reichlich 1 Minute, und zischelnd würde das Flämmchen schließlich das Faß erreichen..... –: Mit ihrer Rückkehr & dem end=gültig Besitz=ergreifenden Eintritt des fremden Eigentümers & seines Architekten – sie würden ihr Wort halten & auch Diesesmal auf-die-Minute !pünktlich sein – hätten diese Beiden ihre Zeit ex=akt sich selbst gesetzt: Auf Tag & Stunde –.– Kurz nach der Abfahrt des Busses, wenn das-Land wie ein weithin ausgebreitetes Tuch vor meinen Augen davongezogen würde, hinein in den braunen starren Morgen – hinter den klobigen Giebeln anderer Häuser, hinwegschlagend über die grafitfarbene leblose Ausgekühltheit des Gaststätten&hotel-Gebäudes, das tagsüber wie ein vor Langerzeit gestrandetes Schiffswrack, vergessen in Schäbigkeit & Rost, hinter Bäumen an der Landstraße liegt, und durch die fettgrünen Laubfinger von Platanen Eichen & Kastanien stürzend : Vögel ließen im Schreck aus dem Gezweig ihre silbrigen Stimmen wie Schütten frischgeprägter kleiner Münzen fallen – !plötzlich hochfahrend der grelle, nach Krieg stinkende Feuerwall, rotschwarzes Wetterleuchten mitten=im=Dorf. Und dadrin die Gespenster aus Vergangenheit & Gegenwart – in Jahrenjahrzehnten aufgerichtet Angst Sorge Demütigung erstickter Zorn & niemals zuende geschlagene Schlachten gegen eigenes & fremdes Blut, Niederlagen Triumfe dreckig & klein, u die allerlängste Zeit voll gleichgültigen Daseins, ohne Groll & ohne Hoffnung, wie man ebensogut auf 1 Kuhfladen glotzen kann –; Gespenster, die von den niedrigen, engen Stuben im Haus immer noch weitere niedrige, enge & heiße Stuben abzutrennen schienen mit immer knapper werdender Atemluft: das eltern Haus, & voll stumm-verbissen geschwitzten Schweißes der Entsagenden, grad so als wüchsen die Jahresringe eines Baumes in die verkehrte Richtung, nach innen, alles Leben hier langsam im Würgegriff dieser anwachsenden Jahre abzutöten: Alles Verratene u alles vergeblich Liebgewonnene und somit jetzt vergeblich Verlorne –,– in einem einzigen Moment von der Feuerwucht gebrochen & zerschlagen, mit ätzigen Flammensäulen meine Vergangenheit & meine Gegenwart durchschießend.

Der Platzregen ist vorüber, hell & schneidend Sonnenlicht aus Millionen Tröpfchen in wassersatter Luft. Vielleicht (überlege ich, während ich meine Hand behutsam den brennenden Kerzenstumpf ans 1 Ende der Lunte auf den Kellerboden niederstellen seh, das andere Luntenende schon im geöffneten Faß; der zurückrutschende Jackenärmel gibt die Armbanduhr frei: 9 Uhr 49 – und während ich aus dem Keller wieder heraufsteige & zurück in den nach einem Regen warm leuchtenden Tag:) Vielleicht werde ich aus dem davonfahrenden Bus dann nicht einmal mehr zurückschauen.

Eine Wohnung in der Anderen Welt

Spätsommer 2000

Ankunft + Beschämung

BERLIN zur sonnenhellen Mittagsstunde. In großen Blöcken steht Asfaltluft, vom Unwetter aus Nacht und Morgen noch regendumpf, – Häuser Kirchen Schornsteine Türme tief wie Pfähle in blanke Pfützenspiegel hineingetrieben, als seien dies Zugänge für den Mittelpunkt-der-Welt.

Ankunft am Fernbahnhof Zoo. Und erinnere, was Sophia bei meinem letzten Besuch in ihrer Hamburger Praxis zu mir sagte, es sei derzeit !leicht, in Berlin bezahlbaren Wohnraum zu finden. (*Sophia – süßherb der Duft deiner Haut, u ist schon Heimkehr.*)– Sie hatte mir damals die Visitenkarte mit der Adresse eines Maklers, eines Bekannten ihres Mannes, gegeben; die Karte habe ich verloren, den Namen & die Adresse mir einzuprägen vergessen. ?Was jetzt tun.–

Unentschlossen lungere ich am Bahnhof herum, drängele mich durchs ruppige Geschiebe Anderermenschen, Zu&abströme Fleisch mit eilzerkerbten Gesichtern voller Unlust & schlecht verbissnem, rätselhaftem Zorn. – Und bleib inmitten dahinkwellender, mit immer Mehrmensch sich vollsaugender Menge 1fach stehn, stell Koffer & Reisetasche ab: – 1 geschniegeltes Bürschchen im Trenchcoat rempelt seinen Koffer gegen mich, das *Scheißpennergesox* verfluchend, – & hastet mit fliegendem Mantel weiter; ich blicke mich um.

Schließlich spreche ich einen der umherstreunenden Männer an. Ein kleiner, untersetzter Ausländer, vielleicht vom Balkan, sein Gesicht wirkt gutmütig u vertrauenerweckend, dunkelmild u wachsam seine Augen auf mich gerichtet.

Ich erzähle ihm, wonach ich suche.

Er gibt vor, meinen Ausführungen zu folgen, doch er versteht wohl Deutsch nur schlecht; – oft fragt er mit einer Stimme als würd er mit den Wörtern würfeln nach, was ich grad zu ihm gesagt habe. Er scheint zudem schwerhörig, ich muß fast jeden Satz wiederholen, immer langsamer und lauter als zuvor läßt er mich sprechen. – Darüber vergeht Vielzeit. – Auch glimmt im Innern seiner Augen das Ewige Spott-

Licht; mit seiner Schwerhörigkeit & dem als schlecht vorgegebenen Deutsch treibt er gewiß nur seinen Spaß mit mir. Vielleicht ist er illegal im-Land, hat – werweiß – Verfolgungen-&-Flüchtlingslager hinter-sich gebracht; seinem Begriff nach dürfte ihm meine dringliche Sorge um *bezahlbaren-Wohnraum* (wie ich das immerfort betont habe) lachhaft u nebensächlich erscheinen. – Ich stehe vor einem Stück Osteuropa, in dunkle Gerberwolle gehüllt, u habe ihm Nichts zu sagen, Nichts von ihm zu erwarten außer niederträchtigem Spott.

Allmählich verlassen mich Mut & Rat. Vor Verlegenheit trampelnd wie 1 Schulkind unter langsam steigender Erbitterung – *!Was glauben Die, ?wer sie !sind : Die wollen !Ihresorgen&nöte ernstgenommen wissen, haben für Fremder Sorgen&nöte aber nichts als Spott.....* –, so bleib ich vor dem Fremden: *?!Wie soll ich !so zu einer Wohnung kommen.*

Inzwischen haben sich einige andere Männer in abgenützten Klamotten um-uns geschart, verfolgen teils neugierig/teils froh darüber, daß mal wieder Was passiert, diesen mühsamen Dialog. (Auch meine ich, der Mann, den ich angesprochen hab, schaut mit seinen schwarzen Blicken wie 1 Entertäner um Beifall für seine dürftigen Scherze heischend, in-die-Runde.) –

Unmut u Ärger in=mir sind mittlerweile gröber geworden, während die Schar der Neugierigen-ringsum – Ausländer & 1heimische – anwächst; sie rücken näher und dichter auf. Viel von langjährigem freudelosem Müßigtrott u Leben's Unbrauchbarkeit, vorzeitig ranzig gewordnes Fleisch, ob 25 od 50 Jahr: dem Stumpfsinn & dem Gift überlassen, die gleichen schweinsborstigen tückischen Seelen, von all=täglicher Demütigung & Schrecken abgewracktes, abgestorbenes Leben in den Gesichtern rings=umher. 1 Mann mit abgeschabt blauem Anorak, die zwirnigen Haarsträhnen bespecken den Stoff über eingezognen Schultern, den Hosenboden voll brauner Flecke, mischt sich schließlich ein, zieht mich energisch am Arm aus der Runde fort & spricht mit stockender Stimme zu mir. Freilich seis noch leicht, im-Berlin-der=Zeit preiswerte Wohnungen zu kriegen; aber !so 1fach nun sei Das auch wieder

S. 324, Im Blut der Armen auch Hobel & Späne:
Die-Armen sind ebensowenig die-Besseren-Menschen, wie irgend-Publikum den besseren Kunst-Richter abgibt. Beide – die-Armen & das-Publikum – vereint das Große Ressentiment gegenüber all denen, die *anderes* wollen, vor=Allem *anders* denken od nur *anders* sein wollen als SIE..... Der Schwache sucht nicht in 1. Linie nach den Ursachen für seine Schwäche, sondern nach dem Noch-schwächeren: ihm – aus dem Guten-Gewissen angesichts der all=gemein

nicht. Man müsse schon !wissen, !wie mans anpackt, u: Das wissen nur Wenige. –*Der Kappi-Tallismus is nehmlich keen=Vergnüüng, Alter. Speckelanten miet-Heie un Aus=Beuter sinn imma vornewech. Machng auf Unserekostn ihrn Reibach. ?Schteuern: Zahln !Die !keene Müdemaak. Schluckng hier=ze-Lande Supp* (er stößt auf) –*wenn-Zionen noch&nöcher. Und wennse damitt Jewinn machng: !app inz billjere Ausland. Arweit ham !wir wieder !keene. Mit ihre Mülljoonn die se sich zesammjerafft ham, sitzn Die längst Alle inner Schweiß.* – Erst mal ein tiefer Schluck aus der Büchse. Dann redet er weiter auf mich ein: –*Awa unz die Sos-ja-hülfe=kürzn: Imma !schnällstenz Zurhand damitt, imma !vornewech. Awa watt ick bin: !Ick weeß woot langjeht. !Ick kenne meene Rechte. Unt wennetseinmuß ooch meene Linke.* Und zeigt grinsend seine Faust her; die ist schmutzig u klein wie die Faust 1 Kindes.

gültigen Normen – alles selbst Erlittene, um den Mehrwert eigener Gelüste potenziert, vergelten zu lassen. In Aller diffusen Schwäche, wie auf dem Grund eines Flusses, finden auch jene erfahrenen & erlittenen Demütigungen, von-Oben verfügt, als vergiftender Bodensatz sich wieder & weisen das Merkmal aller-Obrigkeit auf: von der Reißwut=der-Oberen zur Beißwut=der-Unteren. Mit dem Bleigewicht der Normen beschwert, sinken diese Injurien genau dorthin ab, woraus Gesellschaft ihren Bestand hernehmen !muß. Wer bei den-Armen wie bei dem-Publikum sich anbiedert, sich unterwirft indem er verbal od praktisch Zuarbeit leistet, der verbaut wissentlich Aus-Wege & zementiert, im-Leben wie in der-Kunst, das Dilemma von Herrschen & Rechten.– Das Aufgeben des Denkens & des Handelns in Gesellschafts-Gefügen, & derlei Bestreben gibt es tatsächlich, weil Man in Gesellschaft=an-sich das Grundübel wähnt, ist Nichts weniger als naiv od: unverschämt, u kommt dem Kabarettwitz nahe, worin als Vorschlag zur Beseitigung von Straßen-Kriminalität eben die Straßen abzuschaffen seien –.

Ich begreife: Geheimwissensträger Atzeschulze, der-Durchblicker : Im Bauch das Bier, die Hosen voll & im Gehirn ochsige Presse-Schlag=Zeilen; Karakter engschultrig, aber Zweimeter=breit beim Sichbehaupten mit des mündigen-Bürger's wichtigstem Organ: dem Maul. !Bittesehr, 1 Wert=volle Persönlichkeit: der Vorderwäldler = der-Deutsche. Solcherlei altstudentischer Habitus zwingt mich seit-Jeher zum Widerspruch, sogar wo sie Recht-haben. (:Seit-Langem vermied ich daher den Umgang mit diesem Menschen-Schlag.....: umso mehr, wenn ich ihnen zum-Dank verpflichtet war.) Schon will ich fort. –

Doch er packt meinen Arm fester, schiebt sein kupferrotes Narbengesicht näher an=mich ran, bläst sauren Bieratem gegen mich & versichert, ich müsse, um eine Wohnung=wie-ich-sie-will zu finden, 1-ganz=bestimmtes Bekleidungsgeschäft aufsuchen, das nach-wie-vor ausschließlich DeDeR-Oberbekleidung verkaufe. Hier verrutscht dem Mann das Gebiß, und mit schnalzendem Zungenlaut schiebt er die gelbschwarzen Zahnruinen wieder zurecht. Dann rülpst er laut – aus seinem Mund eine vergorne Kotterwolke, als er hinzufügt, ich müsse, in dem Geschäft angekommen, dem Verkäufer mein Anliegen verständlich machen, indem ich nach einer=gewissen Jacke verlange. (Er beschreibt diese Jacke erstaunlich detailliert.) –*Dassis allet Kleidung die niemals nen Abnehmer hat nich finn könn. Unnda hängtse nu & wartet auf Sojemann wie dich.* Sagt der Mann & schluckt. Wären Mißtrauen & die Unfreundlichkeit des Verkäufers erst mal überwunden, dann – er rülpst noch fürchterlicher als vorhin –, dann gäbs keinerlei Hindernisse mehr, eine Wohnung=wie-ich-sie-will auch zu bekommen. –*Duwirsdirdort fühln wie inne Andan Wällt.* Fügt er noch doppelsinnig hinzu, – dann trottet er, die leere Bierbüchse in der Hand zerknackend, schlappen Fußes davon.

Wenig erbaut über solch eher das Mißtrauen weckende Auskunft, schaue ich mich um –: Alle übrigen Männer-von-vorhin sind mittlerweile verschwunden od: haben sich Anderen zugekehrt so, als hätt es mich nie gegeben; ich traue mich jetzt nicht noch 1mal, sie anzusprechen. Wie überdrüssig sie ein:ander sind; wie schwer es ihnen fällt, wenigstens miteinander=freundlich zu sein. – Drückend schwer & dampfend lastet grelle Mittagshitze auf noch regenfeuchtem Asfalt. Dennoch kriecht Frösteln den Leib hinauf und Wut-auf=mich=selbst über den Verlust der Visitenkarte des Maklers. Nichts anderes bleibt mir also übrig, den ungewissen Angaben dieses Fremden zu folgen.....–

Auf dem Weg zu den S-Bahnsteigen vor der großen Bahnhofshalle BERLIN ZOOLOGISCHER GARTEN unter der breiten Eisenkonstruktion sind deren Träger & Stützpfeiler mit spittsen Metallstiften gespickt, zu verhindern (zumeist vergeblich) daß Vögel dort sich einnisten. Und an 1 der langen Dornen hat eine Taube sich selbst aufgespießt. Das Tier lebt noch, schlägt die Flügel, umsonst: vom eigenen Körpergewicht festgehalten steckt die Taube auf dem Spieß, aus der Wunde am Unterleib hervorquellend Eingeweide – immerwieder Flügelschlagen, die Beinchen krallen nach festem Grund in der Luft – das Tier kommt nicht los, u: ich kann nicht helfen. – Neben dem *Ullrich*-Supermarkt 1 Mann – unter Bartundhaarfilz schwimmend die Augen in der Färbung von zerkochtem Fisch, mit wurmigen Bewegungen zerrt er seine speckige Leinenhose die Beine hinab, dann hockt er sich über 1 Gullideckel und läßt Dünnschiß unter sich. Schließlich richtet er schwankend u in Zeitlupe sich wieder hoch; daß er sich entblößte, scheint dem Mann entfallen. Den schmierigen Hosenhader um die Knöchel mit baumelnden Klöten versucht er schlurchend 2 3 Schritte –, er besinnt sich, u während Reste Dünnschiß die mageren Oberschenkel runtertriefen, werkelt er die Hosen wieder hoch –; Menschen gehen vorüber.

In den S-Bahnwagen die Abteile im hitzeschwelenden Dunst – die Züge brüllen sich ihren Schienenweg entlang, – bizarre Eisen Brücken Galerieen Kanäle die Spree zu teerfarbnem Was geronnen, im Grund die Schlacke verwester Kriege, Mauergewerke mit Tünche Farben vergrällt, dazwischen heben sich Bäume, nach dem Gewitter in aufgleißendem Grün –, lautlos prallen Vogelschwärme gegen den Himmel.

Am Bahnhof Jannowitzbrücke muß ich in die U-Bahn der Linie 8 umsteigen, doch nehme ich versehentlich die Bahn in die verkehrte Richtung. Spät den Irrtum bemerkend, verlass ich an irgendeiner Station den Zug, und laufe die Treppen zum Ausgang hinauf. In der Mittelachse einer doppelspurigen Hauptverkehrsstraße komme ich aus dem Untergrund, 1 Zaun aus Metallrohren halbiert die Straßenflucht. Zu beiden Seiten des Mittelstreifens unablässig brüllendes Sausen – ohne Unterschied gleichförmig wie ein akustischer Nebel –. In seiner 1tönigkeit markiert dieses Rauschen den einer=jeden Großstadt eigentümlichen Ursprung für Idiotie.– Selten durchschreitet jemand das brüllende Getöse & wechselt an den Fußgängerüberwegen die Straßenseite, immer vorsichtig mit Iltisblicken nach allen Seiten äugend als künde das Sausen von reißenden Strömungen u Abstürzen tief hinab unter den Asfalt. Die geradlinige Straßenflucht beidseitig begleitend Aufreihungen von Häuserzeilen, so stur & grau wie Beamtensprache; auf den Gehsteigen verstreut, als seien das die pedantisch=rigiden Kommata in bürokratischen Verfügungen, die Kotriegel aus Dutzenden Berliner Hundeärschen. Angeekelt steige ich durch die Syntax der Anständigen-Bürger..... Zu beiden Straßenseiten die fünfgeschossigen Häuserblöcke, Berliner Traufhöhe, fugendicht nebeneinander, steinesstille Panzerschränke an den Weg gerückt & gestopft voll mit Menschen. Zuweilen in Fensterrahmen graugesichtige Fratzen wie mittelalterliche Schreckensmasken von Dämonen & Wasserspeiern –; auch kommen sie aus dem Panzerstein zum Einkauf in kleine türkische Läden, jeweils auf ihrer Wohnseite der Straße, heraus. So haben sie wohl ihr Auskommen Tag-auf-Tag. Schmutzigweiß wie Schaumfetzen kleben Gardinen aus offenen Fenstern am Mörtel, winken mir zu 1 träges, herbestelltes Willkomm od: Leb-od-stirb-wie-du-willst:Nur-laß-!mich-in-!Ruh.– Das Wesen des Fänomens der-Stadt: Un-Massen toten Steins voll mit überdauerndem, gemaßregeltem, engzusammgedrängtem Fleisch, das gegen den Tod sich zu wehren sucht. Das ist das Knochengerüst zu allen Stadt-Lebens=Mythen. – Rasch lauf ich wieder zurück, unter den Asfalt, zum U-Bahnsteig. Diesesmal fahre ich die richtige Strecke.

Das gesuchte Geschäft befindet sich im Wedding; 1 unscheinbarer Eckladen in narbigem Gründerzeitbau. Ich stake weiter den Fußweg entlang unter hoher schattenloser Mittagsstunde. Meine 1. Schritte in der heißen Fremdenstadt..... : Wie=immer die entscheidenden.

Als ich den Blick wieder hebe, kommt, wie aus einem Spiegelbild heraus, 1 Mann mit zwei schweren Reisetaschen in Händen auf mich zu. Der Mann könnte in den 30ern sein, wir nähern uns auf gleicher Linie; 1 von uns würde ausweichen müssen. Doch grad als ich das tun will, führt der Fremde einen ungewöhnlich weiten Halbbogen um mich herum aus grad so, als sei bereits die Nähe=zu-mir mit gefährlicher Ansteckung verbunden od: als stünden augenblix von mir Gewaltausbrüche zu befürchten. Ich beobachte den Fremden während er um mich herumgeht; seine Kalkaugen blicken starr gradaus, die Lippen zusammgekniffen, ernst wie bei 1 Soldaten nach Einem Krieg. Scheint, er ist nur 1 Eingebung folgend so gelaufen, nicht aus Angst vor mir; ?vielleicht hat er mich gar nicht bemerkt. Od: wenn, ?welche Ahnung läßt ihn sogar meine Blicke meiden. ?Sollte ich ihn kurz mit der Schulter streifen, so daß er etwas sagen müßte –.– Aber der Fremde biegt bereits um die nächste Hausecke und ist verschwunden; vor mir liegt der Eingang zu dem gesuchten Laden.

S. 130, Gefühle verkürzen die Perspek-Tiefen →:
Direkt gesuchter Blick-Kontakt mit dem anstürmenden Gegenüber trägt nicht zur De-Eskalation bei, im Gegenteil: Blickkontakte gelten innerhalb der kriegerischen Konnotation bereits als Kräftemessen, die Vorstufe zur direkten Auseinandersetzung, & verschärfen die Duell-Situation.

S. 498, Freak Waves. Jähe Wut →:
Die Antipoden Respekt u: Verachtung mitsamt ihren zugehörigen öffentlichen Verhaltensweisen Zukehr u: Abkehr, induzieren ein hohes, allzeit latentes Potential zu GEWALT, & nur 1-weniges ist ausreichend deren plötzlichen Ausbruch zu provozieren. Innerhalb des Stadt-Lebens-Raums erfolgt durch diese antipodische Maschinerie die Zernichtung großer Werte von Zivilisiertheit : Der HOMO BARBARUS als die Lebensunform auf hohem technizistischem Niveau, der, im Vollbesitz seiner Gefühle doch in Unkenntnis seiner Grenzen, zum *Kolonisator des Respekts* entartet.....

Sofort nach dem Eintreten gerate ich, der 1zige Kunde, in einen von schwachgelbem Licht & stockiger Luft beherrschten schlauchartigen Verkaufsraum; der mag früher in einer Wohnung eines jener *Berliner Zimmer* gewesen sein. Das einzige Fenster im Vorderteil des Ladens verhängen Kleidungsstücke – Anoraks, Jacken, Mäntel, dicht | bei | dicht zu mehreren Reihen, auch über1ander, an Garderobenhaken od die Längsseiten des Raums durchziehenden Metallstangen wie Stücke Fleisch in einer Metzgerei. Sämtliche Sachen wirken schäbig & arg vernutzt, der Laden dürfte die Kleidersammelstelle einer Hilfsorganisation sein. Den Verkäufer kann ich nirgends ausmachen, selbst nach einigem lauten Räuspern zeigt sich niemand. Ratlos mache ich 1ige Schritte auf&ab in dem stillen Raum voller Kleider u dichter Luft.

Schon glaube ich meine stärkste Vermutung bestätigt, dem dummen Scherz 1 Süffels aufgesessen zu sein, als schließlich zwischen einem der Kleiderständer 1 Mann in speckbrauner Strickjacke (mit aufgenähten Ellbogenschonern) vor mich hintritt. Seine mürrischen, von graugelber Haut bespannten Gesichtszüge, die Miene des Magenkranken, verändern sich um keine Spur, als er, indem er 1 kurzen Laut äußert, nach dem Begehr fragt. Ohne Umstände geb ich ihm Auskunft & verlange nach der bestimmten Jacke. Der Verkäufer begutachtet mich zunächst mißtrauisch & Langezeit, dann schlurft er schweigend zu 1 der Kleiderstangen im düstersten Teil des Ladens, nimmt einen dunkelgrünen Mantel vom Bügel, und darunter dann erscheint die gewünschte Jacke, wie sie der Süffel am Bahnhof Zoo erstaunlich zutreffend beschrieben hat: Aus blauem Kordsamt geschneidert mit goldenen Knöpfen, im Innern ein Stoffutter im Schottenmuster. Ohne 1 weiteres Wort reicht mir der Verkäufer die Jacke über den Ladentisch, ich ziehe sie an, und im-Augenblick verschwinden Verkäufer & Kleidungsstücke ringsum / – –

– – / Als einziger Kunde bin ich im Innern eines Lebensmittelgeschäfts. Den fast leeren Holzregalen entströmen dumpfe Stockgerüche von einst hier gewiß vorhandnen Teigwaren. In einem dieser Regale in Bodennähe auffällig eine einzige verbeulte Konservendose mit dem Etikett *Anchovis*. Als ich sie zur Hand nehme, gibt das dünne Blech sofort nach und die Dose läßt wie aufgeweichte Pappe sich verformen, aus 1 Riß quillt bräunliche Masse mit scharfem Fischgestank heraus. Angewidert stelle ich, möglichst ungesehen von den drei Verkäuferinnen, die gelangweilt am Ladenausgang um die Registrierkasse stehn, die Dose ins Regal zurück, wische die Finger heimlich am Regal ab, und schlendere betont gleichgültig durch den Raum.

Schließlich habe ich in den Drahtkorb in meiner Hand doch 1iges an Waren gelegt, so tret ich an die Kasse heran. Dahinter sitzt eine beleibte, ältere Frau im weißen Kittel mit ebenfalls weißem, zinnenartig gezackten Häubchen im Haar. Mein Erscheinen lockt sofort die übrigen beiden Frauen herbei, als hätten sie mich bislang nicht bemerkt od: von mir ohnehin keinen Kauf erwartet. Mir ist klar, daß ich Wechselgeld benötige, um hier, in der *Anderen Welt*, mit gültiger Währung bezahlen zu können. Also ziehe ich aus meinem Portemonnaie das einzige Geld, das ich bei mir hab – einen 59-Mark-Schein – hervor. Die Ziffer, meinem Geburtsjahr gleich, kleingedruckt wie auf einem Lottoschein, hebt sich aus verwirrenden Schnörkelmustern, deren Farbgebung einen fettigen Eindruck macht, im scharfen Profil ab: Von dünnen dunkelblauen Linien konturiert, sind die beiden Ziffern 5 u 9 weiß gedruckt, während im Innern der Ziffernkörper je 1 Doppelstreifen in Violett u Rot die beiden Zahlen nachzieht.– Die Verkäuferin betrachtet, mir will scheinen: sehnsüchtig den Schein – und mit einem Seufzen, das klingt als würde Metallwolle über Glas gezogen, stellt sie fest: *–Sie kommen aus !Deutschland, nicht ?wahr.* Und, meine Antwort nicht abwartend, fügt sie flüsternd hinzu: *–Wir kommen ja nicht hin. Aber im Herzen: da sind wir !immer bei !ihnen.* Die anderen beiden Frauen nicken; ebenfalls seufzend schauen sie aus rotumrandeten, feucht schimmernden Augen mich an.

Unangenehm berührt erinnere ich aus Früherenjahren Erzählungen von Westbesuchern in der DeDeR, die, im-Westen unbedeutend & von niemandem geachtet, all-1 durch den Besitz ihrer in der DeDeR begehrten Währung, dort unverhoffte Beachtung & Wertschätzung erfuhren & demzufolge aus der langjährigen Reihung erlittener Erniedrigungen nun in diesem Anderenland anmaßend & protzig auftraten. (Viele Menschen müssen sehr tief hinab, damit ihnen die ersehnte Selbst-Erhöhung geschieht). – In den Augen dieser Fraun indes gerate ich=unfreiwillig in die Rolle des solchermaßen Geschätzten. Ich beschließe insgeheim, mich !anders zu verhalten als jene Kleinenwürstchen mit DeMark-Rückgrat als Charakterersatz.....– Doch nachdem ich auf der Anzeige der Registrierkasse (hinter Glas auf kleinen weißen Täfelchen mit schwarzen Ziffern, die aus dem Kassenchassis emporschnellen wie in früheren Jahren die Notentafeln in Händen der Punktrichter beim Eiskunstlauf) den zu zahlenden, geringen Betrag ablese, reiche ich der Frau an der Kasse den 59-Mark-Schein & sage bestimmend=jovial: *–Wenn Sie mir 20 Mark rausgeben, lassen wirs gut sein.*

Überschwenglich & voller Unterwürfigkeit bedanken sich daraufhin die Fraun in ihren weißen, unkleidsamen Kitteln, die bei jeder ihrer tiefen Verbeugungen überlaut steifes Rascheln hören lassen, das wie zersplitterndes Glas in den Ohren schmerzt, u: ich bemerke voller Scham, wie rasch & hemmungslos ich nun meinerseits in ebendiese, vor 1 Moment noch verachtete Rolle des kleinseelischen=De-Mark-Rassisten..... hineingeraten bin.– Beschämt u eilends verlasse ich den Laden.

Ein Prototyp des Trostes

Diese Stadt teilt auch das Wetter –, über dem Norden stehn schwere regenblaue Wolkenmassen; in diesem Teil der warmen Stadt liegt nach langem Regen gelbweiß zerschmolzenes Nachmittagslicht über Häuser u Straßen gebreitet. Die soeben erlebte, selbstbereitete Beschämung ist rasch vergessen (der Besitz von gültiger Währung läßt mich *Zugehörigkeit* empfinden). Ich schaue die glattgemörtelten, in frischen Ockerfarben restaurierten Fassaden der fünfstöckigen Wohnhäuser entlang, folge dem leicht ansteigenden Straßenverlauf der Brunnenstraße, die über eine Kreuzung geradeaus in den Wedding, einen mit anderen Häusern bebauten Stadtteil hinführt; breite, unbebaute Sandstreifen voller Müll & wucherndem Unkraut sowie 1 schmaler Asfaltpfad markieren den einstigen Verlauf Der Mauer – darüber schimmernd die wolken- u regenlose Himmelsfläche; wenige Autos & Passanten, der Feierabend-Verkehr hat noch nicht begonnen. Voller Zuversicht & bester Laune, nun auch mit gültigem Geld versehn, überlege ich den nächsten Schritt: Hier=auf-Dieserseite, vorm alten Mauerstreifen in der *Anderen Welt*, mir eine preiswerte Wohnung zu suchen – –

Öffentliche Wärme

Noch im Nacherleben des nächtlichen Traumes, – wie eine davonziehende Wetterfront lange aus unwahren Fernen wahrhaft grollend –, öffne ich die Augen. –

Morgenhell die Stille im unbekannten Raum, durchschwebt von goldenen Körnchen Staub. Aus drei Hohenbäumen vor dem Fenster – Platanen wölben die üppigen Kronen über den Hof u filtern ein submarines Licht aus dem Stadthimmel – in Wogen grünes Rauschen, draus Vogelstimmen fallen wie helle Tropfen flüssigen Metalls. Einige

Äste, windbewegt, streichen großhändig über die Außenwände – nicht um Einlaß suchend, vielmehr als wollten sie dem Bewohner die sichere Zuflucht bekräftigen. Unter diesen Laubhänden bewahrt der Innenhof eine geradezu klösterliche Abgeschiedenheit, eine Insel inmitten wüsten Stadtgewerkes (aus den Nachtschatten jenes Traums flackernd noch einmal letzte Unruh.....), & immer wieder Grollen von Flugzeugen, zur Landung gen Tegel steuernd, über sonnenhelle Dächer hinweg mit Düsenfäusten das Himmelsblau wie am Reißverschluß aufzerrend, und alles Getöse bricht daraus hervor –

– Es !ruft –

Und Erwachen der Lärmgezeiten anderer Motoren Kettensägen den An-Schnitt in den Stadtblock wagend, kreischend als wären sie Dort auf Nägel getroffen, immer nur kurz diese Versuche, & sofort die nächsten; Schallscherben Kindergeschrei die Straßen entlangscheppernd, und versiegend als wär der Asfaltweg hochgekippt & hätt alles Geschrei wie verstreuten Glasbruch von tiefen Müllgruben verschlucken lassen.

– Es !ruft –

!Aufwachen. Und wiederholt Lärmwogendünung, Stadtmorgen, Maschinenhitze –, zwischendrin die plötzliche Stille aus verhaltenen Momenten wie 1 straff gespannter kühlender Seidenstoff. Fernere Nachbarschaft läßt undeutlich u licht durch Wände Etüden unermüdlichen Pianospielens hören –, die Stille bindend wie Sonnenstrahlen den Staub.–

Träumevoll wie im Ewigenschlaf meine Erstenacht hier=in der Neuen Wohnung – :?Wäre denn alles=Bisherige ?Nurtraum gewesen –.

PREMIUM BANANAS : in vielfacher Wiederholung gestapelt der gedruckte Name, Pappkartons voll Bücher=Lust in Kantigkeit & Gewichts=Würde gelebten gedachten niedergeschriebenen & gebundenen Mensch=Seins, an der einen Zimmerwand neben der Bettstatt, von Speditören, wie vereinbart, vor meinem Eintreffen hier abgestellt, trockene Papiergerüche verströmend –. Davor gelagert wie Wachhunde die Reisetasche & der Koffer; noch nicht ausgepackt, scheinen sie die Unruh des Reisens in=sich festzuhalten, & sie geben den ersten Stunden hier=drinnen die schöne Unentschiedenheit einer soeben bezogenen Wohnung. – Auf einem der Pappkartons die Visitenkarte des Maklers, der mir diese Wohnung vermittelt hat unter der besonderen Anmerkung, daß dieses Haus, darin auch die Wohnung, seit Jahren unter Zwangsverwaltung stünde – irgendwann einmal wäre mit der

Zwangsvollsteckung in-Form der Versteigerung zu rechnen. Aber, so hatte er angefügt, dies sei kein Grund zur Besorgnis: das Haus stehe in einer Reinenwohngegend; & !die !bliebe. –

Und Alles ist !Keintraum (die Ungetüme voll der glutigen Angst aus Letzternacht, verwehend –); Jetzt ist traumhaftes Beginnen für mein neues Da=Sein in Dieserstadt. Die helle Stunde nimmt Millionen feinster Härchen beiseite, die nächtens aus Decke & Wänden einer=jeden Zuflucht sprießen und den-Schläfer einhüllen mit uralter *menschlicher Zuversicht*, Ursprung für Vertrauen (denn ohne *Zuversicht* und *Vertrauen* wäre Keinschlaf und kein Erwachen). Hell&licht die Stunde die Wände Diestadt –

– *Es !ruft* –

Und als hätt auch diese vergangene Nacht die Körper Tausendermenschen zerstückt, aufgeteilt in zum Lebensarbeit's Ernst viel zu lustvoll=unverwendbare Teile, so stehen Tausendermenschen jetzt in den Küchen, in die stets gleich=bleibenden Zeremonien ewigwiederkehrender Auferstehungen gestellt: Das Frühstück – Porzellan Gläser Bestecke klirrend in 1sam geschäftigen Händen –, jene dürre Geräuschehülle derer, die zu morgendlichen Radiostimmen in küchenkalter 1samkeit nur sich=selbst versorgen. Od im Familientrab im Minuten-Takt getrieben zu alltagstauglichen, glatt gemachten Körpern..... Zu Dieserstunde Tausendermenschen vor sich selbst wie vor Operationstische hingestellt: All=morgendlich religiös-chirurgischer Küchen-Akt am offenen Herzen eines=jeden Tags, durchwölkt & verwoben mit Aromen heißen Kaffees & den blaugrauen Rauchkräuseln aufglühender Zigaretten. Dann mit Routine vorgetragen die ewigliche Coda: *Sag mir was !Liebes*, & daraufhin fahrig voller Hast schon in Schuh&mantel den Mund voll Brot & die Augen zur Uhr *Kommschonschatzduweißtochdaßichdichliebe Aberjetzbinichin-!Eile*, den Gaumen vom letzten Schlürf nochimmer zu heißen Kaffees verbrüht, gläsern die Lippen im Streifkuß vorm Hinaus&weg –.– (!Glück daß *sie* vergessen können; daß nirgendwo aufgezeichnet & *ihnen* anschließend mit allem Sadismus eines Jüngstengerichts vorgeführt wird diese zährend-monotone Sisyfosiade zum nutzvoll tätigen=Leben.)

Manche bereiten sich zugleich auch Brote zu für die-Pausen-im-Büro; in Papier od Stanniol gewickelte Scheiben, wie säuberlich zurechtgelegte Reden für den kommenden Arbeitstag....., bettlerisch nach Günstigkeiten heischend od zur Vernichtung Anderer präpariert; die Klappstullen für alle Werk-Tätlichkeiten. Frühstückszeit, die ewig wiederkehrende Extraktionsstunde für alle Wörter; die werden in dummfe Gebrauch's Roheiten od in die ungreifbare, schutzlose Stickluft von Auto- bis Büro-Kratien hinausgeworfen, & werden Dort zusehn müssen, gegen alle Versuche sie abzuschaffen, sich zu be-!Haupten: SCHUTZ ist das Bedürfnis alles überflüssigen Lebens. – *Es !ruft* –

Etüdenklang noch=immer durch die Wände schwebend – goldene Körnchen Musik –. Auf der Haut die Punktfeuer Erwartung brennend, *!Nicht länger liegenbleiben Jetzt:*

– Es !ruft –

!Zugehörig will ich sein mit meinem hergebrachten *Bestand an Courage* für die Momente *öffentlicher Wärme.* Das heißt Hinkehren-können zu den Orten wo Menschen noch menschlich sind. – Meine Herkunft – meine Geschichten – :?meine Zukunft : ?Werde ich genügen –

Aus einer Zellofan-Tüte, nahe der Wohnungstür auf eine Umzugskiste hingelegt, klaube ich 1 Kräuterbonbon heraus, wickele es umständlich aus dem Papier & stecke die glasiggrün schillernde Süßigkeit in den Mund. Dort schwimmt es – das Schiffchen das auf seiner Fahrt immer 1 kleinen Flecken Heimat in die zeitlosen Weiten eines Ozeans hinaus durch die Welten-Höhle trägt. Späterhin soll mir auffallen, daß aggressive Re-Aktionen von-Seiten Wildfremder=Menschen, denen ich auf den Straßen in Der Stadt begegne, ausbleiben, sofern ich solch Bonbon im Mund behalte, daß jedoch vermehrt Aggressionen gegen mich anschlagen, habe ich *mein Ausgeh-Bonbon* vergessen : Als lägen in den winzigen Kaubewegungen, die das Kinn ausführen & die ich für eine Weile durch die Straßen trage, charonische Drohungen; bleiben Diese aus, stürzt aus giftiger Stadtatmosfäre sogleich die kleinlich=boshafte Menschen=Wut heran: Rempeleien, Beleidigungen, Rücksichtslosigkeiten, mitunter auch verliere ich an Solchentagen Geld. Gerade weil die Süßigkeit im Mund sich auflösen und verschwinden muß – das kleine Schiff, das hinter dem Gebiß wie in einem Ozean langsam versinkt –, gibt es unterm Druck der SteinMenschZeit-Gewichte Zuversicht; Rüstzeug für täglichen Start ins Mensch-Maschinen-Gewerke Dieserstadt. Seither mache ich das-Bonbon für den Gang=nach-Draußen mir zur Regel. HIER IST NICHT

> ***S. 130, Gefühle verkürzen die Perspek-Tiefen:***
> Das erste, was durch des-Städters EISERNEN BLICK der Vernichtung anheimfällt, ist *Respekt* vor der Gegenwart des irgend-Anderen.– Untiefen städtischen Lebens: BERÜHRUNGSANGST & die Intransitivität von VERACHTUNG.

WENDLAND NICHT HAMBURG HIER IST BERLIN : ?Werde ?ich genügen –

Zur Tür meiner Wohnung = meiner Höhle = meines Verstecks, & schließe sie auf – : – *!Hinaus.*

Tausenderherzen im Werkschlag gegen das Blut – :Aus Nacht ist Tag geworden; & Himmel, der Dunkelheit entrissen, prallt hellen Lichts auf wiedermenschliche Gestalten, zu Strömen dichtgeballt in den Gesichterschwemmen abgerissner Morgen, treppab in U-Bahnschächte treppauf zu S-Bahnhöfen enganeng im brutwarmen Blech von Omnibussen Straßenbahnen : & mit solch Karon's Kähnen !ab ins zauberlose Diesseits ARBEITSTAG.

Im hell besonnten Tageslicht freundschaftlich leuchtend in Gelb&brauntönen die Farben an Häuserfassaden. In der unmittelbaren Nachbarschaft, Mauer | an | Mauer gedrängt, eine Kindertageskrippe & ein Altersheim – als hätte man dadurch 1 Insel für die beiden einzig=gewissen Zustände des Menschseins nacherschaffen wolln: Geburt und Tod Tod und Geburt – & alles Dazwischenliegende herausgekürzt wie aus einer mit tautologischen Variablen überladenen mathematischen Gleichung. So daß, zu Architektur geronnen, nur 2 Tage übrigbleiben: * u: †. Und dazwischen ist ARBEIT.– Spät im August des Jahres 2000 : *mein Geburt's Tag.*

?Werde ?ich ?genügen – –

Brache Stätten 2

September 2000

Jahre – zu Jahrzehnten gestaut, – und all=dies feste Maßwerk Zeit über Jahrhunderte hoch, dennoch zersplittert, zerbrochen zu 1zelnen Minuten, die geschafft & durchgestanden sein wollen – für 1 Nachtlang schlafen ohne Angst, 1 Bier ohne Hast, Miete-zahlen-können alle Monate, für 1igezeit bleiben=dürfen & aufpassen daß nicht allzuviel schiefgeht mit einem..... – Schutthalden aus Leben's Zeit, angehäuft, – aus Gier Wut Angst bauen vom Häuserbruch der Toten DIE-LEBENDEN=DIE NOIEN MENSCHEN IHRE STÄDTE auf. –

Jahrzehnte – zu Jahren gestaut, – Ohnekleid Ohnemacht, der Leib nackt von Geburt, dann 1gekerkert wie 1 Schalentier in Hüllformen beräderter, behandschuhter, skafandierter Überlebens-Arroganz, mit Kabeln Elektroden Kanülen Schläuchen & Röhren fernversorgt fernerwärmt fernüberwacht, die konzentrierten & nach Tabellen geregelten 1spritzungen die SIE Auf=Trab-bringen, in Gier Wut Angst noi aufputschen zu kochenden Gehirnen voll mit Allmacht's Geträum, angefeuert vom Ewigen Stroboskop im Pleasure Dome, rastlos, restlos, umherziehend, Unzählbares zu Zahlen gehäuft, DAS NOIE das Kurze, rasch am Limit budget-Tierter Tarif1heiten & Dispo-Kredite, und dann das-Ende: Takt-Ende, Skalen-Ende, Tacho-Ende, Ende-der-Fahnenstange, Baisse, der blöde effektlose Knall : Baum Hauswand Blech :*!peng.* Dünner Resteschleim, 1 organisches Häufchen, sogleich ressortiert, müllgetrennt Knochen, Blut, Eingeweide, Haare, Haut & jederzeit recyclebar ohne störend=archaischen Rückstand –; dafür geruchloser Staub, vorrangig Silizium (wegen bester Halbleitereigenschaften), garantiert ungiftig & biologisch gesamtkompostierbar auch die letzte Hüllform, der Schildkröten-Panzer aus dem DER NOIE nicht rauskommt, Ewiger Amatör im Noi-Sein, denn 1 Instinkt ist IHM von SEINEN Ahnen=den-Viechern geblieben: aus SEINEN Wünschen werden auch diesesmal MONSTER kommen, DIE noch dazu in=Allem !besser sein werden als er; Gier Wut Angst = die stählernen Hagelkörner aus den Geschossen all seiner früheren Kriege & all seiner noien Gelüste zum Krieg, die Furcht davor hält IHN 1stweilen noch drinnen; doch in Laboratorien & auf Prüfständen per *checklist* längst ausgepokert, überholt & enteignet; aber er, der 1samste Noie, wird nicht unten bleiben wolln in den Bunkern Schützenlöchern kalten Höhlen seiner Sippschaften; er wird wieder raus !müssen – und *da* wird er SIE sehen: die Zartheiten All=dessen, was ihm *Zukunft* verheißt, die schon immer Gegenwart gewesen ist u Vergangenheit auch, die überhaupt nen Dreck sich schert darum, !was sie nun eigentlich sei, Vergangenheit, Gegenwart, Zukunft : !Was für Antennenskelette, die nach noiem Fleisch in die Höh sich recken – !was für traumhafte Geometrieen immateriell scheinender gläserner Luftbauten – kreischende Scherben unter den tölpelig-latschenden Schritten ewig fröstelnder Troglodiden, die im Aufruhr ihrer Ent-Täuschungen den 1. Stein in die Luftbauten warfen – !welch märchenhafte Anordnung epidermer Schnittstellen, blutlose Fetzen reizbarer Chips, glasfaserige Aderngeflechte im Wildwuchs unterm angenehm kühl gedimmten Himmelsabendlicht, die Theater im kalten Feuer, ?vielleicht *ein klassisch' Trauer-Spiel* : auf weiter heller Bühne zwei Lautsprechertürme, die aufgerissenen Gittermäuler schleudern mechanisch ausgestanzte plärrige Patriotismen gegen:1:ander –; ?vielleicht ist jetzt die Zeit=Nach-der-Komödie, in der man solch weibisch gelockte Komm=Mädi als Dauerwelle für erniedrigte, von Deformationen im Solebenmüssen durchsäuerte Milchseelen wieder wird lieben..... können. –

Jahrzehnte – zu Stunden gestaut, – Vertreter eines jüngst erschienenen Typus von mitteleuropäischer Großstadt-Bevölkerung: Infolge der Verwandlung des festen Ruhe-Kerns von Großstädten in *Geschwindigkeiten* formt sich aus dieser Periode ein Typus heraus, der ebenfalls den Wandel, das Verschwinden bezeichnet: der *Baustellen*-Typus : arbeitslos, heimatlos, ruhelos.

Plaziert inmitten 1 zunehmend ausgehöhlten, architektonisch entkernten, sowohl gestörten als auch disfunktionalen Umwelt – Baustellen heißen zuerst: Einreißen, Aufbrechen von Gegenwart & somit Ausgraben von Vergangenheit: Wiederkehr der Toten & verzögerte Auswirkung des Todes in der Gegenwart: Bomben&munitionsfunde aus vergangenen Kriegen; provozierte Zukunft: leere Büro- & Gewerbebauten, die in dieser Fülle niemand benötigt, Schaffung von Ruinen ohne klassischen Krieg; durch die Kabel unterirdischer Kommunikationsnetzwerke strömend Rauschen, der nichtdefinierte Zustand in der Binären-Welt. So erfährt dieser Typus im zeitlos gemachten Stadtgebilde jetzt die Rückkehr von Zeit in ihrer ironischen Form als Warte-, Stau-, Verzögerungs-Zeit – mithin als die überstarke Dominanz von weiblichen Zügen, die seit=jeher in den sozialen Gebilden enthalten sind.– In dieser von Ausnahme-Regeln bestimmten Kraterlandschaft scheint der *Baustellen*-Typus der Prototyp des Paranoikers; ihm sind sämtliche Signifikanten (die überreichen, historischen Bilder u Symbole) verlorengegangen – geblieben als 1ziges Stereotyp ist das Bild des Zerstörten, zuerst des zerstörten Selbst.

Solch Typus indes ist nicht mehr im klassischen Sinn klinisch zu definieren, nicht mehr, seit das Klinische, entgrenzt, ins öffentliche Leben gedrungen ist. Auch diese Grenze ist mithin *verschwunden*.

Der *Baustellen*-Typus markiert innerhalb zunehmender Entgrenzung die Situation der Unausweichbarkeit: Die Vielheit von Wirklichkeiten samt der Konfrontation mit allem Heterogenen bedeutet die permanente Diktatur-des-Gleichen; Alles, was *hier* ist, findet sich auch *dort*. Der betreffende Typus vertritt keinerlei Ideologie, er hat auch keine u schon gar keinen Glauben, allenfalls Reste & Trümmer gewesener Ideologien, die ihm nach Belieben dazu dienen, seinen Taten ein bröckeliges Fundament von Kausalität zu unterlegen. Force dieser Unausweichbarkeit ist *Haß* als das sowohl intransitive wie auch vitale Element in dieser Gegenwart. *Ich hasse, also bin ich.* Nur äußerlich, im überaus groben Begriffsraster der Kriminologie, mag dieser Typ mit dem-Serienmörder samt seinen pathogenen Zwangsbindungen Ähnlichkeit aufweisen.

> ***S. 306, Generationen Abbruch →:***
> *»Die Gewalt des Bildes (und allgemeiner der Information und des Virtuellen) besteht darin, daß es das Reale umbringt. Alles muß gesehen werden, alles muß sichtbar sein. Das Bild ist der Ort dieser Sicherheit par excellence.«*
> Jean Baudrillard, *»Der Geist des Terrorismus«*

Im eigentlichen entspricht dieser Typ dem *Schauspieler des Menschen*, dessen dramatische Ein-Ordnung verloren gegangen ist (die Rückkehr des Theaters in die pluralen Wirklichkeiten).– Hauptmerkmal dieses Typus ist die Reduzierung auf 2 ein:ander widerstrebende psychische Zustände: Melancholie – Furor. Aus dem inneren Widerstreit dieser unvereinbaren Strömungen folgen Zerfall und Auflösung der Persönlichkeit. Innerhalb der sozialen Konvenienzen, die immer auch Bedrohung sind, setzen sich diese Formen für Begegnungen Mensch:Mensch als ein unbeherrschbares Element der Unmittelbarkeit, der Zufälligkeit u Anarchik, mithin als ein Element von positiver, weil kreativer, Gewalt.

Stunden – Jahre – Jahrzehnte – Jahrhunderte –,– in uralten schalgewordenen & durch all=tägliche Gewohnheit schon vertraut=vernutzten Demütigungen aus dem Bruch, aus eingestürzten Kellergängen &

noch stehngebliebnen Ziegelwänden herabsickernd Rinnsale, mittels Eigengewichts abgelagerter Schichten ZEIT gepreßt. Überschwer die Tonnenlast GESCHICHTE die jene Häuser in=sich aufgenommen haben wie Schwämme das Wasser: Mitsamt den toten=verrotteten Traditionen & Bräuchen mit der dieses Häusergestein, vollgesogen u den eigenen Grund belastend, dick=schwärende Gerüche aller Sterblichkeiten absondert (als hätten dummekleine Jungen in ihrer Garstigkeit Stinkbomben in Hausbriefkästen geworfen); Jahre=Jahrzehnte=Jahrhunderte=langes Warten auf den Moment des eigenen Abrisses, treten aus Steinporen die Miasmen vom Leichnam *Geschichte* heraus : erst Reichseinigung, dann Republik, darauf Monarchie, Weltkrieg Hungerwinter & wieder Republik, Inflation Arbeitslosigkeit & wieder Hunger, Diktatur, Aufmärsche Fahnen=Rausch Tsching Bumm Trarah Volksgemeinschaft Volksgericht Fallbeil Zuchthaus Lager Gas, vom Recht zum Stand-Recht, Granaten Bomben Luftschutzkeller & Hunger rotglühender Stein die Stätte ein Aschehaufen, Fire=Ahmt ein englisch' Werk, und weiter Hunger & Diktatur, zauber=lose Zauberlehrlinge, das Besen=Land zerhackt, West u: Ost = Wirtschaft u: Wunder, Mauer dazwischen, Grenzzäune hoch Stacheldraht Kellergänge Flüchtlingsstollen, dann Ausharren & Ab-Warten weil die-Welt sich dreht & auch den-Westen herbeiwendet –, BERLIN GESCHICHTE: der unterirdische Gestank, dem Lebenmüssen..... 1gebrannt mit dem Schweiß & der Angst, die ihrerseits längst reduziert ist auf Gewohnheiten od Wahnsinn, aber

S. 331, Sensorische Räume →:
Das-Übel bekommt Flügel u: Anstand die Gicht; Siege kreisen wie Niederlagen im Karussell der Gechichte, billigstes Vergnügen für Kindische: Zuerst die-Babylonier – dann die-Ägypter – die-Griechen und die-Römer – schließlich Stalin=&=Hitler –: Zuerst prachtvolle !Siege, unerhörte !Triumfe – Trompeten Blumen Weiber Gold & Wein, die-Ganzewelt=zu-Füßen; dann eine Korruption, eine Niederlage hier eine Niederlage da, eine Verschwörung, noch eine, & schon treten die-Nachfolger die Türen ein – Zahltag per Hekatomben Mensch : Feuer Fleisch & Blut, damit die Kinderchen weiterfahren können auf ihrem Karussell, damit die-Sieger ihren Spaß haben & die-Verlierer ihr Leid: Was für prima Rollen, was für Großestheater. Doch die allergrößten Schweinekerle wie die edelsten Heiligen – Pappkameraden allsamt aus der Commedia dell'arte; Pferdchen Gondel Feuerwehr: Tatü Tata immer-im-Kreis-rum, Trompeten Blumen Weiber Gold & Wein. – Aufbau & Abbau Der-Mauer in Deutschland: u hat Niemandem Nichts..... gebracht. Aber Menschen wurden 40-Jahre=lang beschäftigt..... Was bleibt, 1 Seite im Geschichtsbuch, Fußnote, Randnotiz. Man hält inne, gähnt, legt das Geschichtsbuch weg, – und wendet sich anderem zu.

ebenso längst keine Entscheidung mehr zuläßt, sondern nurmehr wieder in aller Fadheit von Demütigungen in verschmokter Not-ohne-Sinn diesen aus Finsterness herabsickernden Gestank abgibt, immer & immer DASVOLK *mittenmang*: verkümmert in Angst vor den eigenen Wirklichkeiten, aber begeistert von Uniformen Abzeichen & vom Starken-Mann mit Zäsarenmaul; DASVOLK das duldend Alles erduldet, auch den feigen=Optimismus der Pfaffen-aller-Soutanen & der Ideo=logen-aller-Partein: alle Naslang Auftritt der Verkünder vom »Überwinden der Talsohle«, vom »Aufschwung«, von »der Trendwende«; die Herolde der »multikulturellen Gesellschaft« = die internationalen Dele=Gierten, Sommerfrischler der Diplomatie, von einer prunkvollen Residenz zur andern sich durchschmarotzend, etliche Hekatomben Papier voller Beschlüsse abseichen, die schon Heute nicht eingehalten & Morgen verworfen sind – aber in Zeitungen & Fernsehsendungen widerhallen die Wörter *Krise* & *Bürgerkrieg* als jedem IMVOLK mundgerecht geschnittene Happen zum Nachkauen, so daß aus DEMVOLK – gleichgültig kalt schon gegen das Schicksal ihres nächsten Nachbarn, aber vom »globalen Dorf« schwadronierend – DASVOLK der Schwätzer & Hetzer wurde, 1 Ziegelstein ist IHNEN immer schon gleich ein fertiges Haus. Alles ertragend Alles erleidend Alles bejubelnd, weil DASVOLK immer heult & immer jubelt, und SIE werden Alles nicht nur überdauern; in *ihren* Wünschen Wahnideen Trieben Taten in allem Erinnern auch das Wetterleuchten dessen, was einst für=1 gewesen, und werden also auf RÜCKKEHR warten – !denn ?wofür ist etwas 1 Mal gewesen, wenn es nicht !wiederkommen könnte. –

Jahre – zu Jahrhunderten gestaut, – aus liegengebliebenem Abraum noch die winzigsten Brocken rausgeklaubt & neu zusammengesetzt zu *Momenten Leben*, so voller menschlichem=Dauern daß diese Hinterlassenschaften – unverwertbar=unvergessbar – nicht mal zum Sperrmüll taugen, & Hoffnung erlauschend noch aus dem fernsten Echo all dieser verschwundnen Heim=Stätten u Horizonte:
→ Im Steinebruch, haldenhoch abraumweit, stochernd in den wirr umherliegenden Brocken *Vergangenheit die einmal schön war*, u weil in großen Ölbildern jeder cm² Farbe wiederum ein anderes Ganzesbild enthält, so bewahren diese Abraumbrocken wie Hologramme auch all=unsere Trümmer *Glück*: → ***Die Schönsten Momente –***

– Kinder&jugendjahre im Osten Berlins: Prenzlauer Berg hinter Fassaden voll Kriegsnarben und verschliffen von Zeit&dreck – als seien vor Jahrhunderten diese Häuser mit Krallen & Zähnen aus Sandsteinfelsen rausgekratzt : Die Hölle ist Hier. / Nach Jahren die 1. Rückkehr in diese Gegend Ost: in milder Orangenglut beleuchtete Fenster, Eingangstüren zu Cafés umwunden mit sanft glühenden Lämpchengirlanden, allerlei Geschäfte im bunten Zugriff auf Wünsche & Begierden vorüberschlendernder Menschen – !Triumf: Die Hölle ist !beleuchtet..... –

– unter bloßen Füßen das Spüren von sonnenwarmem Sand vor des Meeres glasheller Weite –

– den Schlüssel für die erste=eigene Wohnung bekommen; ich soll sie besichtigen & sagen, ob ich einziehen will. Vor der fremden Wohnungstür im 5. Stockwerk des Gründerzeithauses stehend, in den Fingern den unvertrauten Schlüssel, zittern meine Hände derart, daß ich mehrmals das Schlüsselloch verfehle –.– Die Wohnung, leer u still, atmet kühlen Geruch aus Wänden & Dielen – :Diese Wohnung ist allein=für=!mich. Und husche – fast geräuschlos – durch alle Räume –

– windfrisch die Düfte aus Haut&haar dieser jungen Frau wie der Fellgeruch von jungen Katzen –

– Spüren von seidener Wäsche – mattglänzend ein kühler ockerfarbener Ton – auf meiner nackten hellen Haut –

– Rot|Blau|Gelb – Bilder von Barnett Newman: Ich hatte nicht gewußt, daß Licht aufschreien kann vor Glück (unter dem Messer war es stumm) –

– Geschmack von frischgepflückten, juniheißen Blaubeeren auf Eis – dunkelrot wie Frauenlippen marmoriert der Fruchtsaft die feinrissige, gefrorene Kugelfläche –

– Jahreszahlen zu hören mit dem Vermerk *vor Christus* –

– in der Erstenzeit nachdem ich schwimmen gelernt hatte, empfand ich im Tiefenwasser ein noch unbekanntes Gefühl: kräftig abstoßen vom festen Ufer – und der Körper, lang ausgestreckt u sich=selbst überlassen schien zu schweben über einer großen dunklen Tiefe –

– er kommt zur Ersten Verabredung nicht pünktlich (?ob er mir damit zeigen will: Er ist ein von Vielenfrauen begehrter Mann –). Dann aber, vom frischen Windhauch der Eile umweht, setzt er sich rasch neben mich, u während er für die Verspätung welt=männisch sich entschuldigt (*–Ich weiß, schöne Frauen sollte Mann nicht wartenlassen –*) neigt er sein Gesicht immer näher zu meinem. Er hat naturkrauses dunkles Haar u mein Haar ist frisch gewaschen u sehr bauschig – immer weiter die Gesichter annähernd recken über den Stirnen unsere Haarsträhnen, elektrisiert, erst 1=ander sich entgegen, um dann in federleichter Berührung in1anderzutreffen – :Ich bin wie vom Blitz gerührt, ein elektrischer Schlag ist durch meinen Körper hindurch und hinab bis zu den Füßen gefahren –

– weites ebenes Land, verschneit – die Sonne hoch im Blau. Aus Abermyriaden Schneekristallen, darin das Sonnenlicht gleißend wie ein Spiegel aus geschmolzenem Glas über die Landschaft sich breitet, lenkt 1 1ziges dieser arktischen Kristalle das Licht aus 1 Sonnenstrahl direkt in meinen Blick: *1 Splitter Sonne*, allein für=mich –

– Immer wünscht ich mir Ewigen Schnee, auch in den Großenstädten. Bei Hitze & Regen sind die-Menschen=Dort noch aggressiver als sonst; bei Schnee dagegen friedlich u still –

Vor Jahrhunderten – vor Jahrzehnten – vor Jahren – vor Monaten – vor Wochen – vor Tagen – vor Stunden – vor Minuten – vor Sekunden –:

!JETZT

Arbeitstage

Courage

Herbst 2000

Frauen kannte ich, die, sobald sie 1 ihrer hellen Blicke verschenkten, dies Geschenk sofort bereuten, & Bedauern über das Hergeschenkte verdrehte ihre Augen zum todtrüben Geiz. Ihr Augenschimmern metallisch wie Münzen, und das Lebendigste an diesen Frauen blieb stets ihr kleines Uhrwerk am Handgelenk: die vielen, die vielen, die vielen.

Schon tageshell die Sonne über der Stadt – 1 frühes, verschleiertes Herbstlicht straßenlang mit hochgehenden Wogen Gelärm, das Großstadtmorgenschäumen –. In diesem Jahr ist Herbst über die-Stadt nicht wie ein sacht herannahendes Leuchten gekommen; das Licht fiel plötzlich & schwer auf die Stadt, die Farbenernte aus einem Ganzenjahr.

Und mußte dann heim. Wieder zurück in meine Wohnung = meine Höhle = mein Versteck, & schließe mich ein dort, wo die-Stadt 1 Haus zwischen Häuser stellte mit 4 steinstillen Wänden. Dadrinnen brütend geduldiges Schimmern, dunkel u mild, in der Staubluft tickend die Uhr.

Diese Wohnung & dies Zimmer – lang sich streckend hin zum fensterlosen Alkoven – wurden zu meinem Gehege. Mitunter, u so glückvoll wie nach langen 1samkeiten früher die Ankunft der besten Freundin, kehrt ein Gedanke ein, & manchesmal durchschimmert den zigarettenbitteren Staub 1 kleine Freude. So ging Zeit vorüber, so wurde aus Sommer schon ein später August, die 5. Jahreszeit wenn Alles ist, stillestehend im fertigen Wuchs, u Nichts das jetzt noch werden muß. (Bisweilen Nachts von Sturmböen geworfene Baumäste heiser über die Hauswände scharrend; noch nicht winterharrsch, noch mit Herbstes Laubfülle bunt bewachsen.) Und manches Mal, wenn Große Stille in Diestadt sich stellt u das Gelärme wie alte gußeiserne Maschinen ruht, dann spüre ich unter den Füßen ein Davongleiten – unaufhörliches Fließen –, als sei die Stadt-aus-Stein zu einem großen Schiff geworden – Strömungen ziehn es hinaus – & diese kleine Wohnung – *Niemand sieht mich* – ist 1 vergessne Kajüte voll mit Schatten & Spinnweb altgewordenen Zorns, der nicht erwachsen werden konnte. !Zorn, der das Herz durchs Leben schlägt immer=fort –, immer=fort –, weit hinaus tragend ins steinbittere Meer – –

Bis hierher gekommen, sinkt der Bleistift aufs Papier, zu den kleinen Hausgötzen auf dem Schreibtisch, 2 rote Halmafiguren (einst am Auszugstag vor den dicken Schuhn der Möbelträger vom Boden des Vaterhauses aufgelesen), um seither bei großen & kleinen Sorgen, die Allzeit wie Stechmücken den Friedlosen umwirbeln, Beschützer & Verbündete zu sein; sie bleiben stumm u geduldig in diesem Morgen – nach dem !Anderen Tag nun der !Andere Morgen – –

Dem gestrigen Abend galt mein erster Versuch, die Hamburger Therapeutin hier in Berlin zu treffen. Weder hatte Sie mich eingeladen, noch habe ich zuvor angerufen –:nur Ihr Versprechen=von-einst, Tag&nacht *da zu sein für mich*, gab mir den Mut –.– In der Gegend, die ihre Karte mir nennt, kenne ich mich nicht aus; neu sind mir noch Allebezirke in dieser großen zerlaufenen Stadt Berlin.– Also ein Taxi.

Der Fahrer, 1 Mann in den 30ern, sein Profil streng & asketisch, der Mund mit zusammgekniffnen Lippen ernst wie bei 1 Soldaten nach Einem Krieg; er will mir bekannt vorkommen, doch ist das vielleicht Täuschung u: der Mann trägt 1=jener Lebensgesichter, wie sie nur die-Großestadt ausprägt. Doch scheint auch er fremd=Hier; er muß auf dem Stadtplan nach dem Straßennamen, den ich ihm nenne, suchen.– Während der Fahrt bleibt er schweigsam, als sei nur sein Dienst-Körper anwesend, die kalkhellen Augen starr geradeaus. –Wir sind da.– Höre ich ihn dann sagen, scheinbar verblüfft darüber, hierher gefunden zu haben. –Bitte, das ist die Adresse. Hier wollten Sie hin.

Im Halbdutzend-Schritt Entfernung sticht aus Abenddämmerung plötzlich grellweißes Alarmlicht heraus : kurzgeschorener Rasen wie feiner Samt, hinein als Schmuckstein Eine weiße Villa gelegt. Hohe schlanke Stämme exotischer Nadelbäume tragen im verwobenen Gezweig schon Nacht; zwischen den dunklen Baumsäulen schimmernd Statuen, Kopien antiker Originale in ihrem bleichen Marmorschweigen.– Und am Türpfosten zum Vorgarten auf messingfarbenem Schild Ihr Name: – *Sophia Englisch* (wie in Hamburg, so auch Hier für mich wie ein Künstlername, ein Rosenklang –), darunter: *Psychotherapeutin. Termine nach Vereinbarung.*

Kindlich=unsinnige Freude beim Anblick dieses Schildes mit !nur=Ihrem Namen; sie sind im Namen getrennte Leute geblieben : auch in Berlin-Dahlem, dem Haus Ihres Mannes *Reinhardt Hold*, Geschäftsinhaber der *Kormoran Immobilien- & Verwert GmbH* (wie das zweite Schild ihn ausweist). Sie hatte mir erzählt, daß vor ihrem Umzug nach Berlin er dieses Grundstück-samt-Villa bei einer Immobilienversteigerung erworben habe. Dem-Immobilienhändler fallen die Grundstücke zu wie dem Kackhaufen die Schmeißfliegen; Tüchtigkeit & Gestank zahlen sich !immer aus. (In meinem Hals 1 spittsiges Schlucken, u vor diesem Prachtbau stehend, erscheinen mir meine Kleidung wie meine Gegenwart gleichermaßen schäbig.) Nur in der eigenen Arbeit fühle ich fest u klar u wähne mich stark; gegenüber den-Einfluß=Reichen aber sinke ich, kleinmütig verzagt, und benehme mich linkisch u blöde, was zum Ausgleich Wut..... aufsteigen läßt. – Und so brennt auch in Diesemaugenblick der alte, in Früherezeiten 1geklemmte, dort verkeilte Zorn auf die-Reichen, der immer neuen Zündstoff erhält: Zorn auf alles Affirmative & Honorige läßt mich zögern, und immer länger zögern beim Anblick dieses im neuantiken Weiß mit klassisch empfundenem Säulenbau, Epistylen, Archivolten, Fresken, Stukkaturen hergeprotzten Reichen-Kitsches – :beinahe hätt ich auf-der-Stelle kehrtgemacht.

S. 342, Stille Jäger →:
Schuld & Vergeltung – *Unmaß für Unmaß*, u längst Ohnebegriffe geworden – ließ BEDENKENLOSIGKEIT frei –: Ein !enormer Raum, angefüllt mit allen Stürmen aus menschlichen Gelüsten, & gesperrt ins Marmorwerk Alten Rechts.– So dürfte eine verdeckte Kausalität bestehen zwischen dem alliierten Bombenterror gegen deutsche Städte und dem losgelassenen Unmaß an Grausamkeiten von Deutschen gegen ihre erklärten Feinde; dies & deren Durchhaltewille bis zur Letztenminute dieses Krieges..... Wo Alles verloren ist, ist Nichts mehr von Wert.

Im Daumen offenbar steckt meine Courage, der Klingelknopf läßt von-Drinnen mildgoldenen Glockenton hören –:– Und in der geöffneten Türe stehend *Sie*: Ihre hohe Gestalt, das offene Gesicht mit den lichthellen Augen, das glatte dunkle Haar trägt sie nun länger als zuletzt, es liegt schimmernd ihren Schultern auf und schmiegt sich ihrem Rücken bis zur Hüfte an – so erscheint sie im Türrahmen, als möchten ihre Füße nur selten den Boden berühren. Sie winkt mir näherzutreten. Strahlend das Gesicht u voller Freude, als seien wir tatsächlich Heute u Hier mit=einander verabredet. Ihr Lachen u ihre Stimme, mit der sie mich ruft aus dem Neureichen=Protz heraus, klingen so irdisch mädchenhaft wie der erfrischende Spottvers inmitten eines aufgeblasenen Professorenvortrags. (?Mithin auch sie noch immer 1 ?Fremde an Diesemort, in Dieserstadt –.)

Laubgrünes, ärmelloses, um die Hüfte und Oberschenkel eng anliegendes Kleid, dessen Saum bis kurz unter die Kniee reicht; in den Kleiderstoff eingearbeitet in dunklerem Grün gehaltene, in1ander verschlungene Muster, die nun, als sie mich winkend einlädt hereinzukommen, ihrer Figur den Anschein geben als bewegte sie mit leichten Tanzschritten sich voran – während ich, ihrer Einladung folgend, schüchtern Das Haus betrete. Und Schüchternheit stürzt mich in Pein, als ich erst jetzt=zuspät an *Blumen* denke, die ich ihr hätte mitbringen können. (Die Manuskriptseiten in meiner Jackentasche knistern wie Schießbudenblumen, als würde jede 1zelne Seite, aus Angst vorm Vergessen, durch banges Hüsteln um Aufmerksamkeit heischen, nach Leben hechelnd & nach Gegenwart – –)

Das Entree wie eine Garderobe im Operntheater: Regenschirme wie Kavalliersdegen abgestellt, an den Haken Jacken & Herbstmäntel – ihre Falten scheinen von der Eitelkeit ihrer Besitzer geworfen. Aus entfernteren Räumen Stimmengeraune, monoton wie mönchisches Gebetsmurmeln, bisweilen von höheren Stimmen aufblitzend durchstochen – auch Pfeifentabaksrauch, wie brennender Honig, durchströmt in Schwaden die Halle – : –Wir haben heutabend !Besuch. Freunde unseres Hauses. Dabei ist Meinmann garnicht da (redet Sophia=munter drauflos) –er ist auf Dienstreise & kommt erst in paar-Tagen zurück.

Sie spürt mein Zögern, ahnt den heimlichen Wunsch sogleich wieder kehrtzumachen und fortzugehn. –Haben Sie nur Keinescheu, und treten Sie ein. Sie sind !willkommen. – Dabei gerät ihre Hand flüchtig gegen die linke Seite meines Jacketts, die Papierbögen rascheln.

Und sie begreift !sofort. –Ich hab ge!wußt, daß Sie in Berlin an Ihrem Manuskript weiterschreiben würden. – Ruft sie voller Freude aus. –Erinnern Sie sich, daß ich Ihnen das vorausgesagt habe. !Ach wie !schön. Und heute möchten Sie also Daraus etwas ?vorlesen.

–Ja. Ich meine: Nein. Vielleicht. – Irritiert, daß diese Frau mein heimlich gehegtes und immerwieder verzögertes Vorhaben !so=leicht hat enträtseln können, räume ich vorsichtig ein: –Allerdings habe ich Ihnen=!allein vorlesen wollen. Ich wußte nicht – aber es ist Meineschuld wenn ich unangemeldet bei Ihnen aufkreuze. – Und sogleich stürzen meine heimlichen Wünsche als verräterisch=burleskes Wortgedrehe heraus: –Es ist meine einscheide Entsamung – (:vor kochender Pein hätt ich mir am liebsten die Zunge ent-2 gebissen:) –um!Himmels!willen: Meine !einsame !Entscheidung gewesen, Sie ins Vertrauen zu nehmen. Aber so – aber jetzt: !!Nein –.–

Die Frau legt begütigend ihre Hand auf meinen Oberarm, ihre kleinen kurzen Finger halten mich fest, fester als ihre Gestalt mir den eiligen Rückzug verwehrt.

–Aber ich !bitte Sie. – Höre ich ihre Stimme. –Außerdem, es sind, wie gesagt, Freunde hier zusammengekommen. (Mit keinem Wort geht sie auf meine peinvolle Entgleisung ein –, so bekomme ich allmählich meine Fassung zurück.) –Nebenbei (& sie senkt die Stimme zum vertraulichen Ton) –einige Dieserleute arbeiten im Kultursenat & haben Einfluß auf den Literatur=Betrieb in Dieserstadt.

–Kuhl=Tour-Funkzjonäre & andere Legislateniker machen sich Nichts aus Literatur. – Entfährt es mir; die Patzigkeit in meiner Antwort erschreckt mich selbst. Die Frau übergeht auch diese neuerliche Entgleisung, 1zig lachend über den bitteren Kalauer. Und spielt mit lässiger Stimme einen Trumpf aus: –Jemand von den Besuchern sitzt im Beirat zur Vergabe von Senatsstipendien für Schriftsteller. –

!Damit hat sie mich an der Angel. Seit-langem habe ich Überlegungen angestellt, der zunehmenden Lebens=Unsicherheit als sogenannt freier Journalist zu begegnen, indem ich als Schriftsteller hervortrete & für meine Arbeit am Manuskript um ein Stipendium mich bewerbe.

Genüßlich bemerkt sie die Wirkung ihrer Worte. –Von-Zeit-zu-Zeit veranstalte ich hier=im-Haus einen Literarischen Salon. Das habe ich schon früher in Hamburg so gemacht, & nun setze ich Das in Berlin fort. Zuvor befassen wir, die Teilnehmer am Salon & ich, uns mit dem Werk eines Autors od einer Autorin, um ihn od sie schließlich zur Lesung einzuladen. Anschließend diskutieren wir mit den Eingeladenen über das Buch & das Gehörte. (Und zählt einige Namen her, die zumindest das Attribut *berühmt* für=sich in Anspruch nehmen dürfen). Gewiß nicht allein Hier gelten Diesenamen geradezu als Maßstab-für-Literatur=in-der-Gegenwart: Edle Hoch & Tief bewegte Schreiber, die jedes IHrer Wörter mit Goldkante säumen; aber statt zum Schleier der Maja reichts dann nur zur Ado-Gardine.– Über einige der Goldkantenbücher habe ich in der Vergangenheit bereits Rezensionen geschrieben – allerdings geharnischte Verrisse. Also neuerlich Beklemmung u Zweifel darüber, mit meinem eigenen Text zum 1. Mal aus der Deckung hervorzukommen & !ausgerechnet im-gegnerischen-Lager mich zu produzieren.....

Die Frau indes scheint von meinen neuerlichen Skrupeln Nichts bemerken zu wolln; unbefangen plaudert sie weiter: –!Besser hätten Sies gar nicht treffen können, als Heutabend hierher zu=mir zu kommen & auf Ihr Manuskript aufmerksam zu machen. Denn grad !heute haben wir über den nächsten geplanten Salon gesprochen & sind dabeigewesen zu überlegen, ?wen wir einladen könnten – als Sie geläutet haben.

Wenn !das kein !gutes Omen ist –: All so (ihre Stimme aufmunternd & hell wie ihre Augen) –!was stehn wir noch im Flur herum: !Kommen Sie – treten Sie ein, ich stelle Sie den Freunden vor. – Mit dem sanften, aber nun keine Widerrede duldenden Nach-Druck ihrer Hand schiebt mich die Frau durch eine hohe Portaltür hindurch, und ich betrete einen großen mit Clubmöbeln eingerichteten Salon im Englischen Stil – einen strahlend hell erleuchteten Raum voller Augen & Gesichter; sie verdecken den Anblick der Wände.

Die Luft im Salon dick & warm von Menschen Kleidern & Speisegerüchen. Offenbar seit Stunden bereits hier versammelt, haben die Gäste von dem Kaltenbüffet – Bagels & Cream Cheese – kaum etwas übriggelassen; zerräubert die einst vollen Schüsseln & Tabletts, zerbrochen die Teigwaren, umgeben von befingerten Rot&weißweingläsern, abgestellt u wirr verteilt über die Clubtische wie letzte Reliquien für Gastlichkeit (offenbar hatte man zuvor heftig über Etwas diskutiert u: war zu keiner 1igung gekommen, derlei steigert die Freßlust) – :Im Antikengehäuse englische Inneneinrichtung, dazu französische & italienische Weine, nordamerikanischer Imbiß: Obwohl gewiß nicht nur zu dieser, sondern auch zu so manch anderer Stunde von Vielenleuten besucht, machen Raum & Einrichtung dennoch unpersönlichen & geschäftsgemäßen Eindruck, abstrakt wie die Bar in einem teuren Hotel –: Man erlebt & ernährt sich durch Raum&zeit globalistisch & fühlt auch hier=Zuland so welt=läufig, daß Man von der heimischen Speisenkarte nicht Brathering, sondern nur noch bre*th*ering bestellen kann.

Inmitten essen$^{s}_{z}$ gesättigter, fester Luft: *?Wer in der Schar aus Gesichtern käme als Stipendiengeber wohl in Frage* –.– Könnte ?der Es sein: ein Gesicht, glatt=langweilig & redlich wie Mortadella. Doch neben ihm –:– Sophia, die Gastgeberin, unterbricht meinen Blickerundflug, indem sie mit lauter doch herzlicher Stimme mich ihren Gästen vorstellt, die bei meinem 1tritt allsamt die Augen=neugierig auf mich einschwenkten. Dabei beschönigt Sophia meine Ecksistenz, auch verschweigt sie Die Therapie; sie läßt den Ursprung unserer Bekanntschaft dort, worin jeder Ursprung steckt: im Dunkel, & erwähnt lediglich den Zufall, der uns zuerst in Hamburg und nun Hier=in-Berlin zusammenführte. Besonders streicht sie meine Schreiberei an einem=gewissen Buch heraus & kündet der Runde meine Lesung noch für !Diesenabend an. So muß es nun den Anwesenden erscheinen, als seien wir, Sophia & ich, für Diesenabend verabredet gewesen: als !Überraschung für alle hier=Versammelten. Auch wiedererkenne ich das eine od andere Gesicht : Aus Gansdoitschland der-Filz=komplott in-Berlin.....

Das Mortadella-Gesicht erweist sich beim gegenseitigen Vorstellen einem Dozenten zugehörig. Er halte Hier=in-Berlin an der Eff-U Vorlesungen über nordamerikanische Literatur, spreche neben Fließendenglisch auch Französischspanischportugiesischitalienischundgriechisch, führe in-seiner-Freizeit (–!*Aberwannhabichdiemal* –) Leiden=schafftlich Mauntinbaik & sei schon als Gastdozent an der Kohlammbia Juni-wersitti in Nju-Jook gewesen.– Beim Versuch, das eine Bein lässig über das andere zu schwingen, rutscht der Hosenstoff hinauf und entblößt grellrot geringelte Seidensöckchen. Im Blechglanz seiner selbstemporgestemmten Siegespokale streicht der Mann sein welliges Grauhaar präsidentenhaft in den Nacken & schaut von mir fort in-die-Runde; in seiner Mortadella-Redlichkeit schimmernd jetzt wie Fettgrieben der Stolz=auf-sich=selbst: der kärrnige Schtaatzkärl, von stud. Entinnen umflattert –. Im Klang seiner Stimme verrät sich der Zu-Tode-Pädagogisierer Alldessen, was aus Himmel&erde ihm in den Hirnkasten gerät.

Von all seinem Geplapper & Radschlagen unbewegt bleibt neben ihm Eine Frau (die mir vorhin sofort auffiel, doch hat Sophia mich bei diesem Blickausflug unterbrochen & kurz beim Vorstellen Diese Frau als die Ehefrau des Dozenten bezeichnet): Dunkeläugig, die Flut braunen Haares im Nacken zum großen Knoten gefangen, Gesichtshaut u Finger vom Zigarettenrauchen gelblich=mondän. Nicht mal mehr die werweiß wie oft schon aufgeführten affigen Prahlerein ihres Mannes mögen Der Frau noch Anlaß sein, ihn vor der Selbstblamage in Schutz zu nehmen; so ist Diese Frau schweigsam, schön & statuenkalt.

Überhaupt die hier anwesenden Frauen: mit schon etwas Abend in den Gesichtern, geschminkte Jahre unterm Firnis für Jugendlichkeit glänzend Wangen & Augen, wie Puppen aus Bakelit. Sie mochten einst nicht mit silbernen, eher mit Plastiklöffeln im Mund geboren sein; die-Gutepartie mit einem Scheffarzt, Rechzanwalt, Bänker, Immobiljenmakler hatte sie in etwas höhere Gesellschaftsetagen katapultiert –:– Da sind sie nun, Fechtmeisterinnen bei Ehr-Geizduellen, elegant & verbissen Intrigenklingen führend in den Salons & auf Gala-Empfängen, sich durch Ihrenmann gegen jede andere con-Kuhrenntin zu positzionieren; mittlerweile angelangt in jener dauerhaft erscheinenden Begütertheit, so daß sie Güte sich leisten können. Aber auch die, genau wie der Firnis von Jugendlichkeit, ist 1 puppenhafte, bakelitene Güte. Denn in den verborgensten Kammern ihrer Jahre bleibt die einstige

Herkunft unvergessen, & so verdanken sie Der mitunter die erstaunlichste Leben's Klugheit.

Der Jüngste im Raum ist des Dozenten Sohn: Zum Weißlebergesicht passend spinnige blaugeäderte Hände, gewiß 1 dünner quälerischer Schwanz & das Studium der Theologie..... Er hockt verschämt & blasiert im Schatten seiner Mutter, der Semiramis aus Hamburg. Ich stelle ihn mir betend vor: 1 Spinne, die auf die dürren Hinterbeinchen sich erhebt & zitternd die vorderen zusammenlegt. Aber er scheint zwirnsfädelich genug, um durch die Regale voll des rechten Bücherwissens hindurchzukriechen & dereinst seine Intrigen-Netze zu spinnen..... – (:?Sollte, u: trotz des pracht vollen Stuten=Mutterfleisches, dem wässerigen Dozentensamen nur solch Mickerling entsprossen sein, u !Das wäre seither die Wurzel aller Vorwürfe aller stillscharfen Mißachtung allen Grolls von Seiten jener Stolzen, Schweigenden) : !Wie Diese Frau bisweilen, dünn & spitts, von der Seite-her !Blicke tief in diesen dozenten Mann hin1sticht; !Wie er sich absichtsvoll danebenbenimmt (:?hatter nich vom Essen noch blasse Kläckerspuren an der Knopfleiste zu seinem Jackett), nur um seinerseits Die Frau bloßzustellen; !Wie sie sich gegen:seitig die Atemluft u den Raum, in dem sie zusammgedrängt sitzen, & gewiß jeden 1zelnen Bissen vom Büfett mißgönnen : !Wie sie ein:ander hassen mit aller Haß-Routine aus Jahrzehnten Ehe u sich ein:ander den Tod an-den-Hals wünschen mögen.....

Im Zimmereck neben einer tief in den Raum die Blätter herabsenkenden exotischen Pflanze an der Vorderkante des für ihn viel zu geräumigen Sessels, als habe er 1 gespannte Sprungfeder im Rücken & Jedenmoment platzten die Sätze aus ihm heraus, 1 Mann (im Alter nicht schätzbar) mit rotbraun gefärbter Schüttelfrisur wie Mireille Mathieu: die zappeligen Finger, die Blicke mit nervösen Sechzehnteln in die Umgebung versprühend, gehören, wie Sophia ihn vorstellt, zu 1 Musiker & Komponisten mit dem schrulligen Namen Matthäus Galli. –

?Und die Übrigen : in die Aura eigener Bedeutsamkeit wie in üppige Polster eingelagerte, hingepflanzte Saturiertheit, Zweimeter=breit beim Sichbehaupten, Karakter & Wesen von geschmierter Wurstbrotigkeit selbst=versicherter Parteipolitiker, in Grund-&-Boden trivialisierende Welt-Gestalter, ordinierende Prof.-Essionals für Börsenkurse & Diätenspeck; Kommunales gemein=schafftlich anpackend & hochziehend am bürgersamen Glockenseil Wahrheit-&-Recht. Sie haben den Sockel, auf den sie in ihrer ausgespreizten Banalität hochaufgerichtet sich ausstellen mit all ihren akademischen Titeln & mit Rechthaberei, durch weithergeholten Marmor aufgeprotzt, darunter aber bröckelt der häusliche Gips.– :?Freunde, Sophia, ?Diese=da..... ?Reicht zum Freund-Sein aus, ?freundlich gegen ein ander zu sein –. (Mir schwindelt angesichts meiner bevorstehenden Lesung vor !solchem Publikum.....)

Denn soeben kehrt Sophia sich auffordernd zu mir – ihr offenes Gesicht schaut mich aufmunternd an. Schon suche ich meine Stimmkraft zusammen – : Als aus dem Kreis der Besucher teigmundig die Frage mir dazwischentritt: –?Worum gehbf demm überhaub in Ihrem Buf. – Darauf schluckt die Fragerin den Bissen runter, ihre Augen gerundet vom Nachgeschmack aus Teig-mit-Käsekrem & ungezählten Stapeln gewohnter Literatur. – –!Ja – er!zählen Sie – !Erzählen Sie doch erstmal was über Ihr Buch – :So einige Stimmen aus dem Salon. Statt des Tuns wollen sie immernur reden: reden über Musik, statt Musik zu !hören – reden über Sex, statt Sex zu !machen – statt !Lesen, über Bücher reden – :Sämlinge aus dem Quatschocento. Und ich weiß nicht, ob deren Neugierde echt od nur zu-Ehren der Gastgeberin, doch vermutlich allein zu !ihrer=!eigenen Ehre aufgefahren wird. Vermutlich können sie das Eine vom Andern schon längst nicht mehr unterscheiden – weil Bedeutendes ausschließlich Bedeutendes anzieht, & SIE IHRE=eigene Bedeutsamkeit für !Sohoch schätzen, daß SIE=als Hoffnungsträger – Geheimnisträger – Bedenkenträger – Preisträger – Wasserträger – Hosenträger : KULTURTRÄGER zutiefst durchdrungen sind von der Vorstellung, Unbedeutendes könne IHNEN schlichtweg garnicht begegnen. Und so heuchelten SIE vor Entzücken jauchzend auch ne Karre Mist zum EREIGNIS rauf, sofern die nur !ausschließlich=! IHNEN=! allein präsentiert werden würde. Doch haben SIE Verstand genug auch für das Empfinden solch immerwährender, funda=mentaler Enttäuschung, u: so geartetes Erfahrungswissen beläßt SIE nicht in Bitterkeit, sondern ausgestattet mit dem Arsenal beamteter Verteilungsgeschütze in routinierter Unerbittlichkeit.....

Die Fragerin hat inzwischen ihre Backen leergekaut, jetzt werde ich ihr antworten: –*«Dies Geschmeiß, wie eiserne Maschinen unverwundbar, hat niemals, sommers nicht noch winters, die wahre Liebe je gekannt«*. Charles Baudelaire, aus *»Der Wein des Mörders«*. Das ist das Geleitzitat zu diesem Buch. – (Meine Worte schallend im Raum.) –?Worum es hier geht: Kurzgesagt, um die Gier nach dem ungelebten Leben, die einen Mann in mittleren Jahren, u scheinbar plötzlich, erfassen kann. Als das sicht- u fühlbare Zeichen für seinen Leben's Hunger erscheint diesem Mann eine aus vielerlei Vernunftgründen unpassende Frau – (und suche den Blick Sophias. Aber ich hätte den Kopf verräterisch=weit zur Seite wenden müssen, um sie zu erreichen.) –?Haben nicht auch Sie irgendwann einmal den Wunsch verspürt, sämtliche bisherigen Lebens-Gewöhnlichkeiten zu verlassen – u: die eigene Vergangenheit wie 1 überflüssigen Text dem-Feuer zu ?übergeben –. Das hat dieser Mann getan.

In der Runde schwer atmendes Schweigen bis zum Wort *verlassen*, nachdem aber *das Feuer* erwähnt wurde, Nurschweigen. Sophia, errötend, hält den Kopf gesenkt, einige ihrer dunklen Haarsträhnen verbergen mir den Blick in ihr Gesicht – :Sie mag nun ahnen, !weshalb ich meinen Text für Sie=allein zum Vorlesen ausgesucht haben mochte. Für den Rückzug allerdings ists nun zu !spät.

Auch für mich: Denn gleich nachdem ich den Titel *Auf Tag & Stunde* laut ausgesprochen habe, schon bei den 1. Zeilen, fällt mir brennendhell vor Augen, um allzu offensichtliche Ähnlichkeiten meines Textes mit meiner u: Sophias Wirklichkeit vor !Dieserrunde zu verbergen, daß ich während des Lesens Namen & Orte aus-dem-Stegreif werd verändern müssen – : Aus dem Wendland wird so das Münsterland (dafür muß ich allerdings die schönen=heidnischen Ortsnamen aus dem Drawehn fortlassen); aus Hamburg wird Bochum (in der bangen Hoffnung, niemand Hier käme aus dieser Gegend, der sofort die geografischen Unstimmigkeiten u Fehler bemerken müßte); schließlich den Namen *Sophia Englisch* werd ich ändern müssen zu – (*:!Namen!namen – jeder ist ein Verräter & Geständnis*) und zögere, was mir 1ige Versprecher einbringt – :dann setze ich der Künstlichkeit eins drauf: aus *Sophia Englisch* wird zu !Dieserstunde: *Isabella Rosalind* – (meine Stimme bekommt sogleich schwelgerischen Tonphall, und mache nochmals 1 kurze Pause, um den katzengoldenen Klang dieses Namens als falschen Schmuck zu genießen) : (Sophia begreift diese Finte; und die Strähnen ihres Haares durchschimmert tiefe Röte im Gesicht, das sie für 1 kurzes zu mir wendet – :als Mahnung, nicht *!zu weit zu gehen* –) : !Aber: ist !Solche Mahnung ?nicht bereits Komplizenschaft – *Glut u Feuer, Trompeten zum !Triumf* –: So beginne ich mit meiner Lesung. –

Dabei gibt mir die übliche Art, hin&wieder vom Blatt auf- & ins Publikum hin1zublicken, die Gelegenheit Sophia anzuschaun. Sie hält den Kopf geneigt, ihr Gesicht bleibt mir verborgen; die Augen hat sie auf ihre rauhen Hände=gerichtet – u geistesabwesend zupft sie am

Nagelbett ihrer Finger, 1ige Hautfetzen ablösend, das muß schmerzhaft sein – doch läßt sie nicht davon ab. *–Aus all unsern verlornen Jahren ist uns=beiden der gleiche Hunger verblieben* – lese ich soeben (:das Nagelbett an manch 1 ihrer kurzen Finger ist inzwischen zerpuhlt & 1gerissen; blutige Stellen, wund & zerkratzt.....:) Armearmesophia –.

Die Lesung ist beendet. Plätschernd Applaus wie Ohrfeigen aus Zwergenhand. Danach Schweigen – die Stille nach dem Text. Dahin1platzend eine Fraunstimme, auftrumpfend überlaut: –!Sie haben in diesem Teckst wohl über !sich=!selbst geschrieben.–

–!Nein. – Lüge ich=tapfer & sofort. (Sophia wagt noch immer nicht aufzuschauen.) –Nein. Entschiedenermaßen !nicht. – Und ergehe mich sogleich des-Längeren in Begründungen, weshalb sogenannter Echtheits-Realismus im Schreiben, selbst wenn dergleichen in der Absicht des Autors stünde, !unmöglich zu erzielen sei –: Dazu hole ich das bekannte Beispiel von Stendhals gescheitertem Versuch herbei, einen Truppenübergang über die Alpen *realgetreu & wahrhaftig* wiedergeben zu wollen. Er habe dabei erfahren müssen, daß an die Stelle der Realität, die er zu beschreiben die Absicht hatte, vom selben Ereignis ein Kupferstich, den er beim Schreiben ungewollt erinnerte, getreten sei, und davon ausgehend habe der auf diesem Stich dargestellte Troß – Soldaten Kanonen Pferde Wagen Felsen & Alpengletscher – seinerseits in=ihm ein weiteres Bild erzeugt, das sich nunmehr an die Stelle jener *Wirklichkeit des Kupferstichs* geschoben habe, undsofort. –?!Was also ist *Wahrheit* – (ruf ich=eifernd in die Runde:) –*Wahrheit* ist immer !die Täuschung, die so hartgesotten wurde, daß sie nicht mehr Ausderwelt zu schaffen ist.

Die Fragerin will offensichtlich Nichts davon wissen; vielmehr wollte sie 1zig dem-Kreis verkünden, !sie=selbst schreibe seit-Längerem an *Der Geschichte ihres Lebens* – & darin sei !wirklich=!Alles=!wahr. Das zu verkünden dauert Geraumezeit (währenddessen meinen Mund ein Geschmack wie von schmutzigen Handtüchern füllt). Doch scheint durch den Vortrag dieser eitlen Schwätzerin zumindest Die Gefahr, meinen Text mit Sophia in Zusammenhang zu bringen, beseitigt.

Darauf erhebt sich Sophia sofort, & (verbindliches Lächeln nachglühend in ihrem Gesicht) spricht sie, abschließen wollend, zu den Versammelten noch kurz über mich & das Gehörte.

Unvermutet, aus dem äußersten Halbkreis der Sitzenden, meldet sich eine andere, schnarrend & verzerrt klingende Frauenstimme zu Wort: –Sie eeeh suchen mit Ihrer Schreibweise zu be!eindrucken; Sie möchten beim Leser den !1fühleffekt eeeh eeeh auslösen & wollen !anrühren. – Höre ich die zähnegefilterte, etwas brüchige Frauenstimme lesbenstreng. Und will ihr schon mit der ka=lauernden Frage zurückgeben, ob denn für Sie zwischen dem Anrühren eines Menschen & dem Anrühren eines Kuchenteigs 1 ?Unterschied bestünde –. Doch läßt mir diese Frau keine Gelegenheit zum Erwidern, sondern folgert sogleich aus ihrer eigenen Feststellung heraus: –Sie eeeh vertreten damit eine zutiefst eeeh Bürgerlichidealistischeauffassungderrollevonliteratur in der eeeh eeeh Gegenwart.

Diese Stimme gehört zu 1 vielleicht 50jährigen Frau im knappsitzenden grau gestreiften Kostüm. Ihr Haar, vom selben Grau durchsträhnt wie der Stoff, liegt in kurzen wirren Locken eng ihrem Schädel an, die Brillengläser blinken, und der verzerrte Klang ihrer Stimme rührt daher, daß die Frau beim Sprechen die Zahnreihen auf1andergebissen hält; die dunkelrot geschminkten brüchigen Lippen zittern, sobald sie nach 1 Wort zu suchen scheint.– Diese Frau hat ihrerseits inzwischen einen längeren Vortrag begonnen, den sie mit Walter-Benjamin-Zitaten ausstaffiert; soeben strebt sie einen Wechsel zu Julia Kristeva & Chomsky's Textanalyse an, dazu muß sie neue Atemluft holen –, was Sophia=charmant zur Unterbrechung benutzt.

–Rachel – (spricht sie=sanft zu dieser Frau hinüber, während sie dicht-neben-mich herantritt und ihre Hand meiner Stuhllehne gibt.) –Selten haben wir erlebt, daß du von einer unserer Lesungen !so !sehr angetan gewesen bist – (:ich könnte wetten, daß Sophia ursprünglich statt angetan *angerührt* hat sagen wollen – spöttisches Gelächter wäre die Folge gewesen. Sophia will diese Frau jedoch nicht bloßstellen.) –Meistens hast du nach den Lesungen geschwiegen (erinnert sie). –Heute nun haben wir=alle !endlich einmal Gelegenheit zum Einblick in deine Methodik der Textanalyse bekommen, noch dazu über einen dir zuvor unbekannten Text. Sei dafür ganz !herzlich bedankt, liebe Rachel.

Applaus & ihr zugewandte Gesichter nehmen der Dozentin allen Wind zum Fortfahren aus den Zähnen. Sie begreift. Denn wie der-Säufer außerhalb der Kneipe, so der-Akademiker außerhalb der Universität: er ist lächerlich..... Also schweigt sie fortan, das Gesicht undurchdringlich, Lippen & Zähne fest insich verbissen.

Sophias laubgrünes Kleid umfließt derweil ihren Körper – mit solch geschmeidigen Bewegungen, womit sie versteht Alles in diesem Raum zu Dieserstunde in Einklang zu bringen; Bewegungen aus einem weiblichen Gefühl für *Musik* – *Musik* die ohne Mechanik hörbar ist u die mich begeistert, umstimmt, plötzlich u zutiefst –.

–Er ist ja gradezu: ein !Genie. – Kräht plötzlich 1 Stimme, die mich auffahren läßt und zurückwirft in diesen Raum. –Geradezu ein !Genie-aus-dem-Wald, – wiederholt lauthals der Dozent für nordamerikanische Literatur, läßt seine Ringelsöckchen blitzen & meckert brechtisch in die Runde. Von dorther Applaus für ihn u mich, gleichviel.

Als sei das Wort *Genie* 1 Codewort, läßt es den Musiker mit der Schüttelfrisur nervös & verstört von seinem Platz unter der Blattpflanze hochfahren, er wirft noch 1ige unsicher flackernde Sechzehntelblicke nach Allenseiten, dann eilt er zur Tür, und wortlos hinaus. Daraufhin sehe ich Sophia (verbindliches Lächeln nachglühend in ihrem Gesicht), Diesmal ausgiebig wie am Ende eines gelungenen Akrobatenstücks – schließlich&endlich !aufatmen.

Alle Gäste sind fort. Sophia, mich, – die vorgeschrittene Nachtstunde schließt uns=beide in menschwarmen Gerüchen in dem leeren Salon ein.

Sofort nach dem letzten Gast hat Sophia jeden Alkohol..... hinausgeräumt. *Und führe ihn nicht in Versuchung.....* Still=amüsiert schaute ich ihr dabei zu. Nun ist sie zurückgekehrt mit verschiedenen Getränken, die mir gewiß keinen *Rückfall.....* verschaffen würden.

Sie bleibt auf der Clubcouch tief in den Lederpolstern, die Beine seitlich gelagert u bequem unter den Leib gezogen, sitzen, ein großes Glas, gefüllt mit dunklem Most (seine Farbe ist Wein), in Händen. Auch vor mich stellt sie ein solches Glas, und schaut mich mit auffordernden Blicken an, fühlt, ich muß es aussprechen.

–Ich habs vermasselt. – Sag ich in die Stille. –Damit konnt ich Niemanden überzeugen. Schon gar keinen Stipendiengeber.

Sophia scheint genau auf solche Bemerkung gewartet zu haben. –Unsinn. – Sagt sie laut. Und noch einmal: –Unsinn. Sie haben Ihren Text einem Auditorium aus Wild=Fremdenleuten, die nicht grad ohne gesellschaftliche Bedeutung sind, zu Gehör gebracht. Dazu gehört !Courage.

–Aber (wende ich ein) –diese Frau, die Sie Rachel nannten, die hat doch vehement=!gegen mich gesprochen & gewiß im stillen 1verständnis mit Vielen hier im Raum. Allein Ihrem geschickten Eingreifen verdanke ich, daß ich von ihr nicht vor Alleraugen in der Luft zerrissen worden bin. ?Wer eigentlich ist diese Frau.

–Professor Doktor habil. Rachel Kremer-Oldesloh. Früher am Germanistischen Institut an der Uni Frankfurtammain, dann im Hamburger & jetzt im Berliner Kultursenat: !Sie ist Die Vorsitzende im Beirat zur Vergabe von Autorenstipendien.

Auflachend sinke ich in den Sessel zurück.

–!Unsinn. – Sagt Sophia noch einmal, dieses Mal betont robust. –Ihre Lesung war gut, !ausgezeichnet sogar, sie hat die Zuhörer beeindruckt. Auch jene Rachel. Nur ist Das eben !ihre Reaktion, einer persönlichen Ergriffenheit zu begegnen. Haben Sie ?nicht bemerkt, wie häufig in ihrer Rede allein das fehlende Verb der Grund fürs Stocken war. – Sophia trinkt 1 Schluck aus ihrem Glas.

–Rachel gehörte während ihrer Studienzeit zur Frankfurter-Szene; sie kennt ebenso all=jene, die einst & bereits Damals schon mit gepanzertem Hirn & stählernen Ellbogen ausgerüstet, schließlich den Marsch-durch-Die-Institutionen an=traten, über sämtliche Leichen hinweg ihn Heute abgeschlossen haben Dort, wohin sie immerschon !wollten: Ganz=nach=Oben..... Und sie kennt auch jene Leichen, die zuerst unter dreckigen Turnschuhn, später unter blanken Maßschuhsohlen dieser geborenen Opportunisten auf-der-Strecke-geblieben sind..... Solch Wissen macht 1sam. – Kurze Pause. Dann: –Aus Rachel mag eine gute Literatur-Wissenschaftlerin geworden sein – ich verstehe nichts von ihrem Fachgebiet. Doch weiß ich eines genau: ihr ist nicht 1 Funken !Intuition geblieben. – Sophia schaut mich an.

–Was ich jetzt sagen werde, spricht nicht unbedingt für meinen akademischen Sinn. – (Sie beugt sich mir entgegen, als wolle sie Ein Geheimnis enthüllen.) –Sie haben ja zu-Beginn selber gehört, auf welche Art Walter – der Dozent für Amerikanistik – sich aufspielen muß, !Jedesmal ists dasselbe, & wenn ein Fremder, so wie Heutabend Sie, erscheint, dann mit umso größerem Eifer, & immernur für die eigene Frau. Ja, Sie haben sie natürlich bemerkt, diese schweigsame Schönheit : !Was will er ihr noch ?beweisen. Er u: die arme Rachel und all=die-übrigen touristisch Gestimmten auf ihren Lebensreisen ob durch Länder od Fachgebiete: ?!Was sind die Ergebnisse aus all ihrem Tun; ?!wie haben sie ihre Erlebnisse & Erkenntnisse zur Intellekt=Bildung mit ihrem Selbst ?verknüpfen können. – (Sophia blickt mich herausfordernd an:) –Kommt man denen näher, dann sieht man kaum 1 Unterschied zu den meisten Anderenmenschen, weder besser noch schlechter als Alle=übrigen. Und genau wie jene Touristen=Konquistadoren, die sich 1-mal-pro-Jahr mit Reisen in die entferntesten Ecken der Welt hinschieben, vom Festenglauben durchdrungen, ihr=eigenes Begeistertsein-von=sich-selbst müsse auch den Menschen in jenen Fremdenländern, die sie mit ihrem Ego beschallen, Gewinn od gar Freude am Begegnen mit solch Kreuzfahrern der Unverschämtheit bedeuten. Aber nach deren Rückkehr wie auch bei den Bildungsprofis bleibt festzustellen: !nicht das !Geringste an ihrem Leben hat deren Reiserei verändert, nicht 1 Jota.

Sophia hat sich in Eifer geredet, vermutlich hat Dieserabend sie auf ein Langezeit stillgelegtes Gleis geführt. –Und so frage ich mich ernsthaft: ?Ist die-Welt – die Reise- wie die Bildungs-Welt – nun so ?1förmig, so tödlich=?banal, daß sie die Menschen derart !unverändert rückkehren läßt, ohne spürbar sensibleres Innen-Erleben, ohne 1 Spur empfindsamer gegenüber Glück u Unglück, dem eigenen wie dem der anderen; keinerlei hohe riskante u lustvoll=!eigene Geistesflüge, ja nicht mal die leise Ahnung, lediglich Kolonisator gewesen zu sein & auch wie Kolonisatoren sich aufgeführt zu haben. –

Sie trinkt hastig. –?Od !wollen sie gar=Keineänderung, !wollen gerade !diejenigen, die immerfort den-Fortschritt im Munde Gassiführen, daß Alles so bleiben soll wie das immerschon=gewesen ist, & gerade=!die suchen angesichts der-Welt wie der-Bildung nurmehr & immerfort sich=selbst zu bestätigen, zu bestätigen und nichts als nur sich=selb – (sie verschluckt sich, hustet – ich spring zu ihr hinüber, klopfe auf ihren Rücken – meine 1. !Berührung) –, –, –

Dann ist der Hustenanfall vorüber. Unbeholfen bleib ich neben ihr stehn – mit der Hand streiche ich über ihre Schulter – nur 1 Mal u flüchtig. Sie hat es ohne spürbare Regung geschehen lassen.

Und hat unterm Hustengeröll nun auch ihre Stimme wiedergefunden. Das Thema muß sie reizen; sie ist noch nicht zuende damit. –Jedenfalls – (sagt sie ruhiger) –mitunter kommen diese-Leute in meine Praxis. Dann reden sie, und ich finde ihr inneres Erleben !so oft lediglich zugerümpelt mit Worten, Begriffen, fremder Köpfe Theoriengestanze – (Sophia gerät wiederholt in Fahrt:) –!Das sollte dann ?!Alles gewesen sein, ?und dann auch schon kommt die-Nacht..... – Seltsam ergriffen schweigt sie nun.

Zuerst haben mich ihre Worte eher amüsiert, ich spürte alsbald in ihnen eine mir vertraute Frequenz : Nicht allein gleicher Ekel, auch gleicher Humor !verbindet. Doch liegt in ihrem Blick unbedingter Ernst; sie starrt in das dunkel schwankende Getränk – 1 Fruchtaroma steigt aus dem bauchigen Glas.

–Eine Welt voller Menschen, doch jeder eigene Schritt in Diesewelt macht dich bereits zum Feind aller dortigen Menschen. – Ich stimme mich auf ihr Thema ein. –Reisen : Wohin wir auch gehen, mit welchen Absichten auch immer : Es gibt nur Kolonisatoren u: Überfallene. Und wenn auch Der Feind verschwunden ist, so bleibt über Allezeiten-hinweg Die Feindschaft.....

Doch Sophia mag meine Bemerkung überhört haben. Mit unveränderter Stimme höre ich sie weitersprechen. Sie scheint willens, der vorigen offiziellen Vorstellung ihres Literarischen Salons nunmehr die inoffizielle = die der Wahrheit um 1ige Schritte näheren Kurzgeschichten jener Freunde folgen zu lassen.

–Schauen Sie sich Walters Ehe an: Diese Frau=die-immer-schweigend neben ihm sitzt – nominell sind sie Ehe=Partner. Sie ist herrisch von ererbtem Geld, so hält sie sich hinterrücks ihre Laffer; u: er weiß es, denn er ist ja nicht blind. Doch wie er Trotz seiner Gastdozenturen in Nju-Jook, Trotz seines Halbdutzends Fremdsprachen, Trotz der Mattscho-Karriolerein mit dem Mauntinbaik durch den Grunewald – blaue Sonnenbrille, Rennfahrerhelm, primelgelbe Lederhandschuhe, schreibuntes Autfitt hauteng & *Händi* am fetten Arsch –, wie er also Trotz dem u Trotz aller nordamerikanischen Literatur seine Frau am Fremdgehn hindern u sie bei=sich halten könnte – : Das hat der Herrprofessor Ringelsöckchen !nie gelernt & weiß es deshalb !nicht.

In Sophias Stimme ist weder Häme noch Triumf, vielmehr meine ich eine tiefe Trauer herauszuhören, wie sie Jemand beim Anblick anderer, an Jahren vielleicht noch junger Menschen aber mit grausam verkrüppelten Gliedmaßen, überkommen kann.

–Sie ?erinnern sich an den kleinen nervösen Mann mit der Schüttelfrisur, jenen Matthäus Galli : Seine interessiert-tuende Zappeligkeit ist Täuschung (erklärt mir Sophia) –ist nur ein Tick, der mit seiner tatsächlichen Verfassung nicht übereinstimmt. Jedesmal, heutabend besonders heftig weil das Wort *Genie* gefallen ist, schnellt er als der 1. von seinem Platz hoch & entwischt grußlos der Runde. Ich erinnere mich nicht, ihn jemals nach einer Lesung auch nur 1 1ziges Wort hab sagen hören. Schon als Kleineskind – (fährt Sophia fort & schenkt mir derweil etwas von dem weinfarbigen Getränk nach) –haben seine Eltern, der Vater war Kaufmann in Lübeck / die Mutter spielte Daheim die-Große-Dame, aus ihrem Mozart-Komplex heraus dem Kind einzureden verstanden, auch !er sei *Ein musikalisches !Genie* –:– Jedentag von früh-bis-spät mußte das Kind am Klavier sitzen & üben, und Notenschreiben konnt er beinahe früher als seinen Namen. Später dann, als Jugendlicher, glaubte er=selber an *Sein Genie* & nahm sich vor Gleichaltrigen wie vor Lehrern & anderen Erwachsenen dementsprechend die gröbsten Frechheiten heraus. Er blieb ungesellig, verstockt, 1sam..... Bis heute. Seine Eltern Daheim ließen ihn sogar während der Mahlzeiten in seinem Zimmer=Amflügel über seinen Kompositzjonen – nicht mal zu-Tisch mit den anderen in der Familie erschien er. Als Essen setzten die Eltern ihm ausschließlich zu-Brei-Verrührtes vor, damit Daskind=Dasgenie, den Teller zur Linken, das Breizeug rasch & problemlos in=sich reinschaufeln konnte, ohne dabei Sein Kompo-Nieren unterbrechen zu müssen.....

–Und ?Heute. ?Was ist aus ihm geworden.

–Er ist gewiß kein schlechter Musiker, aber eben noch lange kein Genie. Das ist er !niemals gewesen, u: hat !Das irgendwann schmerzhaft begreifen müssen: Eineganze Kindheit und Jugend für die !Idiotie seiner Eltern zuschanden..... Als Musiklehrer arbeitet er an einem Konservatorium. – Sophia scheint an dem Thema das Interesse zu verlieren.

–?Und jene Rachel. – Beharre ich.

–Rachel –.– Sophia besinnt sich: –Sie gehörte zu meinen Patientinnen. Freunde werden zuverlässiger, sobald aus Freundesgeduld Patienten werden : Jedem-das-Seine, & Allen Trost&gewinn.– Fügt sie mit unvermutetem Sarkasmus an. Sie mag das schon zuviel Gesagte bemerkt haben, und schweigt fortan über diese Frau; wie 1 Versteckenspielendes Kind verbirgt sie ihr Gesicht hinter dem fast leeren Glas. Durch die Wölbungen in der Wandung der Anblick ihrer Züge wie ein Text-Bild, verzerrt von vielen Fragezeichen; sie scheint auf Etwas zu warten, das ich sagen soll. – 1 ausgekühlte Atmosfäre von ratloser Sachlichkeit liegt im Raum, als hätte jemand auf einer Theaterbühne mitten im Spiel das Arbeitslicht angeschaltet.

Und ich meine in ihrem vom Glas verzerrten Anblick den Schatten mädchenhaften=Enttäuschtseins wahrzunehmen: *ooch wieder den Ganzenabend=lang !nur bloßreden.....* Und als sie jetzt näher an mich heranrückt – süßherb u von vielen Stunden erwärmt ihre Haut, hellschimmernd u glatt die bloßen Arme, – sucht sie=entschieden kalte Nüchternheit zu vertreiben. Sie senkt die Augen und blickt versonnen auf ihre kurzen Finger, die das Glas langsam drehen (:*solche Hände verraten Dienstbarkeit.....*). Sodann schaut sie rasch wieder auf zu mir. –Sie müssen nicht an=sich-Selbstzweifeln. – Sagt sie einfach; ihre Stimme dunkel u nah, als hätt eine langjährige Freundin gesprochen.

–Alles, was ich vorgelesen hab, ist bloß Die Wahrheit. Ich hab vorhin solche Möglichkeit hartnäckig bestritten, aber das geschah nur, um Sie zu schützen. Wahrheit=allein ist mein Empfinden=für=!Sie: u ich habe nur für !Sie geschrieben. !!Leben – :Meine Stimme plötzlich zu laut, Sophia erschrickt. –!!Leben – (ruf ich noch einmal) –das hieß für mich bisher Schlüsselloch-Gelinse: Die Ehe & der Scheißberuf ließen mich zum Leben's Spanner werden: alles Störende fein=säuberlich beiseite – *Für Ihren Lebensartikel geben wir Ihnen maximal 6000 Anschläge* –, u: war stets nur 1 1ziger Anschlag auf mich=selbst. Ich war schon nahedran schwächlich zu werden, dünnwillig zögerblütig mit hohlstumpfen Augen & im-Innern=zu-Schanden geworden: keine Glut, nur Asche noch u Nichts, das ich noch !wagen mochte. Bis zu Diesem Einen Moment in Ihrer Hamburger Praxis. – Und die nächsten Worte, schon auf der Zunge, sie schmecken nach alten silbernen Löffeln, Patina, als würde Metall verfaulen –, der Schluck Most spült den Modergeschmack davon. Leer nun der Mund u: keine Barriere mehr die mich noch hält.

–Ich bin 1 !Feigling, der schlimmste: 1 Leben's Feigling..... – Wieder zu laut. Sophia schaut mich an, in ihren Augen kein Winkel der Versteck sein könnte: *Damit hast du !genau Die !Wahrheit getroffen* – :lese ich im Blick der Frau; mein Gesicht erkaltet: –1=jener Feiglinge, die zum !Verbrecher werden müssen.

Jetzt starrt die Frau mich entgeistert an. Ihr Erschrecken ist vielleicht auch das des-Arztes angesichts der Tatsache, beim Patienten möglicherweise eine schwere Schädigung bislang !übersehen..... zu haben. Und die Augen der Frau stellen sich auf den-berufsmäßigen-Blick, der hilfreich den Patienten auffordert zu sprechen – !nur den-Patienten..... Sie steht auf, geht an ein Regal & schaltet dort 1 Lampe an. Dann kehrt sie zurück, setzt sich, die Beine über1andergeschlagen in sozusagen amtlicher Positur, wartend auf des-Patienten Erzählung.

Ich folge ihrer Aufforderung, rede: –Auch habe ich den dringenden Verdacht, daß einige Feinde=aus-Früherentagen mir hierher, nach Berlin, gefolgt sind. Ja: !Feinde, u: Die brauchen sich nicht mal von-der-Stelle rühren – das-Internet, Sie verstehen: die modernste Form des Einbruchs. Sie haben sich in meinen Computer eingeschleust, meine Dateien ausspioniert, u: haben mich !bestohlen –.– (Ich bin schon wieder in meiner engen Feigheitszelle: Handschellen um den Willen, Ketten am Hals der Lust).

–Aber –.– Und Zögern. Doch muß Es heraus: –Wahrheit heißt auch: Ich habe zwei Menschen umgebracht. Nicht direkt=eigenhändig. Sondern ich hab sie mit Vorbedacht & nach einem perfiden Plan in-den-Tod laufen lassen. So, wie ich es vorgelesen habe. Und das Geld von dem ich in Letzterzeit lebe, seit die Aufträge von den Redaktionen wie auch die Honorare drastisch in den Keller gehn, das habe ich nicht selbst verdient, das stammt aus meines Vaters Erbe: Die Summe, die er einst von ebenjenem Anwalt aus Hamburg für den Verkauf seines Anwesens bekommen hat. Ein Haus, das nun nicht mehr existiert; 1 Käufer, den es nicht mehr gibt. Durch !Meineschuld. Das ist Meinetat gewesen, & schon bald wird Man mich stellen, nachdem man mich im-Beruf schon kalt=gestellt hat. Ich hab keine Aussicht, länger frei u sicher zu leben. Bald wird Man mich=als den Schuldigen für den Brandanschlag ausfindig gemacht haben – die Treibjagd hat begonnen.....

Das Wort bleibt wie Pappdeckel ohne Widerhall im Raum. Auf Tellern Essensreste & zerrissenes Brot.

Doch !was sehe ich: Sophia lächelt – ihr Leib entspannt sich, in ihrer Stimme schwingt Heiterkeit. –Wenn Sie sagen, Alles in Ihrem Text beruhe auf Wahrheit –, und ihre Finger drehen schneller das Glas, –dann stimmt das in !einem Punkt !nicht. Als Sie damals vom Dorf wegfuhren, hätten Sie doch noch 1 Mal zurückschauen solln. Vielleicht hat die Zündschnur nicht bis zuende gebrannt od sie ist aus dem Benzinfaß gerutscht, die Kerzenflamme ist verlöscht, 1 Windzug, die Feuchtigkeit im Keller, werweiß: Jedenfalls, es gab kein Feuer. –

!!Wie: –

?Kein : ??Feuer = ?Kein : ??Mord = !Keine !Gerächtigkeit. Und Alles was ich tat, ?sollt ich niemand Anderem außer !mir !selber angetan haben –

Als träfen Sophias Worte glutheiß gegen meine Sandburgenwelt, – über meine Lippen 1 dünnes rieselndes Geräusch. –Wenn das Haus also nicht abgebrannt ist, dann sitzt dieser Anwalt mit seinem Juppi=Arsch jetzt in Allergemützruhe im Haus meines Vaters. – Bitterkeit drückt mich tiefer in den Sessel.

Sophia lächelt noch immer u (will mir scheinen) jetzt mit der Durchtriebenheit von Verschwörern. Sie stellt ihr Glas behutsam auf den Tisch. –Nein. Das=genau glaube ich !nicht. Er sitzt bestimmt !nicht im Haus Ihres Vaters. Und hat dort noch !niemals gesessen.

!Volltreffer. Runde Augen, offener Mund. Die Lunte Neugier !brennend –

Genüßlich trinkt Sophia einen Schluck. –Zwar haben Sie den Namen des Anwalts & seines Architekten in Ihrer Geschichte nicht genannt, aber ich kenne diese Hamburger Klicke !gut, wie Sie sich denken können, u: nicht allein durch die-Beziehungen meines Mannes. – (:Ja: ihre umfangreiche !Patientenkartei seinerzeit in der Hamburger Praxis.) –Und so meine ich zu wissen, um !wen es sich handeln muß. – Sie rückt ein Stück näher zu=mir heran.

–Sie haben geschrieben, daß der Anwalt & sein Architekt am Vormittag Ihrer Abreise noch einmal für 1 Stunde weggefahren seien. Und dann, kurz vor Ihrer Abfahrt am Morgen, dieses Unwetter: der Platzregen; die Straßen rutschig u voller Schlamm. Kurz bevor ich – bevor wir, Meinmann u: ich – von Hamburg weggezogen sind, habe ich in der Zeitung gelesen: Ein Personenauto mit 2 Insassen sei im Wendland mit einem Tankfahrzeug zusammengestoßen, das Personenauto sei vollkommen !ausgebrannt. Noch am Unfallort, hieß es, seien beide Insassen *ihren Verletzungen erlegen*. –

Die Frau schaut mich forschend an. –Vorausgesetzt, die beiden Toten sind ebenjener Anwalt & der Architekt, und weiter, daß im Auto des Anwalts auch sämtliche Unterlagen, darunter der Kaufvertrag Ihres Anwesens, sich befanden – was sehr wahrscheinlich ist –: Dann sind alldiese Papiere gleichfalls verbrannt.

Die Frau leert ihr Glas, und füllt mir und sich ein neues ein.

–Weiterhin vorausgesetzt, dieser Anwalt hatte seinen Erwerb noch nicht ins Grundbuch eintragen lassen, dann hat es den Eigentümerwechsel !nie gegeben, u: !Sie sind als Erbe Ihres verstorbenen Vaters jetzt: Der rechtmäßige Eigentümer des gesamten Anwesens. Und Das dürfte Einiges an Wert haben. Ich glaube also – (& noch einmal ihr verschwörerisches Lächeln, während sie das gefüllte Glas erhebt) –Sie haben !Geld u: benötigen kein Stipendium. – (Beim Wort *Geld* vollführt ihre Zunge einen genußvollen Schlenker.) –Machen Sie sich künftig also !Keinesorgen darüber, !wen Sie mit Ihrem Schreiben überzeugen & von wem Sie dafür Unterstützung bekommen könnten. Schielen Sie !nicht nach dem Ab&beifall der-Akademicker, kümmern Sie sich !nicht um die schwammigen Wünsche & Er-Wartungen irgendeines Pub-lick-ums, u: schon !garnicht um den geluckten Schwatz der-Medjen-1-Tags=Affen : Sie sind Einzelgänger, !das ist Ihr Pfund: !Wuchern Sie damit, u bleiben Sie mit Ihrem-Schreiben immer ganz bei-!sich=!selbst. Das rät Ihnen eine, die garantiert Nichts vom Literaturbetrieb versteht.

Sie lacht und erhebt sich rasch, die Oberschenkel unter dem enganliegenden Kleid straffen den Stoff, und mit kindlicher Freude am Feierlichen hebt sie das Glas zum Trinkspruch: –Wenn auch nicht mit Wein, sondern nur mit weinfarbenem Most: Lassen Sie uns trotzdem anstoßen auf Ihren erfüllten Wunsch: den Tod von zwei Schweinekerlen. – Und lacht ausgelassen in mädchenhaft=schöner Schadenfreude. (!Betörend ihre Art des unbekümmerten Sichgehenlassens, dieser verführerisch=weiblichen Nonchalance –: Diese Frau ist darin das Ganzegegenteil Elisabeths, die aus Angst, jenes ihr eigene Erwachsensein in meiner Gegenwart zu verlieren, ihre Lust beständig in Konventionen zwang.) Aus Sophias laubgrünem Kleid hell aufblitzend die nackte Haut ihrer Oberarme und der Duft nach sonnenwarmem Obst. Unsere Gläser nähern sich ein=ander an und klingen glockenhell.

Doch statt Freude über !solch eine Nachricht, packt mich nun wiederholt schamvolles Empfinden wie Damals in Sophias Hamburger Praxis, als sie mir die Adreßkarte mit dem Namen des Wohnungsmaklers in Berlin zureichte; gegen die Sorge Obdachlosigkeit 1 kleines Stück viereckige Sicherheit, der zu-Willen ich die ursprüngliche Absicht mich an Diese Frau u !ihr=Leben vollkommen auszuliefern, diesen romantischen Hohentraum, kleinmütig & feigherzig begraben hatte, indem ich zugriff & die Adreßkarte an mich nahm, – & so Allesweitere mit jener seicht klappernden Mechanik sich fügen konnte, wie das Blöde=normaleleben zum 1klang von Registrierkassen marschiert. ?Und nun sollte nicht mal der Anschlag auf das Haus meines toten Vaters, in das dieser Anwalt=Parasit sich einnisten wollte, mir ?!gelungen sein. Vielmehr dies Juppibürschchen habe sich ?selbst gerichtet u: mich somit Des Triumfes über ihn ?beraubt, und ich dafür & dadurch vermutlich sehr reich geworden bin –: Wie nach einer Ohrfeige spüre ich Versagensschande, heiß u in tiefster Beschämung das Blut brennend unter der Haut.–

Und will ihr sogleich erklären, daß ich bislang mit dem Gefühl ein Attentat ausgeführt zu haben mir vorgekommen bin, wie vor Vielenjahren als ich in einer Großenzeitung zum ersten Mal einen von mir verfaßten Artikel gedruckt vor Augen sah, wissend daß Tausende von Lesern dieser Zeitung !meinen Namen wahr=nehmen würden, und ich daraufhin in den belebtesten Straßen Hamburgs den Menschen entgegenlief, meinend, !jeder müsse Diese Zeitung mit !meinem Artikel gelesen haben & !jeder auf-den-Straßen müsse Das mir !ansehen können, so daß ich glaubte, von=nun-ab *anders* auszusehen; von einer Art glückhaften, 1=jeden sichtbaren Aura umgeben – :die milde Paranoia des-Anfängers.

–Und glaubte an Diese Aura noch einmal nach meinem versuchten Anschlag auf das Haus mitsamt dem räuberischen Besitzer –: Bis vorhin, bis Sie mir vom wirklichen Ende dieser Geschichte erzählten. !Nichts also mit *Attentat*, !Nichts mit dem *Großen Abtrünnigen Leben* –: Nurreich..... soll ich geworden sein; selbst zu eben!den Leuten gehören, die Vater ruiniert haben, u: für Die er Nichts als Spott u Verachtung empfand; vor Denen er mich zeitlebens !gewarnt hatte. Reich-sein.....: !Was für eine Große Enttäuschung.

Forschend blickt die Frau mich an; sie bleibt still.

–Gewiß werden Sie meine Reaktion auf !solch eine Nachricht, die für Jeden Die-beste-Nachricht=Imleben wäre, nicht begreifen. (Versuche ich vorsichtig tastend zu erklären, wissend ich balanciere auf dünnem Seil hochdroben über dem Abgrund der Idiotie.) –Jeder=andere vermutlich wäre vor Freude an die Decke gesprungen: !Geldhaben=In-Sicherheit-sein, !Festengrund-unter-den-Füßen & zeitlebens !ausgesorgt haben : Sie müssen mich für nen düster vergrübelten Knilch halten, dem niemand & nichts etwas rechtmachen kann.

Und stehe nun meinerseits aus dem Sessel auf. –Ich habe mich bereits vor Vielenjahren innerlich von *meiner Frau* getrennt (die Scheidung war nur die äußerliche, die nachgereichte Form, das wissen Sie), weil ich bemerkt hatte, daß ich vom Kind-sein unmittelbar ins Altern gestürzt bin; Karriere + Familie + Eigentum-Horten = die-Erwachsenenzeit, des ernsthaften Manne's Leben mit Verpflichtungen behängt wie den Kristbaum mit Lametta –:Diese Zeit hab ich übersprungen, unabsichtlich, Es ist mir geschehen; u ist womöglich das Beste gewesen während dieser Ehezeit: ein nur=für=mich gültiges Erwachsenwerden, indem ich das Erwachsensein aus Allerwelt ablehnte. Elisabeth hat in=mir das verstockt gebliebene Kind erblickt..... !Zurecht: 1 in Übervierzigjahre gefaltetes, graudurchsträhntes Kindsein, rundum schon baufällig..... :Voilà, das bin ich. ?Und doch noch geworden, was Vater sich zu seinen Lebtagen immer !gewünscht hatte: sein Nachfolger auf dem-Hof, & wenn nicht als Bauer, dann als Erbe, in viel zu weiten Altherren-Hosen, die mich umschlottern & in deren blank=gewitzten Hintern ich nicht reinpaß: *!Gälld* – (& versuche Sophias Zungenschlenker, nicht um sie nachzuäffen, sondern weil ich die Faszination aufspüren will an solch Einem Wort:) –*Gälld* schafft alle Beziehungen u: schafft sie auch wieder ab:– !Was sollte also *Gälld* ?bewirken können. – Vor Verachtung schlage ich die Hände gegeneinander, als müßt ich Asche von den Fingern stäuben.

Und Schweigen, sie schweigt. Nacht ist in weiten Schritten vorangeeilt. (*Ich hab Alles vermasselt: die Lesung – den ersten Abend mit Sophia –, gewiß wird es Keinenabend mehr mit ihr geben nach diesem.*) –Nun muß ich gehn. – Sag ich leise u: will fort –.

Die Frau hört auf, Gläser & Geschirr auf dem Tisch zum Abräumen zu ordnen. Vornübergebeugt hält sie jetzt inne, der kragenlose Ausschnitt ihres Kleides rundet sich tief herab u unter dem grünen Stoff schimmernd wie zwei hellfarbige Früchte die großen schön geformten Brüste –. Sie richtet sich auf, der Kleidstoff glättet sich um ihren Leib. –Es ist mitten=in-der-!Nacht : U-&-S-Bahn fahren nicht mehr, u: Sie müssen, um nachhause zu kommen, quer durch Berlin. – Wenig Schritte und sie ist um den Tisch herum.

Nun steht sie vor mir (von der Haut ihrer bloßen Oberarme der Duft nach grünen Äpfeln –). –Sie können bleiben. Wenn Sie mögen. – Sagt sie knapp, und, dem Tisch erneut sich zuwendend mit hausfraulichem Tatengeklapper, fügt sie rasch hinzu: –Wir haben Gästezimmer, oben im 1. Stock. – (Sie unterbricht das Getue, strafft ihren Leib und schaut mir frei ins Gesicht.) –Natürlich möchte ich Sie nicht nötigen zu bleiben, wenn es Ihnen nicht angenehm sein sollte –

Wir haben unterdessen noch 1 Schritt auf einander=zu getan. –Ich kann Ihnen 1 Taxi rufen –.– In Atemnähe halten wir jetzt die Blicke des Anderen fest. Dicht voreinander mit 1 kleinen Luft-Raum zwischen=uns – leer wie ein Welt-All doch voll magnetischem Leibgespür – (wie einst vor Vielenjahren nach der Schulstunde vor der Lehrerin) – und der Duft ihrer Haut ist nun schon Umarmung.–

Während ich=stumm der Frau die Treppe hinauf in den 1. Stock folge (im Parterre das Arbeitszimmer ihres Mannes), plötzlich die Furcht, sie möchte stehnbleiben und sich nach mir umblicken..... Keine Blicke; statt dessen recken sich auf unseren entblößten Unterarmen, die nahe beieinander das Treppengeländer hinaufgleiten, winzige Härchen von Haut-zu-Haut ein=ander entgegen – –

S. 194, Englisch Unterricht →:
Unter vier Augen stehen wir seit geraumer Weile im Klassenzimmer ein:ander gegenüber. Noch 1 Mal hat Sie mir die Frage gestellt & von mir verlangt, ich solle zugeben, daß ich meinen Freund habe abschreiben lassen. Ich habe zum wiederholten Mal gelogen & verneint. Entschlossen, von mir Ihren Verdacht bestätigt zu bekommen, beharrt Sie & läßt nicht locker. Sie od: ich haben unterdesssen noch 1 Schritt auf ein:ander=zu getan, in Atemnähe halten wir jetzt die Blicke des Anderen fest; in 2maliger Winzigkeit, u wie die Lüge grotesk verbogen, widerspiegeln die Augen Dieser Frau mein eigenes Gesicht.

Hell u scherbig 1 Glockenschlag, – widerhallend in meinem Kopf –: !Aufwachen –: ?Wo – ?Was – ?Wiespät. Finsternis. Umhertasten in einem weiten=fremden Bett – : All-1.

Plötzlich u tief muß ich in den Schlaf gestürzt sein –, ?wo bin ich. Schwacher Blütenduft aus frischbezogenem Bett – im Dunkel Keinlaut. Gegenüber eine matt schimmernde Fensterfront, die Vorhänge beiseite gezogen: hohe starke Baumstämme als schwarze Säulen die Hadesstunde tragend, im nächtlichen Dunkel ein Garten wie ein verlassenes Haus –. 1 Stockwerk unter diesem Raum greift aus dem Verandafenster im Parterre (dem Arbeitszimmer von Sophias Ehemann) eine breite Lichtbahn hinaus über den finsteren Rasen – u inmitten der fahlhellen Fläche der Schatten 1 Menschen : 1 Mann. Scheint, als verweilte er schon Langezeit dort am Fenster, unbeweglich wie das Bild in einem angehaltenen Film, hinausstarrend in seine Nacht.....

?Hatte Sophia nicht gesagt, ihr Mann sei auf Dienstreise & käme erst in paar-Tagen wieder zurück –:– Er ist dort=unten in seinem Zimmer; gewiß war er auch während des gesamten Abends hier=Imhaus. ?Weshalb hat er sich ?nicht bemerkbar gemacht, seine Gäste ?nicht begrüßt. Reglos scheint er am Fenster seit-Stunden, das Licht im Rücken, wartend –. ?Worauf. Sein Schatten langgestreckt wie 1 Messers Schneide, die breite Lichtfläche zerteilend.

Später, wieder zu Bett, muß ich erneut vertrauensvoll u tief eingeschlafen sein – –

Heller Morgen. Noch während ich schlief, hat Sophia das Zimmer betreten. Als ich jetzt die Augen öffne, sehe ich sie im seidenweiß schimmernden Bademantel vor einem hohen Schrank stehend & dort hinauflangend, den oben abgelegten Koffer herunterzunehmen; trotz ihrer Körpergröße ein ums andere Mal vergebens. Dabei hebt sich der ohnehin kurze Bademantel bis an den Oberschenkelansatz, einmal blitzen kurz die kleinen festen Pobacken auf. –Ich kann Ihnen nicht helfen. Nicht so. – Sage ich vom Bett her & schaue zum gegenüberliegenden Zimmereck, dort über einen Sessel geworfen meine Kleidung. –Ich kannich aufstehen, denn – (und schlucke; denn unter der Bettdecke aller-Dings bin ICH schon aufgestanden) –ich habe nichts an.

Sie wendet sich zu mir. –Ich auch nicht. – Sagt sie und zieht die Gürtelschlaufe am Bademantel auf. Ihre Nacktheit gleitet aus dem phallenden Stoff heraus, und aufrecht kommt sie auf mich zu. Ihre

Brüste leuchtend hell, der Bauch eine abgeflachte Halbkugel, und vom kleinen Haardreieck kaum verborgen die Lippen ihres Geschlechts.

Ihr Atem schmeckt heiß u hat – weil Dienacht Alles verwandelt, auch den Most – 1 winziges Arom von Wein – –

(Der nächtliche Schatten, langgestreckt wie 1 Messers Schneide –: Was ich vor-Stunden gesehen hab – ein ?Traumbild : 1 glückhaftes Vergessen.....) JETZT.

Der-Tag ist eine !starke Kost, in meinem Mund Geschmack von Pfeffer u Fleisch; so schmeckt Wieder-Erstmaligkeit. Verliebt=Sein – ein Gewitterlicht, flammengrelle Musik – nicht endend – mitsamt der Unruh pulsierend in Adern, das hart brennende Stadtlicht zur einzigen Süchtigenfrage: ?Wann spüre ich !Dich wieder.

In meinem Zimmer der Fußboden weiß zerscharrt von ruhelos nächtigen Schritten, leuchtend nun auch diese alten Dielen und heben meine Schritte in die Höh und die Decke meines Zimmers steigt und steigt, hinauf in den milden blauen Wind –. Als ich vorhin das morgendliche Haus betrat, klangen selbst die ungelenken Kletterversuche die Tonleiter hinauf übermütiger als sonst aus dem fernen, nachbarlichen Piano. *Ich kann nicht bleiben in der alten Verschanzung meiner Einsamkeiten, in der altmütterlichen Fürsorghöhle für den Hautlosen Hund* : Ich muß wieder !Hinaus – in Diestadt – –

Zu Kinderzeiten glaubte ich Alledinge in der-Stadt von Menschen bewohnt: in Baumstämmen unter Steinen in Postkästen Standuhren Stromverteilerschränken Litfaßsäulen Streusandbehältern Straßenlaternen unter allen Treppen in allen Räumen. *So vermögen Stühle, an ein Fenster gerückt, aufmerksamer hinauszuschauen, als mancher auf ihnen sitzende Mensch; Tische erfüllen oft bedeutungsvoller einen Raum, als dessen Besitzer –: die Dinge leben !menschlich. Und weil die Gegenstände=ihrerseits also von Menschen belebt die ihnen das Blut eingeben, lebten Dinge=u=Menschen=im-Frieden-mit=sich. Daher waren Alledinge freundlich zueinander u nirgends lauerten versteckte Gefahren..... Und nach Regengüssen, wenn große Pfützen auf den Straßen standen – der Himmel mit seinen Wolken fiel tief dorthinein –, warf ich Steine in diese Pfützen; große Steine, so daß ich von einem-zum-andern & über die Pfützen hinweg balancieren konnte. Und mittendrin blieb ich dann stehn, schaute hinab in diese Pfützen-Schlucht –:– Schauder bei der Vorstellung, ich könnte von dem wackeligen Steindamm abrutschen – und hineinstürzen in den wolkengefleckten tiefen Himmel=dort im kühl klaren Nachregenlicht. In diesem Himmelsabgrund ahnte ich etwas zu-*

packend Dunkles, Verschlingendes –, erst später wußte ich dafür den Namen: die langsam & unerbittlich tötende Leben's Langeweile..... Also warf ich damals in die Pfützen Steine, wie späterhin Sätze aufs Papier.– (Und mitten in der letzten Nacht Schauder vor 1 Schatten, der wie 1 Messers Schneide das Licht zerteilte.....)

Berlins Stadtplan, auseinander gefaltet liegt er über den Tisch gebreitet, mit seinen Stauungen aus Farben Ziegelrot&gelb mit dünnblauen Verkehrsadern durchwoben, als blickte man in ein verwundetes Auge voller Blut. Doch rings um das geschlagene Stadt-Gesicht die weiten=schönen Flächen Grün – das Grün Deines Kleides, um Hüfte und Oberschenkel eng anliegend u in dunklerem Ton gehaltene, in1ander verschlungene Muster, Dir den Anschein gebend als bewegtest Du mit Tanzschritten Dich voran. : Ich muß !Dorthin –: So bangfreudig zuckend das Affenherz: ?Wann –, ?wann sehen wir uns wieder – –

In den Stadt-Bäumen im Sonnenlicht flatternd die Fetzen & Wimpel Herbstesbuntheit. Unterm dünnen Hochnebel spannt ein Himmel sich kühl u leuchtend weiß –, durch Diestadt und weiter – immer weiter fort in stillruhendes Grün, Dort bin ich noch niemals gewesen.

Irr=lichternd diese Frühestunde, aus schon vergangnem Sommer holt sie in die Lüfte noch einmal den weißen Duft von Robinien zurück, eine bukolische Reprise, & Fetzen Stadtgeschrill, trompetengelb –. Asfalt & Stein, brennend unter den Füßen & grell vor Licht die Augen. Lieben – in der Unbeständigkeit aller flammenheißen Musik..... Unsere Worte voll Nacht u Erde, in waghalsigem Gelände gefunden, sie lassen uns taumelnd zurück auf den Planken eines Narrenschiffs, prallend gegen die festen Stadtlebensgestade, und auch wir mit all den übrigen Angeheuerten werden der-Länge-lang hinschlagen bei jedem Zusammenstoß mit den Klippen der Vernunft, lachend zum jazzigen Herz=Flammengezucke: der Stadtstreicher, der Greis, der Jüngling, der gestandene Prokurist, immerwieder ein neuer Professor Rath mitsamt dem Geistlichen, der plötzlich den Talar von sich wirft und seine gebetstote Zunge rote Worte ausrufen läßt –:– Zwei Lippen küssen zwei Lippen, die Brüste einer Frau, hellbraun die Pupillen dieser fleischlichen Augen, sie schauen mich an – die Ersten Blicke –, und Herzschlag in meiner Hand: – Die !Eine –,– Die !Eine –,– Die !Eine –

Solidarität

Herbst 2000

!Taubenschwärme –

Und erinnere mich, als ich zum 1. Mal den Zeitungsredakteur hier=in seinem Berliner Büro in 1 Nebenstraße nahe dem S-Bahnhof Friedrichstraße besuchte – das war im letzten Frühsommer zur Einweihungsfeier der Berliner Redaktionsräume – stakten träge gurrend diese großen dreckigen Vögel in Dichterschar über Gehsteig u Asfalt vor dem Haus – ein wirres Heer, 1:ander Freund&feind so gut sie können. Auch jetzt, als ich mit schnellem Schritt in die Straße einbieg, stieben Taubenschwärme pflurrend in die Lüfte hoch, ihre grauen u rostfarbenen Flügel schneiden wie Scherenklingen ins Himmelblau –.

Aus der U-Bahn heraus, die Kellerschächte im Bahnhof Friedrichstraße durcheilend – im Tunnelwind zum Trotz dieser Anderenzeit noch=immer hier unten festgebannt die Schatten demütigender Grenzkontrollen : kalkige Uniformen & Dienstgesichter mit pickeliger Lemurenhaut –,– und nun zurückgekehrt auf die Oberfläche Berlins: Stadt aus Ruinen&stätten: Ruinen aus dem Nazional-Sozialismus sprachen noch von Heißer Vergeltung für Den Einen Deutschen=Wahn & *!Schweig von deinen Begierden wenn du von dir als Mörder nicht reden willst* – die Mauern&ruinen aus dem nationalen Sozialismus zu Fant-Omen ihres Willenszurmacht beschrieen: *Nach der-Welt gegriffen ohne die-Welt begreifen zu dürfen; Wünsche, u: niemals Wünsche gewesen !für uns* – Jetzt: die noi=erbauten Konkurs-Ruinen des Metropolen-Wahns raunend in pompöser Rüstung das Jahrzehnt=Katzengold: *Sprich doch zu mir das-Fremde, damit ich=außer mir..... sein kann* –

Vorhin während der Fahrt die Frau, 1sam dahockend auf langer Sitzbank im U-Bahnwagen; ein Süffel steigt ein, rotwangig & breit das Gesicht unterm Blondhaarfilz, den massigen Leib umwehen knasternd Schnaps&tabakschwaden, so wankt er heran, pflanzt sich dicht neben die Frau (sie rückt 1 wenig beiseite). Die Alknacht & das Bier aus der Büchse in seinen groben Händen haben den Mann lürisch gestimmt, jetzt hat er in-der-Frau das Ob-jeckt für seine Leierkastenglut erkannt: Mit schäumiger Stimme & Wellengang in den Augenteichen raunt er so-Mannches vom Klaren-Licht im Herbstmorgen nach warmer schwarzer Regennacht vom jungen Duft nach Äpfeln in ihrem Haar (um sein Gesicht näher an die Frau ranzuschieben:) und schnuppert ausgiebig am schulterlangen glatten Haar der Frau –. Der *junge* Duft scheint ihr zu schmeicheln, sie rührt sich 1wenig zu ihm hin, während der U-Bahnzug in brüllender Fahrt aus dem Süffelmund die Silben schlägt. Das Gesicht der 1sam hockenden Frau besonnt jetzt 1 Lächeln – schon sind die Beiden im Gespräch –, Trali Trala so schön u leicht Ein Sieger zu sein. *Und auch dein Sieg, Froint, dauert nur von 1 Station-bis-zurnächsten.* Dann gehen sie – der Süffel, die Frau – davon, 1 jedes nach seinem Weg. So schmerzlich=schön Adieu zu sagen, läßt Sehnsuchtsscheite übrig fürs kleine ewige Flämmchen inneren Lichts – beleuchtet auch meinen Weg aus Letzternacht, die hell war, u süßherb Dein Duft in den Poren meiner Hände u Geschmack nach Frau in meinem Mund –.– Die letzten Tauben aus dem Schwarm fallen über die Dächer in den Himmel hinauf. Der Anblick dieser kurzen Straße, in der seit-eh&je Häuser eingerüstet stehn, erinnert an ungelüftete Menschen, kellerbleich u ständig erkältet. –

Den Redakteur suche ich nicht meinetwegen auf. Vor-kurzem hörte ich von 1 Kollegen, sogenannt freier Journalist wie ich, ihm sei Unrecht widerfahren. Man habe ihm eine zeit&kostenaufwendige Arbeit aufgetragen – die Rezension eines mehr als sechshundertseitigen Sachbuches über künstliche Intelligenz – geschrieben von einem Amerikaner der zurzeit in Deutschland auf Lesetour sei (Reisen in verschiedene Städte zu Gesprächen seien für den Journalisten notwendig gewesen), dann jedoch habe Man ihn mit der Veröffentlichung seiner Arbeit hingehalten, über Wochen-und-Wochen nichts, weder Zunoch Absage, auch die Reise&übernachtungskosten hatte er aus eigener Tasche bezahlt; 1zig das Versprechen nahm Man ihm ab, wegen der ver1barten Ex-Klusivrechte seiner Arbeit diese keiner anderen Zeitung anzubieten. Durch Zufall erfuhr der Mann wenig später, daß die Redaktion 1 anderen, freien Mitarbeiter derselben Zeitung die gleiche Arbeit in Auftrag gegeben habe, wie ihm, & diese Arbeit gegenüber seiner den Vorzug erhalten sollte. Dieser Andere war ich. – Als ich davon hörte, wollt ich meine kameradschaftliche Beziehung zum hiesigen Feuilleton-Redakteur benutzen, für den benachteiligten Kollegen ein Guteswort einzulegen; an Diesemmorgen voller Sonne ist !Diestunde=dafür gekommen. In den neuen Tag trage ich meine helle Freude hinein, mit den Tauben hochfliegend die Zuversicht –

In dem renovierten Miethaus bezog die Redaktion die gesamte zweite Etage; doch unten an der Haustür bescheiden wie 1 Dutzendname das

Klingelschild mit dem Namen der Zeitung. Und weil diese Gegend nicht zum schickgemachten Osten Berlins gehört, wohnen hier weder Groß&kleinkoppfete Altkünstler aus Westdoitschland noch reicher Eltern Söhne & Töchter aus Münchenhamburgkölnoderbonn, die ihren Senkern mittels Per-menstruum-Scheck Paarjahre Unabhängigkeit vom Leben zum *Leben in dieser tott-!haal !schpann-nenden !Scht-hadt Bärr!lien* viehnan=zieren –.– Hier, in diesem Haus, begegnet man nur 1fachen Leuten, die für Alles zum Überstehen immer auch selber bezahlen müssen.

Die Sekretärin, 1 junge verhuschte Frau, fragt sofort bei meinem Eintritt, ob ich angemeldet sei Der-Chef habe nämlich nurganzwenigzeit&umzehneinentermin : –ich schaumal nach ob Er –, & schon springt sie vom Bürostuhl auf, und schwingt sich mit der halbgeöffneten Tür-zum-Chef in dessen Raum; von ihr verbleibt nur 1 Unterarm am Türholz. Ich höre sie fragend ins Nachbarzimmer murmeln –, dann, zurückkehrend, gibt die Frau zum Unterarm sich ihren übrigen Körper wieder, und noch bevor sie zu mir reden kann, erscheint hinter ihr der Redakteur, lächelnd winkt er mich in sein Zimmer hinein.

An Jahren zwar um etliches älter als ich, doch keineswegs alt, gehört dieser Mann inzwischen zu einem aus Verlagen & Redaktionen bedrohlich=rasch verschwindenden Typus. Einerseits seines Postens & seiner Macht nichts weniger als bewußt, & Beides versteht er nötigenfalls ohne Zimperlichkeit einzusetzen, duldet er anderseits nicht allein *den produktiven Widerspruch & die Debatte*, er !fordert *Beides* von seinen Mitarbeitern sogar heraus, weil für=ihn noch vor der eigenen Rechthaberei das unbedingte Gelingen einer=jeden Zeitungsseite seines Feuilletons rangiert. *Für Die-Sache muß alles-übrige zurückstehn, dazu gehöre auch ich=selbst*, so nannte er Das in Früherzeit. Mittlerweile ließ er sich in Bekenntnissen verstummen, wie er selber an Einfluß im Stammhaus dieses Blattes in

S. 294, Generationen Abbruch →:
Sobald jeglicher Arbeit die Identitätsstiftung vorenthalten bleibt, kann in der-Arbeit=selbst immer weniger an Wert enthalten sein. Nicht etwa das Zuviel an Arbeit od zu große Leistungsanforderungen an den 1zelnen bilden Das Problem, im Gegenteil: Das Zuwenig an sinnvoller Arbeit & der Schwund an Leistungsanerkennung, in Verbindung damit ein Verlust an Würde, erzeugen – eskalierend – gesellschaftliche Gewalt, u !die findet sich in !allen Altersgruppen: Erniedrigung zu empfinden ist keine Frage persönlichen Lebensalters. Mitsamt der zunehmenden Wertlosigkeit von Arbeit schwindet die Selbst-Anerkennung des zur Arbeit angehaltenen Menschen – als Zentrum des-Menschen die *Würde,*

> sie unterliegt nicht dem Tausch –, und findet genau=hier sich entwertet.
> Daher schwinden im Selbenmaß die Möglichkeiten zum Friedensschluß, dem Ende des Gesellschaftskriegs. Auch hierin bezeigt KRIEG seine stete TOTALITÄT.

Westdoitschland weitgehend verloren hat. Dennoch: In der Physiognomie dieses Mannes erscheinen noch=immer beständig zwei mit ein:ander im Widerstreit stehende Züge: Die große Ungeduld u: darausfolgend die Langeweile über den Trödel = den Knast-Hofgang=im-Kreislauf-der-Lebens&Arbeits-Zeit, was in seinem Beruf, neben den Neunzigprozent bürokratischer Routinetätigkeit, hauptsächlich darin besteht, Meinungen einzuholen & zu verbreiten über Sachverhalte, worüber Alle bereits Meinungen haben (meistens dieselben, die nochmals zu verbreiten sind). Dagegen setzt er die Listigkeit des Winkeladvokaten, ebendieser Langeweile & deren Obersten Forderern=im-Stammhaus Eins auszuwischen u: Meinungen zu verbreiten, über die noch Keinemeinung vorliegt. Das freilich gelingt ihm inzwischen nur noch selten. Doch bewahrt diese Seltenheit des Mannes Physiognomie vorm Abbild leidender Blasiertheit, wie das soviele noch weitaus jüngere Gesichter in diesem Beruf bereits verdorben hat.– Seine Arbeit=hier-in-Berlin versteht er, gleich=wohl ein Realist, als *ausgelagert*: *Ich bin kaum mehr als nur Empfänger von Befehlen aus-der-Zentrale.* Sein Augenzwinkern bei solcher Äußerung will besagen, er tauge weder zur Bitterkeit noch zur Servilität. Vielleicht begreift er sich inzwischen als Trojanisches Pferd, der mitunter über so manchen Em*por*kömmling=in-der-Zentrale noch immer zu obsiegen versteht; seine Beruf's Erfahrung & sein Wissens=Vorsprung – beides Größen, die bei den-Juppis=im-Stammhaus Nichts zählten – können diesem schlaksigen Mann mit der wirren Frisur (als suche er in seinem mittellangen graudurchsträhnten Haar beständig nach Ideen) bisweilen kuriose Erfolge gegen seine erklärten Feinde=im-eigenen-Haus verschaffen. So manches dort Unliebsame, geschrieben von Leuten wie mir, die weder zu den alten noch zu den noien Familien=Klüngeln gehören, war ihm zu veröffentlichen gelungen. Doch weiß er natürlich auch seine=Tage als Feuilletonredakteur von ebendiesen Feinden gezählt..... Und was diese Termiten nicht erledigen, das erledigt der Leviathan=des-Zeitungsmarkts. Somit bezeigen Wesen & Haltung dieses Mannes die gelassene Heiterkeit u das Kapriziöse eines *Verlorenen Postens*.

Der Mann überragt die meisten seiner Besucher um Kopfeslänge, und – wie jeder anständige Mensch – sucht er aus körperlicher Größe weder Vorteil noch Macht zu zwingen. Gleich nach der Begrüßung geht er um seinen Schreibtisch herum und läßt sich in seinen Drehsessel sinken. Hinter ihm, die Längswand des gesamten Raumes entlang, die Regalreihe – darin er, wie ein Lektor in einem Verlag, einzelne Fächer mit den Namen seiner Mitarbeiter, der *Freien* wie der *Festen*, für deren eingereichte Arbeiten bereithält. Das Schild mit meinem Namen ist direkt über seinem Scheitel, von 1 störrischen Haarbüschel halb verdeckt. Die knappe Geste seiner großen Hand, die mich an die eines Tischlers erinnert, ist das Signal für mich zum Reden. –

Lässig im Sessel hin&her schwingend hört er meinem Anliegen ohne sichtbare Regung zu (während das Haarbüschel über mein Namensschild zu wischen scheint, als wolle es diesen Namen auslöschen –). Ihm sind gewiß schon sämtliche Formen der Unterwürfigkeit, des Einschmeichlertums, der Indolenz wie der Unverfrorenheit begegnet; doch meine ich jetzt eine Spur echten Erstaunens in seiner Miene auszumachen.

→ Ich habe mit jenem Satz, den ich auf dem Weg-hierher mir vorbereitet hatte, begonnen. –Diesmal komme ich nicht in eigener Sache zu dir; ich möchte für 1 Kollegen sprechen. Er weiß im übrigen nicht, daß ich darüber mit dir rede. Laß dieses Gespräch bitte hier in deinem Zimmer. Ich hab gehört, ihm ist von-der-Zentrale Unrecht geschehen, & ich möchte dich bitten, etwas für ihn zu tun. – Schließlich am-Ende meiner Für-Sprache angekommen, füge ich noch hinzu: –Bedenke bitte, er ist Damals aus dem-Osten getürmt, hatz ohnehin schwer gehabt, nach der-Wende Hier als Freier in-Tritt zu kommen – du weißt ja, diejenigen die früher beim Freikauf=ausm-Osten mit-Zehntausenden DeMark gehandelt wurden, dieselben waren Nachher nichmal das Porto für ne Ablehnung wert. Ich weiß, es geht ihm ohnehin derzeit nicht sonderlich gut, und jetzt noch Sowas: Man will ihn in-der-Zentrale kaltstelln, das ist mir eindeutig klar. Kurzum, worum ich dich für ihn bitte: Nimm !meine Arbeit über die künstliche Intelligenz – hier hast du das Manuskript – laß sie unter !seinem Namen in deiner Beilage erscheinen & zahle auch !ihm das Honorar.

Im Raum die Stille wie nach dem ersten Zug im Endspiel zu einem Schachtournier. Von den Manuskriptblättern scheint winziger Brandgeruch aufzusteigen –.

–Koomisch. – Und in das Gesicht des Redakteurs schreibt sich breites Grinsen. –Sehrkomisch, daß du !ausgerechnet für diesen Altostler dich der Maßen ins-Zeug legst. – (Das Grinsen erscheint in dickeren

Lettern.) –Bei der Einweihungsparti jedenfalls wolltest du ihm Eine reinhaun. Weil er, wie du meintest, ex-akt diese Weinerlichkeit sovieler Leute-ausm-Osten herzeigt: die sich noch=immer aufführn wie trotzige=Kinder die zur Weihnachtsbescherung nich !ihre Wünsche erfüllt bekamen, u: sind doch so !wärtfolle Männschen = die Es Übervierzichjahre !schwär gehappt ham & für die immer noch ne Eckstrawurscht gebraten wern müßte – (er lacht:) –Das=genau waren damals !deine Worte. Und – (fährt er ungerührt mit sardonischem Lächeln fort) –als der so gescholtene Saxe zu dir sagte: *!?Wos weeßdn du=Wesdgobb vom-!Osdn : Ärschd hobd ihr Oldlinkn=ausm-Wäsdn uns=hier immo=dsu erglärd wie gudd mirs hom inner DäDäR; denn worn mir äuch nich rewolutzjonär genuch; und nu hamm !mir ooch noch Schuld doss !ihr äure linkn Idjole verlorn hopt* – :da hast du ihn wie Dschonn Wein zum Duell gefordert: nach-Draußen sollt er mit dir gehn & Diesache abmachen wie unter Männern u: nich wie Unter-Heulsusn : !Deine Worte vor grad mal nem Vierteljahr. – Jetzt lacht er tief & lauthals in mein heißrotes Gesicht.

–D-davon – weiß ichgarnichtsmehr. Hatte Mattscheibe damals.

–Glaub ich gern. Hast Wiski&wein nurso in dich reingeschüttet. Ich dachte, du hast Damit aufgehört. Die Terra-π damals in Hamburg: Hat sie dir Nichts ?gebracht. Denn zur Einweihungsparti warste mal wieder auf-Tuhr. – Brummt er, offenbar schon mit etwas Anderem beschäftigt.

Tief beschämt, als stünde, aus seinen Worten hervorgegangen, nun Sophia mit enttäuschten Augen hier=vor-mir im Büro des Redakteurs (der von meiner Liebe zu Sophia nichts weiß) – so möcht ich jetzt&hier im Boden versinken; diese Suffnacht hatte ich natürlich=vergessen wolln, u: so hatte ich Sophia nichts von diesem Rückfall gesagt. –Ich hab mich mit ihm in Letzterzeit manchesmal getroffen, abends inner Kneipe. Aber gesoffen hat jedesmal !nur !er. – Beeil ich mich anzufügen, als hörte tatsächlich Sophia meine Worte; auch macht nichts schneller & gefährlicher die-Runde als Tratsch über Bündnisse & Feindschaften unter-Kollegen.....

Er schaut mir daraufhin mit seltsamem Blick fest ins Gesicht. –!All so. (Und kommt wieder zum-Thema.) –Ich hab verstanden. Aber ich !staune über dich. Ich hätte dir Das eigentlich nicht zugetraut. – Den letzten Satz spricht er, als müsse er ihn für sich=selbst klarmachen. Kurz auflachend klingt seine Stimme seltsam bitter. Er richtet im Sessel sich auf, dann fährt er mit beiden Händen energisch durch sein

Haar und schaut mich an als hätt er soeben mit 1 Menschen abgeschlossen: –Mnn-najà. – (Später, u wie so=oft für mich zu=spät..... sollte ich Diesen Blick verstehn : Kein Außenstehender, nirgends, durchschaut den Verlauf der Intrigennetze in einer Spinnenwelt, & ist die auch noch so klein..... Wer solch Gewebe zerreißen will, an dem bleibt Was hängen: die Speichelfäden der Lächerlichkeit –.) Darauf der-Dienstblick des Redakteurs auf seine Armbanduhr. –Muß wieder. Habumzehneinentermin. – Er steht auf & geht durch den Raum.
→ –Jaa – übrigens: Ich hab da ne !Großesache anner Angel. Diese Superfrau = diese Toppmanagerin aus You Äss – duweißtwenichmeine – :Ja genau !Die. Sie kommt demnächst nach Berlin. Hat ne Einladung vom Wirrtschaft's Minister – wir wollen ein Interview mit ihr bringen, ganzgroß, als Aufmacher. Jana=!türlich weiß ich, über Die hat sich schon Allewelt hergemacht; wir müssen Was-Anderes=Was-!Neues bringen. Und Dabei habe ich an !dich gedacht, jetzt = wo du ein Ganzgroßer geworden bist. – (Doch Keinlächeln in seinem Gesicht bei diesen Worten, kein Zug von Ironie) –?Hast du Intresse. !Ausgezeichnet. Alles Nähere=dazu später. Hab auch mit deiner Zusage gerechnet. Hier – n bißchen Material über sie. Nimms mit & knie dich rein in Die Sache. !Du machst das. Das wird *1same Spitze.* – (Er reibt sich wie in Vorfreude die Hände, – schweigt gekonnt, als müßt er sich besinnen.) –Ja richt=ich, das andere, weswegen du hier bist, die Sache mit dem Kollegen von dir & der künstlichen Intelligenz : Du sollst nicht umsonst hergekommen sein. Ich hab: !verstanden.

Und nimmt rasch die Blätter meines Manuskripts vom Tisch, als könnte sie anderwer stehlen; legt sie ab in ein Mitarbeiterfach in seinem Regal. Diese Bewegung, nur mit den Augwinkeln wahrgenommen, läßt mich erst vielspäter das Namensschild für dieses Fach erinnern: das Fach mit !meinem Namen. (Langezeit wollte ich Das für 1 Irrtum halten.)

Zum Abschied kommt er hinter seinem Schreibtisch wieder hervor & in der Manier aller zu groß Gewachsenen stets in etwas gebeugter Haltung, tritt er zum Händeschütteln dicht an mich heran. Plötzlich schnuppert er: –h-hf hf hff –, denn er riecht in meinem Atem aus Letzternacht den kuchigsüßen Duft einer Frau. –Sagmal, hastu ?!Pfannkuchn gegessen. Hättich auchmal=wieder Ape-Titt drauf –.– Sein Grinsen jetzt bacchantisch. Und nochmals Händeschütteln & (aber vielleicht ist das nur Täuschung:) um 1 Spur komplizenhafter jetzt sein Lächeln.

Treppab eilends, die Haustür fällt hinter mir krachend ins Schloß. *!Pfannkuchn gegessen* –: Auf der Straße schallend Sonnengelächter, aus Myriaden heller Sprenkel. Von Gehsteig u Asfalt stieben knatternd die Taubenschwärme hoch hinauf ins herbsthelle Blau. Die Stunde ist vor Mittag, das Licht, vom Tag noch unverbraucht, steht fest u klar. Sie kommen immerwieder in Dichterschar & sie fliegen solidarisch=unbeirrbar, die Tauben. Sie sind zuversichtlich.

Industrie für Begierde. Die Umstimmbarkeit der Zeit durch Form

Die Limousine Citroën Déesse im schwarzen Hochglanzlack mit Chromleisten & Heckhydraulik, aus dem Wind ihrer=vergangenen Jahrzehnte herausgeformt und ins heutige Straßenbild geschnitten – erinnernd an 1 kapritzös gebliebene Diva, nunmehr in-die-Jahre gekommen, die schwarzen Bohêmefahnen aus Mousselin Seide u Velours den noch schlanken od bereits greisdürren Leib umwehend, aus ellenbogenlangen Handschuhen vorn die doch schon brüchigen Fingernägel im grellroten Lack, als hätten diese Hände, einem dämonischen Ritualsex zufolge, noch vor-kurzem in lebenswarme Eingeweide sich versenkt –. Noch immer beeindruckend solch fatale Erscheinung, doch im harten Licht Diesestags bereits an Rummelplatz erinnernd, an Geisterbahn. Das staubige Schwarz der Umhüllung, von Moschus- od Patschulidüften beschwert, ?mochte vielleicht schon zu lange am Leib getragene & von den Flecken Inkontinenz verfärbte Unterwäsche verbergen wolln –.

Die industriellen Formen erwecken die tote Begierde über DAS GELD zum Leben. Doch mit dem Verschwinden des Geldes stirbt diese Begierde nicht; die Begierde überlebt in den totgelebten Formen ihre Aufgabe für Langezeit & läßt *Gefühle* ungebunden zurück, die Tentakeln auf künftige, industriebelebte Formen.

S. 176, Vor Spiel, Fetisch →:
Diese=Zeiten sind die Zeiten dünner Haut, hervorschimmernd die Figuren u Ornamente der Furcht aus Konflikten & Kriegen, die auch in den Zeiten-davor niemals befriedet wurden; jetzt treten SIE wieder hervor in Gestalten, die den Uralten gleichen u den uralten Ängsten auch; DIE sind !niemals !wirklich fortgewesen.

»Hat man Charakter, so hat man auch sein typisches Erlebnis, das immer wiederkommt.« So schrieb Nietzsche.– Die ausgehärtete Form, Zeitenläufe überdauernd, ist ein Typisches, das außerhalb von Zeit als deren sichtbares Erlebnis geblieben ist : Form als Charakter; Charakter wird Form. Daher die Idiosynkrasie gegen das-Modische: das was *jetzt alle haben müssen* um in der Jetztzeit dabeizusein – das ist die Zeit-Falle, & alles Modische wird zum Synonym für Verwesung; während die Form als Charakter der Mumifizierung zuarbeitet.

Umstimmbarkeit der Zeit – so wie ein Musikinstrument in andere Tonlagen sich versetzen läßt – das ist ein Merkmal für Freiheit; Form ist deren Äquivalent – darin enthalten auch die Wiedergängerei. Daher liegt das Epizentrum von Freiheit im Auge des Schreckens.

N.N.

Herbst 2000

Unaufhörlich schleppen zu dieser Vormittagsstunde die Möbelträger Einrichtungsgegenstände aus dem großen alten Haus auf die Straße, am Gehsteig stapeln&staun sich Schränke Stühle Tische Regale ein Bettgestell, drauf noch Federkissen u Deckbett pflaumenblau mit riesigen dunklen Flecken als hätt jemand dort geblutet; Jackenhemdenhosen, nachlässig in alte verquollne Holztruhen gestopft – uraltes Mobiliar, windschief, von Zeiten & Gebrauch zerschrammt & geschunden, mitunter hat Feuchtigkeit das Furnier aufkwellen und reißen lassen. Gerüche schwarzsaurer, selten gelüfteter Stuben & Kleider bekleben solch Abraum, linkisch vor die offenstehenden Hecktürflügel am Möbeltransporter SYNANON hingestellt.– Passanten, die auf dem Gehweg vorüber wolln, suchen pikiert 1 Berührung mit diesen Objekten auszuweichen, ihre Leiber im Slalom gehend –.

Die Sonne. Sie steigt höher über die Dächer, nicht in herbstdunkel verschwommener Glut, sie kommt blendend grell, flüssiges Lichtmetall vergoldet noch ein Mal mit Sommerkraft das buntglühende Laub –, im steigenden Tag verschwinden die Schatten, 4eckig wie ihre Bildner, die Häuser, beidseitig die Straße beengend. Die Möbelgreise am Gehsteigrand recken gichtig knackend ihr Holz dem Sonnenstrom entgegen. Wie Insassen aus Altersheimen beim Ausgang, & jeder, vor allem die Ausgeführten=selber, wissen: *Schon im nächsten Frühjahr höchstwahrscheinlich bist du=!nicht mehr da. Also schau dir die Erde an, in Frühjahr&sommer einst war sie leicht. !Ja zittere mit deinen Knochen, baufälliges Gerümpel; bald bist du selber im Staub* –.

Füße scharren mit dicken Schuhn: Die Möbelträger, jetzt schleppen sie große, viereckige Tafeln aus dem Haus –, und als einer der Träger sich damit wendet, schnellen von dieser Tafel !Farben mir entgegen: – Aus-Rufe in herbstischer Glut –.– Die Möbelpacker tragen die Gemälde heran, eines nach dem andern, werfen sie schroff gegen1ander, Farbbrocken rieseln spröd herab; bald sind zwanzig auf Rahmen gespannte Leinwände nachlässig gegen Baumstämme gelehnt – und aus den im Viereck gefangenen Schatten der Häuser lodern auf den Leinwänden die Farben den ewigen Herbst, die endlos brennenden Feuer –.

–Nöö, Nam weeßicknich. – Ein Möbelträger, noch jung, stämmig=untersetzt & froh über die Kleinepause, hat sich nach meiner

Frage zu mir gestellt, 1 Zigarette rauchend. –Muß wohl n Mala jewesn sinn. Awa leem hatter von seine Male jeenfalls nich könn: Muß völlich va-ahmt jewesn sinn: Schaunsichdochma den Krempl=hier !an. Noch von Vormkriech. Tot-!taal hinüwer-Det=allet. Und mehrs nich übrich von dem. – Der Blick auf die Gemälde zeigt, unten in der rechten Ecke, die Signatur: unleserlich die kurze Buchstabenfolge.

–Derscheff hat unz die Wohnung uffjemacht, da wardet Türschild schonn ap. Derscheff is denn weiter, zum Nächstnhaus. Der=hier wah schonn üwer-Neunzich alser staab, saang die Nachban, unt ooch dasser seit Jaassehntn alleene wah. Sieht awa so aus, alz hätter niemals nich mit irrngtjemann=zesamm jelebt. Laach schonne Hüpscheweile dood dadrinn, bis de Nachban denn de Pollissei jeholt ham. Könnsichjadenkn: Son Je!schtank..... Kleeptjajetznoch anne Möwel –.– Der Mann bläst Zigarettenrauch gegen das Gerümpel, als müsse ers ausräuchern.

–Dett kommpt allens uff Schperrmüll. De ?Bill-da. !Türch ooch de Bill-da. ?!Wo sollnwan hinn mit, im Lahra is Keenplatz für so-Watt, da schtapelt sich schonn Dettzeuch vonne Leemden, die wo jepfändet worn sinn. Da is Keenplatz für Zeuch vonnem Dootn, der keene Vawantn nich meer hat. Kommpt allens inn Schredda&wekk. !Türch: ooch de Bill-da. Hat früer keener ham wolln, wird ooch jetz nich vakooft wern.

–!Manno !Meta: Sinn !Sie awa schpenn daabl: Sie hättn den Janznkrempl doch ooch –

–Ich weiß, daß ich diese Bilder hätte umsonst haben können. Wenn ich sie bezahle, dann hab ich meine Gründe dafür.

Der Möbelträger hebt kurz die Schultern. –Ssweehunnertmäuse haam oda nich haam sinnschonn Vierhunnertmäuse. Dafür könnsesich nehm von Watt se wolln. – Er hat seine Zigarette fortgeworfen, flux die Geldscheine in der Hosentasche verschwinden lassen, bevor seine Kollegen wieder auf die Straße herauskommen. Mit Besitzergeste blättert er wie Seiten in einem großen Buch die abgestellten Leinwände auf – die meisten 2 mal 1 Meter 60 groß – läßt mich sechs der zwanzig Gemälde hervorziehen. Auf das letzte noch ein prüfender Blick (scheint, dem Mann sind angesichts der gezahlten Summe nun Zweifel gekommen, ?ob in diesem Gemälde=Sperrmüll ?nicht !doch Ein=!Großerwert ?verborgen sei u: ich suchte ihn mit dem=Bißchengeld übers-Ohr-zu-haun.) : Dann schüttelt er entschieden den Kopf: –Nee. !Neenee: Dett is Keenekunzt nich. !Sowatt kann meene kleene Tochta ooch. – Im letzten Moment aber nimmt er mir noch eines der

Bilder wieder fort; windet dann Schnur um die restlichen fünf Ölgemälde, verpackt sie fest, übergibt mir wortlos die Last. Tote u Farben wiegen schwer –.–

Seine Kollegen sind inzwischen wieder erschienen, restliches Kleinmobiliar ist herausgetragen. Sie sehen mir grinsend & kopfschüttelnd hinterher, wie ich, die sperrige Bilderlast schleppend, davongeh. –

Feuer u Schatten aus Unbekanntem Leben, die Signatur: dürre, wie kleine verwitterte Zaunpfähle von Wind&wetter in die gleiche Richtung gegen den Boden gedrückte Zeichen – nicht zu entziffern. Festverschnürt was bleibt von 1 Menschen=Arbeit, ich trage die Gemälde durch Berlins Straßen. Noch immer lösen kleine Brocken Farbe sich von den Leinwänden und rieseln herab – grelle Spuren auf dem Pflaster hinterlassend –.

Hinein mit den Bildern in meine Wohnung = meine Höhle = mein Versteck, & schließe mich ein. Fortan Herbst brennend an meinen Wänden.

Gefühle verkürzen die Perspek-Tiefen

Das erste, was des-Städters EISERNER BLICK der Vernichtung preisgibt, ist *Respekt* vor der Gegenwart des irgend-Anderen.– Untiefen städtischen Lebens: Berührungsangst & die Intransitivität von VERACHTUNG.–

Verkehrsampeln gelten als signifikantes Regulativ für zeitlich getaktete Autoritätszuteilung innerhalb des Öffentlichen Raums: 1 demokratische Einrichtung auf den Feldern sozialer Kommunikation.

Während der von Ampelsignalen verfügten Warte-Fasen trifft an belebten Straßenkreuzungen in der-Stadt auf Seiten der Fußgängerüberwege häufig der Menschen-Stau zusammen; zu Mauern-aus-Fleisch zusammgedrängelt steht sich diese Masse Fußgänger gegenüber, wartend. Schaltet das Ampelsignal 1 der Richtungen frei, so rennen von den betreffenden Straßenrändern her diese Menschenmauern gegen:ein:ander los. Sofort macht sich das Fehlen 1 weiteren, subtiler die Unter-Ordnung regelnden Einrichtung bemerkbar. Daraus ergibt sich an den Straßenkreuzungen die Turnier-Situation. Sie verschärft den Umstand, daß derlei Begegnungen in der überwiegenden Anzahl aus Anonymen besteht; kaum 1 wird dem Anderen jemals wiederbegegnen. Hierzu gehört auch auf der einen Seite der *demokratische Totschlag*: Mit des Recht=Habens EISERNER MASKE & GUTEMGEWISSEN kann der technisch Stärkere den Schwächeren (der gegen das Reglement verstößt) *über-den-Haufen* fahren; wie anderseits jener rhythmisierten Hierarchie eine Tücke eigen ist: Wer, statt seinen eigenen Augen zu vertrauen, wie 1 Pawlowscher Hund stur & dem 1studierten Verhalten=gemäß auf Lichtsignale (der Ampel) reagiert, auf dessen Grabstein dürfte alsbald zu lesen sein *»Aber er hatte Grün«*. Der Ampeltakt ist 1 Richtgröße; demokratischer Ordnungsfaktor im barbarischen=Großstadtbetrieb, mehr nicht. Diesen zu verabsolutieren aus dem Willen des unbedingten Folgeleistens – das eigene Gefühls-Wissen gegenüber dem Befehl der Ordnung's Macht zu unterdrücken –, setzt aus Demokratie deren inneren Dämonismus..... frei & vergrößert städtisches Barbarentum.

→ Anderes kriegerisches Verhalten geschieht an ähnlich gestalteten Turnier-Orten innerhalb der Stadt: So auf den Treppen für Zu&abgänge von Bahnhöfen, deren Ausmaße gegenüber den sie benutzenden Menschenmengen stets als zu schmal sich erweisen. Desweiteren auf den Promenaden der Innenstadt ebenso wie auf den zumeist eher schmalen Fußwegen, die zwar das Ausweichen 1 vor 1 gestatten, doch sofort zum Konflikt führen können, sobald ein Paar, nebeneinander gehend & somit die gesamte Fußwegbreite einnehmend, den seinerseits zu zweit Entgegenkommenden begegnet. So daß in praktisch Allenfällen während des frontalen Gegen:ein:ander-Losmarschierens, sowohl innerhalb des grob=demokratisch per Verkehrsampel gesteuerten, als auch in »regelfreien« Bereichen des Öffentlichen Raums, archaische Zustände herrschen: ?Wer setzt im regellosen Kampf der eigenen Kräfte sich gegen den Anderen durch; ?wer weicht ?Wem aus – ?Wer rennt ?wen um.– Der direkt gesuchte Blick-Kontakt mit dem anstürmenden Gegenüber trägt nicht zur De-Eskalation bei, im Gegenteil: Blickkontakte gelten innerhalb der kriegerischen Konnotation bereits als Kräftemessen, die Vorstufe zur direkten Auseinandersetzung, & verschärfen die Duell-Situation.–

Wenngleich nicht in jedem, so doch in vielen Fällen als hilfreich sowohl zur Konfliktvermeidung als insbesondere zur Selbst-Durchsetzung bei derlei Begegnungen ist folgender Habitus zu empfehlen: Ungeachtet entgegenkommender Menschen=Hindernisse der eigene= energisch vorangetriebene Schritt; aufrechte Körperhaltung bei leicht zurückgebogenen Schultern (Hohlkreuz); am eigenen Körper gehaltene & mit dem energischen Voran-Schreiten im Gleichtakt schwingende Arme. Das An-Blicken od gar An-Sprechen des entgegenkommend Anderen läßt Vermittlung suchendes Wesen, dh. Schwäche, erkennen & ist zu !vermeiden. Dagegen gilt für solcher Maßen Gefühls-getriebenes Menschen=Tier: *Komme wer will: !Ich eile=voran..... !Ich werde dich !besiegen.*

Besondere Bedeutung kommt hierbei dem eigen-sinnigen Blick zu: Die Augen=unbeirrt permanent geradeaus auf 1 imaginären Punkt im Raum gerichtet, der etwas oberhalb der Köpfe jener Anstürmenden in der Ferne sich zu befinden scheint. Dabei darf die Kontrolle der eigenen, strebsamen Vorwärtsbewegung !niemals versagen; Stolpern, Straucheln od womöglich Hinstürzen wird von den-Anderen sogleich als Dokumentierung von Schwäche erkannt & dementsprechend bestraft. Dagegen der Allen !sofort sichtbare, allein auf=sich=Selbst=bezogene u: auf alles sonstig Äußere unabgestimmte Habitus erbringt den *Erfolg* : Innerhalb der in ihrer diffusen Normalität sich selbst als *gesund* verstehenden Gesellschaft entspricht die all=Zeit am ehesten obsiegende Verhaltensweise somit der *Typik des Paranoikers*.

TRAUM. EIN NEUER MENSCH. Die Symmetrie des-menschlichen Körpers ist in Wahrheit unvollendet, die Kongruenz beider Körperhälften verfehlt. So erbringt die falsche Idee von Symmetrie dem-Menschen das für ihn typisch=fehlerhafte Denken & Handeln, zuerst jenes, wonach *menschliche Nähe* zugleich auch *Menschlichkeit* erzeugen hieße. Weil die-Natur dem-Menschen die Stachel- u Dornenauswüchse anderer Lebensformen versagte, wäre dem Leib des NEUEN MENSCHEN zum Ausgleich seiner fatalen Unsymmetrie, bei Bedarf aus-der-Haut-fahrend wie die spitzigen Haarborsten beim Stachelschwein, eine die fehlende Diskongruenz ausgleichende Hülle aus messerscharfen Klingen hinzuzufügen. In-Gefahr würde der NEUE MENSCH seinen Weg & seine Souveränität durch die oftmals bedrohlich aufrückende Fleisches=Masse *Gesellschaft* schneiden wie einen Tunnel.– Nicht das Gefühl – Gefühle müssen erzogen werden –, allein das Wissen von solch naturhaft=kriegerischer Fähigkeit des NEUEN MENSCHEN ließe bewußt-Seins=begabte DISTANCE entstehen: Perspek-Tiefen für Höflichkeit, öffentliches Zart-Gefühl, gehegte Würde, Friedfertigkeit – sämtlich Attribute einer die-Zivilisiertheit formenden positiven Angst : !Sie=allein ist Erzieherin der Gefühle.

Das Geld

Frühjahr 2001

Menschen kommen, ich gehe fort – in die ersten warmen Tage dieses Jahrs, die Lüfte schäumen, im Gezweige Knistern&knacken, in eine ganze baumstille Welt einfallend Hämmern Pfeifen Schrillen Zirpen Sägen – Gelärme aus den Werkstätten zum Frühenjahr. Seit-Langem war Sturm, dann mit letzter Nacht kamen ruhigere Tage, sie duften wie junger Wein u nach erschreckend=frischem=gefährlichem Fleisch –. Voller Hast & Gier die Unruhe noch aus stürmischem Wetter am Rand zum Andernmorgen eilend ich, und auf der Zunge Wind, leicht doch brennend auch wie Staub aus Kohlenglut. Vorm Haus die Forsythien; 2 Stunden Sonnenwärme zu Jederzeit-im-Jahr & die Zweige sternen ihre gelben Blüten : Forsythien, die Proleten unter den Pflanzen. – Ich gehe fort mit weiten Schritten. – Menschen u: Wälder – in ihnen wächst Es, unaufhörlich. Dabei scheinen sie Langezeit beständig, wir erkennen sie immer wieder so, als hätte Nichts sie verändert. – Dann, eine Schwelle scheint überschritten; Menschen u: Wälder – sind Andere geworden, Fremde, von veränderter Wesensart. Als wärs in 1 Nacht geschehn.

Wir erwachten zur gleichen Zeit – unsere Blicke, schlafeszahm u frohgemut, trafen=zusammen, entdeckten ein=ander.– Ich stupste gegen Sophias Hüfte –: ?:- :!: –Gestatten, mein Name ist Stife, Sir Stife. – Aus dem Schlaf zurückkehrend sogleich Die Frau: –Ange=nehm. Sehr steif. – Sagte sie, durchtrieben lächelnd, und griff zu. –Vom Geschlecht Derer von Primola, nehme ich an, Earl of Morning Wood. – Und, beidsam wach, sprachen wir ein=ander zungenfertig an. –

Danach, durch die Fenster Morgenschimmern aus Regen grau&weiß, blieb ich=wach neben Sophia liegen. Während sie, rasch u tief u mit jener Selbstverständlichkeit wieder entschlummerte, wie das nur Frauen=vermögen. –

Frühsonntägliches Stundengeriesel aus grauem Regen, der prillt an die Fensterscheiben, gläsernes Klopfen –.– Plötzlich war Sophias Schlaf zuende, sie starrte mich an, aus Traumesfernen Schrecken in ihrem Gesicht –. Ein Traumbild, noch in ihr Erwachen hinübergreifend, hielt Sophia in-Bann; sie kam Davon nicht los. So blieben wir liegen.

–Deine Erstenacht bei=mir in meiner Wohnung = meiner Höhle = meinem Versteck. – Sagte ich und wandte mich zu ihr. –?Was wars, das du geträumt hast in Diesernacht. –

Der Traum u der Regen, rauschend in den Bäumen u die Fensterscheiben hinab, unentwegte Fluten Grau. Das gab ihr jenes angespannte Selbstmitleid, das immer erzählen läßt. Als hätt der Regen die hüllenden Schichten Zeit wie lockeres Erdreich davongespült, bedurfte es nur dieser winzigen Frage – und schon lag ihre Traum-Geschichte frei.

–Obwohl ich niemals Dort gewesen bin, wußte ich: !Das ist der Hof deines Vaters im Wendland. Die Sommersonne am späten Nachmittag lohte ein gelbrotes Licht, die Ziegel+lehmwände leuchtend, sie verströmten die Wärme aus vergangenen Stunden. Keinmensch, Keintier – Stille nur + ruhiges, farbensattes Licht. Ich spürte mich nicht selber laufen; ich glitt mit den Füßen über die Kopfsteine zur Hofeinfahrt hinweg – schwebte langsam um eine Hausecke in das Gehöft hinein. Dort, zur Diagonale über eine Ziegelmauer, ein dreieckiger Schattenbezirk mit messerscharfer Abgrenzung (vielleicht vom Dachfirst des Wohnhauses hierher an die Mauer geworfen) ließ mit sinkender Stunde mehr + mehr das Rot der Ziegelmauer erdunkeln. – Und weiter schwebte ich in das An-Wesen hinein. – Inmitten des Hofes eine rechteckige Öffnung aufgeworfen, unter die hart=getretene braune Erde führten einige Treppenstufen=tief ins Dämmer. Ohne anzuhalten glitt ich auch dort-hinab – + fand mich am Boden der Grube schließlich in einem bereits über mir geschlossenen Sarkofag, in dessen hölzerne Bedeckung, direkt über meinen Augen, 1 verglastes Sichtfenster eingelassen war. Ich schaute hindurch + blickte durch die viereckige Grubenöffnung direkt zum Himmel auf. Keine Wolke trübte das Abendlicht – weithin spannte sich das goldene Blau –, 1 winziger Vogel huschte über die leuchtende Fläche – 1 kleine schwarze Spur –. Und spürte weder Beklemmung noch Furcht, nur wie in einem anhaltenden Orchesterton tiefe, mein gesamtes Wesen durchströmende Trauer: der Sonnenschein – das warme gelbrote Licht auf der Ziegelwand – der windsige Vogel –, + von alledem heißt es Abschiednehmen, der Letzte Blick. Denn schon wurde vom Grubenrand schaufelweise Erde herabgeworfen, dicke schwere Batzen verschlossen alsbald aus dem Fenster im Sarkofag die Sicht zum Himmel=hinauf.

Stille, u Regen – –

Staunen u Schweigen. Eine Frau, die Träume anderer zu analysieren hat, Gelüsten & Wünschen oftmals erst Form, dann Sprache zu geben, hielt ich für eigene Träume nicht fähig. ?Müßten Träume für sie nicht wie Rückfälle sein, innere Entgleisungen, die sie ?nicht zulassen dürfte. Doch: Diese Frau –, sie verblüffte mich immer aufs-Neu; zeigte mir, wie !weit entfernt ich, keine Handbreit jetzt zwischen uns, in Jederstunde Zusammensein bei ihr, geblieben, u: wie nahe !sie mir unbemerkt u still gekommen war. Nur in dieser Nähe siedeln die Träume, in denen wir, schlafend, uns entgegenleben –.

–?Was bedeutet dein Traum. – Fragte ich schließlich u möglichst unbefangen.

–Bloß mein Leben. – Sagte sie u schaute nicht auf, sondern einzig auf ihre kurzen rauhrissigen Finger. –Mein Leben=immerschon.

Und erzählte übergangslos weiter, nunmehr im-Bann jenes Orchestertons aus ihrem Traum: –Ähnlich der Tannhäuser-Ouvertüre, aber im Decrescendo. –

–Als ich mich später dann für die Studienrichtung Psychiatrie entschieden hatte, glaubte ich, damit direkt-ins=Zentrum von Leben & Geist vordringen zu können: in den Mittelpunkt aller Konflikte (darunter ich vor=Allen meine eigenen sah, die mir über=Mächtig vorkamen). Dadrüber zu sprechen war Zuhause nicht üblich; das konnte ich nur mit mir selbst. Meine Eltern u: ich, wir lebten in verschiednen Geschwindigkeiten.– Als Den Schlüssel für Leben & Geist glaubte ich auch Diebücher, die ich neben den Fachbüchern mir zu lesen gab: Verschmelzung von Filosofie & Literatur als Schutzwall gegen die eigene Unsicherheit, verziert mit Begriffs-Ornamentik. !Heute – (sie strich Haarsträhnen aus ihrer Stirn) –Achheute sehe ich: Das war nichts als 1 Mode=unter-vielen. Die kam&ging, u: ließ, was zuvor hoch=hinauf in den Himmel der Aufgeregtheit gezogen, ebensorasch wieder fallen. Das !kannte & !das wußte ich ja, u: hatte nur nicht begriffen, daß auch Das, woran ich hing, ohne Unterschied=!genau!so den Moden ausgeliefert war wie Platt-O-Sohlen, Batikhemden od Prilblumen. Kaum von der Nabelschnur abgeschnitten, hängen wir uns mit Feuereifer an alles=mögliche Zeug – Sex Geld Karriere Familie-Gründen Lifestyle Fußball Sozialismus Kapitalismus Kino Zocken Saufen Homöopathie Zen Feminismus Joggen Popmusik Kunst Koksen Feten-feiern Ökoessen Kirche-gehn Umweltschützen Kinderhilfswerk Töpfern Alleine-Mutter-werden Kegeln Selbstmord – :Es gibt Nurmode, sonst gibt es Garnichts. Aber Jedemode ist ja unmodern sobald sie Mode geworden ist. → Also gibt es Nur=Nichts: Trödlerläden, vollgestopft mit Altenhüten. Stehen&liegen gelassen, u: 1-Leben=lang nicht 1 Schritt weitergekommen. – Daraufhin besann sie sich für 1 Moment.

Alter Plunder, alter Zunder, unpiquant=bekannter welt-Schmerz aller Bessergestellten – !Feuer-im-Kamin, das prasselte ganz=Ungeheuer. (Und schielte zu Sophia hinüber und gähnte). –!Ja: ?!was ist das gewesen – (rief sie plötzlich dicht vor meinem Ohr u: nicht für mich) –?was ist aus uns=Feministen geworden im Zweifrontenkrieg: Gegen die-Hausputtchen / Gegen die-Macht=Männer.....: Schlimmer dran als Beide, Hausfrau & Mann rechts zu überholen. ?Was davon ist geblieben für Frauen zum Ende des 20. Jahrhunderts außer Gerede, Pöbelposen & *Jesus=am=Kreuz hat nicht nach Dem Vater sondern nach Der Mutter geschrieen* als Das Letzte Geschwätz : !Nichts ist geblieben. Garnichts. Diesefrauen waren & sind schon immer zu !reich gewesen – (sie lachte ein Mal höhnisch auf.)

–Und dazwischen ich, gestopft bis über beide Ohren mit Bücherwissen Freud&marks&adepten; war voller Verachtung gegen die Anderenfraun die sich mit Kosme-Tick beschmierten & mit teuren Kla-Motten behenkten, Konsum=Idjoten die *schönsein*

S. 480, Brache Stätten 1, Inhabilitados →:
sowie ***S. 289, 1same Spitze →:***
→ 10 Grundregeln zum Selbst-Loswerden

1. Den jeweils gültigen Normen, Regeln & Bräuchen hat ein angemessenes öffentliches Betragen zu folgen. Die Normen ihrerseits werden gesichert von Konventionen – Ausbildung zum Charakterpanzer.
2. *Sprache* ist Mittel zur Kommunikation. Alles Expressive, im Sprachlichen wie im Gestaltgebenden, das auf die Launenhaftigkeit und das Räsonieren eines verborgenen Ich verweist, ist abzulehnen. Dem gültigen Maß ist auch in der-Sprache zu entsprechen.
3. *Schuld & Sühne* sind ökonomische Sach-Verhalte. Deren jeweils metaphysische Seite nimmt der Charakterpanzer in Hege.
4. Der auf sein *Selbst* sich stützt, ist schwächer als der, dessen Stütze in Konventionen besteht. Diese erst schaffen klare Trennung zwischen *eigen* u: *fremd*.
5. Das *Ich* ist eine verhandelbare, gleitende Größe, weder Devotional noch interne Kontrollinstanz.
6. *Freiheit* des 1zelnen erscheint als die freie Entscheidung zum Dienst-tun unter einer Obrigkeit, solange, soweit diese Obrigkeit die Obrigkeits-Werte bewahren & garantieren kann (»Schutz für Gehorsam«).
7. Die Folgen eigener Taten müssen diesen Obrigkeits-Werten genügen; sie bilden die einzig gültige, die externe Kontrollinstanz für das eigene Tun. Wer bzw. was die-Obrigkeit darstellt, liegt außerhalb der Entscheidbarkeit des 1zelnen.- Hierher

wollten, Wimpel&fähnchen raushängten, um Den-Mann anzu-Locken : Heiraten, Auto, Bausparvertrag, Kinderkriegen, Famielje&häuschen / Haus=Frausein, die Rotweinflasche vom ehe-Mann aufn Tisch gestellt zum Stich-Tag=Freitagabend. Wir sind Nurfleisch.

gehören auch sämtliche Belange der *Liebe* (!keine »Rothaarigkeit« in geschlechtlichen Dingen).
8. *Ehrlichkeit* & *Wahrhaftigkeit*, 2 Sklavinnen derselben Idee 1 beichtsüchtigen Tribunalkultur, sind in Ketten zu halten und vorzuführen, sobald & sofern innerhalb der Konventionen sie dem nützlichen Gebrauch dienen.
9. Die Voraussetzung zur *Kommunikation* ist nicht die Gleichstellung der Kommunikations-Partner, sondern das *Mißverständnis* zwischen beiden. Letzteres gilt es nicht aufzuklären, vielmehr zur *Unterhaltung* (Kommunikation) zu benutzen. (Goethe)
10. Jedes Mißverständnis birgt in sich die Verwandlung zum *Einverständnis*. Dieses ist oberstes Lebens-Ziel.

Jetzt mußte sie Atem holen –, und redete selbst=vergessen weiter.

–!Was dagegen war !Ich: Eine Studierte, Eine die !Sprachen kennt & mit Doktortitel, voller Stolz & Gelehrsamkeit Eine !Selbst=bestimmte, Eine E-Mann-Zippierte-Frau die um die Mechanik von Geist & Geschlechtern weiß; die wie Eine Missionarin die-Dummenheiden analüsiert & zum Normalenleben re=pariert; – aber auf-der-Straße beim Frechenblick von pickeligen ½wüxigen, beim Kinderspott über meine Körpergröße – *Da kucktma: sone Gier=Affe* –, beim fallokratischen Pfiff der-Prolls aus den Baugruben=im-Dreck : krummbeinig vor Unsicherheit steht da die Selbst=bestimmtefrau, errötend puhlt sie an den Fingernägeln. Also: Brille-auf, Visier-zu & rasch zurück=zu-den-Büchern. Und dadrin, mit bleichen=akadämischen Fingern Pan-isch nach Wiedersicherheit & Gleichgewicht stochernd, Kultur in=sich stopfend als Wissen-schaffts-Buli-Mickerin, in den Eisenmagen aus festverschraubter Psycho-Logie. Kurz=um Leben aus 1 Mode.....

–?Was ist es, das du vermißt.

–Was ich ver?!misse: jemals 1 Kleinesmädchen gewesen zu sein, und dadraus die Kunst, mich Heute gehen-zu-lassen=Ohnereue. Ich möchte all die Fragen stellen an einen Mann, die ich mich zu fragen immer=schäme. Weil sie so unbedarft sind.

–Und das ?wäre.

Sophia zögerte –. Dann, stockend: –Als wir – als wir uns – letztens verabschiedet haben –, als du mich fest an=dich gedrückt hast u ich durch dünnen Kleiderstoff hindurch an meinen Brüsten deinen Herzschlag spürte –, da – da wollte ich – wollt ich dich fragen: *?Macht dein*

Herz bumm-budi-bumm für ?mich –. – Sophia war zutiefst errötet. –Aber ich habs !nicht gesagt. Habs mir verkniffn. Seit ich keine jung-Frau mehr bin, träume ich von Der Einen Berührung die meinen Körper in seiner Ganzheit neu erschafft. Und Diese Berührung wäre nur für=!mich=allein. Ob dies die Hände eines Mannes od einer Frau wären die mich berühren, das wäre mir egal. !Aber: ?Ob es solch Eine Berührung überhaupt geben kann. Ist das schon: ?über-menschlich.

Sophia fuhr mit schwerem Atem hoch: –Denk immer dran – (sagte sie trotzig haßvoll, sich selber zu quälen:) –Frauen sind !primi-tief.....

Ruhiger sprach sie dann weiter. –Nur, sobald ich dir Das erzähle, hab ich dasselbe Gefühl, als hätt ich mir soeben in die Hose gepullert. Also ist Es nicht mehr echt; ist schon überlegt & von zich Prüfungs-in-Stanzen genehmigt worden – auf dem behördlich=einwandfreien Paß meiner Bekenntnisse glänzen die Stempel frisch. Ich aber möchte eine=!echte Schmugglerin meiner eigenen Kindlichkeit sein, u: hab das !nie gewagt –

–Das käme spät.

–Ja. Zu spät. Erwachsene Frau-Sein, das ist eine meldepflichtige Krankheit. Also tun Wir-Frauen das auch: Pflicht=gemäß uns melden –.

Sie schaute noch 1mal auf ihre Hände, besann sich – suchte nach einem anderen Ton.

–Du kannst dirs vorstellen: in-mir laufen jetzt Aldi=Begriffe ab, die meinen Zustand Fach=gerecht beschreiben – ?Was nutzen sie mir, außer daß ich mir vorkomme wie 1 Schöpfung Dalís: die brennende Giraffe, alle Schubladen leer u rausgezogen, & von-oben-bis-unten mit Krücken gestützt. – Sie versuchte zu lachen. Aber sie lachte nicht, ihr Mund sagte nur Lachen auf, wie das schlecht gelernte Gedicht in der Schule. Und sie mußte weiter und weiter in ihrer Geschichte.

–Mein Vater war Kauf-Mann & Hausbesitzer in Hamburg. – Begann sie erneut. –Meine Mutter Haus=Frau. Sie wollte in ihrer Jugend Malerin werden. Damit wars ihr wirklich !Ernst: Kunsthochschule – Meisterseminare – Meisterschülerin – Aufenthalte in Paris, Madrid, Rom – : Europa, wie es In-den-Fünfzigern uns Rest-Deutschen-im=Westen wieder offen war. Schöne Pläne für ein schönes Talent. Aber !Pustekuchen. Sie lernte einen Mann kennen – verliebte sich – er machte ihr 1 Kind –:– das war mein Vater, das Kind war ich. Und dieser Mann trieb meiner Mutter die-Malerei aus, mit seinem Geld, seiner Sturheit & mit meiner Gegenwart. *Eine Frau soll im-Leben-!stehen u: nicht das Leben auf-Leinwand ablegen.* :So hörte ich Vater seine Holzschnittregel auch später oft zu Mutter sagen. Aber die sagte schon Langezeit nichts mehr; sie hatte sich dreingefügt wie ein Schatten, der nach Jedemlicht sich krümmen muß.

–Doch dies Einlenken hatte seinen Preis: Verbitterung & kleinlichen Zank..... Der nahm noch zu, als die-Verhältnisse sich umkehrten: Als Vater's Handelsfirma Konkurs anmelden mußte. Das war zur Rezession in-den-Achtzigern. Vater, zeigte sich, war Alldem nicht mehr gewachsen. Unseren Familienbetrieb schluckte eine große Handelsfirma, u: Vater, nach dem Bankrott, blieb Nichts übrig, außer dem jederzeit kündbaren Angestelltenposten in seiner ehemals eigenen Firma – eine Demütigung. Das konnte Vater nur schwer verkraften, und seinen einst steinernen Willen höhlte überdies Mutters stetes=saures Nörgeln, ihre Recht-Haberei. !Nein – (rief Sophia und schlug mit der flachen Hand auf die Bettdecke, als sei die Stunde, über Ihrleben zu entscheiden, noch einmal heraufgezogen) –Bloßnicht so 1 Leben wie Mutter, das wollte !ich=!nie. Dreimal !Nein zu solchem Lebensdämmer.....

–Beizeiten machte ich mich von-Zuhause los, stellte mich auf Eigenebeine, wie ich meinte, u: übersah dabei vor lauter Selbst-Ständigkeit Vater's monatlichen Scheck. Geld, wollte ich als Kind wissen, Geld kommt vom Liebengott; Geld, wollte ich als Halberwaxene nicht wissen, Geld kommt von meinem Vater. Somit beizeiten ans Immer-Geldhaben gewöhnt, betrachtete ich Geld als Abfallprodukt, denn !Meinearbeit an der Universität hielt ich für !unbezahlbar u: keine noch so große Summe könnte !Mir gerecht werden – beinahe glaubte ich erneut, Geld kommt vom Liebengott. Not hatten immer nur die-Anderen.

–Dann, 1tags, bekam ich von der Unileitung den Entlassungsbrief. Der weitgespannte akademische Himmel mit all seinem Theoriegewölke, der ließ mich *plötzlich-&-unerwartet* fallen: !Ich, die ich in Zichartikeln über Politik&Ψchiatrie in-der-Gesellschaft geschrieben, hatte den nahenden eigenen Rausschmiß nicht kommensehn. Man sprach von *Schparzwank Fleck-Siebler Forrschung*, kwatschte vom *Verschlanken des akademischen Betriebs* –:!Ausgerechnet die von Diäten am fettesten Gewordenen faseln dauernd vom Verschlanken..... – Aber (sagte sie und setzte sich auf im Bett) –ich fiel nicht wie andere gleichfalls gefeuerte Akademiker von den universitären Wolken herab in den Dreck der Arbeitslosigkeit – :Ich fiel einem Mann in die Arme, Reinhardt Hold, dem Immobilienmakler der »Kormoran«-Gesellschaft. Der war wie mein Vater, nur nicht holzschnittartigen Geistes, dafür wendig & verschlagen. Er spielt das Spiel *Ehrlichkeit*; meine Mutter fällt !voll drauf rein. Sie, u: natürlich entgegen Vaters Ansichten, war von-Anbeginn=an für meine Ehe mit diesem Mann.....

–!Fantastisch untauglich zu Ehe & Haushalt war ich = die Selbst=bestimmte Frau. (Sophia lachte kurz auf.) –Doch er, mein Ehemann, wollte in=mir gar keine Hausfrau&mutter; fürs erste hielt er 1 Aufwartfrau, fürs zweite ist er nicht Manns genug. Also ließ er mir Freiheiten, & ich nahm sie mir ohne lange drüber nachzudenken. (Sophia strich das Hemd über ihren Brüsten glatt –.)

–Seither haben wir, mein Mann u: ich, ein Abkommen : *Nicht in !unserem Haus & am Anderen-Morgen ist jeder wieder zurück.* Dadran halten wir uns. Damals, als er u: ich dieses Abkommen trafen, fügte er noch hinzu: *Und, wenn ich bitten darf: !Keinekinder od andere Seuchen.....* Dazu machte er 1 Geste, als würd er an der Kette 1 Klospülung ziehn. *Denn für ausgebrütete Kuckuck's Eier zahle ich !nicht u die Eigenefrau will ich nicht vor Meinenaugen durch den verseuchten Schwanz 1 Andern krepieren sehn.* – (Sie vermied, mich anzuschaun.) –Und so ließ ich mich schließlich als Psychiaterin mit eigener Praxis in Hamburg nieder; er, der Immobilienmakler, verschaffte mir in einem seiner Häuser die nötigen Räume. So, als Seinefrau, blieb ich mietfrei. Anfangs wunderte ich mich über !solch Einmaß an Großzügigkeit, Freiheit, Eigen=Ständigkeit, die er mir in-Allem ließ; – mit Teilnahme & Interesse fragte er mich allabendlich nach meinem Beruf, hörte aufmerksam & geduldig zu; – Eifersucht – das schien 1 Fremdwort für ihn. – (Kurz stockte Sophias Stimme, bevor sie weitersprach.) – –Dann, eher per Zufall, bekam ich heraus, !weshalb er mich an Der Langen Leine hielt & !weshalb er so großen Anteil an meinem Beruf nahm.

Und tapfer mit fester Stimme gestand sie mir jetzt: –Geschickt wie ein Geheimdienstler verstand er es, mich über meine Patienten auszuhorchen..... Hin&wieder erfuhr er aus meinen Berichten, die ich ihm freizügig u naiv gab, Einiges über meine Patienten: Anwälte, Senatsabgeordnete, Leute aus Der Wirtschaft –, Leute fast sämtlich aus Hamburgs Oberschicht. !Solcher Art Informationen sind Ein Gehöriges Pfund, & Damit ist in seinem Geschäft ganz=!prächtig !wuchern –. Auf den Politversammlungen mit Studentengruppen während der Unizeit hab ich gehört: Wissen ist Macht, & machtvoller Dem, der über Wissen als Erster verfügt. Wissen aber heißt auch: Lernen, über den Wert von Wissen Bescheid zu wissen.

–Als ich den Wa(h)rengrund für sein Großesinteresse an meinem Beruf erkannt hatte, ihm das Betreten meiner Praxis verbat & ihm überdies rund=weg jegliches Gespräch über meine Patienten verweigerte, verweigerte er künftig alle Gespräche mit mir. Das Große Verweigern nahm Einzug in unsre Ehe.....

–Doch alle=meine Weigerungen nahm er ohne 1 Wort des Widerspruchs hin, wie einen Geschäftsabschluß, der ihm durch-die-Lappen-gegangen war; bedauerlich zwar, aber nicht zu ändern. Diewelt würde nicht zusammenstürzen – er !wollte mich demütigen. Und es gelang ihm. So trat Schweigen wie bei Taubstummen zwischen uns.

–Manches Mal auch seine altväterliche Leviten=Leserei, die mich amüsierte u: grauste. Und als ich Vorjahren zum 1. Mal während dieser Ehe mit einem anderen Mann geschlafen hatte, glaubte ich, ihm diesen Seitensprung beichten zu müssen. Ich tat es. Er hörte mich kalt an, sein Gesicht wie poliertes Metall. Und mit wenigen Sätzen, die er wie Messer nach mir warf: – ziel=sicher doch lustlos – nur weil er offenbar meinte, Das gehöre sich so vom Gehörnten-ehe-Mann, gab er mir das Gefühl, nackt vor ihm zu stehn u der Saft vom Anderen läuft mir währenddessen die Beine hinab –.– Seither meide ich Geständnisse. Ohnehin geht er seit=Langem davon aus, daß ich Es tue – (sie rückte einwenig näher zu mir) –!wozu also reden über etwas, das !klar ist. Aber ich bin geblieben in dieser Ehe; – nirgendwo sonst ist das Gelände Mein u: Dein so deutlich & klar getrennt, wie zwischen ihm u: mir. Klarheit ist die Tagesseite der-Furcht; also ist Klarheit vorzüglich.–

Sophia lag jetzt still neben mir – eine Guteweile, – ausgekühlt ihre Haut wie Glas. Doch spürte ich ihre Suche nach weiterem Erzählen über diesen seltsamen Mann, den Immobilienmakler Hold.

–Ich habe ihn einigemale an seinem Schreibtisch beobachtet, während er Briefe & anderes Geschäftliches schrieb. Besonders wichtige Post schrieb er immer mit der Hand, er traute weder dem Computer noch seinem Compagnon. Und beim Schreiben hatte er eine auffällige Gebärde, 1 *tic* mit dem freien Unterarm & der Hand, so als wolle er Papier, Tinte, ja selbst die Ganzeschrift noch übervorteilen. Er ist so gierig auf Besitz, als müsse er für Tausendjahre-Leben Geld&macht anhäufen. Alles andere hält er sich vom Leib, auch mich. Er ist so erpicht aufs Verdienen, daß er sich selbst verkaufen würde, gesetzt er machte damit Gewinn. Aber eigentlich hat er sich ja längst schon verkauft..... Denn Kaufen&verkaufen: !Das ist ihm Religion, sein Fundamentalismus..... Hätte er andere Götter als diese, er gehörte zu jenen, die sich &

andere mit Freuden in-die-Luft-sprengen für *ihren* Gott, *ihr* Paradies, *ihr* Werweißwas. –

–Aber Herr!gott: Er war doch auch mal !anders. – Rief Sophia und ließ ihre Hände wie zwei Steine aufs Bett niederfallen. –Er hatte den gleichen Humor wie ich u wir lachten viel, Damals, als wir uns kennenlernten. Wir machten uns lustig über die Karrjeretüpen in unsrer Umgebung; Freunde=von-ehemals, die nach-dem-Studium wie junge Schlangen aus dem Ei krochen. : !Niemals hätte ich geglaubt, daß auch er..... !Niemals hätt ich So-1=wie=ihn geheiratet, wäre ihm Damals anzusehn gewesen, was er immer schon war. ?Wann mochte Das geschehen sein, daß er Geld geleckt..... hatte & nicht mehr loskam davon. –

–Du wirst lachen. – Sagte die Frau nach einer Weile in das Schweigen hinein. –Aber gerade !diese Abkehr meines Mannes von mir hat mich gelehrt, daß Sex & Ehe weitaus mehr sind als Nur-Unterwerfung..... Für Sex brauchts gute Fantasie & für eine Ehe noch bessere Regie.

–Wie in deinem Beruf also auch in deinem Leben: Du = die vollendete Humanistin.

–Und darüber werde ich bald Vierzich sein. – Dies sagte die Frau mit solcher Trübsal in der Stimme, hatte Sovieles=mehr damit gefaßt als nur jenes Alter von 40 auf das sie zuging, daß mir jeglicher Spott verging.

Plötzlich warf sie die Arme um meinen Hals, preßte mich an=sich, hielt mich fest. Langezeit. Sie gab Keinenlaut, rührte sich kaum, schien nicht mal mehr zu atmen –. Ich bog dann ihren Kopf zurück, suchte ihren Blick. Obwohl sie auch jetzt, wie beim Ficken, ihre Augen in meinen festhielt, schaute sie mich mit gläserner Abwesenheit an, als sei mein Gesicht 1 Spiegel nur für ihres –; dann spürte ich ihre Hände unerwartet auf meinen Wangen.

Ich erinnerte aus jener ersten Nacht=in-ihrem-Haus 1 Schatten, starr wie ein Traumgebilde, als Messers Schneide eine Lichtbahn zerteilend..... Und ich erinnerte Sophias eigene Worte, als sie von 1 anderen Schatten erzählte, der wie durch die Macht eines Lichts beständig sich krümmen mußte : der Lebensschatten ihrer Mutter. –

Auf meinen Wangen Sophias Hände: rissig gefältelt die Haut an ihren Fingern u auf dem Handrücken, zerfurcht und rauh geworden in verordneter Dienstbarkeit. *!Verräterhände.....* (:und erschrak zutiefst über das rotflammige Wort. Aber Das brannte schon und wollte nicht mehr verlöschen seither –)

Sophia sagte mir damals an jenem verregneten Morgen nicht, daß sie ihre Praxis vor-Kurzem aufgegeben & geschlossen hatte (Das erfuhr ich erst viel später wie 1 Beiläufigkeit, kaum des Erwähnens wert.)

Also blieb auch ich damals stumm neben ihr liegen. Und lauschte auf des Regens eintöniges Rauschen –, unaufhörlich durch den Tag hinströmendes Grau. –

Währenddessen begann Einebrut heranzureifen. Und 1tags mußte ich von der Post 1 amtlichen Einschreibebrief abholen.

Beschluss. *Im Wege der Zwangsvollstreckung soll am 14. Mai 2001 um 11 Uhr im Gerichtsgebäude – Saal 110 – das im Grundbuch eingetragene Grundstück – Fläche 1.055 m² – Objektbeschreibung* – &sw. &sf. – :und darin auch meine Wohnung = meine Höhle = mein Versteck.

?Wie lange noch werde ich gelten. –

Zwangsvollstreckung & Die Vollendung der Natur

»Macht ist die Angst der Anderen.«
Ein russisches Sprichwort

»Macht ist die Begierde der Anderen.«
Ein Werbefachmann

Montag, 14. Mai 2001. Vormittag nach 10 Uhr; +19° Celsius; unter dem Einfluß eines Hochdruckgebiets ruhiges, sonniges Wetter.

In dem grau verputzten hoch hinaufgezogenen Bauwerk aus dem 19. Jahrhundert, einem früheren Gymnasium, ist seit Vielenjahren das Amtsgericht untergebracht.– Eintretend ins Gebäude ziehen die Schritte sogleich entlang der Flure, unter dichtgemauerter Luft die Treppenhäuser hinauf, über Gänge & wieder Flure, deren Wände sämtlich bis über Kopfeshöhe befliest wie in Badeanstalten Schlachthäusern Fleischereien, Orte der *Reinigung*; Winkel & Nischen als Kreuzrippengewölbe der Gotik eingesprengt – *»Alles sprach sich herum, auf den Korridoren der Gerichte.....«* : Des fest=verzurrten Bürgertums eigentümlicher Intrigantenstil.

0) Im Hochparterre linkerhand, gleich neben dem Eingangsportal in einer von Zwielicht beherrschten Halle, findet sich am Türstock einer niedrigen, schweren Tür zum Saal 110 der Ankündigungszettel mit Datum, Uhrzeit & Bezeichnung des zu versteigernden Grundstücks (Immobilie) angeschlagen. (2 andere Termine auf dem Zettel wurden gestrichen.)– In der Halle vor dem Saal 1ige Stühle, Tische & Holzbänke – 1zeln od: zu kleineren Gruppen zerstreut & verhalten miteinander schwatzend (jedes laut gesprochene Wort würde sich sogleich hallend in dem verwinkelten Gebäude verbreiten), Frauen & Männer – zum Teil Aktenmappen Diplomatenkoffer, aufgeklappt vor sich auf den Tischen od dem Schoß –, zeitweilig die Anderen = die als Konkurrenz Erkannten, mit Blicken abschätzend.– Kurz vor 11 Uhr wird das niedrige, tief in den Türraum eingelassene Portal zum Saal 110 vom Pedell für das Publikum geöffnet.

Montag, 14. Mai 2001. 10 Uhr 55. Eintritt in den Saal 110.

Drinnen umgeben die Klienten die für solcherart Räumlichkeiten üblichen Wände aus heller Holzverschalung, die Saaldecke weiß getüncht; drei große, in die Längswand gegenüber der Tür eingelassene u jeweils von engem Rahmengitter aus Holz zu 4eckigen Glasscheiben unterteilte Fensterflächen nehmen vom Tag=draußen gleichfalls weiß schimmerndes Licht herein. Im hellen Holz der Wandtäfelung, vermutlich Kiefer, eine Vielzahl wirr verteilter Astknorren, die aus den Wänden wie dunkle Augen in den Saal & auf die Anwesenden starren. So lassen diese unbeirrbar ruhig & streng blickenden Augen, selbst wenn hier niemand wäre, diesen Raum stets mit Gestalten vollgestellt erscheinen.–

Eher hoch als geräumig, mögen dennoch in diesem Saal achtzig bis hundert Menschen Platz finden können, sofern sie dicht | bei | dicht auf die Plätze in den 2 enggestaffelten Blöcken aus Holzbänken, von 1 Mittelgang geteilt, sich niedersetzen. Ohne Ablagen, die Rückenlehnen rechtwinklig hochgestellt – die Plätze fürs Publikum. Beiden Sitzbankblöcken, zur Linken u zur Rechten vorangestellt, jeweils 1 langer Tisch, auf dem dunkelgrünen Belag je 1 daraufgestelltes Pult, die Orte für die Prozeßparteien. Davor, auf kleinem Podest über die gesamte Saalbreite & oberhalb der Augenhöhe der Prozeßparteien postiert & ebenfalls mit hellem Holz verschalt, der Richtertisch, so daß durch dieses Logen-Ensemble optisch beide Prozeßparteien zusammengeführt werden, hin zum Mittelpunkt, dem Platz für den Vorsitzenden Richter. (Erinnert die Anordnung der Sitzreihen fürs Publikum an Kirchengestühl, so das Ensemble für die Prozeßparteien an ein Schullabor für die Fächer Chemie & Physik.)

Die vielleicht zwei Dutzend Leute, die bislang in der Vorhalle warteten, betreten jetzt langsamen Schrittes den Saal &, sofern sie nicht zueinander gehören, verteilen sie sich 1zeln & in diskretem Abstand von ein ander über die Sitzbänke, od aber an den beiden Tischen in der 1. Reihe. Über aller Köpfe die enorme lichte Saal-Höhe –.

Eine unsichtbare Glocke mit 4 hellen bronzenen und 11 tieferzenen Schlägen, das gesamte Gebäude durchschallend & in Übereinstimmung mit der über der Saaltür angebrachten Normaluhr, zusammen mit des Pedells Ausrufung auf dem Flur, verkündet den Beginn der Zwangsversteigerung.

Montag, 14. Mai 2001. 11 Uhr 00. Im Saal 110.

Bereits mit dem 1. Glockenton erscheint im Saal:

Die 1) 1 Justizangestellte als die Vorsitzende zum Vollzug der Zwangsvollstreckung. Die Frau, vielleicht Ende der 30, ist von mittelgroßer schlanker Gestalt; hellgrauer Hosenanzug; ihr dunkles halblanges u glatt in den Nacken gekämmtes Haar bindet 1 gewissermaßen zur Dienstkleidung gehörende schwarze Samtschleife zusammen. Dem Gesicht, durch das ovale Profil mädchenhaft erscheinend, sind auch robuste Partien eingeprägt: breit u fast ohne Wölbung glatt die Stirn, unter starken Augenbrauen eng=bei1ander stehend dunkle Augen, sie scheinen ohne Weiß, die Wangen schildförmig, das Kinn wie 1 kleine Faust. Zunächst hellen sich ihre Züge auf und freundliche Blicke eilen durch die verstreute Schar der Anwesenden. – Ihr Auftreten läßt an eine Frau denken, die bereits 1 Ehescheidung hinter=sich hat, 2 Kinder im Grundschulalter sind ihr daraus geblieben. Nun bereits seit=Längerem lebt sie mit einem Mann zusammen, jedoch nicht unter-1-Dach; dies auf Wunsch der Frau, die im nochmalig gemeinsamen=Zusammenleben eher das Scheitern vermuten mag, was die Frau *nicht noch ein Weiteresmal durchmachen* möchte, so daß beide ihre *Beziehung=auf-Besuchs-Basis* unterhalten. – Der Versuch, mit unbeschwertem Lächeln & 1 scherzhaften Bemerkung Hier die Atmosfäre der Leichtigkeit in den Raum zu tragen, scheitert; keiner der Anwesenden reagiert. Daraufhin geht 1 strenger Zug in ihr Gesicht & sie selbst mit festem Schritt in die Richterloge; nimmt dort sogleich Platz (die schmale Gestalt wirkt verloren hinter dem langen & durch die Holzverschalung wuchtig erscheinenden Tisch); flink überblicken ihre dunklen Augen noch 1 Mal den Saal –, & kehren sich dann den mitgebrachten Papieren zu.

2) Im gehörigen Abstand zur Rechten von **der 1)**, ihre Mitarbeiterin: ein Gerichtsfaktotum, gewiß über die 50; Leib & Gesicht tropfenförmig; fettiges Strähnhaar bis zur undeutlichen, abgerundeten Schulterpartie herab; die Bluse der Frau in der Färbung von saurer Himbeermilch. Stumm & über-die-Gesamtezeit reglos hinter einem Computermonitor hockend, verbringt diese Frau die Zeit.

Die 1) eröffnet das Prozedere: Sie verliest mit lauter heller Stimme den Grundbuchinhalt zum Versteigerungs-Objekt, die 1zelnen Objektbeschreibungen gemäß den Angaben im Grundbuch sowie den Namen des bisherigen Eigentümers als den im Jahr 1995 vom Gericht bestellten Zwangsverwalter. **Die 1)** nennt die Summe des Verkehrswerts gemäß § 74a ZetVauGe von 4,5 Millionen DEM. Dem folgen Mitteilungen der Einzelverschuldungen & anderer, noch anstehender Kosten (Grundschuld &ä.) mit Bezug auf das Objekt sowie 1zelne, vor-Wochen eingeholte Mitteilungen einiger Mieter zu deren geleisteten Investitionskosten, gültigen Sonderabsprachen mit dem bisherigen Eigentümer &c. Und benennnt die Gerichtskosten zu 32 TDEM, diese sind vom jeweiligen Ersteigerer zu tragen & werden den Summen kommender Angebote hinzugerechnet. (Auffallend, daß **die 1)** während sie spricht keinmal auch nur für 1 Lidschlag die Augen schließt.)

Daraufhin stellt sie den Einen der in der 1. Reihe des rechten Blocks anwesenden Mann vor als den Vertreter des Bankinstituts, dem bislang die Zwangsverwaltung der Immobilie oblag.– Die Versteigerung ist damit offiziell eröffnet.

Jedes Gebot von seiten eines Ersteigerers ist einzeln & schriftlich, zusammen mit vorbereiteten Unterlagen (u.a. die Nachweise zur finanziellen Sicherheit betreffend), bei **der 1)** persönlich am Richtertisch vorzulegen, woraufhin **die 1)** den jeweiligen Ersteigerer & dessen gebotene Summe für alle übrigen im Saal laut benennt.– **Die 1)** blickt zur Uhr über der Saaltür & verkündet, daß sämtliche Gebote von: !jetzt=ab, in den nächsten 30 Minuten – also bis 11 Uhr 40 – in der genannten Weise vorzubringen seien.

→ 11 Uhr 12.

Das Eröffnungsangebot in Höhe der veranschlagten Ausgangssumme von 4,5 Millionen DEM kommt von jenem Mann, den **die 1)** zuvor als den Vertreter des Bankinstituts, dem die Zwangsverwaltung oblag, vorgestellt hat. Er tritt nun auf als Vertreter der *Reinhardt Hold Kormoran Immobilien- & Verwert GmbH* (womit klar wird, daß auf diesem Weg, weil Banken=selbst keine Immobilien betreiben dürfen, über eine GmbH das Bankhaus am Immobilienerwerb Interesse zeigt) : !Diese Immobiliengesellschaft ist Die von Sophias !Ehe-Mann. Und ich begreife, daß sein Vertreter=Hier zu !dieser-Versteigerung die Order hat, das Grundstück – koste-es-was-es-wolle – zu erwerben. !Das wird des ehe-Manns Vergeltung an mir u an Sophia sein; eines Mannes, der jeglicher Begegnung mit mir sorgfältig ausgewichen ist: *1 nächtlicher Schatten wie 1 Messers Schneide, das Licht zerteilend.* .... Schatten 1 Mannes, der aus-der-Ferne & in Allerstille jetzt seine Rache vollziehen will. Doch selbst zu Diesemtag hat er nur einen Stellvertreter geschickt.

Dieser Mann, im folgenden bezeichnet als:

3) Eine große, massige Gestalt; Halbglatze (verbliebenes Haupthaar bildet eine Tonsur); die Schädelform viereckig, so daß die helle Kopfhaut einen an den Eckpunkten abgerundeten Würfel zu umspannen scheint. Der Mann mag ca. Mitte 50 sein; seine graue Anzugjacke mit Sitzknittern am Rücken & Spiegel am Hosenhintern gibt ihm die unauffällige Erscheinung eines xbeliebig Subalternen.– Physisch wirkt die hochgewachsene Erscheinung insgesamt zwar kantig, doch neigt der Leib zu Übergewicht & Verfettung, wodurch die dienst=gemäße Kantigkeit dieses Leibes weichere, abgerundete Formen erhält. – Vorstellbar: Als Familien=Vater *besitzt er ein Gutesverhältnis* zu seinem fast erwachsenen Sohn. Dies *Guteverhältnis*, sobald Vater & Sohn gemeinsam erscheinen, demonstriert sich bis ins Gebaren beider : Wobei das des Sohnes Ausdruck ist gewisser übernommener Leben's Schlauheit & Gewalt=Tätigkeiten des-Alten; die 1 Mal vorgefaßte Meinung benutzen als eisernes Werkzeug zum unbedingten Durchsetzen der eigenen Ansicht; während in des Vaters Gebaren des Jugendlichen Käsigkeit sich dreinmischt. Auch denkbar die häusliche, bereits zum Ritual gewordne Situation, wonach Vater-&-Sohn=gemeinsam zum Rauchen auf den Balkon gehen, der Frau=Mutter wegen, die Tabakrauch in der Wohnung nicht haben möchte. Versonnen stehen dann beide, Vater & Sohn, rauchend u im 1vernehmen zumeist still bei jedem Wetter auf dem Balkon, wobei durchaus auch der Sohn dem Vater 1 Zigarette anbietet. – So sind die weichen Bewegungen dieses Mannes geeignet, das Viereckige zu kaschieren; die Viereckigkeit aber gehört zum Naturentwurf seiner Erscheinung. Hierdurch wirkt er in gewisser Weise *unvollendet*, irreführend banal..... Zwischen Sichtbarkeit u: Wahrheit eine Diskrepanz.

4) Am vordersten Tisch im linken Sitzreihenblock, ebenfalls als Ersteigerer-Partei kenntlich & von **der 1)** als Vertreter der *Möwen Immobilien GmbH* vorgestellt (eine in Berlin wegen ihrer aggressiven Geschäftspraktiken berüchtigte Firma), zwei in Aussehen, Alter & Betragen sehr unterschiedliche Männer (später sollte noch 1 Dritter – dann als **4.3)** benannt – hinzukommen):

4.1) Ein kleiner, athletisch gebauter Mann südländischen Typs, das dunkle gekrauste Haar von 1igen grauen Strähnen durchzogen; die Gesichtsfarbe blaßgelb. Sobald der Mann dem Publikum sich zukehrt, als drohte ihm für den Moment eines anderen Ausdrucks der endgültige Gesichts-Verlust, – verzieht er den Mund zur Miene saurer Verachtung : Machismo od Magengeschwür. Das grün-beige gemusterte Jackett betont seine sportliche Figur. Diese Erscheinung erweckt die Vorstellung, es müsse überall Gold an ihm sein: goldene Füllfeder, goldenes Zigarettenetui, goldene Rolex, goldener Siegelring, Gold Gold, als Kettchen um den Hals, ums Handgelenk, goldene Plomben im Gebiß –:das 1schmelzen dieses Typs mochte sich lohnen.

4.2) Neben ihm ein gedrungen wirkender älterer Mann im dunklen gut sitzenden Anzug, nebelweißes kurzgeschnittenes Haar, der fortwährend, ohne ersichtlichen Grund, amüsiert scheint (die Miene der beständig zur Schau getragenen optimistisch=überlegenen Grund-Haltung erinnert an Einführungskurse scientologischer Unterweisungen). Das Gesicht voll des breiten fettig=saturierten Altherren-Grinsens kontrastiert die sauer=verächtliche Miene seines Partners **4.1)**.

4.3) Später, vermutlich durch den von **4.1)** getätigten Mobilfunkanruf herbeigeholt, betritt den Saal 1 hochgewachsener, schlanker sehr jugendlich wirkender Mann mit kurzgeschnittenem dunkelblondem Haar, die Sonnenbrille lässig vor die Brust ins kragenlose Polohemd gehakt; seine Gesichts- wie gewiß die übrige Körperhaut von jener Steckdosenbräune, die den regelmäßigen Besuch im Fitness-Studio verrät. In das sportlich hagere Gesicht erscheint der ebenfalls unablässig grinsende Mund über-die-Maßen breit hineingezogen, sein Gebiß im Schimmern von Weißblech unnatürlich wie der Mund 1 männlichen Models in 1 Werbe=Spott für Kabriolets der gehobenen Preisklassen. – Jene Business-Gestalten, *tough guys*, die sowohl in sicherer Verfügung Selbst=herrlicher Befehls-Gewalt im Job als auch mittels demokratisierter Extremsportarten ihre verdrückt homoerotischen Grundkonditionen ins herrb-Männliche, in die Sado/Masochismen einer allseits rücksichtlosen Lebens-Praxis hineinschlagen. – Die Augen dieses Mannes klein, unbeweglich, die Irisfarbe Eisengrau, die Pupillen wie Körnungen im Metall. Sogleich nach dem Eintritt in den Saal wird dieser Mann (mit keinem Blick zur Richterloge & so **die 1)** ignorierend) zum Tisch seiner Partner **4.1)** & **4.2)** hinüberstreben.

5) Mit ihrem später vorgebrachten Ersteigerergebot – von **der 1)** bei dieser Gelegenheit vorgestellt als **Frau Brümmer** – tritt aus dem Auditorium heraus eine ältere Dame in Erscheinung: Mit den prallen, grellrot geschminkten Lippen im zu gelblichen Fleischwülsten zerfallnen Gesicht; mit dem fülligen Haar zum tief in den Nacken gelegten Knoten & 1 den üppigen Leib eng umfassenden Kostüm – wobei Halbschuhe, Strümpfe, Kleidung & Haar alle=imselben lackschwarz-fettigen Glanz erschimmern –, läßt diese Erscheinung an eine ältere spanische Bordellbesitzerin denken. Bemerkenswert jene zum Dutt geformte Frisur, die durch ihren ebenfalls lackschwarzen Schimmer das Aussehen von Haut annimmt, die einen schweren Sehnen&muskelsack umschlossen hielte, dessen Inneres möglicherweise das Ovarium für All=umfassenden, matronenhaften Geiz vermuten läßt & somit den auf altertümliche Weise gehüteten & nun zur Versteigerung hergeschleppten Bestand beträchtlichen Vermögens.

Die Frau befindet sich in Begleitung 3er unauffälliger Männer unterschiedlichen Alters. Der wohl jüngste, 1 hochgewachsener Mann von schlanker Gestalt u bleicher Gesichtsfarbe – im weißen, sorg=fältig gebügelten Oberhemd schüchtern & linkisch wirkend – neben die feiste, schwarzglänzende Frau hingesetzt, zeigt den zwar verwöhnten, doch von seiner Mutter=herrisch geführten Sohn.

6) Nach jenem unterbreiteten Eröffnungsangebot **des 3)** in Höhe von 4,5 Millionen DEM erscheint die gesamte Veranstaltung plötzlich in märchenhafte Lähmung gefallen: Nichts bewegt sich, Niemand der zu 1 weiteren Angebot bereit erschiene –:– **die 1)**, offenbar mit derlei Wendung vertraut, hat in die vor ihr auf dem Tisch liegenden Papiere sich vertieft (**die 2)** in der ihr eigenen Unbeweglichkeit noch um 1 weiteres erstarrt). Ähnlich im Verhalten die übrigen potentiellen Ersteigerer; nur die versammelten Anwesenden, solcherlei Veranstaltungen offenbar ungewohnt, blicken ratlos od gelangweilt umher. 2 verspätet in diesen von stiller Lähmung ergriffen scheinenden Saal Hereinkommende, 1 älterer Mann & gleich nach ihm 1 ebensolche Frau – vom eiligen Lauf in ihren Gesichtern rotfleckige Hitze –, schauen, noch in der Tür stehend, entgeistert auf diese mit Reglosigkeit & Stummheit geschlagene Versammlung. Vorsichtig & leise, als befürchteten sie jemanden aufzuwecken, begeben sich Beide (offenbar Mieter im zu versteigernden Objekt, die, wie ich, erleben wolln, wer ihre neuen Miet=Herren künftig seien) auf 2 noch freie Plätze. – Draußen geht Wind in den Bäumen, ver1zelt Vogelrufe, die Sirene 1 Feuerwehr – die 1zigen Zeugnisse hier=drinnen für die Gewißheit: *Zeit vergeht – –*

→ Insbesondere das Empfinden für den ihm zustehenden, *natürlich* angemessenen Lebens-Raum ist beim-Menschen stark ausgeprägt. Damit gilt sowohl jedweder Überschreitung solchen Raum-Maßes als auch dessen Beschneidung ausgesprochene Idiosynkrasie von seiten der Geschädigten.

Weiterhin, u unabhängig von seinem Wünschen-&-Wollen, registriert der-Mensch im Widerstreit mit *seiner* ihm uneigenen Natur in allen Dingen u Erscheinungen – vorrangig beim Anblick anderer Menschen – auch deren Natur-Entwurf. Dieser, im Vergleich mit einem daraus so empfundenen Natur-Plan, muß dem-Menschen durchweg als *unerfüllt*, als von der-Natur *unvollendet* erscheinen. (Andernfalls wäre menschliches-Leben=schlechthin 1 Tautologie, also unmöglich zu überstehen.) Hiermit verbindet *der-empfindende-Mensch* den Gedanken an *Lebens=Schicksal.....* Und seine hieraus provozierte *Tat zur vollendbaren Formgebung* nimmt naturgemäß die Züge DES VERBRECHENS an.

→ Genau wie Leidenschaft zu heftigem sexuellem Begehren, verführt Mit-Leidenschaft zum vitalen Drang nach Leiden-*machen*, dem wollüstigen *Fest der Grausamkeit* als dem Äquivalent für davor empfangenes Leid. Im *Fest der Grausamkeit* sucht der einem verordneten Recht Unterlegene *Gerechtigkeit*, und der Genuß am Leid Anderer muß umso größer geraten, je höher das ursprüngliche Ansehen bzw. die Bedeutung des Gemarterten in der Gesellschaft war, das indes durch die Marter im selben Maß seine Einbuße erlebt –:*Rache & Schändung* als Urgrund vitalen Genusses. Mit aller Präzision des Unbewußten erkennt der Leiden-*Macher* den Körper-Ort als den je geeignetsten, der dem »Äquivalent zum Abbezahlen« von zugefügtem Leid als Schauplatz entspricht.

Lieben – das heißt die Maßlosigkeit lieben. Liebe-Töten läßt die Maßlosigkeit zurück – den Tod. Verzeihen erniedrigt die Güte – Man darf niemals !verzeihen. Erst nach der *Rache* kommt die Güte. Alles was ich an Grausamkeiten weiß, das weiß ich von der-Obrigkeit....., zu Allenzeiten ungesühnt. – Die starren Augen aus den Wänden im Gerichtssaal, das Gericht im Gericht : !Warum ?nicht Jetzt&hier unter Diesen Blicken verhandeln, was niemals verhandelt worden ist.

→ Diesen Überlegungen an Diesemort unterhalb der lichten Höhe im Maschinen-Raum bürgerlichen Rechts (das den Tod des Individuums verschmäht u somit dessen Vernichtbarkeit konstruiert) liegt ein Geschehen zugrunde, das folgendermaßen sich beschreiben läßt:

Anläßlich einer Immobilienversteigerung wird eine um mehrere

Tonnen Lebendfleisch (Mieter) beschwerte, anonyme Masse einer leblosen, versteigerbaren Baumaterie zubefohlen, während 1 kleine Stückzahl anderer, organisch jedoch gleicher Materie wie jene Mieter-Masse die Verfügungs=Gewalt (mittels GELD) über ebenjene große Masse erhält. Der in den hier anwesenden Ersteigerer-Gestalten schlummernde Natur-Entwurf, wahrgenommen von der unter die Verfügungs=Gewalt gestellten Mieter-Masse, läßt nunmehr diese Veranstaltung in ihre dramatische Fase treten: die in den Erscheinungs-Formen der 1zelwesen lediglich angedeutete, jetzt wie auf einer Theaterbühne zu verwirklichende VOLLENDUNG.–

Freilich muß wegen der in-der-Gesellschaft weit verbreiteten Geringschätzung von Immobilienmaklern & Hausbesitzern – weder sind sie Cäsaren, die man auf dem Forum mit Messern zerstückeln und anschließend mittels Zangen & Seilen durch den Straßendreck zu den Gemonien schleifen könnte, noch entadligte Potentaten, denen auf dem Marktplatz vorm Pöbel der einst gekrönte Kopf abgeschlagen wird; – vielmehr gelten Immobilienmakler & Hausbesitzer a priori zwar als *durchaus menschen!ähnlich, obschon ihnen die 4beinigkeit eher angemessen erschiene* –, muß also durch entwürdigende Martern 1 eher geringe Fallhöhe veranschlagt werden, wodurch gewisse Trübungen des *festlichen Tötungs=Genusses* eintreten dürften.

Dessen ungeachtet ist solches *Fest* die triumfale, die strahlende Seite menschlicher Vernunft; unverstellter, unmittelbarer Ausdruck der Chiffre des Subjekts, das Leiden *macht* – dh. die zur Vollendung der jeweiligen Naturentwürfe notwendige Arbeit leistet –, und das die Grausamkeit *genießende* Subjekt ist dasselbe wie in der Feststellung *Es regnet*.....

Zum *Fest* benötigtes Instrumentarium:

a) 1 Sichel; b) 1 Skalpell; c) 1 Flexer; d) 1 Spiralbohrer Ø20 mm sowie eine geeignete Handbohrmaschine; e) 1 Blechschere; f) 1 Stahlhammer; g) 1 Plastikfläschchen mit Säure (Gemisch aus Salzsäure & Enzymen, der Magensäure entsprechend); h) mehrere Eisenkrampen; i) 1ige Stahlnägel 16/30 (mit rundem Schaft & flachem Kopf).

7) 11 Uhr 39.

Niemandem der potentiellen Ersteigerer ist daran gelegen, die Summe von-sich-aus in die Höhe zu treiben, daher fast über die gesamte Halbestunde jene befremdlich wirkende, märchenhafte Starre.

Nun, kurz vor dem Ende der festgesetzten Frist & wie auf 1 geheimes Signal, kehrt plötzlich Aktivität in die Ersteigerer-Parteien zurück.

Als gälte es, ein Versäumnis eiligst wettzumachen, fallen die Ereignisse jetzt Schlag-auf-Schlag:

Die 5) erhebt sich von ihrem Platz im Auditorium, schreitet in ihren zu engen, lackschwarz glänzenden Halbschuhn energisch & rasch vor den Tisch **der 1)**; übergibt ihr 1 Stapel Unterlagen. Daraufhin wird von **der 1)** das Gebot **der 5)** von 4,51 Millionen DEM laut verkündet. **Die 5)** wird zur Hinterlegung von 10 TDEM (dem Differenzbetrag zum Eröffnungsangebot) aufgefordert, was durch Überreichung eines Barschecks geschieht. Danach kehrt **die 5)** an ihren Platz im Auditorium zu ihren 3 Söhnen zurück.

8*)

Als während der Zeit des Deutschen Faschismus die-Transporte aus besetzten Gebieten in die Konzentrationslager beginnen, spricht 1 Gerücht sich herum, daß die-Deutschen *schöne & gepflegt erscheinende Frauen schätzten und sie somit nicht umbrächten.* Kurz vor Ankunft in den Lagern beißen viele jüngere Frauen die Lippen sich blutig, weil durch die Anschwellungen ihre Lippen voller wirken. Zudem röten sie mit dem eigenen Blut ihre Wangen, um den auf-der-Rampe wartenden Selek-Tierern zu gefallen..... Sofort nach Ankunft werden von-Draußen die Türen zu den Transportwaggons aufgerissen, unter Gebrüll & dem Schrillen der Trillerpfeifen befiehlt Man den Angekommnen aus den Wagen auf die-Rampe zu springen.– Einmal wird in=solch-1-Augenblick 1 Kind geboren. Eine Frau, ebenfalls in dem Waggon, nimmt das Kind an=sich & wickelt es in 1 Decke; sie will es der Mutter geben. Ein Aufseher tritt hinzu, entreißt ihr das Bündel. Der Aufseher versetzt dem-Bündel-mit-dem-Neugebornen einen Fußtritt – es fliegt einige Meter weit. Als man es der Frau zurückbringt, ist das Kind tot.

8)

Die Sichelschneide – 1 Hieb wie 1 Blitz, – trennt vom Kopf **der 5)** weitaus mehr, als den schwer in den Nacken herabgesunkenen fettigen Haarknoten, ab. Mit fleischigem Aufprall fällt der zu ihren Füßen aufs Linoleum im Gerichtssaal; doch zerfasert er nicht zu 1zelnen Strähnen, sondern bleibt, wie ein schwerer Auswuchs, als Ganzes bestehn. Am verjüngten Ende dieses Klumpens schimmern aus dem fettigen Schwarz einige Fetzen blutiger Kopfhaut heraus. Seltsam nackt erscheint jetzt die Frau, in den zerschlagenen Hinterschädel eingeschnitten blutrot u kreisförmig eine offene Wunde.

Vom Sichelhieb im schrägen Schnitt gekappt, die restlichen Haare gesträubt auf dem Kopf, erhält dieser in rosige Nacktheit gestoßene Schädel mit seinen Gesichtszügen aus klein=räuberischer hab=Gier & großem Geiz geprägt, den Insignien der Puffmutter, unverhofft etwas prekär Mönchisches.

Die kastrierte Frau wird bei dieser Zwangsversteigerung kein weiteres Angebot machen. Während der restlichen Zeit bleibt sie stumm & reglos zwischen ihren Söhnen am Platz im Auditorium.

9) 11 Uhr 42.
Obwohl die Frist von 30 Minuten zum Unterbreiten der Ersteigererangebote mittlerweile abgelaufen, erkennt **die 1)** den erwachenden Willen zur Steigerung bei allen Parteien; eine möglichst hohe Ersteigerersumme zu erzielen liegt im Interesse der Gerichtsinstanz; stillschweigend läßt **die 1)** gewähren & nimmt in diesem Augenblick das neue Gebot **des 3)** in Höhe von 4,7 Millionen DEM entgegen (die Sicherheiten wurden bereits mit seinem 1. Angebot offenbar ausreichend geleistet).

10*)

In Mocambique, zur Zeit des Befreiungskrieges gegen die-Portugiesen in den 1970er Jahren, haben portugiesische Söldner das Dorf Wiriyamu (?) besetzt, dessen Einwohner Man verdächtigt, mit den-Rebellen verbündet zu sein. Als die-Söldner ins Dorf einfallen, trifft Man dort nur Alte & Frauen. Der Befehlshaber entdeckt eine hochschwangere Frau. Er läßt sie zu sich bringen, fragt nach dem Geschlecht ihres Ungebornen. Als die Frau verstört entgegnet, daß sie dies ja noch nicht wissen könne, sagt der Befehlshaber, Man wolle nachsehen. Auf seinen Befehl hin schlitzen einige Soldaten der Frau den Bauch auf – sie reißen den Fötus heraus und setzen in die offene Bauchhöhle 1 Hahn.
Die umherstehenden Söldner lachen, doch sehen sie dem inzwischen begonnenen Sterben der Frau eher gelangweilt zu.

10)

Über der viereckigen Schädelform **des 3)** – an den Eckpunkten abgerundet, so daß zur Vollendung seiner Viereckigkeit einige Korrekturen nötig sind – darf durch diese noch auszuführenden Arbeiten die Kopfhaut keinesfalls beschädigt werden; die Kopfhaut gilt als die Fassade zum inneren Bau, sie wird vom Knochenfundament des Schädels zu exstirpieren sein.– Wegen des um die helle Tonsur nur spärlich noch vorhandenen Haupthaars ist mittels Skalpell, beginnend am Stirnbein oberhalb der Augenhöhle parallel zu den Brauen zunächst 1 Schnitt von ca. 15 cm Länge vorzunehmen, der den folgenden Eingriff unter die hier abgetrennte Kopfhaut sowie das Anheben derselben ermöglicht. Unterstützt von einem das gesamte Scheitelbein umlaufenden Skalpelleinschnitt wird mit der Hand die Kopfhaut ergriffen und langsam in Richtung Hinterkopf von Stirn- und Scheitelbein abgezogen. Aus der wie ein sich öffnendes Maul vergrößernden Wunde herausrinnendes Blut schraffiert Gesicht Schläfen und Wangen **des 3)**, und verfängt sich um Hals- und Schulterpartie in den Falten seines Jacketts.

11) 11 Uhr 45.

Mit seinem Angebot von 4,8 Millionen DEM greift erstmals **der 4.1)** in das Geschehen ein.– **Die 1)** indes hält den Mann nach Begutachten seiner vorgelegten Unterlagen noch am Tisch auf. Dem folgt 1 leis geführte Zwiesprache zwischen **der 1)** u: **dem 4.1)**; möglicherweise sind die in den Unterlagen angegebenen finanziellen Sicherheiten unklar od nicht ausreichend. **Der 4.1)** verzieht die Mundwinkel noch weiter in den Ausdruck saurer Verachtung, greift zum Mobiltelefon, und verläßt, das Telefon am Ohr & bereits sprechend, rasch den Saal.

12*)

Zeitgenössischen Berichten zufolge läßt der spanische Conquistador, Eroberer & späterer Statthalter von Peru, Francisco Pizarro, im Anschluß an Verhöre gefangengenommener Indios bei lebendigem Leib deren Kopfhaut abschneiden, diese voll glühender Kohlen füllen und den skalpierten Schädeln überstülpen.
Die Folter also dient weder der Suche nach Wahrheit (vom Ort verborgener Schätze od von Verrätern &c.) noch der Bekehrung zum kristlichen Glauben; die-Folter hat einzig den Zweck der Erniedrigung & der Vernichtung der zu *Untermenschen* degradierten Gefangenen.

12)

Als **der 4.1)** nach 1 Minute den Saal wieder betritt, ist sein Anblick folgender:
Mittels Skalpell wurde rings um das Gesicht **des 4.1)** der 1schnitt geführt; die Gesichtshaut wie ein Skalp abgezogen – in die gelöste Haut wurde die oben unter g) erwähnte Säure geträufelt, daraufhin diese Haut sogleich dem Gesichtsfleisch wieder angepreßt & jeweils in den Mundwinkeln soweit um den gesamten Schädel in beide Richtungen gezerrt, daß die Mundwinkel im Nacken zusammentreffen. Dort wurden mit 1 Stahlkrampe die Mundwinkel mit der abgetrennten Gesichtshaut verbunden & arretiert.

13) 11 Uhr 46.

Sofort nach Wiederkehr **des 4.1)** und dessen kurzer Rücksprache mit **der 1)** –:die daraufhin das Ersteigererangebot **des 4.1)** (als Vertreter der *Möwen Immobilien GmbH*) in Höhe von 4,8 Millionen DEM akzeptiert –, tritt **der 3)** an den Richtertisch & überbietet die Summe des **4.1)** um 200 TDEM auf das aktuelle Ersteigerergebot von 5 Millionen DEM –: Der offene Zweikampf zwischen den Parteien **3)** u: **4)** hat begonnen & spitzt sich im-folgenden zu. –

14*)

Die zur Zwangsarbeit im-Gulag Verurteilten steckt Man für den-Transport ins-Lager in Güterwaggons. Diese Transporte, u.a. nach Workuta in Sibirien, fahren zu allen Jahreszeiten. Im Winter herrschen in diesen Breiten nicht selten unter Vierzig Grad minus..... In den Waggons keine Heizung, kein Wasser, keine Latrine. Mitunter brechen Gefangene während des über Tage&wochen gehenden Transports aus den Waggonwänden 1 Stück Brett heraus; sie versuchen durch die Lücke in der Wand hindurchzupissen. Der Fahrtwind schlägt die Pisse in den Wagen zurück, im Winter gefriert sie sofort an der Innenwand des Waggons. Die Fieberkranken, die der Durst ausbrennt, lehnen den Kopf gegen diese Stelle der Bretterwand & lecken die gefrorene Pisse vom Holz. Oft friert ihre Gesichtshaut an der Wand fest. Wenn andere aus dem Wagen diese Männer zurückzerren (Durst hat schließlich jeder), reißt die angefrorne Haut vom Gesicht.

14)

Zwei Arbeitsmittel, die der Natur-Vollendung **des 3)** zur Viereckigkeit sich anbieten, sind dennoch zu verwerfen: Einmal der Vorschlaghammer zur Ausformung des Schädelknochens von **3)**, die aus seinem Entwurf geglittenen Rundungen zu tilgen; desweiteren die Kettensäge zum selben Zweck.
Schläge mittels Vorschlaghammer ließen den Schädelknochen zersplittern; die Kettensäge reißt eher als daß sie schneidet.
Zum Zweck der kantengenauen 1fügung & Integration dieses Schädels in einen allfälligen Bau – (das kann der metaforische Bau der Soziabilität als eine Wert-Orientierung innerhalb »der Viereckigkeit aktueller Verhältnisse dieser Stadt« hinsichtlich bezahlbaren Wohnraums heißen) – sind exakte, dh. glatte Schnittflächen, vonnöten.
Somit erscheint hierzu die Benutzung 1 chirurgischen Flexers zur Schädelknochensäge als das geeignetste Instrument, die nötigen Schnitte auszuführen.

15) 11 Uhr 47.
Mit Hinweis auf die eigentlich bereits abgelaufene Ersteigerungszeit bringt **die 1)** den 3. Vertreter der *Möwen Immobilien GmbH* – jenen per Mobilfunk, wahrscheinlich aus einem vor dem Gerichtsgebäude wartenden Auto, herbeigeholten **4.3)** – dazu, nun seinerseits als Ersteigerer aufzutreten. Sein im sportlich hageren Gesicht fixiertes, die unnatürlich weißen Zahnreihen entblößendes Grinsen sowie die kleinen metallisch=harten Punktaugen dem Auditorium zuwendend (er ahnt Dort die Mieter jenes zu ersteigernden Objekts, das er zu erwerben sich anschickt & weiß zudem über die einschüchternde Wirkung seines Auftretens), kehrt **der 4.3)** dem Tisch mit **der 1)** sich zu, & bietet die Summe von 5,1 Millionen DEM.

16*)

Während des Algerien-Kriegs wenden französische Besatzer bei ihren Gefangenen u.a. eine Verhörmethode an, die sie *Klavierspielen* nennen: Der nackte, gefesselte Gefangene wird auf die Saiten eines offenen Flügels gelegt – dann setzt Man die Metallsaiten unter Strom – die Zuckungen des Gefangnen entlocken dem Flügel dissonantes Getön. Am Nachmittag eines 14. Juli, dem französischen Nationalfeiertag, greifen sich inzwischen betrunkene Soldaten, die auf 1 Wache zum-Dienst haben bleiben müssen, aus der Arrestzelle 1 gefangenen Araber. Seine Verhöre sind vorüber, der Gefangene soll anderntags erschossen werden. Aber die Soldaten, die in der Wache haben bleiben müssen, langweilen sich, es gelüstet sie nach Unterhaltung. Sie befehlen dem Gefangenen, sich auszuziehen, schleifen ihn dann zum *Klavierspielen* ins Nebenzimmer. Damit seine Schreie niemand hören kann – es ist Nationalfeiertag –, schieben die Soldaten dem Gefolterten ein Kantholz in den Mund. Unter den Stromstößen zuckend bricht der Gefangene am Holzstück sich die Zähne aus.

16)

An das zum fixierten Grinsen unablässig entblößte Gebiß im Mund von **4.3)** wird sogleich eine Metallschere angesetzt, um diese an Weißblech erinnernden, im natur=organischen Verbund also unnatürlich erscheinenden Zahnreihen, gleich unter- bzw. oberhalb des Zahnfleischansatzes, herauszuschneiden. Darauf die beiden im spitzen Winkel aufwärts strebenden, Selbst=fixierten Lippen mit dem bereits mehrfach verwendeten Skalpell zu den Ohren hin und darüber hinaus weiterschneiden, bis schließlich das Gesicht **des 4.3)** in zwei Teile – Oben u: Unten – aufklaffend zerfällt.
Die von der-Natur zur weiteren Bearbeitung als Körnungen angelegten Pupillen in diesen starr blickenden Augen mit der Farbe von Eisengrau sind jeweils mit 1, in geeignete Handbohrmaschine eingespannten Spiralbohrer vom Durchmesser 20 mm für zwei zusätzliche Schädelöffnungen (bei 500 U/min) aufzubohren.

17) Noch in derselben Minute – 47 nach 11 – als direkte Reaktion auf das Angebot **des 4.3)** reagiert seinerseits **der 3)** mit einem Angebot von 5,2 Millionen DEM.–

Diese Ersteigerersumme soll als die endgültige sich erweisen; weitere Angebote bleiben aus. Zwar läßt **die 1)** noch 3 Minuten verstreichen, fragt in-die-Runde nach neuen Angeboten (Schweigen von der Bank der *Möwen Immobilien GmbH*).

Um **11 Uhr 50** erhält **der 3)** als autorisierter Vertreter der *Reinhardt Hold Kormoran Immobilien- & Verwert GmbH* mit seinem letzten Gebot in Höhe von 5,2 Millionen DEM den Zuschlag für das zwangsversteigerte Objekt.

18*)

Einer mongolischen Foltermethode aus Zeiten des Tschingis Khan zufolge werden gefangengenommene Feinde folgendermaßen unterzogen: Der Schädel des Gefangenen wird rasiert, so daß nur kurzes Stoppelhaar übrigbleibt. Daraufhin stülpt man diesem Schädel eine Haube aus ungegerbter, nasser Kamelhaut straff wie 1 zweite Kopfhaut über & befestigt diese mittels Lederriemen am Schädel. Daraufhin gräbt man den Gefangenen bis zum Halsansatz in die Erde ein und setzt ihn Übertagehinweg der Sonnenglut aus. Rasch verdorrt die Kamelhaut über dem kahlrasierten Schädel & preßt ihn wie unter immer fester sich schließender Faust zusammen. Inzwischen beginnt das Haar auf dem Kopf des Gefangenen wieder zu wachsen –, die gedörrte Kamelhaut erweist sich als undurchlässig für das wachsende Haar. So bohren wie unzählige Nadeln die Haarstoppeln sich nach innen, in den Schädel des Gefangenen hin-1. – Dieser Foltermethode bedient Man sich noch Heute, insbesondere *War Lords* im Vorderen Orient.

18)

Die vom Schädel **des 3)** bereits vollständig exstirpierte Kopfhaut wird dem nunmehr mittels Flexerscheibe zur endgültigen Viereckigkeit vollendeten Haupt **des 3)** erneut übergestreift.
Infolge der würfelförmigen Schädelgestalt macht sich die neuerliche Befestigung der Kopfhaut durch zunächst entsprechend straff gezogene Umfaltungen an den 4 Schädelkanten sowie allgemein deren Arretierung durch Stahlnägel – wie oben unter Punkt i) aufgeführt – am Schädelknochen erforderlich.
In Abständen von jeweils 1 cm, beginnend am Hinterhauptbein und fortführend in 1 gedachten, durchgängigen Linie rings um den Schädel in Höhe des Schläfen- bzw. Keilbeins sowie an den Jochbeinen entlang, sind die gewöhnlichen Drahtstiftnägel mit rundem Schaft & flachem Kopf in den Schädelknochen des **3)** zu mallieren.

Vor dem Gerichtsgebäude parkend eine dunkelblaue Rolls Royce-Limousine. **4.1), 4.2), 4.3)** – Vertreter der *Möwen Immobilien GmbH* – verlassen soeben das Gerichtsgebäude & steigen in den Rolls Royce; sie fahren beinahe geräuschlos davon, gewiß zum nächsten Geschäftstermin.

Vor den Stufen zum Gericht, in kleiner Gruppe, schauen 1ige Mieter des soeben versteigerten Objekts dieser Abfahrt mit einem Gemisch aus Ekel u Spott hinterher (denn schließlich ist auch die Hochglanz-Limousine eines Rolls Royce nichts anderes als die Kuhhaut, auf der Man in-Früherer-Zeit Delinquenten durch die Straßen der Stadt zum Richtplatz schleifte), und, das Gespräch findend, wenden die Leute sich daraufhin ein-ander zu.

Ich bleibe stumm, höre den Stimmen nicht mehr zu. ?Wie sollte ich ihnen erklären, was ich weiß: Der Racheplan von Sophias ehe-Mann ist eingeleitet; sein Stellvertreter hat, auftragsgemäß, das Grundstück ersteigert. Den Rest..... wird Er schon bald folgen lassen : Eigenbedarf anmelden auf meine Wohnung = meine Höhle = mein Versteck & Räumungsbescheid – dem wird binnen weniger Monate Folge zu leisten sein. Auch !diese Natur strebt ihrer VOLLENDUNG..... zu.

Sommerlich warm die letzte Vormittagsstunde an diesem lichtvollen Tag, ein Tag im 5. Monat des Jahrs. Sein Name – als würden in diesem Moment aus dem schattig kühlen Gerichtsgebäude durch das offenstehende Portal sämtliche in-Zeiten verlorenen Stimmen zusammenströmen, zugespitzt und herausgeschleudert den sonnigen Tag u die Wärme durchschlagend – ein heller SCHREI.

Das Fleisch

Sommer 2001

Menschen kommen, ich gehe fort.

Dieselben Wege durch denselben Wald – von Spinnfäden durchwoben – in der Krummendammer Heide bei Friedrichshagen. Wege durch laubgrüne Tunnel: unter Bäumen entlang über Schattensprenkeln als seien sie aus dunklen, sanften Träumen – in deren Schweigen liegt alles Murmeln u Lachen auf-dem-Sprung. Aber das Gelächter der Wälder ist voller Ernst, voll tierhafter Melankolie, die Ohnesprache ist und darüber immer noch einmal verstummt; jedes Rauschen-im-Laub ist von dieser Sprachlosigkeit. Unter einem der Baumtunnel, ein Stück des Weges, lastet stumpf brühiger Schweißgeruch von Pferden –; ihre Hufe stanzten kleine Krater in den Sand. Und weiter durch grüne erhitzte Luft. Mit 1 Stecken in Händen schlage ich während des Ausschreitens die Spinnnweben, vor denen mich ekelt, aus dem Weg; im dichtbewachsenen Wald sinds viele, & wer mich sieht, der könnte meinen, ein waldgängerischer Prosodiker haut sich aus grünheißer Luft das Maß zu seinen Versen raus. Und weiter voran –, und hinaus in baumfreies, sandiges Gelände auf gräserüberwuchertes Brachland, darin zu laubigen Kugeln geballtes Buschwerk. Aus den weit hingestreckten Wiesen aufglühend die Funkengestöber schrillheller, dünngefeilter Vogelstimmen – über den Gräsern wogend & schwankend flirrendes Heuschreckengezirpe u des ausgeblühten Greiskrauts teigige Bittergelbaromen. Klein der See u beinahe rund, von Schilfrohr umstanden, Wildenten, helle Tropfenschauer versprühend, schnellen kreischend aus dem stockenden Wasser hoch –, u Himmelweiß das Gewölke Glashitze Brennspiegel aus Tagesglut, die Lüfte voll mit leimigen Kiefernharzgerüchen, zerkocht von staubsatter Sonnenlohe. Selbst Flugsand scheint bereits hitzeschwer zu träge, um noch in Wolken aufzustieben. Am gegenüberliegenden Waldsaum, u klein wie Spielzeuge, ziehen 3 braune Pferde mit Reitern strebsam & still, wie von unsichtbaren Schnüren gezogen, ihres Wegs, und verschwinden alsbald hinter grünschwarzer Wand aus Kiefern. Mücken&bremsenschwirr; !Stiche; !Stiche – in rotgeschwitzte Haut; Eisenluft zu viereckigen Blöcken von brutheißen Bön ruckweis gegeneinander geschoben, vom Berliner

Stadtforst herüber das Gluthimmelweiß inzwischen versengt zu bräunlichem Schleier –:?Donnergrollen bereits, ?nahendes –; nein: Düsenrumor – Flugzeuge, den Himmelshall durchrollend –; eineganze Landschaft sperrt den Mund auf in Atemnot : !Baldwetter –.

Soeben 1. Regenpunkte ... aposiopetisch=keusch in ockermehligen Erdmulm gesetzt. Das Funkengestöber aus Vogelstimmen, erloschen, das Heuschreckenzirpen, erstickt. Die Stunde verharrt am Sommerrand zu Gewitter&wolken im unsichtbaren Herbst.

Sophias Geburtstag, ein Tag im September, noch hell damals die Himmel, u: stand unter keinem guten Zeichen.

Wiederholt in der letzten Zeit waren Briefe von Sophias Mutter eingetroffen. Darin machte die Mutter ihrer Tochter heftigste Vorwürfe über, wie sie das nannte, *den drohenden Verfall ihrer Ehe*..... Und obwohl Sophia sich redlich Mühe gab, in Diesemjahr ihren Geburts-Tag unbemerkt vorübergehn zu lassen, bedeutete der neueste Brief ihrer Mutter (Sophia hatte aufgehört, auf die-immer-gleichen Vorhaltung zu antworten) kurzerhand die Selbsteinladung anläßlich Dieses Tags.

Nun gabs für Sophia kein Ausweichen mehr; sie schaute voll böser Ahnungen Diesemtag entgegen. Zudem kannte sie ihre Mutter darin, daß sie eine !Solche Gelegenheit nicht ungenutzt würde verstreichen lassen, ohne eine ihrer seit Sophias Kindheit-her gefürchteten Aus-Sprachen gegen die Tochter zu führen.–

Sophias Mutter ward mir geschildert als 1 Frau voller Zwistbegierde, im Namen eines seinerzeit ein=für=Allemal wegen !ihr, der Tochter, geleisteten Leben's Verzichts..... : Ein Schlag, Dunkelheit, und schon ist 1 Leben zuende. Und ?das sollte Alles gewesen sein. Bis da=hin (mochte die hagere Frau, wie 1 Familienfoto sie zeigte, sich sagen) wollen Wir noch ein Bißchen=Streit, Blitzlicht & Donnerschlag, damit wenigstens das Vergessen an Uns schwerfallen sollte.

Für den Ort dieser geburtstägigen Zusammenkunft mußte natürlich Die Villa in Dahlem herhalten. Sophias Ehemann war schlau & feige genug, an Diesemtag Dort !nicht anwesend zu sein. Er wußte, !welch Eindruck Seine noble Behausung samt Grundstück gerade auf Sophias Mutter machen würde (der Wort-Führerin in diesem abgekarteten Zwist; die überdies infolge der Firmenpleite ihres Mannes *den gesellschaftlichen Abstieg* !niemals verwinden konnte). Auch sollte die Abwesenheit des Ehemanns am Geburtstag seiner Frau genügend Hinweis geben auf *Die Zerrüttung seiner Ehe durch die All-1=Schuld dieser Gattin*.....

Sophia wollte mich bei Dieser Begegnung, dem Familien-Schlachtfest mit Wortsalat der Saison (wie sie die Begegnung mit ihrer Mutter zu ironisieren suchte), !keinesfalls dabeihaben; allein wollte sie Das, wie in Allenjahren davor, so auch dieses Mal durchstehn –.– Doch weil das gezinkte Spiel ihres Ehemanns mit Sophias Mutter offen auf der Hand lag, mochte ich Sophia unterstützen. –Du sollst !nicht all-1 in dieser Farce bleiben. – Sagte ich=tapfer noch am Vorabend zu ihr & setzte hinzu: –Wo Das Problem doch auch wegen !mir besteht. – Sophia schaute mich daraufhin mit merkwürdigem Blick von der Seite an; sie schwieg, hatte sich offenbar in alles Kommende gefügt.

Jener Streitsucht aus gut=bürgerlichem Gewissen, verkörpert in ihrer Frau=Mutter, in-die-Parade zu fahren, um Sophia damit eine Chance zu geben, erschien ich erst gegen Abend bei ihr, schwer umrauscht von Düften aus einem Blumenbukett in Händen, wie 1 verspätet eintreffender Gast zur Geburtstagsfeier. Sophia an der Wohnungstür: ihre Augen blieben stumm wie ihr Mund; so ließ sie mich ein. / Scharf die Luft im Salon mit den englischen Clubmöbeln, feindlich das abrupte Schweigen, das bei meinem Eintritt mir entgegenfiel.

Anwesend nur Sophias Eltern u: sie, gezwungenermaßen, selbst. Verloren & deplaciert das Kaffeegeschirr, über die Tafel verteilt, hilflos um Vertraulichkeiten bemüht das schon flaue Kaffeearoma. Meinen mitgebrachten Blumenstrauß schob Sophia in die Blick-Feuer-Linie ihrer Mutter wie ein Tarngebüsch, während in ihrem Gesicht, rot umschattet, ein großer Schmerz geschrieben stand. Die hagere Frau am Tisch, Sophias Mutter, wechselte folglich die Blickrichtung – auf mich : Ich hatte mit meinem Erscheinen offenbar tatsächlich genau !den Zeitpunkt erwischt, um Die Große Attacke der Mutter gegen die Tochter aus der Spur zu bringen.

Die Frau erwiderte meinen Gruß nicht. Als müßte sie das Preisschild an 1 Ware in Augenschein nehmen, um schließlich deren mindere Qualität & den Wucher festzustellen, taxierten mich die Blicke dieser straffen Alten, Blicke wie Eisenstäbe, dünn & spitz geschmiedet. Doch bald schon legte sich etwas wie bloß stumpfe Verärgerung in ihre Miene, ähnlich man 1 Insekt als lästig empfindet, das über einer prunkvollen Festtafel umherschwirrt. !Nimmer&!niemals würde Diese Frau Sophias u meine Liebe zueinander akzeptieren.–

Völlig anders auf mein Erscheinen die Reaktion bei Sophias Vater, einem hochwüchsigen, doch beleibten vornehmen Alten, der, wie gewiß seit-Langem häufig & so auch hier, über-die-Zeit schweigend neben seiner Frau zubrachte. Denn (mochte er denken) Alles ist in-der-Zeit, und Zeit vergeht, also wird auch Das=hier&heut vorübergehn. !Was blieb ihm, der Alles, und zuerst das Ansehen bei der ehe-Frau, vor-Jahren und für=immer ein-gebüßt hatte, ?anderes übrig als Schweigen. Wer schweigt verliert zwar, doch zuletzt erst seine Würde.– Nun, bei meinem Eintritt in den geräumigen Salon voll scharfer Luft, lebte der alte Herr sichtlich auf. Lächelnd brachte er sein Gesicht sofort in die Nähe meines aufgefächerten Blumenstraußes, lobte die Farben & den Duft –, als hätt er seit-Langem !endlich 1 Gelegenheit, von seinem Gemüt den Dreiteiler abzulegen.

Möglicherweise aber war ich doch zu spät hier eingetroffen (Sophias Gesicht flammrot, verbrannt von Nesselworten.....), u: Anklagen Beschimpfungen Er-Mahnungen Sticheleien Vorhaltungen Zurredestelln –, kurzum, das gesamte Alfabet zur Versäuerung des Lebens – immer dieselben Akte zur Opera Sau-vage: & auch Die immer dieselbe & ebenso=immer nutzlos, einzig aufs-Alte=neu und je älter man geworden desto tiefer verletzend : !O wie ich !das !kannte aus 12jahren=Ehe; jedem seine Elisabeth.– Dies also war vermutlich bereits über die Bühne gegangen, einzig die Schlußarie stand noch bevor; & Die hatte ich durch mein Hereinplatzen in ihrer gedachten Form noch verhindern können : Das Große Orkester voll moralischer Hohlnieten, um damit – *martellato furioso* – alles bürgerliche Blech zu-Recht zu hämmern.....

Sophias Mutter, im Sessel sich auf-Recht setzend, schien von dieser Wendung indes nur mäßig beeindruckt. Sie hatte schließlich noch Ihren Trumpf in der Tasche. Diese, eine altertümliche Damenhandtasche aus bestickter Seide mit 1 Schnappverschluß, legte die Frau jetzt auf ihren mageren Schoß, knippste das Schloß auf & brachte eine als Geschenk verpackte Schachtel zum Vorschein.

–Nun!denn. – Sagte die Frau. Mit ausgestrecktem Arm, ohne 1 weiteres Wort, reichte sie der Tochter das Präsent entgegen.

Sophia indes saß zu weit entfernt von ihrer Mutter; sie mußte, um das Päckchen entgegenzunehmen, aufstehen, um die Tafel durch den halben Salon herum, und zu ihrer Mutter hinübergehen. Dort angekommen, mußte Sophia desweiteren zu der dürren, reglosen Frau, die ihr Präsent der Tochter noch immer am ausgestreckten Arm, jedoch in etwas anderer Richtung, als Sophia vor sie hintrat, entgegenhielt, schließlich zu ihrer Mutter, als wolle ein Diener für ein Geschenk untertänigst bei der-Herrschaft seinen Dank entrichten, sich herabbeugen, um endlich die Gabe in Empfang zu nehmen. – All Das geschah Ohneworte.

Erst als die Schleife aufgezogen & das Einschlagpapier in der Stille überlaut raschelnd & knisternd von der Schachtel entfernt waren, der Deckel geöffnet und Sophia hineingeschaut hatte, da entrang sich ihr – nach 1 Moment Fassungslosigkeit – der Ausruf: –!Was – ist ?!das. – Sophia hielt die geöffnete Schachtel mit ausgestreckten Armen von sich fort, als enthielte sie eine giftige Schlange, die jeden Moment herausschnellen könnte.

–Schmuck. – Erklärte ihre Mutter sachlich. –Tombak. Eine Hals-Kette aus !billigstem=!falschem Schmuck vom Wochenmarkt. Ja, billig & falsch : So wie sich Das für dich & diesen Anlaß gehört. –

Die Frau hatte noch nicht zuende gesprochen, als Sophia aufschreiend Schachtel & Halskette ihrer Mutter vor die Füße warf, und weinend aus dem Zimmer stürzte. Sofort sprang ihr Vater, der mit vor Empörung großen wässerigen Augen die Szene verfolgt hatte (offenbar war er über diesen Streich seiner Frau nicht im-Bild gewesen), aus dem Sessel & seiner Lethargie hoch und rannte seinerseits, erstaunlich schnell, der Tochter nach-Draußen hinterher. Auf dem Teppich, zu Füßen von Sophias Mutter, die Schmuckkette –, zerrissen das Band, zu vier Häufchen verstreut die davor aufgefädelten Talmistücke.

–!Halt. !Sie bleiben !hier.

Die hagere Frau rief mich aus ihrem Sessel=heraus an, & verhinderte so, daß auch ich Sophia nach-Draußen folgte. Sogleich, als die Frau sah, daß ich stehnblieb, korrigierte sie ihren Wachtmeisterton: –Bleiben Sie, bitte, hier. Und !setzen Sie sich endlich nieder; Sie stehen vor mir wie 1 Dienst-Mann, der aufs Trinkgeld wartet. Ich denke, !ein Tränenwischer für 1 Erwaxene ist mehr als genug. – Sie machte 1 unbestimmte Bewegung zu dem Sessel, aus dem ihr Mann aufgesprungen war. Mit der Schuhspitze schob sie noch die hingeworfene Schmuckkette, die tatsächlich wie eine Schlange gewunden auf dem Teppich lag, 1 Stückweit von sich fort. Auf 1 dunkelbraune Lederschnur waren, in Kupfer- & Zinkdrähte gefaßte, Stein- Perlen- & Korallenimitate aufgefädelt gewesen, durchsetzt mit Nachbildungen von Hörnchenmuscheln, die wie kleine Pimmel aussahen, & alldas so bunt & gift=falsch, daß es wirkte wie Zuckerzeug –:solcherlei Blödheiten galten im Andenkenmarkt wohl als *ironisch*. Sophias Mutter widmete dem Keineblicke mehr.

–Außerdem. – (Die Frau setzte sich nun kerzengerad im Sessel auf &

sah mich an:) –Wenn Sie schon einmal hergekommen sind zu dieser Feier auf nem sinkenden Schiff, habe ich mit Ihnen zu reden. Jungermann.

Letzteres schickte sie hinterdrein als den kürzesten Bösenwitz. Magerkeit & Dürre dieser Frau erschienen mir jetzt so überdeutlich, weil sie, 1gehüllt in glänzend=weiße, altseidene Bluse mit kleinen, erbsförmigen Perlmuttknöpfen & in taubengraues Kostüm, in dem geräumigen Clubsessel aufrecht sitzend, knarrzig knorr wie 1 Holzscheit, die dünnen Arme auf den wulstigen Lehnen, den Zeigefinger der Rechten mit dem Granatring, der wie eine Kokarde aufblitzte, zu mir ausstreckend, um auf mich mit Worten einzureden, die Widerrede weder dulden noch erwarten – :Die weibliche Inkarnation des Alten Fritz. (Seltsam, ich mochte über diesen 1fall nicht mal insgeheim lachen.)

–Weil Sie nun der 1zige Gast an Diesemtag sind, ich nehme doch an, Sie kamen nicht ?!uneingeladen – (die Alte Fritzin stocherte nochmals unverhohlen mit spittsigen Blicken an mir herum & bis runter zu den Schuhen, als könnte mein Äußeres Aufschluß geben über meine Manieren) –müssen Sie also 1 Freund Deshauses sein. – Fuhr die Alte fort. –?Wie, sagten Sie, ist Ihr Name.

Ich nannte ihn noch einmal.

–Komisch, daß weder mein Schwiegersohn, noch meine Tochter diesen Namen jemals erwähnt haben. Aber Freund = Freund. Und so bin ich Ihnen wohl 1 Erklärung schuldig über diesen Auftritt. – Die Frau stieß noch 1mal mit der Schuhspitze nach dem falschen Schmuck. –Solange, bis meine Frautochter sich ausgeflennt haben & von ihrem Vater getröstet werden wird, für Solange müssen Sie nun mich & meine Erklärung aushalten. !Setzen Sie sich, Herrgottnochmal, Sie stehn ja nochimmer vor mir wie das Leibhaftige Gewissen. – Und wies mich auf 1 Stuhl, ihr gegenüber. Ich tat ihr den Gefallen, setzte mich, hörte zu.

Sophias Mutter kam unumwunden zur-Sache. –Meine Tochter ist rossig. Ein wenig nymfoman – ein wenig Viel, wenn Sie mich fragen. Zwischen den Schenkeln ein Schrei. – Sie sah mich an, prüfte die Wirkung ihrer Worte. – Sie hatte von mir 1 Reaktion erwartet; ich aber blieb regungslos. –Es gibt an den Wänden Gewisser=Orte noch andere Wörter=dafür. – Die Frau schien entschlossen mich zu *in-formieren*; sie redete ohne Vorbehalt. –Die Fraudoktor meint, sie habe aus ihrer Jugendzeit, od was sie dafür hält, Einiges in-dieser-Beziehung nachzuholen. Sie verzeihen mir Das direkte Wort. – Sie musterte mich nochmals.

–Halten Sie mich nicht für prüde; von mir aus könnte sie Männer=haben, soviel sie vertragen will. Obwohl sie eigentlich in-zwischen aus diesem Alter rausgewachsen sein müßte. – Die Frau räusperte kurz. –Vor einiger Zeit aller-Dings ist jemand aufgekreuzt, und Dem wirft sich meine Frautochter=!schamlos wiene Dienstmagd an den Hals.

(Ich spürte mich erröten; unmißverständlich redete Sophias Mutter jetzt von !mir; doch welche Bosheit ließ sie soviel an Umweg reden –)

–Und meine-liebe-Frautochter ist offen=bar Willens, dafür Alles zu opfern, zuallererst ihre Ehe. Und !das !dulde !ich !nicht. – Die alte Frau hieb mit ihrer dürren Faust auf die Armlehne, (ich zuckte unwillkürlich zusammen; immer unbehaglicher in meiner Haut).

–Mein schwieger-Sohn, der Immobilienmakler, ist ein anständiger Mensch, außerhalb seines Geschäfts. Im-Geschäft ist nur anständig, wer !Erfolg damit hat. Wer Bankrott macht so, wie mein sel-, wie mein seriöser=Herrgemahl – : mich & sich, Unsere Firma & Unseren Gutennamen zu !vernichten: ist !das vielleicht ?!anständig. – Undsoweiter. Geschwätz & Schwafeln, tuck tuck tuck der alte Jammer-Motor ratterte; nur noch widerwillig hörte ich der Alten zu. – –Und zu !was hat ihn sein Anstand schließlich ?gebracht: – (sie wies nochmals mit kurzer, verachtunsgvoller Geste zur Tür, durch die ihr Mann seiner Tochter nachgerannt war) –Seiner flennenden Tochter, einer Bald-40-Jährigen, mit Babysprache den Rotz ausm Gesicht zu trösten. Ich !verabscheue Tränen – (die Alte echauffierte sich) –Tränen & Schmerz offen herzuzeigen ist so unverschämt wie Erpressung. Und heulende Erwaxene !verachte ich umso mehr. –

Aber sie fing sich wieder. –Kurzum – (sagte sie) –meine leicht=sinnige Tochter risikiert ihre Ehe, und Das wird !nicht geschehen; solange wie ich lebe !nicht. – Allmählich wartete ich darauf, daß die Alte damit herausrücken möge, was sie eigentlich von mir wollte. Mich erst ?zappeln lassen, um mich dann zwischen ihren staubbittren Wortkrallen zu ?zerdrücken. Denn ?wem sonst als !mir konnten ihre Anspielungen gelten. –

Sie schien Ähnliches zu empfinden, wollte aber nicht nochmals abrutschen ins Geschwätz. Sie besann sich. –?Weshalb ich ausgerechnet !Ihnen das=Alles erzähle. – Und schaute mich mit Schildkrötenblicken an. –Weil Sie offenbar 1 Nurfreund meiner Tochter sind, u: nicht 1 ihrer zahlreichen Aff-Fären. Jedenfalls sehen Sie mir nicht Danach aus, u Sie benehmen sich auch nicht wie 1 ihrer Laffer. Dadurch dürften Sie Ihren Verstand behalten haben, den ich allerdings ungeprüft voraussetze. – Diesen kleinen Bosheitshaken mochte die Alte zur Wahrung des Abstands zwischen uns gebrauchen; – ich hörte das nur beiläufig, in meinem Kopf ein lautes Dröhnen –.

Ungerührt redete die Alte weiter: –Kurz gesagt: Dermann, für den meine Frautochter ihre Ehe & Alles riskiert: ist 1 ehemaliger Kommilitone, 1 Italiener. ?!Was starren Sie mich so entgeistert an: Von mir aus könnte er ein Marsmensch sein; mir ists egal, woher er kommt. !Nicht egal aber ist mir, was er anrichtet in Meinerfamilie. – Sophias Mutter schwieg jetzt; sie hatte ihr Recht gesetzt.

– *Sophia u ein Italiener* – !Getroffen. Erneut floß Kälte an mir in dünnen Bächen hinab, ich spürte meine Oberlippe zittern –, in den Blick trat etwas Milchiges, die Gegenstände im Raum verschwammen –.

Währenddessen hatte die Alte wieder mit Reden begonnen, ich hörte diese rostige Stimme wie das Gekrakse 1 Elster, aber ich wollte Das nicht mehr hören – Nichts als Geschwätz, Sülze, was für ödes Getuckere 1 verbitterten Zucht-Maschine.....

– *Sophia –.– Nachts die Stunden Ohneschlaf – die Blicke aus meinem Fenster in deine Himmel's Richtung. Bis ichs in der Wohnung = in der Höhle = im Versteck nicht mehr aushalte – Sophia – und hinaus muß Nacht=für=Nacht – Laufen Laufen – bis hierher vor Dieses=Haus, das immer dunkel bleibt für mich & riesig, aber doch weiß ich: Du – bist hinter all dem Stein, der dich gefangenhält wie ein Sarkofag; – weiß ich !dich=lebendig atmend, und würdest du erwachen und herausschauen in die Nacht = zu mir und mich erkennen : Du würdest herauskommen, bei=mir=sein in dieser Nacht, in Jedernacht. Bis.*
– Ein Italiener. – Und ?ich: Sehe nicht aus wie 1 deiner Aff-Fären, hat die Alte festgestellt. Für dich bin ich : !nicht=ich.

–Und wenn Sie ein wirklicher !Freund meiner Tochter sind – (tuck tuck tuck, hörte ich immernoch die alte eiserne Stimme aus dem Ledersessel heraus; doch hörbar gings mit ihrer Ansprache dem Höhepunkt entgegen:) – –dann !bringen !Sie meine Tochter wieder zurVernunft. Vielleicht erreichen Sie = 1 Außenstehender mehr, als es die eigene Mutter vermag. Das ist Es, worum ich Altefrau Sie bitte.

–:!Darauf läuft immer=Alles hinaus: Die-Vernunft als schnurriger Tautologie-Motor: Weil Das=was=ist gut=ist & gut=ist=Es weil Es=ist, also muß Das=was=ist bleiben Was=Es=ist.....: Gut. – Aber ich konnte nicht höher hinauf in meinem Zorn, die Tür zum Salon ging auf.

Und Sophia kam zurück, gefolgt von ihrem Vater. Wangen u Augen zwar noch gerötet, hatte sie dennoch ihre Fassung zurück. Vielleicht hatte sie an der Tür gelauscht & absichtlich mit der Rückkehr gewartet, bis ihre Mutter mit Erzählen fertig wäre. Theater für die ganze Familje, und Sophia hatte sich Dadurch ein-Geständnis mir gegenüber erspart. ?Od: wäre ich ihr nicht einmal Das für Wert gewesen.....

–!So: Hast du ihm nun die-Ganze-Welt erklärt, !Mutter. – Schallte Sophias Stimme von der Tür herüber. Energisch durchmaß sie den Raum, die Luft schlug rauschend Wirbel hinter ihrer Gestalt.

–Nicht grad die Ganze, – versetzte die hagere Frau im Sessel, –nur etwas vom Ursprung der Welt, frei nach Courbet. – Und konnte noch ganz prächtig Feuer speien, der alte Drachen.

Mittlerweile hatte ich mich wieder im Zaum, jedenfalls das Dröhnen war aus meinem Kopf verschwunden, der milchige Blick wieder klar. Ich überlegte kühl & hatte begriffen: Die Alte wollte mich für ihre Pläne kapern, doch Bittstellerin war sie keine.

Ich schielte zu ihr hinüber. Und sah 1 Frau, die aus allen Lebens-Fällen in ihrem Wesen zwar reduziert, doch mit dem Rest gehärtet hervorgegangen war; vom-Schicksal dünn gefeilt wie ihre Blicke, mit denen sie auf andere 1stach..... Jene Härte, deren End-Gültigkeit gewissermaßen übernacht sich einstellt, und im Anderntag tritt solcher Typ Frau mit den Gebaren einer Guts=Herrin auf. Unerbittlich aber nicht einsichtslos; beständig; geizig, insbesondere zu sich=selbst; keinerlei Neigung zum Überschwang, zudem wie mit Echsenblut gefeit gegen jeglichen Kitsch. Dafür, ohne vulgär zu sein, besitzt Dieser Herrinnen-Typ eine=gewisse Neigung für männliche Zoten; stets zwar auf Standesunterschiede bedacht, kann sie dessen ungeachtet nach Junker-Allüren auch mit dem Stallburschen rüde Witze reißen. Gerüche nach Leder, Pferdeschweiß & Pfeifentabak –:Die Aura um diesen Typ Guts=Herrin. Und hätte diese Frau, die in der Zeit ihres Lebens stets sich selbst retten mußte, diese hagere Frau Norddeutschland, um ihre Tochter zu karakterisieren, nicht jenen Stallburschen-Begriff *rossig* gebraucht – nie wäre mir eingefallen, diese in taubengraues Kostüm & altseidene Bluse gekleidete Dame mit Pferden, Feldbau & Ausreiten in Verbindung zu bringen; hätte ihr niemals weder blankpolierte, röhrendünne Lederstiefel, Breeches noch Reitpeitsche angedichtet, – sondern ich hätte in Sophias Mutter lediglich 1 altgewordene Frau gesehen, die ein Mal zu früh auf Zugroßes, wie ihr scheinen mochte, für=immer hatte verzichten..... müssen. Danach konnte sie sich selber nicht mehr als Etwas Besonderes ansehen; sie war 1 Ehefrau wie Tausende, und mit-zunehmenden-Jahren log auch der Spiegel, in dem sie sich betrachten mochte, zunehmend schlechter: das Haar ergraute, der Glanz ihrer Augen wurde stumpf, über ihre Gesichtszüge legten sich erst der Mehltau, späterhin die Verschleifungen aus dem Älterundälterwerden. Sicher hatte sie Früher Tränen; als die Quelle ausgetrocknet war wie die Flüsse auf dem Mars, wurde die Frau in ihren Gebärden rüde & kriegerisch, die Sprache geriet ihr zynisch.– Gewiß hatte auch der Mann unter dieser Verwandlung seiner Frau gelitten, und bestimmt wünschte er ihr mitunter, genau wie sie ihm, den Tod. Zwei Leichen, unbegraben lebten sie hinfort –, u: jeder mit seinem verbogenen Leben dem anderen im Weg. Zwar hatte sie Einmal sich gefügt, niemals aber sich unterworfen diesem Mann, einst reich=&=erpresserisch – Heute bankrott=u=zahm. –

Auch zu ihm schaute ich jetzt hinüber: sah einen mit wuchtigen Leibesmaßen dennoch hochwüchsigen Mann (:sein wohl beständigstes Erbe an seine Tochter Sophia); erst später fiel mir auf, daß ich diesen Mann während der gesamten Zeit so gut wie Keinwort hatte sprechen hörn.– Auf dem Teppich zu Füßen von Sophias Mutter der Schmuck, Tombak – die zerrissene Halskette, höhnisch bunt u kindlich=boshaft.

Und ?wie diese Szene=hier zu-?Ende bringen. Von der Aufklärung zum Wolkenbruch.– Sophia packte mich beim Arm & führte mich durch den Salon zur Tür hinüber. Ihre Mutter, empört: –!Was soll das heißen. !Was ist das für 1 Benehmen. – Erboste sich die Frau & kam aus dem Sessel hoch. –?!Wohin willst du. – Herrschte sie die Tochter an.

Die, mit=mir bereits an der Tür, wandte sich noch 1 Mal um. –!Weg. – Rief sie ihrer Mutter zu. –Und wenn dein !lieber schwieger-Sohn inzwischen zurückkommen sollte, dann grüße ihn von mir !nicht. Hast du ?verstanden. – Mich fester an ihren Arm nehmend, voller Triumf & leuchtenden Auges rief sie aus der schon offenen Tür zu der alten Frau noch zurück: –In !ihm – (& sie rüttelte kurz an mir, als könnte mein da-Sein dadurch bedeutender werden) – –hast du dich übrigens gründlich ge!täuscht. Wir treibens schon seit-Monaten zusammen. Und jetzt gehe ich wieder zu ihm: !Ficken, !Mutter.

Während Jenernacht meinte ich tatsächlich zum !ersten Mal Sophias Leib zu spüren, ihr Wille drängend mit heißem Gesicht innig u ihre Blicke ganz aus Fleisch – u waren uns tatsächlich im Hunger=gleich, Hunger der sie u mich, in schon betrübte Winkel stillgestellten Begehrens abgeschoben & aus einesjeden bisherigen Leben zurückgeblieben, !plötzlich herausgejagt und mit aller Freude u Lust am wieder Erstmaligen in einen wunderbaren Rausch voller Natürlichkeit zusammenwarf –. !Hunger. Dieser !Hunger. Der ließ Bedenken verlöschen. Einwände verstummen, zerstreuen. Ließ Vernunft dumm sein. Dieser !Hunger..... Brennend schon die Salz schmeckende Zunge über Haut Haare Fleisch – Herz-Schläge –,– Herz-Lippen –,– so lebten wir 1 Weile.

S. 418, »Das ist ein !Wanderer.«:
Als wärens Träume schreibender Professoren, 3-Groschen-Fantasien mit Bongmoh-Geschmack : Alles, nur Keinewirklichkeit. *Wie dem Langschläfer, morgens=zufrüh erwacht & aufgestanden, die Stunden über-den-Tag-hin zu quälerischer Länge sich strecken – fadenscheiniges Ausharren, das ihm den Ganzentag zu dummfmachender Müdigkeit Ohneschlaf verzerren muß, u: in die Stundenrisse sickern stets die Gedanken An-den-Tod –, genauso ist zu frühes Lebenmüssen –.*
Wenn schon geboren, dann geboren mit 20 zum Hohen Mittag – mit festen Schritten des Nach-Mittags=Manneszeit über schattige Wege entlang – weinfarbene Stunden im Abend, das feste Fleisch u den Duft einer Frau – und in vormitternächtlicher Kühle im Alter von 50 ist Alles=vorbei. Das Halbtags-Leben wäre mir Leben, ohne Lücken, ganz u genug. Und hätte darüber nicht länger lebenmüssen als 30 Jahr. Und !Keinewiederkehr. !Niemals. !Niemand. !Nirgendwo. Ich, ein Langschläfer des-Lebens; u Meinleben nur !ein Mal.

In-Wirklichkeit aber, unter-der-Sonne-der-Zeit, begann eine=gewisse-Brut auszureifen.....

Die Überblendung

Herbst 2001

Das Taxi war schon davongefahren, in der Tiefe der Straße verglommen die Rücklichter, – ich blieb all-1 in der beginnenden Nacht vor der Tür zum wuchtigen, fahl schimmernden Villenbau.

Und erinnere das automatische Licht; – beim nächsten Schritt würde es Grundstück Villa & Namensschild mit Helligkeit beflammen –:

Sophia Englisch
Psychotherapeutin
Termine nach Vereinbarung

:– und betonte indes nur künstliche Stille & Menschenleere in diesem Gebäude; alle Fenster schwarz; Sophia war auch zu Dieserstunde nicht hier.– Laut vor lauter Ratlosigkeit meine Schritte auf dem Gehsteig; wie schon in mancher Nacht-zuvor so auch jetzt auf dem Pflaster auf&ab gehend, als wüßte ich, sie käme schon im=Nächstenmoment des Wegs –.

!Tatsächlich, sie ist es.

Sophia bog um die Grundstücksecke: in Begleitung 1 hochgewachsenen Mannes im dunklen Trenchcoat –. Als sie im Lichtblock vor ihrem Haus !mich gewahrte, riß sie ihre Hand aus der Hand des Mannes=an-ihrer-Seite. Verhalten, zögerlich (wollt mir scheinen) folgte sie dem Fremden, der mit unbekümmerten Schritten auf mich zukam.

Dann standen wir Drei uns gegenüber. Der Mann, nicht nur gleichgroß mit Sophia, sondern sichtbar auch im gleichen Alter; dunkles naturgewelltes Haar, Augenfarbe wie geronnenes Ochsenblut, & das bleichhelle Licht vom Grundstück her zeigte den südländischen Teint. Der Mann schaute mir gerade u ohne Verstellung entgegen. Sein offen getragener Trenchcoat ließ darunter einen eleganten, anthrazitfarbenen Dreiteiler erkennen.

Sophia wirkte erhitzt, ihr Gesicht glühend noch in dunklem Ton, als hätte Feuer ihre Wangen gerötet. Doch die Nacht war nicht heiß, Spätsommertage hielten auch diese Stunde in milder Luft. –Das war aber geradezu ein !Eilmarsch, unser kleiner Abendspaziergang. – Hörte ich sie sogleich erklärend plappern, ihre lautgestellte Stimme rang mit

Atem, gewürzt von hastiger Begierde, & sie wandte mit gespieltem Vorwurf sich zu dem Mann=neben-ihr.–

Dann hatte sie sich gefaßt; sie stellte mich dem Fremden vor, nannte dessen Familiennamen mit einem vokalreichen italienischen Klang; er sei Arzt, genau wie sie, Kollegen seien sie, kennten sich noch aus uni-Tagen. –Ein Freund. Ein Guterfreund. – Fügte sie rasch hinzu. –Seine Eltern kamen einst aus Palermo nach Deutschland, Mariano ist hier geboren; nun lebt er schon seit einigen Jahren in Berlin & er hat mir den Start=hier mit meiner Praxis sehr erleichtert. (?Schmiegte sich Sophia an den Oberarm des Mannes –.) / Sein Händedruck war fest u angenehm wie sein ruhiger Blick.

–Wenn die-Arbeit es mir erlaubt, – hörte ich ihn sagen – er sprach mit winzigem, singendem Akzent, der, obwohl gewiß nur zur Zierde beibehalten, seinen Worten dennoch Aufrichtigkeit u Überlegenheit gab, –und wenn mir andere Dinge Zeit lassen, dann lese ich auch in Zeitungen das-Feuilleton. Sophia – (u spricht ihren Namen zärtlich wie 1 Berührung) –hat mich dazu angehalten. – (Ihr kurz zugewandt, lächelt er.) (Doch in meinen Mundwinkeln, auf meinen Lippen spürte ich genau=dieses Lächeln; als wäre *ich* es gewesen, der in Diesemmoment aus der Nacht heraus- und in die Worte des Fremden wie in eine Schablone eingetreten wär.) –Einigemale habe ich auch Artikel gelesen von Ihnen. Ich freue mich, Sie heute persönlich kennenzulernen.

Sophia schien hocherfreut über den kameradschaftlich=verbindlichen Ton. Von Einem zum Andern schauend, sprang sie zwischen uns, hakte sich lachend sowohl bei ihm als auch bei mir ein; gemeinsam gingen wir die restlichen Schritte bis vor die Tür. Dort blieben wir stehn.

Sophia löste sich von uns, & schaute noch 1 Mal abwechselnd zu ihm, und dann zu mir. –Ich habe Mariano auch zu unserem nächsten Literarischen Salon eingeladen. – Noch 1 Mal u ebenso rasch wie vorhin berührte Sophia den Arm ihres Freundes. –Ich komme sehr gerne. – Hörte ich die höfliche, wohlklingende Stimme dieses Mannes. –Ich bedauere nur, Ihre Lesung beim Letztenmal versäumt zu haben. Sophia – (:als der Mann *ihren* Namen wiederholt aussprach, war mirs als müsse ich einem Raub tatenlos zusehn) –Sophia hat mir von Ihrem Erfolg erzählt. – Das sagte er ohne den Anflug von Ironie: Ich blickte kurz=prüfend in sein Gesicht, und schaute in freundliche Augen. Sie schauten mich mit jener milden Jovialität an, mit der man gegenüber Fremden samt deren Eigenheiten die eigene Fähigkeit zur Nachsicht gern herzeigen mag.– Ich verkrampfte daraufhin den Mund zum Lächeln, blieb stumm, verbeugte mich kurz. Alles Wohl & Anstand. – In dunklen Lüften über uns 1 Regung –, 1 Windzug rauschend u ausgekühlt wie aus einem Langezeit unbewohnten Raum.

–Nun muß ich gehn. – Meine Stimme die 1 Geistes, dem die Stunde 1 Uhr geschlagen hat. Und wandte mich leise um –.

Während ich diesen Satz aussprach, erinnerte ich !Denabend, als ich genau=Dieseworte schon einmal zu Sophia gesagt hatte. Und in die Erinnerung ihrer einstigen Antwort trat nun rasch Sophias Stimme=von-heute: –Dann Aufwiedersehen. Bisbaldeinmal. – Antwortete sie jetzt, überraschend schnell. Mir wollte scheinen, sogar mit Erleichterung, als hätte sie bereits heimlich darauf gehofft, mich dies !endlich sagen zu hören, damit ihr die Pein, mich ins Haus bitten zu müssen, erspart bliebe. Der Mann stand eisern an Sophias Seite; von-dorther griff er nach meiner Hand, ohne Falsch drückte er sie zum Abschied.– Beide wandten sich nun dem Eingang Der Villa zu. Und Davon.

Davon auch ich. Erst nach geraumer Weile blieb ich stehn und schaute zurück zu dem großen hellerleuchteten Bau: Der, in perspektivischer Verschiebung, erschien mir klein & wie Teil 1 Bühnenbilds auf dem Theater. Straße & Geh-weg-davor wieder grau, menschenleer & still. Ein großes=ganzes Bauwerk voll Dunkelheit & Stille.....

Es war !mein Weg, den dieser Fremde an Sophias Seite gegangen war u !mein Lächeln auf seinen Lippen für *Diese Frau*. Und es waren !meine Hände, die *sie* hielten; !meine Worte aus !meinem Mund für *sie*. Als lägen die Konturen meiner Gestalt wie ein Tunnel auf diesem Weg, u: der Fremde hat sich in diese Form geschlichen; hat sich darin eingehüllt, wie die Besetzung einer Bühnenrolle durch 1 anderen Schauspieler, der in das Originalkostüm seines Vorgängers steigt.

?Was ist mit diesem Vorgänger geschehn. ?Weshalb spielt er diese=seine Rolle nicht mehr. Hat Man ihm ?gekündigt. ?Wurde das Stück, !sein Stück, ?abgesetzt & aus dem Spielplan genommen. ?Od ist dieser einstige Schauspieler, von Allen unbemerkt, ?verstorben. – Ich spürte mich schwinden – fühlte, !sah die Überblendung –: Das Erscheinen

S. 415, Schwarzes Laub →:

»Es ist peinlich und faszinierend zugleich, vor einem Schimpansenkäfig zu stehen und sozusagen in Fleisch und Blut das eigene Unterbewußtsein vor Augen zu haben. Man kann da zum Beispiel beobachten, wie sich das Weibchen tief aus der Hüfte vor dem Männchen verbeugt und ihm so ihre Reize betörend entschleiert. Das Männchen verfällt diesen Reizen, und während es sich sentimental betätigt, entwendet ihm die Geliebte seine Banane, um sie im Lauf des Aktes gierig zu verschlingen.«

Vilém Flusser, *»Die Geschichte des Teufels«*

eines Anderen Gegenwart, während ich, zum Geisterbild meiner selbst geworden, blasser und blasser in der Tiefe dieses Bildes versank – –

Aber !nein: Sophia mochte diesen Mann, den sie kannte seit ihrer Studienzeit u viel länger schon als mich, mit jener vertrauten Anhänglichkeit lieben, wie sie allem Langjährigen zu=eigen ist. Das ist nichts Erfundenes; das Lieben=selbst hat Das gefunden. Somit bin ich derjenige, der in dieses Abenteuer 1treten wollte; dessen Gewicht indes zu leicht, dessen Gegenwart zu schwach, um für die Liebe Dieser Frau ein festes Bild zu sein. Und habe mich im Fremden-Kostüm, das ich für mein eigenes hielt, aufgeführt wie ein !Idiot.....

Eng an1ander gelehnt werden die Beiden hinter meinem Rücken ins Haus gegangen sein, mit allem Glück der heimlich u seit-Langem Verliebten. Mich werden sie schon vor der Tür vergessen haben.

In irgendeine Richtung ging ich stumme schmale Straßen, vorüber an dunklen Häusern, entlang – hinter Bäumen glimmend bisweilen noch Licht in Fenstern zur Spätenstunde. *Irgendwann werde ich auf belebte Straßen treffen, 1 Taxi finden das mich zurückbringt, in meine Wohnung = in meine Höhle = in mein Versteck, dort schließe ich mich ein.*

Windböen warfen mit Staub, und schon sank Herbstes Bitter aus nächtigen Lüften herab. Wieder eines Sommers Tod. Schön.

Vor Spiel

Die Herkunft allen Übels liegt im Tausch. Denn schon im Ersten Tausch enthalten ist die Geschichte von Täuschung & Mord – –

Der Trieb, sich fortzupflanzen, ist der Grund=Trieb Alles Lebens.
Dieses thierischen Grund=Triebes Periodizität ist beim Menschen zur Continuität entgrenzt; das Bewußtsein, das hieraus seinen Ursprung nahm, hat sich dessen bemächtigt. Seither ist der Sexualtrieb beim Menschen doppelsinnig: Sexualität zur Fortpflanzung u: Sexualität zum Lust=Gewinn. Letzterer führt nicht etwa zum Ausgleich & Erhalt einer mittleren, affektiven Spannungshöhe, sondern im Gegentheil: Unter höchster biologischer Intensität hypertrophiert der=Trieb zu immer weiterer, höherer Anspannung &sf. Dieser Zustand ist mental wie physisch als Dauer=Zustand unhaltbar; er ist zu *verneinen, zu asketisieren*, um der zerstörerischen Triebhypertrophie zu entgehen. Die daraus folgende vitale Nothwendigkeit (Selbst=Erhaltung) läßt Verdrängung, Sublimierung, Ideen, Utopien, Ideologien, Neurosen entstehen – mit 1 Wort: *bürgerliche Kultur*. Deren Zweck ist nicht, ihre eigenen Werte durchzusetzen (das je Ungewollte willentlich werden zu lassen); vielmehr gilt *bürgerliche Kultur* dem Spannungsausgleich des Sexualtriebs :solch Hypertrophie führt zur Verdrängungsnothwendigkeit; Aufhebung der Verdrängung – bei aktiver Bewußtheit – zum Rückfall in die unerträgliche Trieb=Ueberspannung.....

S. 357, »Arbeit ist Hoffnung«:
»Bei Arbeiten im Garten der Anstalt fand Seidel Anfang November 1924 Gelegenheit, sich aufzuhängen.«
Jürgen Frese über Alfred Seidel

Naemlich im Unterschied zu nichtmenschlichen=nichtbewußten Lebewesen, die der periodisch auftretenden Anforderung zur Fortpflanzung instinktiv entsagen, sobald die aeußeren Bedingungen dem Leben feindlich sind, kann eine solch instinktive Entsagung beim bewußt handelnden Menschen nur selten verzeichnet werden. Oft ist vielmehr das Gegenteil der Fall, & die ganzjaehrige Brunst des=Menschen=Thiers forciert sein letztlich irrationales In=der=Welt=Sein, nicht durch den Verlust buergerlicher Kulturwerte, sondern gerade durch deren Besitz.

Weil beim Versuch, den Hellespont zu überqueren, das Meer bei Sturm beträchtliche Teile seines Heeres verschlungen hatte, ließ der Perserkönig Xerxes das Meer mit zehntausend Peitschenhieben bestrafen. Das Meer sollte für die Niederlage büßen. –
Die Maschinenstürmer um Ludd zerschlugen die mechanischen Webstühle, weil

sie in dieser neuen Technik die Vernichter ihrer menschlichen=Arbeit sahen. Dafür sollten ihnen die-Maschinen büßen. –
Um den-Leib aus dem Verlies der-Seele, die-Seele aus dem Kerker aller Erden=Schwere zu befreien, haben Elektroniker hyperirdische Cyber-Welten entworfen. Für den Schmerz des-Menschen sollte die Erde mit Computern büßen. – Doch aus den Meereswogen kein Schmerzensschrei, aus den zerbrochnen Maschinen kein Blut, & Computer haben keinen Feind. Aber sie benötigen zum immer=weiter ausgebreiteten Funktionieren immer größere Mengen Energie : Und die kommt aus der Erde..... Immer schwerer –

?Müssen wir=die mit Gegenwarts-Bewußtsein begabten Menschen daraus schließen, daß unsere Vorfahren unfähig geblieben sind zum Lernen : Mithin unsere Gattung dumm..... war, dumm..... ist, dummbleiben..... wird.– Dem scheint so.

Im Konzentrationslager. Ein Mensch als Hund, gekettet nackt an 1 Hütte seit Wochen, in den Augen Wahnsinn –

→ Fetisch. Katharsis durch Erschöpfung

Sobald ein bislang als gesellschaftlich empfundener & gestalteter Lebensgang ins Stocken gerät, die Aussichten auf einen einzigen interessanten, von eigengesuchtem=Glück bestimmten Tag, darin ein anderer Mensch das end=gültige Ziel u den Sinn dieser Aus-Schauten darstellt, ins Leere laufen –, wir dort steckenbleiben als die Verstörten u die Hautlosen Hunde in hochgereizter Sprache-ohne-Form, daraufhin Heerscharen von Ärzten=Businessleuten=Priestern=Schauspielern= Polizisten aus den ihnen zugeteilten Ressorts & Professionen hervordringen & mittels kläffer organisierter Kampagnen & 1schüchternden Attacken die Bildschirme wie die Fantasie der Menschen (von Massen-Medien & Demoskopen zur *Öffentlichkeit* zusammentabelliert) mit zuckerigen & drohenden Reden verkleben, – dann sind Diese=Zeiten die Zeiten dünner Haut, darunter hervorschimmernd Furcht aus Konflikten & Kriegen, die in den Zeiten-davor niemals befriedet wurden. Jetzt treten SIE wieder hervor in Gestalten, die den Uralten gleichen u den uralten Ängsten auch; DIE sind !niemals fortgewesen.

Vom *Zeitalter-der-Empfindsamkeit* ins *Zeitalter-der-weichen-Knie.....*

In Gesichtern DIE EISERNE RUHE, Kontrolle statt Rührung, Maske für *Wissenschaftlichkeit* & darunter Kälte, das alltägliche Eis. Inmitten strauchelnder Leben's Bewegungen, weil von den Haltegriffen der-Wissenschaft, gelockert u abgebrochen, nur *die-Pose von Wissen-*

schaft noch blieb, und selbst die Skeptiker u die Schamvollen, die nicht haben glauben wollen, haben dran glauben !müssen, ist neuerlich welt=weite GOTT-SUCHE ausgebrochen : *Richtiger Glaube führt zur Richtigen Tat....., die, weil an sie geglaubt wird, richtig ist. Ich glaube an Die Wahrheit, & sie ist wahr, weil ich an Die Wahrheit glaube.* All=abendlich zur Haupt-Nachrichtenzeit die routinierte Parodie der Speisung-der-Viertausend – mit den Mäulern Zäsar, mit den Gehirnen Hans & Blut Wurst; SIE suchen nicht sich=Selbst, SIE suchen Die Bestätigung IHRES Soseins : Zutiefst verschweinte Ecksistenzen..... *von Zero zu Nero*, und schämen sich !nie.

Über den Toren der Neuen Lager: ARMUT MACHT DUMM. GLÜCK MACHT SCHLAU. REICHTUM MACHT INTELLIGENT.

Wer aber das-Spiel nicht mitspielt, weil er verstockt ist u nicht will od weil er zu=spät gekommen ist od auch nur weil er die-Regeln nicht kennt –: Wer also Heute *Draußen..... bleibt*, der geht, u weitaus besser & schneller als Früher, vor-die-Hunde.

S. 498, Freak Waves. Jähe Wut →:
Der Schwächste ist überall & an Jedemort der am tiefsten Beleidigte, der durch seine Schwäche daraufhin von Jeglichem noch tiefer gedemütigt werden kann. Hier offenbaren sich sowohl das Kausalitäts-Problem des-Systems als auch dessen Selbst=Ermächtigung. Denn wenn, gemäß der Marxschen These, des-Kapitalismus Hauptbestreben vordergründig zwar nicht die Produktion von Armut sei, so könne der-Kapitalismus zur Sicherung seines Fortbestands & zur Selbst-Konstitution auf Armutsproduktion nicht verzichten.
Desgleichen auch die Ausgangslage für den Amok-Läufer.
Für den-Kapitalismus ist der Weg aus der Falle der Entropie die Schaffung grenzenlos & gleich=gültig in die-Gesellschaft sich erstreckender sozialer Systeme; der Weg für den Amok-Läufer die grenzenlos & gleich=gültig in die-Gesellschaft getriebene Wut. So wie der-Kapitalismus=aus-sich-heraus Armut & Amok produziert, verbraucht der-Amok-Läufer=in-sich produzierte Armut durch Selbst=Legitimierung zum Töten; der-Amok-Läufer ist die »Urpflanze des Produktionszyklus«.

Man kehrt darüber hinaus gern zum Denken in Epochen zurück : Nach den Epochen der-Vernunft der-Moral der-Geschichte & der-Wissenschaftlichkeit ist dies=Hier&jetzt die *Epoche des Zweiten Narzißmus*. Und immer in-solchen-Zeiten gelangen FETISCHE zu hoher Konjunktur.

DER FETISCH U DER TOD. Vom Mittag des 11. September 2001 bis in den Morgen des folgenden Tags wiederholen Fernsehanstalten die Bildschleifen vom Geschehen an der Ostküste der U-S-A : die Bilder vom Anflug der Düsenjets auf die Türme des World Trade Center, dann die einstürzenden Gebäude, die zähen=grauen Qualm&staubwolken über dem südlichen Manhattan, darin die Wolkenkratzer wie Stelen auf einem brennenden Friedhof – : beharrlich dieselben Bildfolgen wiederkehrend als Beschwörungs- & Bannritual. Nach der symbolischen Kastration imperialistischer Geld=Macht DER SCHOCK, – danach die Restauration erster & letzter Medien=Macht: Am Nullpunkt der Information die Katharsis durch Erschöpfung.

Marks. Partituren der Ökonomie, in schrillen Höhen DAS GELD

Niveau & Karakter der Beziehungen zwischen dem Natur=&=Sexualwesen *Mensch* u der übrigen Natur wirken sich maßgeblich aus auf die Beschaffenheit der Vergesellschaftungsformen der Sexualität.

Sämtliche menschliche Beziehungen, die aus diesen Vergesellschaftungsformen des-Sexes sich herauskristallisieren, werden seitens der Akteure beiderlei Geschlechts durch Norm=gebende Ideologien erfaßt & gefestigt bzw. modifiziert. Daraus folgt jeweils ein subjektiv »falsches Bewußtsein«, das nun seinerseits normativen & polemischen Bedürfnissen der Geschlechter genügt. Die Diskrepanz zwischen subjektiv »falschem Bewußtsein« u: objektiv=realen Vorgängen bringt das (sexuelle) Bemächtigungsstreben nicht etwa zum Stillstand, sondern treibt es geradezu voran.

Als Vergleich hierzu, weil die aus Ideen & Werte=Konzepten folgenden Erkenntnisse & logischen Schlußfolgerungen am Gelehrtenpult stets etwas grundverschieden Anderes sind gegenüber der gesellschaftlichen Lebens=Praxis, sei daran erinnert, daß die »geschichtliche Wahrheit« jener sogenannt Großen Gesellschafts-Entwürfe überhaupt erst zu Wirksamkeit gelangen konnten & können, indem sie gegenüber den Idealmaßgaben ihrer Theorien verfälscht, verdreht, modifiziert, mit andern Worten: indem ihnen ihre praktischen Interpreten begegneten. Die Heterogonie geschlechtlicher Zwecke stellt den natürlichen Mechanismus für den Fortgang sämtlicher Prozesse der Sexualität, die an eine »lange Dauer« gebunden sind.

Daraus folgend die 2. Fase in der Versachlichung & Singularisierung jener einst als *gesellschaftlich* verstandenen Beziehungen zwischen Menschen, weil den Karakter-des-Gesellschaftlichen die Sexualitäts-Produktion längst 1büßte. Der-Mensch-selbst wird zu seiner eigenen Ware. Doch ist er dadurch keineswegs »vollständig durchrationalisiert«, kein technoid=geheimnisleeres Gefäß. Das Geheimnisvolle des Menschen als Warenform besteht darin, daß diese Form den Menschen die gesellschaftlichen Karaktere seiner eigenen Sexualität als vergegenständlichte Karaktere der Sexualitätsprodukte=selbst, als gesellschaftliche Natureigenschaften der Dinge & Sachen im Spiegelglas der Natürlichkeit läßt. Daher auch das gesellschaftliche Verhältnis vom 1zelproduzenten des Sexes zur Gesamtsexualität als ein außer ihnen existierendes gesellschaftliches Verhältnis von Gegenständen sich darstellt. Dahinein nicht zuletzt gehören all die körperpolitischen Maßnahmen gemäß je gültiger, kultureller Leit-Bildkongruenz als wettbewerbsfähige Werte-Begriffe zur Schaffung individueller Begehrlichkeiten: persönliche Gesundheitsfürsorge, Hygiene, Sportlichkeit, Affektökonomie; hier Eigensorge – dort Bildung einer individuellen Aura von Geselligkeit – all dies entsprechend den Normativen für Lebensfleiß & soziable Lebensruhe.

Hieraus folgt die Bedeutung der Dinge in der Herstellung & Vermittlung menschlicher Beziehungen sowie deren an=sie untrennbar geknüpften Rollen-Verhalten &-Spiele; das Mimenhafte mitsamt dem Troß aus Kostümen Redestandards & Posen gerät innerhalb dieses 2. Narzißmus zur bestimmenden Größe; & *Natürlichkeit* ist selber 1 Spiegel, wenn auch ein blinder. Damit werden die Sexualitätsprodukte Waren, sinnlich übersinnliche od gesellschaftliche Dinge in derselben Weise, wie der subjektive Reiz beispielsweise des Sehnervs (die Schau-Lust) nicht identisch ist mit dem Lichteindruck des Dinges=selbst, sondern vielmehr die gegenständliche Form eines Dinges außerhalb des begehrlich blickenden Auges. Doch wird beim Sehen tatsächlich Licht von einem äußeren Objekt auf das eigene Auge geworfen, die Sinne reizend und Lust/Unlust erzeugend: mithin ein physisches Verhältnis zwischen physischen Dingen.

Dagegen hat die Warenform & das Wertverhältnis der Sexualitätsprodukte, worin sie sich darstellt, mit ihrer physischen Natur & den daraus entspringenden dinghaften Beziehungen !Nichts zu tun. Es ist bloß das bestimmte gesellschaftliche Verhältnis der-Menschen=selbst, das Hier für=sie die fantasmagorische Form eines Verhältnisses von Dingen=unter-ein-ander annimmt.

Um 1 Analogie zu finden, ist die Flucht in die Nebelregion=religiöser-Welten vonnöten. Hier erscheinen die Produkte des menschlichen Kopfes als mit eigenem Leben begabte, untereinander u mit den Menschen in diskreten Verhältnissen stehende, selbständige Gestalten; in der Waren-Welt die Produkte des Menschen=selbst. Dies begründet den der-Sexualität anhaftenden *Fetischismus*, der daher von der Sexual-Waren-Produktion unabtrennbar ist.

Solcher *Fetisch-Karakter der Sexual-Waren-Welt* entspringt dem eigentümlichen gesellschaftlichen Karakter der-Sexualität, die ihrerseits Waren produziert. Sexual-Waren in diesem Sinn geraten zu Gebrauchsgegenständen, & diese ihrerseits überhaupt nur zu Waren, weil sie Produkte von ein ander unabhängig be-Triebener Privat-Sexualität sind. Der Komplex dieser 1zelnen Privat-Sexualitäten bildet deren gesellschaftliche Ge-Samtheit. Da die ver1zelten Sexualitäts-Produzenten in gesellschaftlichen (Sexual-)Kontakt erst eintreten durch den Austausch ihrer Sexualitäts-Produkte – im Funkenflug aus allfällig naturhaften Begierden & Zwängen –, erscheinen auch die spezifisch gesellschaftlichen Karaktere ihrer ver1zelten Privat-Sexualität erst innerhalb dieses Austausches. Od die Privat-Sexualitäten betätigen sich in-der-Tat erst als Glieder der gesellschaftlichen Gesamtsexualität durch die Beziehungen, worin der Austausch der Sexualitätsprodukte & vermittelst derselben die Sexualitäts-Produzenten versetzt. Den letzteren erscheinen daher die gesellschaftlichen Beziehungen ihrer Privat-Sexualitäten als das was sie sind: Dh. nicht als unmittelbar gesellschaftliche Verhältnisse der Personen in ihrer Sexualität=selbst, sondern vielmehr als sachliche Verhältnisse der Personen & als gesellschaftliche Verhältnisse der Sachen.

Die in dieser *Epoche des 2. Narzißmus* weitverbreitete (u diese Epoche typisierende) Uneinsichtigkeit in diesen Tatbestand folgt aus der Gewohnheit all=täglichen Lebens, die es als trivial u als selbstverständlich erscheinen läßt, daß gesellschaftliche Sexualitätsverhältnisse die Form eines Gegenstands annehmen, so daß das Verhältnis der Personen in ihrer Sexualität vielmehr als 1 Verhältnis sich darstellt, worin Dinge zu-1-ander u zu den Personen sich verhalten.

In der Sexualitäts-Ware ist diese Mystifikation noch sehr 1fach. Es schwebt Allen mehr-od-weniger vor, daß das Verhältnis der Sexualitäts-Waren als Tausch-Werte vielmehr 1 Verhältnis der Personen zu ihrer wechselseitigen sexuellen Tätigkeit ist. In höheren Sexualitäts-Verhältnissen allerdings schwindet der Schein von 1fachheit. Dem GELD wird nicht angesehn, daß es ein gesellschaftliches Sexualitäts-Verhältnis darstellt, allerdings in der Form eines Natur-Dinges von bestimmten Eigenschaften.– Hierher gehört die nur auf den 1. Blick unverständlich erscheinende Beziehung zwischen Nacktheit & GELD.

Im GELD erfährt der Fetischismus seine !höchste Steigerung; GELD dringt, sattsam bekannt, in sämtliche gesellschaftlichen & privaten Sfären des Menschen ein. Das GELD, indem es die Fähigkeit besitzt, Alles kaufbar, zudem alle Gegenstände erwerbbar zu machen, ist also der-Gegenstand im eminenten Sinn. Die Universalität seiner Eigenschaft ist die All-Macht seines Wesens. GELD ist der Zuhälter zwischen Bedürfnis u: Gegenstand, zwischen Leben u: Leben's Mittel des-Menschen.

Was aber dem-1zelnen Leben vermittelt, vermittelt dem-1zelnen auch das Dasein der anderen Menschen: So formuliert jeder 1zelmensch den-Anderenmenschen. Jedermensch spekuliert darauf, dem Andern ein neues Bedürfnis zu schaffen, um ihn in dessen Folge zu einem neuen Opfer zu zwingen & ihn in eine neue Abhängigkeit zu versetzen : ihn zu einer neuen Weise des Genusses zu verführen, & seis dadurch in seinen sexual-ökonomischen Ruin zu treiben. Jeder sucht eine fremde Wesenskraft über den Andern zu schaffen, um darin die Befriedigung seines eigen=nützigen Bedürfnisses zu finden. Mit der Masse (sexualisierter) Gegenstände wächst daher das Reich fremden Wesen (*der-Feind/ die-Feindin*), denen der Mensch unterlegen ist. Jedes neue Sexual-Produkt ist auch eine neue Potenz wechselseitigen Betrugs & – weil zunächst immer als Raub ohne vorgestellten Verwendungszweck, also lediglich aus raffender=Gier – der wechselseitigen Ausplünderung.....

Er scheint so übermächtig=unbezwingbar,
Der Leviathan –
Doch !nehmt Dem Kaiser, was des Kaisers ist u: zahlt
Ihm !Keinesteuern : Die Harpune sitzt – !da kreischt
Er auf, getroffen tief hinein ins Koofmich-Herz.....

Attraktion u: Repulsion. Unterbrechung der Blindheit

Beides sind Erscheinungsformen innerhalb der Bewegung des in=sich widersprüchlichen Wesens Mensch=Materie in Bezug auf sein Anderes. Was es mit den hierbei wirksamen *Kräften* auf=sich hat, zeigt die Physik der Elementarteilchen: Die Existenz negativer Massen bewirkt die Oszillationsbewegungen der Teilchen immer dann, sobald Zustände negativer Energie vorhanden sind; negative Energie als Hinweis auf negative Materie. Der Austausch von Informationen, deren Träger sind allgemein sinnliche Signale, hat für die Gattung *Mensch* einerseits aus den Not=Wendigkeiten der gemeinschaftlichen Sexual-Produktion sich ergeben, & anderseits ist dieser Austausch unerläßliche Voraussetzung für jegliche Sexual-Produktion im Zusammenleben in den unterschiedlichsten menschlichen Gemeinschaften.

Versucht man den *Spin-Effekt* im Sinn des *Kommunikationsprinzips* durch den Übergang in dessen *klassisches Modell* darzustellen, so läuft das auf die Erscheinung eines *Massen-Dipols* hinaus. Solcher läßt sich innerhalb der Anordnung von positiver u: negativer Materie vorstellen. Durch die Existenz negativer Massen besteht innerhalb der Gravitationsfelder der Kommunikativität jedoch keine Symmetrie, dh. beim Ver- bzw. Austauschen positiver mit negativer Masse ist die eine Masse vor der anderen ausgezeichnet (sowohl die Gesetze-der-Natur als auch die der-Sexualität sind nicht invariant). Die Wechselwirkung positiver Masse mit einer negativen ergibt auf die erstere eine abstoßende (repulsierende), auf letztere eine anziehende (attraktorische) Wirkung. Mit andern Worten: Das-Weibliche ist hierbei a priori das bestimmend Aktive, das zuläßt od verweigert.

Diesem Prozeß zugrunde liegen zweierlei Arten elementarer Furcht: die weibliche Furcht vor der Penetration durch das männliche Geschlechtsteil sowie dem folgend die Schwangerschaft; die männliche Furcht vor der als kannibalisch vorgestellten Geschlechts-Öffnung des Weibs – die Furcht vor der Kastration: Erst die-Kultur (Aufklärung) lehrt anderes & verbannt diese elementare Furcht in die Bereiche des Pathologischen. Aus solcher Konstellation heraus erklärt sich die objektive Feindschaft-der-Geschlechter, und findet wiederum sich projiziert auf eine grundlegende Furcht in der Kultur, nämlich auf jene vor dem Versagen des Sexual-Waren-Zyklus in Form des Durchbrechens aller sexuellen=Kapitalismus-Reglements hin zum ungezügelten, naturhaften Opfer, dem Potlatch..... Diesem, als direktem Gegensatz zur raffenden=Gier & somit als Pervertierung aller Regeln, gelten, mitsamt der kulturellen Furcht, die strengsten Restriktionen: Denn wer sich verausgabt, ist !wirklich !frei – –

Hinzu kommt ein weiterer Aspekt, der von Repulsion & weiblicher Macht zur Verweigerung. Als Hinweis darauf diene folgendes Beispiel. 1 Mann stellte einer Reihe von Frauen 2 Fragen mit der Bitte um offene Auskunft. Diese, so versicherte der Mann, würden, streng gehütet, in der Anonymität verbleiben. Die 1. Frage richtete sich auf das Problem des weiblichen, körperlichen Wohlgefühls in gewissen Stoffen; die 2. Frage thematisierte das Nennen von *schönen Lebensmomenten.*– Nahezu alle der befragten Frauen reihten diese beiden Fragen !sofort dem heiklen Gebiet *»weibliche Intimität«* zu. Zwei grundlegende Verhaltensweisen traten hervor: Die 1. war die der Verweigerung einer Antwort. Über den Grund ließ sich nur spekulieren, weil die deutlichste Ablehnung von denjenigen Frauen kam, die mit dem Fragesteller seit-längerem ein sehr intimes Verhältnis hatten, wobei als Grund für die Antwortverweigerung interessanterweise angegeben wurde, derlei Bekenntnisse seien *!zu intim.*– Sein Hinweis, daß angesichts der langjährigen – körperlich wie seelisch umfassenden – Einblicke in die-Intimsfäre des jeweils Anderen dieser Vorbehalt doch absurd sei, traf möglicherweise nicht den Kern der Sache. Denn nicht auszuschließen bleibt, daß mit der Aussage *»!zu intim«* durchaus noch anderes als nur das einerseits Schützenswerte der singulär=privaten weiblichen Sfäre, anderseits noch weitere Kriterien als die auf der simplen Ebene *introvertiert – extrovertiert* funktionierenden Verhaltensweisen gegenüber dem eigenen intimen Leben gemeint sein könnten.

Intimität läßt bekanntlich in persönlichkeitsübergreifender, geschlechtsspezifischer Weise sich entziffern. Demnach gäbe es eine Art weiblichen Besitzstandes nicht allein an Intimitäts-Details, sondern bereits an formulierbaren Anfragen nach denselben: Schon dieses »Anklopfen an die Tür zum Frauen-Zimmer« bedeutet das eigentlich Unstatthafte. Und die sozusagen mit weiblichen Mitteln & in weiblichem Gestus von 1 Mann diesbezüglich gestellten Fragen hießen den ungebührenden Intimitätsanspruch erheben (Einbruchsdelikt).–

Daß nicht alle der befragten Frauen in derselben Weise reagierten – mitunter erlebte Mann als die 2. Verhaltensweise geradezu das freudige Mitteilungsbedürfnis über derartige Details –, ist kein Einwand, sondern zeugt nur von verschiedenen *Bearbeitungsstufen* der bzw. *Investitionswillen* in die eigenen Intimitätsreserven. Neben dem rein materiellen, gibt es auch den emotionalen Geiz ebenso, wie – vielleicht noch verbreiteter als Geiz – die funda=mentale Ratlosigkeit gegenüber dem eigenen seelisch-erotischen Kapital. Ähnlich derjenigen, die ihr Geld im Sparstrumpf versteckt, zwar den täglichen Anschauungsunterricht vom Vermögen der Kapitalgröße GELD erhalten kann, selbst aber unfähig bzw. zu ängstlich ist, derlei mit ihren eigenen Mitteln zu realisieren. So wird hier zwar »gefühlt«, doch ohne wirkliches Wissen um die eigenen emotionalen Möglichkeiten – *Liebe-&-Macht* – dann eher die seelisch-ökonomische Schräglage ertragen, als das lebendige

Risiko gesucht. Derlei, über Vielejahre-hinweg mit=sich ertragen, führt mittels ängstlicher Besitzstandwahrung in Form des eigenen Nichtveräußerns die Bereitschaft zur *Repulsion* als Ausweichbewegung aus dem allzeit krisenverdächtigten Invest herbei. Mit andern Worten: Die weibliche Macht zur Repulsion drängt in die gesicherte, Selbst-hegevolle, sexuelle Armut..... Die »Frustration ohne ersichtlichen Grund« ist nur 1, wenngleich deren verbreitetstes Erscheinungsbild.

Abgesehn von desgleichen weitverbreiteter tatsächlicher Emotional-Armut, mithin der objektiven Unfähigkeit, über eigene seelisch-sexuelle Mittel verfügen zu können (dies 1-Geständnis träfe gerade in säkularisierten Zeiten in ein streng gehütetes Tabu), führt jene gesicherte Armut..... leicht in die Falle der Surrogate: Esoterische Zirkel, alle möglichen (pseudo)religiösen Praktiken & Ideologeme; teuer zu bezahlende Heilfindungsmethoden müssen auf derlei Umwegen die Wieder-Annäherung an den defizitären, seelisch-sexuellen Produktions-/Konsumtions-Prozeß in Form 1 emotional eher bettlerischen Tuns herstellen – allsamt Methoden, die durchaus schnell in den wirklichen, den pekuniären Notstand (die persönliche *Überschuldung*) einerseits, wie anderseits in die stumpfen Formen von Wirklichkeits-Erleben – Bevorzugung von *Kitsch* & *Fälschung* – führen können. Denn Kitsch-Industrien mit ihrer Behauptung von Lebens-Wirklichkeit sind bekanntlich immer dort anzutreffen, wo ebendiese Industrieverhältnisse dem Leben nirgends *seine* Wirklichkeit bieten können. Die *Fälschung* hingegen spekuliert auf den Willen des Menschen zur illusionär=Wirklichkeit=werdenden Wunscherfüllung. So in Kinofilmen bis in die-Fünfzigerjahre, in Zeiten als die Darstellung weiblicher Nacktheit von der-Zensur verboten war: 1zig Details des weiblichen Körpers – nackte Oberschenkel, Schultern, der entblößte Rücken – durften sichtbar sein. Und so verbargen diese Filmaufnahmen nicht die Nacktheit 1 Schauspielerin, sondern – die Schauspielerinnen trugen vor der Kamera Badeanzug od Bikini: ?Wozu nackt, wenn die Nacktheit niemand sieht – diese Filme verbargen die Vortäuschung von Nacktheit zur Illusion echter weiblicher Blöße beim Zuschauer. Das naive Verlangen nach Dem wahrhaft=Echten in der-Kunst erfüllt 1zig der *come shot* im Pornofilm.

Der Attraktor *Öffentlichkeit-des-Sexes* – der umfassendste unter massendemokratischen Lebensverhältnissen – bedeutet nicht, Sex sei all=gegenwärtig & verfügbar; sondern mit der Veröffentlichung des

Sexes ist Sex öffentlich kaum vorhanden, was die Suche nach ihm nahezu explodieren läßt. Tumultierende Ikonodulie des Sexes, sexualisiertes Design wesentlicher Denk-, Reflektions- & Redeweisen, der Umgangs-Formen, der-Werbung ohnehin seit-langem – allsamt Begleiterscheinungen von *Repulsion*; & die erschafft mit ihrem Arsenal aus sexuellen Stereotypen immer größere, unvermittelte Räume, voll mit Leere.....

Das All=umfassende Design für sexuelle Gestimmtheit sowie dessen ge-Triebene Suche nach Ergreifen & Erweiterung, ist nicht Kennzeichen für den Reichtum an zirkulierend sexuellem Kapital, sondern vielmehr Hinweis auf die Tatsache eines fundamentalen Mangels: Sexualität & Macht auf der einen : »Bettel-Sex« & Triebabfuhr vermittelst Produkten aus der Porno-Industrie als die entschiedenste Abwesenheit von Sexualität auf der anderen = der massendemokratischen Seite.

Hinzukommend der 1druck, das-Männliche sei pars pro toto das Zugreifende, das Überwältigende & somit das Wirklichkeiten=Schöpfende, beruht auf der verbreitet meta-physischen Interpretation jener Dialektik aus Anziehung u: Abstoßung. Unterstützung findet diese populäre Mystifikation, die auf lang=lebigen optischen Täuschungen beruht, durch die Fetischierung der vermittelnden Funktion des GELDES. Besitz u: Verfügungsgewalt über DAS-GELD sind zweierlei; nur die letztere stellt reale Beziehungen her zur GELD-MACHT, dh. Kontrolle & Einfluß über bzw. auf den Zyklus des GELDES. So daß das-Leben mitsamt der Sexual-Produktion wie das Einbringen von gefälschten Banknoten in den GELD-Umlauf betrieben wird: Vollkommen gleichgültig ist, ob die Banknoten echt od gefälscht sind; wichtig dagegen, daß stets jemand sich findet, der *das Geld als echt annimmt*, um den Zirkulationsprozeß am-Laufen zu erhalten. !Wirklich !gefährlich sind erst Die Stockung, Das Schweigen, die weiße flirrende Leinwand, der schwarze=leere Bildschirm..... Die Falten & Nischen Der Stille als Wirklicher Tod.

Der-Mensch aber wird als Mensch dabei umso ärmer & bedarf umso mehr des GELDES, um des feindlichen Wesens, der Stille, sich zu bemächtigen, u: die Macht seines GELDES fällt gerade im umgekehrten Verhältnis als die Masse der Sexualproduktion, dh. des Menschen Bedürftigkeit wächst im gleichen Maß, wie die Macht des GELDES zunimmt.

Attraktion u: *Repulsion* – alle unter dieser Antinomie stattfindenden gesellschaftlichen Lebensvorgänge sind zugleich Kennzeichen für die grundsätzliche Instabilität des Systems der Vergesellschaftungsformen des-Sexes. Hierzu, sowohl in der 2. als auch nunmehr in der 3. Natur des-Menschen, gehören die weiten Felder seiner *spezifischen Selbst=Verfremdung.....*

S. 479, Brache Stätten 1 →:
1 Ort, von Pfählen mit darüber straff=gespanntem Maschendraht umgeben & den Zutritt verwehrend, als sei das ein Gebiß, um all-1 die Wörter der *bezahnten Sprache-der-Kultur* durchzulassen : Das Gebiß als Hüter für Sprache; die Zähne zerkleinern die fleischliche Substanz der Wörter, jene Erinnerung ans Grobe: Wut Zärtlichkeiten Phallisches alle Unerbittlichkeit der Begierden – so mancher steigt sehr schnell aus der Zeit und *wird zu dem, was er ist.*

Gespräch mit dem
alten Henker.
–Wenn Sie noch 1
Mal leben könnten, ?was
würden Sie !anders machen.
Henker: –!Nicht mehr leben.

Schlacht. Pan Ökonomikoon. Arroganz, die Sonne im Spiegel der Tod

Der GELD-Lohn aus bezahlter Sexual-Arbeitsleistung stützt den Selbst=Wert des Sexualitätsleistung erbringenden Menschen. Somit ist die Geschichte-der-Sexualitäts=Arbeit, das fleischrote Unterfutter jeglicher Tätigkeit des-Menschen, zugleich die Geschichte der Grausamkeiten aus Selbst=verfremdender Arbeit's Not. Diese Not greift hinein sowohl in sämtliche Berufstätigkeiten des-Menschen als auch in alles sogenannt familiäre Leben, das auf archaisch=patriarchalen Säulen ruht u: somit zu schweren Konflikten führt in-Zeiten des verschwundenen Patriarchats : Die-Niemands-Söhne triumfieren im Geldverdienen – als Drogen-Dealer Zuhälter Schmuggler, & übertrumpfen dadurch um Vielfaches die-arbeitslosen-Väter, die von Sozialfürsorge überdauern.

Anderseits heißt der verfügte Zwang, über seine Gesamtlebenszeit mehrere Jobs ausführen, dh. ständig um- bzw. neulernen zu müssen, die permanente Abwärts-Qualifizierung des Menschen betreiben; denn ständiges Neulernen-Müssen bedeutet letztlich keinen Beruf wirklich *zuende* gelernt haben – der Begriff *Erfahrung* (Synonym für *Dauer* u *Alter*) wird, weil alles nichtglobalisierbare Wissen Störung ist, aus der Werteskala entlassen. Dem folgt zunächst die Zerstückelung von Lebenszeit u damit die Exilierung von Sexualitätskraft, zum andern der Zwang zum Verkauf der eigenen Arbeitskraft weit unter-Wert.

Das Entwerten von *Erfahrung* ist ein höchst bedenklicher Vorgang, setzt er doch zugleich die Jahrmillionen währende, *innere Sicherheitsarbeit* des Gehirns außer Kraft, eine Instanz, die über einen ungeheueren Schatz an Strategien zur Krisenbewältigung verfügt. – 1 so zugerichtete Persönlichkeit findet – innerhalb solcher Infamie künstlich erzeugter, oktroyierter Not – sich 1gereiht in viel größere, längst noch nicht abgeschlossene Zyklen letzthin gewalttätiger Zugriffe auf Menschen, die in die nihilistische Praxis der allfällig konsens-kompatiblen Personeneinheit=ohne-Skrupel münden.....

S. 136, Das Geld →:
10 Grundregeln zum Selbst-Loswerden

Nicht aber all-1 diese Schaffung temporär verfüg- & nach Bedarf sofort wieder »verabschiedbarer« *Process-wet-ware* – denn allemal teuere Ausbildung muß für den-Unternehmer nicht mehr sich amortisieren –; nicht all-1 jenes daraus folgende »Know-how auf Pump«, das auf Längeresicht zum Nichtwissen führt, weil irgendwann, & genau wie die natürlichen, auch diese ausbeutbaren Ressourcen erschöpft sein werden; nicht all-1 aus der Tatsache, daß der-Arbeiter unter-Wert sich verkaufen muß (das ist von=jeher Teil seiner negativen Partnerschaft); und schließlich nicht all-1 jene durch allseitige Verkürzung von Bildung den ursprünglichen Steuerungs- & Kontrollzwängen Allerart ausgelieferten Menschen=Massen werden die Aushöhlung und daraus folgend den eigentlichen Zusammenbruch dieser Lebens-Arbeits-Systematik herbeiführen –: Etwas Anderes, dieser Systematik von-Allem=Anfang Inhärentes wird, nach jenem oben beschriebenen langewährenden Selbst-Unterminierungsprozeß, letztlich Wirksamkeit erlangen wie der abgelaufene Zeitzündmechanismus für eine geballte Sprengladung : DIE FETISCHIERUNG DES GELDES erschafft gesellschaftlichen Energieüberschuß, der als nichtrationalisierbar, dh. nicht zur Ausdehnung & Okkupation der-Weltenräume sich erweist (GELD & Erektion : nach GOTTES TOD das anschwellende Volumen) – solch Überschuß, *jenseits* aller Ökonomie, ist identisch mit *sonnenhafter Vergeudung*, und erschafft sowohl den Bezug als auch den Zwang zur Okkupation eines anderen=bedeutenden Raums, der von jeglicher Ratio als unbeherrschbar sich erwiesen hat.

Anderseits !muß dieselbe Ratio, will sie nicht in der Rezession eigenen, entropischen Ungenügens an sich=selbst ersticken, diesen sisyfosiden Akt – im vollen Bewußtsein zwar des eigenen Scheiternmüssens, doch führt !Keinweg daran vorbei – dennoch immer aufs=Neu angehen: Im denkbar zugespitztesten = im äußersten, dem-Menschen höchstmöglichen Moment von Rationalität=zur-Macht-Ausdehnung *die Auseinandersetzung mit dem irrationlen, dem Jenseitigen Raum.....*

– – »!Hören Sie denn nicht das entsetzliche Schreien
ringsum,
das man gewöhnlich die Stille heißt« – –

Englisch Unterricht

Nach Schluß der letzten Unterrichtsstunde, sobald die davontobenden Schüler=Horden Lärm&geschrei mit=sich fortschwemmten (1zig Nachzügler warfen für 1 kurzes ihre Stimmen noch wie helle Kiesel die langen Flure entlang –), kehrte aus trüblichtigen Winkeln u hinter Stützsäulen hervor wieder graue Stille mit dem Geruch nach Bohnerwachs in den Gymnasiumsbau ein.– Im 1. Halbjahr der 9. Klasse gehörte an 1 der Wochentage die letzte Stunde dem Englischunterricht, & an 1=Diesertage hatten wir eine in der Vorwoche geschriebene Klausur, von der Lehrerin benotet, zurückbekommen.

Mein bester Schulfreund & ich, seit-langem saßen wir im Unterricht neben1ander, hatten die Funktion unsrer Lern-Symbiose selbstverständlich auch auf die schriftlichen Klausuren erweitert : Er war einer der Klassenbesten in allen naturwissenschaftlichen Fächern ebenso wie in Mathematik, in allen Sprachenfächern dagegen eine ziemliche Niete – in genauer Umkehr dazu ich; so boten wir ein=ander die ideale Ergänzung zur Arbeitsteilung, & sooft die Umstände das erforderten, schrieben wir=hemmungslos von ein=ander ab. In den Sprachenfächern, bei Diktaten od bei Vokabelarbeiten, verfuhren wir so, daß ich während der Klausur heimlich sein Geschriebenes begutachtete, & sobald mir 1 Fehler in seiner Arbeit auffiel, mit der Füllfeder mehrmals auf die entsprechende Stelle auf meiner Heftseite tippte, so daß er seinen Fehler bemerken & das Richtige von mir abschreiben konnte.

Gegenseitige Freundschaft zwar langte als hinreichendes u einziges Äquivalent aus, doch – aus Unaufmerksamkeit od anderer Flüchtigkeit heraus, mein Freund seinerseits war sehr kurzsichtig & seine Brille mit den dicken Gläsern vermochte das nicht immer auszugleichen – unterliefen zuweilen Irrtümer od: es blieben Fehler in des Anderen Arbeiten unbemerkt. Aus solch zeitweiser Unparität in den gegenseitig erbrachten Leistungen nahmen wir den verstärkten Ansporn für Aufmerksamkeit & Achtsamkeit bei allen folgenden Gelegenheiten; & weil als oberstes Gebot Die Freundes-Ehre auf-dem-Spiel stand, blieb deren genau=empfundener Kreditrahmen von Keinem für längere Zeit überzogen.–

Seit wir im Unterrichtsraum Nachbarn waren, verbesserten wir unsere Leistungen – er die seinen in den Sprachenfächern, ich meine in

Physik Chemie Mathematik – kontinuierlich, ohne daß einem der Lehrer daran etwas verdächtig erschien; zumal bekannt war, daß wir=beide außerhalb der Schule uns gegenseitig & freiwillig in den jeweiligen Fächern Nachhilfe erteilten. Somit glaubten die Lehrer an den sich abzeichnenden Nutzen solcher Partnerschaft, und kamen nicht auf den Gedanken, unsere Symbiose – unabhängig von irgend äußeren Reglementierungen – könne auch im Unterricht & bei Prüfungen sich fortsetzen, und sahen also keinen Grund, unsere Plätze im Klassenzimmer von ein ander zu trennen. Im Gegenteil: Zuweilen galten wir in den Augen der Lehrer als musterhaft, & Man stellte anderen Schülern sowie bei Elternabenden den Wert solcher Freundschaft allen-Übrigen vor-Augen.–

Für den Fall, daß trotz aller gegenseitigen Hilfe er od ich eine schlechte Klausurnote bekam (jede dieser Arbeiten war den Eltern=daheim zur Unterschrift vorzulegen, was bei einer schlechten Zensur sowohl bei meinen als auch bei der Mutter meines Freundes zu panikähnlichen Zuständen & daraus folgenden Maßnahmen führte, die wir uns ersparen wollten, zumal diese wie jede Panik vollkommen ohne Nutzen blieb), hatte ich ein spezielles Verfahren zur Unterschriftenfälschung entwickelt, das ich an meinen Schulfreund weitergab. Aus alten Heften ließ nach meiner Methode die oberste=hauchdünne Papierschicht mitsamt den Namenszügen der Eltern sich ablösen, transplantieren & unter der aktuellen Note sich plazieren. Ein sehr zeitaufwendiges, dafür aber perfektes Verfahren, das im übrigen nicht häufig Anwendung finden mußte, denn wir=beide bekamen nur selten schlechte Zensuren. Ein Grund mehr, von knochigen Disziplinarmaßnahmen !nicht sich gängeln zu lassen. Von unser=beider äußerem, schlichtem Erscheinungsbild u allzeit still=bescheidenem, höflichen Auftreten gegenüber Lehrern & Mitschülern – wir galten als musterhaft sowohl für Lernbereitschaft als auch für frühreife Ernsthaftigkeit – mochte Niemand auf unsere völlige Ignoranz jeglicher Obrigkeitenvorschrift schließen.

Wohlweislich behielten wir all unsere symbiotischen Verfahren auch vor den Mitschülern geheim – Neid, Dienst=Geilheit & allzeit die Bereitschaft zur Denunziation, derlei bürgerliche Tugenden bestimmten von-früh=an das Verhalten vieler Mitschüler & erhielten durch tägliche Aufforderung zum Nacheifern den Rang 1 allseits belobigten Wertes – :Mein Schulfreund-&-ich, wir hingegen gaben ein=ander Hilfe wo & wann Hilfe nötig war. Punktum.

An Diesemtag, mein Schulfreund war krank u fehlte also im Unterricht bei der Rückgabe der Englischklausur, blieb die Lehrerin vor mir stehn, reichte mir meine Arbeit zu & sagte mit strengen Blicken, daß Sie nach Unterrichtsschluß mich sprechen möchte; ich solle nicht mit den Andern nachhause gehn, sondern hier im Klassenraum bleiben. Das Heft mit der Klausur meines abwesenden Schulfreundes behielt die Lehrerin bei=sich; vielsagend tippten Ihre Finger 1igemale auf die Arbeit, in genau der gleichen Manier, wie ich meinen Freund während der Klausuren gewöhnlich auf seine Fehler hinwies. Die Lehrerin also hatte unser Verfahren !durchschaut. –Ich weiß, Sie haben nicht nur bei dieser Klausur Ihren Freund abschreiben lassen. Das steht für mich !felsenfest. (Hörte ich Ihre Stimme.) –Aber ich will es von !Ihnen hören. Und: Sie !werden es mir !sagen.

(Mit schwammigem Gefühl, unaufmerksam für den weiteren Unterricht, sah ich dem Stundenende entgegen.) Dann wartete ich, wie angeordnet, ab, bis alle Schüler aus der Klasse hinaus waren, und trat nach der Aufforderung vor den Lehrertisch. Und weil Sie von Ihrem Stuhl bereits sich erhoben hatte, stand ich nun direkt=vor-Ihr.....

Gegenüber Dieser Frau empfanden sämtliche Schüler enormen !Respekt. Obwohl vermutlich schon Anfang der 30, zeigte Ihre Gestalt ausgesprochen jugendliche Züge: Schlank u hochgewachsen mit geraden Schultern u großen, wohlgeformten u sehr festen Brüsten (denen Sie mitunter beim Gehen im Klassenzimmer durch 1 ruck=artige Bewegung Ihres Oberkörpers noch zusätzliche Betonung verschaffte, als wären die enganliegenden, dünnen Pullover od Blusen, die Sie bevorzugte, nicht ohnehin Blickfang genug), versetzte die schmalhüftige Frau mit der engen Taille Ihre Erscheinung bei uns=Schülern (im Alter tölpeliger Jungensgeilheit u fortwährender Erektionen) in den Zwitter-Bereich von Begehren u: Einschüchterung. Letzteres entsprang dem Eindruck unbedingter Strenge Dieser Frau.

In das schmale Gesicht zeichneten sich dünn doch wohlgeformt die Lippen ein, die nur selten Lächeln zeigten (& wenn, dann anstatt Heiterkeit eher in unvermutet kindlich-schnippischer Art der anspruchsvollen=verwöhnten Tochter). Weiterhin das dunkelblonde füllige Haar, das sie nicht kurzgeschnitten trug um Lehrerin zu sein, sondern auflockernd toupiert, was Ihren Wuchs noch höher geraten ließ, u diese Fülle im Nacken zum engen Knoten gerafft. Statt Umsicht Allsicht; statt des ruhenden Blickens auf Andere der forschende Blick; statt

Vermittlung von äußerlicher Ruhe gegenüber fremden Situationen & Begegnungen eher das Niederhalten zur Ruhigstellung. Ließ der gewohnte Typ *Lehrerin* üblicherweise keine Neigung zu geistigem od emotionalem Überschwang vermuten (um dann gelegentlich doch dem fatalen Stimmungsumschwung zu erliegen: Tränen vor der Klasse), was solch Frauen weniger erziehende Güte, als vielmehr anerzogene Begütigung verlieh, wie zur Abendstunde der Anblick einer bauchigen, sauberen Porzellankanne voll mit wärmendem Tee das Gefühl von Heimeligkeit –:– erschienen dagegen bei Dieser Frau Intelligenz, Beherrschung & Ernsthaftigkeit mit derselben Kaltnadel Ihrem Wesen 1graviert.–

Unerbittlich verfuhr Sie im Unterricht: Was dem Lehrplan entsprach, wurde gemacht; konsequent & ohne irgend zugestandene Ausnahme die Klausuren & Prüfungen abgehalten. Hausarbeiten wurden gegeben, kontrolliert, benotet. Ohne Rücksicht auf – vorgeschütztes od tatsächliches – Unwohlsein 1zelner Schüler, erhielt der Englischunterricht durch Diese Frau die Gestalt eines Manövers od strategischen Aufmarsches ins Gelände der fremden Sprache, der, koste er was wolle, durchgeführt wurde. Ausreden od Entschuldigungen fürs Versagen in den Leistungen fanden bei Dieser Frau weder Gehör noch Verständnis; schonungslos, ohne Kompromiß präzise, mit lehrtaktischer Klugheit & pädagogischer Eindringlichkeit – so verlief Ihr Unterricht.

Als einmal wieder die Hefte mit unseren Hausarbeiten zur Benotung durch die Englischlehrerin eingesammelt wurden, erging 1 Schüler sich vor Der Lehrerin in langatmig=weinerlichen Erklärungen dafür, daß er sein Heft mit der Arbeit zuhaus vergessen habe. Unbewegt stand Die Frau, und als der Schüler geendet hatte mit dem Vorschlag, seine Hausarbeit noch Heute nachzureichen – sein Weg von Daheim zur Schule dauerte fast eine Stunde Fahrt mit dem Bus –, sagte Die Lehrerin kühl: –Sie haben, wie alle anderen Schüler dieser Klasse, Zeit bis Stundenende, mir Ihre Hausarbeit abzugeben. – Sie blickte auf Ihre Armbanduhr: –Noch genau: !7 Minuten. – Sie war überzeugt, der Schüler habe Sie angelogen u die Hausarbeit nicht gemacht, sondern 1zig auf Ihre Nachsicht spekuliert. Und das entsprach auch der Wahrheit. Ihm widerfuhr Keinegnade, sondern als Note Ungenügend.–

Sie selbst fehlte Keinmal; innerhalb von vier Jahren nicht 1 Ausfallstunde im Englischen. (Es hieß, Sie sei verheiratet mit einem sehr viel älteren Funktionär beim Deutschen Sportbund, habe indes 1 heimliches Verhältnis mit dem Sportlehrer unserer Schule. Ersteren hatten zumindest wir=Schüler, stets darauf erpicht wenigstens 1 private, also schwache Seite Dieser Frau zu erblicken, niemals zu-Gesicht bekommen; zu dem Gerücht eines-Verhältnisses mit dem Sportlehrer fehlte jeder Beweis.) 1zig die Tatsache, daß in den warmen Jahreszeiten der Sportunterricht desöftern im Freibad stattfand & Sie, sobald Ihr eigener Stundenplan das zuließ, unseren Sportlehrer ins Schwimmbad begleitete, gab diesem Verdacht 1ige Nahrung. Allerdings mied Sie die Badebekleidung ebenso, wie die eventuell verräterische Nähe zum Sportlehrer. In Ihrer bevorzugten Kleidung, dünner Pullover od Bluse, knielanger enganliegender Rock, die Blicke jetzt hinter einer Sonnenbrille verborgen, malerisch & unnahbar stumm wie 1 Model, zierte Die Frau den Schwimmbeckenrand, das 1 Bein ausgestreckt, das andere leicht angewinkelt, u der Schlitz an einer Seite Ihres Rockes bot weit den Schenkel hinauf den Blicken helle Haut. Mit Vor-Liebe richtete Sie es so ein, daß dieser Anblick uns=Schülern, die in einiger Entfernung auf dem Rasen lagerten, zugekehrt war. Obwohl, wie bemerkt, in jenen-Jahren zitteriger Schülergeilheiten schon der Anblick 1 Astlochs hinreichend sein konnte für schwülfeuchte Überreizung, bescherte uns dieses Bild zwar Faszination, doch keine Er-Regung. (Im Wasserbecken an Ihr vorüberschwimmend, vermieden wir das laute Atemschnaufen, zudem bemüht, keinen Spritzer Wasser auf Sie kommen zu lassen –.) Ähnlich 1 auf höchsten Glanz polierte Oberfläche die Berührung eher zurückweist, befriedigte Ihr Anblick & Ihre Positur allein unsere Schau-Lust, und selbst diese verhielt gewissermaßen den Atem. Respekt u Angst, aus der frühen männlichen Ahnung weiblicher Unduldsamkeit (gewiß keinem der Schüler mochte bei seinen Onaniefantasien Diese Frau..... erscheinen), entrückten Sie jeglich $\frac{1}{2}$wüxiger Begierden; sogar die Worte *Badeanstalt* od *Schwimmbad*, die 1 Teil Ihres Namens deutlich enthielten, waren 1igen Schülern Grund, diese Worte möglichst zu vermeiden; u: selbst dem Großmäuligsten unter=uns, weil körperlich am weitesten Zummann entwickelt, der hin&wieder damit sich brüstete, er könne mit seinen Händen die schmale Taille Dieser Frau glatt umfassen, & diese Tat auch ankündigte, verging, als Die Frau dann im Unterricht vor ihm stand, sein Gelüst auf das jämmerlichste, & er seinen Ruf in der Klasse nur dadurch zu retten suchte, indem er verkündete, Diese Frau sei gar Keinefrau, sondern ein Kerl, nur ohne Pimmel, u: daher könne er Diesefrau nicht anfassen, denn schließlich sei er nicht schwul.– Respekt u früh=männliche Angst – nunmehr aus der Distanz von Vielenjahren betrachtet – verliehen Dieser Frau den Reiz der Zierde, wie für Ihre Wirkung auf Menschen zur Entfaltung Ihrer Finesse ein bedeutendes Auditorium als notwendig erschien; Mann mochte gerne mit Ihr in größerer & eleganter Gesellschaft sich zeigen inmitten von weiten hellerleuchteten Sälen; dagegen wünschte Mann sich nicht unbedingt über Längerezeit vollkommen all-1 mit Dieser Frau.....

→ Unter vier Augen stehen wir seit geraumer Weile im Klassenzimmer ein:ander gegenüber. Noch 1 Mal hat Sie mir die Frage gestellt & von mir verlangt, ich solle zugeben, daß ich meinen Freund habe abschreiben lassen. Ich habe zum wiederholten Mal gelogen & verneint. Entschlossen, von mir Ihren Verdacht bestätigt zu bekommen, beharrt Sie & läßt nicht locker. Sie od: ich haben unterdessen noch 1 Schritt auf ein:ander=zu getan, in Atemnähe halten wir jetzt die Blicke des Anderen fest; in 2maliger Winzigkeit, u wie die Lüge grotesk verbogen, widerspiegeln die Augen Dieser Frau mein eigenes Gesicht. Ihre dunkelgrüne Iris ist überdies mit braunen Pünktchen gesprenkelt; schon beginne ich, diese Pünktchen zu zählen. Die Frau, die das wohl bemerkt, versperrt mir diesen kindlichen Ausweg sofort: Stumm, noch um 1 Stück näher tritt Sie an mich heran. Ohne Lidschlag ausweglos, so zwingt Sie meine Blicke fest in Ihre. Jetzt berühren mich beinah die Spitzen Ihrer Brüste, keiner fremden Frau war ich jemals so=nah gewesen – junihelle weibliche Körperwärme, zuvor noch niemals gespürt –.– Nun will ich ihr nicht mehr ausweichen, nicht entkommen. Mit bislang ungekannter Lust lasse ich meine Blicke frei in die Augen dieser Frau phallen (nur 1 Mal, als wäre Meinblick 1 Berührung, zucken ihre scharf gezogenen, dunklen Augenbrauen –); – ein Mann u eine Frau –; und rauschend Stille=ringsum hält unser=beider Atmen in Bann – –

:1 Stimmenkiesel scheppert vor der Tür den Flur entlang –, mein Blick zerflackert, mein Glück brach plötzlich ab; während Der Blick dieser Frau nun ohne Schutz ungehindert in-mich dringt. Sie hat mich besiegt, auch ohne mein Schuldbekenntnis. Stumm, wenig später, bin ich entlassen.....– Noch draußen, auf dem Gang durchs Schulgebäude und auf dem Weg nachhause, über=flüssig u dumm wie 1 Hilflosen Reflecks, bedrängt meinen Hosenstoff rüde die Erektion.

Als ich meinem Schulfreund von dieser Begegnung erzählte, traf ich auf Unverständnis; er hatte Nichts begriffen von Der Lust eines Mannes u einer Frau. (Wie !erbärmlich=1seitig auch die Bemerkung jenes

Großmauls in unsrer Klasse über Diese Frau : er, der stets vor uns angab mit seinen Er-Fahrungen, hatte offensichtlich !Keineahnung; und würde vermutlich Zeit-seines-Lebens in dieser dümmsten=grobpfötigsten aller Ahnungslosigkeiten steckenbleiben.....: Das heißt, er würde mit Vielenfrauen nur immer=dasgleiche machen.)

Noch größer aber war meines Schulfreundes Verstörung, als ich ihm erklärte, innerhalb der Schule beim *Englisch Unterricht* (:kurz verwunderte ihn meine seltsame Betonung) könne ich unsere Partnerschaft nicht länger aufrecht erhalten. Daraufhin, weil er mit seinen dicken, glasbewährten Blicken mich wie 1 Verräter unter der Lupe maß, stammelte ich eiligst Erklärungen, die weder ihn noch mich selbst überzeugen konnten. Den wahren Grund verschwieg ich. Denn entweder hätt er mich für verrückt erklärt & ausgelacht od:, schlimmer, künftig gegenüber Dieser Frau von mir jenes Verhalten er=wartet, das Mann von Männern in solchen Phällen verlangt.

So behielt ich die Wahrheit für=mich : Seit diesem Nachmittag liebte ich diese Frau mit jener Ernsthaftigkeit u hell-Sicht, die wirkliches Lieben zu allen Altersstufen ausmacht. Die Nähe unserer Begegnung in jenen unmeßbaren Augen-Blicken, sie wiederholte sich nicht, wie auch keine andere, gar weitere Annäherung zwischen mir u: Dieser Frau jemals stattfinden sollte. Ich aber hatte Furcht gegen Liebe getauscht, und so liebte ich diese Frau = die *englisch Lehrerin*, fortan ohne jeglichen Zwang mit ungetrübter Klarheit ebenso wie ohne jegliche Sentimentalität, weil ich Dieseliebe niemandem, am allerwenigsten Dieser Frau, kundzutun brauchte.

Er sucht Sie

Die Finger beider Hände umschließen das *Händi*, als würde die junge Frau, dort auf der S-Bahnsitzbank=gegenüber, andachtsvoll 1 dunklen Kerzenstumpf halten. Auffallend die künstlichen Fingernägel, Marke *French*: kalkfarben lackiert u zu Schaufelform geschnitten, scheinen sie ins Plastikgehäuse des *Händi* hineingegraben & dort steckengeblieben. Den Kopf leicht nach vorn geneigt, die Augen in der flauen Hypnose der S-Bahnreisenden starr & blicklos gerichtet auf 1 leere Stelle der Sitzbank vor ihr. In das hefige Mädchen-Gesicht erscheinen die mit Wimperntusche schwarz gesäumten Augen wie Knopflöcher hin1geschnitten. Den Oberkörper, in-sich gesunken, willenlos den Fahrterschütterungen überlassend & desöftern laut schniefend Rotz in der Nase hochziehend, erweckt diese junge Frau=hier auf der S-Bahnfahrt von Ostbahnhof nach Charlottenburg den Eindruck einer letzten trauernd Hinterbliebenen am Ende 1 Begräbnisses. –

Aus dem *Händi* die akustischen Insektenstiche –, –, : in die junge Frau fährt zuckend Bewegung: Das Rückgrat wie 1 abgeschnellten Bogen grad aufgerichtet, die Beine gestrafft, über die Gesichtshaut 1 Schimmern, als hätt man im Keller das Licht angeschaltet –. Doch sie beherrscht sich rasch, nimmt den Anruf noch nicht entgegen, sondern wartet noch zwei weitere Serien des Läutesignals ab. Dann, mit alle übrigen Fahrgäste-im-Wagen ignorierender=überlauter Stimme als wolle sie eine Person am Wagenende erreichen, meldet sich die junge Frau.

FRAU: –?!Jà. Jaa hier is die Schackeline. A-ach!dubistas. Ich dachte schon, du meldest dich ganichmehr. Gestern war bei dir nur dein Anrufbe –: ?Wie. Inner Esbahn. Ja. Konnt nich länger mehr wartn zuhause. Muß jetz auf-Arweit. Habich dir doch gesaakt: Inner Bar in Schalottenburg. !Nee. (lacht) –Nich als !sowas. Ich steh hinterm Treesn. Bar Dame. Ja. Kommptschonnma vor. Von !mir wollnse alle Was. Klaro: Mitte Bar Dame müssn sich schließlich alle gutschtelln. Jooo: Manschmas Einer schonn gans=nett. Aba da schiebt sich bei mir nischt zusamm: Dienztisdienzt & Schnapps is – Meistenz ahmtz. Na Amtach isja kaum Kundschafft. Ja. Klaro kannzte vorbei=komm. Fraach nur nacher Schackeline. Denn gehtet klah. !Yupp. Wär aba schöner wenn wir uns vorher mal. Treffm. Ja. Wie ich ?ausseh. (lacht)

Die junge Frau beschreibt nun ihren Körper, in Abhängigkeit der als Attraktion empfundenen Merkmale ansteigend geordnet; sie schaut dabei begutachtend an sich hinab. Ihre Lippen verformen sich, als läse sie, zunächst still für=sich, von überall an ihrem Leib verteilten kleinen Zetteln sorgsam die Preisziffern ab, in jener Manier von Schnäppchenjägern: selbstzufrieden & kleinlich, & dadurch jeglichen Genuß imvorab verderbend.– Zu solch kurzer Selbstbeschau zerrt die Frau ihre einst mit Lack vergoldete, jetzt an vielen Stellen abgewetzte, brüchige Kunstlederumhängtasche wie einen Karabiner zurecht.

FRAU: –All-so: Ich hab langesglattes Haar, Henna –: sis awa !ächt: Ja – rothaarige Fraun hamm nehmlich imma n Geh-!Heimniss –, (lacht meckernd) –Nähä: !Dás müssn Männer immer selwer rauskrieng –:äh, ich meine. (Räuspert) –Also: Ich bin einssiepzich groß, schlank, und ich hab nen knackign Aasch. N KNACKIGN AASCH. – Ja. Samma höastu nich – A – hastn Hörstuartz gehabt – is daswas Anschtecken – Gutt. Ichmeine –

Trotz augenscheinlicher Sauberkeit – die etwas zu drallen Schenkel in fleckenlos heller Hose, die dunkelblaue Bundjacke ist etwas zu knapp, der Stoff drückt aus der Hüfte Wülste & zwängt die großen Brüste 1, das glatt ihr Gesicht umrahmende, hennagefärbte Haar (:am Mittelscheitelansatz über der Kopfhaut schimmert die ursprünglich dunkelblonde Haarfarbe hindurch), auch kommen von ihrem Körper keine unangenehmen Gerüche – ruft die Erscheinung der jungen Frau dennoch den Eindruck hervor, als trüge sie ihre Unterwäsche zu lange –.

FRAU: –Jau. Gutt. Unt?wo. (lacht) –Am !Ah lecks. O – O kej: Dawo gansfrüha Tsitti-Musick drinwah unjetz Kamineküchnlicht Anne Ecke, jj-!Jau. Unt: Untwie ?erkennich dich. Nän !?Tschockinganzuch. Hellbeesch. Untne ?hohe-Schtiarn –: Samma: Du hast inne Annonkse gahnich geschriem wie ?altu einklich –, ? – :À-!hh, o!dass aba –. Najà: Mann isso alt wie Mann sich – (lacht) – –ich meine natürch: Mann ist so !junk wie – ?Wie. ?Ich: Vierunnzwanzich. Wennich Genuggeld inne Bah vadient hab, denn machich meinn Berufsabschluß. Gaststättngewerbe. Klah. Kennichmichdochambestnmittaus. Habmich hierunda schoma büschn umgesehn. Isjan Vochteil wemma flecksie – Nee. Keine eigene. Noch nich. Is jetznoch zu teuer für mich. Ich wohne noch bei meine Oma. Die is schwerhörich = unda kannich sowieso mitbring wen ich will. Sonntach. Um dreie. Anne Ecke. Dawo gansfrüha Tsitti-Musick drinwah unjetz Kamineküchnlicht Yupp. Ich hab n dunkeln Bläser an, Hellehoosn & hab ne !goldene Umhängtasche umm. Ja Gold & Ächtleder. !Totschick. / Grußlos, ohne Abschiedsfloskel, ist das Gespräch beendet.

Die Frau nimmt ihre vorige Haltung wieder ein; nochmal 1 Schnief hochziehend –, ihre Haltung jetzt in gespannter Geringschätzung/abfälliger Angespanntheit – :die Grundgefühl-Mix-Tour von Großstädtern.

Das *Händi* im Schoß, den Kopf leicht nach vorn geneigt, so scheint die junge Frau lauschend, ?worauf: Immer auf den nächsten Anrufer. – –

S. 482, Brache Stätten 1 →:
Träume haben von ihren Subjekten endgültig sich befreit. Fiebernd in kaltsinniger Gier nach Lebens=Beute (gültigem Kapital als Mehrwert zum Sein), gleich den früher aus Arbeits-Lohn-Verhältnissen eskapierten Proletariern, streunen *wir* umher auf der Suche nach neuem, besiedelbarem Grund. Traum vom unmöglichen Traum. *Unsere* 1samkeiten sind *unsere* Langeweile; *wir*, die *inneren Arbeitslosen*. – –

Bittere Neige

Sommer 2001

So mußte jener Moment kommen, der nur sofortigen Aufbruch übrigläßt, nachdem das in Stunden eingeschlossene Ritual des Gasthabens im Restaurant vorüber, – trotz tagsüber sommerlicher Großstadthitze plötzlich kalte dürre Luft, ausgeblichnes Licht im Lokal –, den Blick der Frau mir gegenüber noch einmal erkaltend.

Diesen Abend hatte ich herbeigeführt; hatte das Treffen=heute arrangiert – mich u: Elisabeth, nach der Scheidung und monatelanger Abkehr, wieder zusammenzubringen. Mein Fehler. Statt dessen ist mir Elisabeth während dieser Stunden immer weiter entrückt – ungläubig muß ich mich fragen, ob Diese Fremde wirklich jene mir über 12 Ehejahre vertraut gewesene Frau sei: dieser Leib, diese abgewandte Stimme, 1silbig hochmütig in Unnahbarkeit –: *?Elisabeth*.

Ohnehin ist uns seit Geraumerweile der Aufenthalt im Restaurant dadurch vergällt, daß der Kellner (ohne uns um Erlaubnis zu fragen & wie mir scheint mit hämischer Absicht) an unserem Tisch kurzerhand eine Familie mit 3 Kindern – 2 Jungs u 1 Mädchen im Alter zwischen 6 und 10 Jahren – plazierte. Die Familie kommt offensichtlich von einer De-Monst-Ration; in Händen Kerzenstummel haltend, die Gesichter noch voll rotbäckiger Frieden's Gesänge. Doch scheinen die für 3 Görengemüter überlange-Zeit an Zahmtun & Ringelreih –, jetzt will Das wieder brüllen hauen stechen – alle Schönheiten aus einem krawallbunten radaubolzigen Kinderhimmel=auf-Erden. So stürzen sich die Neuankömmlinge rücksichtslos auf jeden freien Stuhl. Elisabeth ist dadurch ans gegenüberliegende Tischende abgedrängt worden; in ihren Blicken Empörung – zornig blitzt sie zu mir herüber: *Nichtmal !Solchespack kannst du uns vom Hals halten. Du hast !Garnichts dazugelernt in der Zeit unsrer Trennung; du warst & bist das alte=unfähige Kind u: willst, daß ich wieder ?!zurückkomme zu dir : ?!Soll etwa Alles so weitergehen wie es damals geendet hat –.*

Der dreiste Kellner, der uns diese Nachbarschaft bescherte, hat sich rasch entfernt.– Inzwischen okkupieren insbesondere die 3 Gören den gesamten Tisch : hemmungslos grabschen sie Teller & Besteck auch von meinem Platz, werfen Messer & Gabeln zu Boden, verbreiten mit speichelsüßen Kindsgerüchen Malstifte Bilderbücher Spielzeug über die Tafel, lassen Schwungradautos jaulend gegen:1:ander krachen, schieben die Tischdecke zusammen und kippen dabei die Vase um (der faulig riechende Wasserschwapp gießt sich beinah über meine Hose), dann reißen sie laut kreischend sich gegenseitig an den Haaren, bewerfen sich mit Stoffknäueln, die sie aus den Servietten geknetet haben od bespucken sich johlend über den Tisch-hinweg. Ein-aufs-andere-Mal bekomme ich unterm Tisch die Schuhe von 1 der Gören gegen Knie und Schienbein getreten. Binnen=kurzem hat diese Brut das Lokal zu ihrem Kinderzimmer umgestülpt. Deren Eltern – der Vater, 1 vielleicht Mittdreißiger doch schon Geheimratsecken & wollfadendünnes Haar, Goldrandbrille & im selbstgestrickten, haderfarbigen Pullover sowie seine Frau, eine mollige Person mit Schweinsnase Schweinsäuglein Schweinsbacken & kleinen mißmutig hängenden Lippen – nehmen keinerlei Notiz vom Getobe ihrer Kracken. Das ärmellose, von Schweiß befleckte T-shirt der Frau zeigt auf der Haut ihrer bloßen Arme eine Aussaat dunkler Punkte, als schwämmen Insekten in dicker Milch. Kaum Platz genommen, hievt sie ihre ausgebeulte Umhängtasche mitten auf den Tisch (achtlos katapultiert sie Essensreste von meinem Teller hoch) & beginnt ihre unablässige Wühlarbeit in den Tiefen dieses Frauen-Sackes, daraus (?od sinds ihre Füße) Gerüche nach heißem Käse wabern –. Beide Eltern feuern ihre Gören noch zu weiterem Getobe an, indem sie anspornend wie beim Wettlauf laut deren Namen rufen: *!Jo-!Naß !Sa-!Ra !A-!Bell.*– Der Selbstgestrickte muß bemerkt haben, wie die Attacken seiner Baggasche auf uns wirken, er bringt sein Gesicht vor meins & beginnt sogleich mich zu pädagogisieren: –Kinder müssen bei!zeiten ihre Fant-asie !entfalten. – Erhebt den Kerzenstumpf in seiner Hand & glotzt mir voll Erzieherstolz aus melonenförmigem Gesicht entgegen, während ihm 1 seiner Gören heimlich Popel in die Pullovermaschen klebt. –:

1 Leerer-Seele, scheints, wie Buttermilch & Fusel – seine Schüler gespickt mit Steinchen aus dem Legokasten schulischen Wissens: Satz des Pythagoras, Kopf-Salat gehört zu den Korbblütern, das Tertiär & die Braunkohle, das gleichschenklige Dreieck, Kasus & Geschlecht, Ethik & Demokratie, Zäsars gallische Kriege –:das schleppen seine Schüler in ihren kleinen Gehirnschubladen daher, schmeißens zusammen mit Markenklamotten Markengesöff Schokoriegeln Alk&poppen & Kommputerspielen, und entfalten, was sie be-griffen haben, dann mit *Fant-asie* ungeniert vor Allenleuten –:Solch Fant-asie mißt Zweimeter Schulterbreite, besitzt eisern gespitzte Ellbogen, trampelt

auf zwei Stahlbeinen & führt ein allseits entwickeltes Schandmaul spaziern – : Allsamt Gefilde jenseitigen Lebens: so nah, so aufdringlich präsent, daß solchermaßen Täuschungen-für-Leben schon als Echtesleben gelten; Viele stoßen sich dran Köpfe & Mäuler wund. Ich erwidere nichts. Angeekelt wende ich mich ab und winke zornig nach dem Ober, Elisabeths & meine Rechnung zu bezahlen. Der Kellner jedoch läßt sich ausgiebig Zeit – offenbar will dieser Lackei mein Martyrium bis zur Neige auskosten. Also muß ich der Frau mit den Schweinsbacken noch beim Essen zusehn. Den kleinenbösen Mund reißt sie bei jedem Bissen gewaltig auf, Marder-Zähne entblößend und den Rachenschlund, u weil das ungeniert=offene Maul-Aufreißen Hauptzweck sein muß, stopft sie jeden Brocken hochkant in den Mund, & verschlingt ihn mit schlapfendem Geräusch. (Der Selbstgestrickte, über den Teller gekrümmt, mümmelt kleinmäulig rasch.)

> ***S. 336, TürkDöisch, Die 3. Generation / Ródina mjórtwaja:***
> Gegenwärtige Abendland-Kulturen=im-Abstieg-&-Verfall entblößen ihr Grundraster, die sogenannt Freie Marktwirtschaft: Schönheit & Kriminalität ohne jede ethische od klassenmäßige Abgrenzung. Beides kann praktisch überall mit denselben Anzeichen innerhalb der-Gesellschaft auftreten; beides dient den Strategien zum Erringen von Reichtum & Macht – fort=an mit anderen Vektoren.
> Denn die einer Verfallskultur Zugehörigen sind bereits zu schwach, zu angekränkelt im Willen, zu fragwürdig die eigenen Perspektiven; Neue=Fremde benutzen von jetzt=ab diese Chancen..... Einheimische in ihrem weitgehend abgeschafften Selbst übernehmen ihrerseits Sprech-&-Lebensgesten von jenen Fremden; sich selber fremd=*machen*, sich selbst so weit wie möglich ver*fremden* als letztmögliche Züge zum Außer-sich-Sein; pseudomorphotische Sprech-Pose statt Sprechen, Mediatisierung in der einstigen Sprach-Macht durch den als überstark empfundenen Fremden – eine besondere Form von Penisneid.

Elisabeth wendet sich voller Ekel ab, sie schweigt drohend, die Augen blitzen, ihre Lippen striemendünn.

Schließlich bemüht der Kellner sich her an den Tisch, ich bezahle – und er gibt mir das Wechselgeld, einige Hände voll kleiner & kleinster Münzen, in den verschiedensten Währungen heraus. (:Aus Bosheit, weil ich ihm kein Trinkgeld gab.) Anderseits scheint das hier vollkommen normal; der Kellner ist bereits vom Tisch, als ich meine Stimme wiederfinde, ihm hinterherrufe & lautstark über den unsinnigen Münzenberg mich beschwere. Elisabeth, ebenfalls bereits vom Tisch aufgestanden, kehrt sich zu mir; in ihrem Gesicht erneut der Ausdruck von Gereiztheit, jetzt über meine ihr offenbar als unnötig & kleinlich erscheinende Rechthaberei. 1 kurzes Rucken ihres Kopfes bedeutet, daß sie, nach solch langem durch die Stunden gezerrten Abend, von mir keinen anderen Ausgang als den in irgend-1 Dümmlichkeit erwartet hatte. Dieser Abend, er sollte unsere Wiederversöhnung sein; nun habe ich dies Vorhaben scheitern lassen an all meinen Gewöhnlichkeiten, die ich mir nicht hatte abgewöhnen können.

Der Kellner überdies stellt sich taub; als hätt er meinen Protest nicht gehört, verschwindet er hinter der Schwingtür zur Küche. Dafür mischen nun andere Gäste von entfernteren Tischen ins Geschehen sich ein, teils lachend teils mit schlecht gespieltem Ernst, indem sie mir Ratschläge, was mit all-diesen Münzen am besten zu tun sei, erteilen. Auch die Gören sind nicht untätig; frech grabschen sie sogleich nach dem Geld auf dem Tisch. Elisabeth ist diese Szene nurmehr peinlich (wie gewiß die Begegnung mit mir), sie ist aus dem Lokal auf die Straße hinaus. Wütend schütte ich die Münzen in die Jackentasche (die Menge hellklingenden Metalls fügt sich dort wie zur Eisenkugel zusammen & zerrt die Jacke auf dieser Seite schwer hinab), dann, Tabakqualm Essensgerüche Lärm mit den Händen teilend renne ich durch das Gelächter der Gäste wie von fettigen Theatervorhängen umschwappt, zur Tür und hinaus, – draußen hastig Ausschau haltend nach ihr –.

Obschon von Anbeginn unsrer Begegnung davon überzeugt, daß zwischen uns Beiden nicht mehr das Geringste an Über1stimmung bestünde – wie 2 ein:ander gleichgültige Tiere entlegenster Rassen stellte 1zig Unverständnis, schließlich Abneigung und Überdruß zwischen uns sich her –, will ich dieser anderseits mir !zu 1fach erscheinenden Abkehr mit Trotz widerstehn, indem ich !gerade !deshalb die Nähe zu dieser Frau, mit der ich Zwölfjahre=lang verheiratet gewesen war, erneut aufsuche.

Vielleicht rührt meine Beharrlichkeit aus 1 Bemerkung her, die ich einst niederschrieb & jetzt erinnere: *Jedermann sucht im Anderen das sich-Gleichende; ich suche im Andern das Andere. Nur in der Begegnung mit dem mir Unähnlichen liegt die Chance dem-Neuen..... in-Wirklichkeit zu begegnen.* Vermutlich aber rührt meine Sturheit nur aus den verschiedensten Getränken her, Cocktails – von der Frau bevorzugt – & die ich, ihr zu zeigen, daß die-Sucht mir Nichts mehr anhaben könne: *!Schau wie !sehr ich= 1-Anderer geworden bin*, einenumdenandern in-mich schüttete, im langsam steigenden Rausch vergebens die Ausgelassenheit suchend; 1zig Übelkeit & Streitsucht machten sich breit in-mir –.

Trotzig tappe ich auf dem Pflaster umher, würgend an süßsauerem Speichel, stolpernd ergreife ich den Stützpfeiler eines Baugerüsts. Meine Blicke –, vergebens : Elisabeth bleibt verschwunden; ich weiß, Diesesmal für=immer..... Und sie kehrt nicht allein in meine Träume ein; sie leitet meine Sprache in Versprecher..... Das ist Die Scheidung in zwei Menschenhälften, die ein ander vergessen. – Meine Schritte stolpernd & schlurfend durch die Straßenflucht.

Viele Häuser in dieser Gegend zu beiden Seiten der Straße sind eingerüstet & von Plastikplanen verhüllt, dunkel u leer als ständen riesige Steincontainer zum baldigen Abtransport bereit. Unter den Gerüsten durch enge Tunnel als Bretterstege führen die Fußwege entlang, und regelmäßig Abzweigungen zu den Haustüren & Zugängen zu kleinen dämmerigen Läden, die in solch Nischen wie vergessene Altäre glimmen.

Im Schaufenster zu 1 dieser Läden auf blausamtenen Tabletts liegt eine Vielzahl großer & kleiner Münzen ausgestellt; ich trete ein in der Hoffnung, hier die Händevoll schweren=fremden Geldes aus meiner Tasche wechseln od verkaufen zu können. Vor 1 altersdürren Frau schütte ich die Münzen auf den Ladentisch; je mehr ich davon ausbreite, desto unwilliger – will scheinen sogar voll deutlich bekundeten Ekels – verzieht die Alte das Gesicht. Schließlich sagt sie kurzangebunden mit vor Ärger angerauhter Stimme, sie könne *Sowas* (1 welker, greisenfleckiger Zeigefinger mit schwerem, goldgefaßten Rubinring deutet auf die Schütte Münzen vor ihr & ihre Stimme, als hätt ich 1 schmieriges Angebot unterbreitet, voller Abscheu:) *Sowas* könne sie unter !Keinenumständen wechseln, schon gar nicht aufkaufen, man sei ja schließlich kein – (und raunt 1 Wort, das ich nicht verstehe). Ihre grellrot geschminkten, prallen Lippen glänzen wie Raupen, die aus totem Fleisch peristaltisch sich bewegen mit jedem Laut. Wohl mehr vom Ansehen&hören dieser alten Wucherin abgestoßen (ich erinnere den Raskolnikow; von=jeher galt meine ungeteilte Sympathie seinem Mord), kehre ich die Schütte Münzen in meine Tasche zurück & stapfe grußlos aus der alten Luft in diesem Laden auf die Straße zurück.– Ratloser als zuvor, zudem ohne 1 Pfennig gültigen Geldes, finde ich mich erneut im trübmatten Straßendunkel, all-1.....

Dieser Teil des Scheunenviertels ist noch ohne Kneipen & Cafés. Grad vor-kurzem hatte hier der Abriß des Alten & der Aufbau von etwas-Anderem begonnen; träge knisternd schwappen die Plastikplanen um die skelettartigen Baugerüste über meinem Kopf – die 1zigen

Geräusche hier=in-Mitten aus dem heranrollenden Rumor dieser Stadt. Inzwischen liegt Abend in den Straßen. In den tunnelartigen Wegen unter den Baugerüsten in Glasschalen hängend & von Drahtgittern eingefaßt bleiche Tropfen Licht, flaue Helligkeit auf die Bretterstege klexend. Flachgesichtig zitronengelb die Warnblinker vor umzäuntem Gelände, dahinter Bauwagen Schutthaufen Dreck & Gerümpel, – feucht & kalkig der Luftzug aus dem Inneren dieser Häuser. *Wenn all die ausgestülpten Zellen nurmehr enden als immergleicher holzfeuchter Moder – :?Ob die Unmengen solcherart gemauerter Abgrenzungen zu Wohn-Gehäusen nicht im gleichen Maß rührend=anachronistisch seien wie die Behauptung von Individualität & Intimsfäre im Zeitalter der Röntgenstrahlung.....–*

> ***S. 85, Brache Stätten 2 →:***
> Was von Städten bleibt: Ruinen & Müll; von der-Arbeit: Scherben & von der-Natur sich wieder zurückgeholte Fabrikanlagen. ?Und von Menschen: Träumebruch einst ersehnter *Schönster Momente –*

Jemand ruft meinen Namen –

Eine Frau schreitet aus dem Straßendunkel den Tunnelweg entlang auf mich zu – :glattes dunkles, in der Mitte gescheiteltes Haar, das bis auf die Schultern reicht, mit kurzen stummligen Fingern streicht die Frau 1 Strähne aus der Stirn u sieht mir direkt in die Augen : !Sophia – *?soll ich Dich noch immer nur Meine-Therapeutin nennen.* (Rasch fingere ich in der Jackentasche nach Pfefferminzbonbons, meine Schnapsfahne zu kaschieren (Sophia darf !nicht riechen, daß ich vor-kurzem Alkohol getrunken hab; sie würde meinen, ich sei *rückfällig* geworden) – tief wäre ihre Enttäuschung, u: der Schöne-Moment verdorben..... Eilends zerkauen die Zähne das Bonbon, mit kalkscharfer Süße den Rachen brennend –.) *–!Sophia: bist Du hergekommen – zu ?mir.....* Gelingt mir noch zu fragen (– mit Tränen vom beizigen Pfefferminz).

Lachend nimmt Sophia mit ihren Lippen meine Frage aus dem Mund, dann meinen Arm, hakt sich unter (ich spüre die Wärme ihres Körpers wie freundliche Hände nach mir greifen –), so gehen wir den engen Tunnelweg entlang und überqueren die schweigende Straße, Hand-in-Hand (u wieder das Befremden über ihre so kurzen, stummlig-rauhen Finger). ?Vielleicht ist Elisabeth noch in der Nähe, sie kann noch nicht weit fort sein – : *Du sollst sehen, daß es !nicht stimmt, was du mir am-Ende unsrer Ehe sagtest: !Niemals findest du wieder eine Frau, die dich so lieben kann wie ich –.*

Im Dunkel eines Baugerüsts drängt sich Sophia an mich, – ich greife mit großer Gebärde unter den dünnen Blusenstoff (*?vielleicht, Elisabeth,* *siehst du !jetzt –*), – schwer liegen die Brüste in meinen aufgespreizten Fingern, doch erscheinen mir diese Brüste ohne Form u – als seien sie abgestorben – ohne Leben. Haut & Fleisch dieses Leibes haben etwas allem Leiblichen Abgewandtes, etwas das jegliches Berühren kindisch macht. Desgleichen ihr Mund, die Lippen aufgesprungen, der Atem sauer u brandig wie nach durchsoffener Nacht. Hartnäckig presse ich dennoch den Leib der Frau an-mich, fasse mit einer Hand unter den Rock, unterm Slip der kräuselig harte Haarbusch, meine Finger dringen wüst in die trockene Schamspalte ein. Als würd ich 1 Leichnam spüren.

Darauf legt die Frau den Kopf zur Seite und lacht schallend auf. *–!Das war deine Letzteschongs. Meinlieber.* Sagt sie laut in mein verblüfftes Gesicht, in der Stille mit den Lippen schmatzend: *–Pfefferminz, ?wie: Und die gestrenge Lehrerin wird schon nicht merken, daß der Kleine gesoffen hat.* Und setzt voll steinernem Ernst hinzu: *–Aber es ist wirklich nicht mal zum=Lachen mit dir. !?Weißt du, ?wann du am !komischsten bist: Wenn du glaubst, am !besten zu sein. Du bist Keinmann. Schon gar kein Ehe-Mann. Du bist kein Liebhaber. Du bist kein Schriftsteller. Keinkind. Du bist garnicht Aufderwelt. Komm & mach weiter, wenn du meinst, !das müsse es sein, was !ich will. Nur zu, mach immer=schön weiter mit deiner Fummelei. Ich werd dir sagen, wann du – am !besten bist.* Und noch ein Mal fällt ihr glockenlautes Hohngelächter die leere Straße entlang. Dann macht sie sich energisch frei von mir, schreitet quer über die Fahrbahn zu einem Torbogen.

Die grelle Lampe im Scheitelpunkt zur Toreinfahrt zeigt die Gestalt 1 Mannes im eleganten, anthrazitfarbenen Anzug, das Gesicht des Fremden als sei es dem Foto aus dem Schaufenster eines Coiffeurs entnommen. Einst hatte die Frau Solchentyp=Mann als *Damenmann* bezeichnet. Jetzt hakt sie sich in der gleichen Manier, wie vordem bei mir, im Arm dieses Mannes ein; sie sprechen laut miteinander, ihre Stimmen schäumen das Straßendunkel entlang als wäre Sekt drüberhin gegossen. Und die Frau legt den Kopf in den Nacken & lacht ihr kehliges schön-helles Lachen –. Bereits mit dem 1. Blick kann jeder sehen: Die Frau & Der anthrazitfarbene Anzug – sie passen !gut=zusammen, lückenlos harmonisch, 2 bislang getrennte Teile haben sich hier gefunden. Sie greifen in-ein-ander wie Zahnräder im selben Ge-Triebe, & der Schaltgang *Zuphall* hat sie soeben zusammengebracht. Vonnun=ab werden sie *funktionieren.*– Während ich neben Dieser Frau (wie auch in Allenjahren neben Elisabeth) stets aussah wie 1 zugelaufener Hund, ungeschliffen, bestenfalls geduldet für 1 Zeit, u: gilt nicht mal für sich selber.– Als hätten sie geflaggt: !diese=Beiden segeln Richtung Bett. Während ich=Derhund, am Bühneneingang zu diesem Haus-Theater angeleint, Draußen bleib; der 1tagshund, der Seinen-Tag schon hatte.

Sie werden mit-ein-ander reden. Natürlich. Zuerst immer=reden, die Stimmen fleischwarm umeinander geschlungen. Dann die Gesichter sich verstopfend mit Küssen. Dann Flüstern – *Ja ich weiß du brauchst mich du willst mich haben Ja Komm zu mir ich warte auf dich ich will dir nahe sein will dich spüren Ja zeig mir deine Lust Komm zu mir Komm ich will deine Nähe fühlen Will dich kommen hören Ja komm Komm* –.– Ovid: *Daß Es dir wohltut, bezeuge dein Stöhnen* – :O wie du gelangweilten Blickes diese Zeilen 1 getretenen Käfers lesen würdest, Sophia, so wie beim Anschaun von Urlaubsfotos Fremder, die jene Abbilder von Landschaften mit bewegten Worten kommentieren, weil !sie einst in diesen Landschaften sich bewegten – nicht aber wir. Und wirst unbewegt bleiben, mit schlecht verborgenem Gähnen stumm. Denn die Intimstenworte sind immer die bereits zu=!erst genormten, wie Anmach-Texte beim Telefon-Sex. *!A Herzenswärme – doch ?wie erwärmt man Innereien.* Mittels Technik, & später die Heizkosten-Abrechnung für freihaus gelieferte Gefühl's Arbeit. Wucherpreise & Börsenhandel mit *Intimität.* Der wird Ballast, sobald den Volx-Aktien die Baisse ansteht. Von der Spreu zum Weizen, vom Ballast zum Humus, dadraus die-Neuen Reichtümer ziehen &sofort, & sind wieder unter=sich.....

→ Geschmeidig entkleidet sich die Frau vor dem Fremden, aus dem herabfallenden Stoff emporwachsend der nackte gerade Rücken, die Schulterblätter, der glatt sich wölbende Hintern, die Muskulatur an den Oberschenkeln, an den Waden – und ihre Füße, die aus dem Stoffgewoge wie aus einem in weiche Falten gelegten Nest heraustreten, mit kleinen Schritten langsam auf den Fremden zugehend – das Schau-Spiel ihrer Nacktheit, die Lippen aufgeworfen zum kußwarmen *Du* – für 1 Fremden. – *Genauso haben einst auch wir begonnen: Sophia=u=ich* –.– Mit Besitzerroutine greift nun Der Passende Mann nach ihren Brüsten – *erbeutete Landschaften Deiner Haut, die glaubte ich zu mir gehörig*; dann bedrängt seine geil zuckende Nacktheit ihre Lende. Darauf legen beide sich nieder – *so wie einst Du zu-mir Dich legtest an einem frühhellen Morgen.* Und an ihren weit gespreizten Beinen zu mir weisend wie eine Faust ein Knie, 1 Lichtschimmer greift danach, streicht über die Haut den Oberschenkel ent=lang und hinauf zu dem einen starken Muskel

in die schattige Vertiefung zu ihrem Geschlecht – *und weiße Zahnreihen entblößen Dein Lachen, für keinen.* – Schlafen mit= od gegen:ein:ander, Ficken, Vögeln, Pimpern, Liebe-Machen –: das 1. das albernste Wort, das letzte das blödeste – und dazwischen Unmöglichkeiten: Es gibt keine wirklich stimmende Bezeichnung für dieses Tun; so bleibt Das für Mann u: Frau Die älteste Burleske im Lach&folterkabinett.
→ !Wie !lange habe ich glauben wollen, Worte seien aus dem Innersten der Menschen u sie könnten Dorthin einkehren, unverschlissen, unverletzend auch. Worte sind Kleider, & wer Kultur hat, wechselt sie häufig. Sie fangen sonst an zu stinken. Die-Welt hängt voll ungelüfteter Worte..... ?Was bleibt außer Gefasel 1½wüxigen. Der einst für seine dunklen Begierden 2 Titten & 1 Schlitz im Fleisch bekam. Und Andernmorgens, Geschmack einer Fremden im Mund, verwundert sich fragte: *!Das ist ?Alles.* Und noch nicht zuende. *Sophia. Du kehrtest dich ab von mir, u: ich konnte Dagegen nichts tun.* Wer überzeugen will, muß zuallererst von=sich=selbst überzeugt sein. Nichts aber war mir jemals zweifelhafter, als ich dem Ich. Und der Mensch, zu dem am-!wenigsten ich mich hingezogen fühle: ich. *?Wozu Vorwürfe. Sophia. Zwischen J und A die-Ganzewelt. Und mehr gibt es nicht.* Erst recht nicht für Denhund, der Seinen-Tag schon hatte, u: der gehorcht nicht mehr.

Ratlos auf dem Asfalt (sauere Übelkeit in Wellen aufsteigend) starre ich den Beiden nach. Und eile nochmals der Frau hinterher –.– Außer Atem Schritt haltend, trotte ich schließlich neben ihr. –

Während die Frau meine ihr lästige Gegenwart durch übertriebene Hinwendung an den Mann zu überspielen & so mich zu ignorieren sucht (als schämte sie sich vor ihm; nicht, weil sie eine Affaire hätte zugestehn müssen, vielmehr 1 Aff-Färe mit jemandem wie mir : Das Bild des Mannes neben einer Frau fällt immer auf die Frau zurück). Während sie so voller Süßheit den Mann umschmeichelt, hat Der bislang nicht die geringste Notiz von mir genommen. Er scheint nicht im entferntesten auf den Gedanken zu kommen, jemand wie ich=in solcher Jämmerlichkeit könne Allenernstes mit Dieser Frau ein Verhältnis haben od: möge gar im Ringen um ihre Gunst mit Ihm konkurrieren wolln. Die Dummheit der Dümmsten kommt dem-Leben immer am nächsten.– Und als brauchte er zu seinem Eindruck noch die Bestätigung, falle ich, in Kurzatmigkeit vom raschen Laufen, in heftigen Schluckauf –, zuletzt unter gräßlichen Würgelauten – die !verfluchten Cocktails & das Pfefferminz – rinnt Speichel wie Leimfäden über die Lippen. Mit zitternden Knieen hilflos schwankend bleib ich stehn, umklammere 1 Baugerüstpfeiler, während Erbrochenes über meine Lippen kwillt –.

Mund und Stirn abwischend, halte ich dann wieder Ausschau nach der Frau –: Am Ende der Straße sehe ich sie & den elegant gekleideten Fremden davongehen. Den Kottergeschmack runterschluckend, eile ich zum dritten Mal den Beiden hinterher –, und trotte schuld=bewußt neben der Frau, fieberhaft nach 1 Wort suchend, das mir ihre Aufmerksamkeit wiedergeben würde. Vergebens. Auch stellen sich fortwährend Hindernisse in den Weg: mal stolpere ich über meine offenen Schnürsenkel, mal knicke ich mit dem Fuß in einem Schlagloch um, dann wieder zwingt mich neuerliche Übelkeit an eine Wand. In hastigen Sprüngen, schweißüberströmt, suche ich danach stets den Abstand zu ihr wieder aufzuholen. – Und spüre das dringende Verlangen, vor Dieser Frau mich noch weiter zu erniedrigen. ?Vielleicht, wenn nicht als-Mann, so könnte ich in Ihren Augen als Hund noch gültig sein. Denn Hunden geben Fraun oft mehr Zuwendung als 1 Mann. (1zig die Handvoll Münzen in der Tasche ist schwerwiegende Erinnerung & Mahnung an Menschsein.) Auf-allen-4en dränge ich mich an ihre Waden, schnüffele & lecke die glatte Haut ihrer Schenkel hinauf, und mit den Vorderpfoten ihre Knie umklammernd, tauche ich in die Hülle ihres Kleides wie in eine Glocke aus weiblichem Geruch. Mein Mund, spitz wie eine Hundeschnauze, drängt hinan, meine Zunge sucht sich einzuwühlen zwischen die umhaarten seidig feuchten Lippen ihres Geschlechz. (Die Frau hält still, als warte sie –.) Als ich mich schließlich wieder zu menschlicher Gestalt erhebe & mit den Fingerspitzen ihre Schulter berühr – :!Da erst stößt Die Frau mit 1 unwilligen Laut mich von sich fort; & als müsse sie 1 aufdringliches Insekt von ihrer Jacke stäuben, schüttelt sie kurz die Schulter u die Erinnerung an meine Berührung ab. Als Hund geduldet, als Mann unmöglich. – Die Frau geht in weiten Schritten mit dem Anderenmann-an-ihrem-Arm die Straße entlang davon, – hinein in den Lichternebel Derstadt. – Um eine Hausecke verschwindet die Gestalt 1 anderen Frau – sie hat sich so viel Zeit gelassen, damit ich sie erkenne: Elisabeth. Noch ihr Schatten ist ein Triumph.

Dann kommt die Nacht. –

Laut, fauchend, voll mit giftigem Lärmen – stampfige Musik, Glockenläuten, Unfallsirenen, Polizei – Lichter, in teerige Regenpfützen gestürzt, zerrinnend zu übelbunter Schmiere. Nach dem Verlust meiner bisherigen Wohnung wird es in dieser Fremdenstadt irgendandere=Bleibe geben für Denhund in seiner Nacht..... – *Elisabeth: ?Beobachtest du mich auch weiterhin so, wie du in 12 Jahren über mich wachtest. Du sollst sehen, daß ich noch !nicht am-Ende bin. Solange ich Hund bin, bin ich geduldet. –*

In den ausgehöhlten Gebäuden sind nur 1ige Wohnungen noch verblieben; wie Insektennester kleben sie inmitten der skeletthaften Fassaden; im Parterre, an 1 dieser Wohnungstüren, klopfe ich an (der horngelbe Klingelknopf unter dem namenlosen Türschild baumelt an dünnem Draht heraus wie ein Augapfel am Sehnerv aus dem Schädel). Erst nach derberen Schlägen gegen das rissige dunkelgrün gestrichne Holz gibt die Tür 1 Spaltbreit nach, mit dem Arm schiebe ich die Tür weiter auf, – unschlüssig trete ich in kalkweiß schimmernde Helligkeit, 1 langer hell getünchter, von hoch hinaufgestellten, schründigen Wänden beengter Flur bringt mich vor eine nur angelehnte Tür, aus dem dahinter liegenden Zimmer Wohngeräusche & Stimmen.

Leibwarme Dünste aus ungelüftetem Schlafzimmer legen sich beim 1treten schlaff um meine Gestalt –, und bleib stehn unmittelbar vor einem Doppelbett; unter wolkig aufgebauschten Kissen zwei Menschen, die mich stumm u gelangweilt mustern. Ein Mann, sein rundlicher Oberkörper, im Drillich 1 bleichgewaschnen Schlafanzugs halb aufgerichtet, ragt aus dem Federbett heraus, die Ärmel der Schlafanzugjacke bis zu den Ellbogen hochgerutscht, verschränkt er nach einer Weile seine bloßen Arme hinter dem Kopf (schwarzfettiges Haar mit eisgrauen Strähnen kwillt durch seine groben Finger), und, als wären wir verabredet zu dieser Stunde, sagt der Mann mit gähnfauler Stimme: –Na endlich. Da sind Sie ja. Wenden Sie sich an Meinefrau, die regelt alles Geschäftliche.– Und gähnt nun tatsächlich, laut u ausgiebig, daß die Backenknochen knacken. Darauf kehrt er mir den drillichbespannten Rücken & sich der Stubenwand zu. Unterm Bettzeug hört man ihn das Schamhaar kratzen. Gleich darauf muß er eingeschlafen sein, brutales Schnarchen als einzige Laute – :Hund Unterhunden.

Von seiner Frau, sie liegt unmittelbar vor mir im Bett, habe ich bislang nur den Kopf mit dauergewellten, lackschwarzen Haaren um 1 dreieckförmiges, bleiches Gesicht bemerkt. Jetzt bewegt sie den Oberkörper, als wolle sie aus dem Bett sich erheben –, dabei entblößt sie 1 aus glänzend schwarzem Stoff mit schnurdünnen Trägern bestehendes Nachthemd. Die Brüste der Frau liegen klein, energisch u lauernd unter dem Stoff, wie Kork prägen die Brustwarzen ins Nachthemd angriff=bereit sich ein.– Ich schlucke unwillkürlich, die Frau hat es bemerkt. Sie richtet (?amüsiert) die Blicke ihrer schwarzen, von keinem Weiß erhellten Marderaugen wie 2 Zeigefinger auf mich.

–Sie kommen zum ge!nau !richtigen Zeitpunkt – (höre ich ihre Stimme, als spräche sie aus 1 blechernen Gehäuse). –Natürlich können Sie die Wohnung mieten, sofort, wenn Sie es wolln. (Das Erstaunen suche ich zu verbergen; diese Unbekannten scheinen meine Wünsche zu kennen.) –Sie haben wirklich !Glück –, wiederholt sie, ebenso deutlich wie zuvor; in ihrer Stimme ein Klang, als zöge in das blecherne Gehäuse jetzt rote Ofenwärme ein. –Über den Mietpreis – ich meine: über die Höhe der Miete, wenn Sie verstehn – werden wir uns schon 1igen.– Bei diesen Worten zieht die Frau am bleichhäutigen dürren Arm (die Haut unter der Achselhöhle wirft sich zu schlaffen Falten) die Bettdecke langsam ihren Körper hinab – das schwarze Nachthemd ist bis zur Hüfte hinaufgerutscht, und die entgleitende Decke bietet den Anblick 1 verwaschnen grünen Tangaslips mit nicht mehr sauberem Spitzensaum, während die Ansätze ihrer mageren Oberschenkel wie 2 hellhäutige Hunde eng sich an1anderpressen; unverwandt & fordernd halten ihre Marderblicke an-mir fest, von dem Mann im Nebenbett rotzige Schnorchellaute. *Ich werde mir die Sache noch mal überlegen* – od etwas ähnliches muß ich wohl gesagt haben, und dann rasch hinausgelaufen sein.–

Zurück auf der Straße im Zugstrom feuchtlärmiger Nachtluft in einer menschleeren Gegend. In Kaskaden laut im Winde knatternd wie gehißte Großsegel die Plastikplanen vor skeletthaften Häusern: Fre-Gatten kreuzend über den unsichtbaren Weiten eines Ozeans-Mörderischer=Zeit.

Doch war dieser Besuch nicht unbedingt vergebens; schon während meines peinvollen Wartens vor dem Bett dieser beiden Fremden gelang mir die Erinnerung an eine Frau, eine frühere Kollegin aus der Zeitungsredaktion, die in dieser Gegend einst zuhause war. ?Vielleicht gehört auch ihre Wohnung zu den wenigen hier noch verbliebenen. Eifrig Umzäunungen überkletternd, rutschend über Erd&schutthaufen –, schaue ich hinter jede der steifdreckigen Plastikplanen – :
→ !Genau=!hier müßte die kleine 2-Raum-Wohnung im Hochparterre sein. !Tatsächlich: Das Türschild trägt ihren Namen (den ich erst beim Lesen wieder erinnere); die schon späte Stunde läßt mich allerdings zögern –. Der Blick in die beiden Fenster ist mit starken, lichtundurchlässi-

gen Rollos verschlossen, aber Unebenheiten an den Rändern geben 1ige schwachgelbe Lichtstreifen frei. Also ist sie noch wach, und jetzt kein Zögern länger, freudig u erwartungsfroh läute ich an ihrer Tür.–

Sofort erkenne ich sie wieder, nur erscheint sie mir von kleinerer Gestalt als in meiner Erinnerung: das kurzgeschnittene blonde Haar mit dem aufregenden Wirbel über der rechten Schläfe, die zwar schlanke doch wohlproportionierte Figur, und sogleich ihre helle, besonders in Momenten der Aufregung od Anspannung hochtönende Stimme, als wollte sie ihren Atem für noch unbekannte Tauchtiefen ins Gespräch aufbewahren. Seltsam, ihre Worte als hätte auch sie auf mich gewartet an Diesemabend, zu Dieserstunde: –Ach wie !schön. Na !endlich. Komm rein, es wird sonst zu kalt. – Sie rennt mir voraus in die Wohnung, durch das hellgelb u warm erleuchtete Zimmer hindurch und in einen anschließenden, abgedunkelten Raum, in das Schlafzimmer, hinein.

Diese Doppelung von Ereignissen amüsiert u verwundert (doch behalt ich anzügliche Bemerkungen wohlweislich für=mich). Während sie vor mir her durch die Wohnung läuft, umweht ihr dünnes, wie Gaze durchsichtiges Nachthemd ihre eiligen Schritte.–

Die Gut=Willigkeit dieser Frau prägen ihre Körperproportionen aus: Ihr Skelett bedeckt ebenjene Menge Fleisch, die ihrem Leib die festen Formen für Begehrlichkeit gibt. Sie läßt die über sie dahintastenden Hände zu wohlgeformten großen Brüsten über eine geschmeidige Taille zu rundlichen u festen Pobacken und hinab zu strammen Oberschenkeln gleiten. Die Lippen ihres Geschlechts – klein u straff, u sobald ihre Brustspitzen massiert werden, benetzt Feuchtigkeit die langsam in zuckende Bewegungen geratende Scheide –, und die seidige Haut zu beiden Seiten um die Klitoris entfaltet sich zur Flügelform eines Schmetterlings –.

Diese Frau verhielt ihre Gelüste zwar stets unmißverständlich, doch ebenso unaufdringlich, gewissermaßen »in der zweiten Reihe«. So weckte bereits ihr Anblick bei Männern die Erinnerung an schöne Momente in ihrer sexuellen Vergangenheit, sofern sie über derlei Guthaben *Schöner Momente* verfügten.

S. 498, Freak Waves. Jähe Wut →: Einem Ausspruch Comtes zufolge verdanken die »Erwecker« revolutionärer Massen=Leidenschaft ihren Triumf in Wahrheit nur einer entsprechenden Stimmung, die latent ohnehin als Charakter der Lage vorhanden gewesen sei. Als Initiation genüge dann »der Flügelschlag 1 Schmetterlings«. Indes muß diese Stimmung mit Veränderung der Lage

Bei Männern, die sie nicht kannten, machte sie den Eindruck der *vor-kurzem geschiedenen Frau.* Sobald sich aber herausstellte, daß dem nicht so war: Vielmehr dadurch, daß sie v*on Affäre-zu-Affäre* immer allein lebte, erfuhr die erotische Aura dieser Frau sogar noch eine lockende Verstärkung. Ohne zur Wucherin zu werden, lebte sie von den Zinsen fremder Er-Innerung; Zinsen, die Mann wiederum einträglich bei ihr investieren konnte & die die Frau=ihrerseits mit natürlich=gespielter Begierde u Sanftheit zurückbezahlte.– Doch, sollte sich zeigen, dieses einer Mittelschicht nunmehr vergangener Zeiten angehörende Modell des erotischen Kleinsparertums & der Investition in emotionale Fonds (dem Instrument zur Unterwerfung unter die Sexual-Reproduktionsweise, das den 1zelnen an genau=dieses System bindet), war durch den Verlauf der *sexuellen Globalisierung* als sowohl erfolg- als auch folgenreiche Überwindung des erotischen Stoffwechsels, die Bulimie dieses Systems – praktisch außer-Kurs geraten. Einträglichere, allerdings zumeist kurzlebige, Investmentformen & -märkte hatten ihrerseits längst sich etabliert & die »klassische emotionale Sparergilde« in den Ruin abgedrängt.

wieder verschwinden. Was nach dem Triumf bleibt, sind Diktatur & Terror ebenjener einstigen, jetzt zu Macht gekommenen »Erwecker«. Ähnliches gilt für das Individuum, das lebens=langen Demütigungen ausgesetzt ist. Der an 1 Tischkante gestoßene Ellbogen wird plötzlich zu jenem Flügelschlag, und die Latenz schlägt um in Aggressivität. Fatalerweise jedoch findet die Instanz des etablierten Diktators im selben Individuum sich eingekapselt, das alljene Demütigungen erfuhr. Daraus folgt für jedes materielle System, so auch für das System *Mensch*, die Eigenresonanz, und daraus letztlich die Selbstzerstörung.
?Was aber geschieht mit allen vorrangig immateriellen Gebilden, wie beispielsweise dem Internet (das-Internet zählt steuerrechtlich nicht zu den materiellen, beweglichen Gütern), sobald diese in Eigenresonanz verfallen. ?Was heißt Eigenresonanz des-Internet; ?wie stellt die zerstörerische Selbst-Schwingung sich dar – –

Als ich zögernd den im Dunkel gehaltenen Schlaf-Raum betrete, liegt die Frau bereits in einem hochgebauschten Federbett. Ins rautenförmige große Kissen gesunken ihr Kopf, die kurzen Haarsträhnen stehen ab wie Sonnenstrahlen in 1 Kinderzeichnung, die Gesichtshaut hell schimmernd u rosig. Und genau wie in der vorigen Wohnung, zu ihrer Seite vor der blumengemusterten Wand liegend ein Mann. Ebenfalls den Oberkörper aus dem Bettzeug aufgerichtet, trägt dieser hier jedoch ein Netzunterhemd. Auf den linken muskulösen Oberarm gestützt (die Haut überziehen blasse Tätowierungen, deren Ornamentik ich im Schummer nicht entziffern kann), schaut der gedrungen wirkende Mann aus dem fahlen Licht heraus nur zufällig in meine Richtung; mich selbst dagegen überhaupt nicht zur Kenntnis nehmend, liegt auf seinen Lippen 1 schwaches, unbeteiligt wirkendes Grinsen, das niemandem zu gelten scheint. Die Frau, bis an den Hals im Bett versunken, spricht weiterhin mit freudiger Stimme zu mir, nennt auch den Namen des Mannes – der Lautfolge nach Osteuropäer, Pole od Russe. –Er arbeitet Hier auf-dem-Bau & kommt sehr oft zu=mir – es ist fast, als würde ich mit ihm zusammenleben. Seit-langem schon. Er paßt auf mich auf. – Sagt die Frau, u ihre Stimme klingt noch immer hell als verkünde sie ein frohes Tagesereignis. –Du kannst aber ruhig hierbleiben, es macht überhaupt nichts aus. – Setzt sie, durchtrieben lächelnd, hinzu & sieht vor sich auf die Bettdecke nieder.

Unvermittelt, als seien diese Worte 1 Befehl, packt der Mann mit kräftigen Armen die Frau & zwingt sie unter seinen Leib. Sie schreit kurz auf –, doch sogleich klingt ihre Stimme wieder ruhig, sie sieht mich an &, als wolle sie für ihren Schrei sich entschuldigen: –Er tut mir immer weh Dabei. Er ist sehr groß & kann Es nicht anders. –

Bettzeug Stierrücken, drunter die schmale Frau – allsamt ein ruckendes stampfendes Knäuel aus Leibern&stoffen, Stirn Wangen u Halshaut der Frau hochrot, die Lippen straff & fest auf1andergepreßt, ihr zuvor sanftes Gesicht verzerrt zur Grimasse als würde sie ans Kreuz geschlagen, ihre Lippen kwetschen die Laute tierhafter Anstrengung hervor –. *!Was treibt ihrs vor meinen Augen: Groß u: Großkotz sind !zweierlei Paar Schuh.*– Die Frau muß meine Empörung bemerkt haben (sie schaut mit heißem Gesicht unter dem Mann zu mir herüber), sagt: –Er spricht unsere Sprache nicht, versteht auch kein 1ziges Wort. Aber er tut mir !gut.– Und wieder 1 spitzer Aufschrei der Frau, doch jetzt bemüht, ihre Stimme zu unterdrücken.

In der hitzigen Schamlosigkeit dieser Beiden wiederum & auch Hier Nichts als den eigenen Unwert empfindend wie der Geist des Ewigenhundes, der, für Aller Ewigkeit stets unwillkommen, zur Mitternacht in fremder Leben schleicht –, wende ich mich angewidert ab. *!?Weshalb fügt sie mir solche Beleidigung zu. ?Bin ich auch ihr so unwert aller BeAchtung wie 1 Haustier, vor dem sie genausowenig ihre Gelüste verbergen würde.*– Noch 1 Mal mit Blick aufs Betten&menschenknäul – mit vor Schmerz=Lust verkniffnen Lippen empfängt die Frau die brutalen Stöße des Mannes –. Auf dem Nachttisch eine Schütte blauer Pillen. *Vieh-ackra: Ich hätte Das liebevoller getan.* Empfinde ich zornig und stampfe eifer=süchtig aus dem Zimmer.–

Entgegen meiner Absicht bin ich nicht den Weg-zurück auf die Straße hinaus, sondern in entgegengesetzter Richtung aus dem Zimmer in die Küche gegangen. – *1 Hund kam in die Küche* –. – Hier will ich warten, bis Das-im-Schlafzimmer vorüber wäre; vielleicht kann ich Danach mit der Frau ein Paarworte reden, ob sie etwas Geld mir wird leihen können (als nutzloser Ballast wiegen in meiner Jackentasche die Händevoll offenbar dubioser Münzen, bei jeder Bewegung wie Schlittenglöckchen=blödsinnig klingelnd –). ?Wo werd ich bleiben können, jetzt & in der Nächstenzeit..... – Regen zieht herauf über Diestadt in ihrer Nacht; Regen fällt auf Diestadt – –

Stunden, die ich hier=all-1 wartend zugebracht hab im wasserkühlen Raum voll schaler Speisengerüche. Doch weder Müdigkeit noch das Verlangen nach Schlaf; mir scheint hier nicht mehr an Zeit vergangen, als das Senken und Heben des Kopfes braucht.– Durch eine andere, offenstehende Tür, sie führt auf eine betongraue Vortreppe, geht der Blick hinaus in einen bereits morgenhellen Hinterhof – : Wähnte ich mich in dieser Gegend mitten im Steinhaufen von Berlin, so zeigt mir die lichte Stunde halbverwilderte Kleingärten, eine bröckelige bis zur Hüfte reichende alte Mauer, und gleich dahinter unbestellte, verkrautete u weithin bis an den Horizont gelegte Felder, durch spärliches Grün schimmernd Sturzackererde fettig&braun. Als sei ich nicht in die Stadt, vielmehr an den Rand 1 Dorfes geraten, 1 Dorf das ich kenne. Schon will ich durch diese Tür hinaus&fort – :!Halt: Ich muß mit der Frau-dortdrinnen reden. Und kehre um, in den Schlafzimmergeruch zu den beiden Menschen zurück.

Die Frau ist wach (der Mann, gewiß seit Stunden schon in seinem Schlaf, tief atmend an ihrer Seite). Wiederum bis an den Hals von der Bettdecke verhüllt, den Kopf mit dem zerwühlten Blondhaar vom rautenförmigen Kissen leicht erhoben u die weißen hellen Arme frei, hält sie in Händen 1 Rosenstrauß. Stiele u Grün sind filigran geformt aus silbergrauem Metall, aus dunkelrotem die Blütenblätter. Versonnen lächelnd blickt die Frau darauf, Augenbrauen Jochbein u Wangen runden ihr Profil zur weich geschwungenen Form; während ihre Hände die langen Stiele ordnen, klirren leis wie frostige Gräser die metallischen Blätter u Blumenstengel. Ohne aufzuschaun sinnend, als spräche sie zu sich=selbst: –Die schenkt er mir immer Danach. Wer so lange so frei gelebt hat wie ich, der braucht am Ende der Freiheit 1 Unterstand. – Und mit noch leiserer Stimme: –Er ist eben immer=da, u: du nicht. Ich gehöre !ihm. –

Straßenasfalt, nach den nächtlichen Regenschauern im Sonnenlicht aufglänzend wie Quecksilber – ich treibe haltlos in Wolken aus brennendem Lichtstaub –, Sprenkel aus zitteriger Unruhe vor die Häuserfronten hingeschüttet. Sie stechen meine Augen, wie der Klang hellen Metalls aus meiner Tasche die Ohren. *Du bist Hier ohne gültiges Leben.* Höre ich mich laut sprechen, als würd ich eine soeben gelernte Lektion aufsagen. *Niemand beachtet dich, jeder=Hier erscheint dir überlegen.* 1 klarer Satz wie 1 Messers Klinge, er zerschneidet mein=Bild-von-mir. Zurück bleibt 1 kühler Metallrahmen, festgefügt & von praktischer Form; ohne Bilder, leer. Od: voll der Fremden Bilder, die solch Rahmen grad zu fassen bekommt.

Fahle Türen geben Menschen preis – sie fügen sich zum Strom die Straßen-entlang: Durch Diestadt rollend, in hellheißen Lichterbahnen wie geschliffene Kugeln, der Lebenslärm; nichts Überflüssiges daran, nichts Spielerisches – die Menschen knapp & direkt, zuweilen Münder voll gellend roter Laute. Fleischhafte Schemen, reflexhaft präzise rea=gierend wie hochgezüchtete Tiere. – Denn Etwas ist in den vergangenen Jahren geschehn: eine Kontinentaldrift im Ökonomischen, eine ironische Epidemie od: das Epidemische an Ironie in allem GELD-Wesen schlechthin ist hervorgetreten: !Plötzlich waren sie da, die Chancen ungestraft & innerhalb der Hohlformen von Gesetzen Schwindel-Haft GEWINNE zu erzielen; aus kindisch hoch=zehnerpotenten Börsen-Fieberkurven der Mannaregen – !verblüffend leicht ging Das mit Schlauejungen-Streichen & Rattengelüsten den-Markt auszuhebeln & !voll!rein ins Big Bißness. Allstündlich knallten Schampanjer-Korken. \ Jetzt sind auch diese Sturz-Fluten *perdü*. Von Schampusschwemme zur Pleitenwelle. Abgeschmiert. Abgesoffen. Abgekratzt. Und Amerika-Wortbrocken, welt=läufig & längst aller Versprechen bar, hängen trübe aus noch immer geschminkten & gekremten Mäulern, unfreiwillig komisch wie in den Straßen nach 1 Wahl die Plakate mit den Galgengesichtern von Politikern. Von Sekt zu Selters, vom Porsche zum Fahrrad, von edlen Weibern zum Handbetrieb. Und in manch noch jungem Frauengesicht um die Mundwinkel bereits die 1. haarscharf gezogenen Falten, tief 1geschnitten.....

Geblieben sind die ungehemmten Griffe nach Letztermünze anderer, mit den klebrigen Pfoten noier Gesetze – !kain-Gesetz schützt vor den Setzern der Gesetze – noch der Klofrau vom Teller legal die Groschen zu klaun.– Und so, in versimpelten, einerseits wieder altväterlich=grob, anderseits in ausgezerrt aufreißerischem Barock allmählich müd u schlaff gewordenen Hierarchien, haben SIE zu breitem, rasch verinnerlichtem Gleichtakt sich wiedergefunden. SIE wollen sich Selbst nicht, weder kennen noch hassen – denn Haß ist Nichts als frustrierte Liebe, u: Liebe kommt nur aus dem Kennen.

S. 528, Das einmalige Angebot →:
Die-Glücklichen = die satten Tiere, unter eigener Sonne verdauend die Seligkeit, ihr Lachen klingt wie großes zerscherbendes Glas – die-Glücklichen sind die Ver1zelten. Gesellschaft, die Nähe, hat als bindendes Fundament das Leiden, den Schmerz. Die Feste der Gesellschaft, der Augenblix-Triumf als Höhepunkt ist geboren aus der Trauer über die Unausweichbarkeit vor dem Schmerz, der jedem Überschreiten des Höhepunktes Not=gedrungen folgen muß.

Alles ist teilbar wie das Atom – Vorstellungen, Wahrnehmungen, Reize, Entscheidungen, Taten –, das Selbst eine verhandelbare Maske. Ins Außen gerückt, spiegeln sich diese Selbste aus dem Masken-Fundus der-Stadt in den anderen Selbsten; so wird jeder zum Anderen des Anderen im Raum des großen Maskenverleihsystems der-Stadt, ihrerseits atomisiert zu Stätten – ortlose Orte, brach – all=ihrer Eigenschaften Vertriebene..... Daher weiß 1-jeder von SEINEM Kapital & 1-jeder sucht SEINEN Wert im permanenten, niemals ruhenden Verbrauch.

Genie-aus-dem-Wald od Zur Genese des eigen-Sinns

Dem trockenen Alltagsmensch, dem kalten, hölzernen Franz M.

Niemand u Nichts, weder Mensch noch Sache, vermochten ihn jemals für Längerezeit zu binden. Seine Leben's Zeit verstand er aufgeteilt in schäumende Fantasie & Tätigkeit; mangelte ihm eines von Beiden od sah er zur Untätigkeit sich gezwungen, ergriff ihn Bitterkeit wie gegen den ärgsten Feind. Auch empfand er Demütigung, Erniedrigung, Ignoranz & Mißachtung – die häufigsten Injurien die Allenmenschen zu Allentagen in jedem Teil des-öffentlichen-Lebens widerfahren – nicht als Gegenstück zu öffentlichen Ehrungen, wie sie ihm späterhin zuteil wurden, sondern – weil Wert-Schätzung stets konjunkturgebunden, zu Jederzeit wie-gewonnen=so-zerronnen von derselben Öffentlichkeit wieder entzogen & zernichtet – ihm erschienen öffentliche Ehrungen als Seitenstück zur öffentlichen Erniedrigung : Ehrung als Falle, unterm Pelz das Messer. Die-Massen brauchen immer Was zum Brüllen: *!Hosiannah* ist vom *!Kreuzigt ihn* nur 1 Silbe entfernt. Denn das Talent zur Mißhandlung ist stets des-Menschen größtes.– Aus solch gelegentlichen Bitterkeiten flossen indes nicht Undank, sondern Skepsis in sein Wesen ein. Sie färbte seine bohrend dunklen Augen matt wie die Niemandsblicke eines Schlafenden.

Aber !niemals für lange; denn Nichts schlimmer als im erzwungenen Schützenloch inmitten von Ratten & Egeln im Grundwasser eigenen Grams zu ersaufen. Kraft & Wille schienen unerschöpflich: Sobald in seinem Tun & Dasein jeweils auf 1 Höhepunkt angelangt, wonach bloße Routine noch zu erwarten stand, – denn am-Pult-der-Routine hocken zu-Allenzeiten jene Menschen mit Lineal & Zirkel in Seele & Hirn; sie legen den Kopf schief, die Zunge geklemmt zwischen die Lippen, üben sie sich in der Schönschrift zum Leben, den-Lehrern zu Gefallen & die-Norm zu erfüllen – :Da immer brach er aus, immer u zu Allenzeiten.

Und dennoch fehlten sowohl seiner Gestalt als auch seinen Zügen die Prägungen Des Willens. Die Schultern – zu schmal; seine Erscheinung – hochgewachsen, fast dürr; an den Oberarmen – kaum ausgeprägte Muskulatur; die Wangen – zu fein; Stirn & Kinn – weich in der Formung, beinahe weiblich der Mund – zum Befehlen scheinbar untauglich; die Nase – zu groß. Auf sein Äußeres sah man ihn grad soviel Aufmerksamkeit verwenden, um vor Anstößigkeit sicher zu sein : Die Erscheinung 1 ewig Gejagten, der seinen Anschluß niemals verpassen darf, der im Davonhasten mit gespreizten Fingern durchs Haar sich fährt &, schon auf-dem-Weg, eilig an der Kleidung zupfend den jeweiligen Ort wie Auf-der-Flucht verlassend. Einzig die dunklen Haarbüschel, aus dem krausen Schopf hinaufstehend & zuweilen wie Tentakeln in der Luft nach 1 Halt suchend, wehrten seinem windverschriebenen Wesen –. Sie und seine Augen: glänzend wie Steinkohle im nächtigen Mondlicht. Dies Augendunkel schien als düstrer Glanz über seine gesamte Miene sich hinzubreiten. Allein hier waren Stärke Willenskraft & Ernst. Nicht selten hielten so manche, auf die sein Blick 1stach, nicht stand & schlugen, als seien sie von dieser dunklen Kraft beschämt, die Augen nieder.

Seines Leben's Lauf – mit nackten Füßen über glutigen Grund. Bisweilen verlor er sich den-öffentlichen-Augen.....

Sein Anfang war, er wurde ausgesetzt in den Fünfzigerjahren ins Unterholz von DeDeR..... Morgens zu blaukalter Winterstunde, der Himmel über Ostberlin hart & leer, tat er seinen Ersten Schrei. Aber nicht sofort: 1 Schlag von der Hebamme auf den Hintern erst brach diesen eigen-Sinn zum 1. Mal. Doch eigen-Sinn ist eine Hydra; sowie ein Kopf gefallen, wächst er, verdoppelt, nach. Wachstum aber benötigt Zeit – u: Zeit hatte er keine. Niemals.

Seinen Vater kannte er nicht. Der, hieß es, war zweifach Flüchtling: Vor seiner Vergangenheit, die waren Krieg & S.S.; vor seiner Verantwortung in Zukunft, Frau&kind. Der Vater, sagte man, war In-den-Westen geflohn. Die Mutter blieb im-Osten, – u: wollte sich nicht lossagen von diesem zweifachen Flüchtling; wollte die Unterschrift nicht geben unters Formular für die amtlich erpreßte Ehescheidung. Die-Behörden schließlich nahmen der Unbelehrbaren das Kind weg, erklärten es für *elternlos.....* Die Mutter, denn sie blieb unbeugsam, verschwand für Vielejahre hinter den Mauern einer psychiatrischen Anstalt. MAN hielt ihren eigen-Sinn für Krankheit – damit hatte sie Nochglück; manchmal galt eigen-Sinn auch für *faschistische=Spionage*: Arbeitslager, Zuchthaus, Fallbeil, Genickschuß. So geschehen in frühen Jahren im Unterholz von DeDeR..... – Und weil Leben selten des Lebenden Eigentum, muß, was Unwert ist am Leben, vom Lebenmüssenden !vergessen werden. Er hatte nicht gelernt, daß andere Menschen – Die-Familie – ihm auch fehlen könnten. Also fragte er niemals niemand nach Mutter Vater. –

Adoptiveltern fanden sich für den *Elternlosen* keine. Wer in Derzeit=nach-dem-Krieg in der Frühen-DeDeR Kinder hatte, war froh, wenn er sie *durchbrachte*; alle übrigen waren froh, wenn sie sich=selber *durchbrachten* u: keine Kinder. Und wer Aus-dem-Krieg jetzt noch Spätheimkehrer war, der kehrte nur selten noch in ein Heim –.

Niemals in seiner Erinnerung andere Bilder vom Waisenhaus als diese:

Auf kleiner Anhöhe inmitten brachen Geländes am nordöstlichen Rand von Berlin nahe den Rieselfeldern gelegen 2 Stockwerke hoch das gelbgraue Gebäude mit Satteldach, von hohem Gemäuerwall im Viereck umzingelt. Der Mauergrat dichtgespickt mit Glassplittern (den Kindern bisweilen im Sonnenlicht glitzernd wie Zuckerkristalle); der Verputz, von Regen & Frost unter Jahrzehnten aussätzig geworden, von derselben bäuligblasigen Schäbigkeit wie der des Hauses, als sei dies das 1zige Material, das beim Bauen-einst im Überfluß vorhanden war. /

Ringsum Brachland – zerbrochnes Ried – in den Lüften kaltfeucht der Gestank nach Moddergräben u Schierlingsbitter –, am Blickfeldende Dashaus. Leicht schwankend dies Bild, als würden die Augen 1 rasch Voranlaufenden gebannt hinblicken auf solch schmucklosen Festungsbau. Dessen zerschundene Fassade durchbrachen leer scheinende Fenster, zu 2 Zeilen gereiht. Der Anblick dieses Gebäudes, einschüchternd wie ein langanhaltend herausgebrüllter Laut, ließ auf 1 Geschichte schließen, die zu-Allenzeiten stets mit Unterwerfung Leid & Verletzung zu tun haben mußte. /

Auf dem schmalen, geraden Weg durchs Ödland brachte jeder Schritt der daherlaufenden Kinderschar sie dem großen, jetzt weit offenstehenden Tor aus taubengrauen Eisenplatten näher und näher (die Torflügel oben gespickt mit Eisendornen) –, und somit wuchsen auch Mauer & Gebäude aus der Öde heraus, und gerieten größer und größer. Aus der Fläche von Dachziegeln, im regelmäßigen Abstand, hielten vier Gauben wie Lider über halbgeöffneten, Heim=tückisch wachsamen Augen den Blick auf die Ankömmlinge fest. Dann war die Kinderhorde, vom täglichen Ausgang zurück, wieder im Innern des Hofes versammelt; Schrittegetrappel über gepflasterte Wege & helles Stimmengewirre warfen die Mauern hart zurück; 1 Trillerpfeife: Das Eisentor –:!Zu (die Kinder wieder in die steinernen Zangen Heim & staatliche Fürsorge genommen): In-2erreihen-!Angetreten-!Marschmarsch & !Ruhe-im-Glied. / Zu 1 der regelmäßigen Appelle im Hofgeviert – per Befehl & Trillerpfeife versammelt die Kinderriegen, verschiedene Altersgruppen in verschiedenen Blöcken, getrennt aufgestellt – öffnete sich das Hausportal und die wenigen Steinstufen in den Hof hinab schritt 1 junge Frau. Mit weitenfesten Männerschritten näherte sie sich der Waisenhausleiterin, einer gedrungenen, käferartigen Frau mit dickem grauem Haarknoten im Genick, und stellte sich neben sie. Den Leib der unbekannten jungen Frau umwehte 1 helles Kleid mit winzigen Blumenmustern, ihr Gesicht schaute offen u klar – ihre Blicke indes streiften langsam wie ein Leuchtturmlicht über die Kindergruppen hinweg. Als ihre Augen bei ihm, 1 der kleineren Kinder & somit in der vorderen Reihe Stehenden, ankamen –, hielten diese Blicke die Augen des Jungen fest. Für einen Moment. Dann setzte die Unbekannte ihren Blickeweg über die stocksteif wie zur Militärparade angetretene Mauer aus Kindern fort. Daraufhin verkündete die käferartige Frau mit zwar lauter, doch 1wenig zitternder Stimme, die Unbekannte sei ihre Nachfolgerin zur Leitung des Heims: Die neue Frau Direktor. / (Einen Blick hatte er von Ihr aufgefangen, einen beinahe flüchtigen Blick..... Und spürte in=sich brennend zum Erstenmal Eines-Geheimnisses lichte Flamme –) /

Schon als Kind verfügte er über die bedenkliche Gabe, gegenüber Anderenmenschen vieles vorauszuahnen – was er erwartet hatte, trat ein; und kam Es anders als erwartet, so bemerkte er Das nicht. /

Zu den übrigen Heimkindern, ausschließlich Jungen, fühlte er sich niemals hingezogen. Mit ihnen wollte er so-wenig=wie-möglich zu tun haben, u das lange bevor *Die-nächtlichen-Spiele*..... im Schlafsaal begannen: Rituale von Älteren..... an jüngeren vollzogen, die, als hätte das Gemäuer dieses Hauses sie ausgeschwitzt, stets Entblößung, Demütigung, Erniedrigung hießen. Und wer der-Heimleitung *Die Spiele* verriet od: gar die-Anführer preisgab, dem blühten *Flurkloppe*: der Spießrutenlauf, nackt, den Korridor sooft entlang, bis *der-Verräter* unterm Hagel von in Waschlappen gewickelten Kernseifestücken blutend zusammenbrach. Im Wiederholungsfall od bei anderen Delikten, die dem Ehrenkodex der Kinderhorde nach als *besonders schwere Vergehen* galten, folgte die Strafe *Ein Neger seilt sich ab*: Das zu strafende Kind wurde dazu von Anderen rücklings auf den Boden geworfen & dort wie angenagelt festgehalten. Dann hockte sich *Der Vollstrecker* über den am Boden Liegenden, preßte seinen entblößten Hintern auf dessen Gesicht & schiß ihm in den offengehaltenen Mund. Oftmals auch bildeten solche *Spiele* den Abschluß von Saufereien, die in Dunkelheit der zur Nachtruhe befohlenen Stunden im Heim stattfanden. Zigaretten & Alkohol, von Älteren ins Heim geschmuggelt, machten die Runde –. Und wollten die Stärksten Unterhaltung, dann folgte zumeist das *Neger-Spiel*..... Grund zum Bestrafen 1 Jüngeren=Schwächeren fand sich immer, er war der Jüngere=Schwächere. Gegen Morgen im Vollrausch auf den Latrinen im kaltscharfen Tabakgestank kotzten die Ungeübten u Neulinge-im-Saufen; die Älteren, 12- bis 14jährige, waren auch die älteren Alkoholiker, sie kotzten nicht.– Auf die Entdeckungen der nächtlichen Gelage hin folgten von der Heimleitung verfügte Strafappelle: Unter den riesigen Bildnissen von Marx Stalin Pieck vor allen Versammelten abzuhalten *Kritik-&-Selbstkritik* solange, bis die-Schuldigen am nächtlichen Gelage ausfindig gemacht & das verbotene Zeug konfisziert war. Andernnachts wieder Zigaretten & Schnaps; daran war niemals Mangel, als würde das-Sumpfland=ringsum Zigaretten&schnaps aus unerschöpflichen Vorräten hergeben. Diese stur abgehaltenen Saufgelage der Kinder im Waisenhaus (wie Irrlichter im Nachtdunkel auf den Latrinen die aufglühenden Zigaretten) blieben über-die-Jahre erhalten & *Die Spiele*..... – und andernmorgens kotzen mußten immer weniger. /

Er hatte solcherlei Torturen natürlich nicht in ihren 1zelheiten erahnt, doch vom 1.-Tag=an spürte er aus dieser Zusammenballung Andererjungen, die Hier in diesem Asyl Ohneliebe gehalten wurden, etwas Gärendes = allzeit bedrohlich Gemeines heraus, das sowohl den Essens- Aufenthalts- & Schlafräumen als auch dem gesamten übrigen Waisenhaus die Atmosfäre von brodemhafter Schmierluft wie um Fieberkranke beigab, so daß er allein aus 1zelnen Vorkommnissen die Ahnung des zu Ahnenden erhielt.– So blieb er von-jeher für=sich; und sein Tun geriet ihm dann zum Ernsthaftesten, spielte er=allein. /

In Stunden, wenn die zu Altersgruppen geschiedenen Kinder zum-Hofgang geschickt wurden, strebte er sofort in 1 der düsteren Hofecken, wo die Mauern im rechten Winkel zusammentrafen. Hierher schien niemals 1 Sonnenstrahl, der Sand in dieser Schattenecke, von kränklich gelber Färbung, roch stockig u sah aus wie die Haut 1 Gefangenen. Doch hierher mit Vor-Liebe flüchtete er in seine Spiele. /

Anfangs fiel die-Meute-der-Anderen über den Einzelgänger her. Denn Niemand darf *anders-sein* als SIE; die Schläge sollten ihm IHRE Form 1prügeln. Weil er indes keinmal gegen die Prügel sich wehrte, sondern sie wie Hagelschauer ertrug, zudem nie die Prügler an die Aufseherinnen verpetzte, verlor die-Meute allmählich die Lust, ihn zu schlagen. SIE ließen ihn fortan in Ruhe. Vermutlich fühlte er für=sich niemals *Kind* – also fühlte er unter Kindern sich niemals wohl. Daher gesellte sich auch niemand zu ihm u: niemand, der ihn noch beachtet hätte. Still u froh in Einsamkeit war er während Dieserzeit im Hof. /

Ungewußt übte er sich zu diesen Frühenjahren erstmals an einer Technik *sein* Glück für=sich zu finden, weil, so seine frühkindliche Ahnung, die-Außenwelt ihm Glück nicht würde bieten können. Fortan würde *Seinglück* in=ihm=allein bestehen, das wahrhaftigste Glück das es gab. Und sofern seine *inneren Wege* ihn mit denen von Menschen in der Äußerenwelt zusammenführten & mitunter 1 Weile in die gleiche Richtung laufen ließen, so würde ihm dieser Umstand nurmehr Auffrischen & Bekräftigung für *seine* eigen-Welt bedeuten; Niemand u Nichts, weder Mensch noch Sache, vermochte jemals diesen Welten-Unterschied auszugleichen. – Hier, in dieser düsterfeuchten Hofecke, hatte er begonnen eigen-Sinn zu sammeln, wie Anderekinder Murmeln od Abziehbilder; er war schon sehr weit auf *seinem* Weg zum Selbst=Erfinder –. /

Also fürchtete er die Anderenkinder nicht, hatte nie mehr Angst vor IHREN gewalt-Gelüsten als nötig. Er mied SIE aus anderen Gründen : Damals erwarb er die Fähigkeit, mit sich=selbst=allein niemals Langeweile zu empfinden, sondern Langeweile nur in-Gesellschaft=Anderer. Das sollte so=bleiben für alle Folgendezeit. /

–Aber ?warum bist du nicht bei den Anderen & spielst mit ihnen. ?Weshalb bist du hier ?allein. In seine Schattenecke im Hof trat die junge Frau im blumigen Kleid. : Auf 2 feste, schlank geformte Waden blickte der Junge – dann sah er auf – und in ein helles Frauengesicht. Stumm erhob er sich, er reichte der Frau nur bis an die Hüfte, dort vergrub er sein Gesicht. Er weinte nicht. Still stand er, das Gesicht Langezeit verborgen am fremden warmen Leib, roch durch die winzigen Blumenmuster hindurch den neu=artigen Duft einer Frau –.– Dann, weil nichts-weiter geschah, hatte er genug von dieser innigen Berührung. Er löste sich von der Frau, stumm ging er davon, ins Waisenhaus hinein, als hätte sein frühes Ahnungsvermögen dem 5jährigen verraten: *Besser als Jetzt wird Es niemals werden* –.– Denn die Tagesstunden hinter der aussätzigen Hausfassade zerteilte DIE ERZIEHUNG: Trillerpfeife, Befehle, !Angetreten !Marschmarsch – zum Unterricht in DIE STAATSBÜRGERKUNDE. In den Nächten aus manches Schlaf die Laute Schreie Flüstern Stöhnen, älter als die Münder aus denen sie kamen. /

In den-Jahren=nach-dem-Krieg waren Vielekinder unterernährt;

also erhielten sie im Waisenhaus zu den Mahlzeiten fettes Fleisch. Besonders häufig sauer gekochte *Flecke*: vom Schweinebauch Fleischmithaut, auf den grauweichen Fetzen standen noch winzige Borsten & 1mal unverkocht die blassblauen Reste vom Stempelaufdruck des Schlachthofs: *Trichinenfrei.* Seit dem Vormittag durchzogen das Heim fadsaure Kochgerüche. Er zuerst, und nach ihm andere Kinder die zu den Mahlzeiten an der Längsseite eines der langen Tische saßen, die Gitter vor den Zentralheizkörpern im Rücken, schmissen, sobald sie von den Aufseherinnen sich unbeobachtet sahen, die zähesten Essensbrocken hinter sich zwischen die Heizung. Alsbald von-dorther der Gestank faulenden Fleisches, Ungeziefer wenig später; die Sache flog auf. /

Daraufhin betrat zur Mittagszeit den Essenssaal die junge Frau Direktor, heut in 1 enggeschlossnen dunklen Kostüm. Mit Männerschritten, von einer Aufseherin gewiesen, hielt die Frau direkt auf ihn zu. *–Hier wird !gegessen, was auf den Tisch kommt.* – Die junge Frauenstimme bakeliten wie aus 1 Amtstelefon. *–Und du wirst jetzt !Alles aufessen & wenn du bis-zum-Abend=hier sitzen mußt. Ich passe auf, daß du wirklich=Alles !ißt.* – Mit diesen Worten stellte sich die Frau neben seinen Platz, ihr Schatten auf ihm –. Und aß er zu langsam, dann führte eine energische Hand die Gabel voll blassweichen Fleisches vor seinen Mund. Irgendwann während dieser Prozedur erbrach er das Essen, im Hohenbogen über Teller&tisch. Dieselbe Hand, die ihn gefüttert hatte, packte daraufhin seinen Kragen, und preßte den Kopf des Widerstrebenden kraftvoll so tief herab, bis sein Gesicht im eigenen Erbrochenen lag. – Die-Meute war entzückt von ihren Plätzen aufgesprungen, die Frau Direktor u: den Jungen mit dem Gesicht im Erbrochnen umringend – unter Grölen verfolgte MAN das-Schauspiel bis Zumende. Denn selten geschah solch=feine Abwechslung..... Hier= im-Waisenhaus. /

Er hatte auch diesmal keine Tränen, also weinte er nicht. Als die Hand seinen Nacken losließ, stand er auf und ging in den Waschraum. /

Vom Waisenhaus geblieben waren ihm Bitterschierling-im-Wind, Trillerpfeifen, Befehle, hallige Kinderstimmen, Gestank wie von schwitzigen Tieren, Jungensgesichter träge lauernd umein:ander schwimmend wie blasshelle *Flecke* im Suppenkessel, Aufseherinnen in langen weißen Schürzen, Bohnerwachs & fettige Hitze, fettige Haut, fettige Fleischbrocken, der fadsaure Geschmack von Erbrochnem – 1 Schattenecke im Hof, kühl u still, und der fremd=artige Duft aus 1 blumigen Kleid.

Und blieben ihm gleichsam als fester Bestand auch über die Folgejahre: Schule, – darein verwoben der Beginn von pickeliger Geschlechtlichkeit; Turnhalle, Unterricht, Schwimmbad & immerfort Erektionen; von-Ferne verliebt u: Nichts zum Ficken; dem verstockten Heimkind Keinfreund, Keinefreundin. Voll Akneblüten & borstigem Trotz 1 dummfsauer=ein-Same Jugendzeit. So fängt sie an: die Krankheit= Leben..... /

Seine schulischen Leistungen waren über-all-Diejahre hervorragend, mit großem Abstand zu den anderen war er Klassenbester; er sollte Abitur machen, danach studieren: Sprachen & Geschichte. /

Die DeDeR – ein grünender Wald, voll unentdeckter Talente. Mußte er Vielejahre-später von Leuten hören, die niemals auch nur 1 Stunde in dieser DeDeR gelebt hatten; und mußte sogleich sich darüber empören. –Ja, 1=Wald: Und n !abgeholzter Wald obendrein. – Verkündete er=lauthals inmitten dieser Runde aus Reichenleuten, die, weil SIE Stipendien zu vergeben hatten, als Kulturträger posierten. Mit seiner Bemerkung war er der sanften Stimme der Haus-Dame, die ihn ihren Gästen vorzustellen gedachte, brutal ins Wort gefallen. –Ich stamme aus nem abgeholzten Wald namens DeDeR: Das Große Latinum, abgebrochen; Geschichtsstudium, unbeendet; bei einigen Sprachkursen, bald wieder ausgestiegen; aus der Berufsausbildung, rausgeschmissen. Studium und Beruf: Ex & Hopp. – Pikiertes Schweigen ringsum, die Haus-Dame verzichtete aufs Weiterreden.

Er aber hörte das-Schweigen nicht; vom aufglühenden Alkohol beschleunigt, ritt er=unbeirrt als Salondragoner seine Attacken. –Im DeDeR=Wald: Aus 1igen Baumstümpfen sprossen zwar Triebe – (verkündete er lauthals & schadenfroh den Kulturträgern, während er der Haus-Dame in den Blusenausschnitt schielte) –doch alles Nurkraut, aus dem konnte Nichts werden. Aus der Ferne: !schön anzuschaun das frische Grün – aus der Nähe: im-po- (er schluxte säuerlich) –tentes Getreibe, Luftwurzeln & Fäulnis. Es !stinkt in Diesemland, das vor fuffzehn Jahrn diese totkranke=DeDeR gefressen hat – (seine schwarzen Augen in bösem Flackern, grölend hob er sein Glas:) –Die-Arbeitslosen werden verwaltet von Arbeitsscheuen Säufern & Versagern. – Er rülpste laut, im Suff triebs ihn zum Deklamieren. Und vollführte eine Alleumgebung einbeziehende Gebärde. –Paar Steinwurf=nah von hier, Reich's Tag & Noie Mitte, noier Olymp für Ganoven=im-Aufwuchs – Gansdoitschland scheint mir kriechisch; – doch haben die noien Tempel schon Risse: die Sohnis & andrer Reichen Säuebrut ziehts wieder fort; – aus nix wird nix, aus nem Kohl-Garten nur para-Dies=irae, aus Brennesseln kein Lorbeerkranz. (Brüllend:) –Aber das Recht auf Unfähigkeit haben Die=Ohm !verfressen mit ihren Luxusversorgungen & Hohendiäten. Und Viele=von-Denen haben viel verdient, !sehr viel – manch-Einer sogar den Tod. Jedes Volk hat !die Regierung, die es verdient u: jede Regierung !das Volk, das sie werden ließ : Der-Mob=in-Nadelstreifen: Dasis die Wirkliche !Gefahr. Unbegreiflich, daß Man sie nich kurzerhand niederschlägt od übern-Haufen schießt, denn soviele sinn das garnich. Jeenfalls – (blähte er sich mit neuerlich vollen Lungen auf, sichtlich gegen den Schluckauf ankämpfend –) –Dreschflegel od Kalaschnikoff: Nur !so bleiben Obrichkeiten im-Zaum. All so – (und hob lallend das Weinglas über seinen Kopf:) –Ran ann Feind. – Und stürzte den Wein in Einemzug.

Er soff all-1.

Darauf schrie er in die Stille aus blaßierten Wissagen, was ihm geblieben war vom Waisenhaus; als er bei den fettigen Fleischbrocken angekommen war, kotzte er aufs Parkett.

Was ihn nachträglich am-meisten ärgerte, das war seine durch ihn=selbst verpfuschte Annäherung an die Dame-des-Hauses. Seit seinem Erscheinen in Diesemhaus hatte er seine Begierde auf diese kleine, zierliche Frau gerichtet, deren beginnender Lebensnachmittag ihr Gesicht still gemacht hatte u sanft. Doch ließ sie in der Art ihres Auftretens & durch ihre Miene Energie, Lust und reizende Schamhaftigkeiten erwarten, die indes so leicht von ihr abzustreifen wären, wie ihre spitzenbesetzte Seidenwäsche, zuweilen aufblitzend im Ausschnitt ihrer Bluse.– Diese Chance hatte er sich nun gründlich !versaut. Mit nur schlecht verhohlenem Ärger&ekel, die Gesichtszüge hart & ausgekühlt, so eilte die Frau mit Eimer&lappen durch die Räume, seine Kotze vom Parkett zu wischen. Und als er, reu=mütig, neben ihr niederkniete, sie von dieser scheußlichen Arbeit zu befrein, indem er von 1 Tischchen wahllos nach einem Buch griff & so den Band *»Die Geschichte der Bundesrepublik Deutschland«*, das ihm=dem-Ehrengast als Geschenk überreicht worden, daran noch die Präsentschleife, nunmehr als Schaufel zu gebrauchen, den gräulichen Brei auf dem Parkett zusammenzukehrn, berührten sich kurz ihrer beider Hände: Da entriß ihm die Frau wütend das Buch & stieß ihn kalt beiseite.

Sein Auftritt an diesem Abend schien auf die übrigen Anwesenden denselben 1druck gemacht zu haben, als hätt er von jedem Einzelnen der honorigen Runde lauthals deren Einnahmequellen samt Bankkonten verkündet, 1 in Diesenkreisen als besonders pervers empfundene Art des Exhibitionismus; Mienen im Wechsel von Abscheu & Spott bohrten sich durch ihn hindurch, schienen ihn gleichsam mit Kohlenzangen zur Tür & hinaus zu bugsieren –.– Wieder zu-Sinnen gekommen, sauren Speichel im Mund, machte er sich vom Aus-Flug in die Reichenwelt davon.

Seine Eitelkeit ließ ihn die-Oberklasse hochschätzen & verehren; sein Instinkt sagte ihm, zu Denen wirst u kannst !du=!niemals gehören; sein Verstand gab ihm Abscheu u Verachtung für die-Reichenwelt u: Verachtung u Abscheu für die-Welt aus der er=selber kam. Diesen Kampf in seinem Innern mußte er fortan ausfechten.

Sein Ruf indes war begründet: *das-Genie-aus-dem-Wald.* Bis zu Dieserstunde aber lagen noch Sechzehnjahre Weg..... vor ihm –.

Brocken Vergangenheit aus-, das Studium abgebrochen, mußte er, inzwischen fast 20 Jahre alt, 1 Berufsausbildung beginnen. Das Studium war ihm Enttäuschung & Tortur gewesen, nach dem 4. Semester gab er auf. Dabei galt die Tatsache, daß die-Behörden den unehelichen Sohn einer als *politisch unzuverlässig* Inhaftierten zum Studium der Geschichte & Fremdsprachen zugelassen hatten, als PRIVILEG.– Dies Zuckerbrot aber hätte alsbald schon sich entpuppt als Peitsche: eigen-Sinn u Resistenz gegenüber Titeln Sonderrechten & Ehren ließen ihn nicht erkennen, daß er als *Der Alibistudent* aufgebaut..... werden sollte, mit Aufstiegs-Chancen in die Auswärtige Spitzeley (:als Waise=ohne-Anhang od andere menschliche Bindung gab er einen !Vorzug 1. Klasse als Kanonenfutter für die Geschütze im Kaltenkrieg..... & besser als die Züchtlinge vom-Kader für solcherlei Job.....) : Blind u taub gegenüber Vorzügen, blieb er Nachzügler u 1zelgänger. Im Sattel der 1falt überritt er mancherlei Bodensee.....

Zudem lief all seinen Vorstellungen die-Universität zuwider. Was er als Lehr&erkenntnis-Hort dachte, war 1 Prüfung's Anstalt, darin das aufgetragene & 1getrommelte Pensum, genau wie in der Grundschule, abgehört wurde von Leuten, die vorm Professorentitel zumeist noch das *Genosse* wie 1 zusätzlichen akademischen Grad mit-sich führten.

Ihm aber mußte solch Gehabe wie 1 riesige, nicht enden wollende Karnevalssitzung vorkommen, & das 1zige das der Mehrzahl aller Studenten schon in den 1. Tagen an dieser uni-Versität beigebracht wurde & was sie !sofort von Akademickern übernahmen, das war deren Hochmut & die Fähigkeit, Andere mit eisernen Parolen plattzuhaun od zum Hund erniedrigt vor-die-Hunde=der-Partei gehnzulassen. Für so-manchen war derlei überhaupt das 1zige, was sie wirklich mitbekamen aus ihrer Studienzeit. – Und weil selbst die Dozenten fürs Sprachenstudium Englisch-&-Französisch weder in den Heimatländern dieser Sprachen je gelebt hatten noch dort hätten leben dürfen (geschweige denn, diese Dozenten wären aus Diesenländern gekommen), erschienen ihm deren Vorlesungen wie das Gerede alter Jungfern über Sex. Noch schlimmer das sogenannte Studium-der-Geschichte: Das war Trillerpfeife & Befehl zum Turnen am Seitpferd des Materialismus; Dialektik in Turnhosen od im Staatsrock. Zudem langweilig wie das Gespiele Kleinerkinder mit Murmeln, lief doch letztendlich Alles stets auf das Letzteloch hinaus: Marxismusleninismus. Um sich über manch graue=Vorlesungsstunde hinwegzuhelfen, zählte er in den stets mit erhobener Stimme (nur Kirchenhall Soutane & Weihrauch fehlten) professoral vorgetragenen Marx-Zieh-Taten die Häufigkeit des Wortes *erheischen*.

Gegen Schluß des 4. Semesters dann die für alle Studenten pflicht=gemäße 6wöchige Armee-Grundausbildung..... Wer sich weigerte, wurde von der-Universitätsleitung geext. :Diese Drohung schwelte, & schlimmer fast als die schikanöse Wehrausbildung selber, unter jedem Fußbreit Dreck während dieser Zeit, zusammgepfercht in einem umfunktionierten Ferien-Lager in Groß Köris, 1 Dorf südlich von Ostberlin. Und 1ige....., die gestern noch neben ihm im Hörsaal od friedlich in der Kneipe gesessen, Die..... wurden zu Vorgesetzten=hier: die rücksichtslosesten Schleifer.

➞ An den Nachmittagen täglich für 2 Stunden, zwischen Appell und Appell, ist im Lager *Selbst-Studium* befohlen: Lesen von Dienstvorschriften Strategie-&-Taktik, Waffenkunde; die meisten Rekruten nutzen die 2 Stunden zum Pennen. An diesem Nachmittag würzt die Maisonne den Kiefernhochwald, darin das-Lager aufgebaut. Er tritt aus 1 der Unterkunftbaracken heraus, will paar Schritte spazierengehn. Vor dem Barackenkral 1 lichter Platz, dort, auf seinem Stuhl fläzend, ein Kommilitone, der hier den Unteroffizier-vom-Dienst hergibt. Der sieht den Spaziergänger, der, den-Befehl-zum-Selbststudium mißachtend, im warmen harzigen Duft umhergeht; der U-Vau-Deh ruft den Rekruten zu sich heran, läßt ihn strammstehn, brüllt: –!Name. – Natürlich kennt dieser U-Vau-Deh den Namen des Angerufenen, sie sind ja in derselben Studiengruppe. – Der Soldat nennt seinen Namen. Der U-Vau-Deh fläzt sich breiter auf seinem Stuhl, & als hätt er nichts gehört, nochmals brüllend: –!Name. – Der Soldat wiederholt seinen Namen. – So geht das 3x. – Dann begreift der Soldat: Der Fettsack= U-Vau-Deh will hören: *Soldat* – und dann erst den zivilen Namen.– Des Menschen größte Gefahr zum Entmenschen ist die-Langeweile.....

Das war ihm die-Uni-per-versität. Er aber war zu gesund geblieben, um vom Benagen hingeworfner morscher Heiligenknochen des Materialismus od vom Wadenbeißen satt zu werden.– Nach den 6 Wochen Armeelager schmiß er uni-Form & Studium hin.

Als Zwanzigjähriger unter 16jährigen ½männern, deren 1zige Gesprechethemen schon wie bei Alten Fernsehen-Autos-Fußball=&= verklemmte-Sauigelein, im bügelfaltig neublauen Overall, 1 Berufsausbildung als Feinmechaniker zu beginnen, das hatte er nicht freiwillig getan: Beamte der Berufslenkung hatten ihm nach dem Hinschmeißen des Studiums diesen Ausbildungsberuf zugewiesen; dagegen gabs keinen Widerspruch. Er hätte auch Nichts zum Widersprechen gefunden. Das erschien ihm als Strafexpedition, & sollte Es gewiß auch sein. Niemand, nicht mal eine Frau, reagiert auf zurückgewiesene Angebote empfindsamer & rach=süchtiger als Staat's Behörden in einer Dick-Tatour. Im-Kern eines=jeden dick-Tattors das Ovarium fürs Weibische..... & Das brütet, wie ein Käse Maden, Terror aus.

Die Fabrik, wohin er zur Feinmechanikerlehre befohlen ward, hieß Vau-Eh-Beh ELEKTROKOHLE BERLIN-LICHTENBERG.

Am 1. Tag der Lehrausbildung die-Betriebsbesichtigung, angeführt vom Ausbilder Herrn Lehmann, 1 kleinen blaubekittelten Mann mit dunklem Kraushaar u von Kinderlähmung verkrüppeltem Arm.– In düsteren, aus Klinkerstein festgefügten Fabrikhallen eifrigster Maschinenbetrieb, überall dröhnend steiler Arbeits-Sinn & gemeinschafftliche Nützlichkeit, während auf den Werkstraßen an den Klinkerfassaden auf den Glasscheiben der Fabrikhallenfenster & selbst auf kleinsten, u seis für Augenblicke nur weggelegten Gegenständen Alles=1vernehmender Staub sein Glitzern hinbreitete, als sei anthrazitfarbener Schnee gefallen. Schon nach dem bloßen Rundgang durch dieses Werk war jedes weiße Hemd grauschwarz verfärbt, die Zähne knirschten als würden sie Flüche zerkaun & Atemluft wog fettigschwer, die Zungen ertaubend legte sich darauf brandiger Grafit-Geschmack.

Zum Ende des Rundgangs an diesem 1. Tag in einer Fabrikhalle voll mit Getöse aus riesigen stahl&ölglänzenden Maschinen, Transmissionsriemen schnellten rhythmisch pfeifend durch Saaleslänge – plötzlich gellend !Einschrei : !Entsetzen, kurzegrelle Huptöne, – an dem Lehrlingspulk vorüber durch die schmalen Gänge zwischen den Maschinen hindurch hasteten Arbeiter, blaue ölige Fetzen Mensch, hineilend zur Stirnseite der Halle – ?!Wasislos : Und er sah die Hand 1 Arbeiters – von einem langsam sich drehenden, riesigen Zahnrad erfaßt – und zog & zerrte an dieser Hand – dann den Unterarm – dann bis zur Schulter des Mannes restlichen Arm – zu grotesker Länge sich streckend ins Getriebe hinein –, die Haut überm Handgelenk zerriß, Blut spritzte ins Öl, das Gelenk ward aus-ein-ander gezerrt – die Sehnen offen sichtbar dünn u hell wie Zwirnsfäden –; zerreißend – !Schrei, – das Maschinengetöse erlosch und auf das jetzt stillstehende Räderwerk sank ohnmächtig nieder 1 ölverdrecktes blaues Bündel Mensch. – Als schließlich Sanitäter den leblosen Arbeiter auf 1 Bahre an den glotzenden starrstehenden Lehrlingen vorübertrugen, war das Gesicht des Verletzten gelbgrau u still, die Wangen eingesunken wie alte Erde. Ölgeruch in der Werkhalle kehrte sich zu brenzligem Gestank –.– So geschehen am 1. Tag, den Augen $\frac{1}{2}$wüxiger der Anschauungs-Unterricht für lebens=lange 1-Bahn-Strecke Lohnarbeit..... /

Wohin hatte ihn das-Leben=bisher gestellt: In 1 fettigen Welt auf den Behörden-Weg vom Waisenhaus ins Wohnheim, & immer vor Gesichter blass mit bösartigen Mündern, in schwitzige Zwangsgemein=schafft aus niedergehaltnen Willen, schäumigem Wahn & Lärm, Trillerpfeifen & Befehlen; in den Nächten im Studentenwohnheim hin&wieder 1 Paar-Fix. Zu 4 in 1 Zimmer mit Doppelstockbetten hausend; manchmal, sofern nicht grad selber Dabei, gingen die übrigen für-solange raus in die Gemeinschaftsküche, rauchend dort & wartend, bis Das-im-Zimmer wieder vorüber wär. Die Wohnheim-Küche im Neubaugeruch, Tabakbeize u Frottésocken an den Füßen stummfhockend Wartender. Daraus ergab sich mitunter spontan 1 gelegen-Heit, denn Nichts schlimmer zu ertragen für den-Mensch sind Stille, Untätigkeit, Langeweile.– Das, worüber Allewelt immerzu & Vollerernst soviel Aufhebens macht: Ficken – ist ihm wie Arbeiten ohne Lohn, schafft sich selber ab & ist rasch vorbei. – Was schon bei ganzjungen Leuten bleibt (sah er hier und später) ist säuerlicher Altengestank von immer zulange getragenen Wünschen & immer zu tief geducktem Verlangen.– /

Vom Ausbildungsbetrieb kamen während der Lehrlingszeit monatlich 120 Mark *Erziehungsbeihilfe* für die Eltern der Lehrlinge; für ihn, den Elternlosen, war das=alles, mehr gab es nicht u Niemand, der dem

Zwanzigjährigen Geld hätte zustecken können. Man gewährte ihm als Vergünstigung freie Unterkunft in einem Wohnheim unweit vom Werk. Doch mußte er sein Zimmer räumen, sobald Arbeiter-auf-Montage den Raum benötigten. Also zog er desöftern innerhalb des Wohnheims um, hinauf & hinab die 14 Stockwerke im Neubau an der Ho-Chi-Minh-Straße, 1 Koffer 1 Umhängtasche – Besitz ihm & Heimat. MAN hieß ihn gehen & bleiben, niemals solange, daß Verdruß ihn hätt ersticken können.

Das fehlende Geld-von-Zuhause machte ihn, wie auch zu Früherenjahren, umso stärker aufmerksam auf einen Mangel, der nicht selten Grund war zum Spott von den Anderen: er=all-1 hatte !kein Eltern-Haus. Das unterstrich umso deutlicher seine ohnehin vom Alter-her bestimmte Sonderstellung gegenüber den andern Lehrlingen. – Eltern, Mann & Frau : Wofür sie zusammenkamen, begriff er schon im Waisenhaus durchs Begreifen seiner Erektionen beim 1-samen Handwerk. Weshalb aber Mann u: Frau sich zusammensperrten Tag-für-Tag & bei:ein:ander blieben, wo doch im Nachher die Lust schwindet und das Begehren schal wird wie die-Langeweile=selber, !Das begriff er nicht. Aber: Eltern taten Etwas gegen die Schalheit & gegen die spitzesten Dornen von langer Weile : SIE zogen sich Nachwux heran; in kreischenden Egoratten suchen SIE sich zu verdoppeln. ?Weshalb. !Unbegreiflich. – /

Und wie auch die-Mädchen in seiner Umgebung aussehen mochten – niemals verlor sich ihm die Erinnerung an seine ersten Frauen: die Erzieherinnen im Waisenhaus. So erschienen ihm Frauen, zu Gattin & Mutter geworden, stets wie diese käferhaften Vetteln im Heim; denn die-Ehe war ihm 1 Abart der Natur, & !die bringt stets die !ihr gemäßen Formen..... hervor. ?Vielleicht (und er sann über eine= bestimmte Szene im Waisenhaus nach) hatten die-Männer den Zeitpunkt einst ?verpaßt, der sie recht=zeitig sich lösen hieß von der blumigen Hüfte einer Frau –.– ?Aber die-Frauen – ?was hatten Die verpaßt. – Wie solche Fragen ihm als Jugendlichem auch brannten, !niemals erhielt er Antwort darauf. Später verblaßten diese wie vieles anderes als zu leicht befundenes Zeug, trieben in den Strömungen von Tat-Sachen davon – und versanken wie Vieles andere im unermeßlich tiefen Sumpf des Sichfügens in alle menschliche=Dummheit.....

Sein Benehmen gegenüber den um Vierjahre jüngeren Lehrlingen wurde als hochnäsig & arrogant erwartet; er enttäuschte jeden, denn für solcherlei Haltungen fehlten ihm penibler Ehr-Geiz & eigen-Liebe.

Die Anderen, Söhne von Proleten & kleinen Angestellten, indes waren nicht abzubringen von ihren Erwartungen gegenüber dem abgebrochnen Studenten, u: wie er sich auch verhielt, er konnte Nichts ändern daran: Gegen die Hoffnungen..... der-Meute hat niemand niemals 1 Chance. /

?Freunde, ?ihm : Nur selten sind Freunde frei wählbar. Freunde werden angezogen von den eigenen Mängeln wie Fliegen vom Aas; Freunde stoßen einem zu, & seither klebt man zusammen, parasitär & gefühlsverpflichtet, in gewissem Sinn enger als Ehe-Leute. Und weil jeder die-schwache-Seite des anderen kennt, ist niemand besser verletzbar als der Freund durch den Freund. Auch wird man zum Opferstock für dreckige Lebensbeichten, denn Freunde behalten privaten Hausmüll !niemals im Privaten=für-sich : Bei der 1.=besten Gelegenheit kippt der Freund dem Freund schamlos seine Seele über den Kopf. Und immer nehmen Freunde sich die gröbsten Unhöflichkeiten gegenüber dem Freund heraus : zu Verabredungen schandbar unpünktlich od sie kommen überhaupt nicht, lassen den Freund sitzen, haben Anderes vor & vergessen die Verabredung; od wenn sie aufkreuzen, dann bleiben sie Stunden=Überstunden, hocken wie angeleimt als wollten sie=auf-Dauer hier sich niederlassen. Od: !wieoft beim sogenannt *Bestenfreund* eingeladen; und dann, zur-Zeit vor seiner Tür angekommen, öffnete ihm niemand, – die Klingel schrillte 1sam u ohne Hoffnung durch eine verschlossen bleibende leere Wohnung. Schon im kinds-Alter fühlte er von Gleichaltrigen sich behandelt, als sei er bereits Erwachsenen Betrügern Wucherern Räubern in die Hände gefallen. (Allerdings, in deren Gesellschaft, sofern sie zustande kam, ist Lebenszeit oft lustiger u vergeht kurzweiliger, als mit all den unbefreundeten Gespenstern.....) – Freunde ?ihm : keine, auch in der Lehrgruppe nicht. 1 x Heimkind = immer Heimkind; der Niemand's Freund, am wenigsten sein eigener. /

Der kleine Herr Lehmann, der die Lehrlinge am 1. Tag durchs Werk geführt hatte, sollte für die-Neuen=im-1.-Jahr der Lehr-Meister werden. Nicht nur sein linker Arm, auch die dazugehörige Schulter war verkrüppelt, so daß ein kleiner Buckel das ohnehin schmächtige Kreuz noch schmaler, den Kopf mit den kindhaften Gesichtszügen aber unverhältnismäßig groß erscheinen ließ. Wäre nicht sein Bierbauch gewesen, die gesamte Figur des schon über Vierzigjährigen war in der Entwicklung soweit zurückgeblieben daß er zeitlebens Bekleidung in Kinderkonfektionsgrößen hätte tragen können. In der Holzbaracke des

Lehrkabinetts, einem langgestreckten Raum zu ebener Erde, an eine Längsseite nebeneinander gereiht Bohrmaschinen, Abkant- & Drehbänke, überblickte Herr Lehmann aufrechtstehend hinter seinem Schreibtisch an der Stirnseite die vor ihren zugeteilten Werkbänken postierten Lehrlinge. Zwischen den wie Maisstengel hingestellten $\frac{1}{2}$männern in Overalls ging die Erscheinung des kleinen Herrn Lehmann allerdings verloren. Also verließ er den Schutzbereich seines Schreibtisches, und schritt die Reihen wartender Lehrlinge ab. Zu dem Waisen, an einer der mittleren Werkbänke vor einen Schraubstock hingestellt, fühlte Herr Lehmann instinktiv sich hingezogen..... Er trat neben den um mehr als einen Kopf größeren Zwanzigjährigen & redete im kameradschaftlichen Ton auf diesen ältesten unter den Lehrlingen ein; erklärte ihm & damit allen=übrigen den Meßschieber (:der !nicht *Schieblehre* hieß) & führte den Gebrauch der Metallsäge vor: –Und immer mit dem !ganzen Sägeblatt sägen (kommentierte Herr Lehmann) –denn das !ganze Sägeblatt hat Geld gekostet.– Das sollte 1 Scherz sein, man lachte dünn u zu spät. Anhand eines vollkommen mit Rost überdeckten U-förmigen Stahlstückes erklärte er desweiteren den fachgerechten Gebrauch der unterschiedlichen Metallfeilenarten: Denn an sämtlichen Flächen solcher Stahlstücke sollten die Lehrlinge mittels Feilarbeit den Rost entfernen, wobei sämtliche Flächen zueinander auf Rechtwinkligkeit gebracht werden mußten: fürs kommende $\frac{1}{2}$ Jahr die sogenannte Praktische Ausbildungsarbeit für die Feinmechaniklehrlinge.–

Der Lehr-Meister Lehmann wich nicht von der Seite des ältesten Lehrlings. Häufiger als nötig ließ er ihn Meßschieber (:der !nicht *Schieblehre* hieß), Winkel- & Stahlbandmaß zur Hand nehmen & die Ergebnisse des Feilens überprüfen; und das nicht nur am 1. Lehrtag. Auch an den beiden folgenden Tagen stand der Lehr-Meister Lehmann über Langezeit hinweg am Schraubstock neben diesem Lehrling, beobachtete & korrigierte dessen Arbeit. Zunächst mißtrauisch, wurde dem Lehrling unterdessen recht behaglich zu-Mut, besonders, als der Lehr-Meister in die schnodderigen Bemerkungen des Lehrlings über das sture Gefeile miteinstimmte. So vertraute der Lehrling zusehens diesem väterlichen Beistand von seiten des Meisters & gab sich Mühe bei der 1tönigen Feilerei. Bald schon schwitzte..... er; doch Herr Lehmann lobte mit stillen Worten seinen Eifer. Also bekam der Lehrling Zutrauen. /

Dann war die 1. Woche praktischer Ausbildung vorüber; die folgende blieb der Berufsschule mit dem fachtheoretischen Unterricht vorbehalten. Erst in der übernächsten Woche erneut der blaue Overall, die Lehrlingsbaracke in Maschinenölgerüchen, Schraubstock, U-Stahl, kreischende Feilen – & der Lehr-Meister Herrlehmann. Als zusammen mit allen übrigen der älteste Lehrling montagfrüh in der Baracke zu seinem Arbeitsplatz ging, stand dort bereits der Lehr-Meister. Auf dem Tisch ausgebreitet sämtliches Werkzeug dieses Lehrlings, mit dem er in der 1. Woche gearbeitet hatte: Feilen, Meß- & Prüfwerkzeuge aus Stahl – sie=alle bedeckte 1 hellbraune Rostschicht, mitunter hatten sogar die Kapillarlinien der Finger ins blanke Metall sich 1geätzt.....

Herrlehmann, zunächst stumm, hob mit seinem verkümmerten Kinderärmchen das Winkelmaß des Lehrlings empor, darauf besonders viele Rostflecken, als seis eine Mordwaffe & alle übrigen Lehrlinge die Geschworenen vor-Gericht, denen solches Werkzeug nun als Beweisstück zu präsentieren wäre zur Überführung dieses-Täters.

Zutiefst errötet stand der Lehrling vor seinem Lehr-Meister u: wagte nicht, ihn anzublicken (was hieße, auf ihn herabzuschaun, u: dies – so fühlte der Älteste der Lehrlinge instinktiv – könnte der kleine Herrlehmann dem Lehrling als zusätzliche Dreistigkeit auslegen.) Also schaute er nieder auf den Tisch zu den dort ausgebreiteten Werkzeugen, von seinen Händen wie unschuldige Leiber geschändet. – Stille in dem langgestreckten Barackenraum (– 1 Sirenenpfiff : Frühstückspause. Jedoch keiner der Lehrlinge wagte sich vom Platz zu rührn.) Jeder ahnte, in der öligen Werkstattluft geschähe sogleich etwas Ungeahntes, das in den Kinderstuben der Erfahrung von 16jährigen noch ohne Namen war. – Herrlehmann, das Winkelmaß noch immer hoch erhoben wie die Fackel in Händen einer verkrüppelten Freiheit's Statue, begann endlich in die Stille-hinein zu sprechen. In seine Stimme schnitt 1 Unterton wie scharfer Grat von 1 Stück Metall.

–!Herr – (& er nannte den Namen des Lehrlings) –ich beabsichtige, ihnen=allen die Grundausbildung zum Feinmechaniker zu geben. ?Meinen Sie, daß Sie – (er wandte sich an den 1 Lehrling) –!gesundheitlich in der Lage sind, diese Ausbildung zu ?bestehen. – Pause. Herrnlehmanns verkrüppelter Arm sank herab –, er präsentierte wie beiläufig allen Umstehenden das rostbefleckte Winkelmaß wie 1 obszönes Indiz.

Der angesprochene Lehrling nickte stumm den Kopf; das wirkte nicht sehr begeistert.

–Ich bin auch der Meinung, daß Sie die Grundausbildung !schaffen werden. – Rief Herrlehmann mit heller Stimme und legte das rostige

Winkelmaß beiseite, als wolle ers vor Zweiflern verbergen. –!Genau=das glaube ich einem fleißigen, konzentriert arbeitenden Lehrling wie Ihnen. Einem Lehrling, der sich für seinen künftigen Beruf !interessiert; der sich weder über seine Ausbildungsarbeit noch über die An-Ordnungen seines Lehrmeisters lustigmacht; dem auch ohne Extraerklärung !klar ist, !wofür er lernt & selbstverständlich auch, !Wer für seine Ausbildung bezahlt : Unser-Staat=u=Unsere-Gesellschaft. – (Vor den Augen des Lehrlings schien ein schwappend rotes Fahnentuch gehißt.) –Daher denke ich, daß Sie Die Richtige 1stellung mitbringen, um zu wissen, daß Sie=als-guter-Facharbeiter späterhin Unserem-Staat=u=Unserer-Gesellschaft für diese Ausbildung !dankbar sein & Etwas davon durch Ihre Arbeit !zurückgeben müssen. ?Sie sind doch noch immer Meinermeinung; Sie denken doch ?genauso. – Herrlehmann erwartete keine Antwort; er fuhr fort: –Und – (jetzt schnüffelte er wie 1 Hund) –aber Sie !schwitzen ja !schon wieder: !Zeigen Sie Ihre Hände her. – Der Lehrling gehorchte; Herrlehmann wischte mit seinen kleinen Fingern langsam & sorgfältig die schweißnassen Handteller des Jungenmannes aus, als wollte er ihm wahrsagen –.– Ungerührt setzte Herrlehmann daraufhin seine Ansprache fort. –Ja, ich glaube, Sie haben geradezu !Goldene Hände für diesen Beruf. –:Aus der hinteren Raumecke flackerte untertäniges Lachen auf.

Der angesprochene Lehrling, der nicht wußte, was *Goldene Hände* od *Goldfinger* in diesem Beruf bedeuteten u somit die Anspielung nicht verstand, blieb stumm u fühlte den Schweiß über seine Handflächen rinnen, als hätt er sie in Wasser getaucht. Kleine Rinnsale auch flossen den Rücken hinab, das Haar klebte an der Stirn.

Herrlehmann war noch immer nicht fertig; im gleichförmig höflich gestellten Ton fuhr er fort. –Kurz&gut Herr – (& nannte noch einmal des Lehrlings Namen) –ich meine, Sie sind 1 gewissenhafter junger Mann, der seine Pflichten genau kennt & erfüllen möchte. Wenn ihn seine-Natur machen läßt – (wiederholter Blick über den Arbeitsplatz voll rostigen Werkzeugs; abrupt wechselte Herrlehmann den Ton:) –Rechnen Sie damit, daß ich Ein!auge=auf-Sie haben werde. Jedentag=u=!immer. !Verlassen Sie sich drauf. So: Und jetzt nehmen Sie Lappen, Öl & Kreide und lösen Sie den Rost von Ihren Werkzeugen. Sie werden Das !solange machen, bis !kein Fleckchen Rost mehr darauf zu sehen ist. – Damit ging Herrlehmann von diesem Platz und durch das Lehrkabinett in Richtung Tür; vermutlich wollte er=Seinepause nachholen.

Herrlehmann spekulierte darauf, daß die übrigen Lehrlinge dem Gemaßregelten die verpaßte Frühstückspause ankreideten (:soeben der Sirenenpfiff zum Pausenende), somit den-abgebrochnen-Studenten noch weiter zu ver1zeln. Der kleine Herrlehmann war inzwischen in der Türnische zum Ausgang verschwunden; 1 anderer Lehrling, der ihn aus dem Lehrkabinett schon hinaus wähnte, brach die lastende Stille u rief in den Raum: –Derlehmann is wie Allah: Groß & Mächtich – n Meter 60.

Befreiendes Gelächter zerriß die gedemütigte Stille, brachte zum 1. Mal die Lehrlinge ein-ander näher. Überdies war ein anderer Bann gebrochen: 1 Jüngerer hatte den Älteren soeben aus der Erniedrigung geholt; das machte den Älteren allen=übrigen gleich, u: (empfand dieser ahnungsvoll) auch gleich benutzbar für Aller=übrigen künftige Frechheiten. (:Der Ältere müßte darauf sinnen, den ursprünglichen Abstand wiederherzustellen.) Doch kam er zu weiteren Überlegungen nicht. Aus der Türnische kehrte Herrlehmann langsam in den Raum zurück. Er war nicht Draußen gewesen, sondern in der Türnische verblieben und hatte natürlich die Bemerkung & das brüllende Gelächter gehört.

Entsetztes Schweigen bei seinem Anblick=jetzt.

Herrlehmann blieb stumm, schaute zu dem Sprecher hinüber..... – Und fortan wußten die Lehrlinge !Was es bedeutet, wenn frühmorgens Herrlehmann an 1 der Arbeitsplätze den Lehrling erwartet..... /

In der Vorweihnachtszeit schwamm in der öligen Luft im Lehrkabinett schwiemeliges Kerzenlicht. Öfter blieben die Neonröhren ausgeschaltet, auf dem Schreibtisch des Herrnlehmanns Tannenbäumchen (schiefgewaxen, sah es Herrnlehmann gleich), neben dem Bäumchen das Tonbandgerät. Jedentag gegen Feierabend ließ Herrlehmann Bänder mit sogenannter *Härräntag=Stimmung's Musiek* in immergleicher Reihenfolge ablaufen : *Less bisch – Less bisch* (intonierte zu Orkesterklängen eine hellspöttische Männerstimme), danach kam: *Du altes Arschloch du blödes Schwein* (das Orkester pumpte Jauchiges hinzu, Herrlehmann sang mit). Sein zugestandener Liebling's Titel setzte mit einer fettig-knödeligen Baßstimme ein: *Üm Gorrtän sünd dü Pflau-män rraif – Pflaumen reif Pflaumen reif* (wiederholte ein Kor), darauf der Knödel: *Dü Böu-mä schtehän foll und schtaif – stehen voll und !steif* (jubelte der Kor, während das Kammerorkester sämige Akkordfolgen schmierte). Diesen Titel wiederholte Herrlehmann mehrere-Male=hintereinander. Die zotigen Texte, gesungen mit konzer-Tant gestellten Sängerstimmen, dazu das klassisch arrangierte Orkester –:genauso wie Proleten mit Sinn fürs *anschtändich=angezogen=sein* zu Feierlichkeiten sich in-Schale-schmeißen, u: nach Saufgelage m. Prügelei am nächsten Morgen aufm Sonntag's Anzug 1getrocknet die Flecken Blut & Kotze. Herrlehmann sagte, er habe diese-Musiek von Schallplatten überspielt, die 1 seiner Härräntag's Froinde von-Drüben bekommt. Derlei schien Herrnlehmann's Höhepunkt für Gemütlichkeit; zu Dieserzeit konnten die Lehrlinge vor Seinen Schikanen halbwegs sicher sein. So kehrte Weihnachtz-Friede in die Lehrwerkstatt ein.–

Der Zwanzigjährige beschaute währenddessen heimlich die Reihen der übrigen Lehrlinge. In den meisten Gesichtern der 16jährigen ½männer zu dem zotigen Gesinge schiefe Heiterkeit, hin&wieder lautes=unterwürfiges Gelächter (nachdem Herrlehmann laut über 1 Textzeile gelacht hatte); bestimmt glaubten die Lehrlinge sich dadurch bereits in den Stand der Erwachsenen-&-Facharbeiter erhoben. /

?Freunde, ?ihm – einst nach jener Szene im Lehrkabinett und jetzt in kol-leck-tiefer Herrzlichkeit..... : Mit demjenigen, der damals laut die Bemerkung über Herrnlehmann gemacht hatte & daraufhin mehrtägigen Schikanen durch den Lehr-Meister ausgesetzt war (& blieb Herrnlehmanns Liebling's Sündenbock), verband ihn lediglich gemeinsamer Ekel, was stets weitaus besser ist als Garnichts. –Lehmann, dieser krepelige Furz-von-Mensch weiß, daß Niemand ihn lieben kann. – Sagte der 20jährige zu dem Jüngeren, als sie beisammen saßen. –Hör dir seine Scheißmusiek an: Der hat noch !niemals Was mit ner Frau gehabt : n kleinermann = ein Großesschwein. Lieben kann sonen Karakterkrüppl jedenfalls Keinefrau; also sollen wir=alle ihn hassen & fürchten. – (Er spuckte aus.) –U-Stahl-Feilen – die-Lehre – dann Fach-Arbeiter-sein..... 1 Schienenstrecke grad=aus & stetig bergab. Und wenn wir uns selber unser inneres Profil vollkommen runtergefeilt ham, dann heißt das: wir haben 1 nützlichen Beruf ergriffen – (nochmals spie er aus:) –Fünfzichjahre weiter=soleben : !SCHEISSE. /

Der ausweglos erscheinenden Öde=der-Arbeiz=Welt als In-Begriff wurde ihm alsbald auf dem morgendlichen Weg vom Wohnheim-zur-Arbeit die Begegnung mit dem Mopedfahrer, 1 Mechaniker aus der Schlosserei : Morgen-für-Morgen, Sommer wie Winter, auf seinem lauchfarbenen Moped »Schwalbe«, eine an ihren Rändern brüchig gewordne, graubraune Gummidecke zwischen Bierbauch & Knieschutzblech für seine Fahrt über den Schoß gelegt & den altmodischen, gelben Sturzhelm mit der schaumgummiumrandeten Schutzbrille aufgesetzt, der Schaumgummirand der Schutzbrille bröselig & hart wie Krumen uralten Brotes, als die 1zigen Zeugen für vergehende Zeit –, darüber der in seinem wirklichen Alter nicht schätzbare Mann mit immerdemselben mürrischen Gesichtsausdruck, die fiesio-Gnomie der-Pflicht, als sein eigener strengster Wärter zu wachen schien, indem dieser Mann auf-!die-Sekunde=genau stets an 1-&-derselben Stelle der Zufahrtstraße zur Fabrik auf seinem Moped ihn überholte – : Was freilich bedeutete, daß auch er Morgen-für-Morgen auf dieselbe Sekunde an ebendieser Stelle der Straße gewesen sein muß..... : Und Wut, jähe Wut in Frühenjahren – die Wut des Jugendlichen, der erstmals !sehen u !spüren muß, !wo die Schraubzwingen des-Überalten am eigenen Leib ansetzen, um Jugend übergangslos ins Alter hinüber zu verkrümmen: Tag-für-Tag und immer=weiter verlorene Jugend-Jahre, von den Diktatoren der asozialen=Arbeizwelt verkrüppelt, die, mal sozialistisch mal kapitalistisch maskiert, nur immer weiter Verkrüppelte hervorbringen, u hinter allen Verkleidungen immer nur das 1: Trübnis & Trostlosigkeit aus aller Maloche, so altbekannt, so vertraut, daß sie schon nicht mehr wahrgenommen werden kann, & jener polioverkümmerte Herr Lehmann als die Verkörperung der Arbeiz-Statue – die stählerne Fackel das Leuchtfeuer für lebens=lange Demütigung. : *Unter gelben Helmen, brüchigen Gummidecken & mürrischen Allmorgen's Pflichtvisagen auf die-Allmorgensekunde=genau ist jeder 1fach nur 1 Selbst-Vergessener..... –*

–Hätt Großelust, den-Kram !sofort hinzuschmeißen.

–?Hinschmeißen – (der Jüngere schaute ihn entgeistert an:) –Die-lehre ?abbrechen. Und ?dann. ?!Willste als Assi..... inn !Knast.

Er schwieg. Später: –Und ?du. ?Was machst ?du.

–Aushalten. Durchhalten. Schnauzehalten. Wie alle. Was sonst. – Antwortete der Jüngere so rasch, als hätt er eine vor Langerzeit auswendig gelernte Lektion hergesagt. *So alt können Junge sein.* Dachte er, sagte aber nichts. Freunde konnten die Beiden nicht werden. /

Durch solcherart Überlegungen noch befeuert, brannten in dem 20jährigen unverlöschbar gekränkter Stolz & entzauberter Dünkel, nicht zuletzt durch die vor einer Schar $\frac{1}{2}$ Kinder erlittene Demütigung von jenem Herrnlehmann, der !ihm = der bereits auf einer Universität gewesen & sogar mit-den-Weibern schon Was gehabt, jegliche Courage so mir-nichts=dir-nichts lahmgelegt & ihn vor Alleraugen nackter als nackt mit schweißnassen Händen hatte bloßstellen können.

Insbesondere, daß er widerstandslos, wie gelähmt, diese Erniedrigung hingenommen hatte, wodurch sein Sonderstatus gegenüber den Jüngeren zusammengebrochen war & sie ihn fortan (wie er das geahnt hatte) als 1=der-ihren behandelten, !das wollte er keinesfalls länger erdulden. Zumal er bislang von sich=selbst gemeint hatte, in der Schule-zur-Courage den erhaltenen Anschauungsunterricht aus so unterschiedlichen Zeiten seines bisherigen Lebens tief verinnerlicht zu haben & daher ohne-weiteres im Bedarfsfall selber das Gelernte abzurufen, indem er, wie jene Couragierten einst, auftreten & reagieren könnte : –

– In allem Staub seiner Frühenjahre hineingeprägt dies lichte Geschehen während einer Stunde Deutschunterricht in der 5. Klasse. Schon durch seinen Familiennamen *Missmann* war 1 seiner Mitschüler – 1 schlaksiger Junge mit ferkelblondem Haar, die fischbauchhelle Haut voller Sommersprossen, als hätt er bei seiner Geburt unter einer Güllesprühmaschine gelegen – bestens geeignet zum klassen-Clown; einer Rolle, der er zuweilen mit jenem scharfsinnigen Witz gerecht werden konnte, wie er zu frühen Jahren aus noch früheren Kümmernissen herkommt u: leider allzu häufig in Spätererzeit sich verwächst. Zuweilen aber schoß er übers Ziel hinaus, sein Witz mißriet zur bloßen Frechheit. So auch in Dieserstunde; der Deutschlehrer, ein gelegentlich aufbrausender Mann Ende der 40, hob seine Stimme zum lauten Gebrüll & stellte den Schüler Missmann zur-Rede. Augenblicklich frostige Stille in der Klasse; alles schaute voll heimlicher Schaden=Freude auf den Clown. Der, sichtlich erschrocken über den ihm unangemessen erscheinenden Wutausbruch des Lehrers, stand gehorsam & verwirrt von seinem Sitz in der Bankreihe auf – er hatte begriffen: Das ist Keinspaß, u auch, daß seine Kameraden klammheimlich dem Stärkeren=dem-Lehrer sich unterworfen hatten. All-1-gelassen sah der Schüler Missmann seiner Bestrafung entgegen.

Da ertönte in der Stille die hohe Stimme 1 anderen Schülers: –!Miß Mann = !Mist-Mann. – Der Lehrer, der in dieser hohen Kinderstimme das Ranschmeißerische & Kriecherische des Höflings sofort heraushörte, fuhr herum und brüllte nun seinerseits den Speichellecker an, daß er sich 1=für=Allemal derlei WIDERLICHKEITEN !verbiete. –Egal was vorgefallen ist (rief der Lehrer aufgebracht:) –Jeder hat seinen Namen, u mit !dem u: mit keinem anderen wird er angeredet.

Vereiste Stille im Klassenraum.

Mit wieder gefaßter Stimme ließ der Lehrer den Schüler Missmann sich setzen; auf die Bestrafung verzichtete der Lehrer.

– 1 Assistent, der auf der Universität die Mathematik-Seminare abhielt, war 1 sportlich wirkender Mann, hochgewachsen & noch jung. Auch winters sonngebräunt, das Haar stoppelkurz, trug er zu Allenjahreszeiten sogar während der Seminarstunden mit Vorliebe eine außen verspiegelte Sonnenbrille. Gern veranstaltete er in den Seminaren mündliche Leistungskontrollen. Hierzu bevorzugte er Studenten (an Studentinnen wagte er sich nur selten heran). Der namentlich Aufgerufene mußte nach vorn=an-die-Tafel kommen & vorgegebene Probleme der Höheren Mathematik lösen. Das gelang nur selten zur Zufriedenheit des Seminarleiters. Angesichts der häufig vergeblichen Anstrengungen des vor der Tafel an einer komplizierten Beweisführung schwitzenden Examinanden verzog der Seminarleiter genußvoll=spöttisch die scharf geformten Lippen – rückte seine verspiegelte Sonnenbrille zurecht – hüstelte & verunsicherte den Prüfling noch um Weiteres durch höhnische Begleitkommentare, nicht selten zielte er dabei auf die verkrampfte Körperhaltung des peinvoll vor der Tafel sich krümmenden Studenten ab. So trieb er Das etliche Male.– Einestags plötzlich, während ähnlicher Prozedur, erschallte aus dem Seminarraum laut & hell die Stimme eines Studenten an den Seminarleiter gerichtet, ob er auf seine Erniedrigungs-Rituale nicht !endlich !verzichten könne. –Es muß um Ihre Persönlichkeit !schlimm bestellt sein (rief der Student in die enorme Stille im Raum) –wenn Sie solch billiges Vergnügen benötigen, um dadran Ihr Selbstvertrauen aufzurichten. Und Ihr Wissen (der Student behielt seine laute helle Stimme:) –das ist auch Ihnen gewiß !nicht schon in die Wiege gelegt worden. Ich möcht nicht wissen, !wie lange seinerzeit !Sie gebraucht haben, um von Mathematik etwas zu begreifen –.– Der Student schwieg jetzt; im Seminarraum Stille wie aus kaltem Beton, dem Material der Courage, aufgestellt –:– Nervös fingerte der Seminarleiter an seiner verspiegelten Sonnenbrille (sie mochte ihm plötzlich als das Albernste..... in der Welt vorkommen); rasch als sei sie kochend heiß setzte er die Brille ab – : 2 verwirrte Augen blickten unsicher & leicht schielend in den Raum & prallten gegen den Beton aus Stille. – Der Mann nickte schließlich, ließ mit knapper Handbewegung den Studenten-an-der-Tafel zurück an seinen Platz gehn, & kehrte wortlos sich der schwarzen Tafel zu; er führte nun die Aufgabe selbst zuende.– Fortan verzichtete er auf 2erlei: auf das Tragen 1 verspiegelten Sonnenbrille sowie auf die mündlichen Leistungskontrollen während des Seminars. –

Diese Begebenheiten waren ihm Lektion und, wollte er glauben, Eröffnung für seinen eigenen Öffentlichen Mut. Auch in frühesten

Jahren hatte er=der-1zelgänger aus mitangeschauten Erniedrigungen anderer, miterlebtem Unrecht & verfügter Willkür stets nur still u fürsich=allein Das Urteil gebildet, um daraus den Schluß zu ziehen: Jene, die der Erniedrigungen, des Unrecht-Austeilens & der Willkür sich ermächtigen, in=Zukunft (wenn möglich) zu !meiden. : An Diesemtag während des Seminars, spät doch nicht zu spät, hatte er begriffen, daß Mut eine Waffe ist, die man benutzen muß. Und er !wollte sie benutzen: allzeit & überall, und handeln im Sinn jener Vorbilder. So sein edles Vorhaben. /

Aber eine Tugend, die nicht im Feuer erprobt wurde, ist keine. Und so hatte ihn 1 Wicht wie dieser Lehmann mühelos Eines-anderen belehrt & kurzerhand seine Vorsätze entzaubert. Mit Einemschlag hatte er sehen müssen: er war noch weniger als 1 Feigling. Und was er bis zu jenem Morgen in der Lehr-Werkstatt für seinen Schatz an Courage hatte verstehn wollen, das entpuppte sich lediglich als Verstocktheit. So fehlten ihm zum Richtigen Zeitpunkt die Richtigen Worte. –:Und !das konnte er sich selber !niemals verzeihn. Er brauchte allerdings nicht lange nachzusinnen, nicht länger als nötig dem eigenen Gram unterliegen; glutiger Haß auf den einst zugewiesenen Beruf & dessen Verkörperung durch den Krüppel=Lehmann, zudem die Sucht nach Wiedererlangen seines dünkelhaften Ausnahmestatus gegenüber den jüngeren Lehrlingen, insbesondere gegenüber sich=Selbst, brachten ihm alsbald Die Lösung.

Aus den Blicken auf des-Arbeiter's Lebensöde geboren, unter den Trommelschlägen auf der Staat's Ga-Leere=DeDeR, durch allzeit eingeforderte Dankbarkeit für Unseren-Staat=u=Unsere-Gesellschaft bereits in Frühenjahren in Daseinsekel hineingetrieben & mit den Treib-Sätzen halbvergorener Philosophielektüre während der Universitätszeit herausgeschleudert – brachte er in-Einem-Zug ein Pamflet zu Papier, das er schließlich Allen zur Kenntnis gab, indem er die dreieinhalb Seiten, engzeilig in Druckbuchstaben beschrieben, an die Wandzeitung des Betriebs neben der großen Kantine als Aushang anheftete.– Bis die-Männer-vom-Werkschutz alarmiert, durch die in Dichtemwall die Wandzeitung umdrängenden lesenden Arbeiter 1 Gasse sich geschlagen & das Pamflet vom Brett rissen, hatten Vieler Augen diese Zeilen des 20jährigen bereits gelesen:

Im Mittelpunkt steht der Mensch – und damit im Weg!

Dankbarkeit gegenüber dem Staat – das ist eine der absurdesten Forderungen, die man sich denken kann! Sie entspringt einer typischen Lakaienmentalität, deren Wurzeln nur allzu offen darliegen, wie sich zeigen wird.– Überdenkt man sich das Wechselverhältnis zwischen Staat und Individuum, so wird man unweigerlich zu dem Schluß gelangen, daß es sich hierbei um ein rein ökonomisches Verhältnis handelt. Um es in einen Vergleich zu fassen: Der Einzelmensch ist mit dem Staat (als das machtinnehabende Abstraktum der Gesellschaft) einen Vertrag eingegangen: Verkaufe ich einen ganz bestimmten Teil meiner Arbeitskraft dem Staat, so stellt mir der Staat dafür gemäß einer Art »Tarifliste« ein entsprechendes Äquivalent in Form von Lohn, materiellen und sozialen Zuwendungen zur Verfügung. Dies macht er in der Regel solange, wie ich bereit und fähig bin, diesem Vertrag nachzukommen.

(Den folgenden Absatz hatte er als Einfügung geschrieben:)

Der Staat also verschafft mir die zur Steigerung des Nutzeffekts meiner Arbeit notwendigen Bildungsmöglichkeiten und finanziert, je nach ökonomischem Eigenvermögen, sogar diese Ausbildung, soweit und sofern ihm das zu seinem Nutzen gereicht. Er investiert in die Arbeitskraft des Bürgers X also einen Teil seines Reichtums, den er, nach Beendigung der Qualifizierung des Bürgers X, nicht nur in einfacher Form durch materielle Ausbeutung dieses Bürgers X zurückerhält, sondern schon binnen kurzem zu einem Vielfachen des investierten Betrags. Ein für den Staat, und nur für ihn, recht einträgliches Geschäft!– Bin ich, aus irgendwelchen Motiven dagegen nicht mehr bereit, dem eingegangenen Vertrag weiterhin nachzukommen, dann entzieht mir der Staat seinerseits alle Leistungen, ja mehr noch: Er brandmarkt mich als »asozial« und verfolgt mich mittels seiner Machtapparate.

Dies war eine notwendige Abschweifung, um einsichtig zu machen, welche rein ökonomischen Triebkräfte und Motive dem Handeln des Staates hinsichtlich des Individuums zugrunde liegen.

(Dem folgte eine 2., spätere Einfügung:)

Hierin zeigt sich nun ganz offen die Absurdität der Dankbarkeits-Idee: Ist man dem Kaufmann dankbar, der mir für mein Geld die entsprechende Ware verkauft? Ist man dem Tankwart dankbar, der mir den Tank meines Autos für bare Münze füllt? Oder ist man dem Schaffner dankbar, der mir für Geld einen Fahrschein aushändigt? Nein und nein – und kein normaler Mensch verfiele auf diesen Gedanken, hier Dankbarkeit zu bezeigen! Weshalb dann aber auf einmal beim Staat?!

Die »Dankbarkeit«, welche ein Staat von seinen Bürgern in verschiedenster Form (Unterwürfigkeit, Gesetzesglauben und Gesetzestreue, Liebe des eigenen und gemeinsamer Haß gegenüber diesem Staate feindlich gesinnter anderer Staaten, bedingungsloses Eintreten für diesen Staat, als Soldat selbst auf Kosten der eigenen Gesundheit und des eigenen Lebens u.v.a.m.) zeigt schon in der Wahl der Begriffe, daß dies ein rein psychologisches Moment verbirgt. Dies freilich nur, um auch auf diesem durch Gesetzgebung nur schwerlich beizukommenden Gebiet eine möglichst umfassende Macht über den Einzelnen ausüben zu können. Liebe dient stets zur Disziplinierung des Willens Einzelner. Ja, mehr noch: Der Staat delegiert die Machtausübung von sich fort auf die Einzelwesen bzw. deren unmittelbaren Lebensraum in Form eines »kollektiven Gewissens«. Ein in dieser Art zwar sehr alter, nichstdestoweniger genialer Schachzug und Musterbeispiel für delegierte Selbstkontrolle!

(Nachträglich hatte er an dieser Stelle noch
eine Fußnote eingefügt:)

Kennedys Äußerung, niemand solle fragen, was kann der Staat für mich tun, sondern jeder solle fragen: Was kann ich für den Staat tun?, ist ein Satz aus dem Ungeist eines Staatsgefüges, das vor weniger als zweihundert Jahren noch das eines Sklavenhalterstaates gewesen ist.

Das Warum für dieses Fragen und Handeln des Staates ist leicht gefunden und liegt quasi auf der Hand: Gesetzestreue allein den Buchstaben nach ist selten ausreichend für die Herausbildung einer stabil gehorsamen Person, denn Druck erzeugt Gegendruck und Paragraphen die Heuchler. Will der Staat aber seiner Macht ganz sicher sein – und er muß dies insbesondere in Zeiten großer wirtschaftlicher und politischer Auseinandersetzungen –, so muß er ein kollektives Gewissen zum prospektiven Gehorsam herausbilden, mit dessen Hilfe es lediglich bestimmter lenkender Impulse bedarf, um die Gesamtheit aller gewünschten Reaktionen innerhalb der Masse hervorzurufen. Dieserart Verhaltenssteuerung kann sich zudem auf eine seit langem eingeübte Tradition berufen: Denn auf dieselbe Weise funktioniert das Glaubens-Verhalten in der christlichen Kirche!– Hier entlarven sich die Wurzeln eines jeden, auch dieses so aufgeklärt und wissenschaftlich-rational sich gebenden Staates: Irrationalität und Religion.

(Von hier-an bis zum Schluß folgten etliche
Korrekturen & 1fügungen:)

Und der breiten Masse wird Einsicht in die wahren Zusammenhänge in Politik und Ökonomie nur soweit gestattet, wie es dem Macht-Nützlichkeits-Kalkül entspricht. Statt wirklich umfassenden Wissens bietet man der Bevölkerung nur Wissens-Ersatz, und durch eingeforderte, unbedingte Gesetzestreue die Erziehung einerseits zum Opportunismus, andererseits zum Ungehorsam – Gesetze fassen deren Übertretung bereits in sich vor –, denn für die Gehorsamen brauchte es keine Gesetze!

Man kann überdies sicher sein, daß in Zeiten, wo von seiten des Staates häufig an ebenjene Gefühle wie »Dankbarkeit«, »Treue«, »Liebe« u.dgl.m.

lautstark appelliert wird, ein größerer Konflikt mit einem oder mehreren anderen Staaten in nicht allzu weiter ferne liegt! Im zivilen, wie auch im militärischen Leben hat das rekrutierte Individuum nur das eine natürliche Recht: Vor der Liebespflicht zum Staat (:korrigiert zu:) *Vor jeder Liebespflicht – zu desertieren!*

BOMBE SEUCHE AUFRUHR ALARM : DER-KLASSENFEIND : DA IST ER ALS 20JÄHRIGER SCHNÖSEL, WEXELBALG STUD. EX. & 1.-LEHRJAHR; ABER TEUFEL&KLASSENFEIND KÖNNEN IN JEDERGESTALT ERSCHEINEN –:– Palaver Tumult Parteiabzeichen blitzten auf & Gebisse, abends&nachts Scheinwerferstrahlen wie Sensen übers Fabrikgelände streichend, Kampfgruppen-Patrouillen in Vollermontur, die EmPi im Anschlag, Hundegebell & am Werktor rundumdieuhr jetzt 3 Pförtner statt wie sonst nur 1. Der kleine Herr Lehmann, verantwortlich für Tun & Lassen der Lehrlinge innerhalb des Betriebs, mußte vor dem Abteilungsleiter, dieser vor dem Leiter für die Lehrausbildung, und der wiederum vor dem Betriebsdirektor, dem Gewerkschaftsvorsitzenden sowie dem Parteisekretär des Betriebs Rede&antwort stehn –: Hin&zurück lief somit die Eimerkette der Wut, so hochfahrend groß daß sie fast schon an die grelle Lüsternheit bei Mißhandlungen grenzte –: Von der Riege der-Chefs gekrümmt wie eine aufgezogene Uhrfeder der kleine herr lehmann, um später, dem Gehäuse aller Obrigkeiten wieder entkommen, als Herrlehmann !sofort gegen die untersten Untergebenen loszuschnellen. So entleerten sich über 1 dann sämtliche Kübel vollen sozialistischen Zorns: über dem Lehrling, dem Verfasser dieses unglaublichen Pamflets..... !Kein langes Gefackel: der *Goldfinger* lernt !fliegen –.– Und er flog: Aus dem Betrieb, zusätzlich mit striktem Hausverbot; das Ende des 1. Lehrjahrs war auch Ende der Lehre für ihn.

Dabei stellte sich heraus, daß schon seit-Längerem bei seinen Vorgesetzten Erwägungen angestellt waren, den *Goldfinger* aus der Feinmechanik zu entfernen – denn dieser neuzeitliche Midas verwandelte selbst den edelsten Stahl, den er berührte, sofort in puren Rost..... Durch sein Pamflet nun hatte er sich selber entfernt. – Und praktisch seit der Stunde seines Rausschmisses aus der gehaßten Lehre sah er vom Problem mit den schweißtriefenden Händen sich befreit: der Rausschmiß war ihm sein Bad im Paktolas. – /

Kein Verlust ohne Gewinn mit Zinsen : Pamflet und nachfolgender Rausschmiß aus dem Betrieb hatten ihm seine Erste Liebe eingebracht.

Juli und August lagen voraus – Zeit für tiefes Ausatmen, unbeschwertes Laufen, helles Licht. Als wäres ihm sein allererster Sommer – – /

Zuvor bereits über-Wochen – morgens & mittags zu den Pausen in der Werkskantine – war der jungen Frau, Arbeiterin aus der Elektrokohlefertigung, dieser seltsame Lehrling aufgefallen, der alle übrigen um ein Gutstück überragte, insbesondere durch sein Benehmen von der popelig-verschämten Albernheit der Lehrlingsmeute weit abrückte, zudem sich von allen=übrigen abseits hielt u für=sich blieb. Oft hatte die junge Frau in der Schlange vor der Essensausgabe in seine Nähe sich gestellt; er aber erwartete von Betrieb&lehre Nichts, am allerwenigsten eine Frau. Also bemerkte er sie nicht. Und jetzt, als die meisten Nähe & Umgang mit dem-auffällig-Gewordenen = der alsbald aus der Lehre rausgeschmissen werden würde, sorgsam zu meiden suchten, rascher & weiter von ihm abrückten als jemals zuvor er von ihnen –, da in 1 Mittagspause sprach die junge Arbeiterin ihn an.

Mit ihren 25 Jahren hatte sie bereits 1 Ehe mit einem wenig älteren Arbeiter aus demselben Betrieb hinter sich: kurz vor der Geburt der Tochter mit 18 die-Heirat, um 1 Wohnung von der Kommunalen Wohnungsverwaltung zugeteilt zu bekommen; Scheidung mit 20, das Gericht sprach ihr Kind & Wohnraum zu, der Mann zog zu seiner neuen Geliebten; seither lebte die Frau=Ohnemann in dieser Wohnung, nahe dem Werk.

Die kleine dunkelblonde Frau mit rundlichen Hüften u wach blickenden Augen empfand eine natürliche Freude am Sex mit Männern, u: sie war nach ihrer Ehescheidung nicht verbittert; mit der Unermüdlichkeit aller Hoffenden suchte sie immer aufs Neu & voller Zuversicht nach einem Mann, der bei=ihr bleiben & Vater-sein würde für ihre inzwischen 7jährige Tochter, 1 stilles in=sich gewandtes Kind. Diesen Mann hatte sie unter den-Männern nie gefunden. – Nach seinem Rausschmiß aus der Lehre mußte er auch seinen Platz im Lehrlingswohnheim räumen. Mit all seinem Besitz (Koffer Umhängtasche) ließ die junge Frau ihn zu=sich ziehen, in ihre 2-Zimmer-Wohnung in Lichtenberg. /

Nach so manch verdorbenem Sommer in den Jahren davor, war dies ein Sommer voll Wärme u Licht. Warm auch der Leib dieser jungen Frau, die runden Arme Brüste die Beuge ihrer Hüfte die sich den Händen fügte, und glatt die Haut ihrer Schenkel. Ihre Wangen dann hitzig u schimmernd rot u ihr Mund gab die Lippen offen u voll ungespielter Freude –. Hier mochte er bleiben; sie hielt ihn, still, bei=sich.–

Diese Frau hatte für sich immer nur das Mögliche versucht. Das fand sie bei den-Männern, doch nie für Langezeit. Er für sich suchte von Frauen Geduld, weil er das, neben dem Anderen Geschlecht, nicht besaß; das Andere Geschlecht fand er desöftern. So trafen, 1 jeder mit seinem Gepäck, der 20jährige aus der Lehre geschmissene Exstudent u: die fünf Jahre ältere Arbeiterin mit ihrer kleinen Tochter zusammen.

Nähe, solang sie ohne Argwohn bleibt u ohne Strafen, erschafft Vertrauen. Aus Vertrauen kann Vertrautheit werden, Liebe. Die beiden Zimmer der alt-Bauwohnung waren unterschiedlich klein, die Nähe der dort Wohnenden dadurch groß.

Im kleinsten Zimmer, kaum 10 qm, schlief die Tochter; das 2. Zimmer diente der Familie als Wohn&eßraum, der Frau dem Mann als Schlafzimmer. 1 Sofa ihr Lager: tagsüber & abends Couch, nachts Bettstatt. Schrank, Vertiko, Tisch – sämtlich vernutzte Möbel, zusammengeschenkt von den Eltern der Frau. Das dunkle Furnier schien dem niedrigen Zimmer noch zusätzlich Licht zu nehmen, unter der Zimmerdecke 1 Luster aus 8 Streben, über dem Ausziehtisch schwebend wie ein felgenloses Rad. Des-Abends gaben die Glühlampen 1 fadgelbes Kanzleilicht. Wuchtig das eine Zimmereck ausfüllend, rotbraun wie kandiert schimmernd ein Kachelofen. Zum Ofenrohr hinauf spitz zulaufend hatte die Frau Wäscheleinen wie Girlandenschnüre gespannt, hartnäckig dort belassen als seis die Erinnerung an ein lange zurückliegendes fröhliches Fest : An Waschtagen hingen daran wie bunte Wimpel die Wäsche der 3 hier lebenden Menschen. (Bettwäsche & Handtücher mußten zum Waschen zu REWATEX; Keinplatz zum Trocknen in der Wohnung u: der Dachboden war schmutzig, das Ziegeldach undicht, Tauben nisteten & krepierten zwischen morschem Gebälk.) Auch sommers war nach den Waschtagen die Luft in der Wohnung klamm, in den feuchten Dunst verströmten die frisch gewaschenen Kleidungsstücke chemischen Blütenduft. – Beide Fenster vom Wohneß&schlafzimmer zeigten die Siegfriedstraße; Omnibusse Straßenbahn Autos aller Größen & Motorräder brachten die staubigen Scheiben zum Klirren, allein nachts von 2 bis 4 gab die Straße etwas Ruhe. Um ½6=Inderfrüh mußte die Frau aufstehn, die Tochter für die Schule zurechtmachen & selber zur-Arbeit-gehn. Seit er hier wohnte, konnte die Frau morgens einehalbe Stunde länger schlafen; die Tochter brachte er zur Schule. Dann kehrte er hierher zurück, legte sich aufs Sofa im Zimmer und schaute durch die Fenster in den hochglühenden

Sommerhimmel hinauf. Im Herbst, nahm er sich vor, wollte er 1 Job als Ungelernter suchen (wo, das wußte er nicht), über den Sommer gab er sich dem Nichtstun hin –.– Also verdiente er Keingeld. Und weil er außer dem Koffer & der Umhängtasche nichts besaß, lebte er von der jungen Arbeiterin. Doch nutzte er dieses Verhältnis nicht aus (wegen seiner Ungeduld taugte er nicht zum *Gemeinen Kerl*); vielmehr gab die junge Frau aus Freienstücken ihm Obdach & Kost. Tagsüber machte er Besorgungen, ging einkaufen vom Geld, das die Frau ihm dafür gab; auf-den-Pfennig=genau legte er dann das Restgeld auf den Küchentisch. Danach sah er sich in der Wohnung um, entdeckte & erkundete den Bücherschrank der Frau. Wahllos griff er nach einigen Bänden, zumeist fanden sich Bücher von Schriftstellern aus der DeDeR; er begann zu blättern, mitunter las er sich fest. Manchmal bis zum frühen Nachmittag fuhr er, in der Tasche immer einige Bücher, hinaus an die Kaulsdorfer Seen. Inmitten von hohem Ufergras seine kleine Insel, eingelegen, – dort im Wiesenland in Sonne Gras u Staub las er diese Bücher, Erzählungen Romane Theaterstücke. An den Wochenenden kamen auch die junge Frau u ihre Tochter mit ihm=zusammen Hierher. Zum ersten Mal zog eine Ahnung von Ruhe in seine Ungeduld ein – und Sommerwind durchwehte die Stunden –.– In den Wochentagen am Nachmittag kam die Tochter von der Schule heim, sie mußte nun nicht mehr bis zum frühen Abend im Schülerhort zubringen. Er bereitete ihr das Essen. (!Niemals fettes Fleisch, und während sie aß, verließ er das Zimmer; er wollte bei dem Kind nicht den Eindruck erwecken, er überwache..... sie beim Essen.)/

Das 7jährige Mädchen hatte seine Gegenwart in dieser Wohnung ohne sichtbare Regung angenommen, als sei das eine Selbst=Verständlichkeit. Mitunter aber fühlte er seinerseits den wachen Blick des Kindes auf sich gerichtet. Sobald er zurücksah, schaute das Mädchen woandershin. Anfangs meinte er für diese Stunden am Tag, während er mit dem Kind allein hier in der Wohnung blieb, das schmale Essen zubereitete, für sie einige Spiele sich ersinnen zu müssen. Das Mädchen reagierte kaum darauf, blieb still u verschlossen für=sich. Auf seine Fragen antwortete sie nur selten u dann 1silbig – nicht mürrisch, vielmehr in der sympathischen u daher seltenen Art von Erwachsenen, die, bevor sie was Dummes reden, lieber schweigen. Also schwiegen Beide über die Meistezeit. Doch niemals feindselig od voll Argwohn – sie schwiegen ein friedsames Schweigen, u ein=jedes auf seine Art. Die Tür zum Kinderzimmer blieb immer offen, manchmal beobachtete er heimlich dieses Kind. : Sie spielte meistens allein für=sich, selten brachte sie 1 Schulfreundin mit. Das Mädchen hockte in 1 Zimmereck auf dem Boden unterhalb des Fensters (hierhin traf nur spärliches Licht=von-Draußen), um sich herum Spielzeug Bilderbücher Stofftiere – stundenlang u in Allerstille spielte sie mit unschuldiger Ernsthaftigkeit u meist ohne Lärm. Sobald sie seine Blicke bemerkte, huschte über ihre kindlichen Züge harter Altenernst, wie über ein stilles Gewässer die kalten Wellenkräusel unter 1 Bö.– Anfangs hatte er das Kind gefragt, weshalb es nicht Draußen in Sonne u Wärme mit anderen Kindern spielen wolle –. Darauf hatte das Kind nur knapp erwidert: *–Mama hats mir verboten. Wegen all den Autos, &so.....* Kurz hatte das Mädchen von seinem Spiel zu ihm aufgeschaut, ihre Augen dunkel der Blick ausgesehen wie von alten Menschen, um sich sogleich wieder zu versenken ins eigene Tun, 1 Spur ungehalten über die Störung.

Ihm aber war diese Antwort wie 1 Ausrede erschienen, und sooft er in das kleine, schmale Mädchengesicht sah, das schon die Züge einer Erwachsenen trug, schauderte ihm: *Dieses Kind ist wie damals ich.* Daher schwankend zwischen Rührung u: Abscheu (:die hielt ihn davor zurück, diesem Kind über das Haar zu streichen od gar es zu küssen) ertrug er solchen Anblick niemals lange. Wars ihm, als sähe er vor sich die eigene Kindheit, die er in=sich=verschlossen trug als den eigenen Homunkulus – *der Anblick von Kindern: ein Schrecken. Und Der wächst aus mit den Kindern zum Erwachsenen.....*

Deshalb fand er niemals Zugang zu diesem jungen Mensch, was er als Niederlage empfand, die ihn länger beschäftigte, als Niederlagen sonst. Er bemerkte nämlich zum 1. Mal, daß der Homunkulus eigenerkindlicher Renitenz u: er=selbst inzwischen zwei ein:ander gegnerische Wesen geworden waren. *–Jetzt bist !du = erwachsen.* – Er spürte die Richtigkeit dieser Feststellung für 1 Zustand, den er in Vielenjahren=davor entweder herbeigesehnt od: überhaupt nicht bedacht hatte; unmerklich entfaltete Dasein sich zur Tyrannei, & jetzt ließ Diesersatz ihn das-Leben spüren : *Du bist bald 21 Jahre=alt, neben einer Frau mit deren Kind dahinlebend, ohne Arbeit ohne Beruf = in heimlicher Asozialität & offen am Rand zum Knast, und !Sovielejahre Leben..... noch vor dir* –:– Dunkle Angst breitete sich in ihm aus wie ein Gas; wich nicht von ihm, und trieb ihn noch hastiger voran. – /

Daraufhin wollte er die Bücher jener DeDeR-Schriftsteller beiseitelegen; Bücherlesen erschien ihm als Kinderei. Doch unbewußte Ahnung ließ ihn gerade in Büchern einen Weg aus seiner dunklen

Lebensangst vermuten : *?Was kannst du aus Büchern mitnehmen für !deinen Sinn. /*

In manchem dieser Bücher fanden sich von der jungen Arbeiterin aus der-Zeitung ausgeschnittene Artikel, den Autor od die Autorin des Buches betreffend. Hieraus, und auch durch nachfolgend eigene Beobachtung, konnte er bemerken: Schriftsteller mischen sich in=Alles ein; drängen sich vor sobald 1 Gelegenheit dazu vorhanden & geben stets wortfüllig ihren Senf dazu, gleichgültig ob sie von der Problematik über die sie schwätzen & sich dafür ins-Zeug-legen, etwas verstehen od: nicht. Mit Vor-Liebe schwadronieren sie vor bereitgestellter=Öffentlichkeit vom *Aufbau-des-Sozialismus* – hatten aber weder vom Bau noch vom Staatswesen 1 Ahnung. Gleichauf als Liebling's Thema rangierend *Der-Weltfrieden.* Augenscheinlich aber wußten diese Wort-Führer weder etwas von der Welt noch vom Geschäft des Friedens; einzig ihr eigenes Geschäft: im Rampenlicht organisierter=Öffentlichkeit sich aufzupflanzen & in einem selbstgemachten Meer aus Schwierigkeiten hohe Redewellen zu schlagen, als drehte die-Ganzewelt 1zig auf !sie zu & warte begierig auf !ihre Großenworte –:!das schienen diese dünn-Satzbohrer zu beherrschen aus-dem-EffEff. Sie angaschieren sich voller Sozial-Eifer heute für Das, morgen für Jenes; und war Die Sache schiefgegangen, dann sahen sie weiter: auf neue Gelegenheiten zum Angaschmang=vorn-an-der-Bühnenkante, dem Podest fürs !eigene Geschäft.

Diesen Umstand einmal erkannt, war das Interesse des stud.ex abgebrochnen Lehrlings & illegal Berufs- u Einkommens-Losen an diesen Figuren & ihrem Metier erwacht; er spürte zutiefst=innige Verwandtschaft heraus. Fort-an schaute er sich deren Geschriebenes im Verhältnis zur bereitgestellten=Öffentlichkeit & darüber verfügenden Obrigkeit unter anderem Blickwinkel an. :

Durch 1förmigkeit des-Lebens auch als Schriftsteller=in-Diesemland waren ihre Themen eng begrenzt wie das Land DeDeR, der Schreiber aber gab es ausufernd viele; die unterscheidbaren Wörter wurden knapp, derweil ihr Geredebauwerk in krautige Höhen schoß. Schriftstellerkonferenzen – Parteitage – Plenen – Ausbürgerung dem-Staat unliebsamer Personen – :der Turmbau zu Babbel stürzte endlich um; Besitzstand & eifer-Sucht ließen Scharen=Schreiberlinge aus den Trümmern jedem=*seinen-persönl.*-Sozialismus klauben, jedem=*seinen-eigenen*-Weltfrieden besingen. – Er durchblätterte Hekatomben von Buchseiten dieser Herr&damschaften Dichter. Und stellte desweiteren fest: Deren Sprache kam daher mal in Stiefel-&-Sporn, mal in Sandalen & Turnschuhn der-Partei – die Alten griechen auf Jungen Hacksen : So !Herrlich für die-Riege Größen=wahnsinniger Funktionäre, den klein-bürgerlichen Staat's Feierlichkeitsanspruch mitsamt dem eigenen Entengrützkarakter nun im antiken Versemaß inmitten heroischer Kulissen gefeiert zu sehn. Und Genosse Pachullke fühlte ihn fortan höchstpisöhnlich: Den-Atem-der-Gäschüschte. Dazu für die Paßlosen Imland paßgerecht die berechnete Depressivität & Nörgelei, woraus Das Schlechte Gewissen als Boden-Satz vom Kristentum auf die säckuhlare Mänschheit niedersank. Lieder aus dem Schützengraben – aus Sport & Schützen die Arbeit's Helden zu Bier Rot-Wein m. Schmalzstulln als volxeigene Seelichkeit.....

Dabei waren diese prominenten Knochen weder tapfer noch sportlich; die Großspurigsten im Wortblechgewitter waren ausgemachte Hasenfüße; deren Sportlichkeit, sobald Ernst=um-sie wurde, bestand hauptsächlich im Aus-Kneifen, Buckeln, Zukreuze-Kriechen vor der-Partei. Denn Die vergab Ihre Gunst nach Peitsche-&-Zuckerbrot, und weil die innerlich Beschädigten auf dem Tanzboden unter den-Argusaugen-der-Obrigkeit ihre Frechheiten ohne Skrupel austoben, kommen sie, hin&wieder aufs Parkett geworfen zwar, trotzdem immer wieder hoch. Weil sie sich selbst nicht vertrauen konnten, trauten sie auch keinem Andern; und kennen zudem keine Scham: verändern sich in voller Überzeugung's Pose mit jeglicher Veränderung & schwimmen somit wie Fettaugen auf jeder Politbrühe oben. Hierin waren & sind sie schlichtweg *universell*.....

So saßen die Edelsten aller Dissidenten-Tümler bei offiziellen Staat's Veranstaltungen immer in-der-1.-Reihe; Dissident-Sein ist ein !Privileg..... Und bedachten voller Beflissenheit weder Fäulnis noch Moder im Unterholz von DeDeR; ihr Wissen über *Natur* war gestellt auf *Sans Souci*; mit ihren geistigen Backformen schaufelten sie aus dem Wörtersand die volxeigenen Marsyasse & Prometheuse, Waggonladungen voller=Verse über gestürzte glücklose Engel, schließlich die Medeas & Kassandras als Feministen für Besserverdienende –/– weit entfernt von der fürchterlichsten Mensch-Bewaffnung: Familie Stummheit & Arbeit-im-3-Schichtsystem; – und noch weiter entfernt von Wärtern & Kapos:

> ***S. 151, Zwangsvollstreckung & Die Vollendung der Natur →:***
> *»›Und das Gebot, man solle Ohrfeigen hinnehmen, ohne sie zu erwidern, und sich bestehlen lassen, ermutigt nur die Frechen, die Feigen und die Spitzbuben.‹«*
> Flaubert, *»Bouvard und Pécuchet«*

Häftlinge mit zerbrochnen Kinnladen zerschlagnen Nieren niedergestreckt in Betonzellen im eigenen Dreck, Normannenstraße Bautzen Genickschuß-Zelle Leipzig & Frankfurt/Oder. Damals-&-Heute: Tief aus dem Elend dieses Landes gekommen, haftet an DeDeR-Häftlingen=von-einst der Blutgeruch=der-Macht, sie können nicht, wie die-Pizarros, feinsinnig parlieren in-Mitten immer=solenn gestimmter Medien=Welt; von Tränen erwürgt verstummen sie oft.

Was hingegen den-Edelroten an Sorgen verblieb, das erschien in deren Schreibe wie selbsteingewecktes Obst aus dem eigenen Garten hinterm Sommerhaus. In ihrer aufgeblähten Gesellschaft's Pose wirkte diese Prominentenriege wie Knattermimen, die sich & ihre Rolle in 1 Komödie als zutiefst tragisch empfanden & auch so spielten: Entweder den Sisyfos-Stein *ihres*-Sozialismus rollend & schweißig-ächzend wie Ringkämpfer die Sätze packend od in weh-mütigen Versen mit kleinen silbernen Tränlein bestickt die Coroll-Arien gutherziger Utopien von einer Besserenwelt anstimmend. Solch Schreibe – ob in Marmorattrappen aus Sprelakart mit den Eisenwaden der Klassick stol-zierend, im Sackrißteigeruch gestickter Verse od unterm geil=tümlichen Schall poppiger Berufsjugendlichkeit – hinterließ angesichts der Lebens-Wirklichkeit in diesem Land bei ihm ein Unbehagen wie der Besuch im Stickgeruch enger Kammer am Bett 1 Totkranken.....

Vielejahre später, als er selber für=1-kurzezeit Schreiberling unter Schreiberlingen war, sah er deren Geschäft's Tüchtigkeit hinübergehievt ins Gebaren ackerdämischer Schenies : Zuviel gewußt, zu wenig gedacht. Sie haben dabei Keinesilbe zu verschenken, immer nur 1ige Silben zu versilbern, womit diese Dichtung wirkt als seiens Gespräche am Spar-Kassenschalter: geizick wie Koofmichs mit ihrer Penunse. Sie waren u sie bleiben blumig im Bukett & sauer im Abgang. /

Und ?Heute darauf ?zurückkommen, so-manches davon, vielleicht, mit anderen=gerechten Sinnen empfinden –: Das wäre ihm, als wollte er sich seine Milchzähne wieder einsetzen. – Als er mit der jungen Arbeiterin über All=das sprach, stieß er auf deren Schweigen. /

Zuerst mit den Büchern, dann mit dem Land dieser DeDeR-Schriftsteller war er zu Ende. Und sobald über DeDeR in späteren Jahren die Rede ging, trat ein weit abschweifender Blick in seine Augen, bedeutend man möge doch !endlich=zu-Ende kommen mit dem Geschwätz um die 1 von unzähligen Fußnoten zur Geschichte. Kurzes Flackern im Blick mochte dann sein inneres Seitenumblättern begleiten. – /

Anschließend bei seinem Ausflug in Großbürgerliche Literatur mußte ihm sogleich Ein-Hochgepriesener begegnen: der Phönizier-Schädel aus Lübeck. – Er begann dessen Erzählungen zu lesen. *Komisch* (dachte er) *bei dem sehe ich immer zuerst die !Fehler*: Zuviele Adjektive & Attribute um genau, zuviel Enallage um originell zu sein, zudem mit Katachresen den-Witz oftmals versalzen. In seiner historischen Sehkraft myopisch; & jemand, der an einem Ort nicht einfach nur ist, sondern grundsätzlich *an einem Orte weilt*, der Zeitungen & Fahrpläne nicht liest, sondern sie *studiert*, ist 1 Satyr mit Suspensorium.– Dann griff er zu dessen Romanen. Doch alsbald stellte sich bei der Lektüre ein Völlegefühl her: Schriften wie üppige Nachspeisen, wobei die Hauptmahlzeit ausgefallen war. Dabei wirkte, trotz aller Opulenz, der Stil oft engbrüstig, erzwungen, als hätte den Schreiber beim Schreiben die Hose, pardon: *das Beinkleid* im Schritt gekniffen. Zudem, wie bei 1 Kunstschmied der mit feinsinnigsten Advertisen edle Waren anpreist, beschlich den Leser die ungute Ahnung: *Du hast das=alles zwar mit deiner Hand gepunzt, doch Recht=eigentlich von dir ist Vieles !nicht.* (Diebes- & Hehlerware ham sunen verräterischen Glanz.) Auch stellten sich regelmäßig bei dieser Lektüre schmerzhaft Rückenverspannungen ein. Somit aus gesundheitlichen Gründen, von neuerlicher Enttäuschung zu schweigen, gab er diese Lektüre auf. Denn er war nicht unterwürfig genug, um der Reinenbildung=½er damit fortzufahren.

Eines bereitete ihm seither Probleme: Zu-Allenzeiten reden&schreiben diese Wortfülligen zu viel u: denken zu wenig; eifersüchtig auf: 1:ander sind sie wie Eunuchen, dazu feige wie die 12 Apostel – zu allem Überfluß 9von10 Herr&damschaften aus dieser Zunft uninteressant häßlich sind wie Hunde von Einbrechern. Als sei des Schreibens wahres Element die Kompensation des Versagens im Geschäft der Prostitution: Schreiberin statt Hure, Schreiber statt Herrscher.– Aber Schrift-Steller wurden ge!achtet. All=gemein sprach man über sie mit Großemrespekt, wie von keinem Facharbeiter, Ingenieur od Arzt. !?Was war es, das diesen Papiertigern solch Hohesmaß an gespenstisch=religiöser Verehrung brachte. Wars im-Ende das Gespenst der ausgetriebenen wirklichen Religion..... Derlei hoher Zoll an Ehr-Furcht für Charakterlosigkeit wurmte den stud.ex & Ungebildeten einerseits mächtig.

Anderseits wurde ihm klar, wollte er lesen was er=selber !lesen mochte, dann mußte er seinen Bedarf sich=selber !schreiben : Mit den Voraussetzungen Ungebildetheit Häßlichkeit u seinen Enttäuschungen schien er zum Schriftsteller geradezu !berufen.

Gegen Sommers Ende beschleunigten zwei Vorfälle die Ereignisse.

Monströs, stumm & breitbeinig wie Das Gesetz erwartete 1 Sonntagnachmittags den Mann u die Frau auf der Treppe Der Hauswart. Er versperrte ihnen den Weg zur Wohnung, eine abgeschabte Kladde in Händen.

Ohne 1 Wort der Begrüßung fuhr der Hauswart die Frau an: –Seit !Wochen beherbergen Sie in Ihrer Wohnung diesen-Härrn – (er ruckte sein grobknochiges Kinn in Richtung auf ihren Begleiter) –ohne ihn !Ordnung's gemäß im Hausbuch & bei der VauPeh angemeldet zu haben. !Sogehtdas!nichtweiter. Entweder Sie melden sich !Ordnung's gemäß an od Sie verlassen !Aufderstelle Dieseshaus.

Die letzten Worte hatte er direkt an ihn gerichtet, und noch bevor 1 der beiden Angeranzten etwas erwidern konnte, kam Es aus dem tabakgelben Hauswarzmaul: –!?Was sind Sie eingtlich von-Beruf ?hä: Ich sehe Sie niemals früh=zur-Arbeit-gehn. Hier=in-!Meinemhaus dulde ich !keine Asotzjalen. – Lauernd starrten die Blicke aus den Süffelaugen im Hunzgesicht auf ihn herab. : –Ich bin Sch –, entfuhr es ihm. Und schnell & sicher fügte er hinzu: –Schon seit-langem !Forstarbeiter. Ich arbeite im Wald. – :In der Not greift jeder zum rechten Wort. :!Forstarbeiter: der Einfall, von dem er bislang selber nichts wußte. (Denn *Schriftsteller* getraute er sich noch nicht zu sagen, geschweige denn die Wahrheit; im Kötergehirn dieses Hauswarz stünde !sofort Das-Feindbild..... bereit.)

Mürrisch wandte der Mann sich ab, überreichte der Frau das Hausbuch mit dem nochmaligen Befehl, den-Härrn !sofort einzutragen. Dann schlug die Tür zur Hauswartwohnung zu; der Weg war frei.

Schon während des bisherigen Tags wirkte die Frau merkwürdig abwesend, blieb 1silbig, das *Du-ich-muß-mal-mit-dir-reden* in ihrer Miene. Jetzt, nach dem Auftritt mit dem Hauswart, zurück in ihrer Wohnung, schaute sie ihn nachdenklich an. –Du –, sagte sie schließlich, –ichmußmalmitdirreden –.–

Eigentlich hatte sie ihm ihrer beider bevorstehende Trennung feinfühliger nahezulegen gesucht, seit Tagen (sie wollte ihn nicht vor-den-Kopf-stoßen) suchte sie nach passenden Worten & nach Dem geeigneten Moment. Die Szene soeben im Treppenhaus drängte sie nunmehr zur Eile; wie eine Zeit-Bombe lag das Hausbuch auf der Flurgarderobe. Ihr Ehe-maliger Mann u Vater ihrer Tochter hatte vor einiger Zeit, nachdem der 20jährige aus dem Betrieb geschmissen war, sich wieder bei ihr=in-Erinnerung gebracht; war ihr im Betrieb zu allen

Pausen nicht von-der-Seite gewichen, wollte Einen Neuen Anfang (wie ers nannte) u !nur mit=!ihr, weil er seinen Fehler=einst, sich von ihr & von seinem Kind zu trennen wegen 1 Nichts=würdigen Anderen (so beteuerte er), nunmehr 1gesehen habe &soweiter – (:seine letzte Geliebte hatte ihn kurzerhand vor die Tür gesetzt). Nun durchpflügte er mit großer Zunge wortreich ihrer=beider Erinnerung –.– Die Frau hörte Das & klaubte im lockeren Geröllefeld seiner Großenworte die festen Steine heraus. Und sie fand, im Sinn dieses Mannes seien noch gerade Linien – :Sie suchte stets für=sich u für ihre Tochter nach dem Nur-Möglichen. Aus des stud.ex & Erwerbslosen unstetem Sinn, der, wie er=Großmächtig vor-kurzem verkündet, alsbald Schriftsteller werden wolle, würde immer=fort nur Unstetes kommen (empfand die Frau instink-tief); Nichts für sie & für ihr Kind.– In paar-Tagen nun käme der Ehe-Mann zurück, hierher=in diese Wohnung, um wieder Familien-Vater zu sein. (Das hatte sie ihm feinfühlend beibringen wolln); jetzt zwang das Hausbuch zur-Eile.....

Doch nagte an der Frau 1 schlechtes Gewissen; sie spürte, daß sie dem stud.=ex=Liebhaber Unrecht tat, jenes Unrecht, für das es nirgends Richter gab. Also breitete sie vor ihm sein Ungenügen im Fach Leben aus. Weder für seine verlorenen Eltern noch für Die-berühmten-Schriftsteller mochte er sich interessieren; vielmehr habe er für Beides, Herkunft & Zugehörigkeit, nur Verachtung & Spott übrig. –Du willst nichts von deinen Eltern wissen, willst meine Bücher nicht mehr lesen, willst Meinemkind kein Richtiger-Vater sein. – Schmollte sie & zupfte am Tischtuch. *Mein 1. Studium war Abbruch* (wollt er erwidern) mein 2.=ewiges Studium, keinen Vater zu haben. (Er ließ es bleiben, sagte nichts.) Auch war sie im vollen Ritt: –Du machst immer=alles madich, zerstörst jede Hoffnung, sagst Nurschlechtes über Diesesland – !werweiß ob du mich überhaupt liebst. Gesagt hast dus mir jedenfalls nie. –(:Sie hatte Recht: Die Worte *Ich liebe dich* waren ihm wie abgefingerte Illustriertenblätter, er vermied sie weil er meinte, auch eine Frau müsse so empfinden; ein schwerer !Fehler).

Die Frau empörte sich mittlerweile so heftig, daß sie dieser Empörung selber glauben konnte. –Ich halte deinen Pessimismus !nicht länger aus. – Und hatte Tränen in der Stimme. Aber sie nahm=sich=zusammen & zupfte stärker am Tischtuch. –Und ich hab immer gedacht – (noch stärkeres Zupfen) –wir könnten eine Echte Beziehung haben, so richtig mit Gefühln &so –.– Sie vermied ihn anzuschaun.

Hätte sies getan, sie hätte sein Zucken im Gesicht bemerkt; das

Zucken vor einem großen bösen Lachen : *so richtig mit Gefühln &so –:– ?Was hast du empfunden, als wir gevögelt haben – ?keine ?Gefühle.* (Das hätt er der Frau ins Gesicht gelacht voller Haß & Bitterkeit). So aber kein Blick, kein Schierlingslachen; kurz=um: Der stud.ex & Erwerbslose, mit seinem Lebenshalt im Staub, er mußte !weg von hier, raus aus dieser Wohnung. –

Die 7jährige Tochter spielte während dieser Szene in ihrem kleinen Zimmer, die Türe stand offen, sie hatte Alles mitangehört. Jetzt unterbrach sie ihr Spiel, mit raschen=entschlossenen Schritten kam sie aus ihrem Zimmer und stellte sich neben ihn. Stumm sah sie zu ihrer Mutter hinüber. – Alle schwiegen, jeder auf seine Art. Und ihm wurde klar, dieses Kind war über-all=Diezeit auf seiner Seite gewesen, nur er in steter Lebens-Eile hatte von-Allem nichts bemerkt. Was er bislang als Niederlage vor diesem Kind empfunden hatte, das war in-Wirklichkeit ein Sieg gewesen; er hatte in dieser Siebenjährigen seinen Ersten Freund gehabt, so tief herzlich u ohne Falsch, wie nur 1 Kind *Freundsein* kann. Verloren hatte er erst !jetzt..... – Die Frau sagte in die todtrübe Stille, er könne noch für 1 Weilchen hier wohnen bleiben solange, bis er Job-&-neue-Unterkunft gefunden hätte. Dann kehrte sie sich um & lief in die Küche.

Sein Instinkt: *Ohnenworte !raus&!fort. !Nichts anmerken lassen, !nicht stehnbleiben, – der Schmerz würde dich sonst packen & niederwerfen.* Zudem, an die Erhabenheit seelischer Regungen gegenüber all den anderen Regungen in einem Leib mochte er nicht glauben: Reue u übersäuerter Magen zeigen dieselben Symptome; die Unfähigkeit zu lachen ist keine Dämonie, sondern eine Stoffwechselstörung, und Sinnlichkeit's Aufwallungen kommen von Verstopfungen des Darms. Auch hütete er sich von-jeher davor, *seine-Gefühle-zu-zeigen*, wie diese modische Ausziehpuppen-Übung hieß. Gefühle kommen der-Wahrheit nahe; Gefühle-zeigen hieße beinah die-Wahrheit sagen. Doch ?!wer inmitten verlogener=Gesellschaft hätte wohl das An-Recht auf !Wahrheit. : Koffer Umhängtasche !auf&weiter –.– Bevor er fortging, gab sie ihm Geld=für-die-1.-Zeit. Er nahm es. Ging, und sah diese Frau niemals wieder.

Zwei Monate war er bei seiner Ersten Liebe gewesen u am Leben, das waren ihm Sehnsucht voll jungenshaftem Ernst und Hinkehr zu einer Frau, u daher auch schüchternes Zögern, Warten, – und immer wieder die glänzenden Nebel Verliebtheit; – jetzt & wieder Draußen hielt ihn das Gestrüpp von DeDeR-Gesellschaft erneut im-Griff. Und der Sommer verstrich wie seine Erste Liebe –, andere Lüfte & anderes Licht stachen Herbstes Kühle & Gerüche nach Verbranntem in den Tag.

Die erste Not, im Treppenhaus vor dem Hauswart=Büttel, hatte ihn zum rechten Wort gebracht – Forstarbeiter –, jetzt, in seiner zweiten Not, begriff er die erste & folgte dem Not-gefundenen Wort: Er bewarb sich bei einer Forstverwaltung im Nordosten von Berlin als Hilfsarbeiter; im Herbst würden Arbeitskräfte für die Forsten gebraucht.

In seinem Dienstzimmer empfing ihn Der Verwalter, ein untersetzter, breitschultriger Mann von mittleren Jahren. Das Haar, noch füllig doch schon reichlich graudurchsträhnt, schien er zu pflegen in der Manier von Männern, die gewissen-Frauen zu gefallen suchen; Frauen, die ihren-Mann jünger mögen. Sein großes, immer etwas gerötetes Gesicht zeigte Verträglichkeit. Nach allmorgendlichem Arbeits1teilen & dem Abrücken der Brigaden in den Wald atmete der Mann erleichtert auf & holte sogleich die Flasche »Goldbrand« aus dem Schrank. So fand er Seinenfrieden Tag=für=Tag.

Um den möglichst rasch & immer zu erreichen, war er kein Freund von Vielenworten. Und obwohl von 1 staatlichen Behörde, zeigte sich der Verwalter des Forstamts gegenüber dem ungelernten Bewerber äußerst diskret & großzügig. Er besah den Neuen kurz & wußte recht guten Bescheid über ihn. (Nur der Form halber blätterte er in der Kaderakte des Bewerbers.) Befragt, weshalb er aus der Lehre geschmissen worden war, fing der Bewerber, zutiefst errötend (:er schämte sich mittlerweile für das pubertäre Geschreibsel seines Pamflets), stotternd an zu berichten. Der Verwalter winkte ihn alsbald ab. –Papier. – Sagte er verächtlich & vollführte Knüllbewegungen mit den Händen. –Die Welt erstickt unter Papieren..... Schad nur um die Bäume. Was anderes wäre – (fügte er eindringlich hinzu) –Sie hätten Ihrem Lehrmeister die Fresse=po – will sagen: Sie wären gegen Einen Vorgesetzten handgreiflich geworden. Aber soo –:– ?Sonstnochwas.

Das klang wie beim Verkäufer im Konsum. Der Bewerber verneinte Gutengewissens & zutiefst erleichtert (seine Absicht mit der-Schriftstellerei behielt er wohlweislich für=sich); der Verwalter lehnte sich in seinem Stuhl zurück. Und kam zur Arbeit-selber zu sprechen: Arbeitsmittel & Berufsbekleidung (auch Schuhwerk: Gummistiefel) von-hier; Verpflegung ist selber mitzubringen; Arbeitszeit: Achtdreiviertelstunden wochen=tags, Sonderschichten im Bedarfsfall – nach Unwettern od so (:er schnalzte merkwürdigerweise mit der Zunge) – nach Anweisung auch an den Wochenenden. Arbeitsbeginn: regulär um 7 Uhr, im Winter um 8. Unterkunft: ?keine – Tja: ein Problem. (Den Bewerber packte Furcht, daran könne Alles scheitern – hilfesuchend sah er nach dem Verwalter.) Der überlegte kurz. Dann bestimmte er das Quartier des Neuen (der auch nach Vielenjahren noch=immer Der Neue heißen würde) hierher ins Verwaltungsgebäude. –Vorläufig. – Betonte der Verwalter mit Augenblinzeln.

1 Zimmer im Erdgeschoß war eigentlich für die Brigaden als Klubraum zu Kulturveranstaltungen gedacht. Kultur kam nicht bis nach Nordostberlin, das Zimmer blieb verschlossen über die meiste Zeit im Jahr. Hier, bestimmte der Verwalter, könne er wohnen, vorläufig. Kochnische mit Gaskocher in der Küche neben den Büros, Klo & Dusche nebenan. Und zum Wäschewaschen gabs im Keller die alte Waschküche. Bei der Meldestelle der VauPeh solle er getrost diese Adresse nennen, Man würde nicht nachfragen.– Darauf erhob sich der Verwalter und kam hinter seinem Schreibtisch hervor. Der Neue meinte, nun sei die Unterredung beendet & erhob sich ebenfalls. Doch der Verwalter stellte sich vor ihm auf, und erklärte mit gesenkter Stimme: –In den Sommermonaten – (er schwieg kurz und sah ihn aufmerksam an) – –?wäres Ihnen über-den-Sommer ?möglich, im Wohnwagen=Draußen-im-Wald zu ?kampieren. Ich weiß, das ist !strengstens !verboten, aber – ich traue Ihnen. Und: Sie sind noch !jung, das ist dort=Draußen wie in der Sommerfrische. Über-den-Sommer nämlich, da ist das Zimmer=hier –, da wird es !anderweitig gebraucht. – Noch immer blickte ihn der Verwalter eindringlich an. –

Alsbald sollte der Neue hören, wozu dieses Zimmer über-den-Sommer benötigt wird : Der Verwalter & seine über Vielejahre jüngere Sekretärin, eine vollbusige Blondine Ende-der-Dreißig mit Möwenaugen u lustigem Haarwirbel über der Stirn, waren beide verheiratet, allerdings nicht miteinander; das Kulturzimmer in der Forstverwaltung war den beiden Liebesnest Urlaubsquartier & Zuflucht für den Kleinenhunger zwischendurch –.– (Auch !darüber wußte man hier=im-Betrieb genauen Bescheid, doch Keiner=im-Wald scherte sich drum. Eine der !schönsten Fähigkeiten des Menschen ist, daß er zu Dingen, die nicht die-seinen sind, die Fresse halten kann.) – Auf das Angebot des Verwalters, über-den-Sommer im Wohnwagen=Draußen-im-Wald zu kampieren, verzog der Bewerber keine Miene, sondern willigte ohne-weiteres ein.

Etwas verloren stand nun der Aspirant im Raum. Der Verwalter hieß ihn noch einmal sich setzen. –Sie haben ja noch garnicht nach Ihrem Lohn gefragt. – Fügte er schmunzelnd hinzu. Der Neue machte 1 verlegene Geste. Als Monatslohn für 1 Ungelernten nannte ihm der Verwalter 1 geringe Summe, für den Einkommenslosen war sie groß, er war einverstanden. Er würde sparen & sich davon, mit-der-Zeit, neue Kleider kaufen können und einen größeren Koffer. –Gut. – Schloß der Verwalter, erhob sich hinter seinem Schreibtisch & reichte dem Neuen die Hand. –Gehn Sie rüber zum Kaderleiter. Sagen Sie ihm, daß Sie mit mir schon gesprochen haben, dann geht Alles klar & er stellt Ihnen die-Papiere aus. !Vielglückimwald. – Damit war der Neubewerber eingestellt.

Sichtlich erleichtert lehnte der Verwalter sich hinter seinem Schreibtisch zurück und, nachdem der Neue aus dem Dienstzimmer hinaus, kehrte er an seinen »Goldbrand« & in seinen Frieden ein –. Der 1. Eindruck vom Neuen schien ihn zufriedenzustelln.

Im Betrieb, sollte der Neue alsbald erfahren, war auch dies 1 offenes Geheimnis, daß der Kaderleiter dem Verwalter gewissermaßen verpflichtet war: Ersterer baute seit-Jahren ein Häuschen, der Verwalter hatte die-Beziehungen zu Baustoffen, Baumaschinen & zu Schwarzarbeitern. Dafür sah der Kaderleiter dem Verwalter dessen Sauf&weibergeschichten nach. Diese Beiden – obwohl Genossen in der-Partei – verband dennoch das-Männ=Schliche & Das hält wie Hundekacke-am-Schuh & länger als jeder 5jahrplan. Und gegen Die Brunst verliert jedes Parteiprogramm. Überdies, wußten die Beiden, waren sie hier=im-Forstbetrieb Nordost auf 1 Abstellgleis, keine Karrierelok würde sich jemals hierher verirren, um diese beiden alten Loren zu De-Zugwagen aufzuziegeln – :Wozu also Dampfmachen & Pfeifen-im-Wald, ?!etwa für Fuchs&has. ?!Od: sollten sie gar nach den Knütteln sich drängen, mit denen die-Partei..... sie 1tages dann erschlüge. Denn nahe am Thron ist immer !zunahe am Thron. Und wären diese Beiden, der Verwalter & der Kaderleiter, lesende Menschen gewesen, sie hätten in Alten Büchern alljene Wahrsprüche gefunden, die sie=verständig seit-Jahren zwischen den Bäumen des Waldes leben ließen : *Bestelle !deinen Garten* & im=Übrigen *lathe biosas – Lebe im Verborgenen.* –

Am 13. September 1978 um 7 Uhr früh bei der Forstverwaltung Nordost stellte Man den Neuen einem Trupp aus 12 Forstarbeitern zu, und kurze Zeit später an jenem herbstgrauen Morgen schlossen sich um ihn die Bäume des Waldes. –

Auf offene Kleintransporter, sogenannte Ameisen, verteilt zu Dreiergruppen mit jeweils 1 Vorarbeiter, so fuhr auch der Neue jedenmorgen in der größten Gruppe-zu-Fünfen in den Jagen, der ihnen für diesen Tag zugeteilt war. Die Arbeitskleidung, die Man ihm gegeben hatte, hielt alt&stur=fest an der Hüllform des Vorgängers (offenbar eines Hünen), die Arbeitshandschuhe waren innen vom Schweiß früherer Hände kaltschmierig & glatt. Inmitten von Gerätschaften – Motorsäge Äxte Beile Hämmer Keile zum Bäumefällen (ihm, dem Ungelernten für seine Arbeit=im-Unterholz stets nur Axt od Beil) – hockten die Männer während der Fahrt in den Wald. Keiner sprach, niemand stellte dem Neuen 1 Frage. Man nahm ihn schweigend hin. Das bedrückte ihn anfangs, den mit Vielenjahren Abstand Jüngsten in der Gruppe. Doch jeder Versuch, mit einem der Männer ein Gespräch außerhalb der unmittelbaren Arbeitsbelange zu beginnen, scheiterte an deren Abweisung.– Später erfuhr der Neue, daß dieses Schweigen der Arbeiter keiner Feindschaft entsprang; Jeder ließ hier Jeden, soweit möglich, in Ruhe&frieden. Denn die meisten=hier hatten bereits erfahren müssen, !was es heißt, Ruhe u Frieden verloren..... zu haben.– Hier=im-Wald hatte auch den Neuen die eigene Familiengeschichte in Gestalt der Kollegen eingeholt: Republikflüchtige, systemlose Kwerdenker, Wehrdienst-Totalverweigerer mit deshalb schon etlichen Jahren Knast am Buckel; die meisten aber in ihren früheren Berufen 1fach Gescheiterte, die nicht mal zum-Politiker od Schriftsteller taugten – sie, *feindlich=negative Elemente*, zersägten & zerhackten nun die Wälder –: DIE-PARTEI mochte meinen: Aufwiegler !ab in den Wald. Denn keine Aufwiegelei ohne Bewegung. Bäume aber bleiben wo sie sind. Was=immer man Bäumen auch weismacht, Holz ist taub & blind. Und, denn aus der-Geschichte lernen heißt Siegen lernen, bevor wieder ein-Wald anfängt zu gehn, lassen WIR ihn abholzen durch die-Aufwiegler=im-Wald.–

Für etliche Draußen Gescheiterte bot die Arbeit-im-Wald einen Unterschlupf. Das nutzten zuweilen Verwalter & Kaderleiter aus; sie hatten ihre Arbeiter völlig=in-der-Hand; 1 Meldung an die-Behörden & der eine od andere erschien anderntags nicht und niemals wieder hier zur Arbeit. Derlei geschah recht selten. Denn Verwalter & Kaderleiter in der Forstverwaltung Nordost schätzten über=Alles ihre-Ruhe, & !Die ist nur zu haben durch Unauffälligkeit bei übergeordneten-Dienststellen..... Behördenruhe & Behördenfrieden setzen Halbdämmer & vollkommene Gewöhnlichkeit voraus. Hierin auf allen Etagen befanden sich Partei-Führer & Partei-Handlanger stets im innigsten 1vernehmen.

Eigentlich nur als Unterkunft für die Arbeiter während ihrer Zeit-im-Wald diente der alte Wohnwagen, am Rand zu einer Lichtung abgestellt. Grau gestrichene & senkrecht genagelte Holzlatten zeigten einen großen, zweiachsigen Wagen (keine dieser wackeligen Hühnerhütten auf 2 Rädern). An einer Frontseite die Tür, 1 dünnes Metallgestell als Treppe führte hinauf; beidseitig zur Tür jeweils ein Fenster mit verschließbaren Läden. Aus dem mit Teerpappe bespannten Dach, einer abgestumpften Mansarde gleich, stach das Ofenrohr heraus. Mitten unter den Wagenboden montiert ein verschließbarer Kasten für Werkzeuge & Ersatzteile, ringsumher aufgeschichtet Holzscheite für den Ofen; neben dem Treppenpodest eine große Regentonne, abgedeckt von einer Waschschüssel aus Zinkblech. (Das Klo der Wald, & Waschwasser aus dem Zuber, im Winter aus Eis und Schnee.) An der rückwärtigen Wagenfront ein weiteres Fenster, die andere Längs- sowie die vordere Stirnseite jeweils fensterlos. An jeder der 4 Ecken durch 1 Metallstütze auf den Waldboden gestellt, die Deichselspitze versunken in Erde&gras, mochte dieser geräumige Wagen schon Langezeit hier=an diesem Ort abgestellt sein.– Drinnen, im Zwielicht, neben1ander graublaue Metallschränke (die Arbeiter zogen sich hier im Wald um), an der hinteren Stirnwand 3 Sitzbänke übereck, davor ein Tisch (mit Wachstuch bespannt), inmitten der fensterlosen Rückfront der rostfleckige Kanonenofen, Kohle&holzvorrat, Ascheimer; auf dem Tisch 1 Petroleumlampe. Als der Neue nach dem 1treten sogleich die Fenster aufriß, den sauren schweißfeuchten Menschgeruch hinauszulassen, fiel das den Kollegen auf; sie sagten nichts. Waldluft zog herein, während man vor den Blechschränken zur Arbeit sich umzog. – Vom 1.-Tag-an fühlte der Neue in diesem Wohnwagen sich heimisch, u spürte eine seltsame Vertrautheit, als sei er vor Langerzeit schon ein Mal hier u geborgen gewesen.

Ein=bestimmter Pegel »Goldbrand« im Leib des Verwalters veranlaßte ihn zu Sinnlichkeiten gegenüber seiner Sekretärin. Hierzu, während der Arbeitsstunden zur ficksen Befriedigung seiner Begehrlichkeiten, mußte der Kulturraum am Ende des Flurs im Verwaltungsgebäude herhalten. Derlei geschah, & trotz des schon vorgeschrittenen Alters vom Chef, mehrmals wöchentlich; Behördenruhe & Behördenfrieden lassen der Sinnlichkeit großen Raum –.– Kehrte abends der Neue in dieses Zimmer, seine Unterkunft, zurück, bemerkte er Indizien dieser Sinnlichkeit, und, zum Kulturraumgeruch aus warmem Staub & bohner-Wichse, immer der Sekretärin starken Parfümduft, erhitzt von menschlichen Leibern. – Unterdessen holte der Herbst noch einmal bereits entschwundene Sommerfülle zurück – im spätbesonnten Hohenwald huschten Tiere wie im Frühjahr umher, in den Zweigen lärmten Vögel wild & mittagshell, die Erde aber roch schon schwer u satt nach Pflanzen Moor u dunklen Pilzen. – Der Neue (dem jene Benuttsung & deren Hinterlassenschaften in seinem Domizil peinlich waren) sprach den Verwalter an, ob er nicht über-das-Ganzejahr Draußen=im-Wohnwagen seine Unterkunft haben dürfe. (Den aussichtslosen Kampf mit & gegen die-Behörden um eigenen Wohnraum hatte er – weder vorbestraft noch vermögend mit Geld&beziehungen noch für die-DeDeR *politisch wichtig* – schon bald wieder aufgegeben.) Zögerlich trug er nun seine Frage dem Verwalter vor, die Zurückweisung dieses Ansinnens vorauseilend schon im Sinn. – Aber er kannte den Verwalter schlecht : !Hocherfreut & noch vor dem letzten Fragewort stimmte der Verwalter seinem Vorschlag zu. Und stattete ihn am Umzugstag überaus großzügig aus & kramte aus Abstellkammern & dem Keller hervor: Spirituskocher mit großem vollgefülltem Kanister, dazu Geschirr, Töpfe, eine Pfanne, einen Teekessel gab es dort schon, Eßbesteck, eine Matratze, die Sekretärin steuerte Bettwäsche, Kissen, Polster, Decken bei & sogar ein Tischtuch aus Leinen, der Verwalter schließlich noch die strenge Ermahnung !Kein-offenes-Feuer-im-Wald & !Keine Orgien (:Ersteres, mochte er empfinden, sei er seiner=Pflicht als Vorgesetzter eines Forstamtes schuldig, Letzteres teilte er unter Augenzwinkern mit). –Als Post&meldeadresse lassen wir die Anschrift=hier vom Forstamt. Post bekommen Sie ja niemals – (stellte der Verwalter fest) – –?haben Sie denn keine Freundin. – Die Schule des Waldes: Schweigen, u keiner verübelte dies dem Andern. –

Mit diesem groben Verstoß gegen Das Verbot, im Nutzwald weder zu wohnen noch zu kampieren, hatte Der Verwalter auch den Neuling in-seiner-Hand; beide wußten Das..... So würde Keiner die Abmachung brechen.

Als der Neue dann seinen Umzug in den Wald vornahm, griff er sich (heimlich) einen Stapel alter, schon vergilbter Formulare sowie ein Sortiment Bleistifte aus den Schränken im Kulturraum. Die Formulare waren sämtlich auf der Rückseite unbedruckt; sie würden ihm Papier zum Schreiben seines Buches sein. Denn Das Ziel hatte er nicht vergessen: Schriftsteller-sein, zwischen den Bäumen des Waldes, allein=für=sich schreiben was er lesen wollte. *Bäume sind Vorfahren der Bücher & der Särge. Meinem Buch künftig des Lebens Ganzes=Ich, dem Sarg was Rattenfutter ist an mir.*

Aus seinen ersten Arbeit's Tagen als Hilfsarbeiter-im-Wald kam er zerschunden an Gesicht Händen & Armen zurück. Harz beklebte ihn wie Leim; Quetschungen, Prellungen, Schrammen & Blasen an Händen & Füßen, offenes Fleisch, am Ganzenleib von Ungeziefer zerstochen zerbissen, – alle Muskeln zitternd wie unter Frost. Den übrigen Arbeitern bot er Heiden-Spaß. Gelenke u Rücken schmerzten noch lange, im Kopf ein dumpfes Bohren (des abends an Schreiben nicht zu denken –). – Aber die-Zeit verging und die Blessuren heilten, neue kamen immer seltener hinzu; er biß die Zähne zusammen, Haut u Sinn wurden härter. Und mit derselben Zeit kehrte zum ersten Mal in sein Leben Ruhe ein, Ruhe aus Gedanken – Ruhe – und die-Zeit lief in anderem Takt für=ihn. Wer ihn sah, seine Miene mit den streng geschlossnen Lippen, der mochte diesen Ausdruck für Entschlossenheit halten.

Er entwickelte sich zu einem guten Arbeiter, der Verwalter suchte ihn einigemale zur Berufsausbildung mit Abschluß als Forstfacharbeiter zu bewegen – umsonst. Der Neue lehnte jedesmal höflich aber entschieden ab: Denn wo 1 Lehrausbildung ist, da ist immer auch ein Herrlehmann..... Auch wunderte den Verwalter, daß der Neue niemals 1 Anspruch auf Änderung seiner Lebenssituation erhob. Alle schienens zu-Frieden, & so blieb denn Alles=beim-alten & er, was er geworden war: Hilfsarbeiter u: heimlicher Schreiber, hausend im Wald.

Während seiner ersten Nächte im Wohnwagen=Draußen der Wald im Sturm, ein schwarzes Toben –, er fand keinen Schlaf. (Die Bettwäsche legte sich derweil weich u rund um ihn, sie duftete mild nach fraulicher Fürsorge) – eine Erinnerung –. Und morgens, lange vorm Erscheinen der Kollegen, holten ihn aus flackernder Unruhe die Vögel mit ihrem Lärm.– Dann war der Herbst zurückgekehrt, Regen kühle Tage u Wind. Sonne kam selten, ihr Licht durch Dunst u Nebel wie Milch, sie wärmte nicht mehr und sie trocknete auch nicht die Kleidung. Während der Arbeit im Wald versanken die Stiefel der Männer in matschigem Laub & Morast, die Arbeitssachen sogen den Regen auf & den Schweiß –, aus den Blechschränken im Wohnwagen dampften die zurückgelassnen Wattejacken wie Tiere im Stall. Aus dem Kanonenofen Qualm –, das feuchte Holz gab spät erst prasselndes Feuer.

Ohne Anzeichen von Unwillen nahm der Neue hin, daß tagsüber die Kollegen gewissermaßen in seiner Wohn- u Schlafstube hockten, rauchten & aßen, den Dreck von ihren Stiefeln zurückließen & den Gestank ihrer abgearbeiteten Körper. (Sie hatten die Tatsache, daß der Neue hier=Draußen wohnte ebenso schweigend hingenommen, wie jede andere Schrulle.) Und nachdem sie abends davongegangen warn, er=allein im Wohnwagen blieb, öffnete er gleichmütig Fenster & Tür, sauren Mensch=Gestank hinauszulassen (den eigenen auch) – und Herbstluft strömte herein und mischte sich mit dem trockenen Geruch der Flammen im Ofen.

Zur Winterszeit durfte das Feuer nicht ausgehn: Nur in unmittelbarer Ofennähe hielt sich Wärme, in den Ecken & an den Wänden glitzernd Reifkristalle, Atemwolken standen reglos im Raum. Schreiben konnte er dann nicht mehr, wenn die Kälte-von=Draußen seine Finger im eisigen Schraubstock hielt. Jetzt waren ihm Träume=Schreiben genug; er rückte zum Schlafen ans heiße Ofenblech heran; so überstand er die Winter. Beschwerte sich nicht & wurde auch niemals krank.

Manchen Abend stellte der Revierförster sich im Wohnwagen ein, der 1same Abende&nächte auf dem Hochstand nicht leiden mochte; er war ein geselliger Mensch & erzählte gern so Einiges über die Kollegen, auch brachte er Schnaps & die-Zeitung mit. Den Geschichten hörte der Neue aufmerksam zu, nahm auch mit dem Förster einige Schlucke Korn; die-Zeitung – er hatte 1 geraden Sinn – las er nie, & nahm sie erst zur Hand, wenn er sein durchnäßtes Schuhwerk ausstopfen mußte od in den Wald zum Abort. So bekam sein Hintern das gerüttelte Maß aus offenen & verdeckten Lügen, Dumm=Frechheiten, Wichtigtuerei, Rechthaberei & Einschüchterung zu spüren. Aber sein Hintern blieb gutwillig – ein guter Arsch ist nicht zu kränken – und vergab diese druckschwarzen Beleidigungen; er schiß sie 1fach aus.

Zu den Erzählungen des Försters gehörte auch die Geschichte des R-Flüchtlings in ihrer Brigade, ein Mann schon Überdievierzig, seit Vielenjahren wortkarg u in=sich gekehrt. Einst hatte er mit seinem Freund über Die-Berliner-Mauer in Pankow aus der DeDeR zu fliehen versucht. In dieser Gegend schlug Die-Mauer etliche Winkel,

Ecken & Nischen, Häuser von der Ostseite rückten hier bisweilen sehr nahe an Die-Grenze heran, deren Verlauf war unübersichtlich. Das wollten die beiden sich zunutze machen & auch, daß gerade die britische Premierministerin Thatcher zu Besuch in Westberlin weilte; für diese Kurzezeit (so raunte man im-Osten) sei für DeDeR-Grenzsoldaten Der Schießbefehl !aufgehoben worden. Also wagten in einer dieser Nächte die beiden jungen Männer in der Pankower Gegend an Die-Mauer sich heran –, überwanden die Vorsperranlagen, – !Keinalarm: !Weiter –, überkletterten ein Mauerstück, – !Hinüber: und noch immer !Keinalarm: !Weiter – noch 1 Stück, dann – :Sie schafften auch dieses zweite Mauerstück, wähnten sich nun Im-Westen u freuten sich laut –:– Hundegebell, Taschenlampen, Rufe & eilige Stiefel : N-V-A=Grenzposten..... kamen auf die beiden zu. –Wie gesagt, schloß der Förster, –der Verlauf Der-Mauer war in dieser Gegend unübersichtlich. Die beiden waren bereits nach der ersten Kletterpartie !tatsächlich Im-Westen angekommen, aber sie konnten Das nicht glauben. Also kletterten sie noch 1 Mal über Die-Mauer und damit wieder zurück in den-Osten..... Die Grenzer brauchten nur die Arme zu öffnen & die beiden liefen ihnen gradenwegs hinein. Sie wurden zu jeweils Zweijahren Rummelsburg verknackt. – So kannte der Mann noch manche Geschichte menschlichen Verstummens. Und die übrigen hier arbeitenden gesprächskargen Menschen – sie boten ihrerseits das Beste, das Gesellschaft bieten kann: Schweigen, ohne Gewaltsamkeit. So konnte jeder einsam bleiben u bei=sich.

Allerdings nach manchem Feierabend fuhren einige der Männer in 1 der umliegenden Dörfer in 1 Kneipe, nach Schönow – Schönwalde – Basdorf od Ladeburg, manchmal auch bis nach Bernau. Er gesellte sich einigemale dazu & fuhr auf seinem alten Fahrrad mit der Obstkiste auf dem Gepäckträger hinterher. Er kaufte zuvor für sich Lebensmittel im Dorf-Konsum ein, dann folgte er den Kollegen in die Kneipe. Sie tranken viel, doch von sich erzählen mochten sie selten. Manchmal Streit und Schlägerei, nicht untereinander, sondern mit Dörflern & Kleinstädtern, & meistens stritt & schlug Man sich um Weiber.

Begehrlichkeit hängt immer ab vom lokalen Angebot. Auf der Rangliste bei Frauen stand der Fürsichbleiber u Nachinnenlebende weit unten, so war für ihn nur selten 1 Frau, an deren Körper er sich spüren konnte. Also blieb er all-1. Doch hierüber niemals Bitterkeit für lange; irgendwann verwandelt auch Ablehnung sich zum Witz: *Wären alle Männer, außer mir, schwul – dann hätte auch ich mal die Chance auf eine*

Frau.– Nach Schankschluß kehrte er auf seinem Fahrrad in schwankender trotziger Fahrt zum Wohnwagen in den Wald zurück, die übrigen Männer fuhren in-die-Stadt. Ob in den Wald od nach Ostberlin – die Dunkelheit war dieselbe. Und im Gegensatz zur Stadt, den Wald durchstreifte des Nachts niemals Polizei.....

Und manchmal kaufte er Schnaps, um sich abends Draußen=im-Wohnwagen allein zu betrinken. Wirre Stunden Suff u Wald – Jahre= allein – im *Schreiben* still –. Und manchmal schrie er laut, – und der Wald schrie zurück mit Einerstimme schwarz vor Erde u Nacht. Aber er starb nicht den Tod derer im-Unterholz; er blieb am Leben, erschuf eigen-Sinn. –

Und bisweilen in schlaflosen Stunden wanderte er an den Waldrand – in All-umfassender Dunkelheit in der Ferne 1ige Dorflichter glitzernd wie bös-artige Augen; er schaute dann fort und dorthin, wo Berlin war. Abgase Dreck Nebel Qualm u alles was Staub war & giftig –: als Haube schwebend über dieser Stadt, Lichter fingen sich drin, gaben bei Nacht-&-Nebel dieser Haube ihr vielfarbiges magisches Leuchten –. Doch das meiste Schimmern & das zauberischste Scheinen, das nahm der Dunst immer aus dem Westteil von Berlin –.

1tags brachte ihn ein Arbeitseinsatz ebenfalls an den Rand dieser Forsten –: Dahinter begannen Ödland & Rieselfelder. Auf kleiner Anhöhe gelegen ein Haus: 2 Stockwerke hoch mit gelbgrauem aussätzigen Verputz, von ebensolcher Mauer umgeben, auf dem Satteldach vier Gauben wie Heim=tückisch wachende Blicke. Und 1 Kinderschar, zur Kette aufgereiht u winzig wie Kümmelkörner, verschwand soeben hinter taubengrauem Eisentor..... – Die Kollegen meinten, der Neue habe das Bier vom letzten Abend nicht vertragen, als sie ihn an 1 Baum sich stützen und kotzen sahn.

Stundenallein an Sonntagen, wenn Regenströme in den Bäumen rauschten. Dann kamen keine lästigen=Spaziergänger mit ihren plärrigen Gören hier heraus in den Wald, an Tür & Fenster klopfend, *!Hallo* & *!Huhu* blökend, dazu ihre affigen Visagen an die Scheiben klebend & zu ihm in den Wohnwagen glotzend. Die Gören warfen gern Steine Holzstücke und Erdbrocken in die Regentonne, manchmal spuckten sie auch hinein, nur so zu ihrem Spaß –:Dann trat er heraus aus dem Wagen, rollte furchterregend mit den Augen & grunzte dazu. –:Die besorgten=Mütter ramschten ihre Senker ein: *–!Kommt!weg Kinder: 1 !Verrückter* –, & die Väter raunzten staatzerhaltend: *–Den sollte man*

!anzeing. Sowas gehört hinter !Schloß&riegel gehört sowas. Aber die Äser verzogen sich.

An Regentagen blieb er=allein, saß im Wohnwagen am geschlossnen Fenster u schaute hinaus in den blaugrau verschleierten Tag. Und wenn Stürme tobend & wühlend durchs Baumwerk fuhren und wenn Blitz&donner krachend ihre Speere in den Wald rammten, – Bäume stürzten splitternd um (ihn trafen sie nie); und wenn des Nachts im Blitzteil 1 Sekunde grellgestochen scharfe Zeichnungen selbst kleinster Astverzweigungen dem Schauenden sich ins Auge bannten : als stürze eines Menschen Ganzegeschichte, Vergangenes u Kommendes, in diesem=1 schreck-lichten Blitzteil auf ihn herab – : Auch dann blieb er unbewegt; wie der Wohnwagen, in dem er hauste, über Alldiejahre nicht 1 Meter sich bewegte, sondern nur immer tiefer in den Waldboden sank. Ohne Rührung sah er – und schrieb, mit dem Bleistift auf die Rückseiten vergilbter Formulare. Des Nachts bei Petroleumlicht am Tisch (Wachstuch & Leinen nahm er zum Schreiben fort), die groben Maserungen im Tischholz gaben Vor-Schrift –. Und allenthalben die übers Fensterglas herabfließenden Regenwasser verlöschten langsam sehr langsam den hellen Flecken seines Gesichts – spülten drüberhin bis es verschwunden schien im unaufhörlich dahinströmenden Regengrau – –

Hier waren Jahre vergangen, 1 Jugend. Und hier war sie verendet, im Gestrüpp wie ein Tier. Während auf alten Formularen, Blatt-für-Blatt, über Elfjahre-hinweg ein Manuskript entstand –.– Kollegen, die ihn auf Papier (in 1 Zeitungsseite verborgen) kritzeln sahn, mochten vermuten, er löse Kreuzworträtsel – 1 sehr verbreitetes Tun in der Arbeiz-&-Freizeitwelt..... bei Leuten, denen zur Frage »Weltmacht mit 3 Buchstaben« sofort »Ich« 1fällt.– Also fragte ihn Keiner, u: er schrieb unbehelligt an seinem Buch – Jahr-um-Jahr.

Das Verlassen des-Lebenskäfigs durch Schreiben setzt den Schreibenden in die Wirklichkeit des-Lebensverlieses: Einerseits die Verlängerung des-Käfigs, anderseits dessen Unsichtbarkeit; Gefangenschaft hat sich potenziert durch den Entzug von offen=sichtlicher Gefangenschaft durch die Blicke der-Andern. Wenn der-Lebenskäfig sich öffnet, steht nicht Die Freiheit, sondern das-Lebensverlies bereit. Schreiben (die immernächtliche Einsamkeit des-Verlieses) läßt an diesem Ort andere, jedoch stumme Gestalten – Wärter – erscheinen. Deren Stummheit besteht & wächst aus der Beredsamkeit des Gefangenen, denn beide – Gefangener u: Wärter – sind ein:ander spiegelverkehrt=identisch, sie teilen ein-u-dasselbe Bewußtsein: *Ich darf nicht sterben.* Hier, im Verlies, ist der Ort, wo Macht und Ohn-Macht in erstickender Weise ineinanderfließen; die Identität von *Opfer* u: *Täter*, als die einstmals deutlichste Markierung der Grenze für Zugehörigkeit, verschwindet, löst sich auf..... Was bleibt, sind Echos nächtlichen Schreibens, das ohne Ende ist, es sei, der-Schreibende tritt aus dem Verhältnis aus, indem er die tötende=Wirklichkeit verläßt durch seinen wirklichen Tod. – Schreiben frißt Leben. Aber Lebenmüssen ohne dem Schreiben daran Teilhabe geben zu können, das machte ihm das Leben=sterbensöde.

Unruhe – Gärung – Brüche & Änderungen – Alles geht durcheinander.....

Der bisherige Verwalter & der Kaderleiter wurden abgelöst – sie verschwanden von 1-Tag-zum-andern wie fluchentbundene Gespenster.– Der Neue Verwalter stellte sich ein: morgens trat er vor die Belegschaft. 1 noch Jungermann, drahtig, die Fresse 1 Reserveleutnants. So auch sein Ton: –Alte Zöpfe wern jetzt !abgeschnitten. – Das war seine Parole, die er wie 1 Bandschleife jeder neu verordneten Maßnahme folgen ließ. Der bisherige Verwalter & der Kaderleiter gehörten also zu den Altenzöpfen. Desgleichen auch die Erlaubnis für den Mann, im Wohnwagen=Draußen-im-Wald zu leben. –In sonem verfaulten Kasten Überjahre-hinweg jemanden wege-Tieren zu lassen : !Männschenunwürdich. – Befand der Neue Verwalter schneidig & verbot ihm kurzerhand die Bleibe=dort. –Sie werden eine eigene männschenwürdige Wohnung haben. – Fügte er an & ließ zum zichstenmal die Bemerkung mit den Altenzöpfen folgen. Und noch Vielesmehr an Neuem Geschwätz für ostdeutsche Ohren aus alten Mäulern. Doch von Parolen all-1 legt kein Stein sich auf den andern, Neuerglaube=an-die-Partei bewegt keinen Maul-Wurfshügel & durch Worte baut sich aus alten Löchern keine Wohnung neu. Also mißachtete er die Anordnung des Neuen Verwalters u: blieb im Wohnwagen=Draußen-im-Wald. Das wiederum erboste den Neuen Verwalter; er setzte für die-Männschenwürde 1 ultimative Frist & drohte mit deren amtlichem Vollzug: Volxpolizei. Auch darauf reagierte der-Mann-im-Wald nicht. Er wußte bereits: Alles in Diesemland sollte jetzt ganz anders – bleiben.

Einige Nächte später leuchtete die zauberische Dunsthaube über Berlin strahlender als sonst, – Feuerwerksraketen zerstoben zu buntem

Funkenregen, u war noch nicht Silvester; war erst Anfang November. Lange stand er am Waldrand u beobachtete dieses Schau-Spiel über Berlin : ?Bombenfeuer aus einem Krieg od ?soviel Triumf & bengalische Freude im Himmel über 1 1zigen Stadt –.– Im schwarzen Wald flüsternd Sprühregen, über Berlin zerflackernd eine seltsam buntirre Nacht.–

Andernmorgens erschien keiner der Kollegen zur Arbeit. Erst am späten Nachmittag kam der R-Flüchtling zu ihm in den Wald hinaus. Er wirkte übernächtig, sonderbar fröhlich, schon von-Weitem rief er ihm zu & schwenkte eine blau/weiß gestreifte Plastiktüte. Zunächst verstand er die Rufe dieses Mannes nicht. Dann, wenige Schritte vor ihm, hörte er: –DIE-MAUER IS !!AUF.

Das schrie der Mann viel zu laut, aus dem Wald hallte dieser Ruf zurück, während der Mann die Plastiktüte hoch über seinen Kopf hinaus als Beweisstück hielt. Im Wohnwagen dann packte er aus: eine Bananenstaude, einige Schachteln HaBe, eine Flasche »Old Smuggler«, die Tüte trug den Aufdruck ALDI
MARKT.

Sie aßen die Bananen gemeinsam, tranken auch die Flasche leer, währenddessen erzählte der Rückkehrer pausenlos, als sei in=ihm ein Damm gebrochen. –!Alle können jetz !rüber. Nur mit Ausweis. Drühm giebts nen Hunni West. Als Begrüßungsgeld. Seit Letzternacht könn !Alle !rüber und so!oft wie jeder !will. – Das wiederholte der Mann immerfort. Dann plötzlich legte er sich ungeniert auf die Matratze im Wohnwagen und schlief sofort ein.

Der Neue stand auf. Packte Koffer & Umhängtasche. In die leere ALDI-Tüte steckte er das Konvolut beschriebener Seiten.

Leben war ihm bisher Krankheit, der Wohnwagen im Wald über Elfjahre sein Kranken-Heim. Leben u Krankheit, beides kennt im Verlauf Die Krise. Wenn Die ausbricht, dann bricht weder die-Natur-der-Krankheit noch die-Natur-des-Lebens hervor, sondern Der Moment an dem Leben wie Krankheit aus eigener Kraft von allen Hemmnissen sich losmachen.

> ***S. 151, Zwangsvollstreckung & Die Vollendung der Natur →:***
> *»Wahrscheinlich machen solche Augenblicke einen Robespierre.«*
> Stendhal, *»Rot und Schwarz«*

Und befreit von allem, was an der eigenen vollen Entfaltung hindert, bestimmt Die Krise über den künftig günstigen od ungünstigen Verlauf.

Am 10. November 1989, er war fast 37 Jahre alt, zur späten Abendstunde verließ er den Wald. Koffer, Umhängtasche, in einer Hand die ALDI-Tüte mit dem Manuskript – sein Gepäck. Es zog ihn davon, nach Berlin. Wo Alles geht da will der eigen-Sinn nicht bleiben. Nach Alldenjahren Hilfsarbeiter-im-Gestrüpp – niemand hätte ihm den-Weg=hinaus-aus-dem-Wald noch zugetraut. Aber er war kein Mutter-Söhnchen, also löste er sich zeitlebens vom blumigen Kleid..... Auch Elfjahre Wald reichten ihm zum Festwachsen nicht; Lebens-Eile rennt manchmal mit Elfjahre-Stiefeln, & dann mit 1 Schritt.– Als er ging, weckte er den Anderen nicht.

Über Elfjahre hatte er an seinem Buch geschrieben, noch in der letzten Nacht Titel und Schluß gesucht; beides hatte er nun gefunden. Bevor er ging, setzte er sich noch ein Mal an den Tisch (in der Ecke auf der Matratze schnarchend der Kollege). Und jetzt beendete er sein Buch. In den längeren Erzählteil, den ursprünglich geplanten Schluß, setzte er den Abbruch (als hätte der Schreiber in plötzlichem Ekel am Weiter-so-Schreibenmüssen alles Folgende noch aus alten Worten mit verbrauchtem Geruch & fadem Staubgeschmack unterbunden & die schon beschriebenen Seiten zerrissen). An deren Stelle, als die Summe Der Schrift, setzte er die Letztenworte: *Vergessen. Alles vergessen …*

Als aus den bekritzelten Formularen später sein erstes Buch geworden war, sollte !dieser Schluß manchem Rezensenten & Leser Großeneindruck machen. Schienen doch jene Alles beschließenden, unerwartet gesetzten 3 Punkte die Welt des Papiers & der Schrift, Einschußlöchern gleich, zu durchstoßen, – und brutales Licht sticht dort hindurch : Licht aus einer anderen Wirklichkeit.

Entlassen aus dem Fleisch einer Frau, zur Morgenstunde Winterszeit, hart der Himmel und blau; da ward er ausgespieen in Blut – geboren zu Menschen-Vieh. So begann das Buch des Mannes-aus-dem-Wald. Und in letzten Nachtstunden=dort hatte er die allererste, an den Rändern schon zerbröselte Seite noch 1mal hervorgeholt & als Titel für sein Buch darübergeschrieben ein geträumtes Wort: *Rabenmilch.*

Dieses sein erstes Buch, einige Jahre nach der-Wende erschienen, brachte ihm kurzzeitig bescheidenes Einkommen, aber Vielehre & Ansehen ein. Er hatte bekommen, was er brauchte.

Inzwischen sind Jahre vergangen, doch ein neues Buch aus seiner Hand gibt es nicht. Als Schreiber ist er verstummt. Lebens-Eile – mit nackten Füßen über glutigen Grund, seine Blicke & Hände unvergilbt geblieben vom Blättern in Papieren & in Büchern. Erneut ist er den-öffentlichen-Augen..... entkommen –. Und würde wiederkehren zu Seiner=Stunde & den-öffentlichen-Augen geben nur, was in allein=!seinem=Sinn.

In den Wald kehrte er niemals zurück.

1same Spitze

Epochen im Verfall entbinden hohe Mengen Ehrgeiz; die Zeit der-Frauen – –

Nicht allein die größten Tageszeitungen des Inlands, auch bedeutende ausländische, sogar nordamerikanische Zeitungen veröffentlichten Berichte über sie=eine Deutsche. Illustrierte zeigten ihr Bild. Rundfunk- & Fernsehprogramme brachten Interviews. Man lud sie zu Talkshows & Podiumsdiskussionen ebenso ein wie zu internationalen Fachtagungen über Probleme der Entwicklung & Perspektiven des Wirtschafts-Managements, ihres Berufsgebiets, desgleichen zu feierlichen Regierungsempfängen. Den gewitterartigen Erfolg inmitten von Blitzlichtfeuern der Fotografen über den Klippen der-Öffentlichkeit verdankte Diese Frau nicht zuletzt jenen funda=mentalen Veränderungen in der globalen Wirtschaft, & sogleich war der passende Eufemismus WIRTSCHAFTSWENDE zur-Stelle.

Dahinter verbergen sich alljene Maßnahmen im Konkurs-Management zwex Ausforsten von »Firmen- & Aktien-Wildwuchs« innerhalb der Großen Rezession im Welthandel zum Beginn dieses Jahrtausends – dem Zeitalter der Neuen Angst..... Derlei Maßnahmen erbrachten zunächst den Sieg über das planetare Partisanentum virtueller Finanzmärkte. Stoßtruppartig sukzessive Manipulationen im Realbereich insbesondere der konvertierbaren Weltwährungen (»Trockenlegung der Finanzsümpfe«) leiteten diesen Schritt ein, gekoppelt mit der bis-dahin einzigartigen Funktionsverschränkung nationaler Politik Wirtschaft & Forschung unter der Leitung eines aus den G-8-Konferenzen hervorgegangenen, internationalen Koordinierungs-Teams, & somit einen übernationalen Hyper-Konzern etablierend, aufgebaut gemäß den Informations- & Befehlsstrukturen des Pentagon, indes ortlos = also praktisch über=All in komplexer Weise präsent & agierend. Und an der Management-Spitze all=jener multifunktionalen Konzern-Module stehend & sie organisierend Diese Frau.

So die Zahl der Beteiligten an sämtlichen Maßnahme-Komplexen Legion geworden, so diffizil & von unterschiedlichsten Fragestellungen & Problemen begleitet auch die Unmengen an zu bewältigenden 1zelheiten & Aufgaben, sie=alle ließen auf die Eine Große Management-Taktik sich zurückführen: Einmal die, auch gegenläufige & dezentrale, Verbindung aller Hierarchieebenen innerhalb der beteiligten

1zel-Unternehmen & Institute sowie anderseits die horizontale & vertikale Hierarchieenverflechtung jeder 1zelnen Unternehmen & Institute, Weltbank & I.W.F., zu multifunktionalen Superstrukturen mit in=sich variablen, gleitenden Zuständigkeiten : Und !dieser Organisationsentwurf & dessen praktische Umsetzung geschah durch die Arbeit Dieser Frau.

Ein offenbar heroistisch empfindender Autor nannte diese Methode *Die schiefe Schlachtordnung des Managements.* Und kommentierte weiter, daß von Epameinondas über Alexander bis Napoleon und über die 2000 Jahre hinaus die bedeutendsten Feld-Herren ihre Schlachten siegreich nach ebendieser Taktik führten, nun eine Feld-Frau: Sollte ihrer Taktik auch nur für 2 Jahre der Erfolg beschieden bleiben, brächte sie damit größere Veränderungen in der Welt zustande, als jene 2000 Jahre Kriegsgeschichte=davor. Die-Firma als Verlängerung & Potenzierung des Ich; Sein als Dabei-Sein in der Ich-Verkörperung der-Firma sei ein Wert, der durchaus auch jenseits vom puren Gewinnstreben stehe: Dabei-Sein sei Verliebtheit in den eigenen-Körper=als=Firma – kapitalistisch entgrenzter Narzißmus. Die hieraus folgenden Tätigkeiten erschafften *oszillierende Entwicklungen.*– Soweit dieser Kommentator.

Damit war sowohl in-der-Öffentlichkeit als insbesondere auch in-Fachkreisen der Ruhm Dieser Frau begründet. Und die Sonne des Erfolgs ihrer Maßnahmen, genau wie zuvor die Schatten weltumspannender Deflation & Depression, zeitigten bis in die kleinsten Verästelungen im Alltagsleben ihre Wirkung so, wie die Gezeiten eines Ozeans noch in winzigen, küstenfernsten Wasserläufen sichtbar, sofern diese mit dem Ozean auch nur mittelbar verbunden bleiben.

Binnen weniger Wochen hatte man sich bereits gewöhnt an die mediale Präsenz Dieser Frau. Das Hell ihrer großblickenden Augen u wohlgeschwungene blassrote Lippen, geformt zu 1 zwar strengen doch freundlichen Mund, vermittelten im Anblick 1 schmalen, faltenlos jungen Gesichts den Eindruck von Unbekümmertheit, dem alles kalt=Soldatische in den Zügen manch anderer zu=früh erfolgreichen Frau abging; sogar spitzbübisch dieses Gesicht, voll noch kaum verstummtem, jungenhaftem Lachen. Doch besaß dieses Lachen nichts von Ausgelassenheit; sie vergeudete nichts von ihrem Charme, sie investierte.

Das dunkelblonde Haar, in 1facher Manier gescheitelt, fiel unter mattem Glanz auf schmale Schultern herab. In-der-Öffentlichkeit=des-Fernsehens wirkte sie, dem allgemeinen Gesetz dieser optischen

Präsentation entsprechend, größer als in-Wirklichkeit. Selbst dort trug ihre schlanke, beinahe mädchenhafte Figur eine Aura charaktervoller Präsenz, die den Eindruck überzeugender Beredsamkeit & Geselligkeit erbrachte auch dann & dort, wo sie nur stumm anwesend blieb. Ihr Händedruck war fest wie ihr Schritt; ihre Worte desgleichen, zwar sachlich knapp doch ohne Dürrheit. Ihre Stimme erreichte aus dunklem Klang mühelos hellere Farben, damit zog ein natürlicher Humor in ihre Rede ein. Sobald ihr das vernunftvoll erschien, gebrauchte sie ihre Natürlichkeit zur Prägung einer Situation.

Anfangs – durch ihre mädchenhafte Erscheinung verführt, unterschätzte Mann im Beruf sie regelmäßig, daher die Fülle ihrer Einstiegserfolge – erschien sie bei öffentlichen Auftritten stets in Begleitung 1 weißhaarigen, schon bejahrten Gentleman, ihres Entdeckers-&-Förderers, ein bekannter Anwalt für internationales Wirtschaftsrecht aus New York. Dessen Familie war in den Dreißigerjahren aus Deutschland in die U-S-A emigriert.

–Meiner Familie in Deutschland ging Damals aller Grundbesitz verloren. (Bemerkte dieser Mann mit elegantem Akzent bei 1 der vielen öffentlichen Auftritte.) –Nur wer verloren hat, weiß zu geben. Und so gebe ich Heute an Deutschland als Gewinn ein Juwel zurück. – Darauf berührten seine Lippen kurz den schmalen Handrücken der jugendlichen Frau-an-seiner-Seite. Diese seifige Szene zeigten sie mehr als ein Dutzendmal in deutscher Öffentlichkeit. Auf solch sentenziös berechnete Theatralik angesprochen, hielt der Mann dagegen, daß in 1=bestimmten Phase deutscher Vergangenheit Deutsche keine Gelegenheit ausgelassen hätten, Angehörige seines Volkes mit Worten & Taten zu verfolgen & plangemäß zu töten : –?!Weshalb sollte also ich Heute auch nur 1 Gelegenheit auslassen, den solchermaßen mit tödlicher Geschichte durchtränkten Deutschen für ihre Zukunft etwas Lebendiges beizugeben. – Derlei Äußerungen ließen selbst Häkchen&ösen-Frager verstummen. Nur 1 Witzblatt brachte ganzseitig ein schwarzes Bild, im rechten oberen Eck die Karikatur vom Gesicht dieses Mannes als Gott=Vater, die Frau als luziferischer Engel an seiner Seite, in Bildmitte der in Art des Davidsterns ausgeführte Mercedesstern & darunter die Zeile: *»Hey God we were only drivers …!«* – Der darauffolgende Skandal – denn Humor u: Demokratie schließen ein:ander aus; um ersteren nicht zu verlieren, muß man letztere vergessen & zu diktatorischen Maßnahmen greifen: die Redaktöre des Blattes wurden kurzerhand entfernt, wenig später verschwand das

Blatt aus dem Handel – bestätigte dem Mann 1 Mal mehr die alte Erfahrung: Sobald die-Dreckmenschen mit den-Gutmenschen in Aller=Öffentlichkeit um einen Dritten sich balgen, dann hat dieser Dritte in Aller=Öffentlichkeit *Es geschafft*. Also zog er als *Ihr väterlicher Freund* wie ein verständiger=uneitler Lehrer still & unauffällig sich zurück. (:Auch den schmierigsten=Klatschmagazinen war nicht gelungen, etwas anderes als *väterliche-Freund=schafft* aus ihrer-Verbindung herauszustochern.) Er hatte Die Frau auf-den-Weg=gebracht; fortan überließ er ihr & dem eigens ausgewählten Team von Image- & P.R.–Beratern Das Parkett.

Bei zahlreichen kleinen & zahllosen großen Schritten über Dieses Parkett erwies sie in=Allem sich als die-gelehrige-Schülerin jenes Mannes aus der Wall Street. Ungezählten Heiratsanträgen, in allen Schattierungen von Seriosität & Prominenz, erteilte sie ebenso Absagen, wie Versuchen aus der-Industrie, sie als Galionsfigur zur Produktewerbung zu ver1nahmen..... Desgleichen schlug sie weitere, mehrfach angebotene Karrierewege von-Anbeginn aus : Zunächst den der Professorenlaufbahn an Universitäten – *Universitäten sind Wissens-Zuchthäuser mit bürokratisch geladener Ideenumzäunung* (soll sie einst dazu bemerkt haben). Sodann den Weg-in-die-Politik – *Parteiendisziplin als Denkhemmung, Gewissen als ungewißlichste Handelsware sowie die Perspektivenbeschneidung durch kobenhaftes 1gesperrtsein in Legislaturperioden* mochten ihr hinreichend Gründe zur Ablehung geboten haben.

Mit ihren zahlreichen Liebhabern verfuhr sie wie mit ihren Mitarbeitern, sie wollte & sie bekam Die Besten; und wenn sie Schwächen zeigten, bekamen sie den-Abschied. Darüberhinaus gehörte sie zu jenen Frauen, die lieber mit schwulen Männern sich umgeben; sie verachtete das schmierig=geile Balzgetümmel der anderen Männer. Sie wußte, Abwehrkämpfe kosteten stets mehr Kraft & Zeit als Angriffe, & je berühmter sie selbst wurde, desto eifriger die Balz-Angriffe von Männern. Solch Umschwirren-von-Berühmtheiten verabscheute sie zutiefst, es kehrt aus Weiberhelden das-Weibische hervor; Nichts als Zeitvergeudung..... Sie wußte von=Anfang=an, Zeit würde sie !keine haben. Niemals. Und kam ihr wer zunahe ohne ihre Aufforderung zum Näherkommen, war der alsbald der Fernste –.– Neue, bessere gab es überall, wobei das-Neue & das-Bessere eben zeitabhängige Größen waren mit zumeist schrumpfender Intervalldauer.

Als 1 ihrer Mitarbeiter, den Die Frau sehr zu schätzen schien, das Unternehmen wechseln wollte – aus privaten Gründen: der Mann war in eine Schweizerin verliebt & für seine neue Arbeitsstelle, einem Unternehmen mit Stammhaus in Zürich –, daher Die Frau um ein Empfehlungsschreiben für=sich ersuchte, beging er den Fehler, ihr seine anvisierte Arbeitsstelle zu nennen. Die Frau, hieß es, bekam daraufhin – was äußerst selten geschah – einen Wutanfall: –Die Schweiz (soll sie geschrieen haben) –ist 1 Land in dem !Niemand leben sollte. – Sie verweigerte dem Mitarbeiter jegliche Unterstützung; er mußte seine fristlose Kündigung einreichen. – ?Was mochte sie erlebt haben, Damals während ihrer Zeit in dem Genfer Internat; und ?was *ihr-väterlicher-Freund* mit dem Vermögen seiner Familie aus Deutschland während der Dreißigerjahre.....

Dagegen wußte sie Privates (die ausübende Sexualität) von Beruflichem (die tätige Leidenschaft) strikt zu trennen, ohne gegen dieses ein Mal erhobene Prinzip je zu verstoßen. Vielleicht deshalb – vervollkommnet durch Dieser Frau Abneigung gegen bestimmte unvorteilhafte Formen von weibischem=Klatsch – verlief solch zirkulierender Liebhaber-Mitarbeiter-Ausstoß vollkommen ohne Skandal. (Wodurch sie zumindest in dieser Hinsicht erfreulich=bald aus dem Interessen-Feld gewisser schmieriggelber Press-Kolumnen..... herausfiel.)

Sodann engagierte sie sich bei Wohltätigkeitsveranstaltungen & internationalen Hilfswerken, in Stiftungen & gemeinnützigen Vereinen. Kein Schritt hierbei war ihr zu gering. So blieb sie sogar Mitglied in 1 vollkommen unbedeutenden Schützenverein im Westen Berlins, dem Ort ihrer Jugend & ersten Studentenjahre. Sobald ihre Zeit das zuließ, erschien sie in den weitläufigen, unterirdischen Bunkeranlagen in der Nähe zum Flughafen Tempelhof am Schießstand, im Kreis altvertrauter Vereinsmitglieder einige Schießübungen zu absolvieren. (In 1 schwarzen Lederköfferchen, in anthrazitfarbenem Samt geborgen, trug sie zu diesen Gelegenheiten den silbergrauen Revolver Smith & Wesson 357 sorgfältig an ihrer Seite.) Obwohl die Arbeits=Zeit nur selten Dieser Frau Gelegenheit für private Reisen nach Berlin zu dieserlei Abtauchen in gesellschaftliche Unsichtbarkeit bot – als löschten die langen, kalt beleuchteten Bunkeranlagen aus den Dreißigerjahren..... unterm Flughafen Tempelhof jegliche Bedeutung aus –, mochten für=sie gerade diese Aufenthalte=Unterdererde geliebte Momente für 1 Aus-Zeit der gleichen Art sein, wie manche Filosofen den Waldgang schätzen. –

In all=ihren Wesenszügen beständig & in der-Vernunft, schien sie doch das Ausleben von 1 *tic*, den sie seit ihrem ersten Erscheinen in-der-Öffentlichkeit herausstellte, für=sich auch weiterhin zuzulassen: Sie bevorzugte enganliegend geschneiderte Kostüme von dunkelblauer Farbe; die Kostümjacke tief ausgeschnitten u mit breitem Revers, der Rock, unter den Knieen endend, umschloß straff die mit hautfarben glänzender Seide bestrumpften Beine. Niemals & nirgends in-der-Öffentlichkeit sah man sie anders bekleidet. Diese Couture, seit Jahrzehnten aus-der-Mode so daß jene Kostüme, obwohl von bestem Stoff & Zuschnitt, wie aus dem Leihhaus wirken konnten, bot jenen für Solchezwecke zurechtgestellten Medien ausgiebig Gelegenheit zum Mokieren in der Absicht, daraus 1 Mode wiederauferstehen zu lassen. Was auch gelang; selbst *Background*-Sängerinnen bei Popkonzerten trugen alsbald enggeschneiderte, dunkelblaue Kostüme, vom Vielhunderttroß aus Duodezkarrieristinnen zu schweigen. Während die Anblicke so manch anderer Karrierefraun, die vor *business*=Bissigkeit immer etwas Schwitziges an=sich haben (als überzöge aus dem Gemisch von Ehr=Geiz Blasiertheit Hab-Gier Geilheit & Skrupellosigkeit 1 Aspikschicht deren Haut), so gab der Anblick Dieser Frau das Gefühl von geruchloser Trockenheit. Und vielmehr der Stoff ihrer immerähnlichen Kostüme mochte erst die Funktion der nach Frau duftenden Haut mit Wärme Weichheit u Drüsen hergeben, während ihren eigentlichen Körper staubfreier Glanz, 1 Art Politur, zu überziehen schien –.– Diese Frau nahm derlei Wirkung zum Nachahmen Ihrer Eigenheiten natürlich zur Kenntnis, um sich nicht darum zu scheren. Sie verstand derlei als offenbar unumgehbare Station auf dem Weg durch die Gefilde öffentlichen Begierde=Wildwuxes, diesem Pferch der ewig in Unerwachsenheit krummgeschlossnen Menschheit, – und schritt im-übrigen davon unbeschadet durch sämtliche Tümlichkeiten hindurch. Indes hielt sie an ihrer Bekleidungsvorliebe fest, auch als jene von ihrer Erscheinung einst reanimierte Mode wiederum längst durch andere abgelöst worden war.

Den Stolz, der Diese Frau anrührte, in-aller-Öffentlichkeit als Die-prominenteste-Person zu gelten, verwandelte sie nicht in kleinlich=glitzernde Ruhmes-Sucht, sondern, ihrem eigen-Sinn für zu schaffende Tatsachen gemäß, in tätige Leidenschaft. Trotz ihrer 32 Jahre bereits mit sämtlichen Vorgängen in der näheren & ferneren Branchenumgebung beständig aufs=Beste unterrichtet, verstand sie selbst in zweifelhaften od prekären Angelegenheiten ihre Intervention zum

Nutzen & Gelingen der jeweiligen Sache im Firmensinn beizusteuern. Dabei verlor sie niemals das richtige taktische Augenmaß. Auch in Belangen der seelischen Ökonomie stets von sicherer Entscheidung, wußte sie jene Menschen durch Geringes zu überzeugen & letztlich auf-ihre-Seite zu ziehen, denen durch groß ausgelegte Angebote niemals beizukommen gewesen wäre. Und was aus den Kanälen der Fama heraustritt, hängt ab von dem, der sie beschickt. Fremder Gewühle in ihrem Privatleben blieben auch jetzt sämtlich ohne Ertrag, und wurden neuerlich=rasch uninteressant für die-Schurnallje des Abphalls & der Sekrete..... Sämtliches Gerede um ihre Person vermochte letzthin nur das Eine: ihren Erfolg & ihren Ruhm stetig zu erhöhen. Beides wiederum wußte sie zu ihrem & zu aller in ihrem Sinn Tätigen zu investieren.

In bedeutendem Maß war ihr Gespür aufs Fördern & Befördern von Personen im In- & Ausland gerichtet, die, über ausgezeichnete fachliche Kenntnisse verfügend, dennoch in bürokratischen Gestrüppen & Sümpfen jeweiliger nationaler Zustände steckenzubleiben drohten. Indem sie solchen Personen zur Anstellung verhalf & diese somit sich zu verpflichten wußte, schuf sie für sich & für die Unternehmen zugleich bedeutenden Mehrwert an internationalem Einfluß. Am erstaunlichsten an dieser noch jugendlich wirkenden Frau war jedoch ihre unfehlbar scheinende Ausgewogenheit, die Ansprüche des Gewissens mit Mut & Verwegenheit in Harmonie & Gleichgewicht zu erhalten : zu Keinerzeit ihrer beruflichen=Karriere eine Kleinigkeit. Ein Gleichgewicht, das sie Widerstände – von Kollegen od: Untergebenen oftmals im krausen Gemisch zwischen gewerkschaftlicher & all=gemein sentimentaler Rhetorik schwankend – dadurch überwinden ließ, indem sie Die-Stimme-der-Pflicht in überzeugend=tätiger Ungebrochenheit, mit unerwartet menschlicher Zuwendung bei zugleich dem Gemeinwesen in vorausschauend nützlicher Weise, dagegenzusetzen verstand.– So geht eine von vielen Geschichten über Diese Frau.

Einst – sie galt im Managerberuf noch als die-Neue=der Mann Spottnamen gab, entweder geschlechtslos: *Das Frollein Wunder* od ihr Geschlecht verkehrend: *Der eiskalte Engel* – hatte sie einem zweifelhaften Individuum, in Alkohol&frauen-Angelegenheiten haltlos & somit in beruflicher Hinsicht ein Risikofaktor, dennoch zum einträglichen Posten in ihrem Mitarbeiterstab in einer Firma verholfen, die in arabischen Ländern wirtschaftlich zu expandieren trachtete. Rasch war der

Leumund dieser Frau infolge ihres Engagements gefährlich mit den wenig würdigen Taten dieses Begünstigten verbunden; beinahe täglich erreichten sie aus den fernen Zweigstellen jener Firma beunruhigende Nachrichten über die Eskapaden dieses Mannes..... Neben seinen sexuellen & finanziellen Ausschweifungen schädigten vor-allem satrapenhaft unmenschliche Maßnahmen gegenüber einheimischen Arbeitern das Renommée des Betriebs & damit die laufende internationale Aktienkursentwicklung. Wobei die Lage als janusköpfig sich darstellte: Einerseits fuhr das Unternehmen unter Anleitung dieses Managers im-Nahen-Osten durchaus hohe Gewinne ein, die sowohl den fachlichen Kenntnissen dieses Mannes als auch seinen detaillierten Er-Fahrungen in den Landessitten zuzuschreiben waren. Unabhängig von ökonomischer Vernunft, gaben anderseits die dortigen Lebens-&-Arbeitsbedingungen der Einheimischen, verursacht durch die unberechenbaren Verfügungen dieses Mannes, durchaus Anlaß zu Sorgen, wobei die eines drohenden Streiks noch die kleinste war. Die politische Stabilität des betreffenden Landes war inzwischen zu Großenteilen abhängig von der Arbeit dieser Firma; Unruhen, Aufstände, ein Militärputsch, womöglich nachfolgende Firmenenteignung – :!Das waren !echte Gefahren, letztlich verursacht von 1 1zigen Mannes Zügellosigkeit.....– Wollte die Frau den eigenen Ruf, insbesondere ihre gesamten Arbeits=Erfolge nicht gefährden, so war entschiedenes Eingreifen in diesen Phall dringend vonnöten. Jedermann in ihrer Umgebung hatte vermutet, Die Frau werde diesen einst Begünstigten kurzerhand feuern. Doch wieder tat sie ein Mal=mehr das Unerwartete.

In Abstimmung mit der Firmenleitung erhielt sie Freiehand. Die-Vernunft ließ sie die Mobilfunk-Riege verlassen; sie=persönlich & ohne Voranmeldung bereiste jede einzelne dieser Firmenzweigstellen im Ausland, die zum Arbeitsfeld ihres einstigen Günstlings gehörten, und verschaffte sich binnen=kurzem einen Überblick über die Lage.– Unverzichtbar (nicht zuletzt durch seine korrupten Machenschaften im Land erworben) waren Kenntnisse & 1fühlungsvermögen dieses Mannes in die nationalen Besonderheiten. Bereits früher hatte Die Frau erkannt, daß gerade dann alle auf Nationalismen gestimmten, restaurativen Kräfte, statt sie bekämpfen & auslöschen zu wollen, vielmehr zu ergreifen & aus der ihnen=eigenen Energie zu steuern seien, wo in-Dieserwelt kurzsichtig=übereilte Globalisierung Nationen u Grenzen zu schleifen trachtet. Ersteres hieße Säkularisieren, letzteres, weil Restauration Den Krieg gegen massendemokratrische=Lebensdiktatur auf lange=entscheidende Sicht verlieren !muß, die Rückkehr zum ökonomischen Kannibalismus. Den Überlebenserfolg sogenannt großer Welt-Religionen durch lange Anpassungsvorgänge an jeweilige nationale Kultureigenheiten vor-Augen, ermaß Die Frau in solcherart Wissen & Fähigkeiten auch den Erfolg für Die Vernunft, & sie bemerkte an der prinzipiellen Verfahrensweise dieses Mannes die Richtigkeit ihres einstigen Urteils. Denn 1 Neuer auf diesem Posten hieße auch neue Gefahr für den Profit & damit erhöhtes Risiko für das vernetzte=Konsortium – ein Fieberherd in dieser Region mit unberechenbaren Folgen=weltweit. – ?Was also tun.

Überall, wo zwischen heimischer Kultur (die als gefestigt begriffenen Formen der Vergangenheit) u: gegenwärtiger Verwahrlosung (Fellachentum) die Abgründe des Ruinösen unüberbrückbar aufklaffen, dort finden Gelüste nach Korruption & raffinierten Grausamkeiten ihre Nahrung & Anwendung durch jene, die solcherart Gegebenheiten für=sich auszunutzen verstehn. Nicht selten ist verdrückter Geiz die Wurzel zur Ausschweifung. Und ?vielleicht, Damals wie Heute, mochte ebenjenes verständnis=innige Wissen um den eigenen Geiz Diese Frau dazu veranlaßt haben, dem Mann eine Zweite Chance zu bieten: Sie hatte wohl erkannt, daß er lediglich aus Unwissen um seine eigene Veranlagung falsche Taten hatte folgen lassen. Er war & blieb für sie der rechte Mann am rechten Platz, nur mit falschem=unentwickeltem Verstand. Dummheit aber ist ein Defekt im Charakter, & den mußte sie jetzt erziehen & der-Vernunft zuleiten. Dafür war Jedesmittel das geeignete Mittel.

In ein luxuriöses Hotel, – Draußen vor den hohen Fensterfronten der Lounge rauschend die nächtig traurigen Tropen, fleischiges Blattwerk sprang die Verandascheiben an wie große gefangene Tiere im Käfig –, Dorthin hatte Diese Frau den Mann zum Gespräch-unter-vier-Augen bestellt. Der einst von Der Frau Geförderte trat recht kleinlaut ein in der festen Überzeugung 1.) seiner fristlosen Entlassung entgegen zu gehn & 2.) einer Anklage wegen Unterschlagung.

Offenbar kannte er seine einstige Gönnerin schlecht. Mochte er doch 1zig jene Geschichte erinnern, die man von Dieser Frau sich erzählte. Als sie nach einer internationalen Konferenz auf ihre schwarzglänzende Limousine zuging, bemerkte sie an der hinteren Wagentür 1 bereits angetrockneten Schlammspritzer, haardünn, wie mit dem Lineal quer über die Tür gezogen, als sollte diese Tür durchgestrichen sein. Auf offenem Platz bekam Die Frau einen Wutanfall, machte ein Riesentheater; der Chauffeur, Familienvater mit 5 Kindern, wurde noch am selben Tag entlassen. – ?Welches !Ausmaß an Strafe (so die Schlußfolgerung des herbestellten Mannes) mochte dann ihm jetzt drohen –.

Im Gespräch entwickelte Die Frau dem Mann vor dem Hintergrund seiner Machenschaften das folgende Ultimatum: Durch Korruption, Bestechung, eigenmächtiges Handeln hatte der Mann beträchtliche Summen von den Firmen- auf seine Privatkonten beiseite geschafft. Außerdem war er dabei, mit diesen Geldern ein eigenes Firmenimperium, von etlichen Subunternehmern gestützt, zu installieren – sozusagen als Idealkonkurrenz zu seinem eigentlichen Arbeitgeber & unter Ausnutzung des Wissensumfangs sowie dessen Managements –:1 Kuckuck mit seiner Brut..... Somit waren als erstes diese Gelder zurückzuführen & ohne Rest in die Stammfirma zu reinvestieren, als auch die vernetzten Subunternehmungen entweder desgleichen dem Stammfirmenverband zu dessen Konditionen 1zugliedern od aber durch Kündigen ihrer Kredite & 1frieren der Zulieferproduktion als Konkurrenten auszuschalten. Er – und damit hatte am allerwenigsten dieser Mann-selbst gerechnet – sollte dabei sowohl den Hauptinvestor wie auch den Manager-vor-Ort abgeben, mit allen Pflichten & Rechten solcher Personen. Mit diesen so wiedergewonnenen Absatzmärkten würden binnen-kurzem die Lebens- & Arbeitsbedingungen der einheimischen Belegschaft deutlich zu verbessern sein: firmeneigene Wohnungen zum Mietzins weit unter dem Landesniveau; zuvorderst Schulen (:?wie ein Land in die-Weltwirtschaft stellen, wenn die Mehrheit der Bevölkerung aus Analfabeten..... besteht), sodann fachliche Qualifizierung in firmeneigenen Weiterbildungszentren; firmeneigene Supermärkte; firmeneigene Ambulatorien & Sanatorien; Einrichtungen zur Geburtenkonzeption & Familienplanung für die einheimische Bevölkerung; firmeneigene Freizeitparks, dazu Überstunden- & Mehrarbeitvergütung sowie günstige Anlagebedingungen für Kleinsparer in Bankinstituten mit Mehrheitsbeteiligung & Geschäftsführung durch Die Firma. Ihm, diesem Mann, untersteht fortan das Management für all diese Maßnahmen. (Hintergedanke: Bereichert er sich einerseits wiederholt an den zur Verfügung stehenden Mitteln, so bestiehlt er letztlich sich selbst, wie anderseits er damit die eigene Machtposition, das Fundament seiner Gelüste, unrettbar verspielt.)

Blieb als Risiko die insgesamt unsichere politische Lage in dieser Region. Doch nicht allein durch den sprunghaft steigenden relativen Wohlstand sowie durch vorweisbar bessere Lebens- & Arbeitszustände der Arbeitnehmerschaft werden der einheimischen Opposition die Angriffsfläche Armut & damit die-Armen als Rekruten entzogen. !Was wiegen für leere Mägen Agitation, Flugblätter & Fanatismus mit vollen Heilsversprechen=auf-Morgen gegen ein dickes Butterbrot=Heute, zumal dieses Heute (mittels firmeneigener Fürsorge) sich verlängern & verbessern läßt bis weit über-Morgen=hinaus –. Das-Butterbrot verfängt bekanntlich in Hütten u: in Palästen, wenngleich Leerer Magen & Butterbrot in den Palästen anders sich buchstabieren. ?!Hatte seine Voraussicht ihn in der Vergangenheit nicht auch mit konspirativen, fundamental=religiösen Kreisen Verbindung aufnehmen lassen : Daraus war jetzt Kapital zu schlagen.

–Wer aber !ausschert – (sagte zum Schluß ihrer Ausführungen die Frau ins männliche Augenpaar=gegenüber) –wer aber Die Firma !hintergeht od sie !verläßt – – :Die Frau packte den Blick ihres Gegenübers, bannte ihn fest; sie vollendete den Satz nicht. Das Flackern im Blick des Mannes gab ihr zu verstehen, er hatte begriffen..... ?Mochte er die eigenen Mittel gegen den Ungehorsam in Diesemland erinnert & bedacht haben, daß die Firmenzentrale in den U-S-A zuhause ist; von-Dort kommen Alle Entscheidungen. Derzeit – ?schauderte ihm bei der Vorstellung – ists Dort !sehr leicht, in den Verdacht der KONSPIRATION-MIT-TERRORISTEN zu geraten. Die U-S-A sind ein demokratisches Land mit einer mutigen Obrigkeit, deren Polizei & Justiz nach 1fachen & entschiedenen Grundsätzen verfährt : Niemand in der-Gesellschaft hat Die-Linie zu verlassen; wer als solcher sich gebärdet, wird bei-Seite geschafft solange, bis er begreift, was zu tun ist um geduldet zu werden. Man verfährt also weder umständlich noch mit Rücksicht auf Ansehen od Herkunft 1 Person, die entsprechenden Geständnisse aus dem solchermaßen einmal Verdächtigten herauszupressen. (Und verbietet zwar die Landesverfassung der U-S-A die-Folter, so existiert *der Wahrheitsfindung dienend* Keinverbot gegen vorübergehenden Gefangenen=Ex-Port, nicht zuletzt in Länder wie Dieses.....)

An solchem Punkt von Instruktionen angelangt, wußte die Frau die Fortsetzung ihrer Machtwirkung durch äußere Hierarchien; für alles-Weitere konnte sie dem Kampf mit den Instanzen der *inneren Hierarchien* in diesem Mann vertrauen. Zwar unzivilisiert & dumm, so war er doch nicht blöd; er war schließlich ein Profi & verstand seinen Beruf.–

Diese Frau, mit 1 Wort, hatte dem unökonomischen=Kadi Etwas vorgezogen, das viel wirksamer & auch seit Jahrhunderten in der Macht=Politik so etabliert ist, daß derlei Praktiken selten noch erkannt werden; sie hatte diesen Mann weder ausgeliefert noch entmachtet : Sie hatte ihn *mediatisiert.* – Eine Flut an neuen Gesetzen, die jegliches Handeln wie ein Würgeisen beschränken & reglementieren, schafft eine neue Flut an Gesetzesarbeit sowie an Gesetzesübertretungen : Verbrecher wie dieser Mann helfen *Arbeit-schaffen*, indem sie für eine Vielzahl an potentiell arbeitswilligen Menschen das Arbeits-Los wie die Arbeitslosigkeit drücken. Marktwirtschaft produziert Gesetzesübertretungen & regeneriert sich über das-Verbrechen, dem Marktwirtschaft wiederum die eigene Fortexistenz verdankt. TÄTER AN DIE MACHT. – Diese Maßnahme trug seinerzeit den Vollenerfolg davon.

Vom Auftreten politisch Verantwortlicher bei diversen Staatsbesuchen in diesem wirtschaftlich aufstrebenden & somit für die-Politik=Heute interessanten Land zu schweigen, selbst Menschenrechtsorganisationen sahen fortan nur wenig Anlaß, die sozialen Maßnahmen Der Firma in deren ausländischen Zweigstellen zu tadeln. Wiederum ein Großererfolg für die Arbeit dieser Frau. (Dabei, schon auf den 2. Blick, mußte ihre Methode als das klassisch=probate Mittel sich erweisen : Beschleunigung des Profits durch Wohlfahrt & gesteuerte Korruption, wobei als Parameter die strenge Hege persönlicher Gelüste gilt.)

Auf diesen Phall in 1 Interview angesprochen, erklärte die Frau: –Diejenigen, deren Bestreben dem Gewinn immer höherer, individueller Freiheiten gilt, vergrößern & verbreitern all-1 die Bereiche des allgemein Notwendigen. Und die Erfüllung von Erfordernissen all=gemeiner Notwendigkeiten erschafft Das Einverständnis als die Voraussetzung zur Freiheit.

Während gegen diese »hausgemachte Wiedergeburt des Taylorismus« in deutschen Presse- Rundfunk- Fernsehredaktionen links=liberal=altsozialistisch Gestimmte mit Papier & Speichel zu-Felde zogen, trugen ihr in manchen verstockten Gehirnen diese & ähnliche Äußerungen den Verdacht der verkappten Linksradikalen ein. Und schon bald auf den Titelseiten gewisser Massenblätter spannten die Hauptüberschriften ihre fetten Kotgirlanden aus: DIE ROTE SCHLANGE AM BUSEN DER FREIEN MARKTWIRTSCHAFT. *Njet-Set & Mumienwächter*, vereint zum gemein=samen Stoß-Trupp: Endlich die

Gelegenheit, solch unschwach gestellter Frau – die im Gehäuse der Männer=Wirrtschaft nicht allein nur zu enormer persönlicher Macht geklommen war, vielmehr darin Entscheidungen & Maßnahmen von bislang ungekannter Rigorosität & Klarheit getroffen hatte & somit durchaus neue Grundtakte auch in den Managerberuf einbrachte – die end=!gültige Abreibung & Nieder-Lage zu bereiten; sie 1=für=Allemal in-Die-Schranken-zu-weisen.– Doch Neid, Ressentiments, Verleumdung, Kurzsichtigkeit, Unvernunft sind allsamt letzthin schlechte Verbündete, unsichere Sänger im Schweinekor der Gerüchte, wachsweiche Kantonisten mit unzuverlässiger Bewaffnung. Alsbald mußten jene, die ihren so gearteten Gehirnen Wühl-Arbeiten am Ruf & Einfluß der Verdächtigten folgen ließen, auf die granitene Rationalität im Denken & Handeln Dieserfrau treffen, und die Spitzen ihrer Intrigenbohrer zerbrachen.

Vielmehr konturierten solch Vorfälle die Maximen Dieserfrau nur umso deutlicher: –Der Kapitalismus, gleich welcher Staatsform, hegt – in all seiner Gewöhnlichkeit mitsamt jenen so zufälligen u naturhaft=willkürlichen, abwechselnd reichen & mageren Zeiten und daraus folgend allgemeiner Depression – zuvorderst immer seine vitalen Chancen. Und !die gilt es zu ergreifen & daraus den größtmöglichen Nutzeffekt ziehen zu lernen sowie das unumgänglich Schädliche zu ertragen, um es zu überwinden. In jeder offen hergezeigten Schwäche verbirgt sich eine geheime Stärke. !Die ist zu erkennen & ihr gemäß zu handeln. Hierfür, sagte sie im selben Interview, gelte es über-die-Gesellschaft den positiven Willen-zur-Tat, unabhängig von jeglich anderer Bedingung, auszubreiten – annehmbar zu machen & schließlich mittels so erlerntem Wollen-zur-Ratio durchzusetzen mit dem Ziel, frei von Ressentiments mit der-Ratio !befreundet zu sein. Und fügte, scheinbar beiläufig, an: –Das naturzwang=Triebhafte in menschliches Kalkül verwandeln, !Das ist Die Perspektive.– Alljene, die ihr schon früher ein gerüttelt Maß an politischer Naivität bescheinigt hatten, mußten, angesichts der unbezweifelbaren Erfolge Dieserfrau sowie im Hinblick auf 1 der Kernsätze ihres kanonisierten Ökonomiekritikers, wonach all-1 die-Praxis das Kriterium für Wahrheit sei, je nach Karakterbeschaffenheit entweder 1fach u kleinlaut verstummen od in die Kolumnen von satt-Tiere-Heftchen sich zurückziehn, wo ihre dünnpfiffigen Giftstrahlen indes niemanden erreichten.– Kurz=um, die erste Große Schlammflut war vorüber & durchgestanden, das Gelände zum Schaffen & Wirken für Diesefrau nunmehr frei – –

Dem Feuilletonredakteur einer der überregionalen Zeitungen in Diesemland, von dessen Angebot- & Auftragszuteilungen ich mein Überstehen als sogenannt freier-Journalist zum Großteil bestreite, verdankte ich die Aufgabe, über Diesefrau ein aktuelles Porträt zu schreiben; alle terminlichen Absprachen mit ihrem Büro seien getroffen, demnächst werde sie geschäftlich nach Berlin ins Bundeswirtschaftsministerium kommen; die Gelegenheit, sie zu treffen, also 1malig, ich müsse mich !sofort entscheiden.

> ***S. 123, Solidarität →:***
> *»Denn Ungeduld ist die Verfassung des Zeitungslesers. Und diese Ungeduld ist nicht allein die des Politikers, der eine Information, oder des Spekulanten, der einen Tip erwartet, sondern dahinter schwelt diejenige des Ausgeschlossenen, der ein Recht zu haben glaubt, selbst mit seinen eigenen Interessen zu Wort zu kommen.«*
> Walter Benjamin, *»Die Zeitung«*

Nun hieße das Unterfangen, über Diesefrau nach ihren bereits Jahre-andauernden Welt=weiten Erfolgen noch 1 Porträt zu verfassen, Hundescheiße-nach-Berlin-tragen –; nicht 1 Winkel ihres Lebens erschien als unausgeleuchtet übriggeblieben, keines ihrer Zitate nicht bereits dutzendemale wiedergekäut & zu-Tode-analysiert; überdies der Flitter-der-Sensation von ihrer Person als *Dem Frollein Wunder des Topmanagements* längst abgeblättert war, & in medialer Gleich=Gültigkeit sie seither ungehindert ihren Arbeiten an der Welt=Wirklichkeit nachkommen konnte. – Allerdings ein Umstand ließ unversehens Diese Frau in veränderter Perspektive neu wiedererscheinen –: Sie hatte unlängst in der New York Times einen Artikel veröffentlicht, der bereits in den U-S-A öffentlich für Staunen, mehr noch für Irritation sorgte, und, mit der üblichen Verzögerung über die atlantische Mauer hinweg, nun in Europa & in Deutschland desgleichen verursacht.

Jenem deutschen Feuilletonredakteur hatte auf Anfrage ihr Büro in New York die Rechte zum Exklusivinterview für Europa eingeräumt. In-Allerkürze=der-Zeit (unterm kleinlichen=Zwang zur Kosten1sparung: ich lebte in Berlin, Reise- & Übernachtungskosten fielen nicht an) hatte der Redakteur niemand anderes für seinen Auftrag erreichen können als mich : Zwischen dem Angebot des Redakteurs und dem Treffen mit Dieser Frau verblieben nur 2 Tage. : Ich nahm den Auftrag an.

Währenddessen, in eiliger Vorbereitung auf das Gespräch, las ich im-Internet jenen Artikel in der New York Times, der solch Furore hatte machen können. Bereits die Überschrift – *»Die federleichte Eroberung eines unbesiedelten Kontinents«* – wirkte, gegenüber allen bisherigen Äußerungen Dieserfrau, befremdlich kapriziös. Nicht allein der neue

Tonfall, vielmehr eine um Etliches veränderte Sichtweise sprach für teilweise neue Positionen. Ich notierte mir einige Basissätze; ebenjene, die zu der größten öffentlichen Irritation hatten führen müssen, als mögliche Einsatzpunkte für das Gespräch. Diese Sätze entnahm ich der von der Autorin so bezeichneten → ***Liste attraktiver Momente:***
– vollkommen zu gestaltende Vernetzung von Industrien;
– lückenlose Telepräsenz der Unternehmensführungen zur umfassenden Verkopplung aller=mit=allen; schnellstmögliche Herbeiführung von Entscheidungen; Auflösung der Grenzen zwischen intim u: extim;
– Beherrschung von Technik durch kalkulatives Welt-Arrangement;
– Säkularismus bislang ist nur ein anderes Wort für Religion, u beide sind zu überwinden. Säkularismus, neu begriffen, ist die vollendete 2. Geburt als Einzelwesen aus dem uteralen Gesellschafts-Gehäuse, finales Entelterlichen aller Subjekte;
– Wirklichkeit ist allein in der Wirklichkeit des Intellekts;
– das Imaginäre ist besiegbar durch den Imperialismus des Wissens;
– aus materiellem Wachstum & Überschuß folgt die Alternative: Gerechtigkeit od Freiheit;
– Ob nun zuviel od zu wenig Rationalisierung – auf jeden Fall begegnen wir einem Zuviel an Macht. Und dies schlägt um in Zwangsmechanismen, die ihrerseits zurückschlagen als De-Rationalisierung. Solch *circulus vitiosus* verschiebt die *Macht-Effekte*, Subjekt & Wahrheits-Wissen zu Ungunsten letzterer immer weiter in die Asymmetrie;
– Lösungen für Verteilungsfragen über die planetaren Ressourcen führen die Kategorien Freund u: Feind zu variablen Größen;
– neopolitische Welt-Inszenierung gegen die getrübte Vernunft;
– die Oberfläche der Dinge ist deren Tiefe, es gibt keine andere. Und diese Oberfläche ist von sämtlichen Surrogaten der Vernunft wie von Religionismen zu weißen.

Könnten solcherart Sätze, aus dem Zusammenhang einer Aufstellung gerissen, allenfalls tauglich sein für das summarische Begriffserfassen alldessen, was Diesefrau an sachlichem Tun während der Vergangenheit geleistet hatte, so widmete sie dem-Krieg – infolge seiner erneut konventionellen Erscheinungsformen, herkommend aus weltweit etablierter Massen=Demokratie, umso leichter über den gesamten Planeten als Welt=Bürgerkrieg auftretend – in ihrem Artikel die eher beiläufige Anmerkung: *Als nunmehr erste Zuflucht vor dem Ruin eines National-*

staats sind Kriege Ausdruck einer grundsätzlich sentimentalen Lebenseinstellung, die das fatal Untatsächliche in der gegenwärtigen Welt-Politik offenlegen: Beliebige, durch spezifische Formen von Übervölkerung insolvent gewordene Nationen appellieren unterm Deckmantel des kulturellen Zusammenpralls an die Sentiments der reicheren Nation, indem sie dieser Den Krieg erklären; in der Erwartung, daß diese Nation am schnellsten zum Sieg über die kriegserklärende Nation befähigt sei, um dann im Status der besiegten Nation aus den Depots und mit den Ressourcen des Siegers am bequemsten den eigenen Saldo auszugleichen. – (:?War man irgendwo ?bereit, den in diesen Zeilen fein versprühten Gehalt an katastrofischer Ironie, die ins-Innere jedes der gegenwärtig dominierenden Nationengehäuse wie Gas 1zudringen imstande ist, überhaupt !zur-Kenntnis zu ?nehmen.) –

Gegen Schluß Ihres Artikels dann fanden sich jene Bemerkungen, die vor=allen anderen für Irritation gesorgt hatten und den Blick auf eine bislang unverhoffte Dimension im Denken Dieser Frau preisgaben. *Über den eigenen Tod sowie über den Tod Aller, dem Ende jeglichen Tuns, heute nur ein Wort noch zu verlieren, wäre unverzeihlich banal.* Schrieb sie. Und schloß: *Vor und nach dem Tod ist das Nichts, der älteste Kontinent. Aber dieses Nichts ist ein enormer, bislang weder besiedelter, noch kolonisierter, geschweige zivilisierter Raum: Der größte seit jeher brach liegende Kontinent, durch Ausweitung von Menschenmacht zur Überleitung in die Große Vernunft*

?War es 1 Druckfehler od die Absicht der Verfasserin, daß dem letzten Wort kein Satzzeichen folgte. Jedenfalls, der allgemeine Geredestrom schwoll an, aufgewärmt alter ebenso wie aus neuerlichen Verstörtheiten. Manch Kritiker vermutete, sie sei inzwischen religiös geworden od anderen Spirituosen verfallen; man bescheinigte ihr vollkommene Weltfremdheit, Größenwahn & Inhumanität, eine kalte Verhöhnung kristlicher Werte: der Schreiber für 1 katholisches Blatt fragte in seinem Artikel empört, ob für diese Frau noch ein Unterschied bestünde zwischen einem Kirchenbau u 1 Halleluja-Schuppen; 1ige spitz-Findige meinten in den Äußerungen der Frau scientologische, neokolonialistische, gar faschistische Tendenzen zu erkennen, & wenn ihnen selber ihre Bezichtigungen als zu gering erschienen, war der Antisemitismus-Vorwurf schnell zur-Hand. Derlei Verdächtigungen kamen vorwiegend aus deutschtönenden Gehirnen; mal anti- mal prosemitisch: die-Hexenjäger in Diesemland sind immer=zur-Stelle, sobald sie für Fremdemächte *nützlich* werden. Wieder andere schließlich erklärten die Äußerungen dieser Frau schlichtweg zur Faselei u zum höheren Blödsinn; offenbar sei sie dem Höhenrausch ihres

Ruhms erlegen & endgültig durchgeknallt. Alles-öffentliche-Gerede über sie & ihren Artikel kochte bösartig auf.

Nach Lektüre des Artikels in der New York Times bis zum Treffen mit Dieser Frau blieb mir noch etwas Zeit. Die wollte ich verwenden, 1zelheiten ihrer Biografie mir wiederholt zu vergegenwärtigen. Obwohl derlei Daten bereits seinerzeit, in den Tagen ihrer ersten Erfolge, von Allerleimedien bis zum restlosen Verschleiß abgerieben worden waren, der Rekurs darauf im geplanten Gespräch Keinerolle mehr spielen durfte – bestimmte Fragen werden fragunwürdig, sobald Alle=Öffentlichkeit sie im-Munde führt –, erschien mir dennoch gerade die Rückkehr aufs Biografische Dieser Frau als 1 der Schlüssel zum Verstehen des zuletzt Gelesenen. Jene Bemerkung vom Weißen der Oberfläche mochte obendrein ihren Verdruß an den eigenen Präsentationspflichten sowie am Popularkult insgesamt kundtun, in dem Diese Frau (reichlich aus eigener Erfahrung) nichts als Kulthandlungen innerhalb jener 2. Religiosität erkennen mochte, von der Heutzutage sämtliche abendländischen Gesellschaften als dem süßlichen Gift für Die Vernunft infiziert erscheinen.– Hierzu auch wollte ich sie im Interview befragen: Denn allein der Wille zum Verstehen, nicht der zum Disput, setzt das Fundament für Gespräche.

Geboren wurde sie 1965 in München, Kurzezeit später waren ihre Eltern in den Westen Berlins umgezogen. Der Vater, in München ein bekannter Arzt, erblickte in einem Angebot, als Leiter einer Privatklinik am Schlachtensee sich zu etablieren, den Höhepunkt für seine Arztkarriere (er war damals Anfang der 50). Die Mutter, über zehn Jahre jünger als ihr Mann, arbeitete zunächst am Münchner Residenztheater als Dramaturgin, nach dem Umzug fand sie in West-Berlin mühelos im Schiller-Theater das Pendant in ihrem Beruf. Das Ehepaar hatte nur dies=eine Kind. Praktisch von 1.-Minute-an entbrannte um die Tochter der elterliche Eifersuchtskampf. Suchte die eine Seite das Mädchen für Das Theater zu gewinnen, so die andere Seite für Den Arztberuf. Beide erwiesen sich als klug=genug, das Kind nicht mit Verboten od gar durch Diffamieren des Kontrahenten zu gängeln; besser legten beide Elternseiten dem Kind die eigenen, verlockenden Angebote wie an einem dauerhaften Weihnachtsaband aus, um sie damit & end=gültig auf ihre Seite zu führen. Rasch, aus dem Instinkt-der-Kinder zum erfolgreichen Raffen, entwickelte das Mädchen von=klein-auf die Strategie zur beidseitigen Vorteilsnahme, ohne sich selbst überstürzt zu entscheiden; vielmehr wartete sie ab, !was die Eltern ihr noch alles bescheren mochten. So amüsant ihre Erfolge dabei auch gewesen sein mochten, so anstrengend mußte für 1 Kind dies präzise Taktieren über-Vielejahre hinweg sein. Denn All=das war !kein Kinder-Spiel. Der elterliche Ehr=Geiz schnitt goldene Bahnen – verführerisch doch unentrinnbar – wie Schienenstränge, angefüllt mit Egoschotter, in ihre ersten Lebensjahre hinein. Wie aus einem Vollblüter 1 edles Rennpferd trachteten Der Vater u: Die Mutter mit aller komfortablen Unnachgiebigkeit in ihrem Kind Die Erfolg's Frau heranzuzüchten. Nur Bestes kam für die Tochter in Frage, wie sie nur Bestes von ihrer Tochter verlangten & akzeptierten. Wollte Die Mutter ihre Tochter zu einer= berühmten Theaterregisseurin entwickeln, so galt der Eifer Des Vaters dem Forscher-Trieb seiner Tochter. Oftmals beobachtete Er=heimlich die Tochter beim Spiel im weitläufigen Gartengrundstück.– Seit Kinderzeiten spielte das Mädchen, ausnehmend gern u stundenlang, mit Nacktschnecken. Doch seit jeher war die-Natur ihr fremd, u Menschen die Haustiere besaßen, hielt schon das Kind für lächerlich & verkitscht, noch bevor sie diese Wörter kannte. Bereits in diesen Frühenjahren spürte sie instinktiv, daß Wälder Berge Wiesen Flüsse Seen u Himmel ihrer, des Mädchens, Fähigkeit zu beeindrucken, entzogen blieben; Natur war ihr zu=groß, Hier gabs für sie Keinensieg. Zudem Landbewohner in ihrer mitunter grundlosen Freundlichkeit u Gut-Mütigkeit ihr entweder albern od: so verschlagen vorkamen wie auch alles Getier: wie dem natur=tumben Bären sogar der Fechtkünstler eben der Tumbheit des-Großentieres wegen unterliegen mußte. Das Kind verbarg vor ihren Eltern nicht den Unwillen gegenüber der-Natur, vor Der sie sich in-Acht zu nehmen suchte.– Der Vater indes setzte das Mädchen nur deshalb zu wiederholten Malen solch Freiernatur aus, weil er über-die-Jahre beobachtete, ob das Kind-beim-Spiel und später die Pubertierende gegenüber den Schnecken nicht das Gelüst zeigte, sie zu zertreten od zu zerschneiden.

Geschickt suchte Der Vater die Interessen der Heranwachsenden in die Perspektiven medizinischer Forschung zu lenken; als lockenden Glanzpunkt für diese Lauf-Bahn setzte Der Vater dem erwachten Geltungs-Trieb der Tochter gar Den Nobelpreis in erreichbare Ferne. *– Viele=andere in deinem Alter zeigen überhaupt !Keinenwillen; sie werden im Schlamm ihrer eignen Vergammeltheit absacken, runter bis auf den Grund.* Hatte Der Vater einst für diese der Tochter gewiß absurd erscheinende

Erfolgsaussicht gesprochen: *–?!Weshalb solltest dann !Du Das=Höchste nicht wenigstens zu bekommen !suchen. –*

Ein Mal taten die ansonst zu bitteren Konkurrenten um das Kind ent-2-ten Eltern sich=zusammen: Gemeinsam & beizeiten führten sie ihrer Tochter erfahrene Männer zu, die sie von den schwülen ungelenken Gelüsten 1 immer=unbefriedigten Teen-agers befreiten & ihr zugleich auch Das-Geschlechtliche in die Bahnen des Kalküls & der Vernunft zu leiten verhalfen. Zwar hielt sie es augenscheinlich mit jenem Philosophen, dem des-Menschen ganzjährige Brunst als Grund=Übel menschlichen Seins erschien, doch war dieser Trieb eine Gegebenheit & letztlich ebenso zu befrieden wie zeitweilig aufkommender Appetit. Fortan schlichen sich in ihre Sexualität kein dämmeriges, ungelüftetes Sehnen und Schwärmen; Sex war ihr kein Ort für stumpfe Bekenntnisse, schmierseifige Bündnisse, Euforien, Demütigungen od Reue – erst Löwenorgie, und am Nächstenmorgen Katzenjammer; u oft wars im Bierrausch nur 1 Leierkastenlied. Sex war ihr von früh=an der Appetit & der Triumf des *inneren Leibs* über die Domptöre des Sexes zur Liebe..... = die Phalle zur emotionalen Überschuldung. Denn, konnte sie schon Damals er=fahren, entgegen dem Augenschein ist durch seine Geschmeidigkeit nichts besser u nichts leichter als Die Sexualität überleitbar in die Moleküle menschlichen=Vernunftbestrebens. –

Angesprochen auf ihre Kinder&jugendjahre sowie auf ihre Ehe&kinderlosigkeit, entdeckte ich in 1 Interview die Antwort Dieser Frau: *–Natürlich, u wie andere Teen-ager auch, habe ich mich nach den hochhängenden Trauben aller ½wüxigen-Begierden hinaufgereckt. Meine Eltern brauchten mir nicht zu sagen, derlei Trauben seien sauer – Mama & Papa machten es mir allzeit leicht, dort hinaufzulangen, wenn ich das wollte. Nur 1-ums-Anderemal mußte ich danach feststellen: Diese Trauben nach denen so-Viele sich recken –, ich fand sie !wirklich !sauer.*

Ein Umstand in ihrer Familie setzte dem über-Vielejahre hinweg im Unentschieden gehaltenen elterlichen Ringkampf-um-die-Tochter das Ende: Ihre Eltern ließen sich scheiden. Der Zeitpunkt lag für die Tochter insofern günstig, als sie vor der Matura in einem Genfer Internat nun die Entscheidung über ihren künftigen Berufsweg treffen sollte. (Vermutlich hatten die Eltern den Zeitpunkt für die Scheidung solange hinausgezögert.) Mit genügend Vernunft – selbst bei aller Liebe & Loyalität sowohl zur Mutter als zum Vater – überblickte die junge Frau die inzwischen nicht ohne alberne Übertreibungen ablaufenden Ehrgeizschlachten ihrer Eltern mit kühlem Auge. So daß sie hieraus für ihre Berufsentscheidung den klugen Kompromiß zu treffen wußte: zunächst das Studium der Wirtschaftswissenschaften an der Princeton University – mit Perspektive auf das Management.– !Das entsprach vollkommen ihrer inneren Gestimmtheit: Nach dem Abschiednehmen blickte Diese Frau !niemals zurück.

Beide Eltern-Teile, inzwischen von 1 ander getrennt lebend, mochten 1erseits über diese Pläne ihrer Tochter enttäuscht sein. Anderseits, & deren unverrückbarer Entschiedenheit eingedenk, gaben sie daraufhin der Tochter ihre größtmögliche, auch finanzielle, Unterstützung: Studium in West-Berlin, dann in Frankreich, schließlich in Princeton U-S-A – den Abschluß=Dort belegte sie mit summa cum laude. Daraufhin Etablierung in Finanz- & Wirtschaftskreisen – erste Erfolge als Managerin in der seinerzeit aufstrebenden Computerbranche. In Diesezeit bereits fielen erste Versuche sowohl von-Seiten der-Politik, als auch von einigen der bedeutendsten Universitäten, sie jeweils für=sich zu gewinnen. Über 1 Kurzes wiederholte sich an der jungen Akademikerin das elterliche Ehr=Geizgerangel der Frühenjahre. Ihre an beide Seiten, Politik & Universität, abschlägigen Antworten wurden bereits kolportiert.– Indes gereichten ihr diese Ablehnungen nicht zum-Schaden, im Gegenteil. Ihr unvergleichbar erfolgreicher Aufstieg ins *World Top Management*, der öffentliche welt=weit sich verbreitende Ruhm dieser einzig=artigen Frau haben sie bereits legendär gemacht.

➞ Beim Überblicken der Erfolgsgeschichte Dieser Frau war mir ein zwar simpel erscheinender, doch entscheidender Umstand auffällig geworden. ERFOLG=HABEN & GANZ-NACH-OBEN-KOMMEN – diese beiden Tabernakel im Hochamt-einer-geschäftigen=Welt, Davon soviele sooft die heilig=gehaltene Hostie MACHT&GELD zu empfangen streben u: ebensooft Ohnesegen=im-Konkurs mit leerem Mund ausgehn – Diese=beiden Segnungen hatte Die Frau nur aus einem einzigen Grund empfangen können: ERFOLG=HABEN hieß für=sie, schon in Frühenjahren u daher gewissermaßen *auf-natürliche-Weise*, die Verwandlung von Erfolg's Methodik & Strategie in EIGENSCHAFTEN; das Aufladen ihrer Person zur Persönlichkeit durch Ausbildung von CHARAKTER hin zur Autorschaft ihrer=eigenen Geschichte. So wie 1 Schriftsteller seine erfundenen Figuren verinnerlicht haben muß, um sie lebendig die Wirklichkeit des Textes erleben zu lassen, so verinnerlichte Diese Frau alljene Größen, die von den vielzuvielen=übrigen Yuppies ihrer Generation als *überflüssig* abgelehnt wurden : Diese Frau mobilisierte für sich=selbst die CHARAKTER=Rüstung

Ehrlichkeit-Mut-Wachsamkeit; positive Selbst=Reflektion zur Erforschung dessen was ihr noch fehlte & wozu ihr Wille sie befähigte; Opferbereitschaft (Enthusiasmus & Leidenschaft); Verantwortungs=&=Kompetenz=Bewußtsein. Und was sie in dieser Rüstung nahezu unbesiegbar machte – im Gegensatz zu vielen ihrer Konkurrenten (die aus solchen Begriffen lediglich erlerntes Pensum zu machen verstanden – doch Erlerntes kann man vergessen od zur Rechtenzeit nicht abrufbereit parat haben) –, war die *Verinnerlichung* jener Werte. Und weil sie=sich dessen stets !bewußt war, taugte sie weder zur Maßlosigkeit noch zum Zynismus. – ?Vielleicht in Erinnerung an einstige Bemühungen ihrer Mutter, sie in die Theaterlaufbahn zu bringen, zitierte, auf die Frage 1 Reporters nach ihrem *Erfolgsrezept,* Diese Frau mit souveränem Lächeln Bertolt Brecht: –Wichtig zu lernen vor allem ist Einverständnis.

S. 136, Das Geld →:
10 Grundregeln zum Selbst-Loswerden

Zur vereinbarten Stunde an einem Spätsommertag in der Empfangshalle des Flughafens Tempelhof brauchte ich nicht lange zu warten: Das Flugzeug, aus der Schweiz kommend, landete pünktlich. Doch !seltsam: sie kam nicht mit ihrem Privatflugzeug, sondern reiste inkognito mit 1 Linienmaschine. Auch erwartete sie keinerlei Empfangskomitee; entgegen der üblichen Weise !ohne Begleitung ihres Stabs aus Mitarbeitern & Bodyguards, inmitten der Masse Fluggäste anonym geblieben, erblickte ich ihre Gestalt, wie immer in ein dunkelblaues Kostüm gekleidet, hinter der Glastür zum Einreiseschalter. : All-1 war sie hergereist; offenbar sogar ohne großes Gepäck, denn sie hatte nicht 1 Sekunde vor dem Transportband gewartet. In der Hand trug sie lediglich 1 schwarzes Lederköfferchen....., kleiner als 1 Aktenmappe.–

Zum 1. Mal begegnete ich in-der-Wirklichkeit dieser Frau. Im Gegensatz zu den Fotografien erschien sie mir nun etwas fülliger, die Brüste rundeten stark den Stoff ihrer geschlossnen Kostümjacke. Teils schüchtern, teils erwartungsvoll hielt ich das mitgebrachte Schild, darauf ihr Name & der jener Zeitung in deren Auftrag ich schrieb, in die Höh, – mit weitenfesten Schritten trat Die Frau in die Halle heraus – und lief, ohne Blick auf mein Schild ohne den Schritt zu verlangsamen, energisch & eilig an mir vorüber –, die Stufen zum Ausgang hinauf. – Ratlos u verblüfft blieb ich zurück, der erhobene Arm mit dem Schild sank unschlüssig herab –: ?Was ?tun. Ich beschloß, ihr nachzulaufen, glaubte noch an Irrtum, an Unaufmerksamkeit (!hoffentlich war sie inzwischen nicht mit dem Taxi davon).

Doch war sie am Taxistand bereits vorüber, zu-Fuß eilte sie soeben über den Platz-der-Luftbrücke, und, den Tempelhofer Damm überquerend, in Richtung Westen davon. Ich mußte rennen, um sie in den Nebenstraßen nicht aus den Augen zu verlieren, mühsam hielt ich Anschluß; die Frau, sie hatte augenscheinlich größte Eile.–

Vorm Zugang in eine Parkanlage blieb sie plötzlich stehn (– in sicherem Abstand zu ihr auch ich). Als wolle sie=in-Letzterminute noch 1 Mal sich vergewissern, öffnete sie vorsichtig das schwarze Köfferchen – aus dunkler Seide ein helles Schimmern..... –; dann klappte sie=entschieden den Koffer zu. Und wieder im Gehen holte sie aus der Kostümtasche einen altertümlich wirkenden Schlüssel hervor &, mit den Fingern das unförmige Stück Metall umspielend, trat sie zwischen die tiefgrünen Büsche wie durch ein Portal in die Parkanlage ein –. (Heimlich folgte ich ihr auch dorthin.)

Vor 1 unscheinbaren betongrauen Gebäude, an 1 Transformatorenhaus erinnernd, sah ich die Frau stehnbleiben & mit dem Schlüssel die alte Eisentür aufschließen. Die Tür öffnete sich leise scharrend; vondrinnen über die narbigen Betonwände streichend 1 schwachgelber Lampenschein. Zahlreich mochten die Stufen sein, die sie hinabführten & entlang unter-der-Erde durch alte Bunkergänge hin zu dem Schießstand, den Anlagen jenes Schützenvereins, dem sie über-Alldiejahre rätselhafterweise die-Treue hielt.– Auf der obersten Stufe stehend für 1 Augen-Blick, im trüben Gelb aus dem Schacht als würde es schweben, noch 1 Mal – zum 1. Mal direkt=zu=mir – ihr helles Gesicht. Den kleinen schwarzen Lederkoffer fest in der 1 Hand, zog sie von-drinnen kraftvoll die eiserne Tür ins Schloß. Dahinter begann für=sie der größte seit jeher brach liegende Kontinent, durch Ausweitung von Menschenmacht zur Überleitung in die Große Vernunft

Den Nobel-Preis hatte sie nicht bekommen. Sie wurde 38 Jahre.

*

Nach Spiel

Weil das Interview mit Dieser Frau nicht zustande gekommen war, hatte der Redakteur, der mir den Auftrag einst beschaffte, für meinen Beitrag *1same Spitze*, den ich für ihn statt dessen schrieb, keine Verwendung. Auch lieferten inzwischen die feuilletonistischen Nachrufmaschinen ihre Nekrologe zuhauf, zwischen standardisiertem Trauervokabular & geübt staatstragender Zukunft's Sorge am Verbalrand einer offenen Grab-Stelle schwankend, – wie=immer. Dann, überraschend schnell, mochte Man über-Diesenvorfall Keinwort mehr drucken. Außerdem waren mittlerweile um die Nachfolgeschaft Der Frau Diadochenkämpfe entbrannt – darin Schlacht-um-Schlacht Die Arbeit Dieser Frau zunichte ward – : !Solche Ausbrüche an Niedergang, Zerfleischung, welt=weitem Bankrott versprachen einträgliches & wochen=lang mediales Inter-Esse: Die fatale Neigung des-Journalismus zu Müll & Exkretion.

Von jenem Redakteur aber erhielt ich seither keine Aufträge mehr. Am Telefon ließ er mehrfach & mit immer dümmeren Ausreden von seiner Sekretärin sich verleugnen, sämtliche meiner Briefe & E-mails an ihn blieben ohne Antwort.....

Später dann erfuhr ich aus seiner Redaktion, er sei von seinem Posten abgelöst worden und habe die Zeitung verlassen.– Über den Verbleib dieses Mannes ist nichts weiter bekannt.

Generationen Abbruch

vor Weihnacht 2001 / nach Neujahr 2002

Steilküsten aus Sand u Geröll verändern ihre äußere Gestalt unregelmäßig. Meeresbrandung, Stürme, Regen & Schnee – sämtliche dagegenschlagenden Wetter scheinen dem Äußeren dieser Steilküsten über erstaunlich lange Zeitspanne-hinweg kaum entscheidende Veränderungen zuzufügen. Mit Beständigkeit bieten sie dem Betrachter den nahezu unveränderten Anblick ihrer schroffen Gestaltung. Von bedeutendem Einfluß dagegen, weil von-außen kaum sichtbar, sind Regenwasser (hinzukommend Schmelzwasser des Schnees), die, zunächst von-oben-her die Steilküsten hinabfließend, tiefe Rinnen & Gräben in die weichen Hangwände 1graben. Besonders schnell sickern diese Wasser dann ins-Innere des aus verschiedenen Kalk- u Mergelsorten sowie aus Sand- Ton- u Lehmarten bestehenden Küstenbodens hin-1. Den weiteren Weg zum Abrinnen zu bahnen nutzen sie die Grade an Wasserdurchlässigkeit der verschiedensten Bodenarten. Sie schaffen dort=drinnen Hohlräume, unterspülen kleinere & größere Steineinschlüsse. Im Winter gefrieren diese im-Innern des Küstenmassivs adernförmig verzweigten Rinnsale, machen das Bodensubstrat poröse, & mit dem Tauwetter finden so die wieder verstärkt fließenden Wasser aufgelockertes Bodenreich vor, das rasch zu größeren Hohlräumen sich ausschwemmen läßt. Weil nun der Weg Allenwassers stets abwärtsführend verläuft, treffen diese vielen 1zelnen Wasseradern-im-Innern der Steilküste auf breiter Strecke an deren Fuß od in dessen Nähe ein; die Basis des Steilküstenmassivs findet sich aufgeweicht, unterminiert; sie verliert an Stabilität. Jetzt kommt die Wirkung der unentwegt anschlagenden Meeresbrandung hinzu – mitunter durch schwere Regengüsse beschleunigt, – und plötzlich aus der gesamten Abhang-Höhe brechen größere Stücke aus der Küste heraus, lawinenartig schlagen nicht selten mehrere Tonnen Sand&gestein auf-Einmal herab. Vielhunderte in die Steilwände gebaute Nester & Brutstätten für Seeschwalben u Gelege anderer Meere's Vögel, die mit solch Küstenstätten in Symbiose existieren, gehen mit jedem dieser Abbrüche zunichte.– Weil dieser Vorgang äußerlich diskontinuierlichen Abstürzens bedeutender Mengen Küstenbestands auf der Permanenz inneren Aushöhlens nach immer denselben Vorgängen abläuft, nimmt es nicht Wunder, daß die äußere Gestalt dieser Steilküsten auch nach dem Abbruch im-Grunde sich nicht verändert hat; nach-wie-vor bietet sie dem-Betrachter den kaum vom vorhergehenden Zustand abweichenden Anblick ihrer bizarren Schroffheit. Die Vorgänge im Innern der Steilküste – in den Begriff *Erosion* nur unzulänglich gefaßt – beruhen auf dem *Prinzip der Eigenermüdung fester Formengefüge* & deren notwendig durch die eigene Festigkeit (ein hohes Wichte-Maß bei scheinbarer Fugendichtheit) umso massen=hafter ausgebildeten Kapillargefäße von zunächst mikroskopischen Dimensionen: Jene Kapillare werden dann von den Substanzen durchflossen, die sowohl die Gestalt als auch deren Verfall herbeiführen. Gleichsam als seien sie im tätigen-Leben.....

S. 357, »Arbeit ist Hoffnung«:
Die in jedem Selbst eingekapselten Schablonen für *absolute Feindschaft* können, freigesetzt, praktisch gegen Alles – auch gegen das eigene Selbst – sich richten; jedes beliebige Objekt erscheint Dafür als geeignet. Den Umständen hierfür, vorzugsweise in den Bereichen gesellschaftlicher Arbeitsprozedur anzutreffen, kommt Dabei lediglich die Funktion des Katalysators zu.
Auf einem zivilisatorischen Stand, auf dem Arbeit nicht mehr unmittelbar dem Kampf gegen, reale wie symbolische, Todes-Drohung dient, fungiert gesellschaftliche-Arbeit als Hege des »Willens zum Nichts« (Nietzsche). Wo diese Hege indes versagt od wegbricht – bei äußerer wie innerer hoher Arbeitslosigkeit in allen Bevölkerungsschichten –, werden gesellschaftlich negative Energien frei..... Unvermittelt heißt Das den Rückfall in Lebens-Umstände noch *vor* der Todes-Drohung: den komfortablen Sturz *in* den realen Tod.

→ Als vor wenig Jahren sowohl in Zeitungsredaktionen, überregionalen wie lokalen, in Rundfunk- & Fernsehanstalten als auch in Buch-Verlagshäusern die über Langejahre-hinweg dort ansässigen Chefredaktöre Intendanten & Verlagsleiter entweder aus Altersgründen in-Pension gingen od von Jüngeren beiseite gedrängt wurden, begannen auch für den freiberuflich tätigen Journalisten unmittelbar Andere-Zeiten: Nicht grad ausgebootet fand er sich, doch an immer länger & dünner belassenem Tau in seinem windsigen Paddelboot achtern nachgeschleppt.....

Obwohl selbst wesentlich jünger, hatte er das Empfinden, ihn verbinde mit einigen der alten Chefredaktöre ein gutes, mitunter beinahe freundschaftliches Verhältnis. Häufig korrespondierte Man auch außerhalb der beruflichen Notwendigkeit. Beide Seiten schienen Begabung & Verdienste sowie das Engagement des jeweils Anderen aufrichtig zu schätzen – mit-den-Jahren gerieten Tonart u Gegenstand der

Korrespondenz vertraulich. Und wie unter-Kameraden üblich, erhielt der Journalist einige Sonderrechte: Man schickte ihm vor den Buchmessen & zur jeweiligen Verlagssaison bevorzugt Besprechungslisten mit Büchern zu, & Man entsprach durchaus seinen Rezensions-Wünschen von erlesenen Autoren. Für seine Arbeiten erhielt der Journalist Vorzugshonorare, stets an der Obergrenze des finanziellen Rahmens der jeweiligen Zeitung. Derlei Verfahrensweise zwischen seinen Chefs & ihm hatte nichts Schmieriges; gute Bekannte tun ein=ander so manchen Gefallen. Also übernahm auch der Journalist unbequeme, voluminöse Arbeiten die in Kürzesterzeit abzuliefern waren. Damit vermochte er so manchem Redaktör aus einer Klemme zu helfen.–

Jene Chefredaktöre gehörten fast sämtlich derselben Generation an : Geboren in den Dreißiger- und Vierzigerjahren war man in der Nachkriegszeit auch über all die politischen & ökonomischen Erschütterungen in der Bundesrepublik hinweg in Hör&sichtweite zu ein ander durch-die-Jahre & die-Institutionen gegangen. Viele dieser Geschehnisse –: vom Auschwitz-Prozeß & der »Spiegel«-Affäre über Den-Deutschen-Herbst & etliche Groß=angebundene Korruptions=&=Parteien=Skandale *Gegen Demokraten helfen nur Magnaten* –:hatten eine in-der-Öffentlichkeit allgemein spürbare Grundstimmung aufgegriffen, die öffentliche re-Aktionsweisen der Art *Politisches Engagement* sehr leicht zu-Wege bringen ließen. Treibsandige Wege durch die Institutionen ließen daher ebenso leicht zu asfaltenen Karrierestraßen sich verfestigen, wie innerhalb solch medialer Infrastrukturen das Terrain öffentlicher Einfluß-Sfären alsbald aufgeteilt war.– Dem widerfuhren jetzt Veränderungen.

→ Auf breiter Strecke – in Zeitungs-, Verlags-, Fernseh- & Rundfunkredaktionen – brachen die meisten der vertrauten=Verhältnisse zusammen : Kurzezeit, u: man ist überalt..... Der Eufemismus hieß, ein Generationen-Wechsel trete ein; von *noi=gemischten Karten* ging die Rede & *die-Tische* seien *noi gedeckt*; endlich werde Licht&luft in den ägyptizistischen Königsgräbern der Redaktionen; ab=Jetzt übernähmen *Noie Leute* mit *Noien Ideen* die-Ruder. – Der abrüpte Generationenabbruch schuf von-1-Tag-auf-den-andern keine neuen Zustände, sondern Zustände von neuer Unsicherheit.

Zunächst, auch hierbei ist das kleine Wörtchen *neu* das Wort zum großen Schwindel: *Die-Noien* sind selten neu; weder von Nirgendwo kommend noch Berufsanfänger sind sie oftmals gute Bekannte im Schlechten. Einst belächelte Widersacher aus unteren Redaktionsgefilden, sind Sie jetzt aufgestiegen..... & Hier, mit einem Elefantengedächtnis voller Ressentiments: !Keinplatz Heute für morgen dem Feind-von-Gestern. Die Zahl der Aufträge für den Journalisten nahm rapide ab, andere = die zum Kreis der Aufsteiger gehörten, erhielten den Vorzug; das sichere Festland für Arbeit & Einkommen brach für den Journalisten nach Allenseiten hin ab.....

So manche überregional erscheinende Zeitung mit anderem=jüngerem Herausgeber & Geschäftsführer verlagerte einen Teil ihrer Redaktion od diese vollständig aus ihren angestammten Orten in Die-Hauptstadt-Berlin, 1 längst zum Automatismus gewordenen Trend folgend; denn von finanzieller od anderer, international überragender Medien-Präsenz=Berlin, von Der man für das eigene Blatt od das eigene Verlagshaus gehörigen Aufschwung sich versprechen dürfte, konnte Keinerede sein: Berlins Kassen waren offiziösen Meldungen zufolge leer – Geld versickerte zu Unmengen im Sand-der-Korruptionen; die elektronische Medialität machte die körperliche Anwesenheit an einem=bestimmten Ort ohnehin 2.rangig. Das Große Hauptstadt-Versprechen geriet zum sündhaft=teuren Versprecher. Doch verbreiteten die unentwegten, redaktionellen Auf&umbrüche, ähnlich beim Wohnungswechsel die aufgewirbelten Staubwolken, zumindest intern einige Gelegenheiten für ungeahnte Karriere-Bock-Sprünge sowie aus der goldstaubigen Atmosfäre des Großen Versprechens auf Neu=Beginn den Mut von Banken zu spektakulären Krediten für manch specktakuläre Investition. Allerdings erwiesen Letztere auch bei sogenannt Führenden Zeitungen sich binnen-kurzem als eklatante Fehlkalkulationen; aufwendige Immobilienkäufe für zeitungseigene Studios (:empfindlich teuere Technik, sie blieb häufig ungenutzt; nicht 1 Minute an Sendezeit ging je von diesen totgebornen Studios aus), währenddessen die Auflagenziffern der Zeitungen drastisch sanken, Beilageblätter & Magazine mußten abgeschafft werden – auffallend oft u bedenkenlos sprach Man hierbei von *Liquidation*. Die Anzeigenteile übernahmen in einigen Fällen fremde Zulieferer (so kamen auch fremde Interessen durch Hintertüren in die Zeitungsverlage & bestimmten zunehmend *Die Muzak*). Jetzt zerbröckelte das Renommée, Inscrenten traten zurück: mitunter Einbrüche um beinahe fünfzig Prozent, – in den Verlagshäusern brach die finanzielle Decke für diese Zeitungen auf breiter Strecke ein. Lokale Blätter wurden entweder 1gestellt od zwangsfusioniert; Dutzende von Redaktionsmitarbeitern entlassen. Das Neue Millenium im Hauptstadt-Koller: Geldlos in Berlin, die Mäuler voll großbrockiger Worte, Ellenbogen & Gehirne aus dem Eisen des 19. Jahrhunderts..... Und das erpichte Schielen nach Trend & Mode, der Drang !angeschlossen & Dabei-zu-sein bedarf derselben Energie wie zu-Zeiten von Diktaturen die Energie der Spitzel & Geheimpolizisten zum Aufspüren-des-Feindes & der-Verräter : *Mode* ist das Gespenst der Verfolgung..... Und ?was ist 1 Trend: Eine Lemming-Bewegung, bei der niemand mehr nach Gründen fragt.– Nicht lange, & die-Wende zum Schlechten bekamen als Erste die äußeren Bereiche der Berichterstattung zu spüren: die freiberuflichen Journalisten. Noch ein Mal fühlte der Journalist sich an den Rand gedrängt, übergangen, bestenfalls am länger & länger nachgelassenen Schlepptau der Noien Herren geduldet.

Winter Sommer die schönen Herbste Weihnachten Neujahr – die Jahreszeiten wirbeln durcheinander, !was fürn Zustand..... Für ihn die gefährlichste Zeit im Jahr: die Vorweihnacht. Allerlei Unglück & Mißgeschick schwebten in diesen rauhen Lüften, & jedes brennende Lämpchen kommerzieller Weihnachtsillumi-Nation erschien ihm als Stichflamme, die nach seinem prasseldürren Seelenstoff schlug um ihn zu verbrennen. Aus langjähriger Selbst-Ver1zelung, versteinter Rechthaberey voll dunkler Sarkasmen waren noch niemals zuvor in solchem Umfang aus ihm Leben's & Arbeit's Zweifel hervorgebrochen wie in Diesemjahr – ?hatten ihn die Flammenlichter Berlins in-?Brand gesetzt.....

So empfand er als Literaturkritiker & Rezensent sich nurmehr als Handlanger gedruckter Idiotie: für kleine vor wicht-Ichkeit salzscharf brennende Funzeln, die er mit Spiegel- & Linsensystemen zu versehen & deren Leuchtkraft für-den-Moment zu verstärken war. Manche seiner Artikel & Rezensionen standen Schwarz-auf-Weiß gesetzt in den größten deutschsprachigen Zeitungen wie Streulichter für hochgeflammte Stupidität –, u: anderntags vergessen. Und tat er Nichts, stand er da – sommers wie winters im dicken Anorak – selbstverlöscht voll innerer & äußerer Wider=Sprüchlichkeit; die Geländer die ihm sich boten, mißachtend, schwitzend vor saurem Zynismus bockbeinig in dicken Schuhn, u starrte stunden=lang plattonischen Blix aus seiner Wohn-Höhle, seinem Schildkröten-Panzer, hinaus in die Stadt..... (Während sein Buch-Projekt liegenblieb, all=täglich niedergewalzt von der Maloche für andere.) Nun ist die-Zeit noch ein Mal in des Schreibers eigene=Arbeit gedrungen; und er würde ihr sich wiederum beugen müssen. In All=umfassender Sinnleere (empfand er) trieben

Tag-für-Tag Aberdutzende Zeitungsseiten durch alle Arten von Rinnstein vor-über.....

Nach schwerem Regen und Adventsgewitter (die-Alten=auf-dem-Dorf haben Dafür 1 Orakel) – die Weihnachts-Zyklone brachte Schlechteswetter – hatte er kürzlich die zerfledderten Bögen jenes Feuilletons, für das er früher Vieles geschrieben hatte, in einem Gießbach den Straßenrand entlangtreiben sehn –. Die Zeitungsbögen im grauschäumend dahinschnürenden Abwasser vollführten flaue Bewegungen wie Arme & Hände Ertrunkener; Menschen gingen vorüber –.– Der Anblick traf ihn zutiefst und noch mehr der Umstand, darüber betroffen zu sein.

Was ihm längst klar geworden, was er hingenommen hatte so wie ein Buckliger an seinen Buckel sich gewöhnen kann u worüber er längst achtlos hatte hinweggehen können, Das traf ihn Heute mit Allermacht: Die Einsicht, daß bisheriges Leben ihm keinerlei Ergebnisse einbrachte & er in 1zelheiten sich verlor. Solch Unglück vergrößerte seine Leidenschaft zum Grübeln u Nachdenken ohne dafür begabt zu sein. Und dieses Los gab ihm mitunter das Empfinden von Krankheit, die er nur dadurch auszutragen wußte, daß er sie verschlimmerte: sein Denken verlor sich in Worten, und diese in der Unbestimmtheit und Nebelhaftigkeit, in Andeutungen & nicht zuende geführten Sinn-Gebäuden, so daß eine Ruinenlandschaft von Nach-Denklichkeiten sein geistiges Gelände verstellte; denn schließlich läßt sich Alles & Jedes beweisen, sobald man nur im 1 od andern Sinn durch solcherart Gelände sich bewegt –.– Wiederholt überfiel ihn heut diese Einsicht in sich=selbst; doch mit selten zuvor empfundener Wucht. *Nur weniges an Zeit noch, und wieder ist ein Jahr aus. Und während dieser 365 Tage-und-Nächte bin auch ich, unwissend darin wie Allemenschen, exakt zum 43. Mal über das Datum meines dereinstigen Todes hinweggegangen. Wir kennen Dieses Datum, aber wir wissen Es nicht* –.– Er hatte diese Zeilen bereits früher niedergeschrieben, Worte sind Worte, kein Grund zum Denken; doch jetzt *fühlte* er Dieseworte u fühlte sich krank; Übelkeit, Schwindelgefühl u den zwingenden Drang, am hellichten Tag sich ins Bett zu legen..... –

Bis hierher gekommen, überm Geschriebenen bestürzt innehaltend: *?Was ist !los mit mir. ?Bin ich mir selber nur Wert als 3. Person. ?Woher solch Empfindsamkeit, der ich, insbesondere seit ich vor-Jahren mit dem Schreiben meines Buches begonnen hatte, von verbaler Brandlegung träume.* Nicht der Schönheit von Katastrofen halber, vielmehr um zu sehen, !Was die-

Leute beim Hochschlagen der Wörter-Flammen aus ihren sicher gewähnten Sprech-Gehäusen ans-Licht rausschleppten : *warm Herr zig Keiten & tolle Ranz=bereit schafft Zins&zinseszins, gediegenes Mobiliar aus den faschionablen De-Seiner-Werkstätten Welt&leben's Anschauung* –.– Und hätte mich Dabei über mich=selbst ?getrogen: Hart austeilen, aber niedergeschlagen schon von Weihnachtsge-Lichter & nassem Schnee; ich = 1 ?Bleichenwang; statt Flächen-Brandleger im Keller nurn verbrannter Docht auf der Attentatskerze. –

S. 373, Klassentreffen, Heute →:
Dem Rigorosen ermangelt in-der-Gegenwart der Widerhall an der ihm ebenbürtigen Mauer des Begriffslebens; sein Wider-Wort bleibt unerhört=wirkungslos.
Den Morgenthau-Plan der alliierten Sieger des Zweiten Weltkriegs im Nachkriegs-Deutschland zwar nicht *in concreto*, wohl aber *in spiritu* durchsetzend, verfiel Hier das Begriffsleben, zerbröckelnd unter der Sonne des GELDES, schließlich der *Vererdung*, dem Treibsand indifferenter Öffentlichkeit, darin Gesellschaft u: Gemeinschaft gleichermaßen in=sich versinken. Öffentlichkeit ward zum Inbegriff diffuser Menschheits- & Dinge-Zuordnungen, die lediglich »Kalkül« für Nicht-Zugehörigkeit & Abgrenzung hergeben.
Wo Begriffsleben noch stattfindet, bekommt es bürokratisch-digitalisierten Karakter : Türen & Dateien bleiben verschlossen, wenn *das exakt formulierte Paßwort* fehlt; *die Alternative*, deren Problemstellung und Entscheidung keine intellektuelle Fallgrube in den öffentlichen Treibsand enthält, ist somit bereits im Ansatz denkunmöglich geworden.–
In Diesezeit porösen & versandeten Begriffslebens fällt der Fund des bislang ältesten Knochens des von der-Wissenschaft lange vermißten Bindeglieds in der Entwicklungsgeschichte der Hominiden: ein bröckeliger Schädel im Tschad, geschätztes Alter 7 Millionen Jahre : ?echter od ?gefälschter Fund : Der *Treibsand* wird auch von dieser Frage nicht betroffen sein.
Rigorosität wird bisweilen zu Abtrünnigkeit – –

Aus Sentimentalität an diesem Nachregenabend fischte ich die aufgeweichten=Feuilletonseiten aus dem Rinnstein, mit der Schuhspitze die Bogen wendend. Gefaltete Gesichter, Regierungsmänner&fraun, vom Regenwasser schon zerlöst, blickten sie mir, in ihrer Zerstörtheit zum 1. Mal beinahe menschlich, aus dem Dreck herauf entgegen. Dann überflog ich die Schlagzeilen : UNGLÜCKE KATASTROFEN KRISEN :

Innerhalb der gemordeten Gegenwart den Eigenort Aller-in-Allem bestimmend DIE OPFER-VÖLKER-SCHAU : Seuchen- Drogen- Doping- Börsen-Opfer; Folter- Kriegs- Vertreibungs- Anschlag-Opfer; Erziehungs- Scheidungs- Päderasten-Opfer; die Solidari-Täter&-

opfer – *?Waren Sie heute schon ?solidarisch.* Die-Elenden gleich neben der Reklame fürs Sportcabriolet, & immer=Alles=demokratisch im selben Hochglanz- od Recycle-Design : überseh=über-steuer=Bar : Groß u klein, aus allen Ecken der-Welt die gleiche Jämmerlichkeit : Pressebilder Fernsehbilder, die Anblicke heulender Menschen, nackter als nackt preisgegeben der veruntreuten Menschlichkeit..... 1ziges Kriterium: nachrichtentauglich. *?Wie benehme ich mich als Opfer* : Heulen & Klagen über dem Körper eines erschossenen od erschlagnen Verwandten; in irgendeinem Hungergebiet, malerisch drapiert, die auf blanker Erde verreckenden Kinder mit fiebergroßen Augen, darüber die Fliegen herfallen gemeinsam mit der-Reichen Kameras & blitzender Objektive –: Daspressefoto-Desjahres, aus dem Entsetzlichen herausgezogen wie fern=ab in-der-Welt den-Mitleidigen GELD aus der Tasche, weil nur das teuflisch=ästhetische Elend Aufmerksamkeit & GELD erwarten läßt, & den Elenden für Kurzezeit in den täglichen Nachrichten=*Charts* den 1. Platz. Also !müssen sie vor den Kameras flennend noch im echten Leid unecht sich verbiegen, um ihren 1. Hitparaden-Platz so lange wie möglich gegen alles übrige Leiden-in-der-Welt abzuringen : Anerkennung = Almosen, & jeden Spenden-Groschen zählt der-Spender *seinem* Almosenempfänger für den Rest seiner Lebenszeit 1zeln vor: !Wehe dem, der sich mal 1=Bißchen=was außerhalb von Wasser&brot gönnen mag –:– Die Rückseite des Erbarmens – die Erbärmlichkeit mit Registratur & Kassenbuch.– Doch wer von den-Elenden aus den Schlag-Zeilen wieder verschwunden, wer Ganzdraußen..... ist, für den beginnt noch stärker das ungenannte=das abseitige Krepieren. Blut & Tränen – sie beweisen Nichts. Und so muß auch Elend zum Betrug werden, & lügt sich hoch=hinauf bis zum rauschenden, flutenden Blau des Himmels, dem ältesten aller Schwindel. WEHWEHWEH.BULLSHIT.KOMM /

Die meisten Menschen auf-der-Welt bleiben Zeitlebens von Katastrofen aller Art – von denen der-Natur über Attentate bis zu technischen & Wirtschaftskatastrofen – unbehelligt. Daraus entsteht natur=gemäß für die überwiegende Mehrzahl der-Menschen eine starke Asymmetrie zwischen Katastrofe u: Unversehrtheit zugunsten der letzten. : Nachrichten-Medien angesichts ihrer Meldungen (*»Eine gute Nachricht ist !Keinenachricht«*) indes verschieben diese vitale Asymmetrie hin zur nahezu=Symmetrie zwischen Katastrofenhäufigkeit & Opferzahl : Erzeugung von Aufmerksamkeit durch permanenten Schock..... Derlei nivelliert die Standard-Dramaturgie im Gebrauch der Sprech-Muster, mit denen die Katastrofenberichte erfolgen. Dadraus wiederum entsteht zum 1 der Weghör-Effekt (das offensichtlich Immergleiche immer gleich & lärmend berichtet, erzeugt in ausgezerrten Sensorien lähmende 1tönigkeit); zum anderen zielt solch=1heiz-Dramaturgie auf die *Beruhigung*: Der immergleiche zeitlich knapp bemessene Nachrichten-Raum, die Möglichkeit rasch mit der Unglücksmeldung »zu-Ende kommen zu können« sowie das damit verbundene Verschwinden schockierender Bilder läßt durch die Symmetriermaschinen der-Medien die Illusion von Kontrollierbarkeit, schließlich vom Verschwinden der Bedingungen zu, denen zufolge die berichteten Katastrofen ausgelöst wurden. Die Bilder aber bleiben, wie die-Wirklichkeit der Bilder bleibt. Verschwinden erleidet 1zig das im-Menschen vitale Gespür für Die Gefahr: Denn die ununterbrochen schrillende Alarmglocke wird nach Gewisserzeit niemand mehr hören..... / Blättern –,– Umblättern –, die letzte Seite: ist !das ?Alles gewesen, & Alles bloß Gespenst des-?Wirklichen – das wahre Irr-?Reale. *Blätter mit Wörtern auf Papier – Nächtelang Aufregung Speichel rote Ohren Schweiß & heftige Telefonate, u: Heute schon im Rinnstein – Zeitung-Schreiben: unseelig=armes rachitisches Geraschel. Weshalb habe ?ich !diese Weihnachtsbotschaft-aus-dem-Dreck finden & lesen müssen.* Denn beim Zurückblättern mit dem Schuh bemerkte ich schließlich eine Artikelüberschrift, die mir nur allzu=bekannt erschien:

Traum und Trauma des neuen Jahrtausends.
Die Überwinder des Gesellschafts-Gedankens.
Anmerkungen zur künstlichen Intelligenz

Und begann, die durchweichten Papierbogen jetzt mittels der Schuhe auf dem Gehsteigpflaster festhaltend, den Blick angestrengt nach-unten mit Lesen –.– Genau=!Diesearbeit verknüpfte sich mit einem für mich höchst peinvollen Geschehen.

> ***S. 121, Solidarität →:***
> –Diesmal komme ich nicht in eigener Sache zu dir; ich möchte für 1 Kollegen sprechen. Er weiß im übrigen nicht, daß ich darüber mit dir rede. Laß dieses Gespräch bitte hier in deinem Zimmer.

Zunächst hatte man von der Redaktion 1 Kollegen mit dieser Thematik betraut; hatte ihn beauftragt, neben der Buchrezension auf der Lese-Tour des Amerikaners durch Deutschland eine Begegnung herbeizuführen mit ihm, dem gebürtigen Waliser, der später als Professor für Informatik am *Institute for Technology* in den U-S-A über diesen Gegenstand sehr erfolgreich forschte; dann aber war ihm dort plötzlich gekündigt worden. In dem Interview sollten auch die Gründe für diesen unerwarteten Rausschmiß erfahren werden.

Der Kollege, sogenannt freier Journalist wie ich, hatte diese Aufgabe übernommen & einen langen Text noch vor der Frist geliefert. Daraufhin hörte er von der Redaktion Nichts mehr. Schließlich, nach etlichen Rückfragen, erhielt er die Auskunft, *die-Sache liegt auf=Eis* (auch zögerte man, ihm die Reisekosten & anderen Auslagen zu erstatten). – Und kurz darauf erreichte mich mit der Post die Nachricht, !ich solle die vorliegende Arbeit zu einem Artikel verarbeiten, das Material des Kollegen sei in der vorhandenen Form nicht verwendbar. Zögernd, voll unguter Ahnungen u Skrupel, übernahm ich diese Arbeit; kürzte, schrieb Vieles neu, suchte auch den Amerikaner auf, der zur Frankfurter Buchmesse erschienen war. So entstand eine neue=eigene Arbeit; die Gewissenspein aber, 1 Kollegen ausgebootet zu haben, sie blieb mit meiner neu geschriebenen Arbeit bestehn. – Und als ich den Artikel fertiggeschrieben hatte, suchte ich für den Kollegen beim Chefredaktör mich zu verwenden; ich wollte meine Arbeit unter dem Namen des Kollegen gedruckt sehn. Der, wie ich meinte, einzige Mitwisser an diesem solidarischen Komplott wäre mithin der Redaktör, bei dem ich vorgesprochen hatte u dem ich seit-Jahren vertraute.

Doch etwas Unseliges hing an dieser Thematik, die Ereignisse wiederholten sich: über längere Zeit-hinweg vom Redaktör keine Antwort. Erst auf einige Anfragen hieß es schließlich von seiner Seite ungewohnt lakonisch: *Zu lang Zu abgehoben Keinplatz*; Man hatte den Artikel nicht gedruckt, zahlte aber das Ausfallhonorar an mich.

Auf den regenfeuchten Seiten des Feuilletons=im=Rinnstein nun lese ich, daß bis in die Überschrift hinein der Wortlaut dieses Artikels mit jenem von mir an die Feuilletonredaktion dieser Zeitung gesandten Text identisch ist. Der Verfassername unter diesem langen Artikel in der aktuellen Sonntagsausgabe (:aktuell, u: schon im Rinnstein.....) ist der jenes Kollegen, für den ich zum Fürsprecher bei dem Redaktör mich verwendet hatte. – Der !eigentliche Zweck dieses Artikels nämlich war ein anderer: Unter-der-Hand war er zum Drehpunkt um 1 vakanten Platz in der Redaktion geworden, & mein Text-Geschenk über die künstlichen Intelligenzen mußte diesem-Kollegen wie=!gerufen gekommen sein für !seinen Einstand zum *festangestellten Mitarbeiter* in dieser Zeitung. Meinen Artikel unter seinem Namen befand Man in-der-Zentrale zur Beförderung des Verfassers für wert; durch meinen solidarischen Auftritt hatte ich mich selber ausgezählt.....

Als Festangestellter gedachte der Mann, mit augenscheinlicher Unterstützung jenes Redaktörs, Es noch weit-zu-bringen – jener Chefredaktör, dem ich über Vielejahre am nächsten mich verbunden gefühlt u vertraut..... hatte, war zumindest über das Komplott von-Anfang=an informiert gewesen –, ?warum hatte er mich nicht gewarnt. Daraufhin verstand ich damals seine eigentümliche Reaktion – den geringschätzigen Blick, das bittere Auflachen –, damals, als ich für den Kollegen zum Fürsprecher mich gemacht & ihm vorgeschlagen hatte, meinen Artikel unter dem Namen des Kollegen zu veröffentlichen. Ich hatte also um etwas gebeten, das ohnehin vorgesehen gewesen war, & das 1zige, was mir wirklich gelang: Aus Unkenntnis der Intrigenfäden innerhalb jener Redaktion mich lächerlich zu machen –:– Nichts Noies unter der noien Altensonne.....

1 Morgens nach dem Duschen, das Handtuch in die Faust geknäult vor-mich haltend, starrte ich darauf wie auf Yorick's Schädel. Und laut sagte ich zu der Frottékugel: –Das=Alles muß sich !ändern. *»Doch laßt uns, weil wir enttäuscht sind, nicht tragisch werden. Das ist es nicht wert.«* : Als hörte ich Eine Stimme, die Stimme Eines uralten Mannes, aus dem Spiegel od aus den Wänden kommend, während heißes Wasser aus der Brause floß.

Tatsächlich änderte sich alsbald Einiges, doch Nichts davon in meinem Sinn. Es ging auf Weihnachten, Dreitage noch & Allewelt schien auf einen andern Stern entschwunden; Niemand mehr zu erreichen. Da wollte zuvor Jeder noch Reinesgewissen & reinen Schreibtisch machen : Entscheidungen & Maßnahmen unter Präfeiertag's Atemlosigkeit lassen kulminierend Kühnheiten erwarten.

– Vor mehr als einem Monat hatte ich mein Ex-Klusivinterview mit einem wenige Tage darauf bei einem Autounfall ums-Leben-gekommenen, bekannten Schauspieler bei der Redaktion einer großen=überregional erscheinenden Zeitung angeboten; erfreut unterm Eindruck der plötzlichen Aktualität hatte Man der Veröffentlichung zugesagt. Nach Einsendung dieses Interview-Textes Schweigen. Auf Nachfrage hin die vage Auskunft, Man suche noch nach geeignetem Platz für dieses !hervorragende Interview & den sensibel formulierten Nachruf. Mittlerweile hatten die anderen Feuilletons längst ihre Beiträge über Leben-&-Tod dieses Schauspielers gebracht; der Wert jenes Ex-Klusivinterviews schwand somit rasch dahin..... Am Nachmittag des 21. Dezember, ich war zum Einkaufen außerhaus, hörte ich später vom Anrufbeantworter die Nachricht des Redaktörs, dem ich das Interview seinerzeit angeboten: Leider könne Man diesen Text nun nicht mehr bringen, es sei mittlerweile Zuvielzeit vergangen & das-Ganze sei unaktuell geworden (:der Tonfall im Vorwurf, als läge die Schuld-daran bei=mir), & Man schloß mit der Wendung *Die-Sache mit dem Unfall ist !abgegessen & !durch.....* Und natürlich würde zu !diesem Zeitpunkt – am 21.12. Freitagnachmittag – nirgends, bei keiner andern Redaktion, noch jemand anzutreffen sein, dem ich Interview-&-Nachruf auf 1 toten Schauspieler würde anbieten können. Fazit: Kein Honorar für diese Arbeit, die mich viel an Zeit gekostet hatte, u: keine Erstattung der Reisekosten; denn ich war seinerzeit für das Interview zu dem Schauspieler nach Hannover gereist.

S. 436, »Das ist ein !Wanderer.« →: Und inmitten des frühabendlichen Menschengewimmels um den Kröpke – ich war nach dem Interview bereits auf dem Rückweg zum Bahnhof – traf ich Elisabeth. Wir erblickten uns beide im=selben=Moment.

Vom Unfalltod des Schauspielers erzählte man diesen Anblick: Nach dem Frontalzusammenprall mit einem Lastwagen ins zusammgekwetschte Autoblech gekeilt, Brustkorb u Rippen gebrochen, die Lunge zerspießt, aus dem offenen Schädeldach Gehirn, Splitter vom Brillenglas in Gesicht u Augenhöhlen – aus Mund u Ohren Blut – so hatte man ihn gefunden. Es hieß, er sei Auf-der-Stelle tot gewesen. : Als greife die Entwürdigung durch solch gewaltsam=entstellenden Tod auf den Lebenden, der von diesem Tod geschrieben hat, hinüber.....

– Zuvor im Spätsommer hatte die berufliche Pech-Serie begonnen. 1 Vormittags, ich war soeben aufgestanden, erhielt ich den Anruf vom Rundfunkredaktör, für den ich in der Vergangenheit schon einige Beiträge produziert hatte. Der Redaktör fragte aufgeregt, !wann ich gedenke, ihm das Band mit meiner Buchbesprechung zu schicken. Verwunderung: ich hatte von diesem Redaktör in Letzterzeit keine Aufträge erhalten. Also stellte sich jetzt heraus, daß der Rundfunkredaktör einerseits den Sendeplatz für den halbstündigen Kulturbeitrag mit meiner Arbeit zwar seit-Wochen beim Sender eingeplant, mich jedoch Darüber zu benachrichtigen vergessen..... hatte. : Zu einem amerikanischen Autor aus dem 19. Jahrhundert, dessen Werke soeben in einer Gesamtausgabe für einen bedeutenden Münchener Verlag neu übersetzt & verlegt worden, waren zusammen mit biografischen Betrachtungen diese Werke für meinen Rundfunkbeitrag vorgesehen. Das zu rezensierende Werk umfaßte mehr als zweitausend..... Druck-Seiten. Noch im Nachtaumel des Schlafs versprach ich, Diese Arbeit dennoch fristgerecht zu erledigen (ich hatte Keinewahl, konnte Verdienstausfälle nicht hinnehmen).– In sechs Tagen&nächten=Arbeit schaffte ich den Beitrag fertigzustellen, und schickte das Studioband an den Sender. Von dort hörte ich daraufhin Nichts; keine Empfangsbestätigung (von Dank zu schweigen). Am Abend der Sendung schaltete ich das Radio ein, meinen Beitrag zu hören – u: hörte 1 anderen; den Beitrag 1 Kollegin..... Anderntags, Wut=entbrannt, mein Anruf beim Sender. Der Redaktör: *–Ich habe die Arbeit 1 Ihrer Kolleginnen verwendet, sie lag mir schon Langezeit vor.* (:Wer, diese ?Kollegin od ihre ?Arbeit –) *Denn ich hätte !nie&!nimmer damit gerechnet, daß Sie !Diesesache – !zweitausend Buchseiten rezensieren – in !so !Kurzerzeit noch schaffen würden.* Ich schwieg, wie immer wenn dummfreche Beleidigung & Demütigung mit vereinter Kraft triumfieren. Und, bevor ich den Hörer auflegte, sagte der Redaktör noch in versöhnlichem Ton: *–Ihren Beitrag werden wir, vielleicht, ein Anderesmal bringen. Er ist ja umso vieles !besser als der von Ihrer Kollegin. Nurgeduld, Lieber: Kommtzeit-kommtrat.* Und diese Schmiere war als Trost gemeint.

– Schließlich erreichte mich von einer großen ausländischen Zeitung, für die ich seit-Jahren schrieb, die telefonische Mitteilung, daß in der letzten Sitzung vor den-Feiertagen die Geschäftsleitung des Blattes beschlossen habe, *auf-Grund der international angespannten Vertriebslage im Zeitungsbereich die Honorare der freien Mitarbeiter künftig um zwanzig Prozent zu kürzen.....* Ich verkniff mir die Frage, ob diese Honorarkürzungen auch für die im selben Blatt publizierenden Herrn=Professoren gälten –. Auf meine Bemerkung, ob ich nun künftig die zu rezensierenden Bücher dem Honorar gemäß nur zu achtzig Prozent lesen solle, gabs Man mir kalt zurück: *–Wir gehen davon aus, daß Sie das schon=immer getan haben.*

Vormals sicheres Festland für Arbeit & Einkommen bricht nach Allenseiten hin ab, – weniger, immer weniger bleibt bestehen, schon wird das Geld mir knapp.

In meiner Not besann ich mich nun auf jenen Kollegen-von-Früher, dem ich durch meinen Artikel (wenn auch unfreiwillig) zur festen Anstellung in der Redaktion verholfen hatte. Ihn wollte ich nun meinerseits um 1 Gefallen ersuchen.–

Dabei strebte ich !keineswegs nach einer festen Anstellung. Die Aussicht, all=täglich in 1 Büro mich zu zwängen, mit & gegen die Launen & machen=Schafften Anderermenschen – der meinigen 1geschlossen – tag=für=tag leben zu müssen, verleidete mir gründlich diese Vorstel-

lung. *Aus meinem Dämmerlicht einer Wohn-Höhle Zuflucht u Versteck heraus: Rolle-vorwärts=in-die-Gesellschaft. Mit mir ist Keinstaat zu machen, ich bin zu kwer=köpfig : das interesselose Räsonieren, seiner Vernunft um der-Vernunft willen sich zu bedienen hin zur reflektierten Unfügsamkeit: Im-Anfang 1 Segen, zum Ende=hin ein Fluch. Den größten Überdruß hab ich an mir=selber – u: die größten Mühen verwende ich darauf, Dies niemand merken zu lassen. Ich muß Was !tun, sonst überspringe ich=im-Ende mich selbst : !hin zu diesem Kollegen.*
→ *Jetzt muß ich noch ein Mal neuen Anfang finden; denn nach dem Vieles versprechenden Beginn in Dieserstadt hab ich seit 1igerzeit in meiner Arbeit nurmehr mit Verlieren begonnen.....* ?Vielleicht könnte der Mann aus seiner vorläufig gesicherten Positzion heraus, unter den veränderten Bedingungen im Umfeld der nachgerückten Redaktöre, zu Aufträgen mir ?verhelfen.

Nach Neujahr, zur Mittagszeit, verabredeten wir uns in einer Kneipe, in der wir schon Früher manchmal zusammensaßen. In zugerauchten Nischen suchte ich Heute das-Vertrauen-von-Einst.

Und saß schon vor der verabredeten Zeit in der Kneipe (trank nur Kaffee od Ginger-Ale). Wenig später erschien der Mann, schaute sich kurz um im Lokal (als kennte er sich Hier nicht aus) und entdeckte mich dann in der Ecke sitzend; dienst-mäßig lächelnd kam er auf mich zu.

Während der Kurzenzeit seiner festen Anstellung in der Redaktion war der Mann korpulent geworden; um Hüfte & Kinn Fettpölsterchen gaben seiner früheren Habichts-Dürrheit jetzt etwas von einem Kapaun. Sein Kopf, kahlrasiert, lag auf dem in Gutestuch gekleideten Rumpf wie eine Bowlingkugel, die Grifflöcher als Augen, stets freundlich aber erwartungsleer; das dritte Loch, den Mund, gerundet zur Begrüßung. Als er auf den Stuhl neben sich seine Jacke legte, knüllte er sie zur Kugel zusamm, & während der übrigen Zeit behandelte er seine Kleidung so übertrieben achtlos, als müsse er jedem bedeuten *Ich hab Sorgsamkeit nich nötich, von !soner Kledasche habich mehr als genug & kann mir Das leisten* –:Das Aufspiel eines gutgestellten Ostlers, der er war.– Als ich mit Reden begann, merkte ich an meiner Stimme, daß ich seit-Tagen kein Wort laut gesprochen hatte. Der fürsorgliche Sachse fragte sogleich, ob ich ?erkältet sei. (Offenbar froh darüber, auf diese 1fache Art etwas Anteilnahme an mir zu zeigen.)

Denn er konnte den Grund dieser Zusammenkunft, um die ich ihn gebeten hatte, natürlich erraten..... Von der 1. Minuten=an bemühte er sich um unernste, krampfhaft-spaßige Atmosfäre so, als begegneten für wenige Minuten auf 1 Bahnhof einander Alte Frontkameraden..... & jeder sei auf dem Weg in eine andere Richtung. Mein Vorschlag, diesen Kollegen Heute zu treffen & einzuladen, war also ein großer Fehler. Doch ihn jetzt 1fach sitzenzulassen und auf&davon, mochte ich indes auch nicht wagen. Mußte also hier=am Tisch hockenbleiben bei Kaffee und Ginger-Ale & mit Allenkräften verhindern, daß der *Teufel-der-Perversion* auf mir Platz nähme & mich, wie so häufig bei Angelegenheiten-in-eigener=Sache, dazu verführte mich blödsinnig zu benehmen.....

Direkt vor den Fenstern zur Gaststätte waren Erdarbeiten; inmitten einer Gruppe Arbeiter-mit-Spaten grub 1 Miniaturschaufelbagger den Fußweg auf, aus noch gefrornem Boden vermutlich eine geborstene Wasserleitung freizulegen. Alles an dieser Maschine – Baggerschaufeln, Raupenketten, Fahrerkabine, Motorgehäuse – wirkte spielzeugartig; passend zum kindlichen Aussehen dieser Maschine die Typbezeichnung KUBOTA, als seis im Kinder=Theater eine Hethiterkönigin. Der Maschinenlaut, sobald die Hydraulik für den kurzen Schwenkarm mit den Baggerschaufeln bedient wurde, erinnerte an 1=gewissen menschlichen Ton : So wie beim Äußern des Verwunderns od Nichtbegreifens Teen-ager statt des erwachsenen Nachfragens *?Wie bitte* das kaugummi=langgezogene *?!Hää!ä-* von sich geben, so diese KUBOTA genau dasselbe innervierende Geräusch hören ließ, wobei in dummfrecher ½wüxigen-Manier durch solche Lautäußerung rundweg Alles, was vors motorische Maul gerät, in Zweifel gezogen & der Lächerlichkeit preisgegeben wird.– In unregelmäßiger, doch beharrlicher Abfolge drang von-Draußen also dies maschinell=teen-agerhafte *?!Hää!ä-* zu uns in den Raum herein.

Alsbald entnervt schlug ich vor, woandershin zu gehen. Aber der Sachse war duldsam – breit & stur behielt er Platz & winkte mich begütigend auf meinen Stuhl zurück. Ich ahnte nichts Gutes – ?wollte er, den Grund zu dieser Zusammenkunft erratend mir nicht nur nicht helfen, sondern, durch diese Geräusche-Quälerei unterstützt, mich zusätzlich ?erniedrigen, gemäß der natürlichen Reihenfolge menschlicher Abschlägigkeiten –: *?!Hää!ä-* (:schon stieg meine innere Temperatur). Doch nahm=ich=mich=zusammen, & blieb sitzen.

Immerhin verlief die Zusammenkunft einstweilen verbindlich. Mit dem ersten Bier, das er trank (ich blieb bei Kaffee), kehrte Wohligkeit ein. Insgeheim mochte der Mann wissen, er war nur mittelmäßig begabt u zudem reichlich faul; Bosheiten gegen Andere waren ihm allermeist zu anstrengend, daher suchte er am-Liebsten mit Allen&jedem seinen Frieden. Doch schien seit 1igerzeit ihm dieser Frieden schwer gemacht..... Ich bemerkte Veränderungen in seiner Sinnesart. Ihn stachelte allenthalben der Drang nach dem Letztenwort: Jede noch so winzige Pointe suchte er unbedingt zu »verbessern«; Ausführungen mußte er grundsätzlich zu-Tode kommentieren; im eifernden Streben nach End=Gültigkeit hängte er, mir ins Wort fallend, verkomplizierende, überanstrengte Schnörkel jeder Äußerung an, u: verdarb somit jeglichen Witz. Sämtliche Anläufe zum Sprung in Lustigkeiten gerieten ihm zum Hirnkrampf, noch die leichtfüßigste Bemerkung mußte er mit Backsteinen Gedankengut beschweren. Er schien frei=mütiges Lachen verlernt, der Mund hinter dem Lächeln des fest=Angestellten blieb leer & hohl. Schalgelb stellte bei seinen Sätzen der Geschmack nach Tabakasche & übernächtigem Bier sich ein. – Das mochte auch er bemerkt haben; und weil er sich immer unsichrer u wackeliger fühlte auf den dünnen Brettern Heiterkeit, tat er mit brachialem Schritt – ?wollte er mir darin ?zuvorkommen – den Ab-Sprung.

Unvermittelt begann er seine Erzählungen über Interna aus der Redaktion..... Dabei schloß er – mit ?Bedacht – seinen eigenen Weg-Dorthin nicht aus; Nichts offen=bar erschien ihm peinlich; im Gegenteil, er holte kräftig aus. Allein der sächselnde Grundton in seiner Stimme rundete anfangs die spitzigen Kanten Häme zur studikerhaften Deftigkeit. –Zwar is Schwulsein dort=wo=ich=jetz-bin keine Karrjerebedingung – (behauptete er soeben) –doch ist es hilfreich, e-!Norm. – *?!Hää!ä-* machte dazu KUBOTA Draußen-vor-der-Tür. Darauf trank er das Bier in Einemzug, u während er trank besah ich mir den Sprecher.

Er war noch im Frühjahr 89 in-den-Westen ausgereist; hatte Langezeit Probleme, Hierzulande Tritt-zu-fassen, Man hielt die Türen=zu; Niemand wartete auf Zeitungsschreiber-aus-dem-Osten..... Ein sozialistisch gestimmer Scheff gar wies ihn noch im Herbst 89 ab mit den Worten: –Ich stelle !niemanden ein, der der DeDeR den Rücken kehrt – *?!Hää!ä-* :Das würde Dieserherr, noch=Heute-im-Amt, sicher auch !nicht mehr wissen..... wolln; die Wahrheit – *?!Hää!ä-* würde ihm vor den Augen flimmern –: Jene die Vielejahre=lang so weltenschlau sich gerierten: Überall&immer sah ich in !diesem westlichen Geschmeiß – *?!Hää!ä-* des-Osten's frei=!willigste & daher !dümmste Rekruten..... –

Den Schlußteil des Satzes hatte ich offenbar laut gesprochen; mein

Gegenüber verschluckte sich beinah, vom Nebentisch Miß=billig-Ende Böseblicke –.– Doch kam dieser Mann aus Dresden; familien&-klüngel-tauglich wie Allesachsen hatte er auch unter Diesemregime Seine Leckzionen – *?!Hää!ä-* rasch&gut gelernt.–

Nun setzte er das Bierglas ab, wischte mit dem Handrücken über die Lippen und, indem er vermied auf meine Äußerung 1zugehn, fuhr er in seiner fettäugigen Erzählung fort, die er offenbar erfreut war, 1 Westler auftischen zu können. (Er hatte sich 1 Teller Brühe bestellt, & in sein Erzählen zog der Geruch warmer Nudel-Suppe hinein.) –Doch reicht ehm ein Dr. schwul. alleine nicht. Selbst wenn dein Schwanz durch sämtliche Etagen stößt: Allein=säligmachend ist – *?!Hää!ä-* die Richtige Partei. – Er wetzte Daumen & Zeigefinger. –Nur mit Beiden=zusammen wirste umworben wie von rolligen Katzen. – Daraufhin ging er Bierwegschaffen.

(Ekel u Wut: !Was bildete der Kerl sich ein, mir !Sowas aufzutischen.) – *?!Hää!ä-* ?!Hält er mich fürn Vol-on-taire in seiner 1. Woche, der von Schlaumeier's Hinterngedanken erst eingesessen werden muß, um schließmuskelendlich ein Alt-Eingesessener zu werden. – Vom Nachbartisch blicktes noch 1 Mal Miß=billig-End herüber; ich scherte mich nicht drum, begrübelte die Absicht, ?weshalb Der mir Das=alles in dieser Weise erzählte: ?Wollte er mich ?!prüfen..... – *?!Hää!ä-* Doch zuallererst mich !demütigen. ?Was hatte ich ihm getan : ?Ist das Eingeständnis, in einer Notlage zu sein, schon ausreichend Grund, über einen herzufallen wie die Hyäne übers Aas : *Seinen Fuß sehe ich schon wanken, also will ich ihn rasch noch treten..... – ?!Hää!ä-*

Ich hielt ihn übrigens nicht für direkt=schwul-aus-Neigung, doch für bedenkenlos=kompatibel genug, nach-Bedarf = aus Karrjere-Gründen auch das zu sein. Wobei der Begriff *Karrjere* dehnbar ist wie der Anus des jeweiligen Scheffs.

Als hätt er draußen auf dem Klo meine Schmähungen gehört, setzte er, zurück am Tisch, hinzu: –A pro Po Richtige Partei: richtig kommt von berichtigen. – *?!Hää!ä-* –Und ists nicht das 1, ists 1 anderes : Parteibuch bleibt Parteibuch. – Grinsend hob er sein Glas mit frischem Bier. (Die Zeitungen & Die Politik : Mir drangen zum Geruch der laufettigen Nudel-Suppe nun die Schwaden von tanten=warm erhitztem Kölnischwasser in die Sinne.) Der Abend bog ein in Tabakrauch & verdorbnes Leuchten. –

Er vertrug niemals viel Alkohol, zu den Bieren waren längst Schnäpse gekommen u er trank=alles auch heute zu schnell. Schon das nächste Glas setzte ihm die Wendemarke : Zwar verfiel er nicht ins Lallen, doch verlor er seinen angelernt herablassenden Ton. Mit großem Taschentuch wischte er über den kahlen feuchten Schädel –, und aus ihm-heraus brach der Mono=log aller Kränkungen in den Letztenjahren; dazu meldete von-Draußen KUBOTA – *?!Hää!ä-* rücksichtslosen Spott & Zweifel an. Der saure Aufstoß der Demütigungen & Enttäuschungen, insbesondere für 1-aus-dem-Osten, der womöglich sich hatte einbilden mögen, er sei nun *angekommen* & somit einer dem-Westen=&=den-Westlern *Dazugehörender.* – *?!Hää!ä-* Nicht lang nach jeder dieser Fantasmen mochte ihn die kalte Ernüchterung gepackt & niedergeworfen haben : *Man kann den Ostler aus dem-Osten holen, doch !niemals den-Osten aus dem Ostler.* (:Das hatte ich mal irgendwo gelesen.)

Als jetzt die Zwergmaschine=Draußen zum xten Mal wieder Laut von sich gab, hieb er die Faust auf den Tisch, brüllte: –Ich !haltas nichmehr !aus. – Aber ich besänftigte ihn, riet noch einmal zu einem anderen Lokal (obwohl dieser Maschinenton mich inzwischen amüsierte. Auch konnte ich auf seine Faulheit mich verlassen). –Isgutt. – Sagte er sogleich und winkte in Richtung Straße ab, als wollte er sagen *!Das meine ich !nicht.* –Isschonn gutt. – Und wieder ruhiger, zupfte er seine Manschetten zurecht –, doch das nächstfolgende – *?!Hää!ä-* zu verkraften, kostete ihn sichtlich Überwindung: die Adern an seinen Schläfen schwollen an, neue Schweißperlen auf dem Schädel, doch blieb er äußerlich beherrscht. Dafür begann er kurz darauf mit aller urmotzig mitteldeutschen *êrlîcheit* über seine gegenwärtigen Chefs herzuziehen. Zum Anfachen stürzte er Biere & Schnäpse in=sich rein; die Augen brennend wie Schmiedefeuer, feilte seine Zunge die gegnerischen Eisenblöcke aller Selbstgerechten zum Haufen dünner Späne nieder.

–Mit Ihren Leitartikeln, Lageberichten, großangelegten Einmischungen ins öffentliche-Geschehen –: ?Sind Die ?!nicht Die Achtbarkeit Die An-Ständigkeit Die Verant-Wortung & für alle dämokratischen Werte Die sach-Walter auf 3 Beinen. – *?!Hää!ä-* –?Haben Die damals=89-90 ?!nicht Daswort ergriffen, der Sprachverwirrung & Sprachlosigkeit die Worte ?!zurückzugeben.

–Ein schöner Zug an Denen. – Entgegnete ich, um ihm Feuer zu geben, denn ich hatte beschlossen, ihn auf die Probe zu stelln. Und goß noch mehr Öl hinein: –Das zeugt doch von Deren red-Lichkeit & von humaner Gesinnung. – *?!Hää!ä-* Er nahm meine Entgegnung tatsächlich ernst und sog verächtlich zischend Speichel hoch, der ihm aus den

Mundwinkeln troff. Sein rundes glattes Gesicht überwellte sich plötzlich mit vielen kleinen Runzeln, wie eine Pfütze unter kalter Bö, und er sah verfallen u kränklich aus. –?Who-mane-geh?!Sinnung – (meckerte er wutentflammt, und mit KUBOTA im Rezitativ:) –?!Hää-: Das ist !immer nur !Deren Gesinnung, immer !Deren red-Lichkeit: Sprachregelungen zu !Ihrer=eigenen Besitz-Stanz-Sicherung, & !Die halten Sie auch fest: mit Klauen & mit Zähnen, jelängerjelieber..... Sie sind Verkünder & Verbreiter gedanklicher Fertig-Gerichte – Maggi-Suppenköppe, Erasco-Viehlosoffen. Grabschen mit moneykürten Pfoten nach gehobenen Stammtisch=Floskeln & klatschen daraufhin Allerwelt Ihren aufgewärmten Fraß auf die Teller. – Vor Eifer verschluckte er sich beinah und warf sein Bierglas um, achtete nicht darauf wie der Schaum ihm die Hose bekleckerte, sondern teilte kräftiger aus: –Dabei reißen Sie die Altengräben Ost:West nur immer tiefer auf, buddeln & wühlen mal-auf-mal die schalsten Floskeln ausm Volxdreck raus; gebärden sich wie diese tatterich=greisen Munitzjonssucher auf den Unkrautfeldern von Verdun; wahre Profis in Sachen Immer=Recht=Haben: das geschmierte Recht – *?!Hää!ä-* –!Ihrer=öffentlichen=Meinung u: es ist Ihnen scheiß=egal, ob Sie damit Sprache & Denken – (er wiegte schwer den Kopf, besann sich:) –Denken & Sprache Eines Ganzenlandes auf=immer verseuchen..... Das ist die !schlimmste Art von Umweltverschmutzung. (Er schluckte, redete leiser:) –Diese Noien Scheffs, Sie haben von-Allem immer zu wenig u zuviel: Bedeutung, Vorbild, Verantwortung. Zuwenig=zuviel: Wissen Macht Intimität Sexualität : wie Ödipus – *?!Hää!ä-* –!Ja: Waggonladungen voller Ödip – (er sann offenbar über den Plural von *Ödipus* nach –, dann gab ers auf und wurde wieder laut:) –!Blendend diese=Tüpen; sie sollten geblendet werden. – Er spuckte vor Aufregung dicken Speichel. –Es müßte auch im Journalismus eine Erwachsenen-Abteilung für Wörter geben, u: dort dürften Die=alle !nicht rein. !Hää!ä-: (er meckerte gehässig) –Die=alle kämen ins Kazett für unfähige Schreiberlinge. Dort machte Man denen ordentlich !Feuerimgehirn. – (Auf KUBOTAs Laut-hin fing er sich wieder.) –Diese Halbjungen verwerfen jede Norm, u: sind !messerscharf auf Normen – aber Ihre=eigenen müssens sein. Nichts als Pudelkunststückchen, Glasperlen & Pailletten, u Jedemenge Schaum im Gehirn mit Wogen so groß, daß sie ihren Schwindel nich mehr erkennen & vorm eigenen Meer=aus-Schaum in Ehrfurcht erstarren. Damit fallen Sie ins Ur-Alte zurück. – *?!Hää!ä-*

–Sind denn dort: ?alle !so. – Fragte ich ihn mit kindlich=hinterhältigster Bosheit, denn ich wollte ihn noch einmal fordern.

Er stieg auch diesmal darauf ein, blies die Backen wie ein Trompeter dick & die Luft verächtlich aus. –In einem Tümpel aus lauter Dünnschiß – (sagte er im Stakkato) –schwimmt auch hin&wieder mal n fester Brocken. Das aber ist noch !längst kein Grund für Hoff– :Da war die Luft aus seinem Mund gewichen, drauf mußt er neue holen –. Und hatte natürlich selber längst bemerkt, daß er, an Bord des krängenden Narrenschiffs, mit seiner Suada zur blödsinnigsten Seite hinübergeschlittert war –, doch Kräfte & Lust mochten ihn verlassen haben, wieder hinauf&zurück auf die geradliegenden Planken sich zu arbeiten. So rollte & sühlte er sich mit perverser Lust an Selbst=Beschädigung weiter auf der Schlag-Seite seines trunkenen Gefasels. (Unendlich froh war ich, u genau wie früher in Zeiten als ich selber noch soff, 1 Mal !nicht derjenige zu sein, den Es traf: den *Teufel-der-Perversion* auf 1 !Anderen Schultern hocken zu sehn.)

Nachdem er begonnen hatte, sich Leid anzutun, hatte ich Mit-Leid – *?!Hää!ä-* mit ihm. Hinter all seinem suffbrennenden Gefasel spürte ich die Wut des Aussichtslosen, des sein Leben=lang zu Tode beleidigten Thersites. In seinem Seelengrund war er von jener ziellosen Aufgeregtheit, die Menschen verquält, & woran Menschen=im-Leben sich festhalten: parteiisch zu sein, das mochten die Jahre seiner Erfahrungen ihm ausgetrieben haben. Nur 1 war übriggeblieben aus Not=Wendigkeit: parteiisch zu sein für sich=all-1; Parteilichkeit ohne Begeisterung. Auch waren die trunkenen Jahre vorbei..... Jetzt die versoffenen Jahre, und Langeweile nistet gleich neben der Enttäuschung..... Diese Enttäuschung, so schwer, sieghaft & menschlich barock, weil man nur immer das Sieche Flügel & Gutes die Gicht kriegen sieht mit Granitvisagen aus verrotteter Ewigkeit..... Das kannte ich !bestens, Das verband uns Beide. Und trotzdem konnten wir Freunde nicht sein; es fehlte dazu das Lachen aus dem eigenen Zentrum heraus, das die Gesichter zur freien Begegnung wie Instrumente für=einander zum Freundschaftsgleichklang stimmen kann.

–Du mußtse dir nur an!sehen – (hörte ich ihn mit immer schwererer Zunge räsonieren:) –diese Halbjungen-Scheffs: ewige Back-Pfeifengesichter, behäbichplump wie Warane – *?!Hää!ä-* –hocken sie in ihren teuer aus=gestatteten Büros, !Immerbereit jemandem ihre vergifteten Hauer in den Leib zu schlagen. Dann trotten sie hinterher & weiden sich dran, wie der andere an ihrem Gift langsam krepieren muß. !Das sind immer Die Schlimmsten, verstehstu: Sie fressen nicht aus Hunger, denn Sie haben eigentlich schon Alles gefressen –: Sie fressen aus dienstlichen Gründen. Weils dazugehört; ein Reflecks von GELD=MACHT.

(Jetzt hätte ich den Bagger-Laut erwartet, doch er blieb aus, auch für den Rest dieses Tags. Ich vermißte KUBOTA daraufhin sehr: *?Warum singst du mir nicht mehr, o königliche he-Titte-rin*; die Arbeiter=Draußen hatten inn-zwischen wohl=Feier-Abend.)

–Geistige Fimotiker. (Er formte soeben aus Daumen & Zeigefinger 1 enges Loch) –In der Selbst=angezogenen Zwangsjacke=Ironie schtrammpln Sie Ihre Leitartikel zusamm. Und schtrammpln Sie etwa ?!nicht beflissen&gut: !Aus-gezeichnete Spochtler. Daß die Bong-Mohtz wie Feuerwerke krachen. – (Als hätt er aufsteigend Galle auf der Zunge, verzog sich plötzlich sein Gesicht:) –!Sumpfige Gemüter – (rief er) –um nur ja behaglich sich zu fühln in-Mitten ihres inneren Schlamms, wo immer es geht & wer immer es auch sei, die ihnen zugehörige Vegetation um-sich=herum arran-gieren : Dazu ist ihnen praktisch alles&jeder recht, denn du weißt ja seit der wieder=Ver1igung: Fäulnis & Verfall sind immer ansteckend..... Das Üble: Sie tun fortwährend Dinge, die nur schlecht zu ihnen passen. Da kommen Pleite & Ruin alsbald zur Tür herein. ?Was Die wohl für ne komische Jugend hatten, wenn danach solche Zerrbilder von Jugendlichkeit rauskomm –.

Selbst der Vollrausch kennt helle Augen-Blicke, u solches Licht schien mein Gegenüber jetzt aufgesteckt; überraschend klar & 1dringlich hörte ich ihn sagen: –Von klein=auf in den Technizismus reingeborn, haben sie auch das Dasein als Autofahrer selbstverständlich verinnerlicht, & dementsprechend fallen deren geistige Pro-duckte aus: Die Straßenflucht als Strecke geradenwegs ins Ziel vor Augen – also geben sie Gas, rasen durch Themen & Bücher, & wollen so rasch wie möglich ans Ende kommen. (Er holte Atem.) –Wären sie im Geistigen auch Fußgänger, sie hätten Zeit für die Blicke in Seitenwege und in Nebengefilde, die eine gerade Strecke als=solche erst ausmachen. Der Fußgänger – (er schnaufte) –der !Fußgänger, für den Zeit u Raum nicht verwischen, !er ist dem !genauen Lesen wesensverwandt. – Ich wollte etwas entgegnen; er aber winkte mich ab. Vermutlich war mein Einwandversuch schuld, ihn nun aus der Helligkeit wieder zurück in den Sottisenrausch zu werfen. Er schwang sich auf: –Aber Dieseherren Redack-Töre !können gar nicht mehr zu Fuß !gehn, & setzen sie ihre

Füße mal auf den Boden: !sofort beginnen sie – zu tänzeln. Vollkommen nach-Außen gekehrt, wollen sie !erkannt=!bemerkt=!gesehen werden – denn ERFOLG läßt sich nur als Äußerlichkeit erzwingen. Sie kennen keine Scham. (Zur Schlußkadenz holte er noch einmal tief Atem:) –Im ackerdämischen Tütü mit den Posen intel-Leck-Dueller Dräck-Kwiens drehen Dieseherrschaften ihre banalisierenden Pirouetten vor Galerien von zugeschmierten Themen=Spiegeln, diese narrzystischen Schweinigel mit Liftboigelüsten. Und von-Überallher glotzt immer&immer die eine=1zige Wissage: MACHTMACHT & nochmals MACHT=für=sich & gegen alle andern Platts-Hirsche. Traum jedes para-Neuikers: ICH=ALLEIN. Und Beruf's ?Ehre, und schurnallistische Glaub-?Würdigkeit – :Ungeniert laut entfuhr ihm saures Rülpsen, – sein Letzteswort. Drauf schien er, mit hochrotem Kopf, passend zur sinkenden Stunde, wie eine Sonne im Meer des Suffs unterzugehn. –

Aber ich warf ihm noch 1 Strohhalm zu: –Weil du dich so echauffiert hast: ?Glaubste wirklich, Es war irgendwann irgendwo mal ?anders.

Wie der Ertrinkende vorm endgültigen Ersaufen noch 1 mal wieder auftaucht, so jetzt er – und im runden, schweißnassen Gesicht 1 flackerndes Grinsen. –Nee. – Hörte ich. –Niemals anders. Nur !ich war 1 Anderer. – Darauf schlossen sich um ihn die Wogen des Suffs –.

Plötzlich erschienen mir die Wucht hinter seinen Äußerungen, die speichelig giftigen, boshaften Schmähungen wie jene, die ich mitunter in Büchern ostdeutscher Schriftsteller gelesen hatte: Darin Gestalten als $\frac{1}{2}$zynische, $\frac{1}{2}$9-×-schlaue Sicherheit's Dienstler, die im Suff vor ihresgleichen od: vor abhängigen Kretins gegen ihren eigenen Verein-&-Staat vom-Leder-ziehen –. Und in-mich schlich ein=bestimmtes Empfinden, wie man das beim Finden von Granatsplittern od Gewehrteilen aus dem Letztenkrieg verspürt, und das Erdige, metallisch Grünspanhafte von *Zeit*, das an solcherlei Fundobjekten klebt, erfüllt als galliger Geschmack den Mund: Geschmack & Geruch von unvergänglicher Vergangenheit..... In ihrer Zerbrochenheit zwar ungefährlich; doch liegt die Gefahr solcher Objekte in lauernder Dienstbarkeit als Granatsplitter des Ge-&-Verwesenen im Fleisch aller Nachkommen. !Das verschafft den-Juppis die scheißende Angst vorm eigenen Altern : Sie, die dereinst Alten, befürchten !zurecht, die künftig Jungen könnten mit ihnen umspringen, wie sie=ihrerseits mit den Alten umgesprungen sind, & mehr: Ihre Schule, bereichert um die Bestialität der Künftigen, wird mit Zins&zinseszins dereinst auf sie zurückschlagen..... Es sei denn, ihr Tod=vor-ihrem-Alter ersparte ihnen solch Schicksal. Aber sie hängen ja am-Leben, denn ihnen fehlt die Charaktergröße sich umzubringen. Sie suchen mit eisernen Wünschel-Ruten & Ellbogen GLÜCK. Und sofern das zu ihren Geschlechtspräferenzen gehört, haben sie sich fortgepflanzt in der Linearität ihres geleckten Familien-de-Seins – unsere Best(i)en, diese absurden Smarties. – Wir, der Sachse u: ich, hatten uns nun Nichts mehr zu sagen.

Seit geraumer Weile waren meine Blicke von Tisch-zu-Tisch und hinüber zu den Barhockern vorm Tresen gegangen – nirgends Frauen, deren Anblick den Sinnen Lust gebracht hätte. Kürzlich hatte ich gehört: Nur 5 % der Zeitungskäufer lesen das-Feuilleton & davon sind 90 % Frauen. Daraufhin wäre ich beinah zu Kindereien angestiftet worden & hätte über die Syllogistik von Medien, Politik & Homosexualität nachgedenkelt; vom Anal-Karakter 1 Spar&geiz-Kult-hur zu schweigen.

Gegen Schluß dieser verpfuschten Stunden – der Sachse tauchte unvermutet aus der Brandung seiner Besoffenheit wie ein U-Boot aus dem Ozean auf –, faßte er Mut & Worte zu Etwas, das an ihm vermutlich seit-Langem gefressen hatte; womöglich war Dies der 1zige Grund gewesen, weswegen er meiner Einladung gefolgt war. –!Weshalb eingtlich haßdu damals !gegen !mich intri!giert.

Sein Satz wie ein Schuß, ich starrte dem Mann ins Gesicht.

–Tunich so schein=heilich. Du bisdoch eggstra hin zu (:er stieß auf, das klang wie der Name des Redaktörs, bei dem ich seinerzeit für diesen Kollegen gesprochen hatte) –& wolltzt mich ausbootn, indem dedir Diesesache – weestschonn: de günstlichen Intel-Ligenzen – an Land gezoong hast. ?Warste so scharf auf Günstliche Intellegens. Obendrein hat man dir später Alles geklaut – (er schluxte, was ihm wohl das Auflachen verdarb darüber, daß jener Dieb unter meiner Hilfe niemand anderes als er selber gewesen war). –De günnsliche Intelli Gens – (setzte er laut hinzu & vollführte eine raumgreifende Armbewegung:) –Das is das Gehirn für unsere Zukumpft –

–Dann mach du dich für die Zukunft nich zum Arschloch.

Doch er überhörte meine Bemerkung, verdrehte die Augen, stierte ins Bier, ?od: lugte er durchs Glas hindurch, mich zu ?beobachten.

Noch immer hatte ich meine Fassung nicht zurück. Und machte daraufhin den Fehler mich zu rechtfertigen; wollte ihm Die-!Wahrheit-schildern, !weshalb ich seinerzeit zu dem Redaktör gegangen war: –!Für dich hab ich mich verwendet: !Für u: !nicht !gegen dich. – Und sah ihm ins Gesicht. Um seine Augenwinkel Zucken; natürlich wußte er Die-Wahrheit, also mußte er sie mir nicht auch noch glauben. Davon angestachelt faselte ich von *Kollegialität*, gar von *Solidarität* –

Da stand der Mann entschieden vom Tisch auf, taumelte, hielt an der Stuhllehne sich fest, fädelte sich in Jacke u Mantel, grußlos wankte er durchs Lokal zur Tür. Schon die Klinke in der Hand, blieb er plötzlich stehn, drehte sich nach mir um. Laut u überraschend klar schallte seine Stimme durchs Lokal: –Aus dem geplanten Umzug meiner Redaktion nach Berlin wird übrigens nischt: Das groß angeblasene Unternehmen – schon nach 2 Monaten !geplatzt. Und die Berliner Lokalredaktion ist auch lick-wie-diert. Die Letzten werden die 1. sein: ab Ersten bin ich gefeuert u wieder Draußen..... – Er wollte an meinen Tisch zurückkehren, überlegte sichs anders, verhielt an der Tür & rief mit unverändert lauter Stimme: –Du hast dir in mir den !falschen Gewährsmann ausgesucht. Ab Nächstenmonat kannste zeigen, was du verstehst unter Soll-i-darr-i-tät. – Sein Versuch spöttisch aufzulachen erstickt vom Hustenanfall. Den 1 Arm ausgestreckt stolperte er hustend durch die Tür, – hinaus in den beginnenden Abend.– Seither gehen wir ein ander aus dem Weg.

→ Mir, dem noch einmal Blamierten, blieb rätselhaft, !warum jener Chefredaktör seinerzeit meine Fürsprache für diesen ehemaligen Kollegen !derart mißbrauchen konnte. ?Vielleicht, weil dieser Kollege in seiner Devotion dem Redaktör=seinerseits als Überlebens-Versicherung im Postenkampf gegen die-Juppis in-der-Zentrale als weitaus besser geeignet erschienen war, als ich – *mit mir ist Keinstaat zu machen, ich bin zu kwer=köpfig – letztlich Nichts als ein Fluch*, u: jene vom Redaktör seinerzeit von all seinen Mitarbeitern eingeforderte Fähigkeit zum *produktiven Widerspruch* zählte nicht als Wert=an-sich, sondern vielmehr als pro-duck=tiefer Wiederspruch..... Daraufhin wird Jedeswort ausschließlich als Wort=in-!eigener=Sache gedeutet. Wie Es ist: Wenn im-Gesellschaftlichen eine überindividuell=imaginative Intelligenz existiert – die Geistigkeit die eine Gruppe ausmacht, die unter ein ander nicht verbunden ist –, dann auch existiert das Gleiche in der Perfidie: Niederhalten des Einzelnen, der von solch unverbundener, überindividueller Nieder-Tracht in Mit-Leidenschaft gezogen wird. Das Erste im Zweiten & umgekehrt – so dürfte Der Normal-Fall..... aussehen. *Solidarität* – für den Mensch unter-Menschen unmöglich.....

Der Redaktör=der-Altefux war indes schlau genug zu wissen, daß solche & andere Intrigen ihn auf seinem Posten letztlich nicht würden halten können – :er war schlicht zu alt, um in Dieserzeit bleiben zu dürfen. Er hatte schon Damals von der Nutzlosigkeit seiner Suche nach 1 Verbündeten, den er mit seinem Einfluß für=sich im Redaktionsstab plazieren wollte, gewußt – aber er hatte es dennoch getan, weil es getan werden !mußte & !immer getan werden würde. – Einst war da 1 Mann, der auf dem Totenbett & vom Sterben schon brüchiger Stimme mit den Umstehenden noch um den günstigsten Preis für sein Anwesen feilschte. Dieser Sterbende war mein Vater gewesen – die Tatsache, daß er sein Anwesen längst hatte verkaufen müssen & Nichts mehr für ihn zu verscherbeln geblieben war, hatte der nahende Tod aus seinem Gedächtnis gelöscht. Also feilschte er, bis der Tod ihm den Atem zerbrach. Mein Vater war wie Vielemenschen, u so auch jener Redaktör. –

Nein: *!Niemals anders. Nur !ich war 1 Anderer.* Und mir dämmerte die kalte 1sicht, daß Etwas, das ich stets als MEINE-INSTINKTE, mit denen ich=radarähnlich jeweils gefahrvoll aufziehende Situationen vorausgespürt haben wollte, allmählich erlahmt und während Dieserzeit-in-Berlin verloren gegangen waren.

Alter & neuer Tabakrauch, festgebissen wie das dichtgewobene Netz für Feindschaft, hing in diesen Räumen, gekrallt in Kleider&haare, u hat Vieler Lungen schon durchbeizt.

?Was bleibt mir jetzt noch von mir – –

S. 486, Freak Waves. Jähe Wut:
Sogenannte *Freak Waves* sind Meereswellen, die sich innerhalb eines Wellenverbunds nicht nach den Gesetzen der Geradlinigkeit ausbreiten, sondern plötzlich irreguläres Verhalten zeigen: Den Nachbarwellen saugen diese Wellen schlagartig große Energiemengen ab, so daß sie binnen=kurzem mit sehr steilen Wänden aus dem Wellenverbund sich erheben, wobei sie tiefe Wellentäler zurücklassen. Jetzt besitzen diese Wellen auch anomale Charakteristika. So z.B. stehen Vorder- u Rückfront dieser Wellen fast in der Senkrechten, wie eine Mauer, und erreichen dadurch nicht selten Höhen von über 30 Metern. Beträgt der Druck von Meereswellen bei Sturmstärke Zehn bis zu 15 Tonnen pro m^2, so erreicht der Druck von *Freak Waves* zuweilen über 100 Tonnen pro m^2. Kein Schiff, gleich welcher Größe, kann dem Anprall eines solchen Wellendrucks standhalten; Bordwände & Schiffsrümpfe zerbersten, so daß solchermaßen attackierte Schiffe, manövrierunfähig geworden wie nach großen Torpedoeinschlägen, binnen kurzem sinken.– Mathematisch beschreibbar ist das Fänomen der *Freak Waves* mit Hilfe der *Schrödinger-Gleichungen* zur Wellenmechanik, die ihrerseits die Grundlage bilden zur Quanten- & Atomtheorie.– Auffallend ist die Häufung im Auftreten solchen Natur-Fänomens von *Freak Waves* während des Letztenjahrzehnts: Als sei die-Materie in Wut..... geraten.

Freilich liegt dem äußeren Eindruck der zeitweiligen Beständigkeit von Steilküsten aus Sand und Geröll ein Trugschluß zugrunde, wie er desöftern reinen Oberflächenschauten eigen ist. Durch jene unregelmäßigen Abbrüche bedeutender Land-Massen schwinden sowohl der Bestand als auch die Sicherheit des Ortes, & der beschriebene Vorgang findet erst dann sein Ende, wenn das Formgebilde *Steilküste* vollkommen aufgelöst & verschwunden sein wird.

Andere Grenzformen zwischen Land u: Meer werden aus vollkommen anders gestalteten Küstenbereichen sich herausbilden, desgleichen innerhalb von Land u: Meer andere Entwicklungsformen erscheinen werden, die sämtlich keiner Geradlinigkeit mehr entsprechen dürften.

Nachttaxi

Winter 2002

Von den Straßenbeleuchtungen her in den Wagen her1schnellende Lichtwürfe zerreißen die Spiegelung des Fahrergesichts in der Frontscheibe zu fahlen Momentbildern; trotzdem erkenne ich ihn wieder: den Mann in den 30ern, seine Gesichtszüge streng & asketisch, der Mund mit zusammgekniffnen Lippen ernst wie bei 1 Soldaten nach Einem Krieg. Ich habe ihn vorhin, nachdem ich das Ziel der Fahrt genannt hatte, angesprochen – harmlos meine Frage nach seiner Schicht als Taxifahrer des-Nachts, um das Schweigen zu vertreiben während der Fahrt.

–Ich fahre immer nachts. Kann seit-Langem nicht mehr schlafen um Diesezeit. Und die Wohnung Daheim ist leer, seit Meinefrau gestorben ist vor 5 Jahren. Also fahre ich nachts.

Seine tonlos & leis gesprochenen Worte, aus dem Mund eines 40jährigen Mannes, klingen wie die Rede 1 Alten, der 1 Leben bereits gelebt. Auch ihm muß das aufgefallen sein; die Blicke geradeaus, die Miene scheinbar unbeweglich, so hat, vollkommen unerwartet, daraufhin dieser Mann zu erzählen begonnen.

–Nach dem Abitur heiratete ich meine Freundin aus Kindertagen. Wir waren uns über Allejahre fest=verbunden, niemals hatte die All=mächtige Zeit uns zu trennen vermocht. Aber sie bekam keine Kinder. Der Arzt sagte, das sei von-Geburt-an=so bei ihr, Nichts zu machen. Als wir das hörten, rückten wir noch enger zusammen. Und wir hatten jeder unsere-Arbeit. Früher war ich Grenzsoldat bei der-N-V-A; an der Grenze zu Polen war ich 1gesetzt. Als in Polen die Gewerkschaft *Solidarność* das Land aufrührte, hat die-DeDeR ab 1981 Diese Grenze wieder geschlossen; sie galt als Grenze zu einem feindlichen Land....., beinahe wie Die Grenze zum-Westen.– Das blieb so, bis Neunzehn Neunundachtzig. Und nach Auflösung der N-V-A hat uns=Grenzer der-Bundesgrenzschutz übernommen. Meinefrau war & blieb Lehrerin an einem Gymnasium in Frankfurt, ich war jetzt bei der-Polizei = beim B-G-S. Aber die Grenze war dieselbe geblieben: die Grenze zu Polen.

–Meinefrau&ich hatten jeder unser Bestes getan, hatten uns weder vor noch nach der-Wende jemals die Hände beschmutzt. Und die-Zeit verging. !Was sind Jahre – wir lebten ja zusammen, !Wer hätte uns trennen solln, Keinmensch. Und !was ist gefährlicher als ?Menschen.....

–Als Meinefrau starb vor 5 Jahren, unerwartet innerhalb von 2 Wochen – mehr an Zeit hatte der-Krebs ihr nicht gelassen, – tat sich vor mir ein bodenloser Abgrund auf. Konnte nicht glauben, !Was in Nur2wochen geschehen war : wir=Die-Unzertrennlichen, getrennt für=immer. *Morgen bist du doch wieder !da.* Das raunte ich noch vor ihrem Grab, wie 1 trotziges Kind. Niemand war jemals wieder da.

Auf den Straßen zischend die Autoreifen, der erste Schnee dieses Winters hat nicht lange gelegen, Nieselregen hat ihn getaut, nun liegt er schwer & nass wie schmutziggraue Wolken an den Straßenrändern – es geht weiter und weiter, durch in die Nacht –

–Erst nach ihrem Tod bemerkte ich, was mir durch das Leben-zuvor=mit-ihr vollkommen entgangen war: wir hatten keine Freunde mehr. Über-die-Jahre waren sie uns verloren gegangen, fortgezogen od zutiefst mit-sich beschäftigt; wir, Meinefrau u ich, waren uns=selbst immer auch Freund=genug. Als hätten sie u ich Unserleben auf einer Insel zugebracht, weitab von allen Gebieten die auf Karten verzeichnet sind, – u: kein Land hatte uns jemals gefehlt. Jetzt, nach ihrem Tod, stürzte ich mit offenen Augen in pechschwarze Betäubung. –

An 1 Straßenkreuzung bei rotem Ampellicht muß der Fahrer halten. Vorüberrasende Autos werfen Licht in den Wagen, das Gesicht des Fahrers unbewegt, als betrachte er ein lautloses Gewitter. Sprühregen gegen die Windschutzscheibe, kleine farbige Projektile. Die Ampel schaltet auf Grün, wir fahren weiter.

–Zunächst blieb ich wo ich war, in Frankfurt; tat was ich über-Diejahre=hinweg getan hatte: Dienst=an-der-Grenze zu Polen. Doch jetzt begann die Zeit der Flüchtlinge=von-Osten-her. Das Elend ist Eineflut, die Menschen wollen nicht ersaufen drin. Die wir aufgriffen & zurückschickten, kamen wieder in der nächsten Nacht. So ging das

Tag=für=Tag Nacht=für=Nacht. Ob ich es tat od nicht, ob ich lebte od nicht – einerlei. Wenn schon sterben: ?Weshalb irgendwann u nicht !jetzt. So hab ich einer jungen Frau aus der Ukraine mit ihrem Bruder zur illegalen Einreise nach Deutschland verholfen. Sie waren die ersten Wesen, die mich wirklich wieder !brauchen konnten, & ich war wieder zu Etwas Nutze.

–Damals, in der Nacht an-der-Grenze, da hatte ich diese junge Frau, sie heißt Valentina, gefragt, ob sie mit=mir leben will; sie hatte mit dem Kopf genickt. Dann verschwand sie nach Berlin, und ich suchte Langezeit nach ihr. Dafür habe ich Ende 1999 den-Dienst beim B-G-S quittiert & bin aus Frankfurt weg; bin hierher = nach Berlin gezogen. Und fahre seit Zweijahren Taxi in Berlin, immer nachts. Finde Keinenschlaf, seh *Meinefrau* in meiner Wohnung neben mir, u: sehe *sie* tot mit dem unbewegten Gesicht 1 Fremden. Sie ist fort, für=immer. Die Andere konnt ich nicht wiederfinden. Das nimmt mir Ruhe u Schlaf, besonders in jenen Stunden wenn die-Stadt still wird. Beinahe täglich hört man, daß wieder ein Taxifahrer überfallen, ausgeraubt, manchmal getötet wurde; mir ist auf diesen Nachtfahrten noch niemals etwas passiert. Also fahre ich weiter Taxi, immer nachts. Irgendwann, auf den Fahrten durch die stummen dunklen Dörfer im Berliner Umland, auf 1 der Landstraßen die unter Bäumen wie Tunnel in pechschwarze Nächte führen, werde ich vielleicht in diesem Dunkel verschwinden. Wenn die Nacht kommt, die-Nacht –. Und irgendmal ist auch 1 Leben zuende. Früher sind Männer in Dieserlage in Den Krieg gezogen – Heute ich nach Berlin..... – –!Was wissen wir schon, mit ?welchen Stricken wir am Leben hängen.

S. 23, Schmutzige Menschen →:
Bin an diesem Abend in der letzten Woche nicht in unsere Kneipe in Rathausnähe gegangen; sondern auf der Oder-Brücke, über-die-Grenze, hinüber nach Słubice. Sprach u verstand kein Polnisch, würde Dort zu Niemandem Nichts reden müssen; könnte all-1 u 1 Fremder bleiben, Dort, inmitten von Stimmenmusik aus einer anderen Sprache. Und lief hinein in das enge Städtchen – alsbald 1 Café.

Um-uns-herum das barbarische=stumpfsinnige Brausen auf den Straßen, unaufhörlich – die Fahrzeuge durch den nassen Schnee mit greisenhaftem Schmatzen –. Der starke Verkehr an einer Kreuzung kommt dem Mann zuhilfe; er schweigt, muß sich auf die Fahrt konzentrieren.

–Einesabends stand am Straßenrand 1 junge Frau, winkte nach einem Taxi, ich fuhr hin & hielt an. 1 Gesicht, blass, braune Augen, überwölbt von schwarzen fein geschwungenen Brauen, u Wind zauste wie den Gefiederflaum 1 Vogels ihr kurzgeschnittenes, dunkles Haar –. Als die Frau in den Wagen hereinschaute, erstarrte sie. Ich auch. Und fand schließlich den Einen Namen: *Valentina.* – Hinter uns hupten die Autos; sie stieg ein, ich fuhr los. So haben wir uns wiedergefunden. / Nun sind Sie da: Bittesehr, hier ist das Haus, hier wollten Sie hin.

Bremst, und schaltet das Licht im Wageninnern an.

–Warten Sie. Noch 1 Moment. Die Fahrt ist zwar zuende, doch glaube ich, Ihre Geschichte noch lange nicht. Bitte erzählen Sie weiter. Ich zahle für Diesezeit. !Erzählen Sie, die Ganzegeschichte.

Über seine Lippen 1 scharfes Ausatmen. –Die Ganzegeschichte. !Wer kennt Die. Nicht mal ich selber. Und wenn sie wirklich zu-Ende sein wird, früher-od-später – (fügt der Mann dunkel hinzu:) –dann werd ich dieses Ende nicht mehr erlebt haben.

Aber er greift zum Armaturenbrett & schaltet Taxameter, Motor und Wagenlicht aus. Von der Straßenbeleuchtung fahles Licht, das Gesicht dieses Mannes liegt darin grau erloschen u alt. Den Blick wieder geradeaus, die Hände am Lenkrad als führe er noch immer durch die Straßen – Langezeit schweigend, so scheint der Mann=selber zu warten auf die Worte zu seiner Geschichte. Sie werden kommen. Von-Draußen..... –

S. 458, Liebes Geschichte →:
Sie zog hinter sich die Wagentür zu, den Blick geradeaus saß die Frau still neben mir u schaute durch die Windschutzscheibe hinaus. Feine Tropfen Nieselregen zersplitterten die farbigen Stadtlichter. Schweigen – Langezeit, doch unser beider Atmen sagte *!Endlich.* –!Fahrdoch. – Rief Valentina schließlich. –!Fahrdoch. Zu dir. –

Von nun=ab sollte er noch 1ige Wochen leben.

Sich=Behaupten ist Diktatur, Ausweichen Demokratie – sehr selten

Auf Gehwegen zu zweien, dreien, mitunter zu viert Rad | neben | Rad, von Frauen dahergeschoben, Kinderwagen, Macht=bewußt & stur den Entgegenkommenden keinen Deut Platz 1räumend; die Panzerfront der Mutterschaft.....

Die Mienen dieser an-Jahren noch jungen Fraun : Wie !mühsam doch, wie !anstrengend, immerfort die Masken SELBSTBEWUSSTSEIN & WEIBLICHE DOMINANZ voller Ingrimm ins Gesicht zu schneiden & aus dem 1samen Schau-Spiel=ihrer-selbst als Gorgonenschild Allerwelt entgegenzuhalten. Statt auf Zigarettenpackungen vor dem-Rauchen, sollte über den Kreißsälen vorm-Gebären gewarnt werden: *Leben tötet.* –

Links der Fahrdamm, sein Rand von parkenden Autos lückenlos zugestellt, rechts eine Mauerkonsole, dahinter dichtes Gebüsch; um mit der Kinderwagenfront nicht zusammenzustoßen, spring ich auf die Konsole hinauf. Die Mutter-Front rollt vorüber, die Gesichter der Fraun, düster verkniffn, blicken unbewegt (voll des Armen-Triumfes über mich=den-Mann.....) gradaus.

Die mir zunächst kommende Frau jedoch wendet kurz den Kopf. Die Wangen blass wie Veget-Arier-Spucke, in dem noch jungen Gesicht schon Falten, winzige Abflußrinnen für inneren, sauren Gram. Ihre Blicke Schwarz, & dunkle Wut verrenkt ihr die Stimme:

–!Was !?machstu eingtlich hier: du !Arsch.

Im Blut der Armen auch Hobel & Späne

1

–Ännd!schulljännsiebittädieschd!Örung, ick vakaufe das ack tuelle !Obdachlosnmaggassien Der Schtraßnfeger. Der Schtraßnfeger is eine offisjell anner Kante gemein nützliche Ein Richtung eines Ob Dachlosen Selbst Hilfepro Jecktz. Die Sseitung kostet sswei Maak, 1 Maak geht annden Vakeufa, die andre Maak issur Unter Schtützung von Obdachlosnpro Jeckten wie eine Suppmküsche unn Duhschunnschlafgeleengheitn für Obdachlosemenschninunserererschtadt. Isch wüärde misch seer fräuen wenn dereineoderandere von Ihnn mir 1 Eck Semmplaa der Sseitung abkaufm würde oder auchnur 1 kleine Schpennde übrich hätte für Männschn die auf Ihrehüllfe angewiesn sinn. Vielndank dassi mir ssugehört haam, eine ann geneeme Weitafaat unnoch einn schöhn Tach \ : Als der Verkäufer, sein dünnes Bündel Zeitungen über den 1 Arm, am andern einen Schäferhund an der Leine führend, langsam von 1 Ende zum anderen die Gangreihe im S-Bahnwagen des haltenden Zugs (am Bahnhof Landsberger Allee Richtung Bernau) entlang – Gerüche SchweißHundUrin wie auseinander gezerrte Lumpenballen hinter-sich-lassend – an wenigen, angewidert & stumm dasitzenden Fahrgästen vorübergehend, mit weinerlicher Stimme an Dieserstelle seines Verkäuferspruchs angekommen ist, wird mit-1-Ruck vom Bahnsteig-draußen die Tür aufgerissen, & der Verkäufer des konkurrierenden Obdachlosenmagazins »Motz« springt in den Wagen, erkennt sofort den anderen Händler –: & als hätt er auf Diesegelegenheit nur gewartet, springt er wutentflammt brüllend dem Anderen entgegen, – der will mit seinem Hund fort&raus, der Zweite versperrt ihm den Weg; vor der Tür in Wagenmitte treffen die beiden Männer zusammen.

2

Den zuerst erschienenen Zeitungsverkäufer des »Straßenfeger« – 1 kleinwüchsigen, bleich & dünnblütig aussehenden Mann mit Strähnen rotblonden Haars – packt der 2. Mann = Verkäufer der Zeitung »Motz« – groß, hager, alles an ihm: Kleidung Haarfilz Vollbart & Augen in schwärzlicher Färbung – mit beiden Fäusten sofort am Kragen, wirft den Kleinen brutal gegen die Abteiltrennwand, & brüllt dem aufkreischenden Rotblonden ins verängstigte Gesicht: –!Ich habdir !letztesmal schonn gesakt, wennichdich noch !1 Mal auf !Meinertuhr erwisch, dann !setztett Watt. – Mit diesen Worten treffen Faustschläge gegen die magere Brust&schulter sowie zwei klatschende Ohrfeigen ins Gesicht des Kleinenmannes. Zugleich mit dessen kreischigem Aufschrei –!O er schlääkt mich !Hill fe!hill fe er hat mich ge!schlaagen – fiepend der große Schäferhund, zutiefst verängstigt, springt auf die Hinterpfoten & wie ein besorgter Box-Ringrichter sucht er die Streitenden zu trennen. Dabei tritt ihn 1 der Männer, – vor Schmerz jaulend der Hund, doch gibt er nicht auf, sondern versucht unablässig, zwischen die beiden Streitenden sich hineinzudrängen; Zeitungsbündel & Umhängetaschen poltern roh zu Boden.

3

Noch immer hält der S-Bahnzug am Bahnhof Landsberger Allee, noch immer schlägt der Hagere auf den bleichen Kleineren ein & will ihn mit Boxhieben Ohrfeigen & Beschimpfungen aus dem S-Bahnwagen vertreiben. Das gelang ihm bereits einigemale, doch springt der Kleine, in die Kleidung seines Widersachers gekrallt, kreischend wieder in den Wagen zurück; beide Männer prallen krachend gegen die Waggonwände, & vor Angst&aufregung winselnd sucht der große Schäferhund, die Streitenden zu trennen. Dafür bekommt er, unabsichtlich od nicht, so manchen Fußtritt des Schwarzbärtigen. – Jetzt, über den Türen, rotes Licht, schrillend das Abfahrtsignal –, von den automatisch sich schließenden Türen beinah 1geklemmt, halbstürzend stolpern die beiden in=ein:ander verkrallten Männer & der Schäferhund aus dem Zug auf den Bahnsteig hinaus – dabei dem Rotblonden noch eine schallende Ohrfeige (aus seinen aufgeplatzten Lippen Blut, in Sprenkeln&klexen das hellgraue T.shirt bespritzend –), ein Fußtritt dem Hund, der aufgebäumt noch immer die Streitenden zu befrieden sucht, laut bellend jetzt vor dem Schläger, der nicht aufhören will –:– In die Fenster-Ausblicke des beschleunigt davonfahrenden Zugs noch für 1 Moment hineingestellt die Laokoongruppe-der-Armut: ein blutender Mann, im Clinch geduckt unter die Schläge eines Andern, dazwischen aus tierhafter Sorge-um-Frieden hochaufgerichtet & hechelnden Maules der braune Leib eines Schäferhunds. Bevor der Anblick verschwindet & mit dem aufheulenden S-Bahnzuglärm wetteifernd, bricht aus der Tiermenschgruppe angstvolles Bellen aus – –

Nahe der Tür im Waggon über den Boden verstreut 1ige Exemplare des »Straßenfeger« u: des »Motz«. Keiner der Fahrgäste hatte von 1 der Händler die Zeitung gekauft od: gar 1 Spende gegeben.

12. September 2001. Der Hunger die Taube & die globalisierte Angst

Durch die Fußgängerzone einer größeren deutschen Stadt geht normalen Schrittes um die Mittagszeit ein vielleicht 40jähriger, untersetzter Mann orientalischen Aussehens, in Händen (von durchsichtiger Plastikhülle umgeben) ein Kleinkalibergewehr. Nicht lange & um den Mann scharen sich ein Halbdutzend Uniformierte: Polizisten, ausnahmslos sehr junge Beamte, die vielleicht hierher gerufen worden sind. Stumm schließen sie sich zu 1 immer engeren Ring um den Mann mit dem Gewehr, – alsbald muß der Mann stillestehn.

Jetzt, nachdem Man ihn *gestellt hat*, spricht den Mann mit dem Gewehr in Händen 1 der Polizisten an & verlangt mit lauter=fordernder Stimme Auskunft: –Du ?Moslem, ?Türke. !Oder ?was.

Der Mann erklärt in gutem Deutsch, er sei Muslim u Türke. Daraufhin bedrängen einige der Polizisten den Mann wegen des Gewehrs in seinen Händen: ?Was er damit wolle; ?wozu er es hier=auf-offener-Straße trage &sw. Die Polizisten reden laut durcheinander, ihre Stimmen zunehmend aufgeregt, so daß der Türke sich kaum Gehör verschaffen kann. Soviel wird klar: er habe das Gewehr soeben in einem Laden gekauft, um sich zum Mittagessen 1 Taube schießen zu können. Er sei arbeitslos & er habe Hunger. Deshalb das Gewehr, u Tauben gäb es in der Stadt=überall mehr als genug. / Das verschlägt den Beamten die Sprache.

Noch unsicherer geworden, bemerkt schließlich 1 der Polizisten zu dem Mann, er könne nicht 1fach hier=in-aller-Öffentlichkeit mit einem Gewehr herumlaufen: –Noch dazu an einem Tag wie !Diesem. – Das fügt der Polizist mit entrüsteter Betonung hinzu. Daraufhin beschlagnahmt ein anderer Polizist das noch immer verpackte Gewehr, 2 weitere fordern den Mann zum Mitkommen-aufs-Revier auf. Dabei wiederholen sie kanonartig die Feststellung, daß man nicht 1fach hier=in-der-Öffentlichkeit mit einem Gewehr herumlaufen dürfe, und alle Polizisten-Stimmen treffen korisch in dem 1 Satz zusammen: –NOCH DAZU AN EINEM TAG WIE !DIESEM.

Letzteres scheint seinerseits den Türken zu verwirren. *?Mag ihm die Besonderheit Diesestags nicht ?einsichtig sein; ?weiß er nicht, !Was gestern geschehen ist* –.– Er, verstört, überläßt den Beamten schließlich sein noch immer verpacktes Gewehr & schickt sich an, inmitten des Rings aus uniformierten Gestalten, ihnen frei=willig zu folgen. Die Gebärden der Polizisten-ihrerseits bleiben auch jetzt unsicher, ihre Stimmen wenig fest & zu laut; die jungen Polizisten fühlen sich offenkundig Der-Situation Muslim-Türke-Gewehr-&-Hunger nicht gewachsen : *Am-Tag=Danach, dem Erstentag beginnender globaler=Angst – –*

Sensorische Räume

»Wenn ich nur frei gehen kann,
fürchte ich nichts,
nicht einmal
den Tod.«
Kierkegaard

»Vielleicht leben wir schon
nicht mehr.«
10jährige Schülerin zum Aufsatzthema: *»Wie stelle ich mir die Zukunft vor?«*

Bis weit ins 20. Jahrhundert hinein galt für Haus- & Hofgründungen in Norwegen ein ungeschriebenes Gesetz, den Abstand zum Nachbarhaus betreffend: Behausungen sind außer Sicht- u Hörweite zum Nachbarn zu errichten. Bemerkenswert daran, daß ebenjene Besitzer oftmals ihrer Arbeit in den Städten nachgekommen sind, also weder einem archaisierenden Bauerntum noch der Kleingartenidylle von Städtern anhingen. Lokale wie existentielle Trennung von Arbeits- u: Wohnraum, einst von Bauhaus-Ideologen zwar aufgegriffen aber nicht verwirklicht, offenbart ein fundamentales Wissen um die Verfassung des modernen, dynamischen Zeitalters: Entgrenzen der im 19. Jahrhundert eingeleiteten Verstädterung Alleslebens hin zum Endstadium der Schaffung virulenter Un-Orte – die Gestalt *des-Nachbarn* gerät hierin zum sensiblen Indikator für den momentanen Zustand unmittelbaren Zeit-Geschehens.

Mannigfaltige Angriffe unterschiedlichster Herkunft & Absicht gelten von jeher den vier sensorischen Räumen, die zu jedem Einzelmenschen gehören: dem Seh- wie dem Hörraum, dem Tast- wie dem Geruchsraum.

Den fünften sensorischen Raum – den Geschmacksraum, ein Nahsinnesorgan – bilden die im Rachen samt Zunge, Gaumen, Kehldeckel verteilten Geschmacksknospen. Er ist der kleinste sensorische Raum des Menschen, die Ereignisse finden ausschließlich im Innern ihren Ausgangspunkt u werden vom Gebiß wie durch eine Zollstation dem Draußen vorenthalten – das *bezahnte Sensorium-der-Kultur* : Die Zähne kontrollieren den Zugriff auf die Substanz der Erinnerung ans Grobe: ans Fressen, an die 1=Verleibung alles Bezwungenen Unterworfenen & Besiegten als karnofagen Triumf. Dieses fünfte Sensorium ist praktisch eigen=vermittelt, unterliegt nahezu alleinig (mit Ausnahme der Folter & anderen, bürgerlichen Erziehungsmaßnahmen) dem selbstgewählten Zugriff, u: spielt für diese Betrachtung gesellschaftlicher Sensorien keine Rolle.

Die vier zuvor genannten sensorischen Räume, biologisch u physiologisch individuell bestimmt, bleiben während der Lebenszeit eines Menschen weder stabil, noch konnte od kann der Betreffende jemals souverän über sie verfügen, wie schon das Alltagsleben in der dynamisch wachsenden Verstädterung zeigt; das Trommelfeuer politischer Parolen in den (gehabten) Diktaturen sowie jenes der Werbeslogans in den Industriegesellschaften, dem jeder 1zelne mit seinem Sensorium ausgeliefert ist, zeigt hierbei nur den äußeren Aspekt. Und jene sensorisch wie semiotisch bedeutenden Räume – in & mit ihnen schließlich findet Kommunikation-schlechthin statt – machen die Beschreibung von *Nachbarschaft* von ihren Grenzen her (u damit deren Verletzungen & Überschreitungen) überhaupt erst möglich. Nachbarschaft als ein Phänomen der Grenze also teilt in Fremdes u: Vertrautes, in das Andere u: das dem-Selbst Zugehörige; entscheidet über das Schließen von Bündnissen & Freundschaften, wodurch Feindschaft verschwindet od aber entsteht – u dies entgegen dem Augenschein keineswegs allein »von Oben« bis in die kleinsten Gesellschaftszellen hin-1, sondern vielmehr aus diesen heraus das *bedeutend Allgemeine* als gesellschaftliches Leben schaffend & prägend.
→ Oben erwähntes Endstadium der Verstädterung-des-Lebens läßt indes durch mannigfaltige Beeinflussungen kaum Gutes für den Menschen erwarten. Die Geräuschekuppeln maschinellen Tumultierens (zu schweigen vom Dauergewitter aus Strahlungen aller Arten der außersensorischen Wirklichkeiten), die weit über die Grenzen der eigentlichen Städte expandieren, setzen sich zum einen als festes Zeichen einer funktionierenden Historie (wo derlei fehlt, hat *Geschichte* wieder in *Landschaft* sich zurückgekehrt). Zum anderen sorgen jene egalisierenden Geräuschekuppeln für das Verschwinden klar getrennter Bezirke; sie annullieren Grenzen und lassen verwischte Großräume zurück – auch im geistigen wie juristischen Sinn –, darin allgemein=diffus sich spaltende Frontierungen entstehn. Einerseits Manipulationen »von Oben« (Parolen, Werbung), einem Hierarchie-Prinzip zufolge zur Erzielung 1deutiger Reaktions- & Verhaltensweisen, anderseits Einflußnahmen auf die sensorischen Räume jeder auf beziehungsweise gegen jeden – die Angreifbarkeit jedes Menschen von seinem allfälligen Nachbarn her verwandelt das Subjekt in die subjektive Geisel des lokal zwar anders, juristisch indes Gleichgestellten. Schon das gängige Vokabular für all=jene sensorischen Raum-Beeinflussungen entblößt deren grundlegend aggressiven Charakter:

ins Gehör wie in die Nase *(ein)dringen*; das Blickfeld *kreuzen* beziehungsweise *schneiden*; die Hand *drücken*, in die Hand *einschlagen*; die Dämmerung *einbrechen* sehen &sw.

Zweifellos bilden im städtischen Leben Hör- u Sehraum die sensibelsten, daher die den häufigsten wie den gröbsten Angriffen ausgesetzten Räume. Aber auch Tastraum (seine Grenzen fallen praktisch mit der Haut zusammen) wie Geruchsraum bleiben keineswegs verschont – das weiß, wer nur einmal ein städtisches Verkehrsmittel zur Zeit des Berufsverkehrs benutzen mußte.

Den pausen- & ordnungslosen Lärmattacken in den Großstädten, so brutal, perpetuierend wie stupide, Sinn zuzusprechen, hieße aber, jenen Attacken *einen Plan* zu unterstellen. Die Lärm-Serien geraten im Verständnis des Attackierten zur Strategie der Feindlichen=Welt und provozieren vom je Angegriffenen die Gegenwehr.

Industriecharakter u: (Bewegungs-)Freiheit in seinen Räumen : !Das sind die beiden zentralen Begriffe, von denen her das städtische Alltagsleben des-Menschen mit seinem je zur Nachbarschaft Gestelltsein sich erfüllt, u zwar mit jeweils aktuell gewichteter Indikation. Gegenwärtig reanimieren die von Arbeit Zerstörten & von der Zerstörung von Arbeit aus ihren maschinell getakteten Stunden- & Lebensläufen Entlassenen und beschäftigungslos Gewordnen mit ihrem unverhofft inflationären Zeitvorrat als Ursprungs-Keimzellen den niemals verschwundenen Gesellschaftskrieg : Zum Krieg Mann:Frau ist der Krieg Jung:Alt hinzugetreten; ein Krieg, der Gesellschaft nicht zerstört, sondern bis zum gewissen Grade trägt, jedoch niemals Raum für Konflikte-*Lösung* bieten kann.

→ Gesellschaftskrieg aus der PERMANENZ DES ALARMZUSTANDS, in den 1=jeder in der Arbeitswelt sich versetzt fühlt, verfügt über Leer-Zeit als Exerzierraum für um=sich greifende VERMASSUNG – das *Lauernde Heer* – der im entgrenzten Raum zur Seite gestellte Nachbar ist stets der allfällige Konkurrent, schließlich Der Feind; jenseits des Moralischen ein Reservoir, so aggressiv wie diffus, des rein agonalen Stadt-Industrie-Getriebes. Auch

S. 357, »Arbeit ist Hoffnung« →:
Freilich, wie Marx formulierte, fließt beim Zerstören einer Maschine nicht das Blut der Arbeiter heraus, die einst diese Maschine bauten; über die Zirkulation des Geldes längst in Mehrwert verwandelt, trifft die Maschinen-Zerstörung nur auf den Arbeiter-selbst zurück. *Blut wächst nach.* Die Zerstörung von Arbeit hingegen vernichtet den Wachstumshort für das Blut des-Arbeiters.
Post laborem. Wenn all-1 *Hoffnung* noch in *Arbeit* umschlägt, tritt *der Tod*

hierin Kennzeichen aktueller Abwärts-Orientierung in der Gesellschaft das Verschwinden von Freiheit zugunsten der Hybris von Technik zur Freizeit. Dem entspricht, ähnlich jenen Geräuschekuppeln über dem verstädterten Leben, eine Staatsmacht, die buchstäblich Nichts mehr zu sagen hat, die Rede=der-Macht ersetzt durch machtvolles Getöse im »demokratischen Stadion«; Frei-Räume, okkupiert, entarten zu Schrei-Räumen, denn praktisch jedem sind Lärm-Instrumentarien (Radio-, TV-, Musik-Anlagen) frei erwerbbar, über deren Gebrauch jeder zu-Jederzeit nach seinem Gutdünken extensiv unbeschränkt verfügen kann. Das Instrumentarium wandelt sich vom Gebrauchsgegenstand zur Waffe, zum Tötungsmittel alles Tötungsmöglichen, u das ist praktisch jeder zu Jederzeit. Denn immer, u eng mit den sensorischen Räumen verknüpft, sterben Menschen dreierlei Tod: den geistigen, den emotionalen und den leiblichen Tod.–

hervor. Er wird zum Horizont des Hoffen-Wollens *nach* der Arbeit. Es gibt keine Freiheit hinter der Arbeit, außer den Tod. Das ist die äußerste Grenze; bis dorthin läßt auch *Hoffnung* sich verschieben.

S. 522, Das einmalige Angebot →:
»Statt seiner sprach der Rayonchef für Soziales. ›Wir haben erst 60 000 Selbstmorde jährlich erreicht‹, sagte er bitter. ›Aus öffentlichen Mitteln oder durch Wohltätigkeit des In- und Auslandes leben zwanzig Millionen. Leben immer noch, während ihr Recht ans Leben schon längst auf uns – auf uns, meine Herren, übergegangen ist. Kann irgendeine Propaganda bewirken, daß sie sämtlich Selbstmord verüben? Und doch sind es genau die zwanzig Millionen, denen schon unser bekannter Kriegsgegner sagte, sie könnten gehen. Wir werden es ihnen durch die Tat beweisen, daß sie gehen können. Sozialabbau‹ – ›Gehälterabbau‹, fiel der Rayonchef für Ersparnisse ein. ›Beamtenabbau.‹ – ›Kulturabbau!‹ verlangte der Rayonchef für Kulturelles.
›Abbau des Lebens‹, schloß der Rayonchef für Soziales.«
Heinrich Mann, *»Kobes«*

Die Okkupierbarkeit der sensorischen Räume schafft im städtischen Leben allzeit ein latentes Potential für Rassismus, während das bedrängte Dasein=selbst, die Wohn-Haft, dem sogenannt offenen Strafvollzug immer ähnlicher gerät, woraus dann »der Ausbruch« (die sensorische Extension) resultiert.

Permanenz der Lärm-Signale, im wesentlichen in affektiven Schüben abgesondert, ist die zur Perversion verkehrte nachbarliche Begegnung: Einerseits, wie jeder Angriff, provoziert der Lärm-Angriff den Gegenangriff, entweder den stärkeren mit gleichen Mitteln od: durch physische Gewalt; anderseits eskalieren die Schallwürfe kaltschnäuzigen Gedröhns zur Hohlheit im Stickgeruch stadtkollektiven Nomadentums.

Dem Erreichen solchen Zustands für das eigene Ich, einem Zustand hochgradiger Ichlosigkeit u gesucht herbeigeführter Unbewußtheit, gilt, desgleichen wie der Ohnmacht im Rausch, offenbar letztmalig aller Einsatz des Bewußtseins. Der-Nachbar mutiert zum Komplizen bzw. zum Kombattanten gegen die Freiheit des eigenen Selbst.– Die Geschichte der modernen Künste – von den Auflösungen der Inhalte zu Farben (Impressionisten), über die Zerstückelung der Leiber (Kubismus), der Mechanisierung seiner 1zelteile (Konstruktivismus) bis hin zur ichlosen Schematisierung des Leibes als dienstbarer Körper (Neue Sachlichkeit, national-/sozialistischer Realismus) – bezeigt *in summa* alljene Grausamkeiten, die im 20. Jahrhundert Menschen den Menschen zugefügt haben.

Globalisierte Verstädterung als Entorten heißt: zunehmend Egalisierung – Entgrenzung u somit das Auslöschen von freien Räumen des Anderen, des Fremden – & damit des Anderen Landes u der Fremde.

Eine Große Stimme

Spätsommer 2002

Sonne auf Berlin – hitzestill die Wochenendstunde, glutweiß die Dachziegel, Bäume tragen großes Laub. Auf die Hauswand gegenüber schreiben Weinreben ihre Trauben als schon herbstische Akkorde, helltönend steigen sie das Spalier hinan. Im Hinterhof schläfrig schwimmend ein grünes Nachmittagslicht, viele Fenster stehen weitoffen –, als sperre man in Erwartung eines großartigen Ereignisses allenthalben Mund & Ohren auf. – Und ist dann trotz Langemwarten unerwartet, ein plötzliches Geschehn: Welch !Überraschung dieser !Gesang. Eine Frauenstimme, reiner altgoldener Klang – Belcanto – eine Arie, mir unbekannt, doch voller Urverständnis. So leicht fliegt Diese Stimme durch das grüne Licht, aufsteigend zu luftigen Höhen und weithin schwebend mit ausgebreiteten Dur-Schwingen – sodann niedersinkend in abendroten Tönen, froh u sommersatt, als sei ein Sonnenuntergang hörbar geworden. – Anfangs glaube ich, das sei eine Radiosendung. Doch fehlen sowohl begleitende Stimmen als auch das Orchester; und als Die Stimme 1 mal aussetzt und eine Passage aufs neu beginnt, weiß ich in dem einen der viereckigen Zimmerschatten, meinem Fenster im 1. Stock direkt gegenüber, eine lebendige singende Frau.

Dann verstummt der Gesang. Unwiderruflich wird von-drinnen das Fenster geschlossen. Dabei erscheint für 1 Moment in der Öffnung wie in einem dunklen Schrein der helle Schemen 1 Gestalt: 1 Frau, klein, heller Schopf, die Arme eiligst ausgebreitet nach den Fensterflügeln, als sei sie dran gekreuzigt, – & zu. Hinter blindem Glas verschwinden die Frauengestalt u Die Stimme. :?Ist !sie Die Sängerin gewesen, ?od nur 1 ebenfalls in dieser Wohnung=dort anwesende andere Frau, die, eifersüchtig auf solch verschwenderisch fortgeschenkten Gesang, ihn 1zusperren sucht im Steinkasten 1 Zimmers.

An manchem Nachmittag im ausklingenden Sommer habe ich Diesen Gesang von-Dortdrüben gehört, immer dieselbe Arie –; u mochte die Witterung herbstlich sein, der Tag verregnet – Diese Stimme, ihr altgoldener reiner Klang gab Jedemtag die Sonnenstille erstmaligen Hörens zurück – das Gespür luftiger blauer Höhen – und den tiefen roten Abendschimmer –.– Weil ich das Ende ihres Gesangs inzwischen kannte und den Moment wenn die Frau (die ich für Die Sängerin hielt) ans Fenster trat um es eilig zu schließen, achtete ich auf ihre Gestalt, & prägte mir auf diese Weise 1zelheiten ihrer Erscheinung ein. Die fügte ich allmählich zu 1 Bild, ausreichend um 1tags im Supermarkt aus nächster Nähe !Diese Frau zu erkennen.

Noch viel kleiner, als aus der Distanz vermutet, in viel zu weiten, verwaschnen Pullover unbestimmbarer Färbung gehüllt, die Füße in pinkfarbenen Plastikhalbschuhn, stellt sie sich auf die Zehenspitzen, um an eine Packung Diät-Cornflakes im obersten Regal heranzureichen. Ich will ihr behilflich sein & die Packung geben. Und trete in buttersaure Gerüche nach ungewaschnen, zulange getragnen Klamotten. Kurz wendet sich 1 kleines, kantiges Gesicht mit gelblicher Haut zu mir: & mich trifft 1 harter zinkgrauer Blick; ihr Mund, der so Vollergesang sein kann, bleibt verschlossn. Diese Lippen, die jene goldenen Klänge verschwenderisch heraustönen lassen, verkniffen jetzt wie zum Schlüsselloch & geizick, als führe sie über jede 1zelne gesprochene Silbe pedantisch Buch. Das Haar – in meiner Vorstellung üppig u golden=glänzend –, zeigt sich aus-der-Nähe struppig gelbgrau & verschlissen, 1zelne Strähnen starr wie dünne Drähte. Die kleine Frau reißt mir förmlich die dargereichte Packung *Cornflakes* aus der Hand, drückt sie an=sich wie bedrohte Beute & wendet sich abrupt von mir ab, – eilig um auf dem Weg zur Kasse noch einige Kunden zu überholen. Und schließlich bei der Kassiererin angekommen, gebraucht sie zum 1. Mal die Stimme. !Ob man nich ne 2. Kasse aufmachng könne, beschwert sie sich mürrisch über die Wartezeit in der Schlange; !ob man wohl meine, sie hätte ihre Zeit im Lotto jewonn –.– Und wenn auch, tief unterm raunzigen Wortgescherbe, ein !anderer Klang wie 1 helles Rinnsal zwischen schäbig=grauem Schotter hervorschimmert: !?Das soll ?dieselbe Stimme einer Großen Sängerin sein –.

1-jener kleinen Vögel fällt mir ein; wischhader die Färbung des Gefieders, windsiger Leib, boshaft das wie geschrumpft aussehende, greisenhafte Köpfchen & tot die Blicke aus porzellankalten Augen –, – u: !doch, ganz !unbegreiflich, schallt aus solch hornigen Schnäbeln, aus solch kleinen=häßlichen Leibern heraus der reinste, der kraftvoll helltönendste Gesang.

TürkDöisch, Die 3. Generation / Ródina mjórtwaja

Eine Rotte Halberwaxener, um die Metallbanksitze im U-Bahnhof Friedrich-Wilhelm-Platz geschart, redet laut auf=ein=ander ein. Sie haben die für sie fremden=deutschen Wörter irgendwann, selten wohl zuhause, aufgeschnappt. Das Fremdedeutsch ist das Kantige, das spittsig Ungefüge. Es schmerzt die Schleimhaut im Rachen; wenn sie Deutschewörter sprechen verziehen sie die Gesichter. Aber sie behalten die Fremdenwörter in ihrem Mund, dort werden sie angeteigt, verbreit. Dazu ist viel Spucke vonnöten. Jedes Wort ein Speichelbatzen, mit dem Stakkato der Verachtung rausgespuckt. Gehwege, Bahnsteige, Pflaster, Asfalt – überall quallig schimmernde Klexe Aus-Wurf deutscher Wörter..... Dazu, als Zeichen für Unbehaustheit, die Manier innerhalb der gesprochnen Sätze in rascher Folge von einer Sprache in die andere zu springen; hin&-her&nirgendwo, komisch=trübes *Patchwork-der-Minderheiten* –.– Solch 1gerastetes Sprechgewirre ist Ausdruck nomadisierender Feindschaft; die Nachtseite kulturellen Erinnerns, der Rachsucht verwandt & dem unbedingten Willen zum Töten – / – Das Blond des zu zwei dicken Zöpfen geflochtenen Haars der hochgewachsenen Sängerin ist falsch; die Lippen zu rot geschminkt um jugendlich zu sein; das bis zu den Füßen herabreichende glatte Leinenkleid, mit folkloristischen Mustern bestickt, wirkt genauso verkehrt wie die Vorstellungen der Vorübergehenden von *Rußland*. Einzig echt, neben dem Heischen nach Bargeld, ist die helle Stimme der Frau, die sie, zur Gitarre russische Lieder singend, den unterirdischen U-Bahnzugang entlanghallend aufklingen läßt. Der Gang ist schmal & niedrig, die Frau scheint beinahe mit dem Kopf an die Decke zu stoßen. Schubweise Lärm, Windböen aus dem verzweigten Tunnelgeflecht & Herdengetrampel eiliger Menschen, nachdem in den Bahnhof=unten die Züge einfuhren. Unbeirrt die überlaute helle Stimme der Sängerin, Volxlieder dazu klimpernd die Gitarre : Aus Weitererde einst herausgeklaubt, aus Hohenhimmeln die Augen voll Hartgeld, in den fauchigen U-Bahntunnel, der Betonboden voll süßlicher Des-

S. 327, 12. September 2001. Der Hunger die Taube & die globalisierte Angst:
Nur !der setzt sich durch, der vor der-Obrigkeit sich artikulieren kann; !nur dem bietet sich die Möglichkeit zur Erlangung von RECHT & ÜBERLEBEN.

infektionsgerüche, hineingeschrieene Melodien, die Sprache 1geschreint, völkerbeschauend für Almosen vorgeführt wie Masken & Kultgegenstände aus fernen Erdteilen. Auf beiden Seiten der Falschheit: Ródina mjórtwaja, gestorbene Heimat.

Deutsch – ein Wort, das aus der-Fremde kam; das durch uralte Wörterverbindungen & Ent2ungen weite Wege zurücklegte bis Hierher = bis Heute – ist nun Besitztum von Allerwelt : bespieen beschrieen & desinfiziert – – –

Stille Jäger

Frühjahr 1945 / Frühjahr 2002

1

In den Leib des zu-Tod verwundeten Krieges schlagen in Schüben&wellen immer neue Bombenhagel & Geschosse stählerne Platzregen ein – lassen das waidwunde Geheuer mit Unhieben sich schlagen, unter Panzerplatten zermalmend schmelzend verschmokend was an Dörfern Städten noch dasteht, in Fosforfeuern zerkochend Mensch&tier –, Schüsse reißen in Wolken Fleisch u Luft Trommel-Felle Trommel-Feuer blutigbleiern hackernder Zerpfiff – die-Zeit verbrennt Nacht&tag zu teerigem Lebensklump..... Rotschwarze Feuerpilze schießen aus der Erde, Bahnschienen stochern mit glühenden Stahlfingern nach Brand&hitzewolken, Säurefetzen Mensch –, Kwalm Flammenwände Grasland niederes Gehölz im grellen Feuergefieder schwankend – Güterwaggons vom Großen Dunklen Zug, brennend, zerfetzt, Stahlgerippe Bretterbruch – Schreie Schreie DER SCHREI *:– und Aus. – Die Staffel Bomber, tieffliegende Kreuze aus Metall, drehen motorenbrüllend ab & in den Abendhimmel hinauf. Zurückbleibend ein Bahndamm ein Güterzug im Flammenprasseln. 1 Waggon auf dem Gleis steht unversehrt. Von aprilfrüher Knospe fällt am ausgestreckten Weißdornzweig 1 Tropfen Tau auf den Bahndamm nieder –.*

Bis hierher, als seis 1 Märchen, hörte ich oft vom-Krieg erzählen. Durch Kriege sind aus Märchen längst Märchen geworden. Also sind die-Märchen zuende. Übrig geblieben ist der-Krieg. –

An der Stille fressend Feuerzähne.

–!Hörstu.

–Nichts. Sie sinn weg.

–eSeS. Weg. Ja. Die Lok auch. Uns stehnlassn. Verreckng hier drin.

–Müssn !raus. !Schnell!raushier. Riechstes hörstes: !FEUER. *!!Raus hier. ?Biste scharf auf Berngbelsn.*

–Gehtnich.

–?!Was.

–Raus. Gehtnich. Die=da. Vor der Tür. Tot. Fümftote. Od mehr. Lieng da. Seit ichweißnichwielange. Kommnichdranvorbei.

–!Da-rüber. !Da-hin: wos hell is. (Er kriecht in der Finsterness über etliche über&neben1ander liegende Körper zu einer der Längswände des Güterwaggons hinüber. Manch 1 der Liegenden reagiert – schlaffe Lebensreflexe,

rasch zerbrechend. An der Waggonwand angekommen, drischt er mit der Faust gegen eine Planke.)

–!Willste ?da raus. Verrückt.

–Die – Planke. (Er schlägt & reißt weiter an dem Holzstück.) –Dieplanke – willich – !ab – !brech – !ng. Isschon angeknaxt. Dann. Riegel vor der Tür. Hochschiehm. – Hoff – Hoffntlich nich – ver – schlossn – – (:Das Plankenstück in der Güterwagenwand, – 1 weniges an Abendlicht schimmert dort hindurch (wäre Nacht, niemand hätte bemerken können, daß dieses Plankenstück angebrochen ist) – gibt unter den Faustschlägen=von-drinnen schließlich nach – :splittert –, –; die blutig zerschrammten Finger des Mannes biegen das lockere Plankenstück zu=sich in den Wagen herein –, dabei kwätscht er seine Finger: abgewürgter Schrei. Dann preßt er das Stück Planke an seinen dürren Leib wie 1 Schiffbrüchiger den Strohhalm in einem nach Jauche&sterben stinkenden Meer. Der Mann, zurückgesunken, atmet röchelnd; die Anstrengung war für 1 Fastverhungerten zu groß. –)

–Un?nu –.

(Der Mann mit dem Brett in Fäusten antwortet nicht. Der Andere schiebt verbissen seinen ausgehungerten schmerzenden Leib über die Körper der Toten/Nochnichttoten zu seinem Kameraden hinüber, löst ihm das Brett aus den Fingern & kniet sich nieder vor der Schiebetür des Waggons. Ausgestreckt liegen starr wie Bündel aus dürrem Holz 1ige Gestalten vor dem senkrechten Türspalt. Der Mann-mit-dem-Brett kniet auf den Toten; er weiß, jetzt kommt der schwierigste Teil: Er muß das Stück Planke in den schmalen Türspalt zwischen Waggonwand & Tür schieben, den eisernen Riegel-draußen in der Öse hochschieben, um dann die Wagentür öffnen zu können. Seine Hände an den sehnendürren Armen zittern – grelle Funken vor den Augen – :!Bloß das Brett nicht aus den Händen und nach-Draußen fallenlassen..... – Er versucht und versucht es, umsonst. Ein Schwächeanfall läßt ihn stöhnend zusammensacken, im Letztenmoment krallt er sich an das Brett, Fingernägel zerbrechen – Schmerz verspürt der Mann kaum. In der Stickness des mit Menschen zugestopften Waggons sein pfeifend ausgestoßenes Atmen – für 1 Moment die Illusion frischen Luftzugs erzeugend, und sofort wieder die wirkliche eisenfeste Stickigkeit vor den Mund gestülpt. Kraftlos die Arme über Brustkorb&planke gekreuzt, so liegt der Mann vor der geschlossnen Tür.) – Und Zeit vergeht –

In dem übel stinkenden Schummer im Wageninnern über rachitisches Stöhnen u lebensschwach auf den Bodenbrettern scharrende Körper hinweg, kriecht ein Dritter zu dem Mann-vor-der-Tür. Schaut ihm ins eingesunkne Gesicht. Wendet sich ab, – und saugt begierig die abendkühle Luft durch die Wandöffnung ein –. Dann löst er das Brett aus den blutigen Fingern seines Kameraden

– & versucht es nun selbst, den Riegel-Draußen hoch- & die Tür aufzuschieben. Nach einigen vergeblichen Versuchen gelingt es: der Eisenriegel an der Tür gibt nach – schrilles Geräusch, wie Glasscherben die Stille zerschneidend – :Jetzt !schnell das Plankenstück untern Riegel klemmen, damit er nicht zurückfällt in den Ösenring. Und !dann: Die Tür – Die große schwere Holztür : !auf – !!schie !!!bänn – : – Schon kühl die Dämmerungsluft=Draußen vor der viereckigen Öffnung, kann nicht eindringen in den Block aus Miasmen sterbender u schontoter Menschen.–

Hoch über dem Bahndammschotter liegt die Plattform des unversehrten Güterwagens, die Schiebetür weitoffen – aus dem Dunkel erbricht das viereckige Waggonmaul 1ige in groben Drillich gehüllte Leiber auf den Schotter hinab. Neben dem Gleis, im Graben voll ölschwarzem Morast u dem Unkrautgestrüpp, bleiben die Gestalten liegen. Aus kantigen zerschrammten Schädeln stieren die Augen, großblickend blutunterlaufen wund, zu dem späten Himmel hinauf. Fieberverglühte Rachen schlürfen begierig die Kühle aus dämmerungsfeuchter Abendluft – –

Dann schauen die Männer zu den Resten der Waggons vom-Transport: Von Bomben & Geschossen der Tiefflieger getroffen, staken aus glühenden Eisengerüsten Brettergerippe, teils schon verkohlt teils noch von Flammen knackend umzuckt. Über die Waggonbodengerüste verstreut u zu Klumpen geballt, was dort-drinnen Mensch gewesen. Bombendetonationen haben die Waggons zerfetzt, verschieden große Bruchstücke in die Umgebung geschleudert, aus Kratern Flammen&rauch, den Rest besorgte der an den Zug gekoppelte, unter den Granaten explodierte Munitionstransport – nur 1 Wagen blieb unversehrt. Dieser.

Draußen die Überlebenden, an Jahren noch junge Männer, von verdrecktem Blauweißdrillich umschlottert, zuerst auf allen-4, später mühsam u mit schmerzzerstochenen Bewegungen wie Greise, finden sie, tief verkrümmt, in den aufrechten Gang, & stolpernd durch Gehölze suchen sie, menschliche Schatten, Zuflucht im abendverhangenen Hochwald. Der steht noch leergeräumt vom letzten Winter – –

2

Dieser Groß-Angriff mit Be-Sechsundzwanzig-Bombern geschah gegen sechs Uhr abends am 8. April 1945, einem frühlingswarmen Tag in der Woche nach Ostern, mit insgesamt drei Geschwadern der 9. U-S-Luftflotte & dauerte etwa siebzig Minuten. Er kam von Nord-Westen her & galt dem Gaswerk, dem Güterbahnhof sowie der Stadt X. selbst. Die Staffel flog Danach in die Rückkehrschleife über den Luft-Raum

Hannover Braunschweig Fulda Halberstadt Hamburg Bremen zurück zu einem der Sammelstützpunkte alliierter Luftstreitkräfte an der englischen Kanalküste od auf dem Gebiet des befreiten Belgien. Neben den ausgesuchten Zielen zerstörten die Bomben über dreihundert Wohnhäuser in X. sowie einen Großen Dunklen Zug, der den Bahnhof von X. bereits verlassen hatte, dann aber wegen eines Defekts an der Lokomotive über-Stunden-hinweg auf den Schienen im schattenlosen Sonnenlicht (das Frühjahr hatte bereits seine ersten heißen Tage) halten mußte. Diesen Zug mochten die alliierten Bomberpiloten irrtümlich für einen deutschen Militärtransport gehalten haben; neben zwei Waggons mit Munition & S.S.-Wachmannschaften befanden sich im Zug aber etwa dreitausend KaZet-Häftlinge aus den Lagern Salzgitter Neuengamme Drütte, nun auf dem Transport ins Sammellager Bergen-Belsen.

Die meisten der KaZet-Häftlinge in diesem Zug starben bei dem alliierten Bombardement; die S.S.-Wachmannschaften hatten rechtzeitig vor dem Fliegeralarm den Zug sich selbst überlassen, die wieder intakte Lok abgekoppelt & waren getürmt.– Aus dem 1zigen wie von einem Wunder unzerstört gebliebenen Güterwaggon glückte dreißig Häftlingen die Flucht bis dicht vor die Neustadt von X. (dort verbargen sie sich in Schrebergärten sowie 1ige in den Wäldern, dem Neustädter Holz, nahe der Stadt X.). Die fast verhungerten Menschen hielten sich in Erdlöchern & zwischen Gestrüpp verborgen. Die meisten waren seit-Langem krank u überdies von der teils monate-, teils jahrelangen Internierung in den-Gefangenenlagern sehr geschwächt – jeder Schritt qualvoll & mühsam, sie krochen eher dahin als daß sie laufen & fliehen konnten; ihr Glück, sie waren zum Großteil noch jung. ?Wovon würden sie sich ernähren; zu dieser frühen Zeit im Jahr wächst Hierzulande für Menschen nirgends Eßbares in der Natur. ?Wo sollten sie sich verbergen, und – inmitten eines ganzen=feindlichen Landes – ?was würde aus ihnen werden, sollten die-Alliierten !nicht alsbald Hier eintreffen. Das wußten die entflohenen Häftlinge nicht. Diejahre=im-Lager hatten sie gelehrt, nur für den nächsten Lebensmoment zu überstehen : Und nun dem unmittelbaren Tod-durch-geplantes-Verreckenlassen zu entkommen, !Das wäre bereits mehr, als sie für=sich noch hatten erhoffen dürfen.

Später Abend, aus frühlingswarmer Erde stieg Dunst in die Himmelsstille auf, die Bombenflugzeuge kamen in Diesernacht nicht zurück.

Unter der Glocke Verdunkelung saßen zur-Stunde im Dorf Y., östlich vor der Stadt X. gelegen, einige Herren in der Dorfgaststube beisammen. Darunter der Stadtkommandant sowie der Oberbürgermeister aus X., dann der stellvertretende Schulleiter des dortigen Gymnasiums, der Parteileiter (ein »Goldfasan«), der Apotheker aus 1 Vorort von X. sowie einige vermögende Bauern aus der Umgebung; der Revierförster, er brachte Nachrichten aus den Jagen um Y., kam später hinzu. In Frieden's Zeiten mochte dies im Gastraum für den Schützenverein die Stunde für Bier-&-Kartenspiel gewesen sein – noch bis vor-kurzem, trotz Krieg-&-Bombardierung, hielten die Honoratioren an ihren Herren-Abenden fest; über die Dörfer war Der Krieg mit weniger festem Tritt als durch die Städte gezogen.

Jetzt hielt Der Tod den-Krieg=selber gepackt. (Derart empfanden nicht allein diese Herren.) Krieg wand sich in Agonie, zog Alles&jeden in die Maßlosigkeit Seines feurigen Todeskampfes, alsbaldige Sieger wie die schon-Verlierer, hinein – & gab somit dem Unmaß an Schrecken-der-Letztentage genau !Dies als Maß für schon künftige Zeiten vor. Auch die Herren im Schankraum von Y. hatten vom-Krieg immerhin soviel erlebt & ihren Anteil daran, um jeden kommenden Frieden zu fürchten.

Und nicht allein das.

→ Schuld & Vergeltung – *Unmaß für Unmaß*, u längst Ohnebegriff geworden – ließ BEDENKENLOSIGKEIT frei –: Ein !Enormerraum, angefüllt mit allen Stürmen aus menschlichen Gelüsten, & gesperrt ins Marmorwerk Alten Rechts.– Wo Alles verloren ist, ist Nichts mehr von Wert.

Das Streben nach Sicherheit ist ein funda-mental menschliches Streben. In aussichtsloser Lage, zum Beispiel während der Einkesselung od Belagerung einer Stadt, kann dies Streben-nach-Sicherheit soweit gehen, daß der freiwillig gesuchte Tod dem Menschen zumindest die Sicherheit gibt, dem-Feind nicht als Gefangener ausgeliefert zu sein. Und was für 1 Stadt-bei-der-Einkesselung gilt, das gilt um das Dutzendfache verstärkt bei der Einkesselung eines Landes. Rache & Tod unausweichlich aus Feinde's Hand vor-Augen gilt es, TOD=mit-Sicherheit sich zu !verdienen. Dazu sind TATEN mit TODES-WERT erforderlich. –

?Sind für Krieg & Verbrechen !?nicht stets konkrete-Menschen da; ?und hört Krieg !?nicht auf, Krieg zu sein, Verbrechen !?nicht Verbrechen, sobald konkrete-Menschen !verschwunden wärn. Keine Zeugen, keine Ankläger, kein Verbrechen. ?Was weiter. Nichts. Zumindest nicht in der Stadt X., im Dorf Y. & in dessen Umgebung. Und wenn Einesvolkes Karakter dessen Schicksal ist, u Karakter ist angeboren, dann ist Schicksal gleichfalls angeboren, u deren Träger & Erdulder sind Ohneschuld : Hier wäre Man *anschtändig geblieben*. Trotz Allem. Doch *Anschtand* hat seinen Preis, er kostet niemals Nichts. –

Dort=im-Nichts wären längst auch diese dreißig Fremden – Entsprungene Sträflinge=Schwerverbrecher –, hätte während eines Bombenangriffs nicht Ein Wunder sie verschont. Wunder sind über=irrdisch. Irdisch dem-Tod bestimmt waren diese Fremden=Toten längst. ?Können Tote ?getötet werden. !Nein: Jeder Tod ist 1malig. Wie bei Homer so bei Hitler. Aber: Dreißigtote in den Wäldern besaßen noch lebendige Augen Muskeln Hände Füße, sie atmeten noch – bald kämen Die Dreißig aus den Wäldern heraus : Dreißig Gläubiger, die nicht hatten dran glauben wolln & Jetzt den längst überzogenen Kredit auf den Glauben an Die Welt-Herrschaft auch von diesen Herrschaften aus X. einzufordern.

Das wußten die honorigen=Herren im Gasthaus von Y., ohne 1 Wort darüber sagen zu müssen. Waren bislang Krieg-&-Verbrechen, auf Lastwagen od in Güterwagen gepfercht, allenfalls an ihnen rasch vorübergefahren, so waren Krieg=&=Verbrechen !Jetzt in die Vorstadt & in die nahen Wälder gedrungen; alsbald kratzten SIE an Jedermann's Tür.

Und weil Die Bürger-Herren zweifellos tiefgläubige Christen sind, deren Wahrheit & irdisches Leben's Ziel im Jenseits liegen, sind sie der-Auferstehung & des-Ewigen-Lebens gewiß. Wer sich=selber *unsterblich* weiß, hat vorm Sterblichen keinen Respekt. Nur der zweifellos Glaubende kann auch der zweifellos=Grausamste sein. : Die Herren beschlossen zu handeln. !Sofort.

Denn sie waren tatenvolle Männer; ihre Lebensauffassung steinern nach Lot & Winkel auf-Kante gefügt, jeder Einzelne auch in Diesenzeiten der Beweis für beherrschte Not. Der Stadtkommandant sowie der Abgesandte der Parteileitung aus X., der Oberbürgermeister, der stellvertretende Gymnasiumsleiter, der Apotheker, der Revierföster, die Bauern – sie=allsamt waren ernste Männer: Familienväter, Patrioten, keine fanatischen Nazis (nicht mal der »Goldfasan«), denn vor der-Ideologie steht auf-den-Dörfern immer Die-Familie. Sie & Abertausende=Ihresgleichen-im-Land waren Handwerker, Beamte & Geschäftsleute mit Sinn für Gemein-Wesen, ihre Parteizugehörigkeit war

Dienst-am-Kunden & an sich=selbst; seriöse Männer, im Geschäftlichen groß wie im Glauben & in anderen Finsterheiten.

Nur 1 fehlte in der honorigen Runde, an Diesemabend wie auch desöftern zu Frühererzeit: 1 Mann, den sie in der Stadt X. abfällig *den Schulmeister* nannten; weich von Gemüt u furchtsam mit himmelsgütigen blauen Augen, sanftmütig im Umgang mit anderen Menschen, sein Haar wie helle Seide, noch blond od schon weiß. Obwohl von allen Seiten her angreifbar, hielten die-Schülerhorden Frieden mit diesem Mann.

Seinem Bruder, Heute ein Bauer & Viehzüchter im nahen Wendland, sowie den übrigen Geschwistern war er in Frühenjahren im Elternhaus als das älteste Kind stets vorgezogen worden; aus dem Ältesten, beschlossen die Eltern, sollte das Beste der Kinder werden. Also sparte Man den übrigen die Mägen leer & ließ den Ältesten studieren. So schließlich wurde aus ihm am Humanistischen Gymnasium in X. ein Studienrat für Altphilologie u Geschichte. Von jeher Einzelgänger –, war er mit solcher Wesensart von-kleinauf das Opfer für die Prügelgelüste aller Stärkeren. Er hatte niemals gelernt, zurückzuschlagen od nur an Die Mächtigen sich zu halten. Auch später, in den Augen so-Mancher !zu spät (denn Die Meute wittert stets den Unterschied in der Gefolgschaft aus Not=Wendigkeit od: aus Not) suchte er, als Letzter im Honorigen Kreis, um Mitgliedschaft in der-Partei. Die Ehe mit einer Geschäftsfrau, sie betrieb einen Laden für Messer & Stahlwaren in X., hatte den beiden nicht für lange Glück beschert. Die Frau war resolut, egoistisch & sentimental, er verzagt u sensibel; sie hatten keine Kinder. Und noch vor Kriegsbeginn wurden sie geschieden. Ein kompliziertes Stoffwechselleiden bewahrte den Studienrat vor Militär=&=Fronteinsatz. Seine Zurückgezogenheit legte Man ihm häufig als Eitelkeit & Hochmut aus; mitunter blitzte hinterrücks ein großes u gefährliches Schimpfwort gegen ihn = den Besitzer einer umfangreichen Privatbibliothek in der er oft u gerne las: von des Gedankens Blässe angekränkelt = 1 *!Intellektueller.....* – So gelegen das Manchem in der Stadt X. auch gekommen wäre, *den Schulmeister* Damit end=gültig zu vernichten – weder päderastische Neigungen noch unarisches Blut ließen sich ihm ankreiden. – Kurz nach seiner Scheidung lebte er mit 1 gleichfalls stillen, die Einsamkeit liebenden jungen Frau in 1 unauffälligen, wenig spektakulären Beziehung zusammen; heiraten mochte er nicht wieder. Die junge Frau, 1 aus dem Sudetenland Heim=ins=Reich nach X. zugezogene Katholikin, blieb daher die 2fach=Fremde in Solchergegend. –*Sie ist meine Einzige Liebe gewesen, durch die-Heirat hätte ich diese Liebe zerstört.* So hatte er sich einst erinnert. Und sie lebten auch in-der-Öffentlichkeit so vertraut mit=ein=ander, daß mit-der-Zeit diese Beiden wie 1 Ehepaar behandelt wurden.–

Vom 1.-Tag-an (obwohl niemand in der honorigen Wirtshausrunde in Y. diesen 1.-Tag hätte datieren können) erbrachte des Studienrats stille, gemütsweiche Art und die wilde-Ehe mit 1 Katholischen ihm die Feindschaft des stellvertretenden Gymnasialleiters (der *natürlich* auf den Posten des Leiters wollte) sowie des Revierförsters, eines deftigen verschlagenen Mannes, sein Wesen voller Hosenbodenschweiß & schnapsroter Kommersgelüste.–

An Diesemabend, wieder mal ohne *den Schulmeister*, saßen die Honorigen lange um denselben Tisch. Sie sprachen wenig in Diesenstunden & sie beschlossen viel. Denn jeder=Einzelne wußte seine ganz=persönliche Nutznießerschaft am Großen Kredit auf Welt-Herrschaft; & Jetzt, unweigerlich, ist Zeit fürs Rückzahlen gekommen. Keiner konnte daher Ohneschulden geblieben sein; auch nicht der noble Herr Studienrat mit dem seidenfeinen Haar u den himmelsgütigen Augen. Aber er verweigerte auch Jetzt die-Gefolgschaft. !Das (empfanden Die Herren im Gasthaus & sie schnauften giftig) grenzt an *Fahnenflucht*.....

Leute-aus-der-Gegend, & weitaus mehr als Dazu nötig, setzte der Revierförster auf seine Liste für Treiber & Jäger gegen *Die entlaufenen Schwerverbrecher* –:!Das verstanden Die Herren im Gasthaus von Y. ohne 1 weiteres Wort.

So waren es aus dem stillen 1verständnis Aller heraus der stellvertretende Schulleiter & der Revierförster, die für den bald schon anbrechenden Morgen eine Bürgerwehr – mehr als sechzig Leute, viele davon aus dem örtlichen Schützenverein – mobilisierten. Der Stadtkommandant befahl Den Einsatz für den kommenden Morgen um 6 Uhr. Wer keine Schußwaffe besaß, hatte Äxte Knüppel Hämmer Eisenstangen mitzubringen.–

Am Ort des Geschehens drangen in weitgezogener Treiberkette mehr als sechzig Leute der Bürgerwehr in die Kiefernhochwälder ein, der Waldgeruch von schmokenden Trümmern versengt, die Stille zerrissen vom spitzzahnigen Gebell der Vorstehhunde. Dicht=an-der-Seite des Stadtkommandanten, des stellvertretenden Schulleiters & des Revierförsters, unter deren herrisch=kontrollierenden Blicken, 1 Mann mit seidenhellem Haar u gütig blickenden Augen, in seinen feingeformten Fingern ein Eisenrohr. – Keiner in dieser Schar redete 1 Wort – keiner scherte aus der Reihe : Mit Blicken hielten sie wie mit Nägeln aneinander=fest –: Seither hatte niemand niemandem etwas voraus.

Zu Jenerzeit war der Gang in diese Wälder nicht ungefährlich; Nachrichten zufolge war bei einem der letzten Bombenangriffe auf die Stadt H. auch der dortige Zoo schwer beschädigt worden, viele Tiere fanden den Tod; einigen – darunter Löwen u Tiger – glückte die Flucht. Ausgehungert u verwundet durchstreiften sie seither die Gegend nach Beute; man wollte Löwen & Tiger bereits in den Forsten nahe bei X. gesehen haben.

Als jetzt, zur blassfrühen Stunde, vor der Treibjäger-Kette großes Prasseln & Brechen im Unterholz hörbar wurde, als wälzten sich schwere gefährliche Leiber dort – schrak der Apotheker hoch. In gräller Aufregung flüsternd: –?!Sind !Das die Wilden Viecher –

–Ja. – Antwortete neben ihm der Revierförster. –Wildeviecher: Menschen..... – Entsicherte sein Jagdgewehr & machte die Hunde los.....

3

Das Erinnerungsbild an meinen Onkel-väterlicherseits zeigt mir 1 Mann mit seidenglatten weißen Haaren u himmelsgütig blauen Augen. Mein Vater war niemals gut zu sprechen auf seinen älteren Bruder; bei jeder Gelegenheit kam Abfälliges über ihn aus meines Vaters Mund: *Studchen-Ratz-Panksjon* sprach er als Schimpfwort aus, das galt seinem stillen Bruder ebenso wie *Papiertieger*, und auch ein stets von spöttischem Gelächter zersplittertes *Hasenfuß*. 1 Mal (doch Vater verschlug sich !sofort den Mund, als wäre ihm vor Feinenleuten ne derbe Zote entfahren) nannte Vater, voller Gift u Hohn, seinen älteren Bruder: *den flennenden Schlächter*. Erklärungen dafür gab Vater mir keine, schnitt vielmehr sich u: mir Darüber 1=für-Allemal das Wort ab.

Trotzdem schickte mich Vater in den Schulferien jedesmal für paar Tage zu diesem freundlichen Mann mit den blauen gütig blickenden Augen und der großen, in vielen dunklen Farbtönen schimmernden Bibliothek nach X. (Gewiß erhoffte er sich vom Bruder für mich einigen Privatunterricht, der mir später in der Schule=von-Nutzen wäre & ihm, dem inzwischen all-1 auf seinem Hof im Wendland lebenden Mann (meine Mutter war verstorben), Kosten 1sparen ließe.) –

Ich fuhr sehr gern zu diesem stillen Mann nach X.; er empfing mich stets voller Freude. Im 1. Stock seines Häuschens gegenüber den Uferwiesen am Stadtrand von X. hatte ich sogar zwei Mansardenzimmer für=mich-allein; ich schaute auf den Fluß A. u hörte tagsüber das Lärmen der Enten. Niemals hatte ich Neigung zum Beruf des Bauern verspürt; sehr zu Vaters Leidwesen, der Nichts unversucht ließ, mich in den-Hof zu pressen – :Sein Bruder hier=in-X. gab mir beizeiten das argumentative Rüstzeug, um Vaters Willen ernsthaft begegnen zu können. Dann redete dieser Mann mit den gütigen Augen plötzlich voller Trotz & schroffer Entschiedenheit, als müsse er=selbst gegen fremde=übermächtige Befehle zur Wehr sich setzen, auf mich ein. In den Jahren bloßer Oppositionslust, um Vaters mittlerweile unerträglich gewordenem Druck (er sah meine Schulzeit zuende gehn & somit die Entscheidung über mein Berufs-Leben unweigerlich für gekommen) hinsichtlich meiner verstärkten Ablehnung seinen Hof zu übernehmen, 1=für=Allemal abzuwehren, hatte mein Onkel zusätzlich mächtige Hilfsmittel gedanklicher Kraft aus seiner Bibliothek mir zukommen lassen: Aus Kunst, Philosophie, verschiedensten Wissenschaftsgebieten widerlegte mein Onkel dem Gegner (seinem Bruder im Wendland) die naturalistischen Thesen jenes romantisierenden Idealismus bäuerlichen-Lebens-&-Arbeitens. –Natur ist !boshaft & !tückisch. – So ereiferte er sich desöftern, wenn ich ihm von Vaters hartnäckigen Forderungen, Bauer & Hofnachfolger zu werden, erzählte. –Natur macht die Menschen, die mit ihr sich abgeben, zu Ihresgleichen: den-Bauern zum Angehörigen der Familie boshafter & tückischer Erdwürmer, zur geduckten gemein=Schafft von Pflanzensklaven, geschart in Demut um den alraunigen Urvater = den Patriarch für Blut&scholle, lauernd, & befallen von der Sucht nach immer mehr Erträgen. !?Das soll die-Natur=des-Menschen..... sein. !Nein – (schloß er aufgebracht) –Natur ist stets des Menschen stärkster !Feind. – Außerhalb solcher Gelegenheiten versank der Mann in seine gewohnte Stille u Freundlichkeit.

Wieder Daheim beim Vater, verstand der von meinen verschrobenen Attacken gegen den Bauernberuf, die ich ihm nach meines Onkels Art auftischte & die, wenn auch in verknoteter Weise dargebracht, dennoch un-

S. 366, Klassentreffen, Heute →:
Plessners, des Radikalisten gegen das-Radikale, kritischen Anmerkungen zum Radikalismus zufolge bestehen Die Feinde desselben zunächst in-der-Natur, *»da sie dem Unendlichkeitsstreben Schranken setzt«*. Sodann in den menschlichen Trieben, *»welche mit den Forderungen, die Sinne, welche mit dem Denken streiten.«* Weiterhin bemerkte P., daß dem *»Radikalen* [...]

überhörbar das gedankliche Siegel seines älteren Bruders trugen, nur eben soviel, als daß ich von seinem Hof & Anwesen definitiv !Nichts wissen wollte. Das geschah in-den-Jahren als *Landflucht* & *Hofsterben* als Schlagwörter in den Zeitungen prangten; Vater mochte den übermächtigen Zeit-Strom, dem er nichts darwider zu setzen wußte, verspüren. So schickte er sich schließlich drein, u: tief unter allen Worten schweigend & voll verstummtem Widerstreben gab er mir schließlich das nötige Geld, um in H. zu studieren.

leben und schlechtes-Gewissen-haben, Dasein und Verrat am Geistigen ein und dasselbe [sind].« Aus dem Widerstand dieses Feindeslagers heraus nimmt, nach P., der Radikalismus *»seine Schroffheit & seine Angriffshaltung«* gegen die-Natur, *»dem Inbegriff blinder Macht«.*

Als ich meinem Onkel von diesem Triumf, an dem er solch großen Anteil hatte, voller Begeisterung erzählte, nahm er das erstaunlich kühl, eher zerstreut zur Kenntnis. Ich bemerkte das nicht, sondern war voller Freude; ein riesenhafter Druck-aus-Vielenjahren war von mir gewichen. Ich ließ mich hinreißen, rief vor lauter Rotwangigkeit aus: –Das Leben ist !schön. –.

Von einem Buch aufblickend, verärgert über die Störung zudem stets Feind jeglicher Nachlässigkeit gerade in solch Kleinendingen, richtete mein Onkel den Blick fragend auf mich. –Wenn das-Leben=schön ist, wie dus beschreist – (sagte er streng) –?warum ist es dann ?nicht !jetzt schön.

Bei jedem meiner Besuche schien mir der Mann mit-den-Jahren tiefer in die Dunkelfarben seiner Bücher u Folianten hineingewachsen. Dieser Mann hatte mich die Begeisterung am Lesen gelehrt; meine Ferientage=hier in X. nannte ich (nur für=mich, um bei meinen Mitschülern nicht als *gemütsweich* od gar für *weibisch* zu gelten) Meine Lese=Ferien. Und Bücher ließen mich bis-Heute zuweilen die-Menschen-um=mich-her tot & als Gespenster, die Menschen in Büchern aber als die lebendigsten Wesen begreifen.

Mein Onkel gehörte zu jenen Menschen, die irgendwann im Leben zu der Erkenntnis gelangt waren, !welcher Weg der !ihnen=eigene ist u was im Leben zu=ihnen=gehört. Die Meinung, Alles sei Allen möglich & daher mit Allenmitteln erstrebenswert, überließ er den Hoffnungsfrohen, also den Dummköpfen & Vergewaltigern. *Anderer Leute Tun & Erfolge, auch wenn sie durch Unrecht, Intrige & Verräterei erworben – & das sind die !meisten –, ist deren Sache. Das gehört !nicht zu mir: Ich habe, was ich haben soll.* – Das eigentliche Problem aber ist nicht, zu solcher

Erkenntnis-von-sich=selbst zu gelangen, sondern vielmehr nach ihr zu !leben..... Und so mochte dieser Mann, wie alle von derartiger Charakter-Beschaffenheit, über Langezeit mit dem Unrecht, der Mißgunst & allen Hintertriebenheiten von der-Übrigen Welt, denen er ausgeliefert war, gerungen haben; Tag-auf-Tag ein Amoklauf=nach-Innen, gegen=sich=selbst. Sooft ihm die banalste Ent-Täuschung, die Jedermann jedem=alltäglich auftischt, widerfuhr, stimmte ihn dies – äußerlich – nur umso milder u freundlicher wie nach neuerlicher Züchtigung für ein uraltes Vergehen. Doch war er Darüber nicht empfindungslos geworden. So manches Mal erklärte er mir voller Bitterkeit: –Insbesondere Fairness gilt nur als 1 anderes Wort für hergezeigte Schwäche, !schlimmer als Dummheit. So gilt es !Raffen, ob Not besteht od keine; Raffen sobald die-Gelegenheit dafür gegeben, & !ab mit der Beute in Klauen & Zähnen des eigenen Ego. Das, Junge, kannst du besonders= !gut von den-Kristlichen..... lernen.– Doch hatte ihn solch Alltag's Feuer nicht verbrannt, somit war er hart & streng geworden: zu-sich= selbst wie zu anderen, wobei er Härte & Strenge nach-Außen-hin oftmals in Eiserne Güte zu verwandeln wußte. Wer über ein gerütteltes Maß an frecher Doofheit nicht verfügt, dem wird das Weiterleben Untermenschen unendlich schwer. Diesermann wußte genau, !was ihm von anderen bevorstand, doch er fürchtete sich nicht mehr Davor. Sobald ihm Derlei begegnete, schien ihn das letztlich nicht verdrießlicher zu stimmen, als das über-Jahr&tag bequeme Tragen eines Paars Schuhe, u: plötzlich, nach Sovielzeit, beginnen diese Schuhe zu drücken, als wären sie neu u: kennten den Fuß nicht mehr. Beim letzten Besuch vor-Vielenjahren fand ich meinen Onkel in Büchern von Seneca lesend. –

So ist mir dieser Mann in Erinnerung geblieben, u selten redete er Unbedachtes. Doch später glaubte ich tief in=seinem Wesen verschlossen gehaltenen Schrecken zu ahnen, daran dieser alte gütige Mann nicht zu rühren sich getraute so, wie ich als Kind=daheim in Vaters Haus vor der im Gemäuer des Kellergangs allzeit verschlossen gehaltenen, aus rohen uralten Bohlen gefügten & mit derben rostigen Eisenbändern beschlagenen Tür, die in Ein Labyrinth führen mußte, darin gefangen all meine Ängste, stetes Grauen verspürte; nicht 1mal die Klinke zu Dieser Tür zu berühren fand ich je den Mut. – In seiner Einsamkeit (die Lebenspartnerin aus dem Sudetenland hatte ich nicht mehr kennengelernt, sie war kurz nach Dem Krieg verstorben) waren dem pensionierten Studienrat für Altphilologie u Geschichte aus seinen verstreuten Furchtsamkeiten Die Leben's Angst..... erwachsen. :!Weshalb und auf !welche Weise Dies mit Vaters angewiderter Bemerkung vom *flennenden Schlächter* zusammenhing, Das sollte ich vor Vielenjahren zwar gehört haben, doch erst etliche Jahre=später verstehen. Eines Abends, ich bin 12 u während der Sommerferien wieder bei ihm in seinem Häuschen in X. zu Gast, hat dieser alte, weißhaarige Mann !seine Kellertür um 1 Spaltweit geöffnet. –

Ich sitze in der Bibliothek u lese versunken, als er plötzlich an mich herantritt, vor mir in seinem Sessel nahe der einen großen Bücherwand schwerfällig Platz nimmt, seine Blicke als stoße er zwei Eisenstangen vor mich nieder auf den Boden, und von heftigem Atmen begleitet höre ich *eine Stimme* sprechen, als sei sie noch erschüttert vom Traum, aus dem er soeben herausgestürzt. Vielleicht spricht er gar nicht zu mir, so daß ich *diese Stimme* nicht erkennen soll, vielmehr inmitten seines Bibliotheksfriedens spricht er=allein zu den stummen Bücherwesen an der Wand. Fremdartig klingen die Worte und stockend zu Beginn seine Rede.

–Gleich nach Dem Krieg wars – zuerst kamen die-Amerikaner. Am 12. April war hier in X. Der Krieg zuende, aber nur in militärischem Sinn. Die-Amerikaner verfügten unter=anderem über Eine Liste, darin die Namen von PeGes & anderen Nazigrößen. Vervollständigt wurden solche Listen *unter Mithilfe der Bevölkerung.....* (Erklärt mir *die Stimme*) –!Darauf konnten auch Die Neuen Herren sich verlassen : Oftmals dieselben, die noch bis Vortagen ihre Nachbarn wegen *Feigheit-vor-dem-Feind* bei der Alten=Obrigkeit anschwärzten – und an Laternen, Bäumen aufgehängt Männer Frauen Halbekinder, das Schild *Ich bin ein Feigling Ich bin ehrlos Ich bin ein Vaterlandsverräter* vor der Brust; – !die schwärzten nun die-Nazis bei den-Demokrazis an. Der Zeigefinger zum *J'accuse*, der ist zu Allenzeiten das wichtigste politische Organ des-gemeinen=Menschen.....

Er besinnt sich 1 Augenblick. Dann berichtet er weiter.

–Amerikanische Soldaten hatten bei ihrem Einmarsch in X. am 12. April 1945 dreißig Leichname im Neustädter Holz gefunden, teilweise verstümmelt u Tiere waren schon an ihnen. Aber Stoff hält länger als Fleisch: Man erkannte am blauweißen Drillich & anhand der Nummern KaZet-Häftlinge & auch, daß sie nicht von Wildentieren zerfleischt, sondern von Wildenmenschen erschossen & erschlagen worden warn. WO SIND DIE TÄTER. Auf einen anonymen, mit allen Details versehenen Hinweis – (er räuspert seine trockene Kehle)

–hatte Man alsbald die für diese Menschen-Treibjagd vom April Verantwortlichen gefaßt. Später berief Die Alliierte Militärbehörde, inzwischen waren die-Engländer in X. eingerückt, ein Tribunal zur Aburteilung der Verdächtigten: das *Massacre Trial von X.* –

Doch standen die Beschuldigungen für die meisten der Angeklagten offenbar auf wackeligen Füßen: 1zig aus den Polizei-Akten von X. fand sich 1 Vermerk auf die *Notwendigkeit des Erstellens einer Bürgerwehr* sowie einige Namen der dafür Vorgesehenen. Vor dem Tribunal jedoch verschafften die meisten der Angeklagten sich=selbst & den jeweils Anderen unwiderlegbare Alibis für die fragliche Zeit als *Stille Jäger*. Der Stadtkommandant trat sogar auf & beschuldigte 1 Bürgerin von X., die gegen ihn ausgesagt hatte, der Befangenheit, weil er=selbst diese Frau vor-Jahren bei den-Behörden wegen 1 Vergehens angezeigt hatte & diese Frau jetzt an ihm offenbar sich rächen wollte. Die ursprünglich gefällten 3 Todesurteile für die Haupt-Angeklagten wurden nicht vollstreckt, sondern, kaum ausgesprochen, in Zuchthausstrafen bis zu zehn Jahren umgewandelt. Doch bereits nach 4 Jahren wurden diese wie alle übrigen Angeklagten freigesprochen & aus der Haft wieder entlassen.

Ausschlaggebend für die Umwandlung der Todesurteile in Freiheitsstrafen sowie für den späteren Freispruch aller Angeklagten, einer Rehabilitierung gleichkommend, mußte (so vermerkt in den Akten) der Auftritt des Studienrats vom Humanistischen Gymnasium in X. vor dem Tribunal auf die britischen Militärrichter gewirkt haben. Die ruhige, gefaßte Art seines Vortrags, zudem die Höflichkeit sowie die Seriosität seiner gesamten Erscheinung, wohl nicht zuletzt das weiße Seidenhaar u die gütigblauen väterlich blickenden Augen, mochten aus dem gleichen patriarchalen Sinn, wie die über die gesamte Kriegszeithinweg von alliierten Luftangriffen absichtlich verschont gebliebenen Städte Bamberg od Heidelberg, an Diesemort nun die Richter bewogen haben, den Aussagen dieses Patriarchen Glauben zu schenken. Und so verdankten jene angeklagten Honoratioren ausgerechnet dem von ihnen am meisten Verachteten nun den eigenen Kopf sowie Vielejahre ihres Lebens außerhalb von Zuchthausmauern: dem als gütige u integre Vater-Figur erscheinenden *Schulmeister*.– Die Prozeßakten verschwanden später mit dem Vermerk *»Verfahren eingestellt!«* im Stadtarchiv von X.

Jene in den Freispruch gelogenen Honoratioren, rasierwasserscharfe Herren im Kultur-Beutelgeruch, haben des *Schulmeisters* Auftritt vor-

Gericht ihm nicht etwa gedankt u die frühern Abneigungen gegen ihn begraben; vielmehr aus der Pflicht, ihm Dank zu schulden, verachteten sie ihn jetzt umso tiefer, doch mochte jenem *Schulmeister* seinerseits die neuerliche Entfernung Dieserleute mehr als willkommen gewesen sein.– Nur die immer häufigere & für stets längere Stunden angetretene Flucht in seine Bibliothek (oft auch fand ich ihn, über ein Diarium gebeugt, in der gelben Lichtinsel seiner Pultbeleuchtung schreibend) ließen ihn vielleicht Ein Wissen..... tragen, das er nicht länger zu ertragen sich imstande sah.–

Also eröffnet er eines Abends im Sommer vor Vielenjahren seinem 12jährigen Neffen den Blick in !seinen Keller, darin alle Ängste dieses Mannes unsterblich verblieben sind.

4

–Im Souterrain des teilweise zerstörten Sägewerks von Ludemann + Sohn an der A. hocken gefangen + 1gesperrt die-Ehemaligen: Stadtkommandant + Parteimann aus X., der Oberbürgermeister, mein Stellvertreter in der Schulleitung samt einigen Kollegen – darunter jener hünenhafte Lehrer für Physik mit der Fistelstimme, von den Schülern »Bismarck« genannt –, der Apotheker sowie einige reiche Bauern, der Revierförster, Bürger von X., + ich. Wir tragen die grauen, verdreckten Uniformen deutscher Frontsoldaten mit abgerissnen Rangabzeichen, auch unsre Gesichter wie von Zementstaub verkrustet grau. Keinlicht, außer dem spärlichen Tagesschimmern, das von-Draußen zwischen den Ritzen der mit Brettern verbarrikadierten Fenster hier her1dringt. Niemand im Keller spricht 1 Wort, nur die lauernden Blicke, wie Nägel in die der anderen geschlagen, halten jeden-mit-jedem=fest, – die sinkende Stunde aber läßt die nagelfesten Blicke langsam rosten. – Ins Kellerdunkel fallen schwere Stiefeltritte, die Tür wird aufgestoßen: von-Draußen Blendlicht + Stimmen, englische, der Sprecher ein Offizier in Felduniform + in Begleitung einiger Soldaten, 1 Dolmetscher übersetzt atemlos. Das wäre nicht nötig gewesen; jeder=hier hat begriffen: !Los !Raus hier !Folgen –: Scheinwerfer + Gewehrläufe auf uns gerichtet, hastig gehts aus dem Keller die Steinstufen nach-oben, in den großen Sägewerksraum des teilweise zerstörten Betriebs am Stadtrand von X. Grell blitzen unter den Strahlen der Handlampen die riesigen Kreissägeblätter auf, selbst im Stillstand scheinen die tückischen Stahlzähne alles Licht + die dichte Luft zu zerschneiden. Der Offizier hat derweil ohne Umstände von 1 Papier vorzulesen begonnen, der Dolmetscher übersetzt (mit fortlaufendem Wortlaut nicht ohne Zögern). Der Offizier versetzt dem Dolmetscher einen Boxhieb in den Rücken; darauf besinnt sich der + läßt mit jetzt kalter Stimme seine Übersetzung heraus: *Sie = die Angeklagten, haben mit ihren eigenen Händen im Wald bei X. dreißig wehrlose Menschen erschlagen. Ihrer=aller Schuld ist zweifelsfrei !erwiesen. Also werden sämtliche Angeklagten nun vom Leben zum Tode befördert.*

–Daraufhin gibt der Offizier 2 seiner Soldaten das Handzeichen; die packen den ihnen zunächst stehenden Apotheker, biegen ihm die Arme über den Kopf + fesseln den Körper auf eine tischartige Vorrichtung, den Support zur Kreissäge, darauf sonst die Baumstämme automatisch in das rotierende Sägeblatt hineingezogen werden. Mittels seiner freien Hände hat der Gefesselte an zwei Haltestangen vorn am Support anzugreifen, woraufhin die Automatik seinen Körper der Länge-nach in das große Kreissägeblatt hineinziehen soll. 1 anderer Soldat erhält das Handzeichen zum Anschalten der Maschine. Der Soldat betätigt einen großen roten Schaltknopf –:– doch nur die Stimme des Mannes-auf-dem-Support kreischt auf; die Maschine-selbst bleibt still, das große Sägeblatt rührt sich nicht. Verwirrung, Ratlosigkeit beim Tribunal, als auch wiederholte Versuche, die Maschine in-Gang zu setzen, scheitern. Also bindet Man den Apotheker wieder los + treibt uns=Gefangene zurück in den Keller.

–?Was würde jetzt mit uns, die wir Das Leben verwirkt haben + als Tote gelten die nicht sterben können, ?geschehn –.– Zeit vergeht – –

–Nach Vielenstunden, vermutlich ist bereits tiefe Nacht, erneutes Aufreißen der Kellertür, Blendlichter + Stimmen + derselbe Offizier, gefolgt vom Dolmetscher + seinen Soldaten. In Händen trägt 1 der Soldaten einen Blechkasten, daraus entnimmt der Offizier Apparaturen, die auf den 1. Blick wie Tischventilatoren aussehen : kleine, benzingetriebene Handkreissägen, das Sägeblatt im Durchmesser vielleicht 30 cm. Spitzig boshaft funkeln die winzigen Schneidezähne im Blendlicht der Laternen. Der Offizier läßt durch seinen Dolmetscher uns=Verurteilten sagen: *Durch ihre verbrecherischen Taten haben sie=alle Den Tod !verdient. Das Tribunal aber ist in Revision gegangen + hat für sie einen anderen Urteilsspruch gefunden: Sie werden weiter im Leben bleiben. Aber sie=alle haben das Recht auf ein menschliches Antlitz verloren. Jeder 1zelne von ihnen wird mit einer dieser Sägen sein Gesicht zerschneiden solange, bis davon Nichts mehr übrig ist. Danach werden sie=alle*

Ohnegesicht ins Leben..... entlassen. Das ist !Ein !Befehl, der !sofort !auszuführen ist.

–Ein !Befehl ist !bedingungslos !Ohnewiderrede !sofort zu !befolgen : !Das sitzt jedem der ehemaligen Honoratioren zutiefst im Fleisch. Also widersetzt sich keiner der Verurteilten, als der Soldat jedem eine Kreissäge in die Hand gibt – die kleinen Motore schrillen giftig auf –, schon fallen aus dem Gesicht des Oberbürgermeisters längliche blutige Streifen Haut + Gesichtsfleisch heraus; auch die übrigen Verurteilten haben begonnen, dienst=eifrig gemäß Dem Befehl, ihre Gesichter bis auf Knochen + Zähne bloßzusägen – Blut + Hautstreifen fallen gummirot, als seien das Streifen aus der englischen Flagge, auf den Zementboden nieder; im Kellerraum Benzingestank + die süßliche Hitze zersägter Knochen, schrill jaulend die hochtourenden Motore. Ohne Rührung schauen der Offizier + die Posten den Selbstverstümmlungen zu. Erst als ich das sirrende Kreissägeblatt an meine Kehle setzen will, schlägt der Offizier wütend meinen Arm mit der Säge beiseite, + in gutem Deutsch schreit er in mein schon zerstörtes von Blut übergossenes Gesicht: –DAS GESETZ *ist !niemals auf Seiten der Gesetze.* – Auch ich darf nicht sterben; mein Urteil: Weiterleben..... Ohnegesicht. Dann fällt Dunkelheit in den Raum herab wie ein schwerer, nicht mehr aufzuhebender Schmerz – –

Meinem Onkel versagt die Stimme. Und als ich aufblicke zu ihm, sehe ich seine Hände vom Gesicht herabsinken; unterhalb seiner himmelsgütigen Augen beginnend, hat er mit den Fingernägeln sein Gesicht in blutige Streifen zerkratzt. Ins Blut auf seinen Wangen, das in dicken Tropfen zu seinen Füßen auf den Teppich schlägt, mischen sich Tränen. Ob vor Schmerz od vor Scham, das weiß ich bis-Heute nicht.

5

Im Internet fand ich vor Tagen per Zufall in einer in Los Angeles, Californien, erscheinenden Lokalzeitung den Artikel aus einer Serie, herausgegeben von einem Mann mit deutschklingendem Namen, unter dem merkwürdigen Titel ***How I Have My Face Lost. Diary Of My Unnamed War Crime***.

Das Erscheinungsdatum des 1. Teils dieser Serie lag Monate zurück, aber via Internet sind alle Ausgaben zugänglich geblieben. Und schließlich erinnerte ich den Verfasser zu dieser Serie: ein Enkel jener stillen Lebensgefährtin meines Onkels in X. Der war nach-Dem-Krieg

Dolmetscher bei den Alliierten Behörden gewesen; später hatte ihn sein Vorgesetzter, ein Oberst der U-S-Army, in seinem Stab mit nach-Amerika genommen. Über-die-Jahre blieben mein Onkel & er noch im brieflichen Kontakt.– Immer hatte ich geahnt, daß *der Schulmeister* gewisse=Zeiten..... seines Lebens, nicht all-1 in bösen Träumen, sondern in jenen Diarien, an denen ich ihn manchen Abend schreibend sah, bewahrt haben mochte. Und was er, der in den frühen Apriltagen des Jahres Neunzehnhundertfünfundvierzig sein Gesicht verloren glaubte, im Weiterleben Hier = in Stadt&land-einer=gewissen-Jäger=Stille..... offen zu bekennen nicht wagen wollte, Das überließ er seinem Tagebuch & späterhin dem emigrierten Verwandten seiner verstorbenen, doch ihn selbst im Weiterleben noch für=Jahre haltenden *Einzigen Liebe*.–

Einen Verdacht allerdings hegte ich seit-Damals: Nachdem in X. das *Massacre Trial* von Alliierten Behörden eingerichtet worden war, ist jener anonyme Hinweisgeber für die Alliierten niemand anderes als mein Onkel gewesen; – u: später sein Auftritt vor dem Tribunal – die Rolle des Aufrechten=Einen gegen Alle, der alle Angeklagten entlastet hatte – war Verrat aus Lebens-Feigheit..... (:Zeugen u: Helden sind selten eins.)

Und lese auch in Diesernacht nun die letzten Artikel zu dieser Serie, hervorgegangen aus den Tagebüchern meines geliebten Onkels, der mir schon in Frühenjahren das Beste, das mir andere Menschen jemals vermittelt hatten, zu geben verstand: Freude u nicht ermüdenden Genuß an der Einsamkeit beim Bücherlesen; ein zu mir immer freundlicher Mann mit himmelsgütig blickenden Augen u Haaren wie Schnee –: Nach Jahrzehnten Zeit-Verschiebung hier auf meinem leuchtenden Bildschirm zur nächtlichen Stille in der Berliner Wohnung erschien nun sein Geister-Bild: Selbst-Anklagen u Bekenntnisse in einer anderen, unerbittlichen Sprache für 1 lokale californische Zeitung: *Die Aufzeichnungen 1 stillen Jägers.....*

Vor-Jahren war dieser Mann so einsam wie er in X. gelebt, dort verstorben. (?Wer mochte all seine Bücher, Ganzezimmer als gefüllte Schatzkammern, nach seinem Tod ?!bekommen haben – : Erst Monate später, ich lebte bereits in Hamburg, hatte Vater mich vom Tod seines älteren Bruders benachrichtigt. Dessen Haus war Damals längst aufgelöst – über den Verbleib der Bücher hatte Vater in seiner Nachricht geschwiegen. :?Vielleicht die spät gefundene Vergeltung gegenüber jenen Büchern u seinem Besitzer für den jahre=langen vergeblichen Kampf um meine Nachfolgeschaft für seinen, Vaters, Hof –).

Unchiffriert in dem Artikel standen jeder 1zelne Name der in X. & Umgebung lebenden Personen : der Familienname des Oberbürgermeisters sowie des Stadtkommandanten von X.; des Parteimannes; meines Onkels Stellvertreter & späteren Nachfolgers in der Schulleitung; auch der Name jenes Hünen mit der Fistelstimme, den wir=Schüler »Bismarck« nannten; der Name des Apothekers; des Revierförsters sowie die Namen jener einst & teilweise noch Heute vermögenden Bauern; sie haben Nachkommen – Söhne & Töchter –, mit einigen war ich seinerzeit aufs Gymnasium in dieselbe Klasse gegangen. Ich habe nicht gesucht, also habe ich finden können.–

Dem Zufall folgend erhielt ich – nach Vielenjahren der Unterbrechung: Längst hatte man aufgegeben, mich=den-Neinsager & Verweigerer alljährlich aufs-neu & vergebens einzuladen – in diesem Jahr wieder einen Brief mit der Einladung zum Klassentreffen. Der Anlaß war das Jubiläum: 25 Jahre nach dem Abitur. : Ich lehnte in Diesemjahr meine Einladung zum Klassentreffen in X. !nicht ab; !Diesesmal sagte ich dem Treffen !zu. Aus Einem=bestimmten Grund.

S. 373, Klassentreffen, Heute →:
So wie Der Schrecken immer vom Gegenstand, niemals vom Auge des Betrachters ausgeht, so zeigt in der Epoche entgrenzter Kommunikation die offengelegte Geschichte ihre vom Fleisch der Begierde & des Trostes entblößte Anatomie her: Katastrofen, denen Menschen allzeit das Skelett der Ordnungshierarchien zum Weiter-Leben verdanken.– *Erinnern* heißt immer Arbeit=unmittelbar an der Gegenwart die die *Erinnerung* befördert, unabhängig von des 1zelnen Wünschen & Wollen.
Die (latente) Qualität des Erinnerns – DIE ANTWORT – hängt ab vom Grad des vorangehenden Vergessens.

Durch Kriege sind aus den Märchen längst Märchen geworden. Also sind die-Märchen zuende. Übrig geblieben ist der-Krieg. Und Der geht weiter – –

»Arbeit ist Hoffnung«

Im Düsseldorfer Stadtteil Oberbilk unterhält das Schauspielhaus, in direkter Nachbarschaft zu einem stillgelegten Werk, seine Probebühne. Durch die Fenster geht der Blick hinaus auf ein hauptsächlich aus verschiedensten Industrieanlagen & Dienstleistungsbetrieben bestehendes Gelände –. Einige Gebäude=dort sollen offensichtlich niedergerissen werden; 1 Abrißkolonne, bestehend aus 5 Arbeitern, hat seit dem frühen Morgen an einem 2geschossigen, ehemaligen Wirtschafts- od Lagerhaus mit dessen Demontage begonnen. Das Gebäude aus gemauerten Ziegeln mit grauem Rauhverputz mißt in der Länge etwa 30 Meter, in der Breite ca. 10 Meter & bis hinauf zum Flachdach vermutlich ebensoviel. Zum Stützen der 2. Etage sind in die Seitenwände in regelmäßigen Abständen zu-1-ander Metallpfeiler, sogenannte Doppel-T-Träger, ins Mauerwerk eingelassen. Dieses Gebäude, gewiß seit-Langem ungenutzt, ist in baulich schlechtem Zustand; beim Herausschlagen der Ziegelsteinwände lösen sich desöftern auch sogleich die Stützpfeiler aus ihren offenbar vollständig korrodierten Befestigungen – Metallbolzen & -schrauben – und fallen mitsamt dem Ziegelbruch zu Boden. Reihen schmutzblinder Fenster, zu gitterförmigen Rechtecksegmenten geordnet & jeweils in beiden Etagen in regelmäßigen Abständen die Längswände durchbrechend, belassen dieses barackenähnliche Gebäude ebenso in der Unscheinbarkeit wie alle übrigen in der Nachbarschaft, und selbst die Abrißarbeiten hätten gewiß niemandes Aufmerksamkeit auf=sich gezogen, wäre ebendieser Abriß nicht durch eine=gewisse zielstrebige Art aus seiner Unscheinbarkeit Schritt-für-Schritt herausgetreten.

→ Das Geschehen datiert ins Frühjahr 1990; zu Einerzeit, als auf dem Gebiet der Nach-Wende-DeDeR etliche große & noch mehr kleinere, vordem sogenannt Volk's eigene Betriebe, insolvent & konkurs, schließen müssen. In dieser nach der-Wende Ersten Großenwelle Arbeitslosigkeit-im-Osten-Deutschlands verlieren dort Tausende Arbeitskräfte von-1-Tag-zum-nächsten ihren Arbeitsplatz. Regionen-weit bieten sich für die Schwemme Entlassener in absehbarer Zeit keine Möglichkeiten auf Weiter- od Neubeschäftigung an.

Über Jahrejahrzehnte-hinweg in den Achtdreiviertel-Stunden-Arbeitstakt gestellt, der eigenen Lebenszeit durch fremdverfügtes Arbeits=Daseins-Regime entzogen, nun in tiefer Furcht vor zweifacher Arbeitslosigkeit – zur bisher unbekannten *äußeren* (dem Verlust des Arbeitsplatzes) käme infolge der düsteren Aussicht auf weite Tag&-nachtstrecken an freier=leerer Zeit – Selektion-durch-Nichtarbeit als Warte- & Lauerstellung im Heer jeder:jeden – die *innere* Arbeitslosigkeit hinzu – : *«Daheim fällt ihnen die Decke auf den Kopf«*. So verdingen sich etliche dieser ehemaligen Fach-Arbeiter, Männer & Frauen der unterschiedlichsten Berufe aus dem Osten Deutschlands, als Hilfsarbeitskräfte bei verschiedenen Unternehmen in westlichen Landesteilen.

> ***S. 330, Sensorische Räume →:***
> Diesem Da-Sein=Ohnearbeit kann auch *Erfahrung* nicht mehr entwachsen: Die Chance zur *Korrektur* im Zirkel der Historie als Selbst=Kontrolle über die Zukunft ist damit zunichte.

Zwar existieren auch auf dem Territorium der DeDeR mittlerweile 1richtungen zur Arbeitslosenunterstützung bzw. Sozialhilfe, doch sind sie zum einen längst nicht ausreichend, die Unmengen Arbeitsloser angemessen zu versorgen, zum anderen erwächst gerade aus solch staatlichen Institutionen das verdummende Gefühl für Sicherheit-der-Person – :!Dies Gespür ist in den meisten ehemaligen Werk-Tätigen Damals noch lebendig & wach. Das durch eigene=Arbeit verdiente Geld (beinahe gleichgültig in welcher Höhe) besitzt in deren Vorstellung größeren Wert, als die trügerische Sicherheit 1 von Seiten staatlicher Zuwendungen vermittelten Ecksistenzweise.– Sofern sie noch 1 Arbeitsplatz innehaben, ihren Gutenwillen-zu-fleißigem-Arbeiten sowie die Sorge um den Fortbestand des Betriebs bekundend, arbeiten sie zuweilen über geraume Zeiten auch ohne Entgelt. (Die über-Jahrzehnte-hinweg vom institutionellen Marxismus Traktierten verhalten sich in ihren eigenen Belangen Not=wendigerweise unmarxistisch.)

Weil einerseits diese Menge Hilfsarbeiter-aus-dem-Osten in der Nähe ihrer, vorübergehenden, Arbeitsstätten im-Westen nicht angesiedelt werden können (die meisten Dieserleute haben das auch nicht angestrebt), anderseits zwischen deren Wohnorten und den Arbeitsstellen=im-Westen nicht selten Hunderte von Kilometern Wegstrecke liegen, stellen die jeweiligen Unternehmen Reisebusse zur Verfügung, womit die billigen Hilfsarbeiter-aus-dem-Osten an den Werktagen zu nächtlicher Stunde (vor 3 Uhr morgens) an deren Heimatorten von Sammelhaltestellen abgeholt, gen-Westen gefahren, & allabendlich nach 19 Uhr wieder an ihre Wohnorte im-Osten zurückgeschafft werden. Die Fahrzeiten betragen oft drei bis vier Stunden für Einetour, so daß

Dieseleute-aus-dem-Osten kaum jemals vor 22 Uhr daheim wieder 1treffen. Die langen Stunden An&abfahrt nutzen viele der Arbeiter zum Schlafen od zumindest zum Dösen. Daheim findet sich vor dem Schlaf gerade noch Zeit zum Brotebereiten für den nächsten Arbeits=Tag. Hinweg = Rückweg, & Leben's Zeit ist die-Zeit von einer Nacht zur andern. (Die Fahrtkosten für die Busse werden vom Arbeitslohn einbehalten.)–

Auf ähnliche Weise muß auch diese Abrißkolonne für Oberbilk zustande gekommen sein: Die 5 Arbeiter, wie später zu erfahren ist, arbeiteten ursprünglich als Angestellte im Städtischen Gartenbauamt Halle an der Saale; sie haben infolge der Umstrukturierungen=dort ihren Arbeitsplatz verloren. Vermutlich sind sie=hier für das Abbruchunternehmen als Ungelernte zu Niedrigstlöhnen (als *Schwarzarbeiter*) tätig.

Als in den Probenräumen des Düsseldorfer Schauspielhauses an diesem Frühjahrstag 1990 vormittags die Proben zur Weill/Brecht-Oper *»Die sieben Todsünden der Kleinbürger«* beginnen, haben die 5 Arbeiter den Abriß an der Vorderfront des alten Gebäudes beinahe abgeschlossen; auch die restlichen Doppel-T-Träger sind dort aus ihren Befestigungen herausgeschlagen, – der Blick durch die Fenster der Probenräume fällt hinüber ins Innere des enträumten Bauwerks wie in eine Guckkastenbühne. So erkennt man in der unteren Etage 1ige in größeren Abständen von-1-ander u sämtlich auf der Längsachse durch den Raum plazierte Stützpfeiler zum Tragen des darüberliegenden 2. Stockwerks. Dessen Boden erscheint durch zusätzliche Betonschichten verstärkt, möglicherweise standen hier einst Maschinen od es wurden schwere Güter gelagert. Andere Raumunterteilungen, etwa durch tragende Zwischenwände, existieren nicht. Um die Abrißarbeit zu beschleunigen, haben die 5 Arbeiter nur die Außenwand in der unteren Etage abgetragen, darauf vertrauend, daß in Höhe der 2. Etage die verbliebene Außenwand durch das Eigengewicht der Ziegelsteinmasse, jetzt ohne Unterstützung, von=selbst nach unten stürzen muß. Die Überlegung erweist sich als richtig : Mit Gepolter & dem Zerklirren der Fensterfront in einer Wolke aus Mörtelstaubglas&ziegelbrocken fällt über die gesamte Länge die Außenwand vor der 2. Etage wie ein steinerner Vorhang herab. Daraufhin beginnen die 5 Arbeiter, betulich & still, mit dem Abriß einer weiteren Außenwand an der rechten Stirnseite des Gebäudes; sie verfahren dabei nach derselben Methode wie soeben bei der Frontseite. Dazu bleiben die Arbeiter im-Innern des Gebäudes unterhalb der Betondecke zur zweiten Etage, & mittels großer Vorschlaghämmer (abseits im Unkraut liegend erkennt man zusätzlich Steinbohrer & Preßlufthämmer) schlagen die Arbeiter das Gemäuer nach draußen, um später von dort den Mauerbruch abzutransportieren. Die 5 Männer arbeiten zielstrebig & dicht neben1ander, die Hammerschläge & das stückweis zerberstende Gemäuer sind die einzigen Geräusche, die in die Probenräume hereindringen. Dort, nach einiger Verzögerung, hat inzwischen die szenische Theater-Probenarbeit an den *»Sieben Todsünden der Kleinbürger«* zunächst mit dem letzten Bild – *Neid auf die Glücklichen* – begonnen. Nachdem die Arbeiter die rechte Gebäudestirnwand niedergerissen haben (& damit auch an den beiden Außenpunkten der Seitenfront den für die 2. Etage jeweils stützenden Eckpfeiler), machen sie sich unverzüglich daran, nun an der Gebäuderückseite die dortige Längswand abzutragen. Auch hier verfahren sie wie bei den beiden Malen zuvor : In der unteren Etage im-Innern des Bauwerks dicht neben1ander stehend, schlagen die 5 Männer die rückwärtige Längswand nach draußen.– Nach Abschluß der Szenenprobe macht der Regisseur 1 kurze Pause. Die Bühnentechniker bauen währenddessen die improvisierte Bühne auf den Stückanfang um, damit wenig später der für Diesentag festgesetzte 1. gesamte Stückdurchlauf beginnen kann. Die Pause gerät länger als geplant; der Regisseur, ungeduldig auf die Uhr blickend, mahnt Schauspieler Sänger das Orchester & die Bühnentechniker zur Eile. Kurz darauf kann der 1. Stückdurchlauf mit der 1. Szene – *Faulheit im Begehen des Unrechts* – beginnen, um danach – ohne Pause – mit den übrigen Szenen fortzufahren: 2. Szene: *Stolz auf das Beste des Ichs (Unkäuflichkeit)*; 3. Szene: *Zorn über die Gemeinheit*; 4. Szene: *Völlerei (Sättigung, Selberessen)*; 5. Szene: *Unzucht (selbstlose Liebe)*; 6. Szene: *Habsucht (bei Raub & Betrug)* sowie abschließend noch 1 Mal die vorhin bereits geprobte 7. Szene: *Neid auf die Glücklichen*. Die gesamte Opernaufführung dauert nur etwas länger als 1 Stunde. Vermutlich wegen der nahen Mittagspause löst sich 1 Arbeiter aus der noch immer an der rückwärtigen Gebäudewand beschäftigten Gruppe, ruft seinen Kollegen etwas zu, & eine Plastiktüte in Händen geht er davon, gewiß Essen-Besorgen für sich & die anderen, hin zum nächstgelegenen Imbißstand od Supermarkt. Weil dem Etagenboden vom 2. Stockwerk nunmehr bereits zwei tragende Eckpfeiler fehlen, hängt an diesen Stellen der mit zusätzlichen Betonschichten verstärkte Boden durch sein Eigengewicht bereits merklich herab. Obwohl die übrigen Arbeiter in schneller Abfolge mit ihren Vorschlaghämmern gegen die rückwärtige Ziegelsteinwand anschlagen, Mauerwerkbrocken zuerst vor dem unteren und gleich darauf teilweise vor der darüberliegenden Etage polternd herabstürzen, dringt aus all diesem Lärm plötzlich 1 anderes, helles Geräusch hervor: das Knirschen eines bis ans Äußerste beanspruchten Materials – die Etagendecke über den Köpfen der Männer.

?Konnten die Arbeiter dieses Geräusch ?überhören. ?Messen sie Dem ?Keinebedeutung bei. ?Haben die Arbeiter *sich selbst ?vergessen.....*

Offenbar unbeeindruckt von dem bedrohlichen Laut über ihren Köpfen, reißen die 4 Männer schweigend & entschlossen weiterhin die rückwärtige Längswand des Gebäudes nieder. (Der 1, vermutlich das Mittagessen=besorgen gegangene Arbeiter ist bereits nicht mehr zu sehen.) Außer ihren Overalls & den Bauarbeiterhelmen besitzen die Männer sonst keine weitere Schutzbekleidung. Mörtel&zementstaub, inzwischen wie eine geschlossene Nebelschicht die gesamte Arbeitsstätte einhüllend, bedeckt auch die Arbeiter & hat sich auf Montur Gesichtshaut u Lippen als kompakte Schicht gelegt; der pulverartige Staub verbleicht die 5 Männer=unterschiedslos zu asbestgrauen Gestalten.

Auch hier, an der Rückseite des alten Gebäudes, brechen jetzt die größten Stücke von der 2. Etage herunter, binnen-kurzem besteht die Rückwand nur noch aus 1 Rest von wenigen Metern. Dadurch lastet nun der Boden des gesamten zweiten Stockwerks samt Dachkonstruktion ausschließlich auf den in der Längsachse aufgestellten Stützpfeilern sowie auf den verbliebenen 2 Eckpfeilern an der linken, noch vorhandenen Seitenwand des ehemaligen Gebäudes. Dorthin machen die 4 Arbeiter sich auf der kürzesten Strecke, die sie noch weiter ins Gebäudeinnere hineingehen läßt, auf den Weg, – als in Diesemmoment noch ein Mal das knirschende Geräusch, jetzt lauter-u-deutlicher ohne anderen Lärm, sich vernehmen läßt : Scheinbar ursprungslos die gesamte Umgebung erfassend, als würde ein kompakter Block Atmosfäre zerbersten, haben die schwachen Stützpfeiler=all-1 die Deckenlast nicht länger zu tragen vermocht: An den äußeren=freischwebenden Ecken beginnend und, zu beiden Seiten der Reihe Stützpfeiler, über die gesamte Gebäudelänge stürzt unter gewaltigem Getöse die Betondecke des zweiten Stockwerks als eine kompakte Masse herab und begräbt die 4 Arbeiter unter sich. Zähe Wolken Mörtelstaub, grau u pilzförmig wie von Explosionen, schweben noch für 1 Weile in der Luft –.

Dem Malheur entkommen ist nur der 1 Arbeiter, der, vermutlich zu Imbißstand od Supermarkt unterwegs, das Mittagessen für sich & seine Kollegen besorgen wollte. 2 der verunglückten Arbeiter, heißt es später, waren Auf-der-Stelle=tot, die beiden übrigen, schwerst verletzt, starben kurz nach ihrer Einlieferung im Krankenhaus.– Auch Hoffnung ist Arbeit, & keine Arbeit ohne Ziel.

S. 486, Freak Waves. Jähe Wut:
Wird der verdrängungsbedingte Arbeits-Prozeß der Illusion seiner »höheren Werte-Bedingtheit« entzaubert, verliert er den Rang der Kulturnotwendigkeit: *Arbeit* wird nurmehr als Enttäuschung, als Zwang & somit in seiner ganzen Banalität als grausamer Prozeß erlebt. Verweigerung & Zynismus einerseits, anderseits die Suche nach »höherer Begründung« (Ideologisierung-der-Arbeit) sowie die Suche nach einem Äquivalent sind direkte Folgen dieser Entzauberung. Damit, perspektivisch, verschwindet auch die Sicherheit zur *richtigen* Lebens-Entscheidung. An deren Stelle erscheinen **Biografien aus dem Geist des Krieges:**
– die flexibel=lenkbare Waffe als das »intelligente Projektil«, dh. beim Start ist nicht zwangsläufig die gesamte Flugbahn in *das* Ziel vorausberechnet, vielmehr gilt der Dauer des Fluges die allzeit mögliche Korrektur ebendieser Flugbahn hin auf das jeweils relevant gewordene Ziel /
– die flexibel=lenkbare Lebensplanung nicht länger als »die 1 durchgängig überschaubare Zeit-Strecke«, sondern in Form von »Skripten«, »Kurzstrecken«-Lebens-Läufen mit der Suche nach vielfältigen Möglichkeiten zu Korrektur & Ab-Sprung : Mathematik – Kybernetik – Arbeit – Fleisch – Begehren – Vernetzung – Information – möglicher Tod als Faktor für Unberechenbarkeit während aller Etappen. : Das-lebendige-Ich=im-Netz als »Spinne der Information«. Unterm Dominat vom **Geist des Krieges**, d.h. nach der Auflösung des Ich, bleibt die Frage nach der Individualität dieser »Spinne« ohne Bedeutung.

Normal ist unmöglich. 2 Stück Deutschland

1

Ich war als Letzter eingestiegen, aber der Bus fuhr nicht ab. Der Fahrer schien zu warten, ?worauf. Dann sah ich aus einiger Entfernung einen Mann dunkler Hautfarbe aus dem U-Bahnzugang Friedrich-Wilhelm-Platz auf den haltenden Bus zurennen –. Höflich wartete der Busfahrer, bis der Mann heran und ebenfalls eingestiegen war. Dann erst fuhr er los. *–Das macht der nur, weil das n !Ausländer is,* hörte ich eine ältere Frau neben mir mit Blick auf Busfahrer u Fahrgast sagen. *–Gestern, als !ich losgerannt bin um den Bus noch zu kriegen, hat er !nicht gewartet. Eine !Schande, wie so-Mancheiner an die-Ausländer sich ranschmeißt.* Die Frau, nach Zustimmung heischend, wandte sich an die Umstehenden im Bus. – Schweigen ringsum, jeder blieb stumm an seinem Platz.

2

Ich war als Letzter in den Bus eingestiegen, bereits vor mir schrillte das Signal, sofort hinter mir schlossen sich die Türen, der Bus fuhr ab. Im Augenwinkel hatte ich aus dem U-Bahnzugang Friedrich-Wilhelm-Platz einen Mann dunkler Hautfarbe auf den Bus zurennen sehn –, umsonst, der Busfahrer hatte nicht gewartet, bis der Mann heran und ebenfalls eingestiegen war. *–Das macht der nur, weil das n !Ausländer is,* hörte ich eine ältere Frau neben mir mit Blick auf Busfahrer u draußen gebliebenen Fahrgast sagen. *–Gestern, als !ich losgerannt bin um den Bus noch zu kriegen, hat er schließlich !auch gewartet. Eine !Schande, wie so-Mancheiner die-Ausländer behandelt.* Die Frau, nach Zustimmung heischend, wandte sich an die Umstehenden im Bus. – Schweigen ringsum, jeder blieb stumm an seinem Platz.

Klassentreffen, Heute

Sommer 2002 u Frühjahr 1945

Freunden zu begegnen in dem kleinstädtisch noblen Restaurant in X. durfte ich nicht erhoffen. Vielmehr galt meine Erwartung einer aus früheren Schüler=Gemeinschaften im-Lauf-Derjahre hervorgegangenen Verständnis=Innung, darin man regelmäßig Kontakte pflegt, einige sicherlich noch außerhalb der turnusmäßigen Zusammenkünfte zu Abiturfeiern; & man läßt zu derlei Treffen die Ehepartner daheim – obschon aus manchem Partytourenritt zu früherer Zeit auch für sie inzwischen allenphalls der Saitensprung geworden wäre. Nicht das Fleisch, das die Eskapaden nicht mehr aushielte – die !Nerven, die zu reißen drohten beim allzu harten Anschlag; so bliebe man in-Ehe zusammen & trennte sich nicht. Früher Paganini, heut André Rieu.– Also erwartete ich 1 unverbindlich spaßige Freizeitrunde, die an=sichselber sowie an der für 1 Abend stillgelegten Zeit ebenso wie auch an etlich Schnapsbier&wein mitsamt dem sonst nur Liebe's Paaren od Geschäfte-Machern eigenen Koterie-Gehabe sich zu berauschen sucht. Mich, der über zwei Dutzendjahre-hinweg sämtliche ihrer Einladungen ausgeschlagen hatte, an diesem 25. Jubiläum bestandenen Abiturs zum 1. Mal in Ihrerunde einzukehren gedachte, würde man daraufhin mit argwöhnisch=schadenfroher Neugierde begutachten. Als sei ich, einst mit besserwisserischem Maulheldentum in meine Abtrünnigkeit aufgebrochen, um nach Sovielzeit=all-1 u: angesichts völligen Scheiterns meiner Lebensweise kleinmütig geworden, nunmehr den verlornen Anschluß an die solange verachtete=Gemeinschaft suchen gekommen.– Und weil zu derartigen Zusammenkünften ich, wenn überhaupt, dann verspätet erschien, dürfte Man aus Dieserrunde, bereits vollzählig versammelt um eine lange Tafel sitzend in einem Saal voller Augen, dem reumütig Zurückkehrenden grinsend entgegenschaun.

Ich erwartete leger mit neuester Markenware bekleidete Männer&frauen, die mein 1treten verstummen & ihre Blicke taxierend an mir herumtasten ließe : Eine Mauer saturiert gestellter Biederkeiten, Gesichter leuchtend wie angeklebte Reklameplakate fürs eigene Ego, vom *Händi* wichtigtuerisch=immer-fort ins geschäftige=Leben zurückgeklingelt – das-Theater in Allenmenschen sucht nach immer neuen Requisiten.– Doch angesichts meines Vorhabens verschaffte mir diese Erwartung zusätzliche Selbst=Sicherheit, zumal anläßlich dieser 25. Abiturfeier auch einige unserer ehemaligen Lehrer anwesend sein sollten; dem Maß all=ihrer Blicke würde ich !mein Vollesmaß zurückerstatten.

Ein Umstand schien mein Vorhaben zusätzlich zu befördern. Nachdem ich im Rückschreiben meine Teilnahme am Abiturtreffen zugesagt, hatte ich eine handschriftlich verfaßte, überaus entzückte Antwort erhalten, die *Mit ♡lichen Grüßen von Deiner Gunhild* unterzeichnet war. –

– Gunhild – (ich versuchte mich auf sie zu besinnen –:) Gunhild Kuntze, damals. Heute zeigte ihr Absender den Namen ihres Ehemannes. Doch ihre Schriftzüge ließen mich ihre Erscheinung=aus-Schultagen erinnern: Ein fraulich weiches Gesicht, blaue Puppenaugen, rundliche Hüften & wohlgeformte große Brüste – in ihrem fleischlichen Bildnis klang schon früh manch frivoler Gesang. Ihre Schrift in girlanden=artigen Zügen erschien einladend, das U im Namenszug ließ an eine mit rotem Plüsch gepolsterte Gondel denken. Nun erinnerte ich ihre palmolive Stimme-einst & ihr Gerede über *distinguierte Herren* – : In ihrer Schrift eingewoben Kirmes Frühlingsgier & Geld.

Den besten Aufsatzschreiber unserer Klasse, denn ich habe schon damals Deine Aufsätze so gemocht und kenne nun auch viele Deiner wundervollen Zeitungsartikel, schrieb sie mit überbekerzter Euforie, *bitte ich für unser 25. Jubiläum doch die Begrüßungsrede zu halten. Wirst Du es tun? O sei so lieb*, flöteten ihre Tintenzüge, *und tu uns den Gefallen. Wir alle freuen uns, Dich endlich in unserer Runde einmal wiederzusehen. Und ich bin besonders begierig auf Deine Worte, mit denen Du zu uns, Deinen ehemaligen Lehrern und Klassenkameraden, sprechen wirst.* Dem folgte Belangloses sowie der Abschiedsgruß mit dem gemalten Herz.– Hier zauderte ich zum 1. Mal.

Auch wenn die Lampions ihrer Worte, viel zu bunt leuchtend, eben nur Papier&tinte waren: ?Durfte ich dieser arglosen Gunhild & all den Anderen !derart übers Maul fahren & zum ?Verderber ihrer Feier werden. Schon fürchtete ich einzuknicken – drohte zu versinken in der sumpfwarmen, bekwemen Feigheit verständnis=inniger Gemeinschaft. Am-Ende würde ich 1 launiges Festansprächlein halten, Keinwort Keinesilbe ließe von Meiner=Absicht etwas hören. Und damit ein Vorhang vor meinem Gewissen niederginge, würd ich mich daraufhin inmitten dieser Gesellschaft fürchterlich besaufen – Nichts mehr u von niemandem etwas wissen nachdem. *!Schweig du feige hün-*

dische Seele – : Was geschehen war vor einem Halbjahrhundert in den Wäldern wenige Kilometer von X. & dem Ort dieser Feier entfernt, Das war vom Drang nach Verhaltung & Schamhaftigkeit in jener Gewissen=Stille..... verschwunden. In die Gesichter der Nachfahren aber schreiben die Vorgänger unauslöschlich ihre Züge ein. So gehören sie=zusammen, im-Guten wie im-Schlächten, & Heute (hatte ich ins=geheim beschlossen) *Heute sind !sie=!dran.*

→ Nach meinem Fund im-Internet, dem Artikel in einer californischen Tageszeitung, darin die Bekenntnisse meines inzwischen verstorbenen Onkels, und der anschließenden Nach-Suche im Stadtarchiv von X., wußte ich genau, !was tun: worüber vor !dieser Gemein=schafft zu reden wäre.– Also sagte ich in kurzer Antwort an Gunhild allem, worum sie mich gebeten hatte – insbesondere der Begrüßungsrede – zu.

Und natürlich ist Alles anders gekommen als erwartet.–

Ein Julisommertag, heiß u still. Die Fußgängerzone durch X. streckte sich kleinstädtisch=faul in mittäglicher Behaglichkeit aus. Leuchtend der Anstrich an den aufgeputzten Häuserfassaden – u bei dieser Begegnung rückkehrend aus Kinder&schülerzeiten der sandige Geruch von Wasserfarben & der herbe neuer Lederranzen –.– Und Erstaunen angesichts all dessen, was über-die-Zeit Hier=Imort geblieben u: was verschwunden war: Sägewerk, Kleinbahnhof, Gasanstalt & Schlachthaus – !weg. Dagegen sind noch immer=da: 1ige schiefe Gehwegplatten, auf einer Verladestraße in Bahnhofsnähe jene Vertiefungen im Pflastergestein mit der Ähnlichkeit einer Landkarte von Afrika, die abgeschabte Hausecke, der Prellstein mit dem ovalen Abbruch –.– Je größer der materielle Nutzeffekt einer Sache, desto kleiner sein Beharrungsvermögen in-der-Zeit; Nutzen verschleißt das Nützliche & provoziert den Wechsel. Nutzeffekt hat Nichts zu tun mit Lebenswert: Je kleiner der materielle Wert einer Sache, desto größer die Wahrscheinlichkeit seines Durchsetzens als Über-Lebenszeit; alles Beständige ist ohne materiellen Nutzen.–

Hinter der nächsten Ecke das Hotel Restaurant »Zum Ochsen«, dem Ort für dieses Treffen..... –

Obwohl meiner Absicht gemäß reichlich verspätet, obwohl gesucht unfeierlich gekleidet, erkannte der Portier in der Empfangshalle in-mir sofort den Zugehörigen für das Klassentreffen & wies mich den Flur auf dem schweren roten Läufer entlang zum großen Restaurantsaal;

dort, hinter geschlossnen Türen, die Versammlung ehemaliger Mitschüler & Lehrer saß.

Verzagtheit griff noch ein Mal mit kalten schlaffen Pfoten nach mir – wollte mir auf dem weichen federnden Teppich wackelige Beine machen & löcherig die Sinne; ein Ellbogenhieb aus meiner Frechheit fegte sie beiseite : *Feigheit ist nicht allein, beim Unrecht u Verbrechen an Anderen selber eisig wegzuschaun – Feigheit ist genau=!so zu schauen wie Andere. Sei jetzt !still, kleinliche Seele, Alles ist schon so gut wie getan* – (u: in der Jackettasche knisternd die Blätter mit dem Text meiner Ansprache, was mir dennoch wie der Inbegriff abwegigen=Ernstes erschien).

–Schpät kommpste. Aber nich !zu schpät. Und !nobel angezoong haste dich. – Mühsam erkannte ich in dem Sprecher, der, hinter einer Säule im Entree grinsend an mich herangetreten war, das Mathe-Genie unserer Klasse: Christian Hoffmann, Sohn des ehemaligen Oberbürgermeisters von X. (Einst schwänzte dieser Privilegierten=Sohn den Mathematik- & Physikunterricht grad in solchem Ausmaß, daß er nicht von der Schule flog, u: absolvierte dennoch mit Bravour jedes schriftliche & mündliche Examen. Zu letzteren trat er stets dandyhaft mit lässig um den Hals geworfenem weißen Schal wie ein Operntenor auf; nach meinem Artikelfund im Internet ist mir klargeworden, !weshalb der sonst so pingelig über der Schul-Disziplin wachende Herr=Direktor dem Sohn des Oberbürgermeisters diese & andere Allüren jedesmal straffrei hatte durchgehn lassen). / Im Schatten der Säule mochte das frühere Mathe-Genie soeben einen, nicht den 1. & nicht den kleinsten, Schluck aus dem Flachmann genommen haben: Aus seinem mit Bartflusen umwucherten Mund trafen mich Atemwolken brandiger Schnapsgerüche, seine Augen, fischgrau & irr=lichternd als müßte er zehnstellige Logarithmen berechnen, starrten mich an, Flecken auf seiner zerknitterten, einstmals gewiß teuren Jacke als schwitzte er alten Suff. Er sagte noch 1iges, doch nuschelte er so leise zwischen zusammgepreßten, im Grinsen fixierten Lippen hervor, daß ich ihn nicht verstehen konnte. Schließlich schob er mich voran, und ich betrat den Festsaal.

Sofort umfing mich ein Schwall aus großem Hallo – auf den Wogen kumpanenhafter Wärme gondelte die Schreiberin der Einladungskarten, Gunhild-vormals-Kuntze, mir entgegen und umarmte mich wie den besten Freund. Ihre großen, noch immer festen Brüste drückten sich an-mich (ließen das Papier in meiner Tasche knistern – *!still Kleineseele.....: !!still.*).

–!Haben wir dich !endlich einmal zu=uns gelotst. – Flötete Gunhild und piekte schelmisch an die Stelle meines Jacketts mit dem Papier. –!Das ist Dierede, ?stimmts. – Sie sprang vor schier unbändiger Freude auf-der-Stelle, viele in-der-Runde griffen das auf: –Die !Festrede – Leg!los – wir warten schon sehr lange – Nu!machdoch – !Mach – !Hedaleute: Es geht !los – :Stimmen wie Knallfrösche Guterlaune (:*!Schweig jetzt, widerliche Kleineseele.....*); sie bugsierten mich als den Festredner an 1 Stirnseite der langen Tafel. Von-dort blickte ich um mich, besah mir die teils um die glänzend eingedeckte Festtafel sitzenden, teils noch im Saal umherstehenden ehemaligen Mitschüler & Lehrer, von den-Jahren wie von Löschblättern aufgesogene Flecken Erinnerung, jetzt traten sie einer-nach-dem-anderen wieder hervor.

Zuerst die Lehrer.

Oberstudienrat Doktor Bultjan, zunächst Stellvertreter & noch kurz vor Kriegsende der Nachfolger meines Onkels als Der Herr=Gymnasiums-Direktor: Massiv in der versammelten Runde thronend wie der Kirchturm im Dorf. Ins noch füllige Haar gebleicht schon Lebensnovember, Die Erscheinung, die in jeder Gesellschaft auch ohne Worte sogleich als Der Mittelpunkt erkannt & dem immer=sofort ein Stuhl an zentralem Platz angeboten wird. Und daß er hier sein Jackett lässig über die Stuhllehne gehängt & die Hemdsärmel bis zu den Ellbogen aufgekrempelt hatte, tat seiner Dominanz keinen Abbruch; im Gegenteil, er behauptete damit auch in der Entspanntheit dieser Runde Wer & Was er sei: Der I-a-Nagel für Bedeutung, ins übrige, gesellschaftlich dünne Bretterwerk geschlagen, & somit klammerte sich alles an Ihn; der uns Schülern=seinerzeit die Lektüre von gewissen-Autoren strikt verbot : Jene Schriften rangierten für Den Herrn=Direktor auf der Schmutz&giftskala noch vor den Jerry-Cotton-Heften & den Sankt-Pauli-Nachrichten. Bultjan war einer=jener Ex-PeGes, bei denen das Lethe-Wasser der ENTNAZIFIZIERUNG & RE-EDUCATION so vor!trefflich anschlug, daß sie mühelos ins Anderelager wexelten & mit jener Spürnase, wie sie nur der-Konvertit besitzt, überall *kleinbürgerliche Dekadenz* witterten: Adorno, Kafka, Musil, James Joyce – Die Hauptfeinde – (:dabei brauchten die-Entnazifizierten sich die Gehirne nicht zu verrenken : Diese Autoren waren schon=immer Die Feinde : 1mal Deka-Denzler = immer Dekadenzler; Heute von den Vollstreckungsbeamten des zeit Geists als *unkuhl* verhöhnt).

Doch Oberstudienrat Bultjan beließ es zu unsrer Schulzeit nicht beim Verbot, u: er tat, was schon zu-Allenzeiten Pfaffen-&-Ideo=logen mit ihnen Mißliebigen getan, und Es somit unfreiwillig dem Überleben anheimgaben : Bultjans Wut auf diese Autoren war so groß, daß er im Unterricht gelegentlich Zitate aus deren Büchern vorbrachte, gedacht als abschreckende Beispiele für *geistzerfaserndes klein-Bürgertum, dem Steigbügelhalter für Faschismus&militarismus.....*

Aber gerade diesen Zitaten, verbunden mit des Herrn=Direktors Damnation, verdankte ich meinen Zugriff auf jene Bücher; sagte mir meine jugendliche Renitenz doch, daß, wenn solch Tüpe wie der-Bultjan Bannflüche gegen Autoren schleuderte, an deren Büchern Etwas-dran=sein müßte : *Durch Bultjan wurde mir zum Verzehr der Säugling !bestens präpariert.* Ich suchte daraufhin und las viele von jenen durch den Bannfluch des Re-eduzierten verfluchten Büchern, ob ich sie verstehen konnte od: nicht –.

Doch mein längster suchender Blick=Heute über die versammelte Lehrerschaft galt der Englischlehrerin, meiner Ersten Schülerliebe – (auch jetzt, nach Sovielenjahren, ließ mich die Erinnerung an *sie* jenes wonnigschmerzliche Ziehen verspüren, dunkle Freude, aufsteigend aus Zeitenferne –, wie das die unvollendete Vergangenheit, die auch 1 Mal schön gewesen ist, durch die Zeiten schickt – :?!Was mochte aus *ihr* geworden sein; ?!wie hätten jene reiz=vollen Züge-von-einst mit den Jahren im Fraulichen sich gewandelt –:– Doch nicht ohne Sorge mein suchender Blick, denn *diese Frau* müßte nun über-Sechzig sein, mithin im Älterwerden eine Erscheinung aus sich geformt haben, die *sie* auch Damals bereits in=sich trug, so daß meine Schülerliebe=einst auch !diesem erst Heut ausgeformt Alten gegolten hätte, und ich nachträglich vor meiner einstigen Begierde auch leises Grauen empfand) –: Doch suchte ich vergebens, *sie* war nicht da. Und weil ich wußte, daß nach dem Eklat, den ich durch meine Rede zu verursachen beabsichtigte, mit irgendjemandem=hier 1 Gespräch unmöglich sein würde, so dürfte ich niemals erfahren, was aus meiner Ersten Schülerliebe geworden war.

Auch nach meinem damaligen Schulfreund, mit dem ich in Lern&hilfe-Symbiose die Schuljahre zugebracht, würde ich heute vergeblich Ausschau halten. Vor Vielenjahren hatte mich die Nachricht von seinem Tod erreicht. Trotz seiner Kurzsichtigkeit war er zum-Bund 1berufen worden. In der Schreibstube zwar, mußte er dennoch in eines der Manöver, und dort, als Melder unterwegs, war er von einem Panzerwagen überrollt worden. Ich hörte damals, daß die Bundeswehrverwaltung anfangs sich weigerte, die Beerdigungskosten zu übernehmen, und erst durch spitzige Artikel in der Presse widerstrebend 1lenkte; Das war in den-Siebzigern, der-Barras stand Damals in erfreulich schlechtem Ruf.– Die Jahre=davor hatten wir, mein Schulfreund und ich, den Kontakt verloren; auf die Nachricht von seinem Tod war er mir wieder näher gekommen. Und jetzt, zum 1. Mal seit Fünfundzwanzigjahren von früheren Lehrern&mitschülern umgeben, fehlte er mir so, als stünde mir wiederum eine Klausur bevor, der ich mich ohne ihn nicht gewachsen fühlte –.–

Ich zerrte an meinem Jackett, der Knopf im Stoff knirschte; betont energisch blickte ich weiter um mich. Und erkannte in-der-Runde die Deutschlehrerin, Frau Schmitz, deren Robustheit von ihrem Mann= seinerzeit auf harte Proben gestellt worden war, indem er ihr wie ein Prolet alle 2 Jahre 1 Kind gemacht hatte. Damit dürfte der Herr= Schmitz im Anfang seiner Ehe vor seinen S.A.=Kum-Panen als Echterkerl sich erwiesen haben. Die Frau mochte die-Verhütung od gar die-Abtreibung auch nach Dem Krieg nicht wagen, gewiß um ihre Anstellung als Lehrerin an unserem humanistischen Gymnasium nicht zu gefährden : Waren ihr doch kristliche Ethik&moral des Direktors Bultjan wie des Bildungsdezernenten im Gemeinderat wohlbekannt, derzufolge sie, trotz der-S.A.=Vergangenheit-ihres-Ehemanns lediglich als *Mitläuferin* eingestuft, den Lehrberuf weiterhin ausführen durfte. Dadurch war sie diesen Männern zu Dankbarkeit verpflichtet – & Kristlichkeit gilt hauptsächlich vor der Geburt & nach dem Tod des-Menschen weil das am wenigsten kostet (der Schlitz in der Spar-Dose ist ein gottgefällig Loch). Während seiner Lebenszeit aber ist *Jeder für=sich u: Gott gegen Alle.* So war diese Frau mit insgesamt 8 Kindern recht bald gealtert, Krampfadern an den Waden fettige Haarsträhnen u plumper Leib, sie wirkte ungepflegt, immer nervös u leicht zu Tränenausbrüchen neigend, die sie dann im Unterricht oft mit übertriebener Strenge vergalt. Dadurch zu Schuldgefühlen getrieben, suchte sie uns= Schülern gegenüber diese Strenge anschließend wieder zu mildern, was die Frau zu neuerlichen Tränenausbrüchen brachte &sofort; – das Bild der vernachlässigten Frau.....–

In seiner äußeren Gestalt hatte dem Physiklehrer, Herrn Gericke, die-Natur einen Bösenstreich gespielt; und auch Heute noch wiederholte sein Anblick das Kuriose in seiner Erscheinung: Den hünenhaften Leib von Eins Fünfundneunzig Größe trugen mächtige tatzenförmige Füße, die in dicken Schuhn steckten, der feiste Stiernacken & die fleischigrote Nase wollten den lust=vollen & ausgiebigen Esser, dessen Leib-Gericht Schweinshaxe mit Knödeln sei, vorstellen, dazu einige Maß Bier, wobei der Krug in den wulstigen Händen beinahe zu verschwinden drohte : Seine Leibesfülle sprach !Fleisch, die geröteten Äuglein Bacchus et Venus. Und wenn er seine Stimme erschallen ließe, dann würde ein Dröhnen die Fensterscheiben im Klassenraum zum Klirren bringen –. So der Eindruck, u: Nichts davon stimmte. Die tatzenähnlichen Füße trippelten scheu vor der versammelten Klasse umher, aus dem neronischen Mund zwirnte 1 Falsettstimmchen, während rübenrote Hände voller Verlegenheit an den Worten kneteten, und wegen seines empfindlichen Magens sahen wir ihn in den Pausen 1zig vor Weißbrotschnitten mit Quark u Kamillentee – :giftig zischend entwich der Dampfstrahl kochenden Schülerhohns aus dem Leck in der Rohrleitung allbereiter Häme..... Diese auch hatte ihm, bei den Schülern offen (bei den Lehrern verdeckt), wie ein Kainsmal den Spitznamen »Bismarck« verpaßt. Von Klasse-zu-Klasse & Jedesjahr aufs neu – wie oft mochte dieser Mann das Schicksal des ersten Nashorns in Europa vor fast dreihundert Jahren erlitten haben : Der 1. Anblick des gepanzerten Ungetüms mit dem dicken=gefährlichen Horn auf der klobigen Schnauze entsetzte die Leute, auch die Tapfersten rannten schreiend davon –; als sich jedoch herausstellte, das wuchtige Tier ist vollkommen harmlos u tut niemandem was zuleide, krochen die Leute aus ihren Verstecken hervor, rückten dem Ungetüm mit Knüppeln zu Leibe & schlugen auf den Dickhäuter ein, aus Scham vor ihrer eigenen Angst & im Triumfgefühl, in solch einem Ungeheuer 1 noch Schwächeren als sie=selbst erkannt zu haben. Wir=Schüler nutzten dieses Lehrers Unfähigkeit (vielleicht auch seinen Unwillen) zu Strenge & Vergeltung !weidlich aus – möglich, er leistete auf Dieseart still u heimlich Buße für sein Mitläufertum=vor-Jahren..... Ich aber meinte noch Heute etwas schuldig geblieben zu sein, an den Nashörnern.

Jetzt schaute ich zu dem riesigen Körper dieses Mannes hinüber –: Nichts wollte geblieben sein vom Leben's Leid an seinem Schicksal= *falsch auszusehen* –; auch er glich Heute&hier im Auftreten seinen Kollegen. Sie alle=gemeinsam, u jeder in seiner Art für=sich, schien den tragischen Übergang ins Alter auf eine stille sonntägliche Art gefunden. Keine Krämpfe, nirgends weder bei den Frauen noch den Männern in ihren Mienen das herb Verzerrte, durch beständigen Kampf gegen den eigenen Körper & häufige Arztbesuche Sauergewordne, Unleidliche, das 1zig zu Grimassen & zur Karikatur von sich selber taugte – :Weder vom Neid auf die Jüngeren, noch vom Unfrieden mit sich selbst sprach deren Anblick, zudem ohne das gerüttelte Maß an Dummheit, das den Hoffnungsfrohen immer anhaftet, begingen diese ehemaligen Lehrer & Lehrerinnen den besonnten Garten zur Spätzeit ihres Lebens. Auch die Deutschlehrerin, Frau Schmitz, im Frieden ihres Klimakteriums, bot nun den Anblick einer mit=sich & ihrem=Leben ausgesöhnten Frau, u: was einst hysterisch an ihr, schien heutzutage in Besonnenheit verwandelt. So unterschiedlich ein=jeder, auf so eigenartige Weise gleichförmig schien diesen ehemaligen Lehrern die-Natur *Seelenruhe* zu spenden. Gutmütiges Mobiliar sie=alle, in sonntägliche Ruhe ihrer Wohnstuben gerückt, der Herzschlag nur ein sachtes Messingklopfen aus dem Nußbaumgehäuse um den großen Regulator. Schaute ich auf den Oberstudienrat Bultjan, die Ähnlichkeit mit meinem verstorbenen Onkel war inzwischen verblüffend, u: wüßte ich Nichts von ihm, so erblickte ich Einen Mann, dessen Erscheinung mir sagte: *Wenn du jemals die Absicht gehabt hättest alt zu werden, dann möchtest du aussehen wie er.* – Doch ich wollte deren alterswürdevollen Anblick in direkte Verbindung bringen mit der Einen-Sache..... die sie=alle=über-die-Jahre & im Schweigen miteinander verband; Würde u Gewissenlosigkeit sind oft wie Krähen aus demselben Nest.

–!Mannomann: Du machstes !schpannend. Jetz mußte awa ne !Pfunzrede schteing lassn, sonzt kostetz ne Lahre=für=Alle. Leg endlich !los. – Die versoffene Stimme von Christian Hoffmann bekam Beifall & Zustimmung aus dem Saal. Sie hatten recht, längst hätte ich mit meiner Rede beginnen solln. Doch eigen-Sinn beließ mich noch für 1 Weile stumm. Der Zuruf lenkte mich den ehemaligen Mitschülern zu : ?Was von ihnen war mir eigentlich im Gedächtnis ?geblieben, ?was an Typischem hätte 1-von-ihnen für mich als Erinnerung ?aufbewahrt. (Ratlos überflog ich ihre Gesichter.) Grell blendend all-1 das Heute gegenüber unsichtbar gewordnen Jahren : Einer, nur seinen Vornamen erinnerte ich, trug 1 himmelblaue Krawatte mit rosa Schweinchen bedruckt; die kwarkig dicken Beine eines anderen umflatterten Bermudashorts; überall indianerbunte Hemden, glitzernde Jeanshosen&kleider – es war, als seien sie=Hier beim Karneval. Aber !teuer diese Kledasche, !Das sollte jeder=sofort sehen: !teuerteuer. Wenn sie Kröten über Landstraßen trügen od selbst wenn sie Scheiße karrten, würden sie das nur in maßgeschneiderten Overalls von Armani tun.–

→ Als ich noch ein Mal das Jackett straffte (ich fühlte mich vollkommen falsch=Hier: meine Klamotten, meine Absicht, mein Hier=sein), die Blätter Papier, drauf die Rede, am unteren Rand von meiner schweißnassen Hand durchfeuchtet, hob ich zitternd & hielt sie mir vor Augen –, & endlich, mit ausgedörrtem Mund, hörte ich mich die 1. Worte in die heiße kreidige Stille-im-Saal sprechen, – da verschwammen das grelle Licht die Festtafel mit glitzerndem Porzellan & Weingläsern die versammelten Menschen zu einer einzigen glasigen Schmelze; jedes meiner Worte ward in diese zäheheiße Masse hin1geworfen, um darin langsam und spurenlos zu verschwinden. Einzig die großen Augen Gunhilds, rund wie Glasmurmeln aus dem Bakelitgesicht einer Puppe auf mich gerichtet, machte ich als feste Punkte aus. An ihnen suchten meine Worte Halt. (:*Gunhild Kuntze: Auch von !deinem Vater wird zu hören sein* –)

–Von einem populären französischen Philosophen stammt die Bemerkung, daß die Großen Ideen & Utopien, die in Europa ausgedacht aber gescheitert sind, in den U-S-A, durch den Pragmatismus der-Amerikaner, in zwar anderer Form als ursprünglich gedacht, doch ihrer Substanz nach verwirklicht worden seien. Od mit den Worten eines großen amerikanischen Romanciers: »Wie wunderbar sich hier selbst Totes in Leben verwandelt«. Ja, es steht zu vermuten, daß in Nordamerika die europäische Aufklärung ihren eigentlichen Nachfahr bekommen hat. Mit andern Worten sehr ver1facht: die-Europäer haben ihre Geschichte, die-Nordamerikaner haben ihren Nutzen davon.

Ich setzte 1 kleine Pause, um den semi=nahrhaften Einstieg wirken zu lassen. Aus der Runde leises Knistern von Stoff & Lippenschmatzen.

–Wir, die wir=Heute in Europa leben – (hob ich groß=mächtig an) *–hätten indes nur dann wirklich Etwas verloren, machten wir das uns Eigene, das am anderen Gestade des Atlantiks Wiedererschienene, nicht unsererseits nutzbar : Und dazu gehört auch !unsere Geschichte, die hineinreicht bis in unsere Schule* – (& blickte vielsagend in die Runde, um noch 1 Mal zu betonen:) *–!ja, auch die Geschichte unseres Gymnasiums findet ihren Widerhall an der fernen Westküste der U-S-A* –

!Das hatte gegriffen wie der Schalthebel ins Getriebe; allgemeines Aufhorchen & Näherrücken an den Tisch, als setzte man vor dem Start mit einem Flugzeug sich zurecht. Französischer Philosoph – großer amerikanischer Romancier (:sie glaubten gewiß 1=von-Heute; den

Namen Melville & das 19. Jahrhundert hatte ich wohlweislich=verschwiegen) – das übertrommelten andere Begriffe wie Pragmatismus – Westküste von !jU-!äS-!Äi – :die Gesichter blickten gespannt & glänzend; ich sah, man empfand globalistisch die Breite & Höhe der gegenwärtigen Zeit.

–*!Was aber hieße Geschichte-unseres-Gymnasiums, wenn damit nicht die Erinnerung von uns=ehemaligen Schülern an die Schulzeit verbunden wäre, von & in der wir=alle aufs deutlichste geprägt worden sind. !Wie sollten wir das Echo aus dem fernen Amerika !verstehen & !nutzen für=uns, wenn diese Erinnerungen ?ausblieben.*

In der Tischrunde hochgeschraubte Erwartung (das Wort !nutzen mußte ihre Geld=Fantasien anstacheln –); offenbar hofften manche auf die Große Amerikanische Eröffnung: ?Schulpartnerschaft – ?Lehrer&schüler-Austausch mit einem U-S-College – ?gar privates !Sponsorentum aus Übersee – : – Zeit, sie auf den Beton der Wirklichkeit zurückzustoßen. Ich räusperte.

–*Wie Sie=alle wissen, ist über-Vielejahre-hinweg mein Onkel der Leiter des humanistischen Gymnasiums gewesen.* (Den Herrn=Direktor Bultjan sah ich kurz die Brauen zusammenziehn. Ungerührt fuhr ich fort, denn nun war ich bereits in !meiner Spur:) –*Die persönliche Geschichte meines Onkels war untrennbar sowohl mit diesem Gymnasium als auch mit dieser Region samt der Zeit verbunden – eine Verbundenheit, die ihm Vieles an Leid bescherte, wie er=selbst, von einigen Bürgern von X. mitsamt den Kollegen seines Gymnasiums gezwungen, Leiden und Tod anderen Menschen zugefügt hatte. Und wäre es nach unserer Lehrerschaft & vielen Bürgern von X. gegangen, dann wäre von seinem u dem Leid anderer Menschen Keinesilbe erhalten geblieben. Aber ich erinnere Sie an die Bemerkung des französischen Philosophen, und so erfährt nach Sovielzeit auch jenes Kapitel, das meinem Onkel seit den Letztenkriegstagen und bis zu seinem Tod die Seele beschwerte, jenseits des Ozeans in Form einer Artikelserie in einer californischen Tageszeitung seine Wiederkehr aus den Tagebuchaufzeichnungen meines Onkels, auf Komma & Punkt genau.* – (Ich raschelte mit den Blättern meiner Rede.)

Unruhe im Saal, sie legte sich rasch. Beim Wort *Seele* verzog der Herr=Oberstudienrat Bultjan spöttisch die Mundwinkel; darauf aber verfiel auch er sogleich in Starre & Schweigen der Anwesenden.

Von-Draußen laut 1 Autohupe, das helle Licht im Saal jetzt glanzlos, kreidig erbleicht –. Daraufhin spach ich lauter & fest.

–Ich zitiere im–Folgenden aus dem Tagebuch meines Onkels:

Es ist der 9. April 1945 kurz vor 6 Uhr. Der Frühling mit seinen ersten warmen Tagen ist Diesjahr beizeiten eingekehrt, auch heute steigt die Sonne aus dem Morgennebel in erblauenden Himmel auf. Doch stehen diese freundlichen Stunden im krassen Gegensatz zum Geschehen. Zum 1. Mal vermittelt sich mir das Gefühl derjenigen, die ABGEHOLT werden: Vor dem Haus hält 1 schwarze Limousine, dahinter drei Lastwagen – Türen springen auf, die Plane an der Rückseite zur Ladefläche eines L-K-W wird aufgestoßen, Bewaffnete springen ab, – Stiefeltritte die Treppen herauf – :schrilles Läuten an der Wohnungstür. Draußen Die=Herren in schwarzer Uniform & in Zivil (was noch mehr an Uniformen gemahnt): SIE HOLEN MICH AB – um an Diesemmorgen und dann für Allezeit einer=vonihnen..... zu werden.

Allerdings wurden meine Frau u ich in letzter Nacht auf diesen morgendlichen Auftritt vorbereitet. Kurz nach Mitternacht haben wir von meinem jungen Stellvertreter in der Schulleitung, Parteigenossen Bultjan, unerwartet »Besuch« erhalten. Im dreisten Befehlston überbrachte er mir die Weisung, andernmorgens mich der Bürgerwehr anzugliedern: –Zwex Hab=Haftwerdung & Unschädlichmachung entsprungener Schwerstverbrecher. – Der Parteiton schlug mir wie eine Faust ins Gesicht. Aber PeGe=Schnösel Bultjan

> ***S. 342, Stille Jäger →:***
> ?Wo beginnt der stets=von-Oben delegierte Massen=Mord: Nicht erst in den Vernichtungslagern & auf den Schlacht-Feldern. Nicht erst in Gefängnissen, Zuchthäusern, Kasernen. Nicht beim ABHOLEN & Zusammentreiben von Menschen in Viehwaggons für den Abtransport in die-Lager od in die-Verbannung.-
> Früher: in den Schulklassen, bei der Freizeit-Beschäftigung, in den Sport=Arenen, Kneipen & Imbißbuden, im Supermarkt, in Wohnstuben vorm Fernsehgerät, beim Zeitunglesen. Der FORTSCHRITT hat auch dem Massen= Mord wirksamere Verfahren als das Blutvergießen erbracht: TOTSCHLAG MITTELS ÖKONOMIE; DEMOKRATIE IST DEREN DIKTATUR.
> Auf der Basis von ökonomisch bestimmten Gesetzes-Lagen finden, praktisch täglich, Massen-Hinrichtungen statt. Das geschieht auf den Arbeits&sozialämtern, in den Büros von Personalchefs, in Abschiebe-Kwartieren für unliebsame=Flüchtlinge; – ohne Blutvergießen in aller bürokratischen Stille – ohne Aufsehen & hygienisch. Denn jede Zeit mordet nach ihrem Geist.
> Alle wissen Darüber Bescheid, & trotz des Wissens kann jeder Alletage 1-von-diesen-Getöteten sein. Also wollen sies nicht dauernd wissen müssen. Die !beste Methode zum Verschweigen: Zuvieles & zu oft wiederholtes Wissen erschafft Nichtwissen = die hochinformierte Dummheit.....

war noch nicht zuende. Für den Fall meiner Weigerung (wie ers nannte & mir mit seinem Atem zuleibe rückte) –bringe Ich=persönlich Sie noch in den Letztenminuten vor Ein !Ehrengericht.– Seit-langem will er meinen Posten – Jung gegen Alt –, jetzt holt er aus zum entscheidenden Schlag. Der war von-Anfang-an fällig; vielzuspät war ich Der Partei beigetreten; zuspät ist fast schlimmer als garnicht. Was ich seither auch getan hatte, ich tat es immer=gegen mich. Und die Letztenminuten-von=Heute sind die Erstenminuten für ein grauenerfülltes=Morgen.....

Beim Weggehen ließ Der Sieger die Wohnungstür sperrangelweit offen. Nun wird geschehen, wovor ich in Alldenjahren die größte Furcht gehabt. Meine Frau u ich, wir sannen die restlichen Stunden der Nacht auf Ausflüchte, mögliche Wege, am Andernmorgen !nicht Dabei sein zu müssen, – vergebens.

Jetzt ist Morgen, und wir hören die L-K-W & eine schwarze Limousine vor unserem Haus.

Unter der Plane des ersten Lastwagens sitzen sie=alle eng beieinander, die Mitglieder des größten Schützenvereins von X.: Parteigenosse Bultjan, Parteigenosse Schmitz (in S.A.-Uniform), Parteigenosse Gericke, Parteigenosse Peters (der Apotheker), Parteigenosse Hoffmann = der Oberbürgermeister mitsamt einigen Bürgern von X., die ich namentlich nicht kenne (dem Äußeren nach Arbeiter & Handwerker), auch etliche HaJott-Bengel aus X. & Umgebung. Insgesamt mögen an die sechzig Leute auf den beiden L-K-W versammelt sein, ein dritter Lastwagen (ebenfalls mit geschlossner Plane fahrend) scheint leergeblieben. Die Parteigenossen Scholz, Kriewert, Lachmann holt man von ihren Gutshöfen, die Sägewerksbesitzer Ludemann & Sohn sowie den Revierförster Heller mitsamt seiner Hundestaffel aus dem Forsthaus bei Y. ab; in der Limousine erkenne ich den Stadtkommandanten Kleinert sowie den Kreisparteileiter Kuntze aus X. Man ist unter der Plane in Besterlaune als ginge es zum Schützenfest. Dampf steigt von den Leibern auf, eine Flasche Korn geht reihum, von PeGe Scholz spendiert & lauthals mehrfach als *eine Rarri-!Tät in Sonerzeit* genannt (mich u: den Hünen Gericke läßt man aus; ihn aus Rücksicht auf seinen Magen, mich aus Mißachtung). Sie=alle haben verschiedentlich Knüppel Eisenstangen Gewehre dabei, Revierförster Heller seine Jagdflinte. Die Hunde drängen mit feucht stinkendem Fell & knurrend zwischen die Beine der Sitzenden. Einer dieser Schäferhunde direkt vor mir: das Tier starrt mich aus gelben Augen an, und ich schaue in den Urgrund tierhafter Unerbittlichkeit..... Dort muß für diesen Hund mein Abbild als Der Feind bestehn: Der Schäferhund reißt das spitzbezahnte Maul auf & boxt wütendes Bellen gegen mich. Das starke Tier zerrt an der Leine, der Förster grinst dazu und tut nur das nötigste, seinen Hund daran zu hindern, daß er sich in meine Waden verbeißt. Dabei bemerkt der Mann, daß ich keinerlei Waffe bei mir habe. Böse grölend macht er die-Leute darauf aufmerksam. Parteigenosse Bultjan höhnend, ich sei nämlich ein Ganztapferer & wolle die Sträflinge mit bloßen Händen – begrüßen. Aufgerissene bezahnte Mäuler, Atemgedampf, gehässiges Lach=Geschrei aus der Runde, die Hundeviecher fallen kläffend ein. Ich blicke ringsum – sie & ihre Hunde: einander gleich. Dann raunt Förster Heller, der mir gegenüber auf der Mittelbank sitzt: –Du wirst einen-von-denen !eigenhändig erledigen. Ich=persönlich werde Dafür sorgen. !Frointchen, du kommpst uns !nich davon.– So geht die schwankende Fahrt über Feldwege vor den Wald nahe der Bahnstrecke bei X.

Ich spürte Schweiß den Rücken hinab, trotz der Hitze im Saal beschlugen meine Brillengläser. Für 1 Moment mußte ich innehalten, die Zeilen auf dem Papier verschwammen. Aus dem Saal preßte die Stille wie ein Überdruck gegen meinen Kopf – mit der Taucherglocke dieses Zeitungsartikels war ich ins Meer alles Verschwiegenen hinabgesunken. Jetzt mußte ich dem Überdruck des anwesenden Schweigens in der gelichteten Tiefe: !standhalten.

Und hob das nächste Blatt auf und las weiter:

Seit geraumer Weile Brandgeruch, jetzt sehen wir auf der zerstörten Bahnstrecke vor X. den ausgebombten Zug, die Trümmer schmoken noch. Man befiehlt: !Aussteigen. Am Bahndamm formiert der Stadtkommandant Kleinert eine keilförmige Treiberkette mit ihm & dem Revierförster Heller samt seiner Hundestaffel an der Spitze. Kreisparteileiter Kuntze tritt neben mich. –Das=da nimmst !du. !Keinwiderwort. – Er packt meine rechte Hand, knetet meine Finger um das Eisenrohr. Und geschieht so rasch so unausweichlich, daß ich nicht mal gegen das unverschämte Duzen protestieren kann. Die Front marschiert derweil gemessenen Schrittes dem Waldrand zu. Ich will mich unbemerkt zurückfallen lassen, doch Bultjan & Kuntze nehmen mich in die Zange, treiben mich mit-sich=voran, ins dichte Gehölz des Waldes hinein.

Plötzlich 1ige schrille Pfiffe: Die Ersten in der Treiber-Formation sind auf Etwas gestoßen, die Hunde kläffen; Blutgier & Jagdeifer sticht auch meine beiden Bewacher; sie streben nach=vorn – mich vergessen sie für-den-Moment. Also bleib ich stehn, folge ihnen nicht weiter ins Gehölz hinein. Einige Schüsse dort zerreißen die Luft, die Hunde bellen rasend, Geschrei & sausende Schläge mit Knüppeln & Stangen, Holz zerbirst unter vielen Stiefeln.

Sie kommen aus dem Dickicht zurück, an ihren Knüppeln & Eisenstangen Blut. Aber Es ist noch nicht vorbei : Revierförster Heller & der Apotheker Peters treten als Erste aus dem Wald hervor; sie & alle übrigen schleifen etliche unförmige Lasten hinter-sich-her, Heller wirft seine wie 1 erlegtes Tier vor meine Füße. In blau | weiß gestreiftem Drillich, zerfetzt dreckverkrustet blutend, liegt vor mir das noch lebende Skelett 1 Mannes, an der linken Brustseite das auf der Spitze stehende rote Dreieck & eine 5stellige Ziffer.

–!Sò. – Revierförster Heller tritt dicht vor mich hin. –Den haben wir extra für !dich aufgehohm. – Die Schar der übrigen Männer umringt mich u den Sterbenden immerenger. Alles wartet, ich rühre mich nicht. (Meine Finger pressen sich ans Eisenrohr wie an den letzten Haltegriff vor einem Abgrund. 1 Eisenspan bohrt sich in den Handballen, stechender Schmerz, doch lockere ich nicht den Griff; Schmerz gegen Schmerz.....)

–Schlag !zu. !Schlag doch !end!lich !zu Du!schwein. :Heller, rotbrüllend vor Wut, Speichel spritzt in mein Gesicht. Aber ich rühr mich noch immer nicht. Auf das Eisenrohr wie auf 1 Stock gestützt, so stehe ich still u starr vor dem wimmernden Mann zu meinen Füßen. (*Es muß die Zeit doch vergehen – sie muß doch schwinden u mit ihr dieses Grauen – ?warum vergeht die Zeit ausgerechnet ?jetzt !nicht – –*)

–Vielleicht weiß er nich, wie Mann zuschlägt. – Höre ich durch den Nebel 1 Fistelstimme sagen. – –Parteigenosse Gericke hat recht. – Erwidert mein Stellvertreter Bultjan. –Bedenken Sie, er ist Leiter eines humanistischen Gümmnasjumms u bevorzugt Das-humane-Sterben. Da hat man Angst vorm Blutvergießen. – –A !Haa. – Grölt S.A.-Mann Schmitz, denn er ist hier in seinem Metier. –Naschön: Also !los, Schulmeister.

Vor meinen Augen wird ein derbes Seil zur Schlinge geknotet, das Seil anschließend über einen Baumast geworfen, Kleinert stellt einen Benzinkanister drunter. Heller & Hoffmann zerren den Gefangenen hoch & stellen ihn auf den Kanister, mühsam halten sie den Sterbenden aufrecht. –!Du-legst-jezz-dem-Kerl-die-Schlinge-um-den-Hals. – Befiehlt mir Bultjan, als müsse er 1 dummen Kind diktieren. Seine Stimme, gewiß eher leise, fährt dennoch in mein Ohr wie lautes Gebrüll. –So. Siehstu. Schöön. Schönmachstudas. Und jezz : Jetzt giebste dem Kanister nen !Tritt – : Die Füße des am Seil zappelnden Mannes schlagen gegen meine Hüfte, über mir das grausame Röcheln 1 Menschen, erstickte Laute die nicht aufhören – (und wage nicht aufzuschaun in das Gesicht eines Menschen, der durch meine Hand nicht sterben kann).

Darein fährt die versoffne Stimme Hellers: –Sowas will unsre Kinder Vernumpft lern unt kannichma jemann vernümpftich=aufhäng: Die Schlinge hatter unterm Kinn statt umm Hals geleecht – da wird der noch ne Hübscheweile baumln & krächzn wien Rabe. – Aus Vollemhals das eisenrohe Lachen über Gestrampel u verkrümmtes=grausiges Zappeln des Halbtoten-am-Strick – *der stirbt nicht – und stirbt nicht* – :Ein Schuß, direkt neben meinem Ohr, aus Kuntzes Pistole läßt den Mann-am-Strick starr wie 1 Balken hängen.

Stille. Als hätten Mörder Das-Avemaria gesungen.

–Ich erwarte von Ihnen, daß Sie morgen beim Reichsschulleiter des Landes Ihr !Entlassungsgesuch einreichen. Schriftlich & aus !gesundheitlichen Gründen, wenn Ihnen Ihre Gesundheit am Herzen liegt. – Bultjans Stimme, die in meine Taubheit nach dem abgefeuerten Schuß 1dringt, ist das letzte was ich noch hören kann. Die Sonne ist inzwischen hoch aufgestiegen zum heißen Frühlingstag, und immer begegnete mir der Schrecken im hellsten Licht. Darauf erlischt um mich her die frühe Stunde.

Doch meine Ohnmacht bedeutete noch nicht das Ende des Schreckens. Als ich am nächsten Tag durch die Straßen von X. zum Rathaus ging, Befehls=gemäß mein Entlassungsgesuch 1zureichen, sah ich in Reih-&-Glied auf dem Pflaster liegend wie bei der Jagd erlegtes Wild: die erschlagenen Häftlinge – vor den Einwohnern von X. zur Schau gestellt. Neu-gierige=Massen drängten unablässig herzu, glotzten auf die in Blau | Weiß wie in zerrissene Felle gehüllten Leichen – 1 Toter, die Schlinge noch um den Hals, lag in der Mitte dieser Leichenschau. Stadtkommandant Kleinert hielt wie ein Stadt-Führer den glotzenden Einwohnern von X. eine Ansprache, darin redete er von *Gnadenschüssen*, die man jenen von den alliierten=Verbrechern beim Bombenangriff vorgestern zu-Tod Verletzten gegeben habe. *Wenns auch !Schwerstverbrecher waren* (hörte ich ihn mit inzwischen heiserer Stimme brüllen), *so gilt doch auch für sie das kristliche Gebot der Näxtenliebe.* Und 2 Tage später wollte derselbe Stadtkommandant die kampflose Übergabe von X. an die Alliierten Truppen verhindern; sein Befehl: *!Durchhalten-&-biszumletztenblutstropfen!kämpfen* –:– (3 Privatpersonen aus X. verhandelten heimlich mit den Alliierten & bewahrten die Stadt somit vor der Zerstörung durch die anrückenden Amerikaner.)

Am 12. April 1945 kapitulierte X. vor den Alliierten Truppen; im April 1948 endete der Prozeß gegen die 13 *Stillen Jäger.* 3 Todesurteile wurden ausgesprochen sowie verschieden lange Zuchthausstrafen. Die Todesurteile wurden nicht vollstreckt, sondern ebenfalls in Zeitstrafen umgewandelt. Ich, als der langjährige Leiter des humanistischen Gymnasiums von X., hatte vor-Gericht auszusagen. Ich sagte aus, und 4 Jahre später wurden alle Verurteilten aus der Haft entlassen. Wegen des großen Mangels an ausgebildeten Fachlehrkräften bekam Ex-PeGe Bultjan, nach erfolgter ENTNAZIFIZIERUNG, den Posten des Schulleiters zurück, den er, nach meinem Rücktritt »aus gesundheitlichen Gründen«, bereits in den letzten Kriegstagen eingenommen hatte.

Ich erlauschte das Schweigen, das aus dem Saal aufstieg wie fauliges Gas. Und Gesichter starrten mich an, helle flache Tümpel in sauerheißer Luft. Als ginge unter den stockenden Oberflächen Etwas vor; als strebte aus sumpfigen Tiefen dieser Gesichtstümpel heraus ein großer Leib, der die noch glatte Oberfläche jeden Augenblick wie ein Ramm-Bock durchstieße – so brach zuerst aus dem Gesicht des Herrn=Direktors Bultjan ein wuchtiger Laut hervor: das geballte höhnische –NA: ?!UND. – Woraufhin der Kor einfiel: –NA:?!UND. WAS DENN ?WEITER. –

Sogleich & laut den Ganzensaal umfassend schwang sich die Stimme des Herrn=Bultjan auf: –Liebefreunde, !was haben wir=alle=heute hier ?hören müssen: Die Wiederholung des feigen Geschwätzes von einem !Kriegsverbrecher. Auswelchengründenauchimmer hat er sich Heutzutage=in-Amerika !reinzuwaschen gesucht von seiner Schuld. Uns=allen, die wir Den Krieg & Die-Schlimmezeit=danach mitgemacht haben, sind solche Ausflüchte nur in allzu »guter« Erinnerung verblieben. –

Er wartete 1 Moment, dann war von der Saalrunde sein Argument begriffen & dankbar aufgesogen.

Bestärkt durch das Fühlen von Zustimmung fuhr er fort, indem er an mich sich wandte. –Sie, Lieberherr, hätten sich !besser informieren sollen, bevor Sie einer in-der-Öffentlichkeit=heutzutage leider noch immer verbreiteten Masche folgend uns mit solch 1 Machwerk zu-Leibe rücken & unsere Feier zu verderben trachten. Lesen Sie den Urteilsspruch der-Alliierten – jenes unter dem Namen *Massacre Trial* formierten britischen Militärgerichts in X. – vom April des Jahres 1948 sowie die Kassation dieses Urteilsspruchs im Oktober des Jahres 1952. Danach sind all=jene Personen, die Sie & dieser Zeitungsartikel auf das !Schändlichste verunglimpft haben: freigesprochen worden. Wohlgemerkt: !Frei=gesprochen von !alliierten Richtern. – (Er schwenkte den Blick in die Runde) –Und zwar auf die Aussage !Ihres Onkels hin, des späteren Verfassers dieses – (mit Zeigefinger & Daumen die Pinzettengeste vor einer ekligen Berührung) –Ar-ti-kels. !Aber. – Jetzt stand er auf von seinem Stuhl, krempelte nochmals die Hemdsärmel auf, und ging um den Tisch herum auf mich zu. Vor mir sich aufbauend, wollte er seine Hand auf meine Schulter legen, ich wich der Berührung aus; Hand & Arm des Parteigenossen a-De Bultjan verhielten für 1 Moment wie zum Schwur in der Luft.

–Ihr Onkel. – Sagte er laut, doch nun in versöhnlich gestelltem Ton. Denn jetzt hatte er Den Ausweg, groß & offen wie ein Scheunentor, erblickt. –Schauen Sie: Ihr Onkel war nicht eben beliebt gewesen in seiner Umgebung, und so mancher von uns ist ihm nicht immer wohlwollend gegenübergetreten. Das ist kein Geheimnis. Aber: Er war ein !redlicher Mann. Er war Einer der Wenigen zur Damaligenzeit, die nach Dem Krieg sich sagten: Ich darf Böses, das mir angetan wurde, nicht länger mit Bösem vergelten. Gott ließ Moses sagen: *Auge-um-Auge, Zahn-um-Zahn, Hand-um-Hand & Fuß-um-Fuß* : Doch heißt es ?!nicht beim Evangelisten Matthäus: *Widerstrebt dem Bösen !nicht, sondern wenn dir jemand einen Streich gibt auf die rechte Wange, dann biete die andere auch dar; & wenn jemand mit dir rechten will & deinen Rock nehmen, dem laß auch deinen Mantel.* Denn wer Böses immerfort weiter mit Bösem vergilt, der !bestärkt Das Böse & !verlängert dessen Macht. So nutzte Ihr Onkel die Gelegenheit vor dem Alliiertengericht !nicht dazu aus, seine Fein – :seine ihm Unliebsamen-von-einst zu denunzieren, und er bezeugte Damals vor dem Richter: !Diewahrheit. So hat er sich als !wirklicher Mensch&krist, als ein Frieden's Freund erwiesen : 1 !Beispiel war Damals das Verhalten Ihres leider schon verstorbenen Onkels; Beispiel für uns=alle & für die heranwachsende Generation in Dieserzeit.

Jugendlichkeit durchflammte bei seinen eigenen Worten die novembergreisen Züge: –Da wollen wir ihm sein späteres – (noch 1 Mal die Pinzettengeste, deutend auf die verstreut umherliegenden Blätter meiner Rede) –wollen wir ihm Diesezeilen nicht zum Makel anrechnen & wollen unsrerseits Heute !ihm !verzeihen. Denn in seinen letzten Jahren, besonders nach dem Tod seiner Lebensgefährtin, als er gesellschaftsscheu von Allerwelt sich ausschloß, ist er 1 1samer Mensch geworden, 1sam & verbittert. Und schwer zu tragen ist die Bürde des 1zelnen, der mit großer Schuld sich beladen hat in unserer Kaltenwelt. Gedenken wir statt dessen seines mutigen Vorgehens vor-Gericht als ein leuchtendes Exempel für !Zivilcourage.

Lautes, anschwellendes Beifallklatschen aus der Runde dem Parteigenossen a-De Bultjan, der somit auch das end=gültige Schlußwort gesprochen hatte, – Das trieb mich wie Ohrfeigen vor die Saaltür; die öffnete sich von Draußen & Kellner trugen Tabletts voller Teller mit fettrüchig schwappender gelber Suppe herein. Beinahe hätt ich dem 1. Kellner beim Hinauslaufen das Tablett aus den Händen gestoßen. 1 Gedeck würde er ohnehin wieder mitnehmen müssen.

Mittagheiß die Straßen in X., sonntagsträge schoben Touristengruppen mit schub=weise-plappernden Stadtführern die Fußgängerzonen entlang.

Hinter mir über das Pflaster hallend eilige Schritte, eine Frauenstimme rief meinen Namen. Ich wandte mich um, und stand Gunhild gegenüber. (*:Gunhild Kuntze: auch !dein Vater…..*) Stumm schauten wir=einander an.

–So eine Rede von dir hatte ich befürchtet – u erwartet. – Sie atmete noch schwer vom hastigen Lauf.

Ich antwortete nichts.

–Ich habe Das-von-meinem-Vater als Kreisparteileiter der eNeSDeAhPe hier=in X. gewußt. Hab es vor-Jahren mühsam selbst herausgefunden; daheim hat man niemals über Vaters Vergangenheit auch nur 1 Wort gesprochen. Natürlich=nicht. – Sie lachte grimmig auf. –Soviel Schweigen über eine Solangezeit seines Lebens aber hatte mich irgendwann mißtrauisch gemacht. Und ?weißt du, daß, als ich Alles erfahren hatte über ihn, ich regelrecht !froh gewesen bin darüber, daß er – daß Vater – !so=Etwas auf dem Kerbholz hatte. Denn soweit ich zurückdenken kann, habe ich ihn gehaßt. – Sie senkte den Kopf, redete zum Pflaster. –Nein, zuerst habe ich ihn nur gefürchtet, Haß kam später.

Und nun hatte ich Einen Großen-Grund für meinen Haß, als hätt ich !so=Etwas immer schon geahnt u Es ihm zugetraut. An seinem Grab, er starb vor etwa zehn Jahren, hab ich eine Erleichterung gespürt, als sei ich von Einerlangenkrankheit endlich !genesen. Mutter hat an der Grube geheult wie ein Schloßhund, ich hätt am liebsten laut gelacht.

–?Weshalb erzählst du mir Das. Es ist zu spät für Solchegeschichten. Immer ist es dafür zu spät. Ich hatte es nur vergessen.

–Es war !richtig, was du getan hast. Der Fehler steckt woanders.

Jetzt schauten wir uns direkt an.

–Ich hab mich mit meiner Rede bis auf die Knochen blamiert. !Schlimmer: Ich habe deren Selbst=Zufriedenheit, ihre dummfreche Lebensrechtfertigung noch befestigt. So konnte dieser Bultjan sich aufschwingen in eine Pose, daß !er derjenige ist, der !verzeihen darf, was fürn Hohn. Das hätte ich voraussehen müssen. Denn Wer mit Gott, Moses & den Evangelisten anrückt, Der sitzt neuerdings wieder fest=in=Seinem-Sattel.....

Gunhild nickte. –Bei Kristen ist oftmals stärker als ihr Glaube ihre Heuchelei. Das bewahrt Die Kirche & rettet die-Gläubigen vor sich selbst. Nun weiß ich, weshalb du in Alldenjahren den Kontakt mit uns ausgeschlagen hast.

–Du irrst. Das, worüber ich Heute gesprochen hab, weiß ich erst seit Kurzerzeit. Vielmehr ging es mir ähnlich wie dir bei deinem Vater: Ich habe bei Denen..... immer *Etwas geahnt*.

–Es ist meine Schuld, daß ich dich zu dieser Feier hergelotst habe. Nein, unterbrich mich nicht. Wie gesagt, ich habe über-die-Jahre viele deiner Artikel in den Zeitungen gelesen & gesammelt. Dadurch, obwohl wir niemals Kontakt mit ein=ander hatten, habe ich dennoch ein gutes Bild von dir bekommen. So unterschiedlich darin deine Haltungen, !Eines gilt für dich=immer: Wut u Verachtung gegen Jene, denen Denken altmodisch verzopft & Die dafür *Leifsteil-Idüllen, Puder-Zuckerironie & fürs Politische ästhetisch eingefärbte Stimmungen* empfehlen. Ja, ich hab solch eine Ansprache von dir erwartet. Deswegen habe ich dich eingeladen. Das war mein Egoismus. Denn in Alldenjahren war ich viel zu feige, mein eigens Wissen Laut werden zu lassen. Also brauchte ich jemand anderes – dich – als Meinestimme. Und dafür möchte ich dich jetzt um Verzeihung bitten.

Alles Puppen=Artige, dümmlich=Weibchenhafte – vielleicht die für=Diesefrau im-Laufderjahre probat gewordene Karaktermaske, um im Beißgehege der Alltags-Bestien nicht draufzugehn –, verschwunden. –Du hast vorhin von einem Fehler gesprochen, der in meiner Rede steckt – ?welcher ist es. – Und blickte in die Züge einer ernsten, nachdenklichen Frau.

–Du suchst noch=immer nach *Schuld*: willst Ge-Wissen ?erforschen, der Inneren-Stimme ?lauschen, Normen ?einhalten & die als *schuldig* Befundenen mit Sanktionen ?bestrafen. – (Sie sah mich aufmerksam an:) –Aber Dieseart der Suche nach *Schuld* ist seit den Tribunalen, seit den Schauprozessen in Rußland & Anderswo längst mit DER-MACHT=im-Bund, hat sich dadurch selbst entwertet. Und *Scham*: Die-Angemessene-Haltung in der-Öffentlichkeit, die ist zur Scham-Industrie verkommen: von der Opfer-&-Täter=Show bis zum Shoa-Business..... Wonach also willst du ?suchen.

–Nach Auswegen. Irgendwo müssen Die gewesen sein: in der-Geschichte die Not-Ausgänge. Denn Nichts hat genau=so kommen !müssen, wie Es gekommen ist.

–Dann wirst du weit zurückgehn & dabei Sovieles vergessen müssen.

Unwillkürlicher Blick zur Armbanduhr, von uns beiden zugleich.

–Muß wieder zurück zu denen. Hab schließlich das Ganze organisiert. – (Rief sie hastig). –Sie werden inzwischen wieder ganz=bei-sich sein. – Das klang wie eine neuerliche Entschuldigung.

Das zuvor Gehörte hatte mich getroffen. –Ich hätte Es !nicht so=genau Auf-den-Punkt bringen können wie du. – (Räumte ich schließlich ein.) –Bisher habe ich die öffentliche Suche nach *Schuld* mit den-Tribunalen niemals in Verbindung gebracht. Möglicherweise hast du Recht. Denn Alles=in-der-Zeit hat nur begrenzte Gültigkeit, also auch *Schuld* u *Scham*, und überleben sie diese Grenze, verkehrn sie sich ins Gegenteil von sich selbst. – (Ich schaute Gunhild an:) –Du hast über dieses Problem offenbar schon länger u vor-Allem !besser nachgedacht, als ich. ?Was machst du – ich meine – deine Arbeit – ?wo –

–Bin derzeit noch Medienberaterin bei nem Privatsender in München. – (Antwortete die Frau mit unbeteiligt gestellter Stimme.) –Aber ich bin schon viel zu alt für=Die & werde demnächst gefeuert. Seit es mit Kirch=bergab gegangen ist, kommen üble Figuren auf-den-Plan. Die einst den Sender gegründet haben, waren Dreck-Säcke; ihre Nach-Kommen=jetzt sind ohne Säcke nur noch Dreck. !Diesespack läßt Tausende 1fach in den Keller rauschen: Wie die Skythen.

Sie sprach das letzte wohl zu sich=selbst, dann streckte sie den Arm aus und berührte flüchtig meinen Ellbogen. –Wir haben uns mit-den-Jahren aus den Augen verloren. Schade. – Sagte sie mit fester Stimme u schaute mich offen an. – –Ich fahre morgen Nachmittag nach Berlin zurück. – Antwortete ich. – –Dann haben wir noch den !ganzen Vormittag. – Rief sie erfreut. –Auch ich muß erst am Nachmittag wieder heim nach München. Ich lebe dort seit ich vor fünf Jahren wieder geheiratet hab. Mein Mann hat mir den Job beim Sender verschafft. Ich – du – wir haben uns eine Menge zu erzählen, denke ich. – Sie schaute sich um, entdeckte 1 kleines Café. –?Treffen wir uns dort morgen Vormittag, um ?10. ?Wirst du ?kommen.

–Ja. – Log ich.

Sie ergriff rasch meine Hand –, dann machte sie kehrt und eilte davon, zur 25. Abiturfeier im »Ochsen« : Zurück zu Denen.....

Die Verabredung mit Gunhild am andern Vormittag ließ ich sausen: 1 radikaler Schnitt war vonnöten. Weder sie noch irgend anderen der ehemaligen Mitschüler&lehrer wollte ich jemals wiedersehn. Und würde die Englischlehrerin, meine Erste Schülerliebe, in Diesemmoment auf mich zukommen, ich ginge an ihr vorüber als kennte ich sie nicht.

Bis zur Rückfahrt mit dem Zug nach Berlin blieben fast sechs Stunden. Ich lief noch einmal durch die montagslauten Straßen von X., lieh mir schließlich 1 Fahrrad & fuhr in die nahen Wälder. Dort suchte ich lieb=gewonnene Gegenden von Früher auf, als ich in den Schulferien zu meinem Onkel kam. Auch an Den Bahndamm fuhr ich, an Die Stelle..... nahe dem Dorf Y. Die Wälder u Wege lagen scheinbar unverändert, nur war in-den-Jahren üppigeres Grün hinaufgewachsen, die hohe gerade Schlankheit der Bäume verkrautend. Zwischen den Kiefern schräg die Sonnenstrahlen, in der warmen rotbraunen Färbung der Stämme schien das Sommerlicht aus früheren Jahren aufbewahrt – die Wälder, ohne Menschen, standen hoch u voller Rauschen still. Doch wenn die Sonne dort Flammen aufschlagen läßt, sind Wald u: Licht ein ander Feind. Gesellschaft –, das war mir zeitlebens wie ein häßlicher Balken im Fleisch. Seit gestern ist Der heraus.

Dann war die Zeit herum, ich fuhr zurück. 1 Stunde später saß ich im Zug nach Berlin.

Dort wieder angekommen, werde ich auch heute mein Abendgrübeln durch abgelegene Straßen tragen. Aufrecht, die Schultern breitgereckt, mit zügigen Schritten, das Gesicht wie einen Scheinwerfer aufgeblendet, begegne ich auf dem Weg allen Miß-Blicken: -trauisch -billigend

-mutig -günstig, aus ihrer eigenen Bosheit heraus auch manch haßerfüllter, verachtender Blick voll mit Todeswunsch – :Mein Blick, nur wenig länger auf sie geblendet als deren auf mich, streckt sie=alle zu Boden; hündisch & rasch ducken die gräulichen Gestalten die Augen nieder, weichen mir aus – die Blickeleichen; im schlechten Ge-Wissen eilen sie davon, weil die späte Stunde sie in ihre Stuben treibt. Dort werden sie wiederauferstehn: Frau Kind Tier Stuhl od Tischkante verprügeln in ihrer Wahnsinnigen-Wut, – ohne Rührung gehe ich vorüber.

ENDLICH ALLEIN.

Hallend auf dem Abendpflaster Meinschritt solange, bis der Grübelstoff verschlissen und Erschöpfung wohlsam den Gesichtsscheinwerfer verglimmen läßt –. Dann werde auch ich heimkehren: in meine Wohnung = meine Höhle = mein Versteck, & werde mich einschließen Dort. Man braucht nur Weniges um sich einzuschließen, sobald man nur Etwas hat, das des Einschließens lohnt.

Im Treppenhaus aus dem Briefkasten fällt ein Brief mit Firmenaufdruck heraus: *Reinhardt Hold, Kormoran Immobilien- & Verwertgesellschaft mbH* : Die Aufkündigung meines Mietverhältnisses wegen Eigenbedarfs des Vermieters, Kündigungsfrist 3 Monate.....

Es ist soweit : Der Kampf, Sophia, geht auf den Letzten Schlag.

Ein-Klang

Sommer 2002

Morgens im Badezimmer. Die Fliesen wasserkühl, spittsig-klirr springen die Geräusche wie Pingpongbälle von den eisfarbenen Kacheln zurück : – dann setzt der Entlüfter laut-mahlend ein.

Im Spiegelglas, hinter dem Tauschleier verborgen, das über-Jahre sattgesehene Gesicht, meines.

Arme mutige Sophia – : In 2 Stunden bereits stehst du vor der Tür, mit werweißwieviel Gepäck, – aus Der Villa=Fort: –!Endgültig. – Sagtest du. –Dir die Wohnung zu kündigen.....: Damit hat er den Bogen !überspannt. Dieser Größenwahnsinnige = der glaubt, im-Leben gehe Es zu wie auf 1 seiner Immobilien-Auktionen, & wer am schlauesten mit der Not & dem Geld Andererleute jongliert, der bekommt immer Den Zuschlag. – (Und zupfte heftig am Nagelbett ihrer Finger.) –Aber in den Häusern, die er verschiebt, leben immer !Menschen, u: was lebt kann sich !auflehnen gegen die Herren Selbstgefällig. Hier hat er sich !verrechnet, der feine Reinhardt Hold: Dieses Mal !verlasse ich ihn.– Sie war erhitzt, rot u schön –.

Und Heute, in knapp 2 Stunden, dein Einzug, Sophia: hier bei=mir.

Als ich Sophia den Brief der *»Kormoran Immobilien- & Verwertgesellschaft mbH«*, darin die Wohnungskündigung wegen Eigenbedarfs, zeigte, fuhr sie noch am selben Abend mit mir ins Umland Berlins, in 1 Landgasthof.

Und dort erzählte mir Spohia, was vor-kurzem sich zugetragen hatte, 1-abends in der großen weißen Dahlemer Villa.

–Er bestellte mich in sein Arbeitszimmer, wie irgend-1 seiner Schuldner. Da stand Der Herr & Großkotz Reinhardt Hold am Fenster, mit dem Rücken zu mir, die Hände ineinander. Er ließ mich warten, blieb stumm. So voller Scheff-Allüren gesogen, empfand er sich jetzt bestimmt nicht mal komisch. *–Ich darf dich daran erinnern*, sprach er dann zu den Bäumen im Garten, *–daß wir, du u: ich, ein Abkommen haben: Jeder kann tun & lassen, was er will; aber !nicht hier=Imhaus. Und an Jedemmorgen ist jeder wieder zurück. Ich dachte, das sei auch dir klar.* Effektvoll, wie er wohl meinte, kehrte er sich an dieser Stelle seiner Rede auf den Fersen abrupt zu mir: –*!Du hast gegen unser Abkommen zwei Mal ver*– stoßen getraute er sich nicht zu sagen, hahah, also mußte er neu ansetzen: –*Zwei Mal hast du unser Abkommen in Letzterzeit gebrochen. Zwei Mal, von denen ich !weiß* –, er winkte meinen Einspruch ab. –*!Den Ehemann möcht ich sehn, der Seinerfrau Soviel durchgehen läßt, wie ich.* Er hatte sich in Schwung geredet. –*Du benimmst dich wie ne läufige Hündin, du – in deinem Alter.* – –*In meinem Alter bekommen andere Frauen noch !Kinder.* Aber ich bereute die Bemerkung sofort; allzuoft schon hatte ich ihm sein Unvermögen vorgehalten, um ihn damit jetzt noch verletzen zu können. Er winkte auch nicht mal mehr ab wie früher; er blieb auf seinem Hohenroß. –*In deinem Alter solltest du aufhören mit solchen Spiele=rein.* Er räusperte gekünstelt. –*Und wenn du dich schon nicht beherrschen kannst, dann treibs !gefällixt !nicht Hier=Imhaus.* Jetzt hatte ihn die Wut gepackt, doch selbst dabei war er schlau genug, nicht *in Meinemhaus* zu sagen.

–?Wie sieht er eigentlich aus, dieser – dein Mann. – Das hatte mich seit-Langem beschäftigt. –Denn das 1zige, was ich jemals von ihm gesehen hab, war Damals=in-der-Nacht 1 messerdünner Schatten. – –Wie er ?aussieht: nach Nichts besonderem, wie Allemänner; !Nein: – Sophia legte sogleich ihre Hand auf meinen Arm, –!nicht wie Allemänner –.

Ich schaute Sophia direkt ins Gesicht; ließ statt meiner Stimme meine Blicke erwidern. (*Ich bin nur im Geschlecht ein Mann; sonst entweder noch der $\frac{1}{2}$wüxige od schon der Greis, aber kein Erwachsener-Mann. Als ich Damals Vaters Hof ablehnte, war ich stolz u fühlte mich !befreit. Vielejahre später, als ich im Haus meines toten Vaters im Keller an die Benzinfässer die Lunte legte, spürte ich ihn wieder: den Fantomschmerz der gekappten Wurzeln; spürte Mein Zu=spät: ohne Aussicht auf befestigtes Dasein. Auch die 12-Jahre-Ehe=Nacht mit Elisabeth hat mich nicht reifer werden lassen; all meine Reife hatte ich schon als Kind erfahren, zu wenig & zu früh. Und Heute: Mit Übervierzig lebe ich wie 1 20jähriger – so komisch kann ich sein, u: kann !nicht !anders sein.*) – Dann ließ ich meine Blicke schweigen; wollte statt dessen Sophias Erzählung hören.

Die aber mochte Wort-für-Wort=Alles an Unruhe aus meinem Gesicht herausgelesen haben, und sie redete jetzt heftig & zweifach voller Erregung: Einmal gegen das-Kindische in=mir, der ich in meiner Untüchtigkeit ihr schon zunah gekommen bin, so daß sie nun selber Davor in-Acht sich nehmen muß, wie sie zugleich die-Therapeuten=Pflicht in=sich verspüren mochte, mir = *ihrem-Patienten*, aus diesem offenkundigen Übel herauszuhelfen. Zum anderen lehnte sie sich auf gegen ihren Mann, den Immobilienhändler, den sie soeben laut & voller Hohn nachahmte: –*Sieh her: Zwei Mal hast du Deinverhältnis Hierher=Inshaus gebracht. Und zwei Mal hast du dich nicht geschämt.* Nun hatte er seinen alttestamentlich=Recht-haberischen Ton wiedergefunden; darin sühlte er sich am wohlsten. Ja, er ist auch Dabei natürlich ein Schäntelmänn, Meinherr=Geh-mal. Ein so !groß=artiger Schäntelmänn ist er, daß er tatsächlich Deinverhältnis sagen konnte, ohne darüber zu lachen. Unbeirrt machte er in seinem Sermon weiter: –*!Zwei Mal hast dus !Hier getan & hast unser Abkommen in den Wind geschlagen. !Zwei Mal.* So rief der Leibhaftige Staatsanwalt. –*Und Das ist genau zwei Mal !zuviel.* Mir gings in dem-Moment 1zig darum, ihn aus dieser Rolle 1 Stadttheater-Jago zu kippen, die er vor mir schmierte. Ich !mußte ihn reizen. Denn ich kenne Die Stelle, wo Er kitzlig ist & wollte Ihn, der sich seit fünfzehn Ehejahren über mich erhoben hat, erniedrigen. – Sophia schwieg kurz, schaute dorthin, wo auch mein Blick seit geraumer Weile lag: auf 1 winzigen, nassen Fleck im Tischtuch. –

–!?Was bin ich Ihm denn gewesen Aldi-Jahre: ?!hat Er mich & meinen Beruf jemals ?respektiert. – Alter Groll schlug in Sophia hoch, sie redete laut, einige Leute am Nebentisch sahen sich nach uns um. – –Für Ihn war ich ne verzogene Stute aus nem Stall, der nicht mal mehr seinen Gutennamen hatte, seit Vater's Handelsfirma Pleite war in der Rezession der Achtziger. Wende & Einheit Doitschlands war ein von den fettesten Kapital-Zockern seit-langem betriebenes Vabanquespiel; & nach Dem-Mauer-Sturz lag der-Osten da als Beute zum Aus-Schlachten für Jedermann, für Vater zu spät. !Oho – der HErr=Immobilienhändler ist auch hierin ein Schäntelmänn, aus dem-Nichts Alles gemacht & sich !selber !hochgearbeitet, wie Er mir & Allerwelt immerfort verkündet. Sein Stolz rumpelt auf Vollgummireifen. – Sophia holte Atem –.–

–Als Schäntelmänn hat Ers natürlich nicht nötig, unverblümt mir zu sagen, daß ich damals hab !heilfroh sein können, nich irgendnen Proll, Kleinkrauter od Schullehrer, sondern !Ihn=zum-Ehemann ge-Kriegt zu haben: Schäntelmänner kennen Methoden, einem Sowas dauernd unter die Nase zu reiben, ohne 1 Wort zu sagen: Demütigung anderer Menschen – !das versteht Ein Schäntelmänn am !besten. SEine Diskretion ist die Diskretion der Klinge, die Er in der Scheide verbirgt, – & zusticht sobald 1 Anderer so dumm od so 1fältig ist, in die Reichweite SEiner Höflichkeit zu geraten. – Sophia hatte wieder begonnen, an ihren Fingern zu zupfen. In mir widerhallte das Wort Scheide – (ich sah sie an); erst allmählich drangen Sophias Worte erneut zu mir durch.

–Und mein ?Beruf: für Ihn bin ich ne Meisenwärterin, die reichen=verkorxten Schnallen die eine Macke austreibt, indem sie ihnen für Teuresgeld andere Macken einredet: zuvorderst die Macken Selbst=Vertrauen & Selb=Ständigkeit. –*Wie der-Pfaffe, der den Schäfchen erst Die Sünden aufschwatzt, um sie ihnen dann wieder zu Hohenpreisen austreiben zu können.* Kommentierte er seine Meinung. –*Das schlimme an der-Dämokratie: jedes noch so kleine Licht will Eine Große Leuchte sein, & dementsprechend führt sich !jeder auf.* Der HErr=Immobilienhändler gehört zu jenen, die von Demokratie sich nehmen was für !ihr=Geschäft von Vorteil ist, & Demokratie verachten, sobald sie dem-Geschäft was abverlangt. Und so bin ich für ihn – 1 Psycho=Pfaffe. –

Sophia schaute mit Schmerzkerbe im Mundwinkel auf den kleinen blutigen Riß im Nagelbett ihres Ringfingers.

–Ja – (u flüsterte jetzt beinahe) – –ich wollte ihn zu Dieserstunde: nichts als erniedrigen..... Also machte ich viele Fehler. Kurzum: er wurde blass, aber Er blieb auf dem Hohenroß & schließlich *bot er mir Die Scheidung an* : So hätte Er sich gewiß ausgedrückt, der HErr Schäntelmänn=Schmierer vorm Letzten Vorhang.

Es !stach mich, Sophia zu fragen, ?welches denn seine-kitzlige-Stelle wäre (SEine Impotenz wars offenbar nicht). – :Doch ich verkniff mir die Frage. Und weil ich mit Allerkraft mir das verhielt, rutschte mir die andere dumme Bemerkung raus:

–Er als Ja-go: Aber ?wer ist der Oh-Tello. –

Diesmal hörte Sophia meinen anzüglichen Kalauer; sie hatte sofort verstanden, auf !wen ich mit diesem italienischen Namen zielte. Ihr Blick kühlte aus, stumm u leer schaute sie vor sich nieder –.

Da saß ich mit meinen leichtfertigen Dummheiten; das Essen vor mir, das soeben serviert worden war, blieb unberührt (mein Gemammpfe & die Freßgeräusche wären mir jetzt peinlich erschienen; ich getraute mich nicht zu dieser Art von Lächerlichkeit). ?!Weshalb nur muß ich ausgerechnet Dieser Frau gegenüber mich ein-ums-Anderemal so !blödsinnig aufführen, ein Inselreich für nen Kalauer opfern.– Das Essen u mein Rücken wurden kalt.

Sophia indes, vielleicht durch ihren Beruf ein Krösus an Nachsicht, schenkte mir auch diesmal ihre Entschlossenheit. Mit allem Frauensinn für Tat=Sächlichkeiten nahm sie=sich=zusammen & gab jetzt u an Diesemabend ihren eigenen Plänen nach.

–Wenn er, um an mir sich zu rächen, !dich auf-auf-die-Straße-setzt: Dann gehe ich mit !dir. – Erklärte Sophia=entschieden. –Mit dieser Kündigung hat er dir u !mir gekündigt. – Zielbewußt sah sie mir ins Gesicht. –Das war schon seit-Langem fällig, nur hat mir bisher der Anstoß zum Muthaben gefehlt. !Jetzt – rief sie – –soll er sehen: Es ist soweit. Ich gehe fort von Ihm. –

Sie zögerte 1 Moment, und senkte die Stimme: –Und du: ?willst du mich denn noch=immer bei dir ?haben. – Sagte sie einfach, ihr Gesicht kam näher, sie lachte nicht. Ernst u ruhig ihre Augen auf mir, als müßte sie einen Fremdentext entziffern. Sehr Langezeit schaute sie=stumm auf mich – –

Meine Fragen lagen schon viele Atemzüge zurück; jetzt kehrten sie wieder. *Und ?er: dein italienischer Freund* (fragten meine Blicke und sogleich:) *deine Praxis im Haus des Mannes, den du verlassen willst: ?Wie soll Das weitergehen.* (Und:) *Mein kümmerliches Schurnallisten-Hohn-oh-rar, das reicht gradmal für mich=all-1.* (Und schließlich:) *Habe ich überhaupt ?Anspruch auf Dasgeld vom Haus meines toten Vaters: ?Wovon also sollen wir=beide ?leben.....* –

Abend trat ein. Während meine Fragenblicke erloschen, flackerten die Lampen im Gartenlokal honiggelb in Glaskugeln auf, Insekten umschwirrten sie in fiebrig zuckendem Tanz. Sie würden niemals in das Licht hineingelangen, aber sie gaben nicht auf. Aus den Bäumen über den Tischen sank Abendkühle nieder, vom Duft aus Lindenblüten schwer.

Sophia hielt an jenem Abend im Gartenlokal meinen sorgen=vollen Frageblicken stand. Ihre Blicke durchliefen Jahre, sie antworteten lange. Noch niemals zuvor hatte ich so unbefangen in die Augen einer Frau geschaut. Und noch niemals zuvor hatten mir die Augen einer Frau Die Antwort zurückgegeben: *!Ich bin Die Frau, die Eine* –.

In weniger als 2 Stunden wird meine Wohnung = meine Höhle = mein Versteck auch von !deinem Leben beschallt. Wir=beide, obwohl eines jeden Leben-davor uns bereits etliche Seiten beschrieben hat, werden nun, nebenein=ander, wie zwei neue, weiße=leere Bögen sein –:– ?werden wir am ?gleichen Text u mit der ?gleichen Geschwindigkeit daran weiterschreiben; ?keiner den anderen überrasen wolln & zurücklassen in der leeren Stummheit alles Ungesagten –.– Und ?danach, wenn die wenigen Wochen, die bis zur Wohnungskündigung wir=beide hier noch bleiben dürfen, vorüber sind: ?Wohin werden wir, du ich, gehen, um dann im Irgendwo von Berlin..... ?anzukommen. Werden wir=zusammen: ?bleiben.

S. 398, Schwarzes Laub →:
Aura der Familie. Auch *Familienleben* muß gelernt & will geliebt werden. Der Bemerkung Friedrich Engels zufolge, wonach die-Familie auch die kleinste Zelle des-Staates sei, bestimmen staatlich geprägte Hierachien das Innere jeder Familie. Also heißt *Familie* lieben = *den-Staat* lieben; was i.e.S. die Liebe zur Staat's Macht & deren Praktiken meint.
Staatsliebe ist Fetischismus, u Fetischismus zählt zu den Perversionen.
Naiv die Meinung, wonach innerhalb verwalteter Gesellschaft Zufluchtsräume, Schutzhütten, Bunker für brut=warme Menschlichkeit existierten, in deren Innern alle gesellschaftliche Gewalt, alles soziale & mentale Unrecht im unlebbaren verwalteten=Leben, draußen geblieben sei; – nachdem die Panzertüren gegen alles Bürgerliche=Draußen gesellschaftsdicht verschlossen, könne sich Drinnen das Reich der wahren Menschlichkeit entfalten; Menschlichkeit, die allein durch *fänomenale Menschlichkeit* der 1zelwesen bestimmt sei. Und nehmen dabei ihren Traum immer schon für die erfüllte Tatsache=selber. Daher notwendig Enttäuschung und Wut, die ihre Waffen vom tätigen Draußen..... einholt; – & begründet der Naiven gesellschaftsfähige Bestialität.

Aus dem verschwindenden Tau tritt im Spiegel nun mein Gesicht hervor, das alte, über-die-Jahre sattgesehene: Die Augen groß u eng beieinander, dunkel verstockt wie Moorwasser, – die Brauen, als wären sie vorm Zusammentreffen über der Nasenwurzel im Letztenmoment zurückgeschreckt; der Mund zunah bei der Nase: Gesicht eines Menschen, der zu Niemandem gehören kann, u: läßt ?Wer sich mit ihm ein, stehen Nichts als Ärger u Enttäuschung zu erwarten. Denn in welche Richtung so-Einer auch gehen mag, er hat immer !Gegenwind. – Jetzt zur Morgenstunde erscheint mir dieses Gesicht plötzlich unbekannt, neu, als sei ein Fremder in meine Gestalt getreten, der mit Fremder Augen sieht; ein Anderer, der für Glückliches in seiner Miene den Weg nicht kennt – und so taumeln seine Züge froh=sinnig daher voll jungenshaftem Über-Mut u voll geheimer Seltsamkeiten.....

Und so dachte ich dem unvertrauten Gesicht, dem Mund & den Zähnen neue Heimlichkeiten aus, Landebahn unter hastig entfachten Leuchtfeuern konspirativen Verschwörer-Tuns –: als freischaffend subversiver Heimwerker mit 12jähriger Harmonieerfahrung; als Robin Hüter in der Liga zur Erhaltung tropischer Früchte; als Sama-Ritter & Wohmenitzer-vom-Dienst im Verein der Ungeküßten od im Schutzverband für rasch errötende Bräute –.– *Und bin Wege gegangen, Straßen=lang, besessen von Gegenwart u von deinem Bild, gegangen durch eine*

Stadtnacht unter Regenprojektilen – Aprèslude auf Sonnenschirmen vor mitternächtlichem Café – und hab Schritte gehört, ein Tasten – Straucheln –, Zögern, – Tappen – so als hätten die Schatten aus 1samkeit kein Anrecht auf das 2. Newtonsche Axiom. / Wege von einem Ende der Nacht zum andern – / Habe das Lärmen gehört, das Grällen aus übereiliger Stadtnacht gegen die dunkle gerade Ruhe der Fensterneumen, Viertel aus Partituren für das Regenkonzert, sie hielten über-Stunden ihren Ton –. So habe ich wieder Einjahr durchlaufen, und dabei, wie in Allenjahren=davor, auch das Datum meines und deines Todes überquert. Wir kennen dieses Datum, aber wir wissen es nicht.

Schritte das Treppenhaus herauf –, –, näher, und näher –. !: die Türklingel. !Endlich – und das Gesicht erhitzt, ihre Lippen leicht geöffnet, auf ihren Wangen hochflammend Rot Begeisterung, in Augen die Freude=groß : Sophia.

Koffer & Reisetasche hält sie, wie eilig Davonreisende, neben sich. Daraufhin erschrocken ich: –Ja: ??Bleibst du denn nicht !hier. –

Und sehe erst jetzt, auf den Boden abgestellt, einen Blumentopf, daraus, wie ein grüner Haarschopf, glänzende Palmblätter winken.

–Ich wollte dir nicht Angst&bange-machen, wenn ich Vielgepäck dabeigehabt hätte. – Sagt sie lächelnd und blickt mir entgegen. Und auf die Palme deutend: –Das ist eine Chamaerops, eine Zwergpalme. Sie soll es gut haben – bei=uns. – Ihre Arme schlingen sich fest=um=mich, süßherb der Duft ihrer Haut, das Gesicht wie ein weitoffenes Fenster. Ihre Hüfte unter dem enganliegenden laubgrünen Kleid, das ich so an ihr liebe, vollführt beim 1. Schritt durch die Tür diesen kleinen Schwung, der sie tänzerisch sofort die gesamte Wohnung gewinnen läßt. Und spüre sie so leicht wie erste schöne Unbedenklichkeiten einst.

So haben wir uns begonnen ––

Und wie bei allen neu Zueinander=Gezogenen haben die alltäglichen Handgriffe in der Wohnung – die stets gleich=bleibenden Zeremonien ewigwiederkehrender Auferstehung: Das Frühstück, Porzellan Gläser Bestecke klirrend in zweisam geschäftigen Händen – neben der Alltag's Mechanik immer Etwas=Sexuelles; die lichte Zukehr für=einander –: Zweier leergemachte Hände, am Tage neu sich füllend – Ein-Klang –.

Schwarzes Laub

Spätherbst 2002

Sophias ehe Mann, der Immobilienmakler Reinhardt Hold, hatte ihrer beider Trennung genau vorausgeplant. Wissend, daß die Frau in-dem-Augenblick ihn verließe, sobald er mich aus meiner Wohnung = meiner Höhle = meinem Versteck hinausgedrängt haben würde, führte er seinen Plan zu-Ende. Die Trennung war vollzogen, doch die Scheidung hatte keiner von Beiden gesucht. Vielleicht mochte der Mann glauben, seine Frau spiele *Das späte Abenteuer*, – & so wartete er darauf, bis sie sich ausgetobt haben würde. Was, mochte er rechnen, spätestens dann der Fall wäre, wenn der Abenteuerin Dasgeld & damit die Lust-am-Aben=teuer ausginge –. (Von meiner Seite, das wußte der Mann, wären Reichtümer nicht mehr zu erwarten, so daß unter diesem Aspekt ich der Frau Nichts bieten u somit Keinegefahr für=ihn darstellen könnte.)

Seit ihrer Trennung vom ehe Mann und meinem Rausschmiß aus meiner Wohnung = meiner Höhle = meinem Versteck, lebte Sophia mit=mir, in 2 Zimmern innerhalb einer Wohngemeinschaft, die ihrerseits aus sieben anderen Familien bestand, die sich aus Bekannten Sophias, ein Teil davon gleich ihr aus Hamburg nach Berlin gekommen, zusammenfand. : Auf diese Art mit Sophia zu leben, hatte ich nicht vorgehabt; doch blieb uns keine andere Wahl. Denn auch Sophia mußte mit ihrem Auszug aus der Dahlemer-Villa, dem Eigentum ihres Mannes, dort ihre Arztpraxis aufgeben –, u: sie konnte keine Praxis neu eröffnen, die amtliche Genehmigung zu einer neuen Niederlassung wurde ihr verweigert. So hatte sie mit ihrer Trennung vom ehe Mann auch von ihrem Beruf sich getrennt.

S. 421, »Das ist ein !Wanderer.« →:
Der Umzug war binnen 2 Stunden erledigt; am längsten dauerte die Anfahrt des Möbelwagens durch Umleitungen, Baustellen=Staus die Berlinerstraßen entlang. Geblieben waren wir im Osten der Stadt: Prenzlauer Berg, Dunckerstraße Nr. 80. – !Niemals hätte ich mich für fähig, geschweige denn für Willens gehalten, in eine Wohngemeinschaft..... 1zuziehen.

Hier, in dieser Gemeinschaft, suchten wir=Alle ein Leben nach anderen Maßen. Und weil das jeder von=uns jedem=bei-uns gesagt hatte (mit Stimmen rotwangig von später Begeisterung) wollten wir uns glauben, was wir=uns gesagt hatten. – –

→ ?Was aber bleibt vom einst strahlenden Widerschein der Träume, sobald sie zu Wirklichkeit geworden: – im kühlen Luftzug des Alltags 1 blakendes hin&her schwankendes Licht, das, mit kräftigen Zähnen sich zu erhalten sucht, umso stärker von den Böen aus mancher Willen beengt, allzeit zu verlöschen droht. Sophia (ahnte ich) war zu mir gekommen, nicht um mit=mir leben zu wollen, sondern um nicht mehr leben zu müssen durch Ihn.....: Einen Mann, der in Jenernacht unbeweglich wie das Bild in einem Traum aus dem Fenster seines Arbeitszimmers hinausstarrend 1 Schatten war, Schatten von 1 Messers Schneide.....

Sophia nun lag seit-Stunden schlafend an meiner Seite. Ihr geschlossnes Gesicht schaute mit sanften Zügen aus dem Kissen zu mir herüber – auch in ihrem Schlaf eine Fremde Frau, die ich nicht verstand. – ?Haben ?wir uns !so ?gewollt. –

Seit wir in dieser Wohngemeinschaft leben, hat sie sich meiner in doppelter Hinsicht angenommen: als Ärztin – als Frau; & hat Beides zu einen gesucht : ihr Handwerk u: ihre Lust.

Unter meinen Notizen & Schreibheften mußte sie schon beim Einräumen unseres Zimmers auch meine Traumnotizen entdecken. Und mußte darin lesen, was ich über *Meine-Träume-von-Elisabeth* aufgeschrieben hatte. So fand Sophia sich vermischt mit dieser verschwundenen Frau, von der ich nur im Äußerenleben mich hatte trennen können; im-Innern jedoch die Leerestelle=Verlust mit ihr, Sophia, auszufüllen, dabei die Zweite der Ersten zuerst gleichzumachen sodann sie vorzuziehen suchte, offenbar ohne Davon selbst wirklich etwas zu wissen. In allen Träumen übernahm die Verschwundene, Elisabeth, die Rolle der-Frau, selbst dann, wenn nicht sie, sondern Sophia gemeint war.

Klein&krämerisch begann Sophia, die-Ärztin, daraufhin in meinen Traumnotizen die Zeilen nachzuzählen, darin die-Andere, *Elisabeth*, statt ihrer Erwähnung fand : die Zahl *Elisabeths* übertraf die ihre um ein Vielfaches, Eingrund=mehr für Sophia, die-Frau, mir dadraus erbitterte Vorwürfe zu machen.– Wir haben uns mit Herbst begonnen; vom Nebel Eifersucht durchweicht fiel seither manche Stunde wie totes Laub auf uns herab. – ?Haben wir ?uns gewollt. –

Ein Zug sachlicher Kühle war seither in ihr Verhalten zu mir 1gezogen – ich, der im komplicierten Räderwerk-des-Alltags als zu schwach erschien & daher Lebenskrücken benötigte; die-Ärztin gewann die Oberhand..... So war ich noch 1mal ihr Patient geworden – sie mein Arzt, dem zum Arzt-Sein Diefrau verlorenging..... Seitdem schienen selbst Hitze & eifersüchtige Wut in ihren Vorwürfen erkaltet; Vorwürfe, die sie mir anfangs machte, weil sie die-Andere in=mir spüren konnte, die Ihr nicht weichen wollte.– Nun waren aus Vorwürfen Fragen geworden, numeriert methodisch sachlich & kühl, die aseptischen Worte für den Patientenbericht.....

Dagegen bei all ihren=eigenen Belangen suchte Sophia ihren ehe Mann, den Immobilienmakler, auf: Ihm für Rat & Beistand die Rolle des Richtigen-Mannes. So schien seine Rechnung..... langsam aufzugehen: Je größer die Entfernung zwischen ihm u: ihr, desto größer sein Einfluß auf sie. (?Vielleicht nur insgeheim zugestanden, war Sophia mittlerweile zu der Überzeugung gelangt, Das-Abenteuer neige sich langsam seinem Ende=in-Alltäglichkeiten..... zu; woraufhin sie=vorsichtig die Rückkehr zum ehe-Mann vorbereiten wollte.)

Nach 1=dieser von Sophia neuerlich aufgenommenen Therapie-Gespräche hatte sie mich als Das-großgewordene-Kind bezeichnet. Gewiß verwendete sie diese Einschätzung wie das Echo jener einstigen Versuche Elisabeths aus 12 Ehejahren – das Mir-ins-Gewissenreden & die verzweifelten Ausrufe: *Werd doch !endlich er!wachsen.....* – absichtsvoll: Wenn in meinen Träumen Elisabeth als Die-Frau=die Allefrauen für mich war, erschien, dann, mochte Sophia denken, möge jenes Ende=von-einst auch dasselbe Ende werden für sie u: mich.

Also beließ Sophia es nicht bei dieser 1 Bemerkung. Sondern Sie=die-Ärztin fügte an, daß dem-Kind, zum Mann erwaxen, nachdem es zwar die-Pubertät bewältigt, aber jene in-diesen=fürchterlichen-Jahren verbreiteten Erektionsängste zur Angst vor allem Er-Wachsenen = dem Größerwerden sublimiert habe, seiner Furcht vor der Welt-der-wirklich=Großen samt deren brutalem Denken & Tun zu begegnen, nicht all-1 nur die Suche nach der Imitation als Rettung erschien, vielmehr um dem-Schrecken=vor-dem-Großen in meinem Inneren erfolgreich Paroli zu bieten, ich dies brutale=Draußen für=mich seither noch um Beträchtliches zu steigern suchte : Das Schwarze wird schwärzer, das Grausame grausamer – die Spielräume-des-Draußen schrumpfen zu Kammer-Spielen, während die Dimensionen für Bosheit & Unmenschlichkeit ihr ursprüngliches Un-Maß beibehalten. So, sagte sie, sei für=mich *Diewelt* bis ins Detail=hin-1 zwar sichtbar – doch zum selber=Darin-Leben unmöglich.–

Ohne Zweifel, mit diesem ausgekühlt nach akademischem Kloroform riechenden Blabla hatte sie die Grundzüge meines Karakters-von-der-Stange präzis umrissen. Denn von des-Kindes unbestimmter Ahnung – die Leben's Gefahr Alleslebens – war mir bis=Heute das Gespür verblieben. Und somit nach Elisabeth nun könnte umso mehr Sophia sich mir gegenüber als Die-Überlegene=Die-Siegerin fühlen; doch selbst wenn sie so empfände, Triumf, im Gegensatz zu Elisabeth, zeigte Sophia !kein 1ziges Mal. Gewiß vermochte sie die beiden Bereiche *Arzt/Frau* scharf zu trennen. ?Od: war bereits der Weg zur *Frau* für mich ?verschüttet, & all-1 der Zugang des-Patienten zur-Ärztin mir ?verblieben –.

Sophias Schweigen, abends ihr stilles Zubettgehn, und, nachdem sie wiederum meinen immerwiederkehrenden Traum vermuten mußte, das Aufwachen andernmorgens mit forschend=wachem Blick=zu-mir (:Etwas sah ich Dort, wohin ich noch vordringen könnte –), gerade !Das machte mich stets aufs-neu darauf hoffen, *Diefrau* in Dieser Fremden dereinst u wieder neu erreichen zu können.

Und immer kehrt dieser Eine Traum zurück, den Sophia als ersten in meinen Aufzeichnungen gefunden hatte. Auch in der letzten Nacht kehrte er wieder: dieser Eine Traum.....

S. 432, »Das ist ein !Wanderer.« →: ?Kannst Du glauben, es ist ein=u=dasselbe Gesicht, vielfach bewahrt im chemischen Spiegel Deiner Fotografie : In kaum erstickter Trauer das Licht das dich erhellte, tanzend wie Tote im Sog in das kleinste Bild hinein, das ich von Dir habe u ein Lächeln in Lüsternheit. Ungleich das Glück des Betrachters gegen das Sein des Verschwenders – niemandes Blicke sind keusch wie Niemand's Wüste ohne Erinnerung, Bilder-Los – –

Elisabeth (die ich nach unsrer Scheidung heimlich noch immer *Meine Frau* genannt habe), ist Heute am frühen Abend zu mir zurückgekehrt; plötzlich steht *sie* mit ihrem kleinen grünen Koffer vor der Tür.

→ Seltsamerweise empfand ich *Elisabeths* Erscheinen gar nicht als Überraschung, vielmehr wie eine-jener Selbstverständlichkeiten, mit der man Verabredungen einhält, und darin lediglich um wenige Minuten sich verspätet. ?Vielleicht geschieht *ihre* Rückkehr-zu-mir, weil dem milden Aberglauben zufolge *sie* meinen kann, daß, seit ich in Berlin angekommen & in einer Wohnung inmitten der Gesellschaft Anderermenschen mich eingerichtet habe, Alles zuvor uns Trennende verschwunden sei. (Allerdings habe ich Sophia im Verdacht, daß !sie *Elisabeths* Rückkehr arran=gierte. Zwischen Frauen kann Die Fehde so radikal sein, daß sie darüber sogar zu Verbündeten..... werden; denn Frauen-Kampf..... gilt !niemals dem Mann.)– *Elisabeth* kam zurück, und *sie* ist bei=mir geblieben.

→ Im Parterre in neuer Wohnung, zu vielen Zimmern in den Tiefen eines Hauses sich verzweigend, leben wir seither mit etlichen Menschen zusammen, die meisten in unserem Alter, die Jugendjahre schon in etlich Falten verschwunden. All-diese-Leute, stellte sich gleich zu-Beginn heraus, sind auch Bekannte und Freunde *Elisabeths*; daß wir, *sie* u ich, hier mit diesen-Leuten=gemeinsam wohnen bleiben, das ist die Bedingung für *ihre* Rückkehr gewesen. Vielleicht nur die Verlängerung 1 Traums aus Frühenjahren, wo Gemeinschaft nur selten u noch seltener freiwillig geschah. (Obwohl anfangs das ungute Gefühl bestand, in ein *Abgekartetes Spiel.....* verwickelt zu sein, stören mich diese Anderen nicht; nirgends besser als in Gesellschaft kann man einsam u bei=sich bleiben. Langeweile schließlich ist der Preis, den Gemeinschaft immer zahlen läßt – mir ist dieser Preis von jeher der Abschlag gewesen an ein erfreulich=einsames Leben.....)

→ Zunächst streben Alle nach dem gleichen Ziel. Vor kurzem haben wir=gemeinsam nicht allein diese Wohnung, sondern das gesamte Haus vom Eigentümer gekauft; darin haben wir im Parterre unser Geschäft, eine Bäckerei, eröffnen können. Jeder, soweit ihm möglich, hat zum Hauskauf & zur Geschäftseröffnung die gleiche Summe eingezahlt bzw. in der gleichen Kredithöhe bei-der-Bank sich verschuldet; sowohl für den Kauf der Immobilie als auch für die Eröffnung der Bäckerei, die im Zentrum dieses Hauses & unseres gemein=schafftlichen Lebens&arbeitens steht. Mein Beitrag allerdings ist mit Abstand der höchste gewesen. Meingeld stammt aus dem Verkauf des Anwesens meines Vaters; ich bin, dem langen Zureden *Elisabeths* endlich entsprechend, Dorthin=zurück aufs Dorf gefahren. Voller Bangigkeit, denn ich wußte Damals nicht, worüber ich mehr erschüttert gewesen wäre: Über den Anblick der von Explosion & Feuer vernichteten Stätte meiner Kindheit (wie ich Damals für die Stunde meiner Abfahrt geplant hatte; unter den Trümmern die beiden Leichname des wucherischen Käufers & seines Architekten). Od: – wie mir zuvor erzählt worden war, daß, außer dem Unfalltod jener beiden Männer am Tag meiner Abreise, Nichts dort vorgefallen sei – mithin über die Tatsache, Stallungen & Wohnhaus sämtlich noch unversehrt vorzufinden. So war es, & 1zig Unkraut Moos Gesträuch haben in den vielen Monaten Leerstand mit unermüdlichem Wachstum vom Grundstück Besitz ergriffen sowie im Innern der Räume Spinnweb mit den menschlosen Gerüchen ausgekühlten Staubs der Unbewohntheit sich ausgebreitet.–

So bin ich Danach noch einmal vom Dorf aufgebrochen, habe, nachdem ich das Gelände in Augenschein genommen, schließlich 1 Makler beauftragt, der das gesamte Anwesen verkaufen konnte; Dasgeld ist inzwischen auf mein Konto überwiesen worden. Davon zahlte ich einen Großteil in unsere Gemeinschafts-Kasse ein als Beitrag für den Hauskauf sowie zum Einrichten & Betreiben der Backstube im Erdgeschoß. Und weil ich vom Bäckerhandwerk nichts verstand, blieb mir der Verkauf im Laden. (Und nachts, während die Anderen buken, schrieb ich an meinen Zeitungsartikeln. Schlaf war selten –.)

Schon frühe Nachtstunden hüllen sich in wärmenden Bäckereiduft ein. In den Kellerräumen glühendrot & fauchend Ofenmäuler, strecken Hitzezungen nach den Blechen mit aufgereihten bleichen Teiggebilden aus –. Später, unter sengendem Feueratem, kehren Brödchen & Brote aus den Öfen zurück; aus mehlbestäubten Stunden Nacht in heißsauren Teiggerüchen, feuerumhütet, beginnen alle Morgenstunden aufs neu im Knistern & Knacken erhitzter Bleche & Ofenschlünde, Schamottestein rot erdunkelnd, nie erkaltend. Aus den Kellerräumen herauf ins frühmorgendlich grollende Stadtgetriebe verbreitet sich trauliche Backstubenwärme vor dem kleinen Laden – und aus den offenen Fenstern im Erdgeschoß trifft heller Lichtschein über die Straße weit hinaus, u die Schatten derer, die in der Backstube arbeiten, huschen als zyklopische Gestalten über die gegenüberliegende Hauswand –. Den eiligen Menschen-auf-der-Straße mögen das die Sekunden Wärme sein aus verschüttet zurückgelassner Geborgenheit in ihrem Daheim – 1 Fetzen Heimat. Und die ersten Bissen eines Tags schmecken nach frischgebackenem Brot.

Binnen-kurzem sind wir bekannt geworden, immer neue Kundschaft auch aus ferneren Stadtbezirken tritt in unsern Laden ein, die braunen Laibe Brot, handwarm noch u die Kruste glänzend wie Glasur, zu Dutzenden über den Ladentisch gereicht, umwimmelt von hellen Schütten Brödchen, und lauen Teigduft verströmend werden sie in Taschen Netzen & Beuteln davongetragen.

Im Verkaufsraum haben wir inzwischen 1 kleines Café eingerichtet, mit runden Tischchen, die Platten aus Marmor, in kleinen Vasen Immortellen an jedem Platz. Auch veranstalten wir in diesem Raum Ausstellungen, Zeichnungen Gemälde von meist noch unbekannten od bereits vergessenen Künstlern, vorzugsweise aus der Nachbarschaft, *dem Kiez*. Solche Besonderheiten tragen zusätzlich bei zum stadtweiten Ruf unsrer Bäckerei. Letztens habe ich unter dem Titel *N.N. – eine Stadt sucht einen Maler* die fünf Gemälde jenes Unbekannten, zu dessen Wohnungsauflösung ich einst zufällig beim Spazieren durch die Straßen hinzugekommen war, hier in der Diele präsentiert. Jeden Besucher, der hereinkam die Bilder zu betrachten, fragte ich nach dem Namen des Unbekannten Malers; niemand bisher konnte mir Auskunft geben.

Seit einigen Tagen (mit Beginn der Jahreszeit aus Nebel u ersten Rauhreifnächten), immer an den Vormittagen, betritt 1 noch junger Mann, gefolgt zumeist von zwei unscheinbaren anderen, den Laden. Die Gestalt des Fremden ist hochgewachsen, das kurzkräuslige Haar messinggelb gefärbt, im linken Ohrläppchen 1 silberner Ring. Seine übrige Erscheinung ist wenig auffallend: Die hagere Gestalt in lang herabreichenden anthrazitfarbenen Filzmantel gehüllt (die Hände stets fast bis zu den Ellbogen in den Taschen), in schweren dunklen Springerstiefeln die Füße, sieht er jedem x=beliebigen Jungen-Mann in dieser Gegend ähnlich. Stets unbewegten Gesichts, die Blicke eher gelangweilt, ohne je 1 Wort zu sprechen, betritt er unseren Laden – 1zig 1 Spur undeutbaren Grinsens, festgefroren auf den schnurdünnen Lippen u kaum wahrnehmbar zwischen den Bartstoppeln, die wie Schatten auch die eingefallnen Wangen überziehn, hat der Fremde bei seinen Auftritten für uns übrig. Ruhigen Schrittes durchmißt er den Raum, seine schweren Schuhe schlagen steinernen Herzton aus den Fliesen (seine Begleiter bleiben wie klobige Schatten in Türnähe zurück). Niemals kauft der Mann etwas, niemals setzt er sich an 1 der Tischchen nieder od bleibt vor einem der Bilder stehn, allein die Anwesenden vor und hinter dem Ladentisch sowie auf den Stühlen im Café überfliegt sein uninteressiert sich stellender Blick..... Die Erscheinung ist mir zwar unheimlich=fremd, das Gesicht aber sowie die herb asketischen Züge dieses Mannes wollen mir bekannt erscheinen – die Aufklärung darüber, wem ich diese Erscheinung zuordnen soll, indes bleibt mir verwehrt. Denn stets den-1=entscheidenden Augen-Blick vor der Entdeckung, wendet der Fremde den Kopf aus meinem Blickfeld ab od in eine Richtung, in der alle mühsam erinnerten Ähnlichkeiten sich wieder verlieren, als würde man mir einen Kriminalroman vor der letzten, aufklärenden Seite entreißen.– So bleibt mir 1 fades Gefühl u jener lähmende Zwang, mit aller Macht eines vergessnen Namens sich zu erinnern.....

Vom 1. Tag an, als zu nebelstiller Vormittagsstunde jener Fremde unseren Bäckerladen betrat, hat den Jüngsten aus unsrer Gemeinschaft zunächst Unruhe, Nervosität, dann Schlaflosigkeit, letzthin regelrecht Panik befallen. Er ist einst als Letzter zu uns gekommen – und wir=alle wissen seit einiger Zeit, daß er Drogenprobleme hat & deswegen mitunter in die Kasse greift. Mit sich=selbst gegen seine Drogensucht ankämpfend, zudem Das Geld in unsrer Gemeinschaftskasse stets in Reichweite, wagt er nicht mehr all-1 in der Wohnung zu bleiben. Jetzt, seit dem 1. Erscheinen des Fremden..... weichen selbst unterm Schutz der Andern=im-Laden Unruhe & Angst nicht mehr von ihm; fast bei jedem Kunden, der ins Geschäft eintritt, schreckt er hoch von seinem Platz am Tischchen in der Ecke, in Erwartung jenes Fremden..... von dem er felsenfest zu glauben scheint, Der käme allein wegen !ihm. Niemand hat bislang erfahren können, worin seine Angst vor diesem Fremden bestünde, geschweige, ob er ihn kennt od wüßte, was Der im Schilde führt. Je länger er das Unausgesprochene mit=sich trägt, desto größer die Schatten seiner Angst vor dem Fremden....., die ihn oft wie unter Fieber zittern lassen. Als der Fremde dann einige Tage im Laden nicht erschienen ist, besänftigt das den Mann keineswegs; im Gegenteil, umso stärker fürchtet er nun dessen Rückkehr, und schon der kleinste Lichtstrahl, der unverhofft in den Laden auf Metallisches fällt, erschreckt ihn zutiefst wegen des messinggelben Schimmerns, das ihn an die Haarfärbung des Fremden..... erinnert. Die Panik des Mannes ist inzwischen so groß, als stünde ihm bereits das unabwendbare Heraufziehn einer=gewissen Stunde..... bevor. Auch hat er sich mit der Entscheidung Aller, unsere Gemeinschaft wegen seiner mittlerweile unbeherrschbaren Drogensucht verlassen zu müssen, offenbar abgefunden; nur wenige Tage noch will er hierbleiben, bis er in einer Therapieklinik untergekommen wäre –.

An seinem letzten Abend in gemeinsamer Runde (freilich wußte niemand, daß dies sein-letzter-Abend sein würde) hat dieser Mann, absichtlich od nicht, ein Stück Brot vom Tisch geworfen. Statt es aufzuheben, ist er aufgestanden &, als wolle er damit das-Tuch zwischen uns u: sich end=gültig zerschneiden, treten vor-Alleraugen seine Schuhe auf dieses Brot. Und geht ohne 1 Wort hinaus.– Beklommenes Schweigen am Tisch. Wir starren zu dem Stück Brot auf den Dielen; hellschimmernd wie ein kleiner, zerstörter Leib. Und ist noch ofenfrisch.

Am anderen, 1 regnerisch-nassen Morgen kurz vor dem 1. Advent – die Stadt liegt gefangen wie in kaltem Eisen –, sehen wir durchs Schaufenster den Fremden..... Die fiebrige Angst des Mannes-in-unsrer-Nähe hat ihn also nicht getäuscht : Der Fremde – er ist wieder !da. Und tritt in den Laden ein, durchmißt dieses Mal rascher als sonst den Raum, lenkt seine Schritte direkt an den Ecktisch zu jenem Mann, der, schon abreise=fertig für die Klinik, noch 1 letzten Kaffee trinkt. Der Fremde, den Rücken uns=übrigen zugekehrt, baut sich vor dem Sitzenden auf – beide starren ein:ander in die Augen –:– Der Fremde hebt seine Arme, berührt mit den Händen die Partie unter seinem Kinn – :Der Mann am Tisch, er schreit gellend auf, tiefrot flammend sein Gesicht, so stürzt er vom Stuhl zu-Boden, unterm grausamen Röcheln kämpft er einige furchtbare Augenblicke gegen das Ersticken –, dann bleibt er, zusammengekrümmt reglos, auf den Fliesen liegen. Eilig, den Mantelkragen um den Hals wieder schließend, verläßt der Fremde mit dem messinggelben Haar den Laden, der Mann am Boden ist tot.

?Was hat er an dem Fremden..... !gesehen; ?was so !?Schreckliches, daß den Mann auf-der-Stelle der Schlag treffen konnte –

Von Dieserstunde-an scheint das Licht in unsrer Gegend zu Kalkfarben verbrannt, die Gemeinschaft versinkt in dumpfe aschige 1silbigkeit, Argwohn & Mißtrauen gegen:1:ander zerbrechen das Einverständnis, worin wir über Solangezeit miteinander gelebt haben, selbst der Brotduft in der Frühe trägt nun 1 bitter ironische Spur..... ?Weshalb (muß seither Jeder sich fragen) hat aus unsrer Runde der Fremde !genau= !Diesen sich ausgewählt, den Verräter an unsrer Gemeinschaft, der vor Alleraugen das Brot zertreten hat –.– !Das (so folgern gewiß alle – nur sprechen wir inzwischen kaum noch miteinander) muß der Grund gewesen sein für die Auswahl des Fremden: den Schwächsten zuerst, alle übrigen werden folgen..... Denn an Zufall will niemand glauben.

?Wer aber ?!ist dieser Mann mit dem messinggelben Haar und ?woher sein Wissen über die internen Vorgänge hier bei=uns..... ?Hat jemand aus unserer Gemeinschaft, heimlich, als Informant an eine dubiose Behörde mit enormer Machtfülle sich gewandt – Behörden, wie sie unter der Decke & im-inneren-Kern einer=jeden Staatsform agieren –, & dieser Fremde ist Vollstrecker dieser Unbekannten Behörde, von der unter diesen Umständen dann für uns=Alle noch Schlimmeres zu erwarten stehen dürfte: ?Welcher Art sind die Fälle, die von solcher Behörde !verfolgt werden.

Ohne Zweifel, der schweigsame Fremde..... würde wiederkommen, und seit Diesem Vorfall ist unser Mißtrauen gegen:1:ander unermeßlich geworden : ?Welcher Defekt bei jedem 1zelnen von uns würde den Ausschlag geben, der Nächste zu sein. Die dunklen Vögel des Gerüchts, die über-Nacht 1fallen & sich niederlassen, und anderntags ist alles Gelände von ihrem Kot verbrannt – sie schweben seither in unheilvollen Zirkeln auch hier über uns u: über unserem Zusammenleben, das einst mit soviel Zuversicht u Kameradschaft begonnen hat – :Der Preis des Fliegens ist immer die Kacke der Flieger.....

Als nächstes leidet unter diesen so plötzlich veränderten Umständen, dem Lebensalltag aus Mißtrauen Verdächtigungen & gegen:seitigen Belauerns, natürlich das-Geschäft, unsere Bäckerei. Zwar bemüht, nach=Außen-hin Alles beim=Alten zu belassen, die Arbeiten nachwie-vor in den üblichen, regelmäßigen Schichtdiensten mit derselben Mühe & Achtsamkeit zu leisten & daraufhin die Waren mit gleichbleibender Qualität anzubieten, dringen ungeachtet dessen jene internen Mißhelligkeiten wie schlechte Atemluft bis zur Kundschaft in den Laden vor; schon bleiben altvertraute Kunden fern, auch nimmt die Zahl nachmittäglicher Café-Besucher deutlich ab, u: die wenigen halten sich niemals lange auf. Doch als ich nach den Gründen für das Ausbleiben den 1 od anderen aus unsrer Stammkundschaft, der scheinbar unwillig wieder 1mal zurückkehrte, frage, kann nicht 1 mir eine schlüssige Antwort geben; vom Nachfragen eher peinlich berührt, leugnen sie mit strauchelnden Stimmen ihre offenkundige Abkehr –, und bleiben danach erst recht u für=immer aus. Als läge über diesem Geschäft der schwelende Brodem einer unbekannten, erschreckenden Seuche..... von der selbst der Geschmack des Brotes u der Brödchen angezogen scheint.

Doch das Bäckereigeschäft ist noch aus anderen Gründen in den Ruin getrieben worden: aus Habsucht einiger, die beinahe unmerklich im-Lauf-der-Zeit der Geschäft's Führung sich bemächtigten. Entgegen unsrer einstigen Abmachung, daß Veränderungen im Geschäftsbereich nur mit dem Einverständnis aller Beteiligten zu treffen seien, haben jene heimlich sich einige Großaufträge erschlichen: Zulieferer für zwei renommierte Hotels am Kurfürstendamm – ein zu bestreitender Lieferumfang, der die Kapazität unsrer kleinen Bäckerei bei-weitem übersteigt. Um den Kundenforderungen zumindest in der Quantität entsprechen zu können, vernachlässigten diese heimlichen Geschäftemacher die Qualität. Alte, hartgewordne Brote, die nicht verkauft worden sind & bereits im Abfallcontainer lagen, klaubten sie hervor; & weil man weiß, daß selbst hartes Brot durch längeres Kneten & Walken zumindest äußerlich wieder eine weiche Konsistenz erreichen kann, schleppten sie etliche dieser alten Bestände zurück in die Backstube (klammleise & gegen Morgen, sobald die eigentliche Backzeit für die frischen Brote vorüber war). Dort, vor den ausglühenden Öfen auf dem langen Bäckereitisch, legten sie die Altenbrote aus dem Restekübel zurecht, & eine junge dickliche Frau, die rasch in Schweiß gerät & deshalb während der Stunden Schufterei in Dampf & Hitzeblock der Backstube oft nur mit ihrer knappsitzenden Unterwäsche bekleidet ist, mußte mit ihrem breiten Hintern auf den alten Brotlaiben Platz nehmen & durch langes Darauf-Herumreiten diese Brote wieder in den weichen, Back-Frische vortäuschenden Zustand versetzen. Derlei dumm=freche Gaunerei ging natürlich nicht lange gut; oftmals schon beim 1. Anschnitt am Lieferort brachen diese vermeintlich frischen Brote auf und der Teig krümelte aus dem Innern heraus wie Sägemehl –:– Nicht allein diese Großaufträge sind verloren; verloren insbesondere ist unser Guterruf als Bäckerei. Zu=spät erfuhren wir Übrigen von diesen heimlichen Machenschaften zweier raffgieriger Betrüger.....

Jener Fremde..... aber, der für=uns die Verkörperung Einer Seuche ist, kehrt in den folgenden Tagen nicht zurück. Über die schlimmsten Stunden hinweg, die Vormittage=lang, sitzen wir alle um die Tische im kleinen Café als unsre letztverbliebenen Kunden, u: trotz der Nachtarbeit in der Backstube im Keller an den Öfen finden wir nur von Unruhe durchflackerten, kurzen Schlaf. Und starren (heimlich, – denn keiner der Übrigen soll die eigene Unruhe aus Argwohn & Zweifel gegen alle Übrigen bemerken –) durch die Schaufensterscheibe auf die Straße hinaus; in jedem Passanten, von den Rändern des Fensters her in unsere Blickfelder kommend, glaubt der messinggelbe Schreck die Erscheinung des Fremden..... zu entdecken. Doch Zeit vergeht, – ein neues Jahr stellt sich ein, ohne daß Er zurückgekommen wäre. Die Unruhe indes ist uns geblieben & das Mißtrauen steigt. – –

Und haben doch einst glauben wolln, daß im Zusammenleben Aller-mit-Allen, nach Ersten Anfangsschwierigkeiten – sie waren Damals schnell ausgeräumt – seither Einvernehmen u Vertrauen die Grundlage unseres Zusammenlebens&arbeitens darstellen würde. Mitunter haben wir uns an gemeinsamen Abenden voller Heiterkeit, wie sie nach glücklich=&=gemeinsam überstandenen Schwierigkeiten sich ausbreiten kann, dieser Erstenzeit erinnert.

Da war zunächst die 1 Frau mit ihrem neurotischen Hund, 1 weißen Pudel, der sich mit scheinbar unversiegbarer Leidenschaft & Potenz an die im Flur abgestellten Schuhe heranmachte, ausgiebig daran schnüffelnd & sich drüberwälzend, und so fanden wir allmorgendlich im Innern manchen Schuhs 1ige weiße Samenklexe dieses Köters –.– Sodann, insbesondere, die Jungfamilie mit 2 Kindern, antiautoritär belassene Jungen im Alter von 5 und 7 Jahren. Ein Wohnungsensemble über drei Etagen, & in jeder Etage mehrere Zimmer deren Türen wir sämtlich unverschlossen hielten (wir glaubten :u wünschten uns *freizügig*), !das ist für Kinder solchen Kalibers ein verlockendes Terrain zum haltlosen Toben. Von der 1.-Stunde-an schossen die beiden Jungen wie Kanonenkugeln durch Flure und Treppenhaus – drangen zu Tag&nachtzeiten in alle Zimmer ein, durchstöberten Schränke Truhen Schubladen – ließen von Matratzen, die sie als Trampoline gebrauchten, sich hochschnellen und auf Stühle und Tische krachend niederfallen – den Pudel verfolgten sie johlend über alle Stockwerke. Als 1 der Jungen einige Treppenstufen runterfiel, folgte infernalisches Geschrei –, doch keiner der beiden Eltern sah sich genötigt, nach dem Jungen zu sehn. Als der, an Knie u Stirn aus Platzwunden blutend eine Spur durchs Haus gezogen hatte und schließlich zu seiner Mutter fand, sagte die, von 1 Illustrierten kaum aufblickend, zu dem verletzten Kind: –Geh ins Bad, wasch dirs Blut ab. – Natürlich folgte der Junge nicht, sondern vielmehr seinem Bruder, der, inzwischen nicht untätig, aus einigen Wohnungen Gegenstände zusammengeschleppt hatte: einen Kinderwagen, der Länge nach draufgelegt 1 Bügelbrett, Schrubber & Besen als Rammsporn, das große Plastiklineal von meinem Schreibtisch als Katapult für Schachfiguren aus der Nebenwohnung –: *!Ah-!Kacke* brüllend jagten die beiden Gören, die offenbar in ihrer Anal-Fase steckten, kreischend über die Flure, dem Pudel hinterdrein – ein !Heidenspaß, und am größten sobald sie den Hund einfangen & malträ-Tieren konnten. Vieles ging dabei zu-Bruch, zuerst das Lineal, zuletzt die Glasscheiben an meiner Vitrine, in der Besen & Staubsauger wie Lanzen staken; auf der Strecke durch Flure & Haus blieben auch zerbrochne Stühle, Hocker, zerrissene Kleider –. Niemand traute sich diesen mistigen Gören in den Weg zu treten (wir glaubten :u wünschten uns *Kinder=lieberal*). Am allerwenigsten taten deren Eltern, die, sobald einer dieser fürchterlichen Ausbrüche ihrer Gören seinen Anfang nahm, kurzerhand aus dem Haus ins Café gingen. Getöse Radau Kindswut als unerschöpflich schallende Lärmfabrik überließen die feinen Eltern allen übrigen in der Gemeinschaft : *Unsere Kinder machen keinen Krawall, sie spielen..... nur.* – Erst als 1 der Jungen Streichhölzer aufgetrieben hatte und einen Pappkarton, darin sie den Pudel 1gesperrt hielten, mitten im Hausflur anzünden wollte, ging Jemand, der zufällig die Treppe heraufkam, energisch dazwischen: riß die Streichhölzer an-sich und versetzte dem Drexbalg eine schallende Ohrfeige, daß der 7jährige gegen das Treppengeländer flog. : Tobsucht, Kreisch, Gebrülle, der Rotzer fühlte sich in Seinem Recht. Denn die 1. Erfahrung dieser Gören: Kinder haben generell für=Alles Straf-Freiheit. Die 2. Erfahrung: Die gröbste Faust&brüllmacht setzt sich über-All durch..... Also muß !Ich=der-Gröbste mit den größten Fäusten & noch größerer Fresse sein.– In die Backstube fegten die Beiden eines Vormittags herein, griffen sich vom Kuchenblech 1ige zum Verkauf ausgelegte *Schillerlocken*, die sie zu Blasrohren machten, indem sie die Kremfüllung herauspusteten & anschließend auf der weißen Schmierasche auf den Bodenfliesen wie auf einer Eisbahn umherschlitterten. Dann, nachdem deren Vater, der an diesem Tag ebenfalls in der Backstube stand, seine beiden Senker gutmütig ermahnte, *Es doch nich so doll zu treim*, grabschten die kleinen Monster in das Kremgebrei am Boden, um mit ihren rattigen Kindspfoten in die ausgeblasenen Teigrollen die Füllung wieder zurückzustopfen. Daraufhin packte ich die beiden Gören am Kragen & warf sie ohne 1 Wort aus der Backstube raus. Der Monster-Vater schielte mich böse an, sagte aber Nichts. / Doch das Band war zerrissen; die-Wende geschah eines Nachmittags, als eine Horde Kinder, angeführt von den beiden Brüdern, erstaunlich leise fast behutsam im Gänsemarsch doch natürlich ohne anzuklopfen in unsere Küche hereintrabte, ohne 1 Wort der 1. Junge an den Kühlschrank trat, ihn öffnete & nach Essen grabschte. Er fand genügend, & er nahm sich genügend. Ihm folgte der nächste undsoweiter. Die Kinder scharten sich um den Küchentisch & begannen, ihren Raub frech vor meinen u *Elisabeths* Augen zu verzehren. Als immer noch weitere Kinder von-Draußen hereinkamen & sich gleichfalls am Kühlschrank bedienen wollten (achtlos ließen sie die Kühlschranktür offen – eine Achtlosigkeit, die mich !rasend macht –), trat ich der Bande in den Weg, warf die Kühlschranktür zu & stellte mich davor. *Elisabeth*, an der Geschirrspüle stehend & bislang dem Geschehen besonnen den

Rücken zukehrend, fuhr beim Schlag der Kühlschranktür auf und wandte sich zu mir. Ihre Gleichmut (sie nahm für diese Gören !Partei) stachelte meine Wut, die Kinderhorde sahs und wich feige zum Tisch zurück. Von-dorther die jammerige Stimme 1 Jungen, der soeben eine Bulette verzehrte: –Aber wir müssen doch !leben. – –Da hörst dus. – :Das war *Elisabeths* Stimme, sie blickte aufmerksam zu mir herüber, der ich noch immer den Kühlschrank wie eine Schatztruhe zu bewahren suchte. –!Nein. – Brüllte ich, warf einen bösen Blick zu *Elisabeth* & zerrte dem zunächst Hockenden das Sandwich aus dem kleinbösen Kindermund; der wollte nicht nachgeben, biß die Zähne zusamm, so daß letztlich die Schinkenscheibe dem Jungen wie eine schlaffe Zunge aus dem Mund hing. –!Nein. – Wiederholte ich laut & betont, als müßte ich einen weiten Platz beschallen. –Niemand !muß leben. Jedem ist es in die Hand gegeben, zu-Jederzeit mit Leben !Schluß zu machen. Und !ihr – (über meine Lippen wütend 1ige Speichelspritzer auf die dahockenden, ungerührt weiterfressenden Gören) –!ihr tätet am Besten, !sofort mit dem Schlußmachen anzufangen: Damit Wesen=wie=ihr !nicht !1 Stunde länger meine Luft verpesten. – Die Bälger blieben unbeeindruckt, mein Wutausbruch war umsonst. Die Bemerkung vom Weiterleben=müssen hatte das Gör sicher nur gemacht, weil es von den-Alten die Wirkung auf solcherlei Eisenwörter sich abgeluchst hatte : Vor dem-Leben schließlich sank Allewelt auf die Knie. Niederschlagen & Niederkwatschen : Das 1zige, was zählt in einer Gesellschaft, gegründet auf recht=Haberei..... Und !diese Lektion begreift schon der Rotzer von 10 Jahren. In der wutgeladenen Stille im Raum das speichelige Mampfen der Kinder & *Elisabeths* klirriges Hantieren (sie hatte sich wieder dem Abwasch zugekehrt). Ich mußte Was tun. –!Soll ich euch ?zeigen, wie man Schluß-macht. – Schrie ich=zornig, sprang auf, packte willkürlich 1 der Kinder am Tisch & hob ihn am Kragen wie 1 Katze hoch. Geschrei & Gezappel, Essensreste stürzten zu Boden, wurden zertrampelt, Ausrutschen Zetern Stühle fielen um – die Horde floh aus der Küche, das Balg in meiner Hand schleuderte ich den anderen hinterher, die Küchentür schlug zu. Um gleich darauf von-Draußen noch 1mal geöffnet zu werden, der Älteste von der Bande steckte seinen Kopf herein & schrie mich an: –!Wir=Kinder haben Ein!recht auf Frei Heit. – Angewidert schmiß ich eines der angebissenen Brote nach ihm, traf aber nur die rasch wiederzugeworfne Tür. –!Ekelhaft (sagte ich laut, noch zitternd vor Wut) –wenn Kinder Kinder sich nennen –.– *Elisabeth* blieb still, antwortete Nichts. Aber sie schaute mich an mit einem Blick, wie ein Stadtmensch einem Bauern beim Hühnerschlachten zuschaut (die Hühnerkacke im Wohnzimmer aber mag auch dieser-Städter nicht). / Nach diesem Geschehen kündigte das antiautoritäre Ehepaar die Gemeinschaft auf mit der Bemerkung, eine derart feindlich=spießerische Atmosfäre, die sogar bis zu rücksichtslosester=Gewalt-gegen-Kinder ginge, mache ihnen ein krea=tiefes-Miteinander Hier !unmöglich. Bevor sie verschwanden wie ein ausgetobtes Unwetter, ließen sie auf Zins&zinseszins ihren damals 1gezahlten Anteil sich zurückerstatten (den Zinssatz bestimmten !sie). Wir, die zurückbleibend Kinderlosen, zahlten sie aus. – Und Stille – balsamische Stille – zog daraufhin in die Flure u Etagen dieses Hauses ein –. Wie !schön, das Ticken 1 Uhr wieder wahrzunehmen –. Nie zuvor hatte dies mechanische Geräusch so menschlich mir geklungen. (Jeder atmete heimlich aber un!endlich erleichtert auf.)

Heute, im-Nachhinein, wollen mir die Ausschlüsse aus Dieser Gemeinschaft sowohl der Familie mit den beiden verwahrlosten Gören als später auch der Frau mit ihrem perversen Pudel dennoch als Wendemarke im Zusammenleben erscheinen; in der Liberalität erstes Wetterleuchten von Heuchelei : Lästiges wird mittels gemeinschafftlicher=Macht ausgeschlossen wie Müll, ohne daß der Schein von Liberalität in solcher Gemeinschaft auch nur 1 Trübung erhielte, & die Sonne der Rechthaberei trocknet jeden Zweifel aus..... ?Doch hat, wer seine Fähigkeit zum Zweifeln verlor, nicht auch seinen Mut ?verloren –.– So ward 1 Anfang im Scheitern, weil scheitern wird was scheitern kann, u stets zuerst gemeinschaftliches=Leben.

Und so, in Stummheit befangen Heute mit aller kleinlich=boshaften Akribie, sammeln wir die Verfehlungen bei den jeweils Anderen – und mit jeder Betrachtung geraten einst kaum wahrgenommene Mängel und schwache Stellen der anderen Menschen größer nun & gewichtiger in die Waagschale unsrer verlornen Gemeinschaft. Störendes wird zu Abneigung, Abneigung zu Abscheu, Abscheu zum Ekel vor den-Anderen.....

Der Architekt hatte Dieseshaus zu Etagenwohnungen umgebaut : fünf Etagen, fünf Wohnungen, fünf Toiletten-mit-Bad; daß innerhalb jeder Etage mehrere Miet-Parteien einziehen, war ursprünglich nicht vorgesehen. Somit mußten sich Mehrere in jeweils eine Toilette pro Etage teilen. Aber Keiner wollte deswegen *kleinlich=spießerisch* sein, und so ging Ein=jeder Darüber *lachend* hinweg.

Die eine Wand meines Zimmers ist die Wand zu Bad-&-Toilette von dieser Etage; die Männer höre ich schamlos=laut ihren steilen Pissestrahl ins Klobecken stechen: macht-Gelüste..... Und was bleibt, dumpfer eingeweide Brodem & die vom vorigen Benutzer noch schenkelwarme Klobrille (:?Könnten Menschen, die man mögen muß, beim Scheißen nicht nach !Wäldern duften) –;– im Bad über dem Waschbecken neben1ander gereiht die Zahnputzbecher sämtlicher auf dieser Etage zusammenwohnender Menschen : in den Bürsten hängengeblieben bleichflusige Essensreste (:Heimlich rücke ich meinen Zahnputzbecher ein Stück beiseite, als drohe von anderen die Ansteckung) –;– nur ein Klo-, desgleichen nur eine Küche-pro-Etage. Alsbald Übelkeit beim Anblick der Küchenspüle, dadrin in gräulich-schaler Brühe steckend & achtlos zurückgelassen alles Geschirr&besteck. Denn die Anschaffung einer Geschirrspülmaschine – wie in den beiden anderen Etagen – scheiterte hier an der Un:1:igkeit über deren Erwerb, 1 Bagatellbetrag = Vorsignal für kommenden Streit..... (:Oftmals habe ich, Ekel überwindend, Töpfe Teller Tassen Bestecke aus dem kalten, von aufgeweichten Speisebrocken verschlammten Sud herausgeklaubt & den Abwasch besorgt); mit jener für Gemeinschaften typischen Unverschämtheit bin ich=automatisch dadurch zum Abwascher=für=Alle geworden. Sie ernähren sich !gesund, gehen mit Gesundheit's Tabellen in der Hand 1kaufen, diese Trienen beiderlei Geschlächts : Salatchen hier/Salatchen dort – von der Zäh-Realien-*Öku*pation zur Fremdort-*Obst*ipation : Überall in der Küche vergärend Strünkeblätterkraut&griebsche, in der Spüle den Abfluß verstopfend : bei Grünski's heißt Wohnung die Feng-Schui-Ecke *Biotonne* & Gestank heißt Nähe-zur-Natur (:?Warum hat *gesundernähren* so=oft mit Dreckig-Sein zu tun; ?warum sehen *Gesundernährer* selber so kränklich aus) –.– Allabendlich, vor dem Beginn der nächtlichen Backzeit, sitzen wir im Gemeinschaftsraum zum Abendessen beisammen. Früher die Kerzenflammen zitternd in der von Gesprächen u Lachen erfüllten Luft; – Heute brennen sie still & spitz wie Dolche ins essenswarme Zimmerdüster. Frauenmünder breit, die Zähne geflätscht wie ein Kühlergrill, verchromtes Lächeln. Und Säuerlichkeit der Kinderlosen kristallisiert zum falschen Zucker, sobald sie während des Gespreches über jeden Schmarren verzückt aufjaulen, Vollgas im Leerlauf –. Dann Stille, & schmatzend die Spaghetti ins Maul reinschlürfend, Tomatensoße rücksichtslos übers Tischtuch verspritzend – bis in mein Weinglas; weil selber Ohnekinder haben sie das Säuische=von-Kindern gleich mitübernommen, und die parmesanrüchige Käseluft will mir als der Inbegriff von Schamlosigkeit der hier Versammelten erscheinen. Immer wird das Kleinste: die Schleppe aus Schweißgerüchen bei Joggern & die lauten Wohlfühl-Geräusche von Menschen-beim-Essen alsbald zum größten !Ekel vor Menschen. Und wie 1 simpler Versprecher direkt ins Zentrum des Unbewußten, stößt der größte Ekel vor dem Kleinsten mitten ins Herz meiner Wünsche nach dem Tod solcher Menschen.... hin-1. : Die junge dickliche Frau, die einst die harten Brote hat weichreiten müssen, ihre schweren Brüste in den Büstenhalter gezwängt, in knappsitzender Unterwäsche (die Ränder verbräunt von neuem u altem Schweiß), hab ich unlängst in der Backstube, während in den Öfen die Brotlaibe buken, beim Onanieren entdeckt : zwischen zwei Tischen an den Kanten wie an den Holmen eines Barrens hochgestemmt, hing sie, die Oberschenkel gegen1andergepreßt, rittmisch zuckend & keuchend im Hitzedunst – :Als sie meine Blicke auf ihre weiße schwitzende Haut bemerkte, zögerte sie nur 1 Moment, herausfordernd zu mir herüberblickend onanierte sie=ungeniert weiter. Einesabends beim Hinsetzen aufs Sofa schob diese Frau den in filzig-faserige Socke gesteckten Fuß behaglich unter ihren Oberschenkel, während sie (dämonstrativ & aufreizend) den Hals *ihres Partners* abknutschte; doch ihren Sockenfuß mit gekrümmten Zehen ließ sie den Ganzenabend=lang borstig-obszön wie ne Eselsfotze mir entgegenstarren (:!Will diese gemütl.-Schlammpe mich ?provozieren : ?!Haben wir !nicht schon genügend Ärger=am-Hals.....). Daraufhin war *Elisabeth* die Erste, die, wortlos, Tisch&runde verließ.....

Nur selten noch, u wie kurze=helle Lichtsplitter, durchdringt Vernunft das stockige Abscheu&mißtrauensgewölke: ?Sollten wir noch 1 Mal den Versuch machen, die Vorwürfe jeder:gegen:jeden auszusprechen, 1zeln, ohne Schonung, und würde der- od diejenige, vom größten Vorwurf Aller belastet, daraufhin unsere Gemeinschaft ?verlassen und somit den Fremden samt seiner dubiosen Behörde..... auf=immer ?fernhalten von-uns. Und ?Alles=danach könnte wieder ?sein, wie Es war.

?Wer aber will an solch eine Lösung tatsächlich noch ?glauben. Und ?wie & mit ?welchen Worten die Aus-Sprache führen, wo doch mittlerweile sämtliche Worte, die in Dieserrunde gesprochen werden, von denselben Miasmen aus Abscheu u Ekel vergiftet u: als Gespreche allenfalls noch den voller Anmaßung & Selbstgerächtigkeit strotzenden wohngemein-schafftlichen Wörtertinnef hervorkehren läßt: aus dem lügnerischen=Leben 1 räucherstabumwaberte Säckte machend – die Koterie-Sprache von Selbsterfahrungs-Zierkeln. Von Magie zu Maggi ists nur 1 Buchstaben weit. – Allmählich doch unaufhaltsam steigt daher der Waagebalken zur Unmöglichkeit für den weiteren Fortbestand unsrer Gemeinschaft bis zum Anschlag hinauf, und in Stummheit gefangen streichen die Blicke aller wie Suchscheinwerfer von Wachtürmen über die Köpfe der dahockenden Menschen hin –.

1 Morgens überreicht mir der Postbote eine Einschreibsendung, ich reiß den Umschlag auf, und lese: Rechtsanwälte, von den-Anderen eng=agiert, sind bereits seit-Längerem im-Spiel..... gegen !mich. Empört schau ich diesem Zustand & den Leuten, die ihn verschuldet, ins Gesicht, man ahnt & man weicht meinen Blicken aus. Und muß die Allerwelt's Weisheit nun auch auf unsere gemein-Schaft beziehen, wonach gerad jene Menschen, die selbst gern & bei jeder sich bietenden Gelegenheit voll der großmäulig=kämpferischen Parolen *anarchisch autonom & alternativ* sich geben, dann, gehts !ihrem BESITZSTAND zu-quere, oftmals die 1. sind, die so=fort nach STAAT rufen & nach POLIZEI –:Groß mit Schlag-Worten, windsig im Karakter. Die Schäbigkeit gemeinen Lebens..... hat uns !vollkommen im=Griff. Ich sage den-Anderen nichts, 1zig zurückgeblieben ist seither das Gefühl von staubig kalter Schande..... die ich gegenüber ihnen=allen empfinde. Und ?*Elisabeth* : ?Welche Rolle spielt !sie in dieser Intrige. ?Ist sie noch auf ?meiner Seite –.

Während der Abendmahl-Zeit, der 1zigen Zeit des-Tags an der wir vollzählig am Tisch uns zusammenfinden, beobachten mich Alle schärfer (*Elisabeth* schweigt & blickt aufs Tischtuch nieder – also werde ich auch von *ihr* weder Hilfe noch Beistand erhoffen können). Alle erwarten eine Reaktion auf Den Brief, von dessen Inhalt natürlich alle wissen; ich bleibe stumm, unternehme Nichts. Egal, nach-und-nach, als hätten sie nun ihr letztes=gemeinsames Ziel gefunden, richten sämtlicher Blicke sich auf&gegen: !mich.

Und mit ihren feind=seligen Blicken kehren hallend meine eigenen Sätze-von-einst wie ein Echo zurück: *nirgends besser als in Gesellschaft kann man einsam u bei=sich bleiben. Langeweile schließlich ist der Preis, den Gemeinschaft immer zahlen läßt – mir ist dieser Preis von jeher der Abschlag gewesen an ein erfreulich=einsames Leben.....* :Solch Dyspathie ist der !größte !Verrat an jeder Idee-von-Gemeinschaft.

Ich habe ihn, heimlich u in Gedanken zwar, dennoch begangen, indem ich von-Anbeginn=an dieses Gift hier eingeschleppt habe – u bekanntlich sind auch Gedanken längst nicht mehr unlesbar geblieben.

Zudem, ist nicht gerade !diese Leben's Ansicht !der-Grund, weshalb *Elisabeth, meine Frau*, nach etlichen Fluchten und ebenso häufiger Rückkehr, dennoch immer wieder aufs neu mich verlassen hat – weggelaufen von u vor mir in erschütternder, mitleiderregender Ratlosigkeit aus dem Bestreben, Etwas zu finden in !ihrem Leben, das sie bei mir u: mit mir !niemals würde finden können: Die unverstellte Freude am-Leben-zu-sein. Hoffnungsfroh wie 1 Kind streckte sie ihre Hände stets nach der Wirklichkeit aus. Und mußte sie, aufs tiefste enttäuscht, 1-ums-andere-Mal zurückziehen angesichts all der verwirrend gehäuften Anfänge, die zu einem Ganzenleben niemals hinreichend sind. *Elisabeth, meine Frau*, kann mir nun nicht länger helfen, wie ich ihr noch niemals Hilfe gewesen bin.– ?Vielleicht (fällt mir ein, aus dem Gegrübel zurückkehrend in jene Gefilde, darin Menschen stets am besten sich auskennen: in Eigennutz & Raffgier) wollen die-Anderen meinen Anteil an diesem Geschäft für=sich einheimsen, mithin meinen Anspruch auf gemeinsamen Gewinn mir künftig !vorenthalten.
→ Ich habe seinerzeit den größten Anteil beigesteuert und daraufhin, als noch Gerechtigkeitsgefühl unsere Gemeinschaft bestimmte, selbstverständlich den größten Anteil am Gewinn erhalten müssen.– *Elisabeth* hat mich vor Tagen darauf gebracht; für=sie standen die Absichten der-Anderen zweifelsfrei fest. –Du solltest auch 1 Rechtsanwalt beauftragen. – Hat sie mir zugesetzt. –!Wie kannst du dich von denen so 1fach !ausrauben lassen. – Ich ahnte, gleich kämen die ernstgesichtigen Mahnungen zum Erwaxenwerden. !Da, prompt rausgeknallt wie der Korken aus der Flasche: –Du bist !Keinkind mehr: Werd !end!lich er!wachsen. – –Ich habe Nichts, was mir gehört hätte, verloren. – Erwiderte ich knapp. *Elisabeth* spürte die ungewohnte Festigkeit in meiner Stimme; sie wußte, diese Weigerung ist !end=gültig. Daraufhin hat sie von mir sich abgewandt & der Tüchtigen Seite zu, der Seite der-Anderen.....

Weder edel-Mut noch Weiserverzicht lassen mich *Elisabeths* Drängen ausschlagen –: Was mich entsagen & Meingeld verloren geben läßt, ist Ekel : Ekel vor dem Rechtsgeschäume vor-Gericht, Ekel vor den Wort&speichelgetümen aus recht=Fertigung, recht=Haberei, Hab=Gier : Ekel vor dem Typischen des-Menschen….. in Küche & Folterkammer (oft sind Beide, und je weiter gen Norden, identisch). Also sprachen wir niemals wieder über Rechtsanwälte & Diesesgeld.

?!Sollte aber von Seiten der-Anderen Dies-alles=zusammen jetzt, wo einzig Feindschaft Neid Mißtrauen Hab=Sucht zwischen uns herrschen, !nicht zur Genüge Anlaß sein, mir wegen Diesesgeldes aus tiefstem Herzen das Verschwinden aus ihrer Gemeinschaft: den Tod zu !?wünschen.

Schweiß, ein klebriger Film auf meiner Stirn, der Herzschlag aus Nebel – die Blicke der Andern spießen mich auf (denn sie haben seit-Langem schon & somit Heute Dasimmergleiche in meinem Gesicht gelesen), alle Münder bleiben stumm, niemand (auch nicht *Elisabeth*) hätte jetzt noch 1 Wort, nicht mal des Vorwurfs, ausgesprochen. Der Fall ist klar u 1deutig, u all mein Wissen bleibt im Schweigen der Anderen tief eingeschlossen wie in meine eigene Furcht.....

S. 147, Zwangsvollstreckung & Die Vollendung der Natur →:

»Nimm eine Gans, berupfe sie bis auf den Hals & Kopf, mache rings um ein Feuer auf, nicht allzu nahe, daß sie nicht ersticke, sondern daß sie allgemach brate. Setze zu ihr etliche Gefäße mit Wasser, Honig & Salz vermischt, damit sie sich labe. Darnach nimm Aepfel, röste sie im Schmalz, beträufle die Gans oft darmit, rücke das Feuer allgemach näher zu ihr, und wenn sie anfängt zu braten, läuft sie rings im Feuer herum & will davon, weil sie aber vor dem Feuer nicht fort kann, trinket sie ohne Unterlaß, sich zu laben & wenn sie heiß wird, brat sie auch inwendig. Du mußt ihr aber ohne Unterlaß das Herz & Kopf kühlen. Wenn sei anfängt zu zappeln & zu fallen, nimm sie weg, lege sie in eine Schüssel, gieb sie den Gästen zu essen. Sie ist gebraten & lebt doch noch & schreit, wenn man von ihr schneidet.«

Rezept aus dem 18. Jahrhundert in: »Auserlesene Künste für das Frauenzimmer sowohl in den Städten als auch auf dem Lande«

Niemand hat Ihn eintreten sehen: !Plötzlich ist Er mitten im Raum. Die Springerstiefel schlagen derb auf die Fliesen – eilig wie beim vorigen Mal geht er im Café die Tischreihen entlang, und hält inne: vor mir. – *Es ist soweit. Jetzt bin !ich dran…..* – In seinen Augen kalter Spott & Verachtung, gelb & ekelvoll wie Blicke von Menschen beim Anschaun von menschlichem Dreck.

Dann, mit beiden Händen an seine Kehle greifend, mit der obszönen Heftigkeit des Exhibitionisten, reißt der Fremde plötzlich den Kragen fort von seinem Hals – : Eine Öffnung in der Haut wie das Maul eines Kraken, das zur Miniatur der steinernen Luke eines unsrer Backöfen im Keller sich rundet – erstickend übelstinkende Hitze vondort herausfahrend als würden drinnen Haare Knochen Eingeweide verbrannt, in der Hand des Fremden eine große Porträtfotografie von mir als Kind, der Fremde schleudert sie wie eine Anklage in mein Gesicht: –DU GLEICHST DER FURCHT DIE DU BEGREIFST – :zum Ersten Mal seine Stimme, eisenschroff die Luft durchstoßend, und Hitze verschmort das Foto mit meinem Ab-Bild zu häßlichen Blasen, Feuer packt zu, das Papier färbt sich braun, versengt, schon umzüngeln Flammen den Rand. Die Faust des Fremden schleudert mir das verkohlte Knäuel entgegen – im Flug verwandelt zum kantigen Stein –: der trifft gegen meine Stirn. In der Asche unter der Ofenroste bleibt schließlich zur Puppe=winzig zusammgeschmort meine Gestalt zurück in der Färbung von ausgeglühtem Metall. Von meinem Körper, durch das Feuer entstellt, sind allein die Gesichtszüge unversehrt – mehr als das: 1 zu Lebzeiten nie erreichte Klarheit liegt jetzt darin, schwarz verfärbtes Bronzefiligran, herb=asketisch, erinnernd an den kleinen Totenschädel zu Shakespeares Füßen im Park von Weimar. !Diese Ähnlichkeit auch in den Zügen des Fremden, die ich über Solangezeit nicht erinnern konnte. Und Flammen, schon im Verlöschen, husten noch ein Mal Gestank verbrannten Fleisches in die Luft – brandiger Qualm preßt sich wie eine schwere unsaubere Hand vor den Mund, zerdrückt auf meinen Lippen den SCHREI – –

– – In Dunkelheit widerhallend der Raum. Das Uhrwerk des Weckers schlägt derb gegen die Stille an, darin überlaut & heftig die Geräusche eigenen Atmens. Nacht steht ruhig u mit erster Herbsteskälte vor den Fenstern – fahl erbleicht die Häuserstaffel im bissigen Mond u Sternennägel halten blauschwarz fleckigen Leinenhimmel=hoch. Wenn die Stunde dunkel ist u die Nacht am tiefsten, höre ich im Himmel Wellen, das Strömen finstrer Gluten – !welch ein Untergang dort-Oben. Auf dem Grund der Stadt ich, u spüre Nichts. (Schlafend neben mir, im Bett vergraben, eine Frau.) *Sie* ist !nicht zurückgekommen zu mir. So war auch Alles=Übrige Nurschaum aus Endlos=Ich-keiten Frühererjahre, als unser Bild noch unverbrannt u bei der Wort-Verbindung Gemeinschaft wir den Doppelsinn nicht zu denken vermochten. Mein Vertrauen ist ein Tier, das dorthin zurückkehrt, wo niemand es mißbrauchen will –.

Jedesmal beim Erwachen das Geflimmer der Lichter-ringsum, die Glühlampe an der Decke eine Sonne winzigweiß explodierend und Wände zerbersten unter mörtelrauhem Ziegelgepolter, die Möbel verwehen im Gestöber windgeworfener Funkenglut..... – Daraufhin glätten sich Bilder u Licht – und endgültig erwachend aus dem immerwiederkehrenden Traum erkenne ich die vertrauten Anblicke dieses Zimmers in gemeinschaftlicher Wohnung, darin seit-Wiekurzerzeit Sophia u ich Tage&nächte überstehn –.– Im Dunkel, vor dem geöffneten Fenster, in der Stadt die dröhnende Stille am ausgestreckten Arm zur Nacht, – durchbissen, aus zerhöhlten Hinterhofzimmern schrein Hunde wie vergessne Gefangene. DER SCHREI – ?woher – durchstach wie 1 blitzende Degenklinge Dunkelheit u Traum, und noch immer als vibrierender Stahl widerhallend in meinem Kopf – nur aus ?eigenem ?Traum. An meiner schweißnassen Stirn punktförmig 1 Schmerz; die Stelle, wohin im Traum der Stein aus des Fremden..... Hand geschleudert traf. Vorsichtig tastend mit den Fingern –, kein Blut, nur das Gefühl von langsam an kühler Luft trocknender, erhitzter Haut – als sei diese Stelle auf meiner Stirn der letzte=der 1zig wirkliche Ort für diesen Traum.

Die Windbö Draußen treibt flüsterndes Laub den Rinnstein entlang – es streicht mit rauhen schwarzen Händen über den Asfalt das Stadtgeschehen wie Kreideschrift auf einer großen Schiefertafel aus –. Mondlicht, sehr hell u blaß, hält scharf die Trennung zwischen dem wie Blei schimmernden Straßenasfalt u: den Dunkelhäufungen des Laubes – und windwärts davongetrieben mit nächtlicher Brandung – *Elisabeth in meinem Traum.* –

In ihrem Schlaf macht Sophia 1 kleine Bewegung, das Kissen raschelt –, als wachte ihr Innerstes selbst zu Dieserstunde u wollte dem beobachtenden Blick freundlich erscheinen. Träumelos in Willensstille, so schaut ihr Schlafgesicht mich an; ihr Leib eine friedensvolle Figur, ein Frieden, von dem ihr Wachsein zu übrigen Stunden nur selten weiß. Und was ich seit Jugendzeiten geahnt aber niemals ausgesprochen hatte, sagt mir nun der Anblick dieser schlafenden Frau: Das Fleisch unsrer Leiber ist gut u ohne Bosheit. Das-Unheil bergen allein die wachen & willensvollen Seelen.....

→ Vor Einerfrau wie ihr, die alle Rollen kennt, deren Blick in alle menschlichen Verstecke bereits geschaut –, und wieder dies kleine Geräusch, das ihr=An-Wesenheit sein will, wie vor dem Bett das Paar Schuhe: nicht wartend, verlassen stehen sie, zurückgelassen vor der Flucht, vor dem Sprung aus dem Fenster (1 Schuh auf die Seite gekippt, da hat sies eilig gehabt mit dem Verlassen, der Flucht, dem AbSprung) : Blick hinüber zu ihr : dort liegt sie ja, ihr Gesicht sonah bei mir, schlafsam u atemruh, – vor Solcherfrau glaubte ich mich befreit von der Pflicht zur Verstellung, entbunden vom Zwang zur Personen-Rüstung, und so meiner ursprünglichen Echtheit als männliches Wesen fähig, mit allen Windungen Bruchstellen Unfertigkeiten meiner inneren Gestalt unverstellt Dieserfrau mich zur Seite zu geben. – Und schiebe 1 Stück die Bettdecke von der Schlafenden fort, ein Strom süßherber Wärme von ihrem Leib, eine Wärme ganz aus Frauenschlaf –. Das Haar um ihr Geschlecht hat sie vollkommen abrasiert, auch ihr langes glatt den Rücken sich anschmiegendes Haar fiel vor Tagen; 1 Mode gemäß kurzgeschnitten, im Nacken ausrasiert – ich konnte bei ihrem Anblick mein Erschrecken nicht verhehlen: –Die passende Frisur für den !Stahlhelm. – Raunzte ich sie an und hätt beinahe laut geflucht: Denn sie hat dies gewiß nur Dem Anderen zu-Liebe getan, diesem vornehm tuenden Vieh aus Pal Lärmo mit seinen dolchgriffbraunen Verschwöreraugen; mich drückte sie damit nieder zur 0. –Der-Süden, – rief ich voll betoniertem Haß: –Unter schwüler unbewegt kochender Luft über hitzezermürbter Erde wühlen Herden=hafte Seelen; in Läden Cafés auf Märkten & durch Gassen Gebrüll Radau Gestank irr-sinniger Wachstumszwang & Verbrechen – das ist !nicht frohgemuter *Gesang-des-Menschen*: Das ist angstwütiges Geschrei von Angebern & Ganoven gegen andere Angeber & Ganoven : der-Süden..... ist !feindlich. – Vor Überlegenheit schweigend überging Sophia meine kränkenden Bemerkungen; sie war in jener Lage, in der sie Schweigen sich leisten konnte.

Geschmeidig in ihren Schlaf geschmiegt – der Schlaf ist unser Homunkulus; Dort sind wir 1 –, nur im Schlaf könnte ich Diese Frau noch erreichen, ihrem Tod u: mir am nächsten. Erwachend aber fügen sich Gestalt & Wesen sogleich zurück in Haut & Positur der bedrängend=fordernd Anderen. Und ließe auch Zeit das Bild unseres Vertrautseins festgefügt wie einen Wall erscheinen, Vertrauen wie aus Stein –: 1 Tat 1 Wort zur Unzeit, 1 Fehl=staubkornklein, – und dieser festgeglaubte Wall zerrisse wie 1 Wand aus dünnem Papier. Wieviele Abschiede schlagen als Unwettergewölke über uns zusammen, während wir schlafen..... ?Wo ist ?Meinplatz im Dasein Dieserfrau. Ich, windsige Faser, abgerissen aus dem Menschgewebe, zugehörig weder ihr noch mir im Niemand's Land 1 Wohn=gemein-schafft. Was mir bleibt: Die Kwahl, das Nichts zu haben, u: nichts zu sein.

→ Doch erinnere ich auch Andere Momente. Jenen aus unsrer Erstenzeit, als sie in meiner Wohnung = meiner Höhle = meinem Versteck Übernacht geblieben war. Neuer Morgen flammte auf und ich, erwachend, sah vor mir Sophias Gesicht, dem Kissen zugekehrt. Sie lag vielleicht schon Langezeit wach, ohne im-Geringsten sich zu rühren. Die Lider gesenkt, konnte sie meine Blicke nicht bemerken. Still, betrübt, voll Trauer schaute sie vor sich nieder –. Der Anblick griff mir ans Herz. Denn mochte auch die Gram über 1 alltäglichen Verlust od kleinlicher=Zank um den Erhalt ihrer Praxis der Auslöser gewesen sein; ich sah im reglosen Blick dieser Frau auch Das Andere : Die kreatur=hafte Trauer darüber, wieder erwacht & doch nur=am-Leben zu sein mit dem Wissen, dieses=Leben irgendwann verlieren zu müssen. Das unauflösbar Widersprüchliche allen da-Seins: Trauer aus der Gewißheit der Geburt – Melancholie aus der Gewißheit kommenden Todes, die Quadratur des Schreckens. Dagegen läßt sich nichts tun.– Und der Blick, den sie=stumm vor-sich niederhielt an jenem aufflammenden Morgen, so still u ergeben, als könne mehr noch als die Stimme 1 Blick schweigen – u dieser kleine Ort vor ihr auf dem Laken, weiß u hell, geriet dadurch umso heller, umso weißer, so daß er schließlich als Leere-selbst erschien, als winziges Nichts, so groß wie sämtliche Lebens=Unmöglichkeiten. Und der An-Blick dieser Frau, in ihrer unfaßlichen Sanftheit, so entsetzlich wie Almosen.

Wind geht durch Straßen, von Geräuschen begleitet hohl u finsterdürr wie das nur in Herbstnächten geschieht –: das Rascheln von schwarzem Laub. Infernen die lärmkochende Stadt, aufsteigend ein Irr=Lichthimmel aus schwerer stampfender Nacht, jeder Atemzug fauchende Stille –.– Immer neue Schütten Laub fegen die Straßen entlang mit dem Geräusch heiseren, schwarzen Gelächters..... – Und Alles war ?Nurtraum. Dann wären auch Ende dieser Gemeinschaft, auch Sophias innere Trennung von mir : kalte ?Traumgesichte nur, schwarze ?Illusionen; im ?Wachsein sofort ?verschwindend unterm Rascheln des Laubes – –

Auf den Dielen in der Dunkelheit hellschimmernd 1 Etwas, im Augwinkel erkannt : Auch !meine Schuhe haben ein Brotstück zertreten; am Boden liegt es wie ein kleiner, zerstörter Leib. <u>Und ist noch ofenfrisch.</u>

S. 486, Freak Waves. Jähe Wut →:
Fortschritt : im gesellschaftlichen wie im persönlichen Sinn, die längste, die umständlichste u die langweiligste Ausrede für den Mord an Etwas, das Früher einmal *Gott* geheißen hatte –. So gesehen sind Tat-sächlich immer & über=All die-Mörder: unter uns.....

»Das ist ein !Wanderer.«

Sommer 2001 – Herbst 2002

»Den hemmt nicht wolkenweiche Hand, Einhalt durch Frauen; / Sondern stets geht dieser Mann / Durch Hüter, durch Bäume des Waldes, / Ein Fremder Fremden über nimmer trockenes Meer«
W. H. Auden

Damals in einerdieser Tage=u=Nächte, die aus einem Sommer fort und bis in den Winter hinein uns Die Holunderstunde gaben; während der wir uns liebten in den Zimmern in der großen Dahlemer Villa – in meinem kleinen Versteck = meiner Zuflucht = meiner Höhle – Draußen auf Parkbänken – im Wald – in einem Gartenrestaurant – im Kino – einmal hinter dem Pfeiler auf einem U-Bahnsteig –; Nurgeschlecht, sprangen wir mit Leichtigkeit über jeglichen Abgrund von Scham, stürzten uns voll der Zärtlichkeit von Tieren in=einander –; und eines Abends ihre Stimme aus dem Zimmerdunkel: –Dein Buch. Ich will dich schreiben sehn. – Und kam aus dem Dunkeleck ins Licht. Sie war nackt. Groß trat sie vor mich hin u hell, süßherb der Duft um ihre Hüften. –Nun schreib. – Sagte sie leis. Um Schenkel u Lende ließ sie Muskeln spielen. *–Schrei – ben.* Wiederholte ich u sprach das Wort langsam, staunend als seis ein nie zuvor gehörtes Wort. So hat Diese Frau auch die heimlichsten Winkel meiner Gegenwart betreten; und in einerdieser Tage=u=Nächte während der wir liebten wie glück=seelige Tiere, ist Sophias Vater gestorben.

Den Winter dieses Jahrs sah ich erstmals unter hochgeschnelltem Himmels Blau herabblickend auf knöcheltiefen Schnee. Frost Minus zehn Grad, Sonne. Über die Fensterscheiben zogen zauberische Eisurwälder, mattsilbern frostige Vegetation –. Draußen schnitt der Wind dem Wanderer ins Gesicht. Das brache Land zwischen den beiden Wäldern lag zur Mittagsstunde noch unbegangen – aus einer Schneedecke gleißendes Weiß mit golden sprühenden Sternen – ein Himmel zu Füßen: *So !leicht, in den Himmel zu kommen –*

Auf Zweigen u Ästen leuchtend Schnee, die Bäume standen wie von kräftig geführten Pinselstrichen eines Malers, herausgehoben aus dem

Blau, erst so ihre eigentlich wesenhafte Baum-Natur bezeugend. – Später über sanft gewellten Boden einsam, nur wenig 1gedrückt in die Schneedecke als seis von 1 Geist geschehn, schnürte durch die gleißende Landschaft die Spur 1 Menschen entlang, fernen Baumständen zu – :und dort, gegen den Waldrand strebend, 1 Gestalt, in der Entfernung so klein wie 1 Kümmelkorn auf einem Gemälde von Bosch. *Ja.* Und meine Stimme aus Winterluft. *Ich weiß: Ein Wanderer – –*

Bereits vor Vielenjahren hatte Sophias Vater, der an Blutkrebs litt & von-Zeit-zu-Zeit Transfusionen bekommen mußte, seiner Frau ein Versprechen abgenommen: *Sollte einst mein Sterben Langezeit dauern, während der ich nicht mehr ansprechbar od auf Andereweise unzurechnungsfähig wäre : !keine Transfusionen mehr, !kein Krankenhaus, wo man mich all den unmenschlich=lebensverlängernden Maßnahmen aussetzen würde. Ich will nicht verenden als Stück Fleisch zwischen Drähten Schläuchen & Maschinen. Wenn du mich auch verachtest: Sorge dafür, daß Soetwas !nicht geschieht, liefere mich !nicht den Bütteln des Humanismus aus; sondern laß mich Hier=Zuhause sterben, selbst wenn dieses Sterben grausam ist.* Auch dieses Zweite Abkommen, wie der noch fehlende Pfeiler zu einer Brücke über die Schlucht 2er Leben hinweg, hieß Leben's Verzicht: Diesesmal war er dran. (So hatte das gewiß seine Frau empfunden, woraus sie ihre Kraft bezog, ihm noch einmal zu-Willen sein zu können.) – Und so hielt sich die karge Frau Daran, wie Damals an den vom selben Mann erzwungenen Verzicht auf ihr eigenes=Anderesleben.–

Seit der letzten Bluttransfusion, die lag bereits länger als gewöhnlich zurück, verschlechterte sich der Gesundheitszustand des Mannes zusehens. Aber seine Frau hielt sich an das-Abkommen: Sie wusch ihn, fütterte ihn & weil er meist zu schwach war, hob sie den fiebernden Koloss auf die Bettpfanne, der über-Vielewochen-hinweg bei-Tag&nacht im schweißgelben Dunst eines Sterbenden immer größere Mengen Blut verlor; danach wusch sie ihn erneut. Sie linderte mit kalten Umschlägen seine Fieberanfälle & hielt die-Ärzte fern von ihm. !Das war Ihre-Letzte-Aufgabe; sie erfüllte sie.

Sie erfüllte diese Letzte Aufgabe mit derselben Strenge, Unbedingtheit & maschinenhaften Sorgfalt, wie sie einst Dem Gebot dieses Mannes sich unterstellt hatte. Und hielt=fest am Versprechen, das sie gegeben hatte mit sachlicher Hingabe, weil sie den schleichenden, unabwendbaren Lebensverzicht, den Sterbenmüssen bedeutet, nun an ebenjenem Menschen sah, der sie einst selber zum Verzichten genötigt hatte; im Entsagenmüssen kannte diese Frau sich aus, !ihm ihr Ganzerhaß ein Leben=lang. Und was sie selbst Zeit ihres Lebens nicht hatte besiegen können, Dagegen kämpfte sie jetzt an bei jenem Mann, der einst ihr=Anderesleben verhindert hatte.– Diese karge Frau, vielleicht tat sie Dies=Alles jetzt sogar ohne Bosheit und nur selten mochte sie grob sein zu dem kinds=eigensinnigen, ungeduldigen Kranken. In Frühenjahren waren alle Flüche geflucht, Heut mochte sie keine mehr haben –.– Dann, am Morgen zum 1. Weihnachtstag, starb der Mann.

Sophia wußte vom Abkommen zwischen ihrem Vater u: seiner Frau; sie hatte es gebilligt über Alldiejahre; später bereute sie, ihm nicht selbst zu Hilfe gekommen zu sein. Denn sie wußte nichts vom kritischen Zustand ihres Vaters, und über ihrer geplanten Reise nach-Haus über-die-Weihnachtsfeiertage schwebte Pech. Das Auto, mit dem sie fahren wollte, zeigte sich defekt; die Zugverbindungen nach Hamburg waren für unbestimmte Zeit unterbrochen, weil nächtlicher Orkan Bäume entwurzelt und über die Schienen geworfen hatte; so blieb sie schließlich da-Heim. Aber sie ahnte Unheil, weil am Telefon in Hamburg niemand sich meldete. Und als sie dann vom Tod-ihres-Vaters in allen 1zelheiten erfuhr, brach sie zusammen.

Seltener kam sie Daraufhin zu mir in die Wohnung, und noch seltener duldete sie, daß ich sie berührte; die Abende verbohrten sich in der Reglosigkeit dumpfer Bedrücktheit. Übernacht blieb sie nur noch 1 Mal. Solch aufgezwungne Enthalt-Samkeit verwirrte, machte mich verlegen; ich kam mir kindisch vor mit meinem Verlangen. Doch spürte ich ihren Atem nah-bei-mir, einen guten Atem in kleinen duftigen Wellen; Fleischeswärme floß aus ihrer nackten Brust zu-mirherüber, u: wollte ich mehr als dies, dann wehrte sie mich ab. Einmal, in solch warmer weiblicher Nähe, hatt ich begonnen zu masturbieren. Als Sophia das bemerkte, fühlte ich ihren Leib starr werden, gläsern erkalten. Sie schien zu schrumpfen, zog sich zurück, klein u ausgekühlt blieb sie neben mir liegen, kühl glatt u rund ihr Leib vor lauter Ratlosigkeit.

Plötzlich stand Sophia mitten im Zimmer; als wäre sie mit 1 1zigen Sprung aus dem Bett geschnellt. –!Nein. Das hat er !nicht !verdient. – Sagte sie laut in den Raum & zog ihre Kleidung an; so entschieden & gewandt fiel der Stoff an ihr herab, als seis ihre Uniform, die weibliche Eitel=Empfindsamkeit in all ihren Faltungen wie Rangabzeichen bewahrt. –Ich hätte ihm helfen können. Das hat er !nicht !verdient. – Mehr sagte sie nicht zum Tod ihres Vaters. Ohne sich umzublicken, ging sie aus der Wohnung. Ihre Trauer aber trug sie stumm mit=sich fort. *Vater, Nichts u Niemand sonst als ihr geliebter= Vater.* – Etliche Abendelang wartete ich auf sie, vergebens.

→ Dann, eines Morgens in den 1. Tagen des Neuenjahrs, mußte ich meine Wohnung = meine Höhle = mein Versteck räumen für=immer.....

Und Wirklichkeit, wiederbelebt aus Ecken mit Leben's Staub: Kleider Bücher Geschirr in Kisten & Kartons verpacken – Möbelträger in dicken schlurfenden Schuhn – vorm Haus der weitoffen stehende Schlag des Kleintransporters, ausreichend für das bißchen Zeug. Am sperrigsten die fünf Gemälde jenes Unbekannten, die ich einst von-der-Straße=weg vorm Schredder bewahrt hatte, sie wurden auch von diesen Möbelpackern mit spitzen Fingern, pikiert wie vor der Berührung mit einem Verrückten, angefaßt. – Sophia, die an Diesemtag bei mir war, las vom Boden 1ige bunte Halmafigürchen auf. Die reichte sie mir stumm auf dem Handteller entgegen, ich steckte die zerschrammten Figürchen, wie Damals im Haus meines toten Vaters, wortlos & eilig in die Jackentasche. – Der Umzug war binnen 2 Stunden erledigt; am längsten dauerte die Anfahrt des Möbelwagens durch Umleitungen, Baustellen=Staus die Berlinerstraßen entlang. Geblieben waren wir im Osten der Stadt: Prenzlauer Berg, Dunckerstraße Nr. 80. – !Niemals hätte ich mich für fähig, geschweige denn für Willens gehalten, in eine Wohngemeinschaft..... 1zuziehen. Nach der Ehe mit Elisabeth / nach der Alkoholentziehung galt für=mich: auf-Nichts u Niemanden mehr sich einlassen; so kann 1, außerhalb seiner=Selbst, nur Weniges passieren, u: Leben..... ist ein Arbeitsgegenstand: kein Grund für Fan-Tastereien.–

Allerdings, auf Sophia habe ich mich eingelassen; habe mich, wie damals 1=im-Dorf über mich sagte, auf diese Frau gestürzt wie ein Hagelschlag. Schon der Klang ihres Namens, noch in Gedankensprache gesprochen, ergreift mich als warmer Schauer, wie eine vorzeitige Frühjahrs Dankbarkeit die zärtlich stimmt –.

Und aus den weitverwobenen Geflechten von Sophias Bekanntschaft ist uns nun !diese Gemeinschaft erwachsen – mit & in ihr sollen wir leben arbeiten zusammen=sein – (wiederum ein Zug, der Sophia, aus meinem Traum=Verstehen heraustretend ins wache Tagleben, mit Elisabeth verschmilzt; deren Wunsch nach Gemeinschaft mit Anderenmenschen war seinerzeit mal-auf-mal an meiner Ablehnung zerbrochen, solange sooft, bis auch der letzte Pfeiler unsrer Ehe spröde wurde & brach.)

Mir ist jeder Einzelne in dieser Gemeinschaft, die nun schon hinter den Haus-Mauern wartet, ein Fremder –; ich kann mich zu ihnen begeben & von ihnen fort, wie Früher in den Jahren, als ich aufs Dorf meiner Kinderjahre zurückkehrte, damals noch meinend, ich gehörte zu=ihnen.....

Das Gründerzeithaus in der Dunckerstraße, ein Eckhaus zum Helmholtz-Platz, in blassgelb gestrichener Rauhputzfassade & vor-kurzem renoviert, leuchtend jetzt im januarklaren Mittagslicht, aus der zerwohnten Häusernachbarschaft heraus, 5-Etagen-hoch in den Stadthimmel gestemmt (vor den Fenstern der unteren beiden Stockwerke schon Gardinen, die oberen Fensterscheiben blicklos noch u dunkel) –: Wir, Sophia ich, werden uns mit all den anderen Mitbewohnern in die Besitzerschaft dieses Hauses teilen. – Zu ebener Erde die Bäckerei Namenlos (das Ladenschild soll noch in den nächsten Tagen geliefert werden), sie wird unserer Gemeinschaft Arbeit&brot sein; Auslage & Ladentür derzeit von faltigen Holzrouleaus noch verschlossen. Frischer Farbgeruch umweht ein altes Gebäude (übertünchte unbekannte Schatten aus klammer Ostberliner Zeit..... von der ich Nichts weiß); Geschäft's Eröffnung in wenig Tagen. Dicht hinter mir, auf dem Gehsteig vor dem frischrenovierten Haus, spüre ich Sophia, ihren Atem, ?od: ist es die Wärme aus ihrem Körper, wie 1 Hand über meinen Rücken gleiten – 1 windleichte Berührung –, die schwindeln macht wie 1 Sturzfahrt zu Tal. Aus unseren Mündern kleine Atemwölkchen; sie fliegen nicht weit im scharfen Januarwind. Da sind wir nun: ?angekommen.

S. 395, Schwarzes Laub →:
Und wieder ist dem Kerbholz unsrer Jahre Winter aufgezählt, Countdown seltsamer Entscheidungen : An diesem Tag, der uns hierher führte in die Chiffrenwelt schründiger Häuser, von Kälte & Finsterheit gezogen, brüchige Handschrift alter Lettern, gegraben in Mörtel – die Schriften im Gestein: *Wer !die lesen könnt* –.– Meine Angst ist alte Angst u Angst der Alten – dies Gesicht, deines, könnte das letzte sein, und bliebe von dir nur dies Ungewisse: Nicht einmal das Gesicht deines Todes hätte ich dann gesehn. –
Vorm Weggang aus dem alten Zuhaus im 1. Morgenschimmern. Mein rotfleckiger Anblick im Spiegel, um die Mundwinkel Kerben aus Spott&ernst wie in faltigen Hühnerschädeln. Im Schweiß waren wir=uns nah, unter kratziger Decke in letzter Hast. Wir vermuten den Sprung des Tigers stets aus dem Abseits, u: schämen uns die Verzweiflung zu sprechen aus den schlaffen Tapeten alter Gefangennahme. Halbmüdes Lächeln, später, ungerührt aus Jugendtrieb: älter & kälter, weniger Verkaufbares, Heute. Dann in-Allereile (die Möbelträ-

ger kommen um 8) das Unterhemd verkehrt rum, 2 Blutflecke am Kragenrand: kein gutes Zeichen. Die Stunde treibt –. Dein letztes Gesicht in einer so wandelbaren Landschaft – & wieder wird banales Zeug der Knüppel sein für den kopflos Laufenden. Wir werden uns nicht schonen können. Und werden bekommen, was wir brauchen.

Die Nachricht vom Tod ihres Vaters – sie hatte Sophia während dieser Umzugstage erreicht, jedoch nicht von ihrer Mutter. Vielmehr hatte Die für den Umweg dieser Nachricht über Sophias Ehemann, Reinhardt Hold, gesorgt. Das geschah sicher aus zweierlei Gründen. Weil der über=Allejahre-hinweg bestehende kindlich=urvertraute Bund Sophias mit ihrem Vater der zackigen Frau Mutter anfangs für nachsichtigen Spott, dann für (gewiß ursächlich neidvollen) scharfkantigen Zorn, schließlich nur noch zu kalter Verachtung Anlaß gegeben hatte, wußte Die Frau, daß ihre Tochter, zumal in der jetzigen Konfliktsituation des ehe Paares, zutiefst !gedemütigt sein müßte, erführe sie ausgerechnet durch den Immobilienhändler Hold all jene demütigend=schmerzhaften Details vom Sterben ihres geliebten Vaters.

Hierin hatte Die Frau sich nicht verrechnet.

Die zweite Absicht, die Sophias Mutter verfolgte, mochte irdisch=faustfeste Gründe haben: das Erbteil, das ihrer Tochter zustand. Der Tod dieses Mannes hatte ans Licht gebracht, daß er Besitzer einiger Aktien war, die er niemals angerührt hatte, selbst Damals nicht, als der-Konkurs seine Firma bedroht & schließlich ruiniert hatte; heimlich mußte er diesen Besitz, an den Konkursverwaltern vorbei, ins-Ausland geschafft haben. Jetzt, nach seinem Tod, meldete der hierfür beauftragte Notar sich bei Sophias Mutter; er schrieb von keinem unbeträchtlichen Vermögen. – ?Mochte der seinerzeit bankrotte Geschäftsmann, der vor Vielenjahren, als die Sonne des Geldes noch auf ihn herabschien, seine Frau zur Aufgabe ihres Lebenswegs als Künstlerin gepreßt hatte, diesen heimlichen Reichtum als späte=zuspäte Wiedergutmachung gegenüber seiner Frau angesehn haben. Zudem hatte er wohl gemeint, bei !dem Einkommen als Psychiaterin, obendrein mietfrei praktizierend im Haus ihres Ehemanns, benötigte die Tochter ihren Erb-Anteil aus dem Aktiengewinn überhaupt nicht, weder Heute noch Irgendwann, so daß die gesamte Summe seiner Frau zur Verfügung stehn sollte. Jedenfalls verfügte er in seinem Testament Sophias Mutter als die Alleinerbin am Aktiengewinn, 1zig mit dem Zusatz versehen, daß für den Fall des Todes od der Geschäftsunfähigkeit dieser=seiner Frau hiernach jener Besitz an seine Tochter gehen solle. Anderenfalls solle seine Frau, nach Veräußerung der Aktien, der Tochter daraufhin lediglich den Pflichtanteil ausbezahlen.

?Hatte dieser Mann das Verhältnis Mutter : Tochter ?niemals richtig ?erkannt. ?Was mochte ihn zu solcher Entscheidung bewogen haben. ?Welchen Zweck verfolgte dieser seltsame Mann mit seinem Testament. ?Wollte er gar auf Diesemweg, nach seinem Tod, eine ?Versöhnung zwischen Mutter u: Tochter erreichen –.

Denn die Frau Mutter lebte & erfreute sich der besten Gesundheit. Die ihr übertragene Verfügungsmacht über den Anteil der Tochter mußte sie in der augenblicklichen Situation geradezu als Geschenk aus dem Waffenarsenal des Himmels..... betrachten : Und schon benutzte Die Frau Mutter dies zur Erpressung ihrer Tochter, *abzulassen ein=für=Allemal von diesem Lebenswandel*, wie sie in ihrem Ultimatum schrieb, *& zur Rolle als anständige ehe-Frau zurückkehren*. Umso größere Durchschlag=Kraft versprach Die Frau sich von ihrer Erpressung, als ihr zu-Ohren-gekommen war, Sophia habe nicht allein ihre Ehe, sondern darüberhinaus noch ihre Arztpraxis im Haus des ehe Manns aufgegeben..... : Vorerst also würde Sophia ohne Einkommen sein; sie wäre nun fast mittellos, denn der verlassene ehe Mann hatte das gemeinsame Bankkonto sperrenlassen..... :Dies als seine einzige Re-Aktion auf Sophias Verschwinden aus seinem Haus, der großen weißen Prachtvilla in Dahlem. Kein Brief, keine Nachstellung, weder tränenreiche, über-Stunden gezogene Telefonanrufe noch Blitz-Donner-Szenen, keine Schwüre um einen Neubeginn; Nichts. Sophias Geldkarte behielt der Automat ein; am nächsten Tag 1 Bescheid von der Bank mit dem Sperrvermerk für dieses Konto.– Das war Reinhardt Hold, Immobilienmakler. Auf ihn & auf die Wirkung ihres Ultimatums setzte Sophias Mutter.

Durch den Tod des Mannes mochte diese Frau ein für sie seit-Langem vergessenes Gefühl von Freiheit & Souveränität in=sich wiederentdeckt haben. Von dem Bankrottör, ihrem Mann, hatte sie längst keine Verbesserung ihrer Lage mehr erwarten können, u: was ihr an Leben's Sehnsucht aus Früherenjahren heute noch verblieben sein mochte, das mußte sie selbst als viel zu kleinwüxig = schandbar dürftig als Karikatur empfinden & sah solch ausgefransten Hader all-1 zur Grimmigkeit noch tauge. Dürften doch ein-ums-Anderemal ihre, heimlich od offen, ausgestreckten Willenshände vom schnöden Draußen, Dort Bankrottöre & andere Pfuscher nicht geduldet werden, zurückgeschlagen worden sein. Vernarbter Wille, hornhäutige Bitterkeit – die waren ihr verblieben. / Jetzt, mit den ersten Schritten nach Tod und Verschwinden des unmöglichen Mannes aus ihrem Lebensgehäuse, mochte sie vielleicht das windfrische, deutlich klare Gefühl ergriffen haben, niemals und nunmehr überhaupt nicht verheiratet gewesen zu sein –.

Die Beerdigungszeremonie ihres Mannes brachte sie hinter sich wie 1 Geschäftsabschluß. Die Frau harrte auf dem Friedhof am offenen Grab ihres Mannes aus, stolz & starr, ihre Miene las sich wie 1 Grabstein mit dem Namen ihres nun toten Mannes und darunter mit einem Fluch.

(Ich führte Sophia, die mit glaskühler Hand an meinen Arm sich klammerte, behutsam fort –: weg von der lose & verlegen umherstehenden Gruppe Bekannter, Fetzen in Grau&schwarz; weg von der Grabstelle & von den Toten-Funktionären: Pastor & Sargträger.) Noch sah ich Sophias Mutter kerzengerad & allein die bleichen Kieswege entlang über den Friedhof schreiten, trium=fahl vorüber an all den unter Erde&kraut u an Marmorstein Gestrandeten –, hinaus.–

1 jedoch wollte mir an ihrem Dahinschreiten auffällig sein: das !allzu Zackige, das !überaus Bewachte & Überlegte in ihrem Gang: ?Hatte ich Diefrau nicht soeben kleine 4eckig zuckende Bewegungen machen sehn mit den Ellbogen, den Knieen, dem Oberkörper so, als sei 1 strenger Mechanismus doch nicht ganz in-Takt, –:?verbarg sich, mühsam verhüllt, unter ihrem Habitus ?nicht der !unbändige Wille zur !Los-Gelassenheit –:– 1 alte Frau hatte soeben ihren Mann unter-die-Erde=gebracht; im enggeschlossnen dunklen Kostüm, die Handtasche wie 1 Grubenlicht in der Armbeuge, einen weitkrempigen Hut mit Netzschleier vorm Gesicht – !plötzlich würfe sie Das von sich: Hut, Schleier, Handtasche, risse die beengenden Knöpfe vom Hals – und brächte mit Hüpfen u Springen unter maßlosem Gelächter ihren Weg zuende. – Sophias Mutter schritt kerzengerad den Weg durch die Gräberstadt hindurch (nur manchmal beim Gehen, kurz u plötzlich, diese kleinen 4eckigen Bewegungen). Ihre Gestalt wurde kleiner auf der langen geraden Allee, sie verschwand, der Winterhimmel hoch u klar –, die Erde, frostzerkrümelt, jetzt den alten Toten gleich; nur die Blumen von den Kränzen leuchtend wie kleine Sonnen. Und für rückgekehrte Daseinslust schien jetzt ein winziger Sommer luftigblau diese altgemachte Frau zu überfluten, wie Derlei schon seit ungezählten Tagen nicht; 1 Sommer für=sie=allein. Schnell noch die paar Sprünge,

ein zwei Triumfe – Geld, Eigennutz, Großtuerei & Knausrichkeit, der-Schluß immer derselbe: letztes Gewimmer, Schmerz & Krämpfe, einige Grimassen, – dann 1 Loch im Dreck..... Eine bejahrte Seele, & noch nicht verdorrt –.

Denn diesen=!einen Letzten Streich gegen die Tochter, !den mochte sie noch führen; schon um sich=selbst auch von dieser letzten Bindung an Ehejahre&mann in Person ihrer Tochter ein=Fürallemal !loszumachen: Ende der Bilanz & !weg-mit-Schaden.

Hierin hatte die Frau sich verrechnet.

Sie konnte nichts wissen vom Geld aus dem Verkauf meines Vaters Haus; die Summe, mein Erbe, war inzwischen auf mein Konto überwiesen worden – eine !gemästete Summe spreizte sich auf dem Bankauszug als Zahlenfolge, hinter den Führer-Ziffern mit dickbäuchigen Nullen (ganz wie von Sophia vorausgesagt). Nun wollte ich Sophia einen Teil davon überlassen; Luft zum Atmen riecht manchmal nach Geld –.

Die größte Summe jedoch investierte ich als meinen Anteil zum Erwerb von Haus & Bäckerei in die Kasse der Wohngemeinschaft..... Diese Kasse, in die alle Mitbewohner nach ihrem Vermögen 1gezahlt hatten, sollte uns, neben einigen Bankkrediten, das Startkapital für unseren Betrieb sein; & gemäß der Höhe des eingezahlten Anteilsatzes sollte späterhin auch der erhoffte Gewinn untereinander verteilt werden. So war Das zwischen Allen vereinbart worden; demnach würde ich dereinst den größten Gewinnanteil bekommen müssen. – Das war uns=Allen selbst noch in unseren Träumen bewußt.

S. 412, *Schwarzes Laub* →:
Ich habe seinerzeit den größten Anteil beigesteuert und daraufhin, als noch Gerechtigkeitsgefühl unsere Gemeinschaft bestimmte, selbstverständlich den größten Anteil am Gewinn erhalten müssen.–

Frühjahr glühte auf, unwillig schiens wie Flammen in feuchtem Holz, fast unterschiedslos folgend 1 Sommer mit wenig Leuchten, zuviele Tage in kühlem Regengrau; und Sommer verglomm. Dann sank das Jahr, Herbst blies heran, die Himmel wurden blasslippig u die Lüfte kalt, sie rochen bitter nach Feuer & nassem Laub. Viele Bäume, Kastanien Linden, deren Blätter von eingeschleppten kroatischen Raupen zerfressen und zu bräunlichen Röhren verkrümmt, zeigten seit frühen Sommertagen bereits herbstischen Verfall –. In der Stadt wurden Straßen gelb & fleckig.

Zu einer Nachmittagsstunde im Novemberblei, der Wald stillharrend u schwarz, nass der Geruch aus gefallenem Laub – :!plötzlich aus dem brachen Gelände zerfetzte die Nebeltrübness knatternd Maschinengelärme : Moto-Cross-Fahrer mit ihren weibisch aufkreischenden Motoren tobten sprangen wühlten durch Mulden, Senken, über die Erde dahin –, grobe Reifen rissen in Erde u Sand tiefe Spurrinnen hinein. Dann sah ich auf ihren hochrädrigen Maschinen diese behelmten Unmenschen – die Visiere geschlossen, schnurgerad wie gepanzerte Ritter der Arroganz rasten sie 1 Weg entlang direkt auf mich zu – Motorengebrüll – & dicht an mir vorüber, Erdschollen Sand u Kieselsteine stürzten hinter ihnen als prasselnde Lawinen herab. – (:1 Samuraischwert, in Halshöhe dem Heranrasenden in den Weg gehalten, ließe ihn sich=selbst enthaupten –. Nach dem Streich verharrte der abgetrennte, behelmte Kopf noch für 1 Moment, leicht schwankend, in der Luft als hätt er zum-1.-Mal im Leben=Zweifel –, bevor er entschieden=plump zu Rumpf & motorkreischendem Blech hinabfiele auf den zerrissenen Sand. Das leerlaufende Hinterrad der gestürzten Maschine kreiselnd wie Beine eines niedergeworfenen Tiers. Und im blutverklumpten Dreck aus den paar ccm Helm heraus durch das Visier starrend zwei Augen im Kalkblick weit offen : So würde dieser Schädel wie im-Leben also bis in die Verwesung glotzen: blödsinnig & frech. Motorradfahrer: 1 Männschen-Schlack, der !auszurotten ist.) – Verfrühte Dämmerung sank wie düster-schmutzige Vorhänge herab – giftig im Benzingestank, zerlärmt von Motorengetobe; meine Freude über den Wald war erloschen. Die Bäume standen schwarz & dicht wie Gitter zu einem Kerker. Der Wald gab mich preis.....

Gelb rauh schon & taumelnd die Häuserzacken durch eine späte Stunde, in die das Taxi mich fuhr. In mir brennend Alkohol –:!Rückfall: Der Erste..... : Sophia war nicht in die Wohnung zurückgekommen, am späten Abend dann war ich sie suchen gegangen. Ich vermutete sie im Haus ihres ehe-Manns in Dahlem, denn ich wußte, Es ging um ihr Geld..... Aber: Dort war sie nicht, die Villa steckte im Dunkeln, erloschen, die Fenster ohne Blicke stumpf. Das enttäuschte sogar, weil dadurch Mein-schöner-Auftritt verdorben ward : In der Jackettasche dick ein Bündel Geld – Das hatte ich von meinem Konto abgehoben um es Sophia zu schenken, damit sie von der Willkür ihres Mannes unabhängig werde. Hätte ich sie Hier=in der Dahlemer Villa bei Ihm getroffen: Ich hätte Sophia mit großartiger Geste das Geldbündel vor-Augen dieses Immobilienfritzen überreicht – in der Luft & vorm Gesicht des garantiert verblüfften Mannes (von dessen Äußerem ich noch immer keine Vorstellung besaß) hätte ich aus den Scheinen den Geruch des Geldes herausgefächelt: *!Geldluft, Meinherr* (!A wie groß=spurig mit dicken Reifen Triumf daherrasen kann:) *Das ist Reineluft, der Duft nach Unabhängigkeit für Eine Frau*; woraufhin ich Sophia entschlossen einen Arm um die Hüfte gelegt, sodann sie an der Hand, gravitätisch & zierlich die Ihre erhoben, aus der Villa hinausgeführt hätte. Bom!bastischer Abgang – leider Asche damit, gestorben. Weder Sophia noch dieser ehe-Mann im Haus, die Villa klotzig & still, dummleer wie die-Würde=selber, und tiefer der Abend.

?Wo ist Sophia –: ?!Etwa beim-Itall=jener.....

Das Eckkneipenschild plierte mich an; überm Eingang prangend rundmäuliges Emaille sybaritisch=suffweit aufgesperrt, – gottischer Teufel: überschäumend gelber Bierkrug als Wappen inmitten – Die Blumen des Wärmens – : Dort..... trat ich ein. –

Stunden-später das Taxi, u wieder derselbe Fahrer – der Mann mit dem kargen Gesicht 1 Soldaten (darin ein lachender Mund wie ein Geburtsfehler wäre) –, sofort erkannten wir uns wieder. Er sagte, er führe zwar desöftern nachts auch durch diese Gegend, weil hier=hindurch etliche größere Straßen ins Umland Berlins, nach Brandenburg, führten. Doch lange würde er nun nicht mehr des Nachts Taxifahren, er würde !heiraten: Valentina, die junge Frau aus der Ukraine, die er einst illegal=über-die-Grenze nach Deutschland gebracht & dafür seinen Beruf als Leutnant beim Bundesgrenzschutz draufgegeben hatte. (Er hätte mir diese Geschichte nicht noch einmal in Erinnerung rufen müssen. Aber er gehörte zu jenen Menschen, die wissen, daß Niemand sich an sie erinnern wird. So, in ihrer rätselhaften Sanftmut, ziehen sie es vor, all diese Niemands nicht überanstrengen zu wolln.)

Der Klang seiner Worte voll mit einfachem Stolz erschütterte mich zutiefst, ich war darauf Heutabend nicht vorbereitet; sagte nichts dazu, aber die Augen wurden mir trübe u matt. – Angekommen, wollt ich zahlen & dem Taxi, diesem Brutkasten einfachen Glüx, rasch entkommen –:– Da brach direkt=über mir die Nacht ent-zwei. Aus 1 Kirchturm Glockenradau: infernalisches Getobe kreuzüber Erzlärm Geschlägel Scherben&schall –,– Dasalles schlug mit Einemmal auf mich nieder, zerschnitt mich, zerhackte mein suffwundes Gehirn, die Sehnen, Knochen, das Rückgrat zerdroschen, – wehrlos sank ich in die Sitzbank zurück, schütter & dumm vor Schreck: *Jetz !bloßnich rausgehn* – um !Nixinderwelt mittenrein auf Straße&weg ins scharfkantige

Schrottzuhauf aus Gott's triumfierendem Glockenkrawall – als wär die Taxifahrer-Hochzeit schon heute jetzt & hier –.– Mit brennenden Augen blickte ich durch die Fondscheibe hinauf: Fest & derb in den Nachthimmel gerammt der fleischrot schimmernde Kirchturmphallus, weiter und weiter stürzten von-Oben die erzenen Schallpollutionen auf=mich nieder, als sei der leibhaftige Gott=persönlich in die Kirche gefahren, während die Straßenlichter kugelweiß geballt, wie Tränen aus Säuretropfen ins Auge bissen.....– Unbeholfen stocherten meine Finger in der Brusttasche vom Jackett nach dem dicken Bündel Geld –. Dann hatt ichs in den Fingern – und reichte es stumm dem Taxifahrer entgegen.

–!Das – das ist doch !vielzuviel. – Erschrocken fuhr dessen Hand wie vor einem glühenden Ziegelstein zurück. –!Wie soll ich Ihnen Darauf herausgeben. – Er dachte, ich wollte mit Diesembündel meine Taxifahrt bezahlen.

–Das is nich für die Fahrt –, brachte ich heraus. –Dasis für Sie u Ihre Jungefrau. Zur Heirat. – Und schluckte sauren blasigen Speichel.

Darauf erstarrte der Mann hinterm Lenkrad. Schließlich kehrte er sich langsam nach mir um, seine Lederjacke knisternd vor Ernst, schweigend blickte er in mein suff-schwankendes Gesicht. Er mochte Das Angebot nur für die Laune eines Besoffnen halten, die jederzeit umschlagen kann in Gewalt –.– Deshalb streckte ich ihm stumm das Geldbündel noch weiter entgegen, schüttelte es als seis ein Kaleidoskop. – 1 Spur Lächeln nun in seinem Gesicht, mit seinem Blick hielt er meine Augen fest. –Sie werden nicht im-!Ernst glauben, daß ich Diesesgeld annehme. – Und wollte sich schon wieder abwenden von mir. Ich stieß den Arm mit dem Geldbündel wie 1 Rapier in seine Richtung –, noch 1mal fuhr der Mann zurück, werweiß was er von der Herkunft Diesesgeldes halten mochte: ?Bankraub, ?Diebstahl, ?Unterschlagung.– Zitternd hielt ich meinen Arm noch immer ausgestreckt – ich ließ nicht nach – die Geldscheine in meiner Hand schwebend, sie raschelten leis – –

Für !dich Sophia war Diesesgeld bestimmt. Dir sollte es Der Neu=Anfang sein. Neu: Weil du diesen Rasiermesser-Schatten 1 Menschen, der des-Nachts das Licht zerteilt, Spanner auf deine Lust, die er wie 1 Buchhalter registriert & dir daraus 1 immer kürzer bemessenes Seil zu drehen, mit dem er dich, Sophia, in seinen Kreisen führt, !endlich u end!gültiger als durch jede Ehescheidung hättest !loswerden können. / Für !uns, Sophia, war Diesesgeld : Die entschlossene Nähe, die solch Wohn&arbeitsgemeinschaft, in der wir=beide uns unterge-

stellt haben, solltest du nicht bereuen müssen. Du solltest spüren, daß es RICHTIG gewesen war, zu=mir zu kommen. Aber, Sophia, du bist nicht da. Siehst du: jetzt hab ich wieder angefangen mit Saufen. Und du bist noch immer nicht da. Jetzt werde ich Dasgeld, das vom Anteil aus dem Erbe meines Vaterhauses !dir Sophia gehören sollte, verschenken an 1 Wild=Fremden für sein wildfremdes Glück. Danach werde ich Keingeld mehr haben. Den anderen Teil, du weißt, habe ich in die Kasse der Wohngemeinschaft gegeben. Ich werde fortan wieder leben müssen von der Lächerlichkeit: dem 1kommen als freier Schurnallist, der inzwischen um seine Aufträge !bettelngehen muß, von 1 Redaktion zur andern. Du hast Diesesgeld nicht mal ausgeschlagen, Sophia: Ich sehe dich nicht mehr. Du bist nicht da. Nicht in Diesernacht, denn nach einer Anderen-Nacht, die nicht meine ist, hast du dein Verlangen ausgestreckt: nach einer italienischen Nacht..... Jetzt ist sie vorbei u: meine Nacht beginnt.

– – Die Geldscheine in meiner Hand schwebend, sie raschelten leis. Trüb wie in einer Höhle glomm das Licht im Taxifond. Als der Mann – zögernd, verhalten noch immer – schließlich doch zugriff & das Geldbündel wortlos & zitternd mit Glut im Gesicht entgegennahm, berührten sich kurz, aus Versehn, unsere Finger. Als sei die Haut dieses Fremden mit dem kargen Soldatengesicht wärmelos, dünn, aber nicht mürbe wie Papier, sondern straff wie 1 Trommelfell über seine Knochen gespannt : ?womöglich gar keine ?wirkliche Hand; kein ?wirklicher Mensch. / Darauf mußte ich das Taxi verlassen, – und 1 knackendes Geräusch, als hätt ich 1 Schneckengehäuse zertreten, unter meinem Schuh. Das Licht aus der Straßenlampe zeigte mir den Fingernagel einer Frau, 1=jener aufsteckbaren, kalkig schimmernden Nägel aus Kunststoff, zerborsten unter meiner Sohle. Und fort, und hinein in die wieder stille pechschwarze Nacht, von der ich nichts weiter mehr weiß.

S. 206, Bittere Neige →:
Geschmeidig entkleidet sich die Frau vor dem Fremden, aus dem herabfallenden Stoff emporwachsend der nackte gerade Rücken, die Schulterblätter, der glatt sich wölbende Hintern, die Muskulatur an den Oberschenkeln, an den Waden – und ihre Füße, die aus dem Stoffgewoge wie aus einem in weiche Falten gelegten Nest heraustreten, mit kleinen Schritten langsam auf den Fremden zugehend – das Schau-Spiel ihrer Nacktheit, die Lippen aufgeworfen zum kußwarmen *Du* – für 1 Fremden.

→ Das Brotstück, von meiner Sohle zertreten, wie Damals des Nachts auf der Straße der Fingernagel, jetzt lag es auf den Dielen – aus dem nächtlichen Dunkel hell aufschimmernd wie ein kleiner zerstörter

Leib. – Dann war Es soweit: Ich hatte die Wohngemeinschaft verlassen, war 1fach fortgegangen zu 1 Stunde, als das Niemand bemerken konnte.

Dem-Suff war ich seitdem nicht wieder verfallen; ich hatte Alles zurückgelassen. *Sophia – :auch dich.* Keiner sollte erfahren, wohin ich gegangen war. Das ist das Schöne an Dieserstadt Berlin: jeder kann für=sich selbst entscheiden, ob er mit Anderen leben will od nicht, – u bereits 1 Häuserecke kann Trennung heißen für Allezeit. – Unbehaust, schal, zugig – 1 Frösteliges, kurze harte Schritte übers Morgenpflaster, & über mir rauschend die-Stadt. So ist Ende immer ein Anfang.....

Ich hatte inzwischen 1 Altbauwohnung in Schöneberg gefunden, 1 Raum, Küche, winzig das Zimmer. Lediglich über-den-Winter mochte ich hier wohnenbleiben; für solange würde mein restliches Geld noch reichen. Zudem wollte ich versuchen, ob ich meinen Text über *Die künstliche Intelligenz* (ich hatte ihn mittlerweile zigmal umgeschrieben) nicht doch noch in irgend-1 Zeitung od Zeitschrift, die auch dafür !bezahlen würde & dieses Mal unter meinem eigenen Namen, anbringen könnte. (Bislang waren auch sämtliche neuen Versuche ohne Echo geblieben; als riefe ich in staubdichte Sarkofage hinein, um von längst vermoderten Redaktören noch Antwort zu hören –).

Auch hatte ich weggewollt aus dem-Ostteil Berlins, aus jenen Gegenden, in denen angeblich *Dasbuntepralleleben* pulsiere. Die Pro-Feten des *Buntenprallenlebens* waren, mit dem sang&klanglosen Aus des Faulen-Zaubers der *Nju Ecko-no=mi*, längst im Golfstrom des Selbstbejammerns&klagens versunken, was deren Anblick kläglich, 1zich jammer=voll & sie selber noch älter machte als die-Alten=vor-ihnen. Diese jungen=Alten: Rotzblasen auf dem Meer der Empfindsamkeit.

Durch die Straßen dieser Ostgegend zu-Massen daherschlurchend Gestalten, die hündischen Wissahschen wie durch Kehricht gezogen, weinerlich aus biestigen Köteraugen ihre Blicke: *!Mir gehtz schlächt & !du hast Schuld.* Mitsamt den Schwaden Pissekotter&schweiß aus dreckigen Klamotten ihre De-Pressionen dem Nächst=Besten um die Ohren zu haun –: Nichts=wie=!weg von Hier.....

Allerdings des Provisoriums meiner Bleibe auch in dieser Schöneberger Wohnung gewiß, hatte ich darauf verzichtet, die Kartons vom letzten Umzug auszupacken; auch die fünf Gemälde jenes Namenlosen, tafelweise an1ander wie dicke lose Seiten aus einem Buch, blieben an einer Längswand im Zimmer abgestellt. Nur Matratze, Bettzeug, Handtücher, paar Klamotten & 1wenig an Geschirr zeugten vom punktförmigen Alltagsgebrauch in dieser schalen Fremdenwohnung. In der Küche, schmal, der alte Gasherd im dünnblauen Geruch nach kaltfettigem Blech. Die Zimmerdecke in der Wohnung drückte tief herab, über dem Kopf wenig Luft, kaum Helligkeit. 1 Wohnung, der Schublade in einer alten Küchenkredenz gleich, so beschwerte dieser Raum, so schwamm er im Kreidegrau seiner Wände tag-für-tag im selben laugigen Zwielicht. Die beiden gardinenlosen Fenster zur Straße beglotzten das Gegenüber, 1 ebenso steinstumpfe, rauhe Fassade wie diese=hier, hinter der ich untergekommen war, und zu Dämmerstunden zerbiß dort=drüben 1 schirmlose Glühlampe die Finsternis – und zog bleiche Lichtbahnen hier über den Boden –.

Auf meinen Streifzügen Tags durch die Straßen – ?war es 1 sentimentaler Impuls, der mich in meine erste Wohngegend in-Berlin laufen ließ vor das Haus meiner Wohnung = meiner Höhle = meines Verstecks – :

→ So bin ich nach Wochen Sophia wiederbegegnet.

Frost, der seit Tagen die Stadtluft in raschelnde Eiskristalle verwandelte, der Frost allein konnte Sophias Wangen jetzt nicht zu solch tiefbrennendem Rot aufgeflammt haben –; sie wirkte über meinen plötzlichen Anblick verstört, erschrocken, 1 Schrei aus ihrem Mund, ?od wars nur der Frost, der ihren Atem klirren ließ –. Wir sahen uns an.

–Ich habe – hab soeben an dich denken müssen – (sagten die Wölkchen aus ihrem Mund) –und !da: stehst du mit 1mal leib=haftig vor mir. – Sie versuchte zu lachen; es mißlang.

Ich sagte nichts. Blieb stehn, sah sie an. Den Reflex, zur Begrüßung die Hand zu reichen, unterdrückten wir beide. Atem aus unsern Mündern, wie von kleinen, durchsichtigen Wesen umschlangen sich für Augen-Blicke diese hellen Tentakeln.

–Ich wohne nämlich hier. Allein. – Und zeigte: –In deiner alten Wohnung. – :!Granate. !Volltreffer. – Sie hatte meine Verblüffung erwartet, & begann sofort zu erzählen.

–Wenig später, nach deinem Verschwinden aus der Weh=Geh, bin auch ich von-dort weg. Es war ohnehin zu-Ende damit. Der Rest von denen prozessiert wahrscheinlich noch=immer gegen:ein:ander..... Mein Mann – ich meine Reinhardt = diesen Geier –, er hatte das faulende Aas in unserem naiven Kollektivismus längst gerochen & schien Recht=lange schon über uns zu kreisen. Aber schließlich: ob Geier od

Kormoran zu sein, das ist ja sein Beruf..... Er hatte also längst ausgespäht, wie es um unsere gemein=Schaft bestellt ist; er war natürlich=scharf auf die Immobilie. Und 1abends stand er vor der Tür. –

Ein kupplerischer Wind-Stoß griff nach unseren Mänteln, warf sie in Falten & ließ sie aneinander streifen. –

–Er kam, wie=immer, ohne Umstände zur-Sache. – Berichtete Sophia weiter: *–Ich gehe nicht davon aus, daß du wieder zu mir zurückkommen willst. Jedenfalls vorerst nicht.* :Sophia gab, sobald sie die Rede dieses Mannes intonierte, ihrer Stimme 1 büro=haften, wie vom Metronom gesetzten, hart geschlagenen Ton. –Währenddessen begann er, wie immer bei der=artigen Situationen, im Zimmer auf&ab zu laufen. Seinen noblen Mantel knöpfte er nicht mal auf, als befürchte er durch solche Öffnung, der Geruch aus dieser Kommune könne anziehen..... *–Ich darf dir gestehen*, fuhr er nach einer Weile fort, *–daß ich diese – Entwicklung der Dinge vorhergesehen habe. Das war nicht sonderlich schwer.* Daraufhin räusperte er gekonnt, & redete im selben=satten Gönnerton weiter: *–Trotzdem habe ich dich machenlassen; welche Chance hätte ich denn gehabt, dich ?!umzustimmen.* Da blieb er vor mir stehn: *–Aber du bist immer noch !Meinefrau. Die Scheidung kommt natürlich !nicht in Betracht. Und als dein Ehemann lasse ich es !nicht !zu, daß du in der Gosse endest.* Er nahm sein Panthern wieder auf. Und wieder stockte er nicht 1 mal bei seinem abgezirkelten Zeug, & wieder schien er die-Rede zuvor mit dem Messer in Happen zerschnitten, zu gleich großen Teilen fein=säuberlich zerlegt zu haben, & nun servierte er mir, was er angerichtet hatte. – Sophias Stimme flatterte; sie grub in ihren Manteltaschen nach 1 Taschentuch, fand 1, schneuzte, sah mich direkt=an, als hätte sie erst=jetzt bemerkt, !wer ich sei.

–!Was hatte er in-den-Jahren aus sich ?werden lassen : Er war doch mal !anders gewesen; hatte Sinn gehabt für Komik, Ironie, fürs Kalauern. Vom letzteren blieb ihm nur noch das-Lauern: auf Beute. All seinen Witz hatte er kassiert, um kassieren zu können. Er hatte GELD geleckt & damit sein Blut vergiftet. Und jetzt war !ich !dran. !Wie hatte ich !Solchenmann bloß !?heiraten..... können. –

Sophia schwieg jetzt. Vielleicht hatte der Frost ihre Zunge verklebt; vielleicht auch erinnerte sie sich eines Sonntags vor-Langerzeit, als sie mir schon einmal über ihn erzählte, und vielleicht sah sie auch heute das Gähnen in meinem Blick. Winterwind zupfte derweil am Pelz ihrer Mütze, 1 Haarsträhne schaute darunter hervor, und 1 Atemzug süßherben Dufts wehte heran –; – *Erinnerungen – Erinnerungen* – –

Schließlich fand die Frau ihre Stimme wieder; sie taute auf, wo sie erfroren war: –!Hätte er doch nur !1 !1ziges Mal ein *Äh* in seine Rede einflechten müssen, !1 Mal nur gestottert, hätt er ne Hasenscharte, die ihn lispeln ließe –; !nein: Wieder hörte ich seine rasiermesserscharfen Worte, seine klingenglatte Rede. Ja, jetzt war !ich !dran: *–Kurzum, weswegen ich hergekommen bin: Ich habe für Diesen Fall* – er machte voller Verachtung mit dem Arm eine Rundumbewegung durch das Zimmer – *–meine Vorsorge getroffen. Du ?erinnerst dich, daß ich diesem Schurnallisten* – damit meinte er dich – *–damals die Wohnung gekündigt habe: aus Gründen des Eigenbedarfs.* Wieder blieb er vor mir stehn; wieder setzte er, der Herr-Schmierenkomödchant=an-der-Rampe, die Gekonnte Pause. *–Nun,* & jetzt !lächelte er tatsächlich, *–dieser Eigenbedarf, Meine Liebe: Das warst & das bist !du.* Beinahe floh er ins gegenüber liegende Zimmereck, als befürchtete er, ich spring ihm an die Kehle (damit lag er nicht falsch). Von dort verkündete er: *–Das Haus mit dieser Wohnung gehört mithin zwar !mir, aber du sollst nicht das Gefühl haben, ich hätte dich gekauft.* Noch !einmal gekauft, wolltest du wohl sagen –:Aber er wischte meine Erwiderung beiseite. *–Du wirst also in diese Wohnung einziehen, & du wirst Mietebezahlen, wie alle übrigen Bewohner in diesem Haus. Überlegs dir & gib mir Bescheid.*– Exit Käsar. Er hätte zu keinem besseren Zeitpunkt in der Weh=Geh..... aufkreuzen können. Also gabs für=mich Nichts zum Überlegen: ich gab ihm Bescheid. : ?Was hätt ich Anderes machen solln –.– Sophias Stimme erlosch, sie sah mich nicht an.

Jetzt hätte ich gehen müssen. Ich blieb aber stehn. Sophia hatte sich bei ihrem letzten Satz fester in den Mantel gehüllt, ein warmer Hauch umstreifte mich – *süßherb der Duft* –, als hätte sie mit dieser Bewegung auch ganz selbstverständlich mich in ihre Mantelhülle hineinnehmen wolln.

–Und ?wovon lebst du jetzt. – Das hatte ich gefragt, nur um auch etwas zu sagen, mein Stehnbleiben zu rechtfertigen.

Sie hielt mit beiden Händen den Pelzkragen um Halsundkinn festgeschlossen, ihre Stimme blies in die silberblauen Härchen. –Ich habe wieder eine Praxis. Mariano, du weißt, er hat sich vor einiger Zeit von seinem Praxispartner getrennt, & da konnte ich bei ihm einsteigen. Mit Vaters Geld, meinem Erbteil, –:Mutter hat mir Davon gegeben. Ich glaube, ihr ist Alles recht, wenn ich nur meine Ehe –. So bin ich also wieder Psychiaterin.

–Du bist also wieder bei !ihm. – Und freute mich insgeheim, daß der Satz mir doppeldeutig gelungen war.

Sophia schwieg. Sie hatte die Augen für einen Moment gesenkt; nur für solange, um aus dieser Versenkung neue Helligkeit in ihre Blicke zu schöpfen. Da standen wir vor ein ander, u keiner wollte noch etwas sagen. Noch einmal Wind, eisig flog er heran, und als wollte er uns, Sophia mich, vor der eigenen Frostigkeit bewahren, griff er nach unseren Mänteln u warf sie energisch & fest ineinander. –Kommst du mit. – Sagte Sophia u schaute mich mit hellem Blick durchtrieben an. –

Unsere Wohnung = unsere Höhle = unser Versteck.

Immer länger in die Tagesstunden dehnten sich meine Spaziergänge durch die Wälder um Berlin – am liebsten u am längsten in die Krummendammer Heide und durch den Berliner Stadtforst. Denn Hier nur ver1zelt, u im Gegensatz zum Grunewald, der Jogger=Pöbel der durch die Wälder bricht, die säuischen Schweißgerüche hemmungslos allen Vorübergehenden um die Sinne haut, samt dieser Blödlinge, die mit Schistöcken in Händen dahinstochernd alle Wege verstopfen, od baufällige Alte, die Arme angewinkelt & wie Kolben schwingend, röchelig daherschnaufend wie Kinder, die Lokomotive spieln –:In teueren Autfitz !was für absurde Krepel..... Dagegen Hier, in den beiden Forsten, war ich oft in schönster Einsamkeit u mußte Keinenmenschen sehn.

Auch dieses Frühjahr sah mich dort an einem Nachmittag, u der Himmel über dem Brachland zwischen den beiden Forsten war geteilt : Quer über das Freieland, fast durch dessen Himmel's Mitte, verlief der Grat zweier Wetterfronten, so scharf wie mit dem Lineal gezogen, von ein ander getrennt. In Richtung Norden – über Schöneiche und Neuenhagen hinweg – erstreckten sich schwarzblaue Wolkengeheuer, zusammgeballtes immerenger sich bräuendes Getüm, Zeuspetrusodin-Köpfe & Schädel kleinerer Menschenopferer mit Steinen Keulen & Schlangen inmitten dräuenden Gedampfes – und die Hälfte des Himmels u der Erde wurden schwarz | während von der anderen Hälfte herüber goldenblaues Licht aus der Landschaft lange Schatten zog –. Kein Wind, doch glaubte ich von der Gewitterfront her dumpfschwere Wasserluft zu riechen & über die bloße Haut nesselnd elektrisch aufgeladener Ozon : – !Da: der 1. !Blitz, :!, und schlug lautlos ein hinterm Horizont. (Seltsam: kein Donner.) Während jenseits des Wolkengrats den makellosen blauen Himmel wie einen polierten Spiegel die Nachmittagssonne beschien –. Sonne u: Blitze – zu Gleicherzeit aus ein-u-demselben Himmel, und auf dem geteilten brachen Land lagen grauschwarzes Gewitterlicht u: sattgelber Sonnenschein –.

Später Wind, und rasch Alleswetter fortgeblasen, – ein wieder blanker ganzheitlicher Himmel, zu frühjahrsblauen Höhn gerundet –; ein noch leichtsinniger jung=u=lieb=würdiger Himmel, der noch rasch alles Unwetter vergessen kann. Ich ging, den Stecken gegen die Spinnweben in der Hand, meines Wegs – leicht sprang mein Schatten über schon abendlich besonnte Wege u spitze Schottersteine dahin –.

→ Eines Morgens mußte ich nach Hannover fahren, 1 Kurzreise – morgens hin/abends zurück. Der Redakteur, der noch-immer festhielt an mir (er war inzwischen fast der Einzige; mit allen=übrigen war ich verkracht.....), er hatte das Interview mit jenem Schauspieler vermittelt, der Kurzezeit nach diesem Gespräch bei einem Unfall mit dem Auto tödlich verunglücken sollte. Mein Gespräch mit diesem Mann sollte das letzte öffentliche Gespräch für=ihn sein.....– Damals spielte er noch als Gast am Staatstheater in Hannover. – Und inmitten des frühabendlichen Menschengewimmels um den Kröpke – ich war nach dem Interview bereits auf dem Rückweg zum Bahnhof – traf ich Elisabeth. Wir erblickten uns beide im=selben=Moment.

Beide blieben wir auf-der-Stelle, erstarrt. Kaum sagten wir 1 Begrüßungswort. Doch weil es zu regnen begann, gingen wir in ein Café.

In Erinnerung an jenen Traum (darin ich das Wiedersehn mit Elisabeth in 1 Lokal geschehen und auf bösartige Weise mißlingen ließ) sorgte ich für 1 Zweiertisch in Fensternähe.

Jeder war auf seine Weise nervös. Elisabeth: –Ich hab mit Rauchen angefangen. : Also Wühlen in der Handtasche – Zigarettenschachtel, das Feuer hielten sie & ich zur Gleichenzeit bereit; Lächeln; uns beiden war diese Begegnung vermutlich gleichermaßen peinlich, denn Überraschungen solcherart hatte auch sie niemals gemocht.– Ich schaute neugierig zu Elisabeth hinüber, bemüht, meine Fassung zu bekommen. Sie trug eine andere Frisur, als früher. Im Nacken kurz, u darüber das Haar in kleinen dunklen Locken. Ihr Gesicht formte sich dadurch schmaler u gab ihr den Ausdruck von fraulicher=Entschiedenheit. Die Brille, ich bemerkte sie erst jetzt, deren Gläser in dünnem Gestell, bewahrten ihr Gesicht vor herben Zügen – gaben ihr vielmehr eine Weichheit, die ich zuvor an ihr niemals gesehen hatte. Ihr Anblick zeigte sie eigen=angehörig, ohne Angriffspose. Wer ihr begegnete, sah eine Frau mit Selbst-Sinn – sie wartete nicht, sie wollte wählen. So der

Anschein. Dagegen ihre Bewegungen nervös, – mit der Hand fuhr sie etlichemale heftig durchs Haar. Ihre Lippen, – unruhig, ein lebhafter Kindermund der fortwährend reden will, u: ebensooft sich Schweigen gebietet.

Elisabeth hatte inzwischen mit Rauchen & Reden begonnen; ihre Worte, geklammert an Tabakatem, wollten selber so bitterkühl bleiben wie der Rauch aus ihrem Mund. Ein Ärztekongreß als Weiterbildung habe sie hierher nach Hannover geführt, heute sei der Letztetag gewesen. –Und ?du. – Daraufhin mein Bericht.

Nachdem Dies erzählt war, schwiegen wir beide. Ihre seltsam dünnen weißen Finger (ich hatte sie anders in Erinnerung) spielten verlegen mit dem Feuerzeug. Jeder von uns wußte, daß Die Eine Frage nicht ausgesprochen werden durfte, ohne daß Die Antwort wie in einem Verhör od – schlimmer – wie in einer Siegesmeldung klingen würde. Die Kellnerin erschien mit dem 2. Tablett Kaffee; Elisabeth lächelte kurz (gequält) zu der jungen Frau hinauf. So gings !nicht weiter. Das ist !Schinderei. Ich wagte den-Beginn.

–Lebst du ?allein.

Schon nach dem 1. Wort, sie schien nur auf Diesefrage gewartet, nickte sie sofort. Und besann sich rasch. –Bevor du mich bedauerst, sage ich dir gleich: Daß !ich es so gewollt habe. Ich lebe !gerne so: Ich hab Meinefreunde, Meinearbeit, & in der Freizeit da hab ich –

–Ich hätte dich deswegen !nicht bedauert. – Unterbrach ich sie. –Bedauern könnte ich dich höchstens wegen der 12 Jahre, die du mit mir hast zubringen müssen –

–Ach hördochaufdamit. – Energisch blies sie Zigarettenrauch auf die Tischplatte. Sie hatte recht; das war ödes Gelände, das in-Alldenjahren=zuvor von uns Beiden gründlich hartgetreten ward; kein grünes Hälmchen für neues Gespräch zwischen=uns würde je wieder diesem Karst entsprießen.

–Ich hab von dir geträumt. – (Das hatte ich !nicht sagen wolln; Es war mir geschehen –.) –Mehrfach. Und immerdasselbe. – Hörte ich mich weiterreden.

Elisabeth schaute mich an, als müsse sie 1 obszönes Angebot abwehren. Darüber mußte ich lachen; sie hatte ja recht, mein Ge-Ständnis war !verräterisch.– Also hob ich die Hände: –Nei!nein – nich !Sowas. Es ist nur – du bist mir eben in-Vielem noch sehr vertraut. Und bisweilen merke ich Das erst Heute, bei den verschiedensten Ge-Legenheiten, wo du doch gar nicht mehr da bist. Ich meine, nicht mehr in meiner Nähe. Nur so kommen Diese Träume zu-Stand.

Nichts half mir aus Dieserklemme, u: jede Leugnung ist ein weiteres Geständnis. Also wieder Schweigen. Aber aus den Aromen des Kaffees stieg langsam auch die-Erinnerung herauf – sentimentales altes Begehren ließ die Sätze frei, die ich nicht hätte sagen solln –. Gerade kurz vor dem Geständnis, wie !oft in meinen Träumen Elisabeth die Rolle von Sophia einnahm, hielt ich inne, der zuletzt angefangene Satz flatternd wie ein zerrissenes Fahnentuch –

Elisabeth schien zuzuhören; den Blick gesenkt, schaute sie auf die Linien in der Marmortischplatte. Dann, plötzlich, ihre Stimme=entschieden: –Seid ihr beide jetzt ?verheiratet. –:1 Schuß, ich fuhr auf.

–Nein.

–Und sie : sie ist noch-immer ?nicht geschieden.

–Nein.

–Dann lebt ihr also gewissermaßen auf Besuchsebene. – In Elisabeths Stimme die Stichflamme heller Empörung, ihre Augen zornig.

–Du wirst doch nich etwa unter die ?Ehe-Apostel gegangen sein. – Versuchte ich zu scherzen, verständnislos.

Elisabeth, nüchtern: –Nein. Das nicht. Nur ist es für mich nicht grad schmeichelhaft zu hören, daß du mich selbst für !solch=1 Lebensweise verlassen hast. !Alles ist dir dann also lieber gewesen, als bei mir zu bleiben. Da habe ich dich *nicht glücklich=machen können.* – Sagte sie mit schiefer Stimme; Spott hatte ihr noch niemals gelegen. Und sie fuhr auf diesem kurzen Gleis bis zum Prellbock fort: –Da bin ich dir ja ein Regel=rechtes Ungeheuer gewesen Alldiejahre, ?wie. – Im Café klirriges Lärmen, trotzdem hörte ich unterm Tisch ihre Schuhe wütend auf dem Boden scharren.

–Ich staune darüber, daß du Das so sehen willst: Schließlich bist !du es doch gewesen, die Die Scheidung gewollt hat & die –:!Aber – (hier unterbrach ich mich, auch weil ich sah, daß Elisabeth, als legte sie Teile einer Rüstung an, !sofort in Kampfe's Stellung ging.) –Laß uns doch unser Wiedersehen nicht mit diesen-Altensachen verderben. – So bot ich ihr Frieden, und rief nach der Kellnerin & der Weinkarte für Elisabeth.– Über ihr Gesicht flackernd Schreck aus Wiedererkennen: !Jadoch, solch Verhalten, !das kannte sie an mir: Jedem Konflikt nach Möglichkeit ausweichen & mitten-im-Getümmel die Waffen hinschmeißen – !kehrt&!weg. – Im Aufbegehren steckengeblieben, wirkte sie nun wie ein ½gerüsteter Gladiator. Und aus dem Flackern in ihrer

Miene ward jene milde Resignation, wie sie eine Klavierlehrerin beim öffentlichen Vorspielen ihres Schützlings befällt, weil er an derselben Stelle, die !sooft zuvor geübt worden, nun doch wieder nach den falschen Tasten greift.–

Doch im-Grund wollte Elisabeth ebensowenig wie ich dieses unverhoffte Wiedersehen mit Streit & Spitzen um Ollekamellen vergiften; – sie lächelte schließlich zu mir, und ihre Lippen schlossen sich um den Rand des Weinglases. Durch das gelbe lichte Getränk hindurch schimmernd ein kleiner, sorgfältig geschminkter Frauenmund, trinkend in genußvollen Schlucken.

Jeder von uns hatte seinen abendlichen Zug=zurück versäumt. Am Bahnhof, zu-vorgerückter-Stunde, trennten Elisabeth u ich uns voneinander; sie fuhr nach Hamburg, nach Berlin ich. Der Abschied: Ihre Hand fest in meiner, im Gesicht ein freudiges Schimmern –. Darauf ging sie mit weiten=starken Schritten davon.

Während der Rückfahrt glühten in roten Erinnerungen Zwölfjahre=Vergangenheit-mit-Dieserfrau – –

Noch bevor ich recht zur Tür herein war, lange bevor ich 1 1ziges Wort hätt sagen können : Mit dem Radarsinn der-Frau spürte Sophia !sofort in=mir Die Andere..... auf.

!Warum verschwieg ich ihr diese Begegnung; Sophia hatte mir Gelegenheit geboten, zu berichten. Als Die vorüber war, und ich (verlegen=unbeholfen) über Sophias Haar streichen wollte, ruckte sie den Kopf beiseite. Mit stolperiger Stimme fragte ich, was-denn-sei –.

–Nichts. Garnichts. Lassgutsein. – Dabei blieb es.

Vom Essen, das ich an diesem und an weiteren Abenden zubereitete, nahm Sophia nur wenig; einmal sprang sie vom Tisch auf, die Hand vorm Mund rannte sie hinaus, auf dem Klo mußte sie sich übergeben.–

Berühren durfte ich sie Langezeit nicht. Und als Sophia mir 1tags direkt=auf-den-Kopf zusagte und präzise erriet, daß ich mit meiner geschiedenen Frau wieder Kontakt habe : (!Getroffen Sophia) – !was tat ?ich: Mit holzbeinigen Worten leugnete ich weiterhin Alles, wie 1 Schul=Kind das aus 1 Dummenstreich mit noch dümmeren Worten sich rauszuschwindeln sucht.

Sophia, erbost, mit Wuttränen in der Stimme: –Von=mir-aus kannstu Nacktfotos von ihr in der Ganzenwohnung aushängen, eine Galle-rie: Das macht mir über!haupt nichts. Aber dein Ver!schweigen, deine !Lügnerei: Das ist !kränkend. – Ich aber leugnete weiterhin, selbst noch gegen die zugeschlagene Tür & auch dort, wos zu leugnen überhaupt nichts gab. !Warum habe ich diese harmlose Begegnung verschwiegen – –

Himmel grau, zusammgeknäultes Wolkengebausch warf erst dünnen Wasserstaub – später dann zog Regen in bleichen Mänteln ernst & rauschend über Allefelder hin –. Stunden-warten, in dem kleinen Unterstand am Weg, die Regenschauer mit hellen Knöcheln Einsamkeit laut trommelnd auf die Dachpappe herab – / – Hat Sophia sich ?nicht ?verändert: ist ihr einst langer=gerader Rücken ?nicht einwenig ?gerundet; läßt sie sich ?gehen – (Elisabeths Schritte, als sie damals in Hannover neben mir zum Bahnhof ging, sie waren weit&fest, der Stoff ihres Kleides spannte über den Knieen) –; Sophias Gang: ?nicht etwas ?behäbig geworden. Und an der Wohnungstür, beim Heimkommen: ?Fliegt sie mir noch ?immer so freudig entgegen, wie zu-Beginn Unserezeit –; ?wielange her, als sie, schmollend wie 1 Mädchen, mich fragte, !ob ich mich erinnere wann ich zuletzt ihr einen !Kuß gegeben hätte (und was ihr wie Tage erschien, war Damals keine $\frac{1}{2}$ Stunde her) – :?Und ist ihr Kuß heut mehr als das Mund&lippenloch von Eheleuten..... ?Hatten Sophias Hände mit den stummligen Fingern ?nicht eine aff=*fake*-tierte Weise, ihre Worte zu begleiten, angenommen, so daß diese Finger wirkten, als würden Zwergenkrüppel ihre Stümpfe schwingen – : – ?Spüre ich beim Gedanken an !sie noch ?immer das prickelnde Schauern der Erstentage, das flammend rote Verlangen von=Einst – / – Stunden-warten, in dem kleinen Unterstand am Weg; nass&grün stieg der Wald mit erdeschweren Gerüchen durch den restlichen Tag –

Bislang hatten Sophia u ich gezögert, in-Aller-Öffentlichkeit uns=gemeinsam-als-Paar in Einer-neuen=intimen-Beziehung zu offenbaren; kommt doch solcherlei Präsentation immer=sofort einer öffentlichen=Ver-Pflichtung gleich.–

Schließlich ergriff Sophia die-Initiative.

Ich hielt mich Damit aus Gründen meiner Ablehnung menschlicher Gesellschaft zurück: Dort, wo mehr als 2 Menschen zusammensind, nehme ich liebend=gern Reißaus. Denn je geballter irgend Menschgedränge, desto mehr Wille, dick wie zum Schneiden, in der Luft. Und dann IHRE Gesichter: ich lese darin – SIE reden alle Dasselbe..... IHR Gerede kann 1zig das Nichts verneinen; aber IHRE Worte sind Nichts..... : Und DAS dringt in-mich, und ich spreche daraufhin aus, was Diesegesichter zu mir gesagt haben. Aber SIE verstehen mich nicht, hören aus mir nicht IHRE=eigenen Nichts-Worte sprechen, die SIE ausgebrütet haben in IHREN Totenhirnen : Und so halten SIE statt IHRER SELBST !mich für anmaßend, boshaft, dumm, eitel=frech, hinterhältig, säuisch=gemein, vergrätzt, verlogen –:kurzum, befähigt zum gesamten Alfabet menschlicher=Dreckheiten.....

Sophias bisheriges Zögern (sie hatte niemals zu mir darüber gesprochen) geschah vielleicht aus ähnlichen Beweggründen; auch gab sie Unserer-Beziehung womöglich nicht sehr viel an Zeit, & so wollte sie mit allem öffentlichen Geständnis erst einmal ?abwarten –.

Von Diesemabend-an (schien Sophia entschlossen) sollte Das !anders werden: Sie schlug vor, wir sollten beide=zusammen ausgehen, in ein spanisches Lokal am Savignyplatz. Dorthin, wußte sie, gingen sehr oft viele ihrer Bekannten, auch Heutabend dürften wir einigen von ihnen dort begegnen; genau=Darauf kam es Sophia an. –Alsokomm: Wir !gehn.

Am Portal des Restaurants auf dünnen Stativen 2 Metallschalen mit flackernden Feuern über unseren Köpfen – als sollten wir das Marsfeld betreten. Der trockene Geruch der Gasflammen begleitete uns bis ins Innere des Lokals. Dessen Räumlichkeiten mit gelblichem Anstrich & halbröhrenförmig wie Stollen in einem Bergwerk in verschiedene Richtungen ins Hausmassiv hineingetrieben –, Kerzen brannten ihre ruhigen Flammentulpen auf langen, mit schwerem weißem Tuch eingedeckten Tafeln, von dunklem Gestühl umstellt. Als sollten in den schummrigen Gewölben Sekten & Geh-Heimbünde zusammenkommen, Inn-Trigen-schmieden, Anschläge-planen – Denken & Tun eifernder Gehirne inmitten von massiger Luft, was Abneigung gegen alles Lichte & den Massenmord im Gehirn verrät. Solch Kasematten- & Freimaurerästhetik galt derzeit als *schick*, das Restaurant bot teuere Speisen & Getränke, Plätze nur nach Vorbestellung. 1 zerberöser Portier fragte daher sogleich nach unseren Namen; Sophia gab Bescheid: Sie nannte Herr&frau – & sodann !meinen Familiennamen, als seien wir=längst verheiratet. Daraufhin wies uns 1 Kellner Tisch & Stühle an. (Also hatte Sophia zuvor Diesenabend=hier geplant) : (ich schaute von der Seite zu ihr hin:) Ihre Augen groß, schwimmend in dunklem freudigen Glanz, wie über einen gelungenen Streich.

Plötzlich fiel mir der Termin ein: –Meine !Verabredung: der Redaktör, du weißt. Es geht um einen Auftrag, er wollte vorher mit mir darüber reden. Heutabend, um –, & schaute zur Armbanduhr. –Wenn ich jetzgleich hingehe, komm ich noch zurecht. !Verdammt –:Aber – (& war schon aufgesprungen) –es ist ja nicht weit von hier, & lange wirds nicht dauern. Dann bin ich gleichzurück. Bitte: !Warte hier auf mich. Gehnichweg. Dieserabend, er gehört !uns, ich werde ihn !nicht verderben. Ich versprech es dir. –

Als ich wagte, in Sophias Gesicht zu schauen: aufgerissenes Erschrecken, als hätte sie einen Verkehrsunfall gesehen; sitzend schnellte sie ins Rückgrat, saß kerzengerad, gespannt wie vor 1 Sprung –. (:Natürlich mußte sie das-mit-dem-Redaktör an Diesemtag=zu Dieserstunde für Erfindung halten; für den Rückzug meinerseits, so kindisch, wie sie mir derlei nicht zugetraut hätte.) Sie schwieg, und noch bevor sie Darauf reagieren konnte, war ich aus dem Lokal hinaus. Im Geruch der Flammen am Portal eilends der Blick zur Uhr : Die Redaktion lag 5 S-Bahnstationen entfernt = 10 Minuten Fahrt. (Und in=mir dennoch die flaue Empfindung: *ich probe das Sitzenlassen.....*)

Die Begegnung mit dem Redakteur war ver!blüffend kurz. 1 paar Worte – etwas Dies&das, – sodann hastig die Verabschiedung. Ich hatte den in Aussicht gestellten Auftrag bekommen. Das Zusammentreffen=heute, auf Wunsch des Redakteurs, geschah ?vielleicht nur, um zu sehen, in welchem Gemüt's Zustand ich sei & ob ich der-Aufgabe ?gewachsen wäre. (Dieser 1fall erhellte wie 1 Blitz mein Gehirn: ?Stehe ich in-Augen=Anderer schon !so ?despek-tierlich da : ?Wollte dieser Mann mich gar ?überwachen. Und an ?wen gab er daraufhin seine BeObachtungen !weiter – :Dieser 1fall beließ mich kalt u zutiefst erschrocken zurück.) Langsamer als gewollt ging ich zum S-Bahnhof. Und trug stummen Ernst & wenig erfreuliche Mutmaßungen an den Flammenschalen vorüber und zurück ins Lokal.

> **S. 316, Generationen Abbruch →:**
> *»Wozu aufsteigen. Wäre er aufgestiegen gegen das Gesetz, hätte er Hand gelegt an den dort oben: er holte doch nur ein ungebügeltes Häufchen Traurigkeit und Habgier herab und warf es der Welt hin. Die Welt aber trat tausendfach davor, schaffte das Häufchen aus der Welt und leugnete, es je erblickt zu haben. So war es menschlich.«*
> Heinrich Mann, *»Kobes«*

Dort, am Tisch, saß Sophia noch immer. Aber sie war nicht mehr allein.

Jener *Professor Ringelsöckchen*, Dozent für Amerikanistik, hockte dreist neben Sophia & kroch förmlich in=sie hinein. Vor 1igerzeit war seine Frau, die Semiramis aus Hamburg, verstorben : Lungenkrebs, sagte man. Sophia hatte mir hingegen von dem Gerücht erzählt, die Frau hätte Selbstmord begangen. Somit, wie bei Allenmenschen, erschien mir diese Frau durch ihren Tod interessanter denn als Lebende.

Durch den Tod seiner Frau war der Herr Professor sichtlich aufgelebt (seinen dünnblütigen Sohn dürfte er alsbald in ein College ins Ausland abschieben) : Er hatte sich 1 neue Frisur zugelegt. Die silbergraue Präsidentenmähne war verschwunden, statt dessen klebte sein winzigklein gekräuseltes, schröderbraun=gefärbtes Haar am Schädel wie der Pelz bei 1=jener Mäckifiguren. Gewiß wollte er *jugendlich* aussehen – was ihm nunmehr zugut gelungen war: sein Kopf sah birnenförmig aus, vom Präsidenten war er zum Rötzlöffel-von-Funfzichjahren geworden u sein ödes Mortadellagesicht bot sich gradheraus an zum Tanzplatz für Watschen. Beinahe hätt ich ihn nicht wiedererkannt; dann jedoch am impertinenten Gelache. Ob Jung=onduliert od nicht: er war & blieb ein Bräsig mit Professorentitel vor seinem Geschwätz.

Heutabend mochte der Herrprofessor 1 Verabredung mit 1 seiner stud. Entinnen haben, doch das flatterige Ding hatte ihn gewiß=versetzt. Jetzt aber war Er Hier, & Jetzt gehörte das gesamte Lokal !Ihm; durch den langen Stollen bis zum Eingang hin schallte seine angeberisch=laute Dozentenstimme, die, sobald die profess-orale Vortragsstimme für den insbesondere gegenüber weiblichen Zuhörern 1studierten Unterhaltung's Tonphall getauscht wurde, er noch die banalsten Worte aussprach, als würde er das Geheimnis zum Goldmachen preisgeben –.

Obwohl gewiß nicht der Gefährlichste, so war er mir seinerzeit als der Unangenehmste bei diesem Literarischen Salon in der Dahlemer Villa erschienen; ein Männsch, dessen Art da-zu-sein allen Ekel vor menschlichem Dasein auferstehen macht, wobei es unentschieden bleibt, wann Solchermännsch unerträglicher ist: in Trauer od in Freude. Und schon als ich ihn zum 1. Mal gesehen hatte, befiel mich der kaum zu bezwingende Drang, ihm mit der Faust auf den Schädel zu haun: direkt von-Oben her so, wie man auf einen Tisch haut, doch ohne Rage & nicht stark, ich wollte ihn keineswegs zu Boden schlagen od gar verletzen; mit geballter Faust lediglich Schläge auf seinen Kopf stanzen, immerfort=Stundenlang, währenddessen meine Gedanken schon mit vollkommen anderen Dingen beschäftigt wären; Schläge mit der Regelmäßigkeit eines mechanischen Uhrwerks als ein Symbol für den zwar sinnlosen, dafür aber im-Augenblick höchst befriedigenden Kampf gegen die Fleisch gewordene, ewig menschliche=Impertinenz.....

Besonders nach jeder seiner Feststellungen – & der Herrprofessor stellte auch Heut&hier immer=fest: ein großer Feststeller-vor-Demherrn – warf er sein lautes, wie mäckeriges Hüsteln hingekritzeltes albern=anmaßendes Gelache über den Tisch; das traf bei mir erneut auf empfindlichen Nerv: !Wut zündend in meinem Gesicht –, und als er mich jetzt gewahr wurde, seine dicken Kinderarme ausgebreitet, leutselig in Besterlaune rufend: –!Aaach !da-schauher: *unser !Genie-aus-dem-Wald* – (dem prompt & zwanghaft sein grausiges Lachgekritzel folgte) – :da waren es allein Sophias Augen, die mich durch ihre klare Ruhe besänftigen konnten. : *!Richtig Sophia. Man schlägt keinen Affen, sondern das Angebot aus.*

Vor den Beiden standen Rotweingläser, eine Flasche auf dem Tisch, aus den Gläsern hatte man bereits getrunken. –Du hast uns lange wartenlassen – und da haben wir eben angefangen.

Bemüht ungezwungen trat ich an den Tisch, an Sophias Seite. Doch der unverschämte Kerl rückte nicht von ihr fort, sondern blieb wie angeschraubt neben Sophia sitzen. So zwang er mich schließlich, um den Tisch herumzugehen, und gegenüber Sophia Platz zu nehmen. Dabei wurde ich von einer Reisegesellschaft angerempelt, die soeben brüllich ins Lokal hereinschwemmte. Keine Entschuldigung für den Rempler, jemand machte sich 1 Jux draus, & klopfte mir obendrein kumm-panenhaft auf die Schulter; dem Dialekt nach kam die Baggasche aus dem Kölnerraum. Ich spürte mein Kinn spitts werden u die Lippen dünn –.

Zu Allemüberfluß wandte der Herrprofessor sich an mich. –Sie scheinen nicht sehr erfreut, mich heute&hier zu sehen. – Rief er überlaut & wollte initiativ erscheinen.

–Meine Kinderstube verbietet mir laute Jubelschreie. Ich konnte sie mir gradenoch verkneifen. – Und sah geflissentlich beiseite.

Sophia bemerkte, wie es um mich stand – sie, & Nichts mochte sie daran hindern, Diesenabend retten zu wolln, erhob sich und streckte über-den-Tisch=hinweg beide Arme nach mir aus, nannte begütigend meinen Namen, darauf lehnte sie sich noch weiter über die Tafel und küßte mich, lange u ein-dringlich –. Danach, den Blick unverwandt zu mir, unter sanftem Zwang ließ sie mich auf den Stuhl=ihr-gegenüber niedersetzen.

Dem Professor verschlugs die Sprache; jetzt hatte sein Mortadellahirn wohl ?begriffen.

Nicht aber diese ver!fluchte Reisegesellschaft; man hatte Denpöbel 1 Tisch hinter uns plaziert; johlig & krawallen unter vielem Stühlegerücke setzte man sich endlich nieder, hockte plump wie Hunde vor der Hütte, & nach Rheinart überschwemmte man sofort sämtliche Nachbarschaft mit dem eigenen dickteigigen all=gemeinen Frohsinn – aus Augen&mäulerrund feuerte man Wohllaunigkeit ab wie Kanonenböller. So, wie wir am Tisch saßen, mußte Diesespack, das sich !natürlich für Alles in ihrer Umgebung !sofort intressierte, den Dozenten für Sophias Ehemann, mich für Einen-Freund-des-Hauses ansehn; Sophias Kuß war ihnen Anlaß zum Großen-Hallo : Applaudierende Schreier, spöttische Bemerkungen mit Fettaugen voller Schaden=Freude aufs vermeintliche Ehemännchen; in der Bechameltunke dummftümlichen rein=Land-Humors schwappte dieses Gejohle wie ein sämiger De-Cockt auch über unseren Tisch. Wir waren klug-genug, darauf nicht einzugehn. Und, erwartungsgemäß, nach Geraumerweile ließ Dasgesox ab & wendete sich anderem zu, banal=genug, einem-Reise=Pöbel Begeisterung & Gelärme zu entlocken. –

Von der merkwürdigen Begegnung mit dem Redakteur & den daraus folgenden Mutmaßungen in ernsthafter Stimmung nieder-gehalten, war ich hierher zurückgekehrt. Auch hatte ich tage&nächte=lang über Büchern & Zeitungen gehockt; immerfort auf der Suche nach Einfällen & aufreizenden Paradoxien hatte ich meine eigenen Artikel zeilen- & wörterkastriert, bis sie zwar das geforderte Maß erhielten; doch schließlich von den kümmerlichen Blendlichtern meiner Sätze stumpf geworden, ich nur noch die Augen vor dieser Schreibe schließen mochte. – Während Sophia & der Dozent in frischer Laune beisammen saßen, so daß durch mein Erscheinen sofort eine unangenehme Reibung entstanden war, als träfen zwei Räder mit unterschiedlichen Geschwindigkeiten an:ein:ander, hüllte ich mich in Schweigen.

Darauf, durch Sophias offenes Eingeständnis unserer Intimität verursacht, senkte der Mehltau Verlegenheit sich auf die gesamte Tafel. Vermutlich wäre der Dozent jetzt am liebsten auf&hinaus, doch er spürte noch=immer die spöttischen Blicke dieser Touristenbande wie Speerspitzen in seinem Rücken. Selbst, daß er !nicht Sophias Ehemann war, half ihm jetzt nicht davon; Stolz verbot ihm, dieser Fremdenrunde gegenüber, deren Meinung unerschütterlich feststand, den Anschein zu erwecken, er habe vom Liebhaber-seiner-Frau vor-Alleraugen sich !davonjagen lassen –.– So saß er fest, !mußte, wohl od: übel, hierbleiben; war buchstäblich, im doppelten Strahlenfeld aus Miß Verständnis u: selbst-Wertgefühl, von Blicken angenagelt, & diese Nägel !brannten.

Wieder erinnerte ich sein studiker=dreistes Gelächter einst in Sophias Literarischem Salon, als dieser Herrprofessor mich spöttisch, & genau wie vorhin, zum *Genie-aus-dem-Wald* ernannte : Dafür und für seine Frechheit=jetzt, den Platz neben Sophia besetzt zu halten, sollte er mir !büßen. (Nebenbei: ?Ob der Brecht ?wußte, daß er mit seiner Hoffnung auf das *Genie-aus-dem-Wald* – 1 Figur ohne Schulabschluß, aufgestiegen zu Irrsinn's Macht & gescheitert an Leben u: Kunst – nur den !1 erwarten konnte: Hitler. : ?Vielleicht *hat* ers gewußt und daraufhin, wie jeder kluge Mensch, vor seiner eigenen Hoffnung sich gefürchtet & !deshalb den *Arturo Ui* der-unart von der Wahrnehmung zur Karikatur trivialisieren müssen –. Denn Trivialisieren heißt, sich von übermächtiger Bedrohung aufs billigste zu befreien suchen – Trivialisieren ist somit das Seitenstück zum Pogrom –). Das aber sagte ich dem Herrnprofessor nicht. Vielmehr stellte ich mich nun klein-gesprächig, indem ich mich leicht über den Tisch beugte, nach seinem Rotweinglas griff & es leicht schwenkend den Plauderton anschlug. Das Thema würde ihn freuen, & so würde er mir in die Falle gehn. –Statistiker haben errechnet – (begann ich mit süff-isant gestellter Stimme) –daß, würde man sämtliche Generationen von Anbeginn der-Menschheit in 1 Reihe aufstellen & ein-ander die Hand reichen lassen – (& setzte 1 Spannungs=Pause) –man bei der durchschnittlichen Armeslänge von 30 cm – Sie müssen ja die Armeslänge der Säuglinge jeweils einbeziehen (:wehrte ich seine ungläubigen Augenbrauen ab) –also bei durchschnittlich 30 cm Armeslänge man nach etwa 23 Kilometern bereits 1 Affen die Hand reichen würde.

–Nach ?nur !23 Kilometern –. – (Der Herrprofessor war arglos auf meine Geschichte eingegangen; also wollte ich ihn eingehen lassen:) –So wollens Statistiker errechnet haben. Aber –

–?Ja. –

–Aber ich glaube, sie haben sich enorm !verrechnet – (und schaute anzüglich über den Tisch:) –Auf nen Affen trifft man schon nach paar !Zentimetern über 1 Tisch hinweg.

2 x Wasserstoff + 1 x Sauerstoff = !Zündung. Ich sah Sophia, deren Gesicht, hochrot, beinah vor unterdrücktem Lachen explodierte –.– Herrprofessor schluckte würgend an 1 Entgegnung, fand sie nicht –, stotternd & flehend schielte er hinter sich: ?Ob die Reisegruppe inzwischen – – : !Nein, Keinegnade; er mußte noch bleiben.....

Nach solch !tiefer Kränkung sollte der Große Wiederaufstieg her : Und Herrprofessor fand ihn in der-Fachdebatte..... Dazu schwang er sich auf seinen Liebling's Gaul: den Stil nordamerikanischer Short Stories.

Wenig Lust auf derlei Spiegelfechterei, schaute ich zu Sophia hinüber – der Wein färbte dunkel glänzende Schatten über Wangen u Stirn, und ihre Lippen schienen noch dem letzten Schluck nachzuschmecken –. Herrnprofessors Stimme durchdrang den Raum mit schwingender Rhetorik, doch holzbeinig knarrend die Worte wie Dielen unter 1 Schaukelpferd.

Währenddessen brach die rein=ländische Huh-Moor-Gesellschafft auf, stühle&füßescharrend trabten Bäuche Ärsche speckschwartige Rücken durch die Katakomben hinaus. Jetzt hätte auch der Herr=Professor, wiedererstarkt in Stolz&ehre, das Feld anstandslos räumen können; aber er schaukelte bereits Gutsmuts auf seinem Fachgaul einher – in seiner typischen Redemanier, mit Nebenfüll&klammersätzen strotzende Geschwätzigkeit die Redeluft im Raum-um-sich-her !ausschließlich mit=sich & seinem eitlen Gepfeife besetzend, lobte er=überschwänglich das-Erfrischende am Schreib-Pragmatismus der-Shortstory, die trotzdem – od: gerade !deshalb (wie er schreiend fest=stellte) – !nicht auf Originalität & welt-Haltigkeit verzichten müsse. –Lieberherr. – Spreizte er sich: –Ich studiere seit Fünfunddreißigjahren die nordamerikanische Literatur, und da –

Ich beschloß, so rasch wie möglich dieses Gerede gegen die Wand zu setzen, & ließ mich lauthals erstaunen: –!?Fünfunddreißigjahre Schortschtorris : Da sind Sie ja 1-Fall für die uno-Menschen-rächts-Kommission –.

Aber er stieg auf den Ka-Lauer nicht ein; – & setzte seinen Galopp weiter fort. –

Höchstezeit, dem 1 Ende zu machen. –Mir ist schon klar, !weshalb diese Schreibe in Doitschland so beliebt ist & überall ihre Nach-Äffer, a-Deppten & Klacköre findet. Nebenbei – (holte ich aus; Sophia sah mit traurigem Blick vor-sich-nieder; sie ahnte, was kommen mochte, aber auch sie wußte keinen anderen Weg.) –Welthaltigkeit in der Literatur is was Anderes, als im Buch die Papierhelden immer-fort=rund-um-die-Welt zu hetzen, wie das Mode ist. Aber: nichwahr Herr Pro Fesser – Sie würden am-Liebsten jeden deutschen Schreiberling !persönlich heimsuchen & zur Amerika-Schreibe bekehren. – –?Und (triumfierte der Herrdozent) –!was wäre Daran so schlimm, wenn die doitsche Litter-à-tour mal ne Frisch-Zellenkur erführe. – (Bei diesem Konjunktiv spitzte er=pfiffich den Mund:) –Vielleicht würden unsere Schriftsteller ihre

Bücher auch mal !verkaufen können. – Daraufhin, selbst=zufrieden & fettlippig sein dreistes Gemäcker, schaute er mich herausfordernd an.

–In der Liebe zu diesem Stil – (setzte ich räuspernd an, seinen Ironieversuch mißachtend, & nun meinerseits penetrant die Worte wie aus Bleilettern setzend:) –In der Liebe zu diesem Stil offenbart sich die unbewußte Unterwerfung unter DEN-STAAT.

Zwei runde Professorenaugen. Und zu seinen Pupillen sagte ich: –Solcherlei Vor-Lieben sind ein Alterhut, sie kehren wie die Hongkonggrippe Allenas=lang wieder: Schon Hamsun bemerkte zu Seinerzeit solch Amerikanisierung in der-Literatur. Und er verglich diesen Stil mit der dürren Sprache von Polizeiprotokollen.

–?Also. – (Ich hatte *Ringelsöckchen* sichtlich gekränkt.)

–Also: Keinesprache. – (Und gab dem 1wand in seinem Gesicht keine Gelegenheit zum Wort.) –Ausländische Literaturen – ja: gerne; denn sie sind universell. America: ?God's own country. Wohl eher: !Country's own God. Also in deutscher Literatur !bitte !keine nordamerikanischen Schreibmuster von-Heute: Die sind, zumal aus den-Großstädten, sprachlich die sturste Prowinz; nischt wie Biebel&babbel Godguts&gun=I-am-the-One.....; – & !davon haben wir selber !mehr als genug Hierzuland. – (Ich ließ ihm 1 Pause, seinen Groll zum Kochen zu bringen. Dann schloß ich und winkte, großkotzig wien 20jähriger, den Professor mitsamt seinem Thema endgültig=ab:) –Sie haben recht wenn Sie vermuten, daß solcherart Schreibe sich Immergut verkaufen läßt: Bei !sovielen frei=laufenden Hobbipolizisten Imland.....

Mit dieser gezielten Unsachlichkeit war das Thema wirklich beendet; Herr Professor wollten schließlich nicht noch weiter unter Sein-Niewo gehen. Er schaute sich um, bemerkte noch einmal hocherfreut das Fehlen der spottsüchtigen Runde in seinem Rücken, eilig sprang er auf. Nun, seit Diesemabend=nach Sophias Kuß, würde Der Gesellschaftskreis nach Semiramis & des Professors Entchenjagden !endlich jemand=Anderes, nämlich Sophia u mich, im Fadenkreuz haben. Herrprofessor könnte die Flammen des Tratsches kräftig schüren, damit das-Feuer andere als ihn verbrenne..... In seinem Mortadellagesicht speckige Freude als er sich erhob & einen Blick auf uns=Beide warf; gierig begriff er Die Gelegenheit. Er verabschiedete sich (nur von Sophia) & lief schnellen Fußes hinaus. –

Er also würde in der nächsten Zeit !Was zu tratschen haben & Sophia's Froinde, um die-Form=zu-bewahren in der sie=alle befangen sind, !Was zu vertuschen. Denn Tratsch ist die Suff-Seite von Gesellschaft. Und an Gesellschaft ist jeder durch *Interessen* festgekettet & zu:ein:ander gezerrt fürs Bewahren von Wohl-Stand & Ein-Fluß auf Gesellschaft. Derlei benötigt die Saturnalien im Tratsch, um auf der Klippe&wippe Gesellschaft nicht schwindelich zu werden. *Sie werden sich besoffen reden über uns, Sophia, – & wieder nüchtern geworden werden sie schweigen.* Die Betratschte, sie hätte ihren Kredit zur Erpreßbarkeit soeben erprobt, trüge keinen Makel davon, sondern vielmehr den soeben verlängerten Paß für Zugehörigkeit zu Ihrer=Gesellschaft.....

Wir sind allein, *Sophia Geliebte* – –

Doch Etwas hatte uns seit Diesemabend verändert. Diesenähe: ?zu nah.

Verändert Beide, – u: jeden in andere Richtung, von ein ander, fort. Die Schattenlinie. Und wenn wir uns daraufhin in die Gesichter schauten, blickten diese Züge freundlich, das Lächeln darin aber wie mit dem Zirkel geschlagen. Dünngelippte Höflichkeiten, unter weißen, schmal gewordnen Gesichtern Halbgefrorenes. Der Nerv, zerrissen..... Nicht durch Überbeanspruchung, nicht der-Mißachtung wegen, im Gegenteil: alles Gelungene schien das Mißlungene, alles Erlebte das Falsche. Fluch des Gelingens. Etwas hatte Risse bekommen, und in diese Risse drohte Etwas=Anderes 1zusickern; Etwas..... könnte den Panzer-des-Abstands zerbrechen, jene Hülle, die ich stets als Die Undurchdringbarkeit um Eine Frau verspürte. Und was bei Elisabeth=einst mich zur Verzweiflung brachte – jede nochsokleine Unmut's Äußerung von mir stach ungeschützt=direkt ins seelische Gehirn dieser Frau : sie, ein Emotionalprolet ironie=fest Imleben=als-Eiserner-Beruf; jetzt bei Sophia fehlte mir solch Zutritt ganz : Als dürfte Nichts in sie vordringen, was sie=selbst zuvor nicht begutachtet hätte. Als fürchte sie: die kleinste Nähe müsse nur noch Zerbrechen bringen – od: Langeweile. Und Dahinter bloß Nichts..... Mann u: Frau, & immer müssen sie sich verfehlen.

Erst später, sehr viel später habe ich Davon erfahren: Sophia u: Elisabeth waren zum Erstenmal ein:ander begegnet. Im Gegensatz zum Treffen damals in Hannover geschah !diese Begegnung nicht zufällig, und Sophia hatte mir dies Zusammentreffen nicht verschwiegen.

Als sie mir erzählte, behielt ihre Stimme den Ton der Berichterstattung: 1 Fall war zu schildern, mit Anamnese, Verlauf, Diagnose; und dem folgend die-Therapie.–

Elisabeth stand eines Mittags in Sophias Praxis; sie hatte den-Moment gut abgepaßt, kurz vor der Mittagspause um 1 Uhr.

Zwei Frauen, in Kunstlicht & Kunstluft eines nüchtern eingerichteten Raums. Sophia wußte sofort, wen sie vor sich hatte. Die beiden Frauen schwiegen, sie schauten sich an.

Stille, – u die von widerstreitendem Parfumeduft aufgeladene, erhitzte Distance zwischen zwei Frauenkörpern. Ohneworte, die unsichtbare Schlacht.

Worte kamen später. Beide Frauen sahen ein, keine konnte die-Andere Hier&jetzt besiegen. Also erzählte Elisabeth Sophia von unserem Zufall's Treffen in Hannover. Sophia erzählte Elisabeth von meinen Träumen, vom Rollentausch: Elisabeth für Sophia. Elisabeth erzählte Sophia von ihren Träumen: sie an Sophias Seite. Von mir war erst viel später die Rede.

–?Haben Sie ihn je gefragt, ob er ?glücklich ist. – Elisabeths unvermittelte Frage brachte mich in diese Frauen=Gesellschaft ein wie 1 miß=liebiges, doch unvermeidbares Be-Stand-Teil.

–Nein. Glück existiert nicht (sagt er) und Glück-für-ihn erst recht nicht. Glück ist nur 1 Wort, leer (meint er) und: Von *Glück* redet man erst, wenn *Unglück* all=umfassend herrscht. – Den letzten Teilsatz hatten die Frauen=gemeinsam gesprochen – so bekannt war ich ihnen mit meinem Gerede – & beider Lachen sprang in=einander wie kleine Flammen, gasblaue Flämmchen mit spitzigen Zähnen. Aber dies Feuer hatte noch keine rechte Nahrung; das Lachen verlosch alsbald.

–?Und: Hat er *Glück* ?gefunden – bei ?Ihnen. – (Schwarzer Triumf in Elisabeth's Stimme:) –?Haben !Sie ihn – *?glücklich=?gemacht.*

–Davon hat er niemals gesprochen. – Sophia behielt ihre bei=läufige Stimme. –Im übrigen wird er beim Thema *Glück* rasch müde, man riskiert dabei alsbald zu einem Schlafenden zu reden. – Das stimmte. *Glück* macht den-Leuten blöde Gesichter & Gerüche, als würden sie verdauen.– Ich schaute gespannt auf Sophia.

Aber sie hatte damit ihre Erzählung beendet, Keinwort weiter verriet von dieser Begegnung mit Elisabeth. (– *Kleine blaue, unstete Flämmchen mit Gasgeruch* –)

In=mir großes Lärmen, aber auch ich sagte nichts, blieb eben-

S. 482, Brache Stätten 1 →:
Gerede über Glück : Entweder will Man dir damit an die Seele od ans Portemonnaie; – zumeist beides.
Erleben von Glück : !Das hieße Erleben von Freiheit. Es gibt nur Eine Freiheit u das ist der Tod. Somit hieße Glück-Erleben den Tod *erleben* – eine Unmöglichkeit. Also ist Glück für den-Menschen !unmöglich. Was jedem bleibt, sind Müdigkeit und Schlaf – die kleinen Geschwister der Freiheit. Selbst Den Tod gibt dasverwaltete-Leben nur in der Verkleinerung..... her.

falls still, sah vor mich auf den Boden nieder; jedes Wort von mir wäre Dummheit gewesen. Davon haben wir schon genug. – Das mußte ich unabsichtlich laut ausgesprochen haben; Sophia sah mich erschrocken an. Aber sie antwortete nicht. Wir sprachen niemals wieder über diese Begegnung. Und sprachen fortan immer seltener mit ein ander.

Die folgende Zeit hielt Sophia=kompromißlos 2-geteilt : Sie lebte & arbeitete in ihrer Praxis, in Gemeinschaft mit *Diesem Italjener*, ihr Ehemann verwaltete das-Geld (:so hielt er Sophia=Imzaum) gemäß dem Alten Reglement zwischen Ehe-Leuten: *!Nicht Imhaus, am Andernmorgen ist jeder wieder zurück, & Keinekinder od andere Seuchen.....* Und als wäre alter, salpetriger Verputz abgeschlagen, schimmerte darunter hervor der Backstein, der ein Familiengebäude befestigt: Gewähren=lassen, Aufeinander-Zugehen, Kompromisse-Schließen, & Stillschweigen über Kommen&gehen; nur !kein Wahrheit's Fimmel..... Das wirkte befreiend; alles Abtrünnige war hinter den Backsteinmauern solcher-Maßen renovierter Festung verschlossen, alles zuvor=Geschehene !Niemalsgeschehen. Verlorenes ward wiedergefunden, & !siehe: Es war unvernuttst geblieben, scheinbar Ohnespuren aus der Zeit zurückgekehrt. Friede trat 1 ins Gemäuer, ein Ewiger Advent –.– Dies als der übliche Ab=Schluß für Gefechte zwischen Frau u: Mann zu Dieserzeit in Diesemland : Haus Frieden, & bei Annäherung..... grellweißes Alarmlicht.

Sophia / ich – wir trafen uns zumeist in meiner ehemaligen Wohnung (die hatte Sophia als Zweitwohnung behalten dürfen, natürlich mit Wissen & Duldung ihres Ehemannes, des Immobilienmaklers Reinhardt Hold); & stets noch vor dem Morgen kehrte sie jedesmal nach Dahlem zurück –.– Da war kein Hunger mehr, keine Liebe glück=seeliger Tiere; das war auch kein Ehever-Brechen, wir kamen in-Vernunft zu ein ander & trennten uns vernünftig zu ange-Messener Zeit. Sophias Hände, still & ordentlich money-kürt lagen die kleinen Finger über1ander auf dem Tisch, kein Nagelbett mehr eingerissen, als seien sie geschminkt & trugen glatte Nüchternheit.–

Durch die Tatsache, daß Sophias *italienischer Freund* sie, mittels ihres Vater's Erbanteil wieder solvent, in seiner Praxis als Teilhaberin aufgenommen hatte & arbeiten ließ, konnte beider Verhältnis zu=einander sich *einbürgern*; in dieser Chemie das unreine Element blieb all-1=ich. Nichts 1facher, als dies Unreine aus der rein=bürgerlichen-Verbindung herauszudestillieren.– Als 1 Abends, der Literarische Salon in der Dahlemer Villa ging zuende, die Gäste aufbrachen, erhoben sich auch Sophia & an ihrer Seite *Der italienische Freund*; Arm-in-Arm gingen Beide durch den Salon zur Wohnungstür, postierten sich dort & verabschiedeten lächelnd die Gäste. Sophia trug wieder das laubgrüne Kleid ohne Ärmel. Als ich vor den Beiden stehnblieb, Sophia ins Gesicht schaute, errötete sie um 1 Spur, ihr Haus-Herrinnen=Lächeln aber blieb. Ich gab ihr Lächeln überlegen zurück (so wollte ichs zumindest). In Wahrheit war ich zu 1 immerhöflich grinsenden Klaun geworden, dessen Vernunft sooft krummgebogen, daß sie grad aussah: Grad, mit kleinen Buckeln, & feine Haarrisse markierten Hier die alsbaldige Bruch-Stelle..... / Sophia, ich, wir sind vernünftige-Menschen; nunmehr waren wir zu ein ander *sachlich* geworden. Fort=an würden wir zusammenkommen, uns mit Worten gegen:seitig aufzurauhen; in an-Spruchs=voller 1samkeit, der Rüstung unsrer Begierden, sättigten diese Zusammenkünfte die Atmosfäre-ringsum mit Sex. Und wir würden schwungvoll reden, weil wir uns nicht mehr liebten; wir würden uns perfekt berühren, weil wir an uns nichts mehr zu suchen hatten; unser Beisammen-Sein wäre *ironisch* geworden, das letzte verglimmende Scheit echten Fühlens vorm Aschehaufen Überdruß & Versagen. Auf !diese Weise hätten wir Jahre=lang weitermachen können –.– (Aus den *inneren Augen* bitterste Tränen, heulend vor lauter Verzweiflung: *!!Sophia* – schrie Es dort – *!hol mich hier !raus, ich hab mich in=mir selbst verlaufen. ?!Soll ich mich vor deinen Augen ?zerreißen wie ein Lumpen* –) Draußen aber blieb ich=Ohnelaut. Nur ein Mal tastete ich mit dem Arm durch die Luft zu Sophia hinüber, 1 blindes Tentakel, die Luftwurzel 1 Menschen u: Niemand's Klaun –.– Der Arm erreichte Sophia nicht, und machte kehrt, unauffällig unbemerkt. (Manchesmal, weil seit Jugend ohne Tränen, wollt ich SCHREIEN)

> ***S. 494, Freak Waves. Jähe Wut →:***
> *»›Elendes Eintagsgeschlecht, des Zufalls Kinder und der Mühsal, was zwingst du mich dir zu sagen, was nicht zu hören für dich das Ersprießlichste ist? Das Allerbeste ist für dich gänzlich unerreichbar: nicht geboren zu sein,* nicht *zu sein,* nichts *zu sein. Das Zweitbeste aber ist für dich – bald zu sterben.‹«*
> Nietzsche, *»Die Geburt der Tragödie oder Griechentum und Pessimismus«*

Ich war Heute Hierher=in-den-Wald gegangen, die rasch gewachsene Chamaerops in ihrem schon zuengen Topf=Gefängnis tragend. Während der Fahrt mit U-&S-Bahn zuckten die Palmblätter wie grüne wilde Flammen vor meinem Gesicht. Als ich mit der Pflanze dann den Wald betrat, schien Friedliches sich um sie zu legen, Ruhe u Be-Sonnenheit, als sei sie auf ihrem-Weg=Nachhause – und die Palmenblätter wogten in den grünwarmen Luftströmungen als glitten sie unter-Wasser dahin –.

An der sonnigsten u von Bäumen&büschen vor jedem kalten Luftzug geschützten Stelle ins Brachland zwischen den beiden Wäldern stellte ich den Palmbaum ab und kniete mich neben ihn nieder. Das hellgrüne Blattgefieder raschelte, bisweilen streifte 1 kleiner weicher Blattfinger über mein Gesicht. Ich grub ein breites, tiefes Loch in den Sand&humusboden –, und entnahm, vorsichtig um keine der bleichen Wurzelfasern zu verletzen, die Palme dem engen Topfgehäuse (das Geschlinge war in dem Tongefäß über=Solangezeit zwangsverwickelt gewesen zum krampfigen Knäul). Daraufhin setzte ich Sophias Palme in den besonnten Waldboden ein, trat die leichte herb duftende Erde um den Palmenstamm fest & goß etwas vom mitgebrachten Wasser darüber –.– So hatte ich einer Gefangenen zu !ihrer Freiheit verholfen. *Niemanden mehr zu lieben, welch Be!freiung – –*

S. 495, Freak Waves. Jähe Wut →:
»Ihm blühte keine Wirklichkeit; und die Wirklichen gingen über ihn hinweg, wie Lebende über Schatten.«
Heinrich Mann, *»Der Unbekannte«*

Unmerklich war ein Sommer in seine letzten Tage gegangen –. Noch wie in einer kurzlebigen Erinnerung dünstete Mittagshitze gläsern über den Wiesen –, doch aus Sommeratemlosigkeit sanken schon Braun u Goldenes auf Laub u Felder herab. Bäume Sträucher – sie schienen weit aus ein ander gerückt, Durchblicke boten sich frei in weißmetallenes Licht –, in den Wind gestreute Krähenschwärme zerritzten mit schartig schwarzen *Kraax* das glatte Himmelsweiß. Straßen und Wege, manch Erde im Sommer hart geworden und zerbröckelt, streckten sich jetzt aus – klar hinaus in lichtes Weit –. Verblüht alle Gräser auf dem Brachland zwischen den Forsten, staubgolden die dünnen Ähren mit ihren pelzfeinen Rispen, in denen raschelnd Windbön sich verfingen. Gegen Abend zerging der Himmel zu feingelbem Licht – bisweilen 1 Nebel über dem Weideland; Buchen u Eichen sprangen aus dem Kiefernschwarz hervor, der Waldrand eine lodernde Herbstfront – einzelne Baumkronen daraus hochschlagend in Flammenfarben weithin leuchtend frischen Bitters Laubesglühn, und Bäume sanken Rot. Hier traf ich mich wieder, auf lange begangenen Wegen, den Stecken gegen herbstdickes Spinnweb in der Hand. Waldeskühle legte sich auf die Schultern, Erde u Pilze in uraltem Duft –: Hier, wenn ich bleiben könnt –.

Später, Nachsommers Ende. Ich hatte die Palme wieder einmal besucht – sie hatte gut Wurzeln gefaßt in der Neuenerde, – nun war ich auf dem Weg entlang am Rand des schwarzen Kiefernwaldes. Gräser u kleine Mulden saugten betulich Dunkelheit wie Löschblätter Tinte auf, als käme Nacht aus der Erde herauf –, während in den Bäumen noch Licht in Herbstesfarben glomm. Ohne sichtbaren äußeren Zwang neigten manch junge=schlank gewachsene Bäume im weiten Halbbogen mit der Spitze dem Boden sich entgegen. Die Sorgen der Bäume – an der Vielzahl gehen sie spurlos vorüber, den Einzelnen drücken sie herab.

Von Ferne 1 Mutter mit Kind, mir entgegenkommend, die Abendstunde machte sie heimwärts eilen. Als nur wenige Schritte mich von der Frau-mit-Kind noch trennten, streckte der vielleicht 5jährige Junge den Arm in meine Richtung aus, mit dem winzigen Finger deutend auf meinen Stock. –Das ist ein !Wanderer. – Erklärte die Frau dem Kind. Ihre Stimme dabei so langsam u so deutlich, als spräche sie auf ein sehr altes, letztes hin, auf ein Langezeit verschollenes, entbehrtes Wort. Aber (die beiden waren bereits vorübergegangen und, schon vor dem Eintritt in den Wald, nach ihnen zurückschauen mochte ich nicht) mir wollte scheinen, die fremde=Frau hatte gar nicht zu dem Kind, sondern sie hatte allein zu !mir gesprochen. – *Ja.* Und eine Stimme aus Abendluft. *Ich weiß: Ein w-Anderer. Für den gibts immer Unbekanntes.* –

Und geht dem Unbekannten entgegen – –

Todestage

Liebes Geschichte

Spätsommer 2002

1

Von-Draußen zwei, drei derbe Tritte gegen die Wohnungstür, und Holz zerbirst, das Schloß springt aus dem Rahmen, die Tür fliegt auf und kracht splitternd gegen die Korridorwand – : Valentinas Bruder Andrej, grob & breitbeinig wie ein Söldner mitten im Raum, das Bürstenhaar noch 1mal gesträubt vor Wut, schon packen die Blicke des jungen Mannes zu, er will mir an den Kragen.

–!?Warum fixtu sie nich wie All=Dieandern, u: läßt meine Schwester sonst in !Ruh. – Brüllt er mir ins Gesicht, seine Fäuste zerren mich vom Stuhl hoch, ich stoß gegen den Tisch. –!?Wer bistu überhaupt, daß !Sie mit dir zusammen ist. – Schreit seine Stimme weiter in mein erstarrtes Gesicht, Frost fährt mir hinab bis in die Schuhe. Als 1 Tasse klirrend auf dem Boden zerschellt, schreit Valentina auf.

Damals in dem kleinen Café in Słubice, als ich mit ihr zum 1. Mal verabredet war u: die Schleuser mich angriffen, weil sie in-mir Den Spion erkennen wollten; heute Andrej, ihr Bruder – immer Scherben und dann Schläge, wenn wir beisammen sein wollen. Auch Valentina muß gewiß an diese Szene denken, daher die Wut mit der sie jetzt zwischen mich u: ihren Bruder sich wirft.

In heftigen Schüben schreien die Beiden in ihrer Sprache sich an : Wie 2 Schwertkämpfer hieben sie Ausrufwörter, stechen sie Haken von Fragezeichen gegen:1:ander, schleudern Konsonantenschrapnells, vergiftete Wörterkanten wie Lunten zischelnd die Zungen schnellend über schartige Lippen aus Mundhöhlen preschen Brüllhunde raus – die scheinen Langezeit angeleint gewesen, jetzt sind ihre Reißwörter frei –. Valentinas Gesicht spitz & 3kantförmig, bleich die Haut, die Augen voller Wutgeblitze, noch 1 Satz aus Valentinas Mund –: Dann, plötzlich, Stille. In der Haltung von Angreifern den Oberkörper noch gegen den Anderen gestemmt, richtet der junge Mann schließlich langsam sich auf, starrt seiner Schwester mit großen Augen ins Gesicht – und !Lachen: lautes spottgeladnes Lachen explodiert da aus seinem Mund. Den ausgestreckten Arm auf mich gerichtet, die Schwester im

Visier, wird der magere Körper des Burschen geschüttelt von unbändigem Gelächter.

–!Bra-a-a-brak : eine !Ehe. !Du. Mit !dem-da: etò brak, reálno. – Und noch einmal sein Gelächter.

Doch alsbald nicht allein mehr voller Spott, auch Wut-aus-Verzweiflung darüber, gegen ein offenbar immer=wiederkehrendes rein mechanisches Schicksal in Gestalt seiner Schwester mit ewig-vergeblichem Kampf gegen alles 1gerastete=Dummeleben das grad wegen dieser Dummheit immer obsiegt, dennoch sich auflehnen zu müssen.

Und wie nach einer Detonation in der Stille bösartig ertaubter Luft, tritt der junge Mann langsam wieder auf mich zu. In seinem Gesicht erneut die scharfen Züge Entschlossenheit. Dicht-vor-mir bleibt er stehn. Ohne mich zu berührn, boxt er gegen mich jetzt nur seinen Atem, erhitzt von untilgbarem Haß aus Jungenjahren. –Wenn meiner Schwester ir-gend-was passiert – (er spricht mit hartem Akzent, & langsam als wollt er mirs diktieren:) –Wenn ich sie nicht mehr finden sollte, weil du, irgend ein, Krummesding, mit ihr vorhast: Dann trjápka bist du – (unter seiner Wangenhaut gefährliches Zucken, leise zischend in mein Gesicht:) –!tot. – Darauf kehrt er auf den Hacken seiner Springerstiefel um. Den Blick zu seiner Schwester befiehlt er: –Heut abend bist du wieder in !meiner Wohnung. – Und stampft durch die zertrümmerte Tür hinaus.

2

➞ Abends und nachts fahre ich Taxi. Und Einesabends am Straßenrand 1 junge Frau, winkend, ich fuhr hin & hielt an. 1 Gesicht, blass, braune Augen, überwölbt von schwarzen fein geschwungenen Brauen, u Wind zauste wie den Gefiederflaum 1 Vogels ihr kurzgeschnittenes, dunkles Haar –. Als die Frau in den Wagen hereinschaute, erstarrte sie. Ich fand schließlich flüsternd nur den Einen Namen: *Valentina.*

➞ Sie zog hinter sich die Wagentür zu, den Blick geradeaus saß die Frau still neben mir u schaute durch die Windschutzscheibe hinaus. Feine Tropfen Nieselregen zersplitterten die farbigen Stadtlichter. Schweigen – Langezeit, doch unser beider Atmen sagte *!Endlich.*

–!Fahrdoch. – Rief Valentina schließlich. –!Fahrdoch. Zu dir. – Und, den Blick erschrocken auf mich, setzte sie sogleich hinzu: –?Geht das. Ich meine: ?Bist du –. –Außer meinem Radio ist Niemand in der Wohnung, der zu mir sprechen könnte. – Mit dem Straßenlicht von-

Draußen flüchtend 1 Schimmer Lächeln über ihrem Gesicht. – *Flammen u Gold* –. Wir fuhren in meinem Taxi durch die Regenstadt, durch eine brennende Nacht. So haben wir uns wiedergefunden.

3

!Wie lange hatte ich keine Frau gespürt. In Jahre währender 1-Samkeit hatte ich verlernt, wie ein Mann eine Frau anfaßt : Im Liebes-Pakt vom Fleisch mir zu nehmen & das Meinige ihr zu geben, mit Haut&haar. Meine Zunge, taub, wußte nichts mehr vom Geschmack seidiger Feuchte der Geschlechtslippen einer Frau. Meine Hände, wie das falsche Holz zum Geigenbau, blieben stumm. Nicht das Verlangen nach Einerfrau war vor-Jahren mit Meinerfrau gestorben; gestorben war mein Mut. Der Mut, als Ich bestehen zu können, vor einem festgefügten Fleisch voll mit fremdem Willen. Und Furcht vor ihrem Körper mitsamt den Echos aus Besitzer's Nehmen durch Anderemänner..... in ihrem Beruf.– Um sie nicht küssen zu wolln, redete ich mir ein, ihr Mund müsse nach dem Sperma ihrer Kunden riechen; aber ich wußte auch, daß dem nicht so war. Allein !Angst hielt mich vor Dieserfrau zurück u vor Jederfrau nach dem Tod *Meinerfrau*. Als hätt ich Damals an ihrem Grab ein Keuschheit's Gelübde getan. –

Als Meinefrau noch bei=mir war u lebte, haben wir in Alldenjahren nicht nur keine Freunde gebraucht, ich brauchte auch keine andere Frau. Fremder Lebensum-Triebe –: für mich aus Weiten Fernen nichts als 1 fahles Geräusch. So bin ich in diesem Fach des Leben's Berufs nicht mal zur Lehre gegangen: *1 An-Alfabet bist du, 1 Ungelernter inmitten professioneller Beute-Macher. Doch besser als Jammern & Klagen in !deinem Alter über sowas ist, dich selber auslachen, wenn auch zu laut & mit schiefem Maul.*– Seither blieb mir vom Lieben nur Die Gier; 1=same, un=heimliche, mit Klauen & Schimpf verworfene Lust..... die Keinezeit mehr hat, u: muß doch während immer=länger währendem Nichts der-Zeit sich tiefer und tiefer unterwerfen.....

Meine Enthalt-Samkeit mochte Valentina als Überlegenheit mißdeuten; sie faßte Vertrauen zu mir wie zu einem langjährigen Freund. Seit Geraumerweile setzte 1zig die Glut ihrer Zigarette leuchtend Zeitmarken in meines Zimmers Dunkelheit. Unsichtbare Rauchgespinste umschleierten uns, u das Spüren ihres neben mir ausgestreckten Leibes floß durch meinen Körper wie ein milder elektrischer Strom –.– *1 Spion der umgeht in=uns, er kennt uns gut – wir sind ein-Sinn, kein Unglück mehr das wir nicht auch hinter uns lassen könnten. !Warum sollte Unserewelt nicht so klein sein können wie die der-Andern & wir nicht so doof wie sie. Wir beide wissen aus unseren so verschieden in die-Welt geworfenen Schatten, Liebe will mehr als den glitzernden Reiz der 1. Stunde, mehr beim Sichselbst-Behaupten als Die Pose, u mehr als den Fuß auf die in den Weg gesternte Butterblume, noch ungemordet –. Liebe will Tod, end=gültigen Tod alles Alten Gewesenen, verwesend unter paar Schaufeln Erde in Frankfurt. Ich will den Tod dieser Altenliebe !jetzt – ich will deine Hände spüren auf mir – Spüren – ich warte auf dich – tu es – ich will –.–* Aus ferner Nachbarschaft Hundegebell, dumpfe Schläge in eine schwarze Stunde –. Dann nichts mehr. Keine goldenen Träume, keine milden Aussichten für die Liebe eines Toten. Dem nur Dunkelheit, Nacht nur. Und kein lautes Wort.

Irgendwann mußte die Frau neben mir mit Erzählen begonnen haben, jetzt finde ich mich mittendrin. Sie redete unbekümmert in die dunkelstille Wärme dieser Stube. Und noch ein Mal fühlte ich wie Damals in dem polnischen Café, nachdem dieselbe junge Frau den letzten Teil ihrer Geschichte erzählt hatte : *Hier ist Jemand, dem du !nützlich sein kannst; Jemand, der dich wirklich !braucht.* / Und ?folgte ?sie zu dieser dunklen Stunde nun der gleichen Erinnerung an jenen späten Abend im Geschmack von Blut aus einer dreckigen Faust, & daran, daß Irgendwer, ich so gut wie jeder=andere, ihr Heute noch ein Mal zu=Hilfe sein würde, stellte sie in slawischer=Gottergebenheit nur *Ihre Geschichte* in Diewelt vor Augen Fremder, & Wind zauste wie den Gefiederflaum 1 Vogels ihr kurzgeschnittenes, dunkles Haar –.– ?War ?ich Es, dem sie erzählte, weil ich grad jetzt&hier ?bin : (Suchte im Zimmerdunkel ihren Anblick) – fand stets nur die Glut ihrer Zigarette u deren rötlichen Widerschein um ihren Mund : *Nicht die-Zigarette=Danach, sondern die Zigarette Ohnedavor* – (und schluckte bittren Speichel). An 1 Messingstrebe des Leuchters, in-Mitten der Zimmerdecke, spiegelte sich 1 leuchtender Punkt, eingefangen als Streulicht von Draußen – in einem erloschenen Himmel der letzte Stern, u Beides, Himmel u Stern, Ohnenutzen Ohnehilfe, wie Alles was bloß *da=ist.....*

Wenn ein Mensch einem Menschen zum Anderenleben verhilft, dann ist er für Dieses Leben des Anderen sein Lebenlang verantwortlich. Ich habe ihr & ihrem Bruder ein Mal geholfen, Hierher=in Diesesland zu kommen; Hilfe zu 1 Zeit, als ich in meinem Anderenleben noch gewesen war. Diese Hilfe war Hilfe auch für mich: Sie hat mir gezeigt, daß andere Menschen mich noch brauchen können. Seither gelte ich wieder – und seither bin ich zu aller folgenden Hilfe verpflichtet. ?Was aber habe ich dieser Frau zu ?bieten; ?was will sie ?erwarten von !mir – –

Vor Geraumerweile hatte Valentina ihre Erzählung begonnen, nur unterbrochen vom fast regelmäßigen Takt des Zugs an der Zigarette, – . Danach blies sie den Rauch scharf ins Dunkel hinauf –, und redete fort. Auch ihre Worte klangen mir schmal & hart wie der Anblick ihrer Lippen beim Aufleuchten der Glut. (:?Ob sie weiterreden würde, auch wenn ich eingeschlafen wär –; reden und reden allein, zu=sich, über Allefremden hinweg ins Dunkel hinein, in eine taubstumme Nacht – :)

Schließlich hatte ich ihr zugehört.

4

–Als hätt ich nicht von-Anfang-an ge!wußt, !was mit *Zimmer Mädchen* gemeint war. 20 Minuten Arbeit = 50 Dollar Lohn. Daheim: Keinearbeit = Keinverdienst, od schlimmer: Zweistunden Arbeit = 5 Dollar Hohn. Der Kerl im Hotel hätte mir also nicht auf so schmierige Art klarmachen müssen, !Was ich zu tun hab. – . Aber er muß wohl gesehn haben, daß ich ihn sofort richtig verstanden hatte, diesen Mann, der mir als Derscheff vorgestellt wurde. – . Immer hieß es: *Derscheff !will, Derscheff !erwartet, Derscheff hat !befohlen* – dagegen gabs keine Widerrede. Geschweige denn, etwas anderes zu tun, als Der Scheff stillschweigend erwartete. Und schon bald hatte ich herausgefunden, !wofür Derscheff mich !wirklich gebrauchen wollte. – . *Nutten die für mich bloß aufn Strich-gehn hab ich genug*, hatte Derscheff zu mir gesagt & auch, daß er mit einer-wie-mir, die Fremdsprachen kann & als Dolmetscherin arbeiten will – Deutsch Russisch Ukrainisch Polnisch & Englisch – Anderepläne hat. – . In-Mitten des Welt-Wirrtschafftskriegs sollte ausgerechnet ich: – Valentina aus Kriwoi Rog, in den Betten Berliner Nobelhotels, wo ich mit Männern von der-Industrie der-Wirtschaft der-Politik (klein & Groß) zusammen-geführt wurde: 1=der-vielen neuen Mata-Haris sein. – . In-mir haben seither schon viele Sprachen gesteckt & haben mir noch mehr erzählt. Das gebe ich weiter an Denscheff. So hat Er mich als Baby Doll Metsche-rin eingesetzt.

–?Wer steht hinter Demscheff: Vermutlich Einscheff der Einenscheff hat &soweiter. Frag mich Das !bitte !nicht. – . Hab mal Fotos gesehn von einer Frau, die zuviel hat wissen wolln darüber, was sie nicht wissen & worüber sie Nichts weiterquatschen darf: nämlich was mit Alldem geschieht, das sie den-Männern=Imbett abgelauscht hat. Mann hat der Frau zuerst die Zunge rausgeschnitten & das Stück Fleisch längsgespalten, dann ihr die Augen ausgestochen & die beiden Zungenteile in die leeren Aughöhlen gesteckt. – . Nachdem Andrej, mein Bruder – er arbeitet in einer Ehrenwerten Inkasso-Gesellschaft für denselben Scheff wie ich – diese Fotos mir gezeigt hatte, stell ich Keinefragen mehr & tue so, als hätt ich außerhalb von meinem Kunden-Dienst=für-Denscheff Augen u Zunge !nie gehabt. – .

–Das Hotel, mit dem ich den Kontrakt hab als *Zimmer Mädchen* – nur Tarnung, deshalb hast du mich dort auch nicht gefunden. Dieses Hotel ist Der Treffpunkt, wo ich regelmäßig zum Rapport erscheinen, Geld abliefern muß & neue Termine bekomme. Dann fährt mich jemand zur-Verabredung, in eines der großen Hotels in der Stadt, & Alles geht Seinen-Gang. – . Von Tag-zu-Tag, von Nacht-zu-Nacht im 3-Schicht-System wie Früher meine Mutter=Daheim, wie irgend-1 Proletenweib, nur werd ich weitaus !besser bezahlt als die. Und heutabend habe ich frei. – .

–??Raus. ??Weg aus diesem Leben: ??ich. – . !Ja?wiedenn. !Hast du mir nicht ?zugehört: Ich habe dir doch erzählt, daß gleich inder=1.–Minute Derscheff meinen Paß & alle übrigen Papiere mir abnehmen ließ: *Zur sicheren Verwahrung*, sagte Er, *denn Diesestadt ist eine schlechte Stadt, es gibt hier soviele Gauner&diebe*. Das Grinsen konnt Er sich dazu nicht verkneifen. Und hat mich & die anderen Fraun vollkommen in-Seinerhand. – . Wenn wir nicht spuren: 1 Anruf bei den-Behörden & wir werden abgeschoben..... – . Und wollt ich mir Falschepapiere besorgen um abhaun zu können, ich würde doch immerwieder nur an Seineleute geraten, & wollt ich in-Dieserbranche zur Konkurrenz: in Solchenfällen halten Sie zusammen wie Schuhsohle & Hundedreck. – . Du hast die-Fotos von der verstümmelten Frau nicht gesehen – !ich aber wohl, u: ich vergesse sie !nicht. – .

Valentina zündete 1 neue Zigarette an, und sprach weiter, als wollte sie ihr bisheriges Leben für sich=allein zusammenfassen.

–Komisch nur, daß im Welt=Krieg um Die Gewinne immer die Nacktheit 1 Menschen Das Zentrum ist & die ent-!Scheidende Rolle spielt so, als wären Nacktheit u: Geld 1&dasselbe. – . Auf den 1. Blick also hab ich bekommen was ich haben wollte: Dolmetscherin-sein in Deutschland. Nur an anderen Orten, als gedacht. Und deswegen ist, was ich habe, eben !nicht Das, was ich haben wollte; sondern nur das, was ich brauche. Und deshalb kann ich Daran nichts ändern. – .

Sie drückte die Zigarette aus. Jetzt war der winzige Lichtfleck an der Deckenlampe auch erloschen u die Vorhänge fielen wie schwarze Fahnen herab, Nichts mehr ließ die dunklen Stubenwände erkennen. Auch hatte die Frau keine neue Zigarette angezündet, so blieb der rötliche Glutschimmer aus. Ein maßloser Raum voller Nacht – 2 Menschen in bitterer Luft aus Rauch. Und Schweigen, dröhnend wie im Innern einer Felsenhöhle.

Langezeit – –

–Dann werde ich dich heiraten. – Seltsam vertraut klangen mir diese eigenen Worte, als hätten sie lange schon bereitgelegen in=mir, doch erst zu Dieserstunde wäre die Finsternis tief genug gewesen, sie auszusprechen.

5

Neben mir in der Dunkelheit das Geräusch aus einer Bewegung –, schwer behäbig u groß kam Es auf mich zu, viel größer als der Leib 1 jungen Frau dies zuwege bringen könnt. Und noch einmal floß von ihrem Leib elektrischer Strom in meinen her=über.

Der Schalter an der Nachtlampe, – und das Zimmer kehrte zurück –: Aber alles darin erschien wie aufgeschreckt, bleicher die Gegenstände, wie dunkler Marmor die Vorhänge, beunruhigt die Wände. Unverhofft nah bei meinem Gesicht das Valentinas: blass, winzig, Kinn u Wangenknochen spitz, dunkle Haarfransen in der Stirne, die Augen groß – 1 Gesicht als Frage, die Lippen schon geöffnet, noch bevor die Worte tiefster Verwunderung sie flüstern ließen: –Heiraten. – Und noch leiser: –aber – ich hab doch – hab doch keine Papiere. –

Später stand ihre Stimme wieder auf dem Boden. –Echte neue Papiere könnt ich jetzt nur noch Da=Heim bekommen. – Ich begriff, daß sie mit Da=Heim die Ukraine gemeint hatte; das Land & das Leben, aus dem sie mit meiner Hilfe geflohen war.

–Also mußt du wieder Dorthin !zurück. – Sprach ich aus, was sie nicht hatte sagen wolln. –Ich habe dir 1 Mal geholfen, als du Hierherkommen wolltest – und ich helfe dir jetzt, wo du wieder fortmußt von Hier. –

–?Muß ich –.

Ich überhörte ihren 1wand: –Du verschaffst dir in deiner Heimatstadt, in Kriwoi Rog, alle nötigen Urkunden – (entschied ich=entschlossen) –während ich bei den-Behörden sage, ich habe dich in der Ukraine=Imurlaub kennengelernt. Seither lieben wir uns, und nun wollen wir !heiraten & möchten in Deutschland leben, als Mann-u-Frau, wie es sich gehört. So werde ich zu den-Behörden reden.

Sie schwieg eine Weile, aufmerksam sah sie mich an. –Und du sagst das ?nur zu den-Behörden u: ?nicht zu ?mir. – Ein seltsamer Ton färbte ihre Frage ein. Nicht die weiblich=fordernd=eitle Suche nach ausschließlicher Zuwendung, vielmehr als wollte ihre Frage im-Grund 1 Feststellung sein.

Und noch bevor ich entgegnen konnte, begann sie zu reden; begann zu erzählen von ihrem allerersten Kunden, einem Handelsattaché aus New York, Fünfundzwanzigjahre älter als sie: –Ein Kavalier Alter=Schule – (sagte sie verträumt) –ich hatte nicht geglaubt, daß es !Sowas heute noch gibt. So ein !feiner=!soignierter Herr. – Und ihre junge Stimme verbeugte sich in Ehrfurcht. (– *!Soigniert*: unwillkürlich mußte ich an *Eierstich* denken –.) Er bevorzuge Frauen aus Osteuropa, die seien voll junger Energie & noch so urtümlich Frau, wie Er, ein Inderwelt=Weitumhergereister, derlei nirgendwoanders kennengelernt habe. Und sie, ihren Mund dicht bei meinem Gesicht, erzählte unbekümmert weiter mit stolzbelegter Stimme (– während ich 1 Pferde-Junker vor mir sah, der ihr mit geübtem Griff die Oberlippe hob, der osteuropäischen Stute das Gebiß zu inspiziern –). Aber es war Die Enttäuschung..... die mich zu solch un-sinnigen Bildern brachte: *Ich brauche andere Menschen & biete ihnen Hilfe an; doch andere Menschen brauchen weder mich noch meine Hilfe, die im-Grund Hilfe ist nur für mich=all-1. Diese junge Frau, sie kommt allein zurecht & besser, als durch mich, u: ich kann mir, der Hilfe nötig hat, selber nicht weiterhelfen. Das Einzige, was meine helfenden Hände stets erbringen, sind Vollehände Lächerlichkeit für mich, u: dem Anderen Nichts od bloß Schaden.....* Ich habe !Keinrecht auf Hilfeleistung.

Währenddessen durchflatterten die bunten Worte ihrer Begeisterung wie Schmetterlinge den nächtigen Raum. Und wie zuvor im Finstern, so wollte ich auch jetzt von ihrer Erzählung nur Bruchstücke aufnehmen: Vom Großenreichtum dieses Amerikaners hörte ich, & von seiner 1samkeit nach der Scheidung, von zwei erwachsenen Söhnen, die ihr Vaterhaus längst verlassen & eigene Familien gegründet haben. Seine bislang vergebliche Suche nach einer neuen Lebensgefährtin kam als nächstes dran – doch nun habe er !sie: Valentina aus der

Ukraine getroffen, und von-nun-ab werde seine 1samkeit zu-!Ende sein. Denn (hörte ich sie triumfieren) Er wolle sie=!Mitnehmen in-die-Staaten = nach New York – –

–?Ohne Papiere. – Entfuhr es mir, womit ich ihre Traum-No-Welle unterbrach.

–Ja – die-Papiere..... – Kam es stockend. –Ja weißt du: Darüber habe ich natürlich=längst mit Ihm gesprochen. Er hat mir zugesichert, daß Er sich darum kümmern wird; – !ganzbestimmt. Ich kann mich drauf !verlassen, daß Er sie –; – &soweiter. Dann redete sie von den beiden Söhnen dieses Mannes; die hätten Wind von den Absichten ihres Vaters bekommen & seien gegen die-Verbindung, wohl aus Furcht um ihren Erbteil. –Aber ich habe zu Ihm gesagt, daß ich Nichts haben will von Allem, was Sein-Erbe ausmachen würde; egal, ob mir Das Gesetz es zusicherte od nicht. Und Er hat mir geantwortet, daß Er mit Seinen Söhnen darüber noch reden wird. Schon in der nächsten Woche treffe ich Ihn wieder, und dann will Er für=!mich –. – Plötzlich schwieg sie und schaute mir ins Gesicht, als wollte sie die Wirkung ihrer Worte prüfen. Ganz so, als hätte nicht eine Frau zu ihrem Geliebten über ein gemeinsames=Leben gesprochen, sondern 1 Tochter hätt ihrem Vater die eigenen Zukunftspläne geschildert, und warte nun darauf, daß der Vater ihre Absicht einem Vater sich auszuliefern, gutheißen möge.

Mein Anblick jedoch mußte sie aus ihrer Selbstvergessenheit herausgerissen haben; wie unter einer Schuld senkte sie Augen & Stimme. –Er war Immergut zu mir & hat mir Sovieles in-die-Hand=versprochen. Und Er ist !mächtig & ist reich: !sehrreich – Er kann all Seine Versprechen ohneweiteres einhalten. – :Der Vorwurf gegen mich, nen Taxifahrer mit zu Großenplänen u: zu kleinen Taschen, um Einesolche Frau=wie-Sie bei=sich halten zu können.

Darauf nun vermied sie auch, mich noch länger anzuschaun.

!Fluchen !Schreien hinter den Zähnen –, aber Keinfluch Keinschrei drang bis über meine Lippen. Nur Dunkelheit, – ein Kältestoß eisgrau bis zu den Fersen hinab, und abermals war mir ein Winter..... geschehn.

6

In der darauffolgenden Woche zur Mittagszeit. Soeben aufgestanden, nach der letzten Nachtschicht mich einzurichten für die Schicht in der kommenden Nacht. Ich sah aus dem Fenster hinaus in den Hof: Licht aus hohem Sommer ruhte auf der Stadt – eine Reihe von Schönentagen. Die alten narbigen Häusermauern um den Innenhof leuchtend in Sonnenflut – u seltene Steinesstille getaucht in Himmel's blauen Tag.

1 x schüchternes Läuten an der Tür –, beinahe hätt ichs überhört. Mich zu vergewissern der Blick durch den Spion : !Valentina.

Sie erschien mir seltsam schmal, sogar in der Körpergröße geschrumpft. Niedergeschlagen u bedrückt saß sie dann bei mir am Küchentisch, die Stimme leise u kränklich dünn. Auch waren ihre Haare nun noch kürzer geschnitten, dadurch wirkte ihr Kopf verkleinert, kantig wie der Schädel 1 Häftlings; nichts mehr vom Wind im Gefiederflaum 1 Vogels. Bei ihrer Arbeit mochte das nicht auffallen, sie trug dabei eine Perücke. Ihre gesamte Erscheinung war wie Staub nur eines Menschen.

Vielzeit ohne Worte. Ich saß ihr am Tisch gegenüber, hörte 1 Stimme in=mir sagen: *Das ist !die Frau, die du begehrst.* Ungläubig, verwundert; wie über Etwas lange=zu-langezeit Vermißtes, das, schließlich wiedergefunden, nurmehr schales Erstaunen über diese plötzliche Leichtigkeit des Wiederfindens übrigläßt. *Und sitzt nun da, in deiner Küche: !Diesefrau.....*

–Er hat Seinwort nicht gehalten. Er ist fort. Zurück in-die-Staaten, ohnemich. – Nun war sogar ihre Stimme nur noch Staub.

Eine Weile brauchte ich zu begreifen, daß *Er* jener sehrreiche=soignierte Handelsattaché aus New York war. –Soso: Fort ist er, der U-S-Attaché. – Das hatte ich zu laut gesprochen, diesen Differenzstrich unter ihre Leben's Rechnung, u mußte, wie ichs ausgesprochen, in ihren Ohren klingen wie der Sinn hinter dem Sinn dieser Worte: *–Seau seau: Ford isser, der You Ass Ah-touch-schee* – :Sie starrte mich an wie nen Rohling, der hämisch mit dem Unglück=Anderer sein Wohlbefinden erschließt.

Und sie brach endgültig zusammen. Verzweiflung, schütteres Gestikulieren, Wörter, die sie aufhob & sofort wieder fallenließ –.–

War inzwischen aufgestanden, zur Anrichte hinüber, hatte ihr Essen bereitet, weil mich das ihren An-Blick vermeiden ließ. Stumm & betulich stellte ich dann das Essen vor sie hin. Sie nahm es entgegen, als seis der Strohhalm Rettung, und aß wie 1 Katze, ernsthaft & schnell. ?Was hielt mich davon ab, ihr entgegenzukommen, die einfachen Worte zu wiederholen *Ich werde dich heiraten* –; Worte, die mir in der Letztenwoche noch so vertraut geklungen hatten. Lauter als nötig klapperte ich mit Besteck & Tellern am Bord.

Hinter mir 1 Geräusch, als hätt Atem sich verstolpert, ich wandte mich um.

Sie saß wie vordem am Tisch, die Wangen gerötet weinte sie still. Ihr Mund verzog sich unter lautlosem Schluchzen, ins Kinn falteten sich 1ige Grübchen hinein, die Unterlippe zitterte wie im Gebet 1 mümmelnden Greisin. – Plötzlich Abscheu vor dieser Frau, als hätt ich Schmutz-an-ihr entdeckt od gestohlenes Geld in ihren Taschen. An ihrer Unterlippe 1 Krümel Butter, ich sagte es ihr. Ins Weinen mischte sich jenes kurze Lachen, das aus der Verzweiflung rührt, nicht mal den eigenen Kummer unvermischt zu bekommen.

–!Warum nur mache ich Alles verkehrt.

Erstaunlich, ich hatte soeben dasselbe sagen wolln. Für 1 Moment das Verlangen, hinüberzugehen zu ihr, meine Hand auf ihre zu legen wie ein guter=verständiger Freund. Ich tat Nichts dergleichen. Blieb stehn wo ich stand, vor der Anrichte, & schaute sie an mit jener Neugier von Kindern auf die Grimassen der Alten beim Flennen –.– *Unsere Liebe* – :!Sofort strich ich in Gedanken das 1. Wort aus –: *Meine* Liebe zu dieser Frau war einst ein silbernes Rädchen sausend vor Begeisterung –, nun ist es abgelaufen. Einst *Flammen u Gold* –: jetzt sind die Flammen verascht, das Gold ist glanzlos geworden u blind.....

–Schweigen wir. – Ein Befehl, den ich nur mir selber gab. –Lassen wirs gutsein u Nichts mehr darüber sagen. – Das klang auch in meinen Ohren so eisig, daß ich hätt heulen mögen. Statt dessen trank ich den letzten Schluck Kaffee. Auch der war bereits kalt. Und 1 versehentlich auf den Boden gefallene Wurstpelle beschäftigte mich im-Augenblick mehr als der Kummer dieser jungen Frau, dort am Küchentisch. – Meinherz spürte ich mit dumpfem Schlag, Dasherz in meinen Worten aber war vor-Jahren end=gültig bei=*ihr* geblieben, bei meiner toten Frau, ein Herz aus Lehm in 1 Erdloch in Frankfurt/Oder. – –

Von-Draußen zwei, drei derbe Tritte gegen die Wohnungstür, und Holz zerbarst, das Schloß sprang aus dem Rahmen –: Andrej, Valentinas Bruder, seine Tritte voller Wut & sein Getobe, das war wie Hammerschläge, seine groben Worte die Nägel; und hatten zu Dieserstunde Valentina u: mich unerwartet, ungewollt : zusammengefügt.

–!Ich !halte Meinwort. !Was glaubst denn du. – Sage ich laut in die zertrümmerte Stille, nachdem Valentinas Bruder Andrej aus diesem Raum und der Wohnung wieder verschwunden ist. Dicht-bei-ihr, spüre ich ihre Hand in meiner (unser beider Wärme sich mischend). Hammerschläge, die erniedrigen unterwerfen & zerstören sollten –: Uns haben sie aufgestellt, erhoben, verbunden – geschmiedete Liebe.

–Wir machen Es wie in der vorigen Woche besprochen: Ich fahre dich mit dem Wagen bis zur Grenze. Im Mercedes zur Flucht. – (Auch sie mag darüber nicht lachen.) –Dann bring ich dich rüber, ich kenne Die Stellen ja noch, du weißt. Nichts hat sich an Meinemwort geändert; nur jetzt haben wir nicht länger Zeit. !Komm & pack deine Sachen.

Noch ein Mal, als hätten diese Worte in=mir seit-Langem bereitgelegen, ganz nahe. So unendlich !leicht sie aufzuheben und auszusprechen jetzt.

–Laß uns noch ein paar-Stunden hinlegen und schlafen, bis es dunkel ist. – Sage ich noch zu ihr. –Und wenn es Nacht ist, brechen wir auf. Heute noch.

Sie tat Alles, was ich zu ihr sagte, folgsam, schweigend, voller Vertrauen. Als sie mit ihrem kleinen Koffer zu mir zurückkehrte, trat der Nachmittag schon in seine blaugoldene Stunde. Sie kam zu mir, wir legten uns nieder. Bald darauf muß ich tief im Schlaf versunken sein.

7

Alle E=logen sind beendet, die letzten Töne des Konzerts verklungen. Der Generalissimus, dem zu-Ehren seines Geburtstags diese Galafeier in der Staat's Oper veranstaltet wurde, hat mit seinen Getreuen, Offizieren + Ministern, den Plenarsaal verlassen + im Foyer für Pressefotografen seine Begleiter, Sich=Selbst in der Mitte, im Halbkreis Aufstellung nehmen lassen. Obwohl alle Kandelaber an den holzgetäfelten Wänden sowie sämtliche Kristallkronleuchter angezündet, das Foyer in gleißendes Licht hätten tauchen müssen, verbleiben die Räumlichkeiten + Umgänge im trüb erstickten Schein, als würden Holzwände + schwere rote Teppiche wie Schwämme die Lichterflut aufsaugen. Dessen ungeachtet lächelt Stalin den Fotografen entgegen, er scheint vielmehr die Stimmung zu genießen; – dem ihm zunächst seiner Rechten stehenden Minister legt er väterlich die Hand auf die Schulter –, Blitzewogen zuckend, tauchen für Bruchteile von Sekunden die versammelten Staat's Führer in kalkbleiches Gewitterlicht.

Dann ist auch das vorüber. Zögernd + (will mir scheinen) ratlos löst der Halbkreis schweigend sich auf. Stalin, barhäuptig ohne seine weiße

Generalissimus-Uniform, sondern in schmucklos olivgrüne Soldatenkluft gekleidet (blaue Breeches + schwarze glänzend polierte Stiefel), bleibt indes unverändert am Ort, noch immer sein väterliches Lächeln herzeigend. *Die Langeweile des Herrschers nach dem Lob* – :!Das, hatte Valentina mir eingeschärft, ist der zugleich gefährlichste aber auch der günstigste Moment, als Bittsteller etwas zu bewirken. Doch könne die Laune des Generalissimus jederzeit umschlagen; es gibt keinerlei Gewißheit über den Ausgang solcher Audienz.

Seltsam kleinwüxig, dabei von bäuerlicher Statur der Mann in Soldatenkluft, der mich mit knapper Geste zu=sich heranwinkt. Nun schaut Der Mann, den Allewelt als Den Diktator kennt, mir direkt + offen ins Gesicht. Seinen dunklen Schnauzbart durchsträhnen bleiche Haare, dick wie Maden, während der noch=immer lächelnde Mund mit angenehm klingender leiser Stimme zu mir, in !meiner Sprache, zu sprechen beginnt (offenbar erkennt er schon am Äußeren den deutschen=Bittsteller). –Daß ich einen !verkrüppelten Arm hätte – (er hebt + winkelt den rechten Arm an, beginnt ihn vor meinen Augen heftig zu schütteln, was ein stoffbedämpftes, hölzern klapperndes Geräusch erzeugt) – –!das ist Nichts als 1 der vielen Erfindungen aus den kranken Gehirnen meiner Biografen. – Bei diesen Worten knöpft Stalin seine Uniformjacke auf + indem er den rechten Arm hervorzieht, entblößt er unter der Soldatenbluse sein weißes Netzunterhemd. Doch statt des Arms kommt eine fleischfarbene Prothese aus Bakelit mit chromglänzenden Gelenkscharnieren zum Vorschein. Nun bemerke ich auch durch die Maschen des Netzunterhemds jenen bakelitenen Farbton schimmern, so daß vermutlich große Teile von Stalins Körper aus künstlichen Teilen bestehn. Wahrlich, von Verkrüppelung läßt sich angesichts dessen !nicht reden.– Offenbar findet er selber Gefallen daran, denn nach Allenseiten-hin wild schlenkernd klappert Stalin mit seiner Armprothese. Möglicherweise mein verdutztes Gesicht hat ihn zu schallendem Gelächter gebracht, in das die inzwischen erneut zum Halbkreis um ihn sich scharende Begleiter-Riege !so=fort, bemüht in !gleicher Lautstärke wie ihr Herr, 1stimmt. – –Sie sehen – (Stalins vom Lachen erschütterte Stimme, mühsam nach Atem ringend, zu mir:) –Sie sehen, wenn also meine lieben Bio-Grafen schon bei solchen Details nichts als Lügen verzapfen – !wie muß es dann erst um die wirklich !bedeutsamen Sachverhalte stehn. – Sein leutseliges Lachen verwandelt sich in Hohn. – (*–Er ist in seltsamer Verfassung.* – Raunt mir Valentina, die neben mich getreten ist, mit besorgter Stimme zu. *–Jetzt* *müssen wir uns auf Allesmögliche gefaßt machen.*) Zum Verschwinden aber ist es zu spät.–

Abrupt zerbricht Stalin das Gelächter.

Aus dem unisono-Schweigen heraus geht er schließlich einen Schritt auf mich + Valentina zu. Seine Uniformjacke hat er inzwischen wieder angezogen, zugeknöpft + glattgestrichen; der Spaß ist vorüber. Mit unerwartet versonnen klingender Stimme beginnt er nun eine Erzählung, von der sämtliche Umstehenden, die Minister als auch Valentina + ich, gleichermaßen Inbann gezogen werden. –Vergangene Nacht träumte ich meinen Nachfolger. – Beginnt Stalin + hebt den Blick zu einem der Kronleuchter im Foyer. Angsterfüllt Stille=ringsum, in der dichtgemauerten Luft 1 fernes Summen + wie von Starkstrom Ozongeruch.–

–Diesem Mann, den der Traum mir zeigte – setzt Stalin erneut an – –diesem !kleinen !häßlichen Mann, zudem buckelig + uralt, würde kein Nachfolger für die Regierung der Sowjetunion mehr folgen. !Das erkannte ich auf den 1. Blick: Denn während ich dieses Männchen voller Abscheu betrachtete, bewegte sich der Buckel ruckend + zuckend, als berge er ein lebendiges Wesen – und tatsächlich: 1 dritter Arm wuchs aus der Körperwölbung heraus. Der hing jedoch, weil ohne Knochen, schlaff pendelnd den Rücken herunter. 1 Ärmchen nur, beinahe durchsichtig wie aus Glas – 1 Tentakel Ohnmacht. (Stalin lacht mit krustiger Stimme kurz auf.) –Darauf begann der Bucklige mit unerwartet energischer Stimme auf mich einzureden, nervös lief er auf+ab – übrigens !genau an !diesem Ort. – (Stalins rechter Prothesenarm vollführt eine das Foyer das Gebäude der Staat's Oper den Ort die Stadt das gesamte Land sowie rückkehrend die Versammelten=hier einbeziehende Geste.) –Genau=!hier also lief mein Nachfolger + redete zu mir; Große Worte von Umgestaltung Demokratie Freiheit + Wohlstand=für=Alle troffen ihm aus dem zahnlosen Greisenmaul, während an seinem gesamten Körper längst die Verwesung ihr Werk begonnen hatte. – Wie beiläufig klopft Stalins Hand gegen die eigene, bakelitene Brust.

Großes Unheil ahnend schweigen die Versammelten, starren betreten auf den Teppich nieder, in der dichten Luft stärker nun der elektrische Geruch.....

Gutgelaunt fährt Stalins erzählende Stimme in die Stickluft hinein: –Ich achtete nicht länger auf das Geschwätz dieses $\frac{1}{2}$toten; ich ließ ihn stehn + stieg hinunter in den Heizungskeller. Ganz=unten im Fundament, inmitten der Feuer- Schweiß- + Kothöllen, !dort bin ich stets fündig geworden. So Diesmal auch: Heizer, sämtlich verschlagene Kretins, durch Hitze Kohlenstaub + Ölpfützen lärmend karrten sie große blecherne Loren vorüber, ihre Augen in den dreckigen Wissagen glühend vor Bosheit + Haß. Und sie fuhren nicht Kohle; jede der Loren war randvoll mit frischem Blut – dem Blut meiner getöteten Feinde. Jedes Gefährt ein Sieg über meine Gefährten. – Dröhnendes Gelächter aus Stalins Mund, während er dem Zunächststehenden wiederum seine Rechte auf die Schulter legt. Der so Berührte erbleicht als arbeite bereits der-Tod an ihm, doch wagt er nicht, sich zu bewegen. Stalins Hand klopft wie eine Bauernhand auf die Flanke eines Pferdes dem Mann zu seiner Seite beruhigend einigemal auf die Schulter. Und läßt ab von ihm, weiter fortfahrend in seiner Traum-Erzählung.

–Aus einer der zuletzt vorübergefahrenen Loren erhebt sich, den Rücken mir zugewandt, eine Gestalt zur Manns=Größe heraus. Sein Körper ist mit Gefieder bedeckt wie ein Hahn. 1zelne Federn, vom angetrockneten Blut rotbraun gefärbt, recken vom Leib dieses Mannes sich ab wie Spieße. Ich weiß, dieser Fönix aus Freund+feindes Blut, !das wird mein Richter sein. In dem Augenblick wendet er auch schon sein Gesicht zu mir : Und wie aus einem Spiegel blicken meine eigenen Züge mich an. Es wird noch viele Richtsprüche geben gegen mich, doch kein 1ziger wird mich verurteilen. Denn sooft ich auch angeklagt werde, ich werde immer=!obsiegen : Mein Nachfolger bin Immer=Ich. Freiheit, das ist !meine Erfindung; nirgends + niemals wird es andere Freiheit geben als meine. –

Nun schweigt Stalin, – für 1 Moment genußvoll die Augen schließend. Und in das Schweigen hinein brechen dröhnender Applaus, Hurra-Rufe aus der versammelten Runde + Wünsche für 1 Langesleben wird dem Herrscher=aller=Herrscher entgegengebrüllt.

Alldessen scheinbar nicht achtend, besinnt sich Stalin nunmehr auf den Bittsteller = auf mich, den Deutschen. Und sogleich verziehen seine Lippen sich zum spöttischen Grinsen. –Noch niemals hat man davon gehört, daß die-Masse=unter-der-Knute gegen Die Knute rebelliert, solange die-Masse zu fressen zu schuften ihr Dach-überm-Kopp + was zum Vögeln hat. Auf Dieserwelt sind Achtmilliarden Klone + kein Ende, so geistlos daß sie unsterblich sind. Genau wie Die-menschliche-Gestalt seit etlichen Jahrhunderten sich nicht wesentlich mehr verändert hat, so existiert auch eine Biologie der Macht: Bereits vor Langerzeit haben die-Menschen Die gültige Form für ihre Herrschaft gefunden, + welcher Kretin mit welchen Sklavenideen auch immer sich anmaßen will, die Vollkommen Neuemacht zu sein : Alsbald wird er !Mir ähnlich werden. Die-Peitsche, Meinlieber, wirkt noch beträchtlich stärker, sobald Man der-Masse sie als Palmwedel verkaufen kann. Diesen Palmwedel heißt man Dämokratie. Sie werden sehn: !Ewig sind die Sklaven + singen ewig !Meinlied. – Stalins derbes Lachen zertrümmert die stockige Luft.

Stille. Jeder ahnt, daß noch Etwas kommen wird –:– Stalin zieht aus der Tasche seiner Uniformjacke ein zerlesenes Buch in goldenem Einband hervor + beginnt, scheinbar gedanken=verloren, im vorderen Teil des Buches zu blättern. Die dünnen Seiten rascheln leis. –Warum konnten sie nicht Alles lassen=wie=Es=war; sie haben doch Alles=in-Überfülle gehabt. Und was sie ihr=Elend nannten & vor dem sie davonrannten, das ist in Wahrheit ihre=Identität gewesen. Weshalb konnten sie nicht bleiben. – Er schaut von dem Buch auf + mir ins Gesicht. –Ich rede von den beiden Menschen-im-Paradies. Warum konnten sie nicht bleiben : wegen der ?Erkenntnis. – Stalin lacht voller Spott. Und wie-immer=so-auch-jetzt will Stalin auf Seine Fragen Keineantwort von andern hören; Antworten gibt nur Er: –Erkenntnis: Das ist Nichts, also Poesie. Nein: Sie konnten nicht bleiben, weil das-Leben ihnen !feindlich war. Weil die Menschen spürten – durch Millionen giftiges Getier, durch Millionen giftige Pflanzen –, daß sie !nicht Aufdiewelt gehören: die-Menschen sind verkehrt. !Deshalb mußten sie fort.– Der Generalissimus klappt das Buch in seiner Hand energisch zu, als wollte er den Staub abschlagen, + steckt es zurück in seine Uniformtasche. Das Buch mit dem golden funkelnden Einband ist Die Bibel. – Ich habe ihm Nichts zu erwidern gefunden.

Stalins Blicke tun mich ab, als hätt er sie schon zulange an 1-wie-mich=vergeudet. –!Dawaij. – Herrscht er Valentina an, der Befehl ihm zu folgen. Zu mir: –!Hiergeblieben. !Warten. – Schon im Gehen, bleibt er kurz stehn, kehrt sich noch 1mal gegen mich + sein Blick bannt mich fest: –Schade. – Raunt Stalin. –Wenn sie !meine Geliebte wäre, !ich hätte Es !besser gemacht. – Mit diesen Worten verschwinden hinter 1 Tür in der holzgetäfelten Wand Stalin + Valentina; so rasch, daß sie nicht einmal zu mir sich umkehren kann.

Diese Tür, gewiß 1 der Zugänge zu den Sälen Kammern Gewölben im-Inneren der Staat's Oper –:– ?Wo jedoch mögen die-!Ausgänge sein. Der Weg durch die Keller.....; Ausgänge Auswege: in Krieg + in Frieden immer nur durch die-Keller.....

Schon nach kurzer Zeit öffnet die Tür in der Holzwand sich erneut + heraus tritt 1 von Stalins Sekretären, 1 mottige Figur unschätzbaren Alters im Staubgeruch der Bürogramen, in Händen einen Bogen Papier. Den reicht er mir hastig. –Das Formular das Sie brauchen für Ihre Behörden um 1 Frau unseres Landes zu ehelichen. – Und will schon wieder fort. Ich halte ihn zurück, frage, ?wo Valentina geblieben sei + ?wann ich sie wiedersehen könne. Der Sekretär überhört meine Frage, kurzatmig seine Stimme + eilig: –Jetzt sind !Sie dran. – Und ist bereits wieder hinter der Tür in der Holzwand verschwunden.

Fort auch sind längst all die Offiziere + Minister Stalins, all-1 stehe ich im Foyer zur Staat's Oper, 1 Papier in Händen. Als ich den Blick darauf senke, erkenne ich 1 liniiertes Blatt, wie die Seite aus dem Rechenheft 1 Schülers gerissen, vollgekritzelt mit Tintenmustern so, wie man sie während endlos=langer Sitzungen zustandebringt. Erst der nochmalige Blick zeigt mir die Figuren, die das Papier dicht wie ein Netzwerk bedecken, als mit dicken blauen Tintstrichen angefertigte Zeichnungen von Wölfen..... – Und sofort beginnen die Zeichnungen sich zu bewegen – die tintblauen Wölfe ordnen sich zum Rudel, sie kehren sich gegen mich, kommen aus dem Papier auf mich zu, die Mäuler spitz bezahnt & weit offen zum Biß. – Ich begreife sofort, nicke zustimmend. –!Ja. Es ist soweit: Jetzt sind !wir dran.

Der letzte Satz traf bereits ins Erwachen. (Noch im Dunkel greife ich nach einer=bestimmten Schachtel unterm Bett, die ich heimlich & rasch in Valentinas Gepäck verstaue.) Und wieder Licht aus der kleinen Tischlampe; Valentina, – schlafesverworren starrt sie mir entgegen. Dann, die Augen sich reibend, steht sie wortlos auf. Aus der Helle eines Traums der Aufstieg in die Nacht zur Wirklichkeit.....

8

Die-Stadt brennt ihre Lichter gegen den-Schlaf, die Hitze aus vergangenem Sommertag noch gefangen im Stein. Valentina u ich, wir treten auf die stillgewordene Straße hinaus, heimlich wie Schatten zweier Diebe auf dem Weg uns die Zeit für Einleben als Beute zu holen.– Straßenasfalt & Gehsteigfliesen betupft von mitternächtigem Lampenlicht, nur ver1zelte Gestalten, matt u farbenlos eilen sie dahin – die Stunden der Abenteuer sind vorüber; wer jetzt all-1 ist, findet niemand mehr für Diesenacht. Unweit eines China-Restaurants auf dem Gehweg neben ein ander zwei Kotzefladen: dieselbe Färbung, die gleichen unverdauten Brocken: *Familienglück, Das Gericht für 2.....* – Aber ich sag es nicht. Wir haben Anderes vor, & gehen rasch vorüber. Unweit am Gehsteigrand mein Taxi, wir steigen ein.

Grenzen sind Stauräume für Zeit : Grenzen können verschwinden, aber sie ändern sich nie.

Groß die Nacht schwer u warm, alle Himmelslichter hinter festgefügtem Wolkengewölbe verborgen. Die Nacht ein schwarzer Eisenblock, an der Finsternis schrill feilend Heuschrecken wiesenweit – unaufhörlich. Rauschend die Lüfte im Geruch nach Wasser – kühl schon aus nicht mehr fernem Herbst. Alles scheint hier so geblieben, wie ich Es kenne aus Vielenjahren=Dienst. Schilf u Morast u kleinere Wasserzüge, eine Böschung mit langen glasbleichen Gräsern –, hinabstolpernd fasse ich ihre Hand, so stützen wir uns.

Dann: Die Neiße, der Fluß, die Grenze. Und Weitergehen durch hohes leis rauschendes Gras –.

Jedem !seine Schritte durch die tosende Zeit. Niemand weiß, welcher Schritt ein letzter sei –; u: wenn er wissen würde, er wäre schon nicht mehr in der Zeit. Wenn auch meine Füße nicht (im morastigen Ufergrund versinken jetzt die Schuhe, kalter Schlamm dringt herein), so habe ich Zeit-Lebens versucht, meine Hände frei zu halten von Schmutz&schuld. Für so-Manchen aber bin ich trotzdem 1 *schmutziger Mensch.....* geworden.

Ihre Hand gleitet aus meiner, von-Hier=ab muß sie allein weitergehn. Jedem das Maß an Schritten hin zu seiner eigenen Grenze. Manche fahren Dorthin, andere sogar überfliegen sie – –

Etwas beschäftigt mich seit unserem Wiedersehen, u jetzt ist Zeit & Dunkelheit, Es auszusprechen. –Deine Mata-Hari-Rolle Valentina: das war doch Nichts als ?Angeberei. Du hättest sonst kaum überlebt bis Hierher. Nitribit – das ist noch=immer eine selbstmörderische Dosis, die Ladung Sprengstoff um den eigenen Leib.–

Valentina, kurz bevor die Dunkelheit sich um-sie schließen wird, bleibt noch einmal stehn. Und kehrt sich zu mir, zwischen uns schon viele Armeslängen Entfernung. Aber die-Frau-im-Dunkel geht auf meine Frage nicht ein. Nach kurzem Schweigen, 1wenig gekränkt will der Klang ihrer Stimme erscheinen, und obwohl sie ihre Worte gewiß flüsternd in die Finsternis spricht, kann ich sie vernehmen so deutlich als stünde sie noch immer dicht | bei=mir.

–Ich habe in meinem bisherigen Leben einige Kilometer Mann inmir gehabt. – Frivol verzieht sich für 1 Moment ihre Stimme. –Aber kaum 1ige Zentimeter, die mir Etwas bedeuteten, u: sicher noch weniger, denen ich etwas bedeutet habe, außer den Paar=Quadratzentimetern Fleisch-einer-Frau.

Und Valentinas Stimme stellt sich wieder gerade hin. –Unter alldiesen Männern war nicht ein einziger Freund.

– Rauschen – die Nacht, unaufhörlich –

–Jetzt werde ich dir die-Wahrheit sagen. – Höre ich Valentina noch ein Mal. –Ich habe dich angelogen, damals in dem kleinen polnischen Café. Was ich dir als Meinegeschichte erzählt hatte, ist Wort-für-Wort unseren Nachbarn geschehen; es hätte also auch uns geschehn können. Aber ich hatte Keinenmut zur einfachen Wahrheit, glaubte sie zu 1fach für Hilfe: Meine Mutter lebt noch in Kriwoi Rog. Nein, nicht leben, sie vegetiert seit sie arbeitslos ist schon über Vielejahre. Mein Vater ist am Alkohol krepiert. So wie sie, wollte ich nicht zu-Grunde gehn. Deshalb !mußte ich fort. Du hast mich & Meinegeschichte durchschaut und hast mir trotzdem geholfen: Du bist mein Einziger Freund. !Derfreund dem ich Meinleben anvertrauen kann. Wir werden uns wiedersehn. –

Jetzt müßte ich die wenigen Schritte ins Dunkel gehn, hin zu ihr, und sie noch ein Mal in die Arme nehmen. Küssen, wie Damals in der Nacht ihrer Ankunft hier. Das scheint Heute die Erinnerung aus einem Anderenleben –.– Meine Schuhe stecken inzwischen tief im Morast, ich kann sie so rasch nicht lösen. – Dann ist der Augenblick vorüber.

Leise Schritte durch Gräser u Schilf, langsam sich entfernend. In Händen das wenige Gepäck, die festverschlossnen Plastiktüten mit den Kleidern-zum-Wechseln nach dem Durchwaten der Furt; dieselbe Stelle im Fluß, an der sie schon 1 Mal vor einem Anderenleben in umgekehrter Richtung die Strömung passierte.

So verlischt für mich Valentinas Gestalt. Bald darauf entschwunden auch das Geräusch ihrer Schritte, einzig geblieben das Rauschen hoher Nacht, schrillend die Heuschrecken – unaufhörlich – –

9

Erst jetzt spüre ich meine trockenen Lippen sich bewegen, ganz von=selbst u grad soviel um *Die Drei Worte* zu sagen – zu der Stelle in der Nacht, wo ich *ihre* Gestalt soeben verschwinden sah. Flüsternd *Die*

Drei Worte an 1 Silhouette aus Dunkelheit. Mir scheint, dieser schwarze Fleck auf schwarzem nächtigen Grund bleibt ohne Temperatur, ohne Geräusch, u wäre Licht zu Dieserstunde, so bliebe er unbehellt; ein winziger Ort mitternächtlicher Einsamkeit. *Valentina – du* bist schon so fern, daß ich nun als ein Freund *dich* lieben kann. Lieben um zu lieben um zu leben. Weiterzulieben um !so weiterzuleben, weiterzumachen. Vielleicht muß *Das* unmöglich bleiben. Vielleicht hast auch *du* gestern in meiner Küche, als still *deine* Lippen zitterten, *Die Drei Worte* in *deiner* Sprache gesprochen, nur ich habe das nicht begriffen. *Du* hast mich an Alles erinnert, was ich einst verlor. Beschämung – das ist nur 1 anderes Wort für Trauer. Denn niemand überlebt ohne Verlust, u jeder Verlust ist noch einmal der Erste. Derlei spüre ich immer zuerst in den Händen; trocken die Haut auch jetzt u kraftlos jeder Finger, während den Körper 1 stete Zugluft durchweht, die mich davontreibt – nur u immer davon – –

Da kehre ich um. Trete aus dem Schlamm heraus, das gelingt verblüffend leicht, und die Böschung hinauf, zur fahl schimmernden Karosserie des Autos, dem Taxi zur Grenze, leise knistert die erkaltende Motorhaube.

Den Traum aus Diesernacht habe ich Valentina nicht erzählt. Und nichts von dem Geld, das mir vor Nächten der Unbekannte mit seinen moorschwarzen Augen, Augen die nicht schauten sondern Alles was hineingerät in=sich saugen & verschlingen u die voller Suff & Tränen schwammen, überreicht hatte. Er saß in meinem Wagen, immerfort lallend, ich solle Einersophia !nichts davon sagen, daß er wieder mit Trinken angefangen habe; – & stopfte mit zittrigen Fingern Pfefferminzbonbons in den Mund, sagte dazu: –So steht Es geschriem: Pfeffer Minz –, damit SIE mich !auslachen kann, u: hab mir Dieletzteschongs verdorben –.– :Er war kurz vorm Abschnappen..... Ich verstand Nichts von seinem Gerede. Schien als schwitzte er mit feuchter Stimme alle Sorgen Kümmernisse: seine Leben's Pein aussich=heraus, & das Ausgeschwitzte kondensierte zu einem Bündel Geld.....

Es ist nicht gut, in der Nähe von Sorgen-schwitzenden Menschen..... zu sein. Also nahm ich schließlich das dargebotene Geld – der Fremde, der sich *Journalist* nannte, hielt es seit geraumer Weile bereit. Und ich nahm es von ihm, damit ein Ende sei –.– Valentina würde die kleine Schachtel voll enggepreßter Scheine in ihrem Gepäck finden, zur Rechtenzeit.

Von Diesernacht-an werde ich nicht länger durch die Nächte Taxifahren. Nicht länger durch dunkle stumme Dörfer, auf den Landstraßen entlang die unter Bäumen wie Tunnel in pechschwarze Nächte führen. Suchen und Suchen, Fahren und Weiterfahren, vom Dunkel ins Dunkel, von Vergeblichkeit zu Vergeblichkeit all-dieser Stadtnächte aus Getobe & Licht – :Aus=vorbei. Diese Fahrt=heute war meine letzte Fahrt des Nachts. –

Langezeit in die Dunkelheit lauschend, bang, daß vielleicht unter Schreien & Lichterblitzen jenes hundszahnige Gelärm die Stille zerbeißt, sobald Grenzposten Flüchtlinge auftreiben & die-Verfolgung beginnen. – Nichts. Schwarzer kühler Geruch nach Wasser. Nacht u Rauschen – schrillend die Heuschrecken – unaufhörlich – –

Kurze Windstöße; bald wird Morgenschimmern die Finsterness vertreiben –.– Im Fond noch Wärme. Die Haut indes fühlt auch Anderes heraus als nur die Temperatur aus einem vergangenen Sommertag, 1gesperrt im Innern 1 Autos. Die Haut erspürt die An-Wesenheit einer Frau, die nur=hierdrinnen für 1 Kurzes noch verblieben ist. –

Morgen bist du doch wieder !da.

Warten, bis Morgen ist. Nach Frankfurt, auf den Friedhof, werd ich fahren. Jetzt kann ich wieder hingehen u an ihr Grab. Sehen in welchem Zustand es ist. Vielleicht könnte ich etwas Unkraut aus der Erde zupfen. Unkraut wächst immer, überall. Wenn ich sofort losfahre, bin ich noch vor den Arbeitern im 1. hellen Morgenlicht auf dem Friedhof. Dort kann ich wieder von-Nutzen-sein & etwas tun. – *Unkraut u welke Blätter. Ich bin wieder Daheim.* – Behutsam schließt sich die Wagentür –, Klick.

Von nun=ab sollte er noch 1ige Tage leben.

Brache Stätten 1

$\frac{2}{3}$ Maori-Lage

In den vielfachen Zentren dieser Stadt BERLIN finden sich unvermutet verschieden große A-Reale, auf denen buchstäblich NICHTS ist. Weder scheinen diese Grundstücke Jemandem zu gehören, noch scheinen sie Jemanden zu interessieren. Es sind Stätten intriganter Stummheit; den Lebensstrom der Stadt roh durchbrechend & anhaltend, bringen sie die Stadt-Stimmen zum Stottern, lassen die-Stadt als Text aufhören..... Skulpturen des Schweigens als die von allen Formen KRIEG zerstörte Architektur : Architektur des Stofflichen, des Sozialen, der Rede, der Begierden. Orte, an denen STADT nicht Stadtfindet, Absicht Kalkül Vernunft löcherig sind & porös. *Abtrünnig* geworden hält die-Stadt an ihrem Nullpunkt an; Freies kommt hier nicht zum Gedanken. Das Betreten bracher Stätten, jener zähen Unvergänglichkeit, erstickt die Worte durch Stein&abfallschütten perfider Kleinlichkeiten, mitunter klebt noch erkalteter Brandgeruch am rauchgeschwärzten Stein (man ahnt Immobilienspekulanten, Grundstückschwindler, Versicherungsbetrüger beim *Heißen Abriß*), die Atemluft wiegt schwer nach dreckigen Menschen (in deren Erniedrigung man hier unversehens selber als Zugehöriger sich findet); Auswurf & salpetrige Inseln, in Nischen immer-Feuchtes – die Hüllformreste der *wet ware*, verschwundnes Leben.– Mochten zu früheren Jahrzehnten hier Wohn- od Geschäftsgebäude, Fabriken, Fuhrunternehmen od in manchen Gegenden (wie im Scheunenviertel) Kleinbauerein gestanden haben – so sind diese=allsamt u augenscheinlich seit-Langem fort.–

Bisweilen hatten hier Abriß- & Neubauarbeiten begonnen, aber aus verschiedenen Gründen stehn sie bereits Längerezeiten still; alles Leben hier hat aufgehört. Und störrisch recken Unkrautbüschel ihre Stengel aus dem fleischfarbnen Steinmehl empor. Dort, wo pflanzliches Wuchern der einst vermessenen, von Kapitalwert besetzten Grundstücke sich bemächtigt, kommt *Zeit* zum Stillstand, kehrt *Geschichte* um in *Natur*..... & wiederholt sich von-Dorther mit deren Mustern.....

Dagegen sind Gebiete beiderseits der früheren Berliner Mauer – *Niemandsland*, *Todesstreifen* – kein braches Gelände, insbesondere dort nicht, wo diese A-Reale unbebaut, also im kapitalistischen Sinn nutzlos geblieben sind: Zum Teil umgewertet als museales Gelände (»Gedenkstätten«) od: aufgrund noch ungelöster Rückübertragungsprozesse stillgehalten, stellen diese flächenmäßig nicht unerheblichen A-Reale Stätten der *zivilisierten Einverleibung des Todes* dar. In Form sowohl kultureller als auch spekulativer, mithin ziviler Prozesse finden solcherlei Orte auf künstliche Weise sich außerhalb der Geschichtsbewegungen zwar, doch ebenso dem Zugriff der Natur entwunden; diese Gelände, in mehrfachem Sinn mit Tod gesättigt, wollen die Zähmung desselben vorgeben: die *Verbürgerlichung des Todes*.– In Wahrheit bilden diese Gelände mit einem hocheffizienten Grad Macht-voller Okkupations- & Besiedelungspraktiken, dem geraden Gegenteil der brachen Stätte, *Reservoirs für kommende, delegierbare Tötung*.

Dagegen ist die alte Wohnraumstruktur in echten brachen Stätten mit teilweise abgerissnen Häusern noch sichtbar: Die schründigen Brandmauern hinauf in scharfbittere Stadtluft gestellt & der offenen Ansicht preisgegeben die Etagenkulissen, blass geblümt od kränklichküchenweiße Tapetenfetzen, Reste wind&wetter=zerworfner Gemütlichkeit; durchzogen, als seis das einstige Gedärm dieses Hauses, von rostigen Abflußrohren – & überall Löcher Ausbrüche Schmierspuren Rußfahnen die kalkigbrüchigen Wände hinauf hinab, – man meint im ausgekühlten Bruchstein in dieser schamlosen Preisgabe einstiger Leben noch die Eingeweidewärme längst verschwundener Menschen zu riechen –. Auch die Keller- u Fundamentregionen bieten offene Einschau, von Ziegelbruch verschüttet die türlosen Kellerzugänge –:Solch Anblicke rufen 1erseits die dürre=formalisierte Sprache-des-Verbrechens wie anderseits deren Pendant, die Sprache-des-Rechts-&-der-Gesetze, herauf, und zwingen das Sagbare in die Unsprechbarkeit.–

→ Dann wieder existieren Abrißgelände, wo Mauern & Fundamente vollkommen geschliffen & das A-Real=Selbst planiert wurde – die Stätte besenrein; nur, aus wiederholt uneinsichtigen Gründen, mußte an diesem windglatten Ort der Neuaufbau plötzlich gestoppt worden sein od Gründe & Pläne zum Wiederbebauen des enträumten Geländes sind verloren gegangen : 1 Ort, von Pfählen mit straff=gespanntem Maschendraht umgeben & den Zutritt verwehrend, als sei das ein Gebiß, um nur die Wörter jener *bezahnten Sprache-der-Kultur* durchzulassen: Das Gebiß ist Hüter für Sprache; die Zähne zerkleinern die fleischliche Substanz der Wörter, jene Erinnerung ans Grobe: Wut Zärtlichkeiten Phallisches alle Unerbittlichkeit der Begierden –.

Die funeralen Zeremonienmeister bei einigen Stämmen der Maoris geben bei jedem Begräbnis eines ihrer Stammes-Würdigen 1 Wort aus ihrer gemeinsamen Sprache wie ein Schmuckstück dem Toten mit ins Grab, und dieses Wort ist für die Lebenden daraufhin für=Allezeiten tabu. *So daß jene Menschen mit jedem ihrer Toten immer=ärmer werden in ihrer Sprache. Und Sprache wird zum Reichtum der Toten.*

Zurückbleibend an solchen Orten, sprachverarmt, mit verblassendem Erinnern ans Verlorne, soll Mann von einer Frau erzählen, und die Stimme dabei das Messer, das mit jedem weiteren Wort mehr und mehr abschneidet von diesem Wesen, um es zu verschlingen solange, bis nur das blanke Skelett des Unsagbaren u der Tautologien übrigbleibt: *Sie erinnert mich an 1 Frau, die war wie* – & oftmals, aus solcher Hilflosigkeit, nur der Name 1 Schauspielerin bleibt, die ihrerseits in das=selbe Gelände des Unsagbaren, in die brachen Stätten die *uns* vom-Tag-zur-Nacht mit Stummheit schlagen, geraten ist; im all=täglichen, zerkleinerten Geredebrei aufgefunden nur die immergleichen Knochen, das immergleiche Skelett. Knochen aber bedeuten Nichts..... außer für Paläanthropologen & Kriminalisten.

Der Planet Erde besteht zu $\frac{2}{3}$ aus Wasser, desgleichen zu $\frac{2}{3}$ aus Wasser der menschliche Leib. Die Häusermasse einer Stadt besteht zu $\frac{2}{3}$ aus Luft.

Als Brut-, Test- & Schwarzmarkt-Gelände für Aber-Glauben u Illusionen zur Schärfung von illegalen, intelligenten Begierden als Möglichkeitensinn – *Was ich stehlen kann, muß ich nicht er-finden* – sowie als Geisterbilder der-Stadt, sind brache Stätten weder an diskrete Orte noch an besondere Menschen gebunden. Also sind sie wie Das Verbrechen: Überall – –

→ Inhabilitados

Der Zweite Weltkrieg kannte am-Ende noch deutlich sichtbar Die-militärischen-Sieger. Allen folgenden kriegerischen Konflikten in der Welt war und ist ein solches Ende nicht mehr beschieden; Kriege gehen weiter, verdeckt wie auf dem Balkan, offen wie im Vordern-Orient. Denn der Sieg der-militärischen-Sieger des Zweiten Weltkriegs fiel geringer aus, als das Wort verheißen mag & größer, als die-Weltkriegssieger erwarten durften: Sie haben die Möglichkeiten zum politischen-Friedensschluß gleich mitbesiegt. So folgte dem Zweiten der Dritte Weltkrieg: der Kalte Krieg. An dessen Folgen kranken wir bis heute, in sämtliche Ausfaserungen von Gesellschaft hinein. Zudem ist der einst losgetretene Totale Krieg, ebenfalls unbeendet geblieben, spätestens seit dem-Elftenneunten-Zweitausendeins in das neue Stadium getreten: das globalistisch operierende Partisanentum. So kam ein weiteres Szenarium für Krieg zu den alten, ungelösten Konflikten hinzu. Und weil infolge dessen zunächst KRIEG u FRIEDEN identisch, das-Politische von der-Ökonomie aufgesogen & umgewertet worden – der-Feind mutiert zum Geschäftspartner – seien Heute FRIEDEN gefährlich u KRIEGE unbedenklich..... geworden.

In solcher Stimmung Nichts, das lauter öfter & all=gemeiner beredet & aus allem Schweigen heraus-Oper-iert wäre, als *die Schmerzen unserer Zeit*, die Katastrofen *unserer Stunde*. Sprache freilich ist dabei tief in der Furcht u seit-Langem auf-der-Strecke geblieben. Freigesprochen von jener Last, die jene *vor=uns* beschwerte aus früheren Zeiten, von der Oberfläche wieder zurück- und ins Zentrum dessen getreten, das *uns* Wesen heißt, suchen *wir* nunmehr am Ende aller *Großen Versuche* – deren Reiz ist lange erloschen – nach 1deutig=sicheren Antworten auf jene noch=immer gestellten Fragen: *?Wo im dichten Gewebe des-Menschtums ist der 1 Faden namens Ich* : Und sind darüber zu Egoisten geworden ohne Ego – so breiten *Trauer u Melancholie* sich aus. Denn wissend, *wir* sind 1gebunden in 1=bestimmte existentielle Lage, geistvoll od geistverloren, sehen *wir*, allmählich, auch *unser* Wesen, wie zerstörte Wohn- & Fabrikanlagen aus vergangenen Jahrhunderten, wehrlos vom Unkraut da-Sein überwachsen.

Im Gehege *unserer* Breitengrade haben *wir* die archaischen Leiden, die Großen Seuchen- & Hungerkatastrofen, von einigen immer wiederkehrenden Ausnahmen abgesehn, zwar hinter *uns* gelassen: dieser Tod hat – vorerst – aufgehört beständig als Schatten an *unsrer* Existenz zu kleben. Geblieben sind Melancholie u dunkle Sarkasmen über dem meta-physischen Mangel an *uns=verbindendem-Sinn*. Und sind daraus im entgrenzten, sinnzerstreuten Gelände noch einmal die Wartenden –

Brache Stätten erwiesen sich in Kriegen als Katechont : *»freie Gelände« ohne Brand-Masse hielten kriegerisches Feuer auf, wie pflanzlose Flammenschneisen dem-Waldbrand wehren. Die Stadt Berlin verbrannte nicht im Feuersturm; der Totale Krieg stockte vor den brachen Stätten. Sie bilden seither die neue Idee von Bunker & Panzerung, auch für die Seele-des-Menschen.....*

→ Träume haben von ihren Subjekten endgültig sich befreit. Fiebernd in kaltsinniger Gier nach Lebens=Beute (gültigem Kapital als Mehrwert zum Sein), gleich den früher aus Arbeits-Lohn-Verhältnissen eskapierten Proletariern, streunen *wir* umher auf der Suche nach neuem, besiedelbarem Grund. Traum vom unmöglichen Traum. *Unsere* Lebensposen sind pedantisch & steif, die Synonyme fürs *Deutsche*, weil *wir=Deutsche* – weder kriegerisch noch zivil (falls das nach zwei Welt-Kriegen noch Unterschied heißt) – niemals wirklich !in-der-Welt gewesen sind. *Draußen..... ist feindlich. Unsere* Ungezwungenheiten sind lediglich Folge des schlechten Unterrichts in der Schule-zur-Freiheit. Dort, wo *Deutsche* in Touristen=Gruppen an fremde Welt-Orte hingestellt, kehren *sie*, mokant lächelnd, runden Rückens sich 1=ander zu. Mit kuhsamen Milchzungen die Laute einer Fremden-Sprache zu Lust- u Glanzlosigkeit zerkauend, empfinden an den zugigen Welt-Orten 1zig in solch-Augenblicken *wir=als-Gruppe*: verzweifelt=familiär.....

Allzeit Den Sieger suchend, den es nicht gibt, Ihm als Geführte zu folgen hin zu DER SICHERHEIT, die es nicht gibt, wollen *wir* die-Welt überrunden. Das Streben nach SICHERHEIT ist ein fundamental menschliches Streben. *Wir*, deren Ahnen in Jahrhunderten vor *uns* an ihrem Leib DAS EISERNE überreich erfuhren, müssen DAS EISERNE HEUTE in-die-Welt setzen, indem DAS EISERNE *uns* vor der-Welt..... beschützen soll.

EISERNE RUHE. DER ATOMARE PANZER. *Computersimulationen zufolge hat nach 10^{2000} Jahren – alles organische wie anorganische Leben in diesem Sonnensystem ist zu Dieserzeit längst erloschen – die gesamte Materie zu* EISEN-ATOMEN *sich verwandelt.*

→ Müd aller durchgespielten Spiele & aller somit erlebten Übertölpelungen im Hallraum schlechter Unendlichkeit sogenannt Großer-Gefühle, darin als die vorläufig letzte Beziehung zum Absoluten, in Ermangelung einer andern, das-Leben=selbst der-Einsatz ist. Ohne

Überzeugung jedoch u stets zum sofortigen Rückzug bereit – !wozu Menschsein, wenn ins Mensch-Sein niemand investiert – sind *wir* zu *Inhabilitados* geworden. Denn wie jene Haus & Besitztum verleugnen, zudem unfähig über den Prolog hinaus den Text zum Tatsachenstiftenden Tun zu erlernen, sind *wir* Verleugner einer Sehn=Sucht, die an den Klippen Pedanterie & lückenloser Katalogisierung noch der letzten seelischen Winkel zerschellte (auch Perversionen haben ihre Industrie; seit=langem vermessen sind sie zu günstigen Bedingungen per Nachnahme & diskret frei=Haus lieferbar). Was stört, !reißt Man !aus : Noch im Verkommen als Zynismus wetterleuchtet der Schimmer letzter Größe des Idealismus – *Gewissen* –, nun soll *Es* verwesen. Zwar sind die Räume in denen zu leben ist – Ökonomie & Recht – globalisierbar, nicht aber des 1zelnen Bedürfnis nach Verantwortlichkeit gegenüber *dem* Leben. Dies Bedürfnis nimmt im gleichen Maß zu, wie der unübersichtlich gewordene, unvermeßbare & somit entwertete=Leben's Raum-ohne-Grenzen u damit die Unmöglichkeit zur Verantwortung sich ausdehnt – –

> ***S. 398, Schwarzes Laub →:***
> Zunächst streben Alle nach dem gleichen Ziel. Vor kurzem haben wir=gemeinsam nicht allein diese Wohnung, sondern das gesamte Haus vom Eigentümer gekauft; darin haben wir im Parterre unser Geschäft, eine Bäckerei, eröffnen können. Jeder, soweit ihm möglich, hat zum Hauskauf & zur Geschäftseröffnung die gleiche Summe eingezahlt bzw. in der gleichen Kredithöhe bei-der-Bank sich verschuldet; sowohl für den Kauf der Immobilie als auch für die Eröffnung der Bäckerei, die im Zentrum dieses Hauses & unseres gemeinschafftlichen Lebens&arbeitens steht. Mein Beitrag allerdings ist mit Abstand der höchste gewesen.

Überdrüssig der Anrufungen & Appellationen an internistische Details – das-Herz 1 inflationäres Organ –, sind *wir* zu *inneren Arbeitslosen* geworden: Menschen, denen auch im Umgang mit ihrer Erinnerung niemand verblieben ist, der durch des Nach-Denkens und Nach-Fühlens tätige Arbeit eine Begegnung herbeiführte, die emotionalen Mehrwert einbrächte. – Denn Sehn=Sucht schafft Selbsterkenntnis; Arbeitslosigkeit, äußere wie innere, ist Entstehungsherd für Dummheit.....

Für die Scharen innerer Arbeitsloser !keine Spenden-Aktion, !keine Fürsorge, !kein Kredit, !nirgends 1 Arbeitsamt od Asyl –:sie sind zu *Abtrünnigen* geworden.

Ebensowenig wie 1 Serienmörder, ist ein Abtrünniger an Äußerlichkeiten nie zu erkennen: Kleider Farben Make-up Tattoo & Posen –

allsamt Täuschungen: Ein Straßen-Punk kann bürgerlicher empfinden als 1 Bankier. Ob in Lumpen od in teuerem Tuch, ob auf Bahnhofsfliesen in gräulichen Pfützen zwischen Müll & zerlatschtem Essen hingestreckt od in wohlklimatisierten Räumen hinterm Schreibtisch in der Chefetage bequem sich fläzend od von Geruch-Lärm-&-Geplapper eigener Kinder inmitten pulloverwarmer Familien-Bande umhüllt –,– u: !doch: 1 innerer Arbeitsloser.....

Überdruß schon im Beginn: allmorgendlich Aufstehn, Waschen, Anziehen, Frühstück bereiten inmitten karger ich=all-1-bezogener Geräusche – dabei leise aber dringlich verspürt der Wunsch, besser als dies all=tägliche Daseins-Ritual an unheiligen Auferstehungen ertragen zu müssen wäre sich aufzuhängen.– Der Blick aus dem Fenster: Frühjahrsanfang, *die linden Lüfte* –, Knospen besternen Äste & Zweige – wieder und wieder nur Grün: *?!Könnte Frühjahr nicht 1 Mal in !Rot beginnen.* So empfand der träumelose Lessing Überdruß an *seinem* Leben. Und weil die inneren Arbeitslosen vergessen haben zu vergessen, ziehen sie das Sterbenwollen dem Lebenmüssen=in-Langerweile vor.

Es gibt nur dieses=1 Leben..... Und darin sind die inneren Arbeitslosen, plötzlich von 1 Stunde zur andern, die Verglühten; aschige Individuen. Deren Rede ist nicht Ja Ja, nicht Nein Nein; sie lehnen bereits die Frage ab. Weder Heimkehr noch Ausbruch geglückt. Im wahrsten Sinn ist ihnen *nicht mehr zu helfen.*

Niemand kann wissen, welch ein Menschen-Typ aus Asche hervorkommen wird; zu welcher Selbst=Bewaffnung er greift od bereits gegriffen hat. In Ermangelung besseren Urbilds wird man solche Menschen stets als ausgesetzte los-gelassene Hunde betrachten. Ohne den verwertbaren Charme der Bo-Häme sind sie Fremdlinge unter allen Fremden, Flüchtlinge aus fixer=Schöpfungsidee, ins Da-Sein illegal Ein- & auch wieder Aus-Wandernde: *die Verwilderten* = *die Abtrünnigen*.

S. 125, Industrie für Begierde. Die Umstimmbarkeit der Zeit durch Form: *Abtrünnigkeit* beschreibt den Prozeß der Selbst-Bildung aus-sich=heraus zur Überwindung von Unmündigkeit (Kant): Selbst-Produktion zur Schulung eigener Freiheitsfähigkeit. ?Ob aber *die Gefühle* an die Formen der industriellen Referenz heranreichen od ?ob die Diskrepanz zwi-

S. 342, Stille Jäger →: *Abtrünnigkeit* ist zwei=deutig; auf ihrer negativen Seite ist sie letal besetzt. Die dem-Abtrünnigen eigene, unbedingte Subjektivität erlebt hier in ihrer negativen Ausgeformtheit die Verhärtung des Subjekts in Form der Selbstunterwerfung gegenüber einer verinnerlichten Macht-Instanz, nachdem die äußere Macht, als deschen Beiden im Zeiten-Lauf zunimmt, das kann allein der Blick auf 1zelheiten erbringen.

ren Subjekt man objektiv zu gehorchen angehalten ist, ebendiesen Grad von Macht=Ausübung nicht mehr wahrnimmt od: wahrnehmen kann. Daraus, & in Verbindung mit dem funda-mental=menschlichen Streben nach Sicherheit, eröffnet sich für den 1zeln=Abtrünnigen der enorme Raum für BEDENKENLOSIGKEIT.

Freak Waves. Jähe Wut

Frühjahr 2003

Die Nacht

Als wärs ein Stück von mir –

Schwarz zerfallen die Stunden – wenn die Leuchtfeuer in der-Stadt für Niemandswünsche 1sam & nutzlos brennen – wenn die Nachtmaschinen nur immer mehr Stille auswerfen, Stille mit scharfkantigen Konturen, durch Fußgängertunnel gällend Pfiffe, die Sinne zerschneidend & Lodern in den Augen=nächtelang Ohneschlaf – (!Alkohol: – Wiedersaufen weiter und weiter der Haltlos ohne Be-Griffe die bittren Stromschnellen=hinab, das Aus nach dem Aus, & jede Faser im Gehirn packt den Rausch und treibt mich aus mir fort –). Zurück aus der Nacht=Draußen in die Nächte=drinnen, in schales Wohngehäuse (von den Wänden kreidbleiche Stummheit), öffne ich das Eine Fenster – & die Bildschirmfläche am Computermonitor wirft hellweiß im kalten Licht der Elektronik Fundstücke in meine Nacht; aus dem Internet Zeile-für-Zeile als leuchtende Schrift:

→ *Einstürzendes Bürgertum. Der Wunsch als Waffe*

§ 1.
Okzidentales Bürgertum ist Synonym für die Bemächtigung der Welt auf Basis einer Reihe tiefgreifender Ingenieursleistungen: Vom Festungs- über den Brücken- hin zum Industriestädtebau; von der Eroberung des See- und des Luftraums durch geeignete, waffentragende Fahrzeuge bis zur Okkupation der vierten Dimension, der Zeit, mittels Arbeitsprozeß; von der Fernwirkung von Stimmen (Telefon) bis zu den Projektilen und weiter zur Marktwirtschaft vermittelst Geld und Aktien u.v.m. – allsamt technologische Strategien (materielle Knotenpunkte) inmitten eines Netzes forcierender Ideologien mit Ewigkeitsanspruch hinsichtlich eigenen Bestands. Doch erweisen selbst kompakteste materielle Gebilde sich als zerstörbar durch die jeglichem Gebilde inhärente *Fähigkeit zur Eigenschwingung*.

§ 2.
Forcierende Ideologie heißt Religion (Transzendenzelemente) in all ihren Schattierungen als immaterielle Knotenpunkte besonders auch im Innern der säkularisierten Politik. Technologie und Religion – die beiden Komponenten für das Bauwerk jedweden Bürgertums; seine Fugendichtheit durch weit in Zeit-Dimensionen gestreckte Wirksamkeit bewerkstelligt *Der Wunsch* – jener Wiedergänger einst besiegten Hungers.

§ 3.
Das Wünschen ist eigentliches Agens für Kapitalismus, der effektivsten Strategie für die Verbürgerlichung der Welt. Aus den Wünschen kommen die Erfindungen, die apparatgewordenen Griffe nach dem Sein – von den Werkzeugen über die Maschinen bis zur Bürokratie –: allsamt Errungenschaften als Beute aus dem Korpus Welt.

§ 3a.
Dieser Korpus besteht aus eigens für den Beutezugriff definierten Zeit-Verhältnissen: Vergangenheit, Gegenwart, Zukunft. Wer die *Vergangenheit* befragt, sollte in den Scherbenhaufen einstiger Werkstätten suchen (nicht in den Kunstwerken: sie bilden lediglich die hartgesottenen Wünsche und Behauptungen von Seiten der Macht für die Erhaltung der eigenen Kontinuität, dem Mythos von Macht!). Wer die *Gegenwart* sucht, der sehe in den stillgelegten und verlassenen Fabrikanlagen und in Bergwerken nach. Und die Frage nach *Künftigem* wird der Blick auf die Müllkippe der Informationen, mithin der Massen-Wünsche, beantworten.

§ 3b.
Als die künftig spektakulärste Ruine dürfte das Internet verbleiben, allerdings in weitgehender Unsichtbarkeit. Aber nicht wegen seiner hauptsächlichen Immaterialität wird diese Ruine in ferneren Zeiten nicht zum weithin sichtbaren Symbol aufragen wie Ritterburgen und Fabrikhallen; das rhizome Aderngeflecht der Internetkabel ist niemals zur Erdoberfläche vorgedrungen: Es blieb Zeit seines Lebens beerdigt; Internet-Kultur ist eine Sepulkral-Kultur. Und zwar die letztmögliche, die ironische: Leben und Wünsche allzeit begraben – Menschsein zieht sich unter

die Erde in elektronisch leitfähige Bunkersysteme zurück. Was oberirdisch verbleibt – biologische Gehäuse –, ist beständig absterbendes Fleisch, Zellmasse, in krieglosen Regionen inflatorisch die Welt verstopfend; zu Friedenszeiten am eigenen Daseinmüssen zuweilen verzweifelnd –.

S. 522, *Das einmalige Angebot* →:
Wer die Übersicht verloren hat, dem bleibt der Mut zur Entscheidung.

§ 4.

Praktisch alles, was im zivilen Leben Errungenschaft heißt, gründet seinem Ursprung nach in kriegerischen Technologien, die ihrerseits Realisierung suchen in Produktion und Markt. Hierin gründet die umfassend aggressive Charaktertypik bürgerlicher Seinsweisen, sowohl gegenüber der Welt (das Beute-Objekt), als auch gegenüber seinem Selbst: Intensivierung der Arbeitskraft durch Nanotechnologie der Ausbeutung: Kein noch so kleiner Raum darf unbesetzt, unergriffen, unvermessen bleiben!, keine noch so kleine Kraft ungebunden!

§ 5.

Schaltstellen hierfür bilden sämtliche weit in die technischen Bereiche verstreuten Apparate zur mono- und/oder dialogischen Kommunikation. Größte Wirksamkeit zur Verarbeitung von Wünschen schaffen die offenen Kommunikationssysteme.

§ 6.

Aufbauend auf dem Post- und Telefonsystem hat letzteres eine folgenreiche kommunikative Gesellschaftsstruktur herausgebildet: das elektronische Netzwerk. Sein Mangel: die Ein- bzw. Zweidimensionalität in der Nachrichtenübermittlung als Sprach- und/oder Bilder-Codes.– Eine Verstreuung der Wünsche in Zeit-Raum-Bezüge (Elitenbildung) mußte die Folge sein.

§ 7.

Eliten, gleich welcher Provenienz, befestigen ihren Status mittels Bündelung der Codes; Gleichschaltung und schließlich Totalitarismus sind daher die unausbleiblichen Folgen. Gesellschaftsweiten Ausdruck solcher Bündelungsstrategien geben das herkömmliche Rundfunk- und Fernsehsystem: Beide schufen sowohl die Voraussetzungen für die Vermassungsgesellschaft, und waren zugleich deren Folgen; eine erste Krümmung hin zur Tautologie des gesellschaftlichen Raums. Tautologien aber gehören stets zu den Merkmalen für totalitäre Regimes.

§ 8.

Denen nach dem Zweiten Weltkrieg einst der Kalte Krieg zu kalt, um Krieg zu sein, bemächtigten sich einer Waffe, die nicht allein Bestehendes zu zerstören, sondern darüberhinaus den Bestand gleichwohl wie das Entstehende zu überwachen, zu disziplinieren und zu kontrollieren vermag. Eine solche Waffe ist nur bedingt materiell, dafür vollkommene Struktur: das Internet.
Diese Waffe als endlos sich selbst vervielfachende Kopie einer ursprünglichen Struktur zur ausschließlich militärischen Befehlsübermittlung innerhalb des Pentagon, U-S-A, wurde dem restlichen zivilen Leben eingebrannt.

§ 9.

Infolge dessen müssen folgende begrifflichen Gegensatzpaare, weil die Trennschärfe zwischen ihnen verschwand, als außer Kraft gesetzt gelten: »kriegerisch« und »zivil«; »privat« und »gesellschaftlich«; »Ich« und »Wir«; »Individuum« und »Masse«; »Feind« und »Freund«; »Arbeit« und »Freizeit«; schließlich auch »Subjekt« und »Objekt« – denn wodurch sollte bei künstlichen Intelligenzen die Aufspaltung in »Subjekt« und »Objekt« als sinnvoll erscheinen?

§ 9a.

Geformt bzw. deformiert vom Totalen Krieg, der ein Mal ausgerufen seither nie beendet, erweist sich insbesondere durch Niederreißen der privaten Sphäre das Leben selbst als höchst kontaminierbar mit kriegerischen Elementen; eine eskalierend aggressive Lebensführung der ins orientierungslose Verwerten gestellten Einzelwesen ist die Folge, weil Unmengen Orientierungen einander überlagern und somit Aus-Weglosigkeit erzeugen. Scheinbar grundlose Wut – das Theater des Amok als bürgerliches Welttheater – erscheint unmittelbar aus Eigenresonanz (bürgerlicher) Moral.

§ 10.
Wenn aber das Internet den privaten Raum poröse macht, ihn durchdringt und alles Privatime wie das Selbst auflöst: Wozu sollen dann die vernetzten Personen miteinander kommunizieren?, und worüber? Die Standards, die ohnehin bereits längst in Rundfunk-, Fernseh- und Zeitungskanälen kursieren und im Netz lediglich ihre Duplikation erfahren: verkitschte, verdummende, brutalisierende Denk-, Fühl- und Lebensanweisungen –, sie präsentieren sich selbst durch permanentes Vermitteln (Modellbildungen von sich selbst durch sich selbst in ständiger Wiederholung) und bereiten somit zum einen den Ruin der eigenen Konjunktur. Zum anderen zeigt sich hieran sowohl die innere Beschaffenheit als auch die erste Voraussetzung als die Fähigkeit zur Eigenoszillation des gesamten Systems.

§ 10a.
Die Standards erschaffen aus Vielfalt zunächst Vielheit (steigende Flut an verfügbaren Fernsehkanälen) und von dort abwärts zur Einfalt der Stereotypen, zur Entropie. Von der Information über Kommunikabilität zum medialen Kommunismus! Der ist bereits zu sehen, nur eben anders als von seinen Propheten einst verkündet. Kommunismus sollte sich einmal mehr nicht als die große, utopische Menschheits-Alternative, sondern nurmehr als jeweils neueste Fata Morgana am unitopischen Horizont uralten Bürgertums entlarven.

§ 11.
Sobald »Individualität«, diese eigensinnigste und immer noch am interessantesten glitzernde Staubschicht auf der Oberfläche der ansonst öden und insuffizienten Bio-Masse Mensch, entfernt und abgeschafft, wenn das Einzelwesen, besenrein kommuniziert, mit seinem Sprechen wieder zum 1-Silben-Gebell einer Ursprache und mit seinen vorstellbaren (kommunikativen) Bildern zum Felshöhlengekritzel seiner hominiden Urahnen zurückgekehrt sein wird – freilich ohne diese in ihrer Ursprünglichkeit jemals wieder zu erreichen; was erreicht werden wird: die Massenproduktion der Kitsch-Dinge und deren Konsum, und beiden gilt recht verdrückter Ekel wie vor allem Ausgestorbenen –, wenn also

dem so sein wird: Wozu um alles in der Welt dann noch ein weltweit kommunikables Netzwerk?!

§ 11a.

Nun aber ist genau dieses Netzwerk bereits da, und es ist mehr als das: es ist hyperpräsent geworden; es ist kanonisch. Diese Tatsache ist zu erkennen sowie eine diesem Netzwerk eigentümliche Tendenz zu befördern!

§ 12.

Filterung, Integrierung und Formalisierung der Wünsche und das solange und so weite Zurückholen aller verstreuten Wunsch-Projektionen aus dem rhizomen Netzwerk zu dem *Einen Wunsch*, der daraufhin in die unzähligen Kabel-Verzweigungen des Internet zurückgespeist wird, stellt die konsequente Fortführung der Idee der New Economy dar: Der Wunsch nach Aktienkurs-Hybris an den internationalen Börsen brachte die Immaterialität des Kapitals in Eigenresonanz und führte schließlich folgerichtig zum Börsen-Crash weltweit. Was hieran noch speziell und elitär gewesen (die wenigsten Menschen sind Aktionäre), wird durch die direkte Kommunikativität des Wunsches überboten: Praktisch jeder Mensch ist Sender/Empfänger von Wünschen – mithin ein politisches Medium im Besitz eines resonanzfähigen Moduls, wirksam durch die schon installierte rhizome Vernetzung sowohl einzelner Personen als auch planetar operierender Unternehmen.

§ 13.

Integralbildung und Reversion aller wirr verteilten, im Internet weltweit zirkulierenden Wünsche, sodann deren Rektifikation und Rückeinspeisung ins Netz als den *Einen Wunsch überall* geschieht sukzessive unter Berücksichtigung des Welle-Teilchen-Charakters der Wünsche mittels Zuhilfenahme der *stationären Wellengleichung nach Schrödinger*:

$$(h^2 / 8\pi^2 m)\ \Psi + (E - V)\ \Psi = 0$$

Unter Verwendung des *Hamilton-Operators* H:

$$H = (-\frac{h^2}{2m}\ \Delta + V)\ \Psi = ih\frac{\partial}{\partial t}\Psi = ih\frac{\partial}{\partial t}\Psi$$

wird schließlich die *zeitabhängige Wellengleichung nach Schrödinger* zu: $\mathbf{H\Psi = i}\boldsymbol{h}\frac{\partial}{\partial t}\Psi$

Hierbei ist Ψ die klassische Welle; Ψ''ergibt die zeitabhängige Wellengleichung; *h* ist das Plancksche Wirkungsquantum in der *de-Broglie*-Wellengleichung $E = h\nu$, wobei ν die Wellenfrequenz angibt, *E* die Energie, *V* das Energiepotential sowie *m* die relative Masse der schwingenden Teilchen (Wünsche).

★

Sie mögen uns Ihre Wünsche direkt übermitteln oder nicht, das spielt keine Rolle. Wir arbeiten weltweit mit professionellen *hackers* zusammen, und, ähnlich dem Zentralcomputer bei der Fa. Microsoft, haben wir inzwischen die Kontrolle über sämtlichen Datenverkehr im Internet. Mag er stattfinden selbst im kleinsten Abzweig dieses Netzes, ob in der vermeintlich privatesten Zelle, ob in den Befehlszentralen militärischer oder wirtschaftlicher Stäbe, verschlüsselt oder nicht, wir registrieren jeglichen Datentransfer, filtern seinen Inhalt, analysieren den Wunsch-Charakter und computieren ihn daraufhin in unserem Rechner. Alles, was wir wollen, ist Ihre Teilnahme im Internet; alles, was wir brauchen, sind Ihre Wünsche.

Denn das ist die einzige Struktur, die noch *Wahrheit* bedeutet: Die Frage-Wunsch-Strategie des Internet-Benutzers; eine geradlinig gerichtete Struktur, die üblicherweise dispersiert wird durch das Labyrinthische des Netzwerks, was identisch ist mit dem labyrinthischen Charakter des Bürgertums. D.h. dessen strikte Linearisierung und energetische Umkehr »auf den einen endlichen Punkt« in der Frage-Wunsch-Vielheit käme der Selbstzerstörung nicht allein des Netzes gleich, sondern führte den Zusammenbruch der gegenwärtigen Markt-Wirtschaft herbei: Der Umschlag von der Attraktivität des Marktes für alle (die Zulassungsbegehrlichkeit) hin zum Ausschließungscharakter immer größerer Teile der Weltbevölkerung von ebendiesem Markt: universell gleiche Armut > formlose, strukturell gleiche Gesellschaftsgefüge planetaren Ausmaßes > universell gleiche Angst. Diese Angst ist ein Wut-Operator. Aus ihm geht die Schrumpfung der Codes hervor. Denn schließlich ist das gesamte Universum, vom angenommenen Urknall bis zur vorhergesagten Entropie, mit all seinen dort hineingesehenen Relationen, nur eine Fülle menschlicher Projektionen, die das theoretische Denken wieder zurückholen, indem sie »feste Materie« in mehr oder weniger dichte Streuungen von »Punkten« auflösen. Das heißt fortan »real«. Und somit werden auch die menschlichen Wünsche in dem *Einen Wunsch* als *punctum* »realisierbar«. Das Internet stellt hierzu lediglich das Transportmedium, und es wird nutzlos (zerfällt zu digitalem Staub), sobald der *Eine Wunsch* in sein Ziel – das heißt: auf den Weg durchs Netz – gelangen kann.

Lautes Gelächter durchschlägt meine Müdigkeit, wirft mich aus dem Text, – das Lachen ist aus meiner eigenen Stimme.

Zurück auf der Webseite zu diesem Text lese ich die Internet-Adresse der Urheber: **www.telematic_raiders.com**

Argumentation & Überlegungsweise in diesen 13 Paragrafen wollen mir im Stil bekannt erscheinen: ?!Sollte hinter diesen *Telematic Raiders* der amerikanische Autor des Buches über künstliche Intelligenzen sich ?verbergen: Jener gebürtige Waliser, der späterhin als Professor für Informatik am Institute for Technology in den U-S-A Großekarriere machte –, bis er dort 1tags aus geheim=gehaltenen Gründen plötzlich gefeuert wurde. Daraufhin hatte er sein Buch über künstliche Intelligenzen geschrieben –.– Autor & Buch, sie haben während meines Hierseins in Berlin manche Wellenbewegungen an Ereignissen..... für & gegen mich bereitgehalten. ?Sollte nun diese *Telematic-Raiders*-Aktion auf die private Rache dieses Professors hinauslaufen & ?hatte er mir durch diese=seine Nachricht davon Kenntnis geben wollen. Ansätze zur Kritik an seinem einstigen Forschungsgegenstand lieferte bereits sein Buch – : ?Rache od die ?Einsicht=jetzt, daß *Wissenschaft*, wie früher als *Politik* noch wirksam war, ihrerseits nurmehr zum Totalitarismus führe. ?Wollte er deshalb deren Selbstdemontage durch die Summation und Realisation, was an Irrealem die-Welt im Internet zusammenhält: sämtliche Wünsche von Menschen, die menschlich..... sind –

(Die Suche auf der Webseite nach dem Namen dieses Walisers ist vergeblich, was jedoch Nichts beweist.)

Dem-Bürger ist Alles=bürgerlich, dem-Verbrecher Alles=Verbrechen, die-Welt als Beute – so kommt der-Weltbürger zur Welt. *Telematic Raiders*: Einige verkrachte Intellektuelle; geistig, emotional, sexuell permanent unterfordert; deren größte Sehnsucht 1 Welt der Konventionen: die Richtigen Bräuche, an die sich jeder hält – & was richtig ist, das bestimmen !sie. Zerstörer, weil als Konservative frustriert; Destruktöre, weil von den Parolen der Revolutionen & deren Folgen enttäuscht, – geflohen in wirrtuelle Triebe, erdelos & fleischentzogen, dafür bockig vertrübten Blicks in Theorien über Elementarteilchen nach Dem Wahren Leben stochernd wie Clochards in Müllkübeln nach 1 Bissen, die Idee von der Reinen Wissenschaft Fiesik wieder als Rettungsanker & 1-nite-stand=Religion für ächten Leben's Grund. Ver-rückte im witziosen Zirkel & Ochsi-dentales Bürger-Tum : der Satz, aus dem die-Rebellen & die-Frommen sind; Rebellen u Fromme, der eine wie der andere, u: oft=genug ohne Wollen.

Botanische Gärten u: schlingsüchtige Dschungel – der-Bürger u: der-Neandertaler : Als wärs ein Stück von mir.

S. 85, Brache Stätten 2 →: Die schönsten Momente
S. 284, 1same Spitze →: Liste attraktiver Momente

→ Der Morgen

Denn wo ein Anfang ist, da wird 1 Ende sein : ?Wann, Sophia, hatte unser Ende seinen Anfang einst genommen. Als wir uns liebten wie glück=seelige Tiere da sind wir=Eins gewesen. Als wir aber zurückkehren mußten, Mensch unter-Menschen sein, als wir ein-ander verstehen sollten, – da waren Du u: Ich ein ander Fremde.

Am letzten Ostersonntagmorgen in dieser schalen Wohnung in Schöneberg. Die nahe Kirche warf in den kühlblauen Himmel Glockenläuten. Das riß mich aus einem Traum –,– von dem ich nichts weiter behalten sollte als einen langanhaltenden Wohlklang – eine schmelzende orchestrale Harmonie, wie ich das noch niemals zuvor gehört. Als hochragende Feuerwand erhob sich dazu eine Farbfläche, tiefes Orange, vor meinen Augen. ?!War dies derselbe Klang, von dem Sophia mir einst erzählte, daß sie ihn geträumt –: ?Hatte dieser Klang jetzt zu ?mir gefunden. Und ?was wäre gewesen, Danach –. Beinahe hätt ichs erfahren. : Das Erzgelärme mit Schallwellen aus gottlosen Kirchenglocken saugte sämtliche Atemluft in=sich ein, & überschüttete, ausatmend, die Lüfte mit klirrenden Scherben aus Metall, – die hatten auch meinen traumhaft gehörten Klang zerbrochen, die Feuerfarben ausgelöscht. Verärgert schlug ich die Augen auf.

Sophia lag nicht neben mir. Sie war bereits aufgestanden, in der Küche hörte ich sie mit Geschirr hantieren. Ich spürte Verlangen nach ihr, wie an Jedemmorgen wenn sie bei mir ist. Heute ist ihr Platz leer.

Ich wache !auf, u: ihr Platz ist !leer. Mürrisch griff ich nach mir & machte lustlos einige Versuche – ; – ; – aus der Küche von der Kaffeemaschine röchelnde Laute : Fleisch-Verzicht Glockenläuten Würgeröcheln –: die Drei=1igkeit kristlichen Abendlanz: Das !reicht. Erbost ließ ich ab von mir, sprang aus dem Bett. – Kaffeedüfte durchzogen begütigend die Wohnung –.– Übellaunig u gereizt tappte ich ins Bad, und vermied, Sophia zu begegnen, die von alldem nichts ahnen konnte.

Ins Zimmer zurückgekehrt, hatte ich inzwischen keine bessere Laune, im Gegenteil. Die Aussicht auf Langestunden Sonntag in Gegenwart Sophias trieben mich in Engegefühle wie 1 gefangenes Tier. Im Zimmer jetzt traf ich auf eine frohe Sophia. Vor sich hinsummend hatte sie den Tisch bereits gedeckt; um meinen Teller gestreut lagen kleine !Marien-Käfer aus Schokolade u Forsythienzweige (:Grünzeug, das ich !verabscheue). Sophia, strahlend, kam mir entgegen, und mich zu umarmen beugte sie sich herab zu mir. Plötzlich regten mich diese Nähe & ihre Körpergröße auf: *!Solch ein Riesenweib, !sone Gier-Raffe: !wie sie die Arme ummich schlingt als wär ich ihre Beute.* – Schweigend ohne Wehr ließ ich ihre Zärtlichkeiten über mich ergehen, – entwand mich dann ihren Armen, schlurfte wortlos in die Küche. Die Uhr: kurz vor 10 –: Stunden=Überstunden würde ich nun mit Dieserfrau u: mit mir selber aushalten..... müssen. Und fühlte mich als molscher Tümpel voll mit behäbigem Getier, dümmpelnd im eigenen Schlamm..... aus verstocktem faulmauligem Un-Mut. Ich wollte Diesefrau lossein: !sofort, u mich selber dazu. Wollte allein sein Ohnemich. Jetzt=und=immer.– Ich war nicht so kindisch, an diese Möglichkeit wirklich zu glauben – doch kindisch genug, um Davon zu träumen..... Umso größer die Ratlosigkeit, die insgeheim anschwellende Wut, die Wut des Ausweglosen inmitten der banalsten Wüste: einem Sonntag..... zu=zweit.

→ ?Was anfangen. ?Wie enden. –

Um wegzukommen aus der gefährlichen Nähe zu Sophia – ihre Gutelaune blieb ungetrübt; sie schien von der Bosheit, die in=mir sich zusammenbraute, nichts zu bemerken; jetzt sogar pfiff sie frohgemut wie ein Kutscher –, um also wegzukommen aus ihrer Nähe u: weil ich nicht wegkommen konnte, verzog ich mich nochmals in die Küche, sagte, das Servierbrett wolle ich holen. Noch sah ich Sophia, versonnen lächelnd, weitere Schokoladenkäfer um meinen Teller drapieren –: Der Anblick überstieg meine Kräfte. Mit zornverbissnen Lippen, zähneknirschend, sprang ich in die Küche, die Tür knallte zu hinter mir.

Aber auch hier konnte ich nicht lange bleiben, Sophia wäre alsbald gekommen, nach mir zu sehen –. *Dieses Weibstück ist !Überall mich zu überwachen, sogar dort wo sie nicht ist* : Also packte ich das Servierbrett, bepackt mit Eßwaren, randvoll gefüllten Kaffeetassen, daneben ein Schälchen frisch leuchtender Erdbeeren (sie wußte, die aß ich am liebsten) & dazu in 1 kleinen Vase eine blühende Narzisse. Rot die Beeren u Gelb die Blüte : Orange die Mischung – die Feuerwand aus meinem Traum. Diese Entdeckung steigerte noch den Zorn, als wäre mir 1 billiger Zaubertrick präsentiert, den ich noch !bewundern sollte –: unterm groben Zupack knirschte das Servierbrett, die Vase schwankte. Gegen die Küchentür ein Fußtritt, sie sprang auf, stampfend vor Wut trug ich das Tablett ins Zimmer. Die Augen voll dunklem Grimm, sah ich Nichts. – Und nicht erst auf dem Weg in den Tod stehn Dinge & Menschen, Hindernisse, im-Weg; *die müssen !weg : dann ist der Weg !endlich !frei* – :Das volle Tablett in Händen, stieß ich mit dem Ellbogen gegen die Schrankecke, – das Tablett flog davon –, Geklirr Geschepper, Kaffee Frühstück Beeren über den Boden geschleudert, Mischmasch Gepfütz & Schinderhaufen, & inmitten das Gelbgesicht der Narzisse, strahlend blödsinnig lachend wie 1 Theatermaske. !Stich !Flamme !Bombe : Alles ganzschnell –: Schläge Tritte auf das Servierbrett, es hielt stand, zerbrach nicht in Stücke, – !verflucht – ich zerschlage zertrümmere Geschirr fege die Schokoladenkäfer vom Tisch zertrete die Erdbeeren wie kleine Vogeljunge, zerknicke den Osterstrauß schmeiß die Vase gegen die Wand – !Krach u !Rausch u !Heulen – –

Schon als Kind jähzornig, will ich auch jetzt aus den zerbrochnen Gegenständen das Blut sehen, das Blut der Menschen die in den widerspenstigen Dingen sind –.– Seither liegt diese Raserei in=mir, verpanzert im Fleisch, das wuchs mit-den-Jahren, & so wuchs auch die eigene Vorzeit, das Schreien & Toben, heran. Wut u: Zärtlichkeit sind ein:ander feindliche Zwillinge, ich war jetzt ganz der ersten zugefallen – wollüstig gab ich mich der Tobsucht hin – *!Schokoladenkäfer & !Sonntagmorgen-Selichkeit – :!wasne speicheligsüße Kinderwelt, ver!haßte Wärmelichkeit, verspecktes Müttertum bügelsam in Schürzenhege, Stutenaugen & kuchige Geschlechtsamkeit – !brandigrot die Luft u schwer von Eisenglut, – !Hochofen !Fauchen !Flammen : !hinein !fallen !brennen* – : Ich tobte wie ein Besessener – ein Klumpen Raserei mit Gliedmaßen zur Vernichtung –.– Traurig & höhnisch lagen die Käfer aus Schokolade über den Boden verstreut wie Scherben einst kindhafter Freude. –

Sophia hatte die gesamte Zeit während meines Wutausbruchs starr neben dem Tisch gestanden, ihr Gesicht groß u rot, die Augen fassungslos. Jetzt weinten diese Augen still wie bei 1 Kind. – :*Sophia. !Sophia=Liebeliebesophia !verzeihmirver!zeih.* – Stumm. Keinlaut aus meinem Mund. Im Kopf irrsinniges gelbschwarzes Leuchten – Licht aus Sturmhimmel mit dünnen, scharf geschnittenen Schatten –.

Obwohl nicht erhobenen Kopfes, sondern gebeugt & krumm, schien Sophias langer Leib noch länger geworden, als hielte sie sich für Schläge bereit. Denn sie hatte verstanden..... Nun schien sie bange auf Etwas zu warten –.–

Nichts. Verstummt, mit hängenden Armen 1 lächerlicher=alter Wüter-ich, – ausgetobt, erschlafft, das Gesicht zur Grimasse verzogen; aus solch schiefem Maul kein Wort mehr für Eine Frau. –

Da wischte Sophia mit ihrem Handrücken über die Augen, 1 rasche Geste, trat weg vom Tisch, entschlossen stakte sie durch Scherben & Essenbrei; sie ging aus dem Zimmer und aus der Wohnung davon. ?Geht so die-Frau, die soeben 1 Liebe aufgegeben hat. ?Od die-Ärztin, die den Schauplatz 1 hoffnungslosen Therapie verläßt –.– So war, was lange schon angeschlagen, zerbrochen jetzt, von 1 kleinen Schlag.....

1 Tür ging auf –, und wieder zu. Das wars. Dem falschen Mann die falsche Frau.

Noch teurer zu bezahlen als Geschenke aber sind die Tränen einer Frau. Sophia hatte sich gerächt, so instinktiv=präzise wie nur Frauen Rache nehmen können. Sie war fortgegangen, um mich bei=mir zurückzulassen. !Hätte sie doch als sie ging, was Ich an mir, mit=sich fortgenommen. !Hätte sie zurückgelassen, was ich bin: unter-Menschen nichtmenschlich..... ?Was anfangen. ?Wie enden. – Und war noch lange vor-Mittag.

Könnt ich, was damals Ostersonntag geschah, Momente voll dunkler Wut u Verachtung, !umkehren Heute, jetzt noch ein Mal den Faden aufgreifen u besser als einst – denn irgend=Ende muß auch Anfang sein : Warum dann ?nicht !dieser. – Der Bildschirm leuchtet sein flaches Weiß, die dürren Zeichen, die meine Fingerspitzen zu Dem Einen Wunsch der Tastatur eingeben, Schwarz.

→ Der Tag

→ *!Meine Schuhe haben das Brotstück vor-Alleraugen zertreten; am Boden liegt es wie ein kleiner, zerstörter Leib. : Nichts mehr zu ändern –*

!Wie wenig Zeit das Aufschreiben dieses Satzes brauchte : !Welch quälend=lange Wochen&monate zu paar Wörtern geronnen. Die Schrift, ihre Wörter tragen nur sich selbst, gehen durch Zeiten & über Leichen. Tage, Wochen, – lange hab ich gezögert, Dies aufzuschreiben. Denn Schreiben heißt Einverständnis. Mir scheinen Jahre darüber vergangen; einverstanden bin ich niemals geworden, mit Nichts u: Niemand.

→ Jahre voller Kleinlichkeiten mit Eiswasser in den Adern, ein ganzes gefrorenes Meer aus stumpfsinnigen Bagatellen. Leben u: Denken – egal: Immer bleibt die schärfste Waffe gegen jedes Selbst die blitzblanke Idiotie & glänzt noch wie bare Münze. Also greifen die Zahnräder des Unglücks wie geschmiert in-ein-ander : Da sind Nächte voller Müdigkeit doch ohne Schlaf gewesen, und soeben wieder eine=solche Nacht vorüber, – Straucheln & Tappen, aus der Küche mit randvoller Kaffeetasse ins Zimmer, 1 2 Momente Ruhe, verbrannt wie dürres Reisig zum Neuentag im Rauch&feuergeruch; da ist am Bademantel der schlenkernde Ärmel gewesen, die Hand mit der Kaffeetasse, 1 Türklinke, die Ärmelöffnung fädelt sich hinein –, verhakt sich dran, ich merke nichts, schlurfe weiter –, 1 Ruck: der Ärmel reißt&zerrt –, die Klinke bricht ab, das Türholz schnellt brettern zurück, schlägt gegen die Hüfte & mir die Tasse aus der Hand, – ein Schwapp Kaffeemitsatz über den Boden als hätte Darmkolik die Stube überschwemmt, kotige Schmiere Porzellanscherben über die Dielen hin – :!Schrei: Splitter wie Dornen in die nackte Sohle getreten, – Straucheln – Ausrutschen, Kaffeesatz & Blutausdemfuß, Sturz, Mund gegen Tischkante, dumpfer Schmerz, Oberlippe 1gerissen ein Klaff aus Haut u Fleisch, gleich noch mehr Blut, jetzt auch im Mund – $\mathbf{H\Psi}$: So schmeckt Raserei wenn alle Zügel fallen – !Hoch & !Auf, Blut über Kinn und Hals und Brust – !Rot !Rot überall !Rot die Stichflamme Wut $\boldsymbol{ih}\frac{\partial}{\partial t}\Psi$ Einstoß durch den Leib: Faustschlag auf Tischkante *du Dreckstück: !!verrecke*, –!-Schmerz wie ein hohler Kellerschrei, taub und sofort angeschwollen die Hand : der Fingerknöchel ?gebrochen, hnnnnn Zähne zerbeißen Zunge, Blutblutblut, – nochmal Stürzen, !Auf & !Hoch, Blut=überall RotRotRot – Griff ins Leere –, dann 1 Halt: das !Bücherregal –!Auf – Regal knirschend in der Wand, – !Krach –:aus der Wand gerissen, Papierhagel Pappgepolter, auf mich runter, kreidiger Mörtelhust rausgerissner Dübel, Löcher in die Wand gefetzt, schartig wie 1schüsse, und Rotewut die Luft ein Block aus Schmerzblutraserei –, zerkocht zerschrieen zertobt, – ein Buch gepackt: –TIFICIAL INTELLI– :!Scheißwälzer !!weckdamitt –:Fensterglas zerklirrt mit höllspittsigem Kinderlachen, – ein Tierschrei aus blutigem Maul, Meinschrei Meinmaul, und wieder und wieder DERSCHREI – aus Vielenjahren – gegen das Blut der bös=artigen Menschen, geronnen in den Dingen, in all den kleinlichen niedrigen zackzähnigen Gegen:Ständen, vom Gemensch in die Welt gebracht, die Wege damit verstellt & zugestopft – Es könnte schon längst !zuende sein, – !jetzt: !jetzt bricht Es hervor: Das!blut Das!blut – $i\hbar\frac{\partial}{\partial t}\Psi$ – Speichel triefend von den Lippen, Brandungsschaum am Meer zur Raserei – die letzte Großewelle spült den Strand hinauf – versiegt, – Schwindelgefühl – Erschlaffung –, Flirren vor den Augen Funkenflug glühend summender Insekten, starker Brechreiz, dann Nurnochruhe – !Ohnmacht endlich – –

Erwachend der Blick durchs Zimmer: Verwüstung, Glassplitter Bücherhaufen verschmiert von Kaffeesatz Mörtelstaub & Fetzen Papier, durch zerbrochne Fensterscheiben fahren Windzüge herein, stetig u kalt – : Das war !Keintraum. Zertrümmerter Besitz, noch einmal unbewohnbar gemacht – zum Bleiben ist Es zu windig geworden. –

Nun ist Es geschehen. Die Zweite Welle jäher Wut.....

Und ist kein déjà-vu von Einst, als Sophia noch bei=mir war. Sie ist lange schon fort. (Die Zungenspitze stößt an die 1gerissene Oberlippe, nimmt kaltglatten Blutgeschmack auf, tastend an der Wunde – *klipp klapp* – Fleisch&haut wie am Scharnier: *müßte genäht wern* –).

Inmitten all der Trümmer einzig unversehrt geblieben auf dem Tisch der Computer. Er ist noch eingeschaltet, der Monitor leuchtet sein ruhiges elektronisches Licht, – tastend auf Händen&knieen durch die Wüstenei, dort hinüber –, dann aufstehen vor dem Monitor : Auf dem Bildschirm seltsame Zeichenfolgen, rasch ineinanderfließend & gerinnend wie schwarzes Blut, still zu Klumpen sich ballend.

Es ist Jemand !hier=im Raum – : – Hinter mir beugt sich Wer über meine Schulter, die Anwesenheit eines Fremden spürbar wie ein starkes Magnetfeld, – ich wende mich um: Atem streift über mein Gesicht, Niemand zu sehn, Knistern in der Luft, – Summen wie von elektrischem Strom. Ich rühr mich nicht, zittere –. Und dann Die Stimme: *–Aufhören, wo es aufhört: !Wotte fack ya lucking for: Luck at !yaself. Stick* *with ya=!aun staff.* –:So !nah beimir, u: Niemand zu sehn. Aus den Worten erhitzter Atem, vom Fremden mir ins Gesicht geschleudert.

Und dann schlägt Der Fremde !zu.

1 Moment ein Blitz: wie eine glutige Eisenkugel schnellt eine Faust gegen mich : Der Schlag gegen die Stirn wirft mich an die Wand, – Licht zerreißt mit trockenem Knall als würd dünnes Stahlblech bersten, der helle Tag zu Nacht zerstürzt, die Luft riecht scharf, Ozon. – Immer wollt ich das Blut in den fremden Dingen sehn; jetzt bin das Ding !ich & ein Fremder will !mein Blut. – Der zweite Schlag vor die Stirn wirft mich gegen die Wohnungstür, Sperrholz splittert, – ich: !raus, dem Unsichtbaren zu entkommen, *Der schlägt mich !tot,* – im Treppenhaus widerhallend Meinschrei –. (Türen öffnen sich dort, rufende Stimmen –). Der Unsichtbare: ein ?Fremder. *Er ist mir nicht fremd, ich hab doch seinen waliser Akzent erkannt.* 1 Blick noch zurück ins Zimmer: Der blanke Monitorschirm erstrahlt im kristallin weißen Licht, heller als das Tageslicht durch die zerbrochnen Scheiben, – ein Leuchten nicht aus diesem Tag u aus keinem.

Auf Händen&knieen, Speichelfäden aus dem röchelnden Maul, mit schmerzendem Leib dumpfem Bohren im Schädel, – kriechend durchs Haus, Treppenstufen hinab –, die Nachbarschaft=umher erscheint. Weiterkriechen, Weiterstöhnen –, durch dicke Beinegitter hindurch wie 1 Hund. *?Vielleicht wer stöhnt, den schlägt Man nicht. ?Vielleicht gibt es Mit-Leid in Diesemhaus.* Von-Oben aus zähneumkränzten Mündern Drohungen & Flüche, Spott Gezische & rotes Lachen, manch dicker Schuh stochernd nach dem Kriecher wie nach 1 Ratte, – & als man sich über den blutverschmierten Spinner auf allen-4en im zerrissnen Bademantel schließlich genügend belustigt hat, kommen die Rufe nach POLIZEI. –

Und bin IHNEN doch entwischt. In den Keller verkrochen, im Dunkeln geborgen in moderstickigem Zementgeruch, gekauert in 1 Verschlag, mit Holzlatten vergittert zum Käfig: das sich selbst domestizierte Vieh; – wartend auf die nächste Nacht. –

Und keine Nacht ist geworden wie sie war und kein Tag, Danach.....

\+ \+

Amok

Sommer und Herbst 2003

Vor-Gericht hatte der Verteidiger erklärt: Kein Einkommen seit fast einem Jahr, ohne wirklichen sozialen Kontakt in der für ihn im-Grund immerfremd gebliebenen Stadt Berlin – früher: die Frau weg, – und eine neue Beziehung aufzubauen mit jener anderen Frau, seiner ehemaligen Therapeutin, der sein Weggang von Hamburg nach Berlin gegolten hatte, mißlang ihm ebenso. –!Woher auch (der Anwalt hob plötzlich Arme & Stimme, als wäre ihm das Folgende soeben eingefalln. Effektvoll wiederholte er die Einleitungsfloskel:) –!Woher auch soll ein Mensch, der seit-Jahren sich-selbst gewissermaßen zum Verschwinden konzipiert hat, plötzlich die Überzeugungskraft hernehmen, all seine Kräfte dem Erscheinen-als-Persönlichkeit zu widmen; 1 Mensch – (ergänzte er geringschätzig) –der schließlich sogar darauf verfallen war, als *Schriftsteller* (:er hob das Wort wie mit der Kohlenzange auf) –seinem Leben eine Richtung zu geben. – Der Anwalt setzte 1 Kunstpause, während der er zuerst auf mich herunter-, dann zum Tisch mit dem Vorsitzenden hinübersah.

–Als *Schriftsteller* jedoch hatte er von seiner Außenwelt niemals recht Kenntnisse erlangt, und dies spürend, zog er sich, mit aller=Kraft, nach-Innen, in seine Lektüre zurück. Doch in diesen seinen eigenen Tiefen – (wieder schaute dieses Ecksemplar voller Impertinenz auf mich wie auf eine niedere Lurchart herab) –dort fand er weder Leben noch ein seinen eigenen Ansprüchen genügendes Talent zum Schriftstellern vor. Nicht zuletzt hieraus sein privates, berufliches & kommerzielles Versagen. Und solchermaßen Einsicht, die ihm jegliches Tun in seinem Sinn verschlug, mußte ihn zur Verzweiflung & damit zur Verzweiflung's Tat hintreiben. – (Herr Junganwalt räusperten Selbst-zu-Frieden=satt. Dann hob er zum Endspurt an:) –Zudem seit Tagen nichts Richtiges gegessen & dann nicht mal den miesen Job als Pförtner bei der Müllabfuhr gekriegt : keine Wohnung = keine Arbeit, das Niedere Lied, die Alteleier; mit andern Worten: ein als Schriftsteller u: als Mann !gescheiterter Mensch, der letztlich mit aller Konsequenz, die ihm für sein Leben vorenthalten blieb, sich selbst zu-Grunde gerichtet hat. Das=Alles zusammengenommen könnte, wenn auch nicht als direktes Motiv, so doch ein Gutteil – (er verbesserte sich hüstelnd) –so doch als wesentliches Auslösemoment für diese Taten in Betracht zu ziehen sein. – Und schaute, das *Peractum est* im Blick, zum Richtertisch.

–In sein letztes Manuskript, das natürlich ebenfalls unfertig & somit unveröffentlicht geblieben ist, hat er – (& wendet sich kurz mit der Schulter gegen mich) –ein Geleitwort geschrieben, ich darf zitieren. – Der Anwalt erhob seine Stimme, als würde er von der-Bühne herab deklamieren: –*«Ich meine oft, ich wäre von meinem Fleisch getrennt, als lebten zwei Menschen in mir, von denen der eine leidet und der andere dem Leiden zusieht.«* – Und setzte die Stimme ab, – bedeutungsvolles Atmen im Saal. In die Stille hinein erneut die wichtigtuerische Rede des Anwalts: –Ich halte es bei dem-Fall-eines-Menschen, der !sosehr an die Bedeutung von Worten glaubt wie dieser, für !äußerst erhellend, daß er gerade=dieses Zitat von einem gewissen – (er schaute auf seinen Zettel:) –Julien Green aus dessen Buch: *Moira* entnommen hat. – So & Vieles mehr sagte vor-Gericht 1 Anwalt.

Darauf die über solch feinsinnige Auswuchtung der Haupt-Verhandlung in 1 Strafprozeß leicht ungehaltene Stimme des Vorsitzenden Richters, daß das psychologische Gutachten über den Angeklagten ja noch ausstünde & wir hierzu alles=Nötige von dort zu hören bekommen würden –; ich hörte u sah längst nicht mehr zu. Meine Augen sanken nieder – hinab ins Halbdunkel zu den Füßen.

Dominus jurisdictionis: Dominus ?!wobistumm –.– Keine Antwort.

Also antwortete auch ich nichts u niemandem. Hielt mich still während der gesamten weiteren Protze-dur. Er, dieser Anwalt, hatte mich tief enttäuscht. Er hat mich vor-Gericht nicht nur gedemütigt; mit seinem letzten Ausfall hat er mich verraten. Diesem Mann, dem Alter nach könnte er fast mein Sohn sein, hatte ich seit der ersten Begegnung vertraut. Er war seit Langerzeit der 1zige, der über *meinen-Fall* – die Bagatellen eines Amokläufers – zu mir in nonchalanter Weise, die einzige Weise die ich für mich als angemessen betrachtet u die mir gutgetan, gesprochen hatte. Stets vermittelte er in seinem Habitus sowohl Überlegenheit als auch jene seltene Liberalität gegenüber allem Irdischen – *nil humani a me alienum puto* – (ich vermutete den langezeit gesuchten Verwandten-im-Geist) – wodurch die Gespräche mit diesem Mann in der Zelle wie unter abendlichem Sonnenschein verliefen. Schließlich hatte ich ihm mein unfertiges Manuskript überlassen.

Dagegen jetzt&hier=vor-Gericht, erkannte ich ihn vor einer Beamtenmaschinerie in aller Schnödigkeit lediglich als xbeliebigen Juppi-

Mechaniker, die 1heits-Wörter wie aus der Ölkanne fließend, sein Gucci-Anzug 1 von fertiggerichteten Wörtern bespeichelter Mechanikerkittel, daran jedes eigene Wort wie von einer Fettschicht abgleitend auf den Boden dieser Rechtsbastelwerkstatt niederfiel. *»Dies Geschmeiß, wie eiserne Maschinen unverwundbar, hat niemals, sommers nicht noch winters, die wahre Liebe je gekannt«* –: Diesen Vers des Baudelaire dachte ich insgeheim der gesamten Gattung solcher Schnösel entgegen. Und dieser=hier, er hatte meine Freude darüber, seit !solanger Zeit anscheinend wieder zu einem !Menschen sprechen zu können, lediglich dazu mißbraucht, mich durch kindhafte Zutraulichkeiten das Material zu 1 voll Selbstüberhöhung Hohn & Gemein=Plätzen strotzenden Ansprache-über-mich liefern zu lassen; ich hatte mich selbst, ohne das jemals in Betracht zu ziehen, vor diesem Denunzianten=Fatzke nackter als nackt entblößt..... Eine Aura mußte mich umgeben, derzufolge das-Geschmeiß meinen konnte, in solcher Weise mich zu behandeln; denn jeder formt aus sich-selbst heraus genau den Stein, der zur-Rechten=Zeit auf ihn niederschlägt. Bei jedem Gespräch mit dem Anwalt war aus meinen eigenen Worten hinterrücks eine Mauer gewachsen, und jetzt stürzte jeder Stein einzeln auf mich herab. Denn stärker als diese öffentliche Demütigung empfand ich das Eingestehnmüssen großer eigener Dummheit, der gegenüber jener Anwaltsschnösel gradezu als Typus für Leben's Klugheit sich erwiesen hatte : Meine Dummheit bestand im 1fältig=unbedenklichen Hantieren mit der-Wahrheit..... Hätte ich ?!nicht !wissen können, daß inmitten des Daseinmüssens von Unwahrhaftigkeiten die Verpflichtung zum wahrheitsgemäßen Reden & Handeln Nichts anderes als die beste Waffe aller Obrigkeit bedeutet, den Wahrhaftigen umso besser der !Vernichtung preiszugeben..... ?Und hätte beim 1. Anschaun dieses Mannes mir nicht ?!dämmern müssen, daß Menschen in korrekter Sprachbekleidung den Überschwang, den SOUVERÄNEN AUGENBLICK, nicht kennen. Wenn also ich Das-Schreckliche hätte wissen müssen, ?weshalb habe ich dem eigenen Wissen nicht glauben können. So hatte ich mir wie 1 Dummerjunge Ort & Bewaffnung zum Treffen vom-Gegner diktieren lassen.....

Aber keine Wut mehr Heute&jetzt; dafür unentwegt 1 Flüstern –, das schließlich mit dem Stimmengesumme im Gerichtssaal sich mengt. *Wer verraten ist, der hat nichts mehr zu verlieren u niemand, dessentwegen Wut noch lohnt.*

Während der Ausführungen dieses Anwalts, die er offenbar für eine

Verteidigung hielt – und ich meinte von dem Körper ausgehend jene Geruchsmischung aus Rasierwasser & frisch gebügelter Wäsche wahrzunehmen, jenen lauwarmen Wohlanständigkeitsgeruch von bürgerlichem Recht u: bürgerlicher Gerechtigkeit –, konnte ich den Blick von seiner perlgrauen Fliege nicht lösen. Durch die Bewegungen des Kehlkopfes beim Sprechen schimmerte das Stückchen Stoff als suchte ein großes Insekt, das an den Leimstreifen geraten war, mit schon ermattenden Flügelschlägen sich zu lösen –. Das Verlangen überkam mich, mit 1 langen Nadel diese Fliege samt Kehlkopf aufzuspießen. Nie hatte ich Ambitionen zum Insektensammler, aber jederzeit kann man damit beginnen, denn für ein befriedigendes u sinnerfülltes Hobby, heißt es, ist es niemals zu spät, und zwischen Rechthaben u: Wahrheit fehlt bekanntlich immer ein Gut- od Schlechtteil zum Ganzen. – Und so hörte ich im-Innern einer Stimme zu, die früher die meine gewesen sein muß, rebellisch & voll rasch entflammbarer Wut, – ich hörte ihr nunmehr mit Gelassenheit und sogar mit Heiterkeit zu, als sei ich Zuschauer 1 Farce auf dem Theater.

1 Montags Nachmittag im vollbesetzten S-Bahnzug auf der Fahrt in die Berliner Innenstadt, wo ich – zum werweiß wievielten Mal – *Meinen Neu-Anfang* probieren wollte: auf 1 Zeitungsannonce hin die Bewerbung als Pförtner bei der B-S-R. (*Sie bekommen Bescheid*; – hieß es nach der Bewerbung; ich werde Nichts bekommen, weiß ich.) – Während eines Sommers war ich nicht mehr in meiner Wohnung in Schöneberg (zog Imwald umher u hielt mich Darin verborgen vor Menschen Jägern & anderem Ungeziefer). Kam nun von Dorther, Kleidung u Haar im Geruch von Erde Laub u Schweiß. Vielleicht in diesen Augenblicken, während in unruhiger Fahrt hinter zerkratzten Wagenfenstern Berliner Ansichten vorüberschwanken, wird der Gerichtsvollzieher mit 1 Nachschlüssel meine Wohnung öffnen, – den fast leeren Raum mit den Blicken des Fachmanns-für-Wertgegenstände durchmessen & sehen, daß es Nichts zu sehen gibt, schon gar-Nichts für ihn zum Abholen & Beschlag=Nehmen..... Ruiniert bis aufn letzten Computer. Auch die fünf Gemälde jenes N.N., die ich einst von-der-Straße-weg gerettet hatte, könnte ich nun, u genau wie mich=selbst, nicht länger vorm Vernichten bewahren; jedem sein eigener Schredder. (Einzig um die letzte rote Halmafigur ists mir Leid; alles übrige nur Besitz, diese war mir Eigentum, und jetzt hatte ich sie in der Wohnung zurückgelassen –.) Das meiste an Besitz hatte ich ohnehin sei-

nerzeit im Wutrausch zerschlagen, & mit dem Besitz auch Eine Barriere überwunden : Im Zorn DAS BEDENKEN vor jeglichem Dasein und dem durch meinen Wutrausch erzwungenen Tod aller Fremden im-Innern von Gegen:Ständen.– Und wenn dieser Tag zuende geht, werde ich zur Stadtmission in die Weserstraße & später in die Notunterkunft müssen, für 1 Nacht um Obdach bitten. *?Wie benehme ich mich als Obdachloser.* Auch in dieser Profession gibt es Anfänger, Debütanten, Gescheiterte.....

> ***S. 342, Stille Jäger →:***
> Wer verraten ist, der hat nichts mehr zu verlieren u niemand, dessentwegen Wut noch lohnt.

In 1 1zigen Augen-Blick war Alles=*anders*..... geworden : kleines, ungesehenes, ohne Müh bis=lang mit dem Gewicht von Staubkörnchen Ertragenes – sonst 1 Lichtflackern 1 vorüberhuschender Schatten, 1 Flüstern einst : SCHREIEN jetzt – alles All=tägliche schießt auf zum Riesenhaften; alles Riesenhafte verschwimmt –. Als hätten mir Fremde Mächte in die Ohren Verstärker & Lupen in die Augen gestanzt; die vergrößern das Schreckliche, u: *ich* werde diese kreischenden Töne im Kopf, die Brenn-Gläser in den Augen nicht wieder los – und muß nun sehen hier in der S-Bahn den Menschenblock.

Ein dicker Kerl auf dem Sitz gegenüber hält mir während der S-Bahnfahrt sein Zeitungsblatt vor die Nase; wie Ohrfeigen schlagen mir die fetten Leitartikelzeilen ins Gesicht. (Das eine Titelblatt, 3eckförmig umgeklappt, bietet den Ab-
TAXIFAHRER AM HELLICHTEN TAG | riß 1 Reklametextes:)
VON UNBEKANNTEM TÄTER ERSTOCH | ***edia Mark***
WER KENNT DIESEN MANN? | **bin doch nicht blö**

Und darunter die abgedruckte Fantomzeichnung vom Gesicht 1 Jugendlichen mit eingefallnen Wangen & Bürstenhaar. : !Glückwunsch Bruder Andrej, zu !soviel Öffentlichkeit. ?Was heißt *Du dreimal seltendummes Arschloch* auf Russisch. : 1 junge Frau in der Ukraine, ihre neu ausgestellten Personalpapiere für die Wiedereinreise nach Deutschland=zur-Heirat gewiß mittlerweile in-Händen, wird auf Nachricht warten von ihm, 1 Taxifahrer in Berlin –.– Warten und warten, bis sie begreifen muß. Doch !was sie begreift, das wird nicht die-Wahrheit sein, sondern grad soviel an Wahrheit, wie sie hinreichend sein wird für Gewißheit: *Es ist Aus.....* Und das ihr heimlich zugesteckte Geld – ?!muß sie Das ?nicht als des Mannes Abschlag's Summe ansehen, sie loszuwerden für=immer. – ?Vielleicht wird sie niemals erfahren, daß sie längst auf einen Toten wartete; getötet von der Hand ihres Bruders, der sie beschützen wollte. Und so ist eine Liebes Geschichte hier zu Ende.

Über dem Zeitungsrand schwebend die Glatze des Unbekannten. Der senkt plötzlich das Blatt, beugt sich zu seinem Nebenmann hinüber –, und beginnt mit überlauter Stimme auf ihn einzureden. –

Ansprechen: Derlei geschieht äußerst selten in den städtischen Zügen, bedeutet meistens Anrüchiges (*:Da will sich einer ransägen an dich, entweder n Schwuler od n Krimineller..... Wahrscheinlich 1 von den vielen Irren, die Überall-in-der-Stadt umherlaufen*). Auch ist jetzt Feierabend, dick Mit-Mensch verstopfte Züge, die Tageszeit für jene öffentlichen, anonym-intimen Körper-Berührungen, wobei jede private Distanz um die Personen verlorengeht & Männer&frauen, heimlichgeil Leib-u:-Leib=an1anderkwetschend, an Andere sich ranmanövrieren. Die Gesichter dabei hart abwesend stumpf, die Körper in Vermengung der Gerüche Dutzender, Anemonen verblüht & erhitztes Patschuli, durchzogen von trübsaurem Schweiß, – irgendwo im Wagen ißt jemand 1 Döner und der Geruch nach alten versengten Filzlatschen breitet sich über die Abteile hin –; mein Tier der Hunger nimmt diese Witterung auf, zerrt sie verlangend durchs Gedärm –. Als ich den Esser mit den Augen suche, fallen meine Blicke wieder in die von Eile ihrer zumeist kurzen Fahrt verschliffnen Gesichter, deren Körper an Brüsten Schenkeln Hintern od Händen den Fremden=Anderen rasch sich erspüren wolln, wie die angstvolle Gier von Häftlingen od Deportierten auf einem Treck. Sie reiben Ärsche Hüften Flanken an1ander, in den stickigen Waggons stoßen zucken pappen gierige Leiber zum konglomerierenden Fleisch zusammen. Trotz buntester Kleidung die Farblosigkeit von Uniformen, hab-Gier & schwitzige Aura der Sorgen..... durchsäuert diese Berührungen, als seien sie die letzten vorm Herzinfarkt od vorm Erschießen.

Dazwischen die Kackofonie der *Händis*; – eiligste Finger durch Schlitze&öffnungen in die Bekleidung fahrend, hastignervös wie Blasenschwache, damit sie nicht in die Klamotten sich entleeren; noch 1 Mal jetzt laut & schrill, weil von allen Stoffhüllen entkleidet, der innervierende Signalton – eine Hand fliegt strax vors Ohr & die Stimme erschallt, als wäre das 1-jener unterm Tourette-Syndrom leidenden Bekloppten, die laut mit sich selber quatschen müssen. (Währenddessen bei Umsitzenden häufig jene schlecht verhohlene Entrüstung aufschlägt, weniger über die laute Störung, vielmehr wie sie jegliches offen herausgestellte & überzogene Maß an Wichtigtuerei erzeugt, denn

?!wer von uns=Nappsülzern ist so Maß=gebend, daß dauernde Erreichbarkeit ein !Wert sein könnte:) Statt Maß=gebend sind wir=allehier *wichtig*, das Adjektiv zu *Wicht*. Also schlagen sie vor Allenleuten schamlos & laut ihre Maulpisse ab, die Ganzestadt stinkt nach dem lauwarmen Volxausfluss dieser debil-Teller..... Und danach dann auch diese Leute, als wäre der seelische Schub vorüber, wieder versackt im Nullzustand ihrer Seelen, die zerstückte Zeit abhockend. Einsgeworden mit knoblauchig=famülljärem Furzgemensch, klobig geheiduckt & schwarzsauer brütend, manchmal speichelige Worte bellend – !was für aufgerauchtes Stummelaas –: auch von denen ist Nichts zu erhoffen.– Getrennt, durchschnitten, immerwieder vom Gebot zur Stummheit, wie bei der Exerzitiumsdürre 1 trübseligen Religion der Großstadt, schaukeln diese besessen fanatisierten Körper, in die krachenden Blechbehälter von Waggons gestopft, & ballen sich zusamm : Aber !wehe du faßt nach dem anonym dargebotenen Fleisch, !wehe du greifst 1 Mal zu –: !Sofort lautes Kreischen Wut Protest, Faustschlägehiebe&tritte von Allenseiten.....

Bahnhof Ostkreuz: Plötzlich, als schepperten Halden leerer Blechbüchsen in den Wagen, in Fleckfarben Armee-Tarnuniformjacken, auf=trampelnd speckiger Irr-Suff: raffsträhniges schweres Stiefeltum, an Lederleinen hundsflätschiges Gezähn nassfellköteriges Schwadenrotz, Achsel&schamhaarmummf, immer schlecht gewischter Arsch vom Bierschiss dünngepfiffen, proll-Rockeraufmarsch kettenöl speckschwarten, griebschige Fressen, drin Zahnstummelbruch aschbechergräu, Nase wie Klingelknopf, Augengeier & Maulwurfglotz – u mittendrin in der Horde die zapplspinndel schwarz&henna=Zippen, lederbein, turnschuh, dürrhuhn, aus schlaffen Mäulern schrill-Scharfwässerkeif –: Die hatten so-Mannches durchgemacht & hatten so-Mannchen Was durchmachen lassen. Als hätten sämtliche Irrenhäuser der Welt zu-dieser-1-Stunde Freigang. –

In Anbetracht all-Dessen was Menschen von Menschen in Jederminute angetan wird, bin ich erstaunt darüber, daß diese-Menschen noch immer so friedevoll bleiben; daß Totschlag & Mord eher selten sind in Dieserstadt....., deren Flecken nicht immer Tatort, die Umherhetzenden nicht öfters Täter. *?Woher nehmen diese-Menschen ihre Sanft-Mut* – –

Und dann die Partisanen der Infektion: Hustende Niesende, – Myriadenwolken aus Speicheltröpfchen voller Bazillen mit jenem naturhaften Unbedenken wie Fische zur Laichzeit in warme Meere's Buchten milchige Wolken Samen ausstoßend –. Solch giftesprühenden

Sarkophage-auf-2-Beinen gäben für Terroristen Die-ideale-Bombe her : infiziert & voller Viren ausgesetzt, brauchten sie davon Nichts zu wissen sondern, u genau wie=jetzt, nur 1fach überall&immer *da* zu sein, und in Wenigtagen wäre eineganze Stadt verseucht.....

Neben diesen & dem Instant-Kommunismus per Onanie mittels anonymer Fleischmassen kommen gewöhnlich keinerlei Direkt-Kontakte mit anderen Anonymen im Menschengedunst dieser Verkehr's Mittel zustande. Auch die Verkäufer der Obdachlosen-Magazine & die Bettler mit Plastikbechern für Kleinemünze, dem schlurfenden wackeligen Gang von Wagen-zu-Wagen, umhüllt vom Kokon atemerstickenden Gedampfes aus ranzig sau=ren, von fleckigen Klamotten verhüllten Leibern, mit denen sie die zusammgekwetschten Menschenblöcke durchtrennen, ihre mit tatterigen Händen nach festem Halt suchend vorausgeschickten, aggressiv weinerlichen Stimmen –*Ännd!schulljensie bittä die Schd!örung* – werden niemals wirklich zur Kenntnis genommen. (:Menschen, denen zuzugehören ich mich noch immer aus einem verstockten, trotzigen Stolz heraus weigere; fühle ich mich doch Dem der eine Bank um Gelder bringt verbundener, als dem, der vor einer Bank um Gelder bettelt.....)

Und immer mehr & immer Andere=Gleiche drängen in die S-Bahnwagen, von Berufsarbeit & Alltag erniedrigte versengte Mienen, wieder dem an ihnen vollstreckten Abtöten-lebens=lang für paar-Stunden entkommen; Menschen, die, sobald sie von ihrer Arbeit reden, das Wort Arbeitsplatz mit Zungen voller Verachtung zerspeicheln & verrühren, mit Zähnen in unverhohlener Wut zerbeißen, so daß das Wort Arbeitsplatz wie Aasplatz klingt. Neben den sturen Dasitzern & Glotzern durch zerkratztes Fensterglas, reicht dieser Menschen Energie u Interesse 1zig noch zum Kreuzworträtsellösen aus; – manch-1 auch hält 1 Buch vor-sich auf den Knieen; dessen Titel dann wie alle Titel: *Ich und du, Müllers Kuh.....* (Viele lehnen sofort nach dem Hinsetzen den Kopf in die Ecke der Sitzbank zum Pennen.) Die Schläfe gegen die Stirnwand des Wagens gelehnt, verkäst 1 $\frac{1}{2}$wüxiger; 2 Kopfhörerkabel für den Walkman aus den Ohren hängend rahmen das quarkige Gesicht, leer wie Zukunft..... Und überall Zeitungen, Modezeitungen Fernsehzeitungen Tageszeitungen, raschelnd & knatternd aufgeschlagen umgefaltet wie Blasrohre gezückt : die Nichtspfeile aus Zeitungen.....: Für all das Grauen & all den mörderischen Pfusch, den Politiker in ihrer kritikfesten, schamlosen Selbstsicherheit zu Jederstunde welt=weit anrichten & jeder 1zelne in der Bevölkerung daraufhin von diesem Grauen & diesem Pfusch sein's abbekommen muß, soll ich dann auch noch !Geld ausgeben, um darüber zu ?!lesen –: Lieber 100 von diesen Kippern&wippern das im Diätenfett schwimmende Lebenslicht ersäufen, als 1 Cent für ne Zeitung..... vergeuden. Aber wie die Weide & die Schafe gehören sie zusammen: die Zeitungsmacher & die Zeitungsleser, u um !keinen von beiden wärs schade, würden sie ausgerottet werden –.

Vorsichtig taxiere ich den Dicken auf dem Sitz-gegenüber, der noch immer hartnäckig & laut auf seinen Nachbarn einredet, und sehe: einen schwammigen, schon recht alten Kerl. Seine Kleidung wirkt seltsam aus der Zeit – heller, wie von Schatten befleckter & offen getragener Trenchcoat, den Hemdkragen am plumpen Hals umschnürt ein grau schillernder Schlips mit goldener Krawattennadel, aus der Brusttasche des weinroten Jacketts schaut, angestaubt, der Spitzensaum 1 Taschentuchs heraus, am Finger der einen, wie gepolstert wirkenden Hand ein schwerer alter Rubinring; – dieser Kerl könnte dem Ensemble eines ebenfalls verstaubten=Komödientheaters entstammen, Rollenfach »Alter Schwerenöter« od »Witwenschreck & Heiratsschwindler«, & im Café Keese bei Seinesgleichen bekannt unter dem Kampfnamen *Der schöne Emil* od *Der scharfe Kurt*. – Die markierten, von jeweils einem braunen, geflochtenen Lederknopf gehaltenen Schulterstücke auf seinem Trenchcoat aber lassen mich plötzlich in diesem Alten einen Offizier aus dem letzten Krieg vermuten; schon will ich –

Da unversehens reißt der mit beiden Händen in verschiedene Richtung an dem Zeitungsblatt, als wolle er das Schlagzeilengekeif über KRIEGE GEFECHTE MASSAKER wie einen Schwapp Blutsuppe mir ins Gesicht schleudern, und ebenso laut wie zuvor für seinen Nachbarn (der war auf das Gespreche nicht 1gegangen, war still & stur gradaus blickend verblieben, später dann aufgestanden und raus) kommts nun über die wulstigen Lippen zu mir: –!Krieg: Krieg is !immerjut. Da jeht een !Ruck durchs Volk. Det schmiedet sesamm. Ick haps erlebt: !Jungermann. (Damit bin ich gemeint.) –Keener mußte Draußen bleim. Alle hattn se Arweit & niemand mußte aufer Straße lieng. Da war !jeder !Wer. – (Hunger od dies Gekwatsche: mir wird spei=übel. Auch schäme ich mich für den Unbekannten, der mit so lauter Stimme als wolle er damit jemanden drei Abteile weiter erreichen vollkommen selbst=vergessen dieses Zeug allen Umstehenden in die Ohren jagt. Doch auch in der S-Bahn ist Dämokratie: der Schrei-Raum für jedes Exemplar aus der Brüllenden-Mehrheit.....) Hunger u

Enttäuschung machen unvorsichtig; mich reitet der Teufel, ich muß ebenso laut dagegenreden. –Ich wünscht mir vom Himmlischen die Weltkonferenz aller Kriegsoberhäupter in einem einzigen Saal – (brülle ich) –u mir die passende Bombe dazu, od: zur Sicherheit besser !zwei Bomben. (Eisen&schienenlärm schlägt Brocken scharfkantiger, rotheißer Luft aus dem Wagen – in der Umgebung ists still geworden, als würden die anderen Reisenden, aufgeweckt aus ihrem dösigen Stumpf-Sinn, gespannt Atem holen, alle Zurgleichenzeit –)

Aber der Kerl ist zu sehr in Rage & hört nur, was er hören will. Das Wort Bombe begeistert ihn: –!Ja, und mitte Lotterwirtschaft, Schlamparei, Korrupsjon & – (schneidend als müsse er das Wort sezieren:) –!Volxfeindlichkeit=der-Oberen :Damitt is denn ooch 1-für-Allemal !!Schluss. Und wennwa schoma wieder im Kriech=sinn: Denn wirds Zeit für !Straf-Batalljone: All=die unfähijen mini Ster poly Ticker Männ-net-scher = nixnuttsige Baggasche die Tausenderleute Existenz aufm Kerbholz ham, !die entlassen sich doch niemals selber. All so: !App mit die nach Aff-Gahnistan..... ssum !Mienenräumen. Solltense mal sehn, Jungermann, !wie die-Owersten sich mit eimal ins-!Zeuch leeng würden, weil ihnn der Arsch-mit-Grundeis jeht. Und hastenichjesehn wär !Schluß mitte Sau=Wirt-schafft.– Appropoh Wirtschaft (sagt er & schaut aus dem Fenster – wir fahren soeben in den Ostbahnhof=Endstation für diesen Zug) –Kommse mit: Ich lad Sie zum !Essn ein.– (In meinem Fall sollte man nicht mehr wählerisch sein.)

Das knappe Dutzend Tischinseln in der Gaststätte nahe dem Bahnhof ist stark bevölkert. Hände protzen aus ihren Manschetten, nesteln an Kragen & Hemdknöpfen; Münder geöffnet wie Falltüren, dadrin Brot & Kartoffelstücke verschwinden – mir wird schwarz vor Hunger. Ich spüre lärmiges Jagen durchs Gehirn, in mir scheut Etwas (ein dunkles schreckhaftes Tier) vor der Rotglut des Eisens zurück, jener Kraft die den Verlassnen in die Wälder treibt. Faulsüßer Geschmack von Blut auf der Zunge brennend –, ich habe wohl die Zähne hineingegraben.–

Der Kerl will offenbar von seiner Einladung schon nichts mehr wissen; die Bestellung beim Kellner gilt nur für ihn. –!Krieg – (geht sein Geschrei auch hier wieder los, durch Stimmengetöse & Tabakrauch, nur unterbrochen von Schmatzen & Kaun), –de Sseitn sinn schlächt heutzetage. Mammuß froh sinn, wemma sein Auskomm hat. Früer im Kriech war ich in Paris, da gabs !täglich –: Essn Sie ?nix.– Weil er auf seine Einladung nicht mehr zurückkommt, gibts keinen Grund, länger höflich Interesse an seinem Geschwätz zu heucheln. Einladen-zum-Essen, das heißt für Den-dort: Jedem-das-Seine, die Fourage für=sich u: den Hunger Demrest. So ein ekelhaftes=altes Wrack, baufälliger Knochensack, schleppt sein Geblöke durch Diestadt u: müßte längst tot sein, unterm tanten=haften Kölnischwasser die Verwesung, aus der Altmännerschnauze die Pest. In Seinenjahren das Hirn weichgesoffen, so daß er Suff nicht mehr braucht um besoffen zu sein – :Der Schlag soll ihn treffen, krepieren soll er wie der letzte räudige Hund –.

Ich wende mich betont heftig ab von ihm und blicke mich um in diesem Raum: Schweiß glänzend auf Porzellangesichtern, Weib&-mann, Schweinsaugen blinzelnd vor Sufferänität wie Sterne auf Epauletten; Kehlköpfe pumpen Bier in hohle Leiber, auf den Lippen Speichel & Wonne. Messer schinden kreischend die Teller, Gabelzinken zerkwetschen Kartoffeln auf dem Tellergrund & spießen besiegtes Fleisch zwischen malmende Gebisse. In meinem Gedärm rast der Hungerwolf. Die Kleider, die ich seit Vielentagen=im-Wald (wo ich mich verkrochen hielt) nicht mehr wechseln konnte, sind mittlerweile starr vor altem Schweiß. In säuerlichen Schwaden fährt mir bisweilen mein eigener Gestank ins Gesicht – abscheulich u erniedrigend – !soweit also ists mit mir gekommen..... daß ich mich vor mir selber ekeln muß. Der Kragen meines Flanellhemds scheuert die Nackenhaut wund, immerfort als gälte es Sandkörner od Fasern Glaswolle abzustreifen, fahren meine Finger zwischen Halshaut u Stoff, und die Finger, ebenfalls schmutzig u spröde, scheuern ihrerseits die empfindliche Haut. Seit Stunden, als zerrten rauhe Stricke sich durch die Innereien, dringen in Schüben wiederholt heftig Stiche durch die Magengegend in die Brust bis zur Lunge herauf, unwillkürlich krümmt sich der Oberkörper zusammen als beugte mich eine zu schwere Last. ?Wann habe ich zuletzt !solch Erniedrigung erfahren müssen – –

– – Da ist sie wieder: die Zeit beim Bund, die unmaskierte Demütigung. Brüllige Horden Halbmänner, stinkend vor Dreck & abgewürgter Geilheit, nachts im leimigen Barackendunkel irgendwo aus den Doppelstockbetten das stumpfe Gekeuch beim Wixen & binnenkurzem so runter, daß schon 1 Brett mit nem Astloch wirken kann als Afro-dis-ja-!kumm; tagsüber Exerzieren unterm Offiziers=Geschrei, deren Sprache wie von mordlüsternen Idioten mit groben Schaufelhieben zerhackt, & wir=die-Rekruten wie aufgezogene Blechaffen parierend, bäuchlings kweer durch Sand Unkraut Geröll & Pfützen kriechend, zwischen den Zähnen Staub Wut Verzweiflung – im Gehirn allmählich festgefressen die Fant-asie, dem Oberst mit nem rostigen Messer die Gedärme aus der Plautze zu schneiden, sie festzuknoten an 1 Pfahl, dann dem Fettsack nen Stiefeltritt & er reißt die Kaldaunen sich selber ausm Leib – !A Die Rache tut !gut –, & gleich weiter: das ganze Offiziers=Gesox erledigen, alle Dienstränge: mit Schüssen aus der Maschinenpistole dies Pack wie leere Blechbüchsen durch den Dreck vorantreibend – *peng peng* – die göttlich=schöne Indifferenz einer Waffe – !Ja, & dann die sogenannten Meinesgleichen: die Muschkoten, die nichts lieber tun als Sichhochdienen, die blödigen Glotzer schon im Glanz vom Lametta auf den Schulterstücken, die sie niemals kriegen. !Weg auch mit denen. !A wie ich sie niedergemacht hab in den trüben Barackennächten ohne Schlaf, das fremde Wixgestöhne die Begleitmusik mitsamt den rausgekeuchten Namen ihrer Tussis, an deren Erinnerung sie diese laue Eckstase sich verschafften – od, manchmal, leises Schluchzen, das Geflenne der Mutter-Söhnchen die von zuHause träumen –. :Nur selten 1bißchen Ruh in all diesen verdorbenen Nächten, in diesen Koben der Nazion..... Mit der Stille aber kommt der Frieden..... Ich ritze, Nacht-für-Nacht, ins Stahlrohr des Bettes die Striche der heimlich Massakrierten, u: spüre in der Mordlust erzogener Killer allmählich den Niederbrand der letzten Spuren Verstand im Gehirn..... Jeder Tag-in-Uniform 1 Stück weniger Mensch. Und allabendlich beim Scheißen, kompanieweise, Allemann auf den Latrinen hockend, keine Türen davor, haarige Waden staken im runtergerollten Grauweiß, & die Reihen der kackenden Männer inspizierend der Spieß, die schwule Sau, die baumelnden Schwänze der Rekruten beim Arschabwischen beglotzend. Und spüre auch, wie Die mich klein-Kriegen Tag-für-Tag. Am-Ende wäre ich 1 guter Soldat..... geworden – –

S. 227, Genie-aus-dem-Wald od Zur Genese des eigen-Sinns →:
Diese beim-Barras überm Schleifen verlorene Lebenszeit indes hatte nichts, außer seiner jugendlichen=Renitenz geschliffen. Dem Tagebuch, das er seinerzeit führte, vertraute er nach der Entlassung vom Barras an: »Schon lange kämpft in mir der Widerspruch zwischen meiner pazifistischen Auffassung und dem Drang nach gewaltsamer Vergeltung für mannigfaltiges Unrecht.« Und hatte sich darauf in-Schwung geschrieben, die Angst vorm leeren Papier war besiegt:
»Alles Etablierte ist reaktionär. Alles noch nicht Etablierte trägt den Keim künftiger Reaktion bereits in sich, denn dessen erklärtes Ziel ist die Errichtung der eigenen Macht, notgedrungen auf dem Boden der alten Macht: was Oben ist, will Oben bleiben; was Unten ist, zu sich nach Unten ziehn, um dadurch selber Das Oben und Die Macht zu werden. Damit sind alle Maßnah-

men sowohl der Verteidigung als auch der Erlangung von Macht moralisch zu verurteilen.
Aber kann es zu verurteilen sein, wenn der Einzelne, der von jeder Macht, der von Oben oder der von Unten, körperlich wie geistig unterdrückt wird und ihm Unrecht geschieht, mit Waffengewalt zur Wehr sich setzt? Nein! Denn selbst der demokratischste Staat stellt nur einen armseligen Krämerladen dar, der den Menschen die ihnen zustehenden natürlichen Rechte stückchenweise und zu überhöhten Preisen nach Kalkül verhökert bzw. vorenthält. Und welches Recht bleibt dem Einzelnen übrig, sobald der Staat ihn in eine Uniform zwängen, seine Lebenszeit und Gesundheit in Anspruch nehmen will, indem der Staat den Einzelnen zum blind alle Befehle befolgenden Rekruten macht?«
Und er schloß damals in seiner Jugendzeit im Geist-der-70erjahre, getrieben vom Ekel am jeglich Mili-Tanten: »Dem Einzelnen bleibt zweierlei: Gegen das Unrecht, wer oder was es auch hervorrufen mag, die Waffe zu erheben und zu schießen. Und: Das erste und letzte Grundrecht des Einzelnen heißt Desertieren!«

– – Nichts ist verloren, Alles kehrt wieder, denn Zeit heilt keine Wunde, !niemals, & die alte Wut macht den Schleifstein fürs Messer zu Allenzeiten; denn das Einzige das im Kopf zu behalten sich lohnt, das ist Der Haß auf die Erniedriger..... Und keine Zeit ist wirklich eine neue Zeit –.– :Alles kehrt wieder, Jetzt & Hier & Heute, zum Zigstenmal das Unverdauliche hochgewürgt aus dem Magen all meiner durchlebten Sauerjahre..... Im Flugsand allen Betrugs, inmitten von Wort&-menschenbruch auch ich, kein Deut anders od gar besser als der Rest. !Nein. Es ist !genug. Ich habe meine Zeit=lang mich geschunden, mir Herz & Gehirn zerrissen für Nichts – :das Nichts aber, !das gabs mit !Vollenhänden. Jetzt bin ich müde u der Vergeblichkeiten überdrüssig. !A mir schießt die Kotze hoch, denke ich an das pulloverwarme Geschwätz der Pfaffen aller Berufszweige: seelenvergorenes Geschlamme im irrlichternen Sumpfgaslicht ihrer lockenden Offerten – & darauf die Ablehnungen, die nicht eingehaltenen Versprechen; – & wieder hämische Angebote, die jedesmal ins selbe Nichts liefen und mich zwangen, von neuem zum Bittsteller zu werden, die Würde krumm zu schließen vor irgend nem schlips- od strumpfhosentragenden Hautsack, deren Schnauzen & Pfoten machtvoll genug, um über Anderer Sein od Nichtsein zu verfügen: *In-der-Welt zwischen Arsch & Eimer !Keinplatz für Leute=wie=dich.*– Doch eingedenk der Hebelgesetze in diesem ver!fluchten Dasein ich stets noch der !lachende Unterlegene sein mußte, der Ba-Jazz-so der rücksichtsvoll leise u widerspruchslos die Tür sich weisen läßt. Denn auf Nichts reagieren diese absurden Bestien empfindlicher, als auf das Echo ihres eigenen Tuns: Den Zorn der von ihnen Niedergeschlagenen können sie nicht ertragen, diese MiMöschen mit Kotterschnauzen & eisharten Ellbogen...... :!Nein: Genug, !übergenug solch kretinhaftes Schmieren=Leben, worin mit allen seelischen & körperlichen Kräften immerfort gerungen werden muß für Etwas, das den Anschein trägt des Wertvollsten, des Liebes- u Lebenswürdigsten das sich denken ließe; in Wahrheit Nichts ist als ein Würgeisen mehr um den Hals. *Von der-Wiege=an Nacht-für-Nacht das Kissen unterm Kopf ein zurechtgerückter Tod.* All dieser Dreck & all diese Feigheit, mit der ich mich besudelte, indem ich durch meine Jahre unter diesen-Menschen..... umherkroch, in der gemeinsten=Gesellschaft von Denunzianten mich wälzte wie durch schweren Morast. !Schluß: Ich will es nicht länger schleppen müssen, mein ganzes elendes & schamloses Leben, noch immer von Hoffnungen verkeimt, die sofort aufplatzen wie Brandwunden, u drunter hautlos das rohe Fleisch..... das verdorbne, genährt aus vergiftetem Blut. !Aus. !Schluß. Es ist über&über!genug.

!Ja: Alles kehrt wieder u: Nichts ist zu retten. – Hier diese Bahnhofskneipe: ?was ist das; ?was geschieht hier; ?wer sind Dieseleute; ?wozu sind sie hier: *Das ist für einen !Truppentransport. Ringsum alles Rekruten & Reservisten, die warten aufs Verfrachten für nen Krieg irgendwo in einer Dreckecke der Welt. Sie bringen sich derweil in Stimmung, schlagen noch einmal die schönsten Schlachten & !siegen=unaufhörlich.* (Vielleicht läßt der Hunger mich schon halluzinieren:) *Und dieser Kerl ist weder 1 Verrückter noch n Dieb od n Schwuler: Das ist ein verrückter diebischer schwuler !Rekrutenwerber, der !mich !drankriegen will –*

Der Dicke am Tisch mir gegenüber, der mich zum Essen einlud u: dann seine Einladung vergaß, wischt derweil Fett von seinen Lippen & lehnt sich gesättigt im Stuhl zurück, den Bauch mir entgegenwölbend als leibhaftige Bestätigung seines Triumfes – über mich u meinen Hunger.

Plötzlich inmitten öliger Fressensgerüche & spitzzahnigen Gelärmes die Sehnsucht nach weitem geradem Land mit leeren Alleen, sparre Bäume im Ried, Wind geht frisch mit raschen weiten Schritten Überland, u die Luft schmeckt sommerwarm nach Klarapfel –.– *Aber der Zugang zu dieser Landschaft ist mir versperrt: !Was für mächtiges=Gesindel verstellt meinen Weg dorthin.* – :!Krieg, Meinfroind, ist !Hier –

Die Augen des Fremden quellen aus dem Gesicht, glotzen vor Schmerz u vor Unglaube auf ein Steakmesser, dessen Griff obszön aus dem Bauch herausragt –. Ich bemerke, daß ich gebannt auf diesen

Messergriff starre. Dann, als der Hemdstoff rings um diese Stelle im Bauch des Mannes wie Löschpapier den rasch anwachsenden Fleck Dunkelrot, als seis ein unerschöpflich fließender Tintenstrom, aufzusaugen beginnt, schaue ich fort und auf den leergegessenen Teller, der vor dem-Mann-mit-dem-Steakmesser-im-Bauch so friedensvoll auf dem Tischtuch steht. Eine breite Spur aus Resten Bratenfett u Soße läuft mit kühnem Schwung in 1 Spitzhaken endend quer über das Porzellan, wie ein glänzend pastöser Ölfarbstrich. Mich faszinieren daran sowohl die Gelungenheit aus dem zufälligen Wurf als auch die Unmöglichkeit zur Verbesserung. !Perfektes Werk. *Jemand hat den=dort niedergestochen.* Höre ich eine auswärtige Stimme flüstern. *Die Messerklinge hat gewiß die Magenwand durchschnitten; was er gefressen hat, das Fleisch=im-Bauch, wird ihn vergiften. 1 !Steakmesser als Nachschlüssel zum Jenseits=Frieden –: Diewelt is voller Werkzeuge zum Wunder.....* Aber: ?Warum !schreit der nicht – wer zu-Tod-verwundet ist, der muß doch !SCHREIEN – –

Seit Geraumerweile scheint Stille wie der Unterwasserdruck gegen 1 Taucherglocke auf den Kneipenraum einzudrängen. Sämtliche Bewegungen im Raum verlaufen in submariner Langsamkeit, so als hemmten schwere Wassermassen jede 1zelne der Bewegungen. Doch gleichzeitig begreife ich, das ist Täuschung. Das Dröhnen & die Stille sind Dröhnen & Stille nur in meinem Kopf. Allein jene Trägheit & Schwere gegen jegliche Bewegung scheinen echt – langsam, sehr langsam bemerke ich die blutig zitternden Finger des Mannes um den Messergriff sich schließen, dann kommt die Klinge aus dem Fleisch u dem rot verfärbten Hemdenstoff wieder zum Vorschein – entgleitet den rotbefleckten Fingern und taumelt wie 1 Stanniolstreifen traumhaft langsam unter den Tisch, während ein schwammiger Körper mit 1 winzigen Schnitt in der Magengegend vom Stuhl herab wie durch trübes Brackwasser auf den Boden des Lokals zu meinen Füßen niedersinkt. Dort, auf den fleckigen Bodenfliesen, durchfährt den gesamten Leib heftiges Zittern. Dies groteske Schütteln von Armen Beinen Oberkörper – die einzigen Bewegungen, die hier in Echtzeit ablaufen & inmitten all der übrigen, teigigen Langsamkeit als übertrieben, gleichsam ungehörig u anstößig erscheinen, grad wie die schlechte Bühnen=Parodie des Schauers eines Menschen im Todeskampf..... – !Ein Mal hatt ich ihn hören wollen: DEN SCHREI 1 Menschen in seinen Tod hinein. Denn nur Dieser=!Eine ist echt. Immer hörte ich aus Menschen nur Geschrei: Triumf, Haß, Wut & Zank – Lärm, nichts als diensthabender, falscher Lärm, Gebreste vom EINEN SCHREI. Als sei eine Fettschicht über das-Leben-der-Menschen geschmiert, die das-Leben=selbst verseift & parfümiert und werden läßt, wozu der Meisten Leben ohnehin längst geworden war: zu 1 dümmlichen=Ironie. Seither fühlte ich gegenüber Anderenmenschen keine Verantwortung mehr; für mich bestand kein Unterschied zwischen 1 Ameise, die zertreten wird, u dem Tod 1 Menschen, den die Waffe niederstreckt. So erachte ich das Leben einer Schildkröte für bedeutender, halte es für Maß=gebender u damit für wertvoller, als das Leben 1 Generaldirektors. Allein DIESEN EINEN SCHREI des Menschen stellte ich mir in höchsten Tönen vor, scharf u schrill, wie 1 Stichflamme aus dem Rachen fahrend – hoch hinaus – und den gesamten Leib 1 Menschen mit=sich fort- & im grellsten Licht zerreißend. Denn nach DIESEM SCHREI der Nichts-Sturz, der Sturz in die Unwiderruflichkeit. Nur in diesem=1=Moment (so glaubte ich) sind Menschen wahrhaft ernst – in jenem Sterbensernst, den ich an ihnen Zeit-ihres-Lebens vermißte: Denn Lebens-Zeit des Menschen ist nurmehr des-Menschen= Affen-Zeit. – Und nun habe ich diesen-Einen-Moment !verpaßt. Der-dort mit dem Messer im Gedärm, er !muß geschrieen haben. Doch unter all den Tonnen Wasser in diesem dumpfen Meer, auf dem Schlammgrund 1 gemeinen Kaschemme, hat meine Taubheit mich auch um Dieses Erlebnis gebracht; & dieser Kerl hat mich nicht nur um ein Essen, sondern auch um Den-Einen-Moment beschissen. Reglos liegt er jetzt im Dreck auf dem fettigen Steinfußboden. *!Da: Schau dich an, wie du !aussiehst, mistiger Betrüger: !Schämst du dich ?nicht.*

Ich werde die erdrückende Taucherglocke verlassen, und ich werde auftauchen müssen in den Brandungsschlag überhitzter Stadtbrühe..... dadrin anderen Menschen den Einen Moment ihrer Wahrhaftigkeit zu geben. Langsam, sehr langsam stehe ich auf – gehe ohne Eile wenige Schritte zur Tür; niemand, der mir in dem gelben fettigen Lokal in den Weg getreten od mir gefolgt wäre, und hinaus. / Und prall gegen das grell klirrende Stadtgelärm, Schwemmen heißer Teerluft, Stein Glas Eisen des Bahnhofsgebäudes schwitzen Frittendampf & schmutzige=Menschen..... Aber er ist jetzt unverstellt: Mein Weg ist !frei – –

Vielleicht würde sogar noch Zeit bleiben, eines der Waldgebiete im Süden Berlins zu erreichen, die Krummendammer Heide und den Berliner Stadtforst: !Meine Wälder –. Dort die Kronen von Buchen u hohen Kiefern zum Gewölbe über dem Kopf sich schließen – der sonnenheiße Harzgeruch, von keinem Wind bewegt, steht fest u klar wie ein kristalliner Block, und schon mit den ersten Schritten in den Waldhinein spürend solch reglosen schweren Duft wie aus einem in Tiefe ruhenden Meer –. Das metallische Rumoren der Groß-Stadt alsbald vom Windrauschen ergriffen und in weithin rollenden Laubwogen davongespült – Wege, schattengefleckt, in Gedankenkühle gehen Schritte davon – licht u grün die Stille in herber Pflanzenfrische mit unbezwingbarer Einsamkeit hoch hinaufragend in den Tag.– Hier fände ich Ruhe & all meine Macht. Denn ich war jetzt !kein Schemen mehr. Im Bestiarium alles Bürgerlichen-Lebens wird mir nun endlich 1 Platz zugekommen:

Ich=der-Mörder.

Aus dem kompakten Dröhnen der Fernenstadt würden sich alsbald, mit tuckerndem Motorengeräusch näherkommend, die Rotorblätter von Hubschraubern herausschneiden – bis, pfeifend & schrill, direkt über mir in der Luft schwebend diese Schatten aus Eisen, wartend & spähend, stehnbleiben. Um wenig später, hinter den Gittern lichten Waldes, als Vergegenständlichung von Rache=&=Recht niederzustoßen. Doch würde mir Atem genug noch verbleiben für einige Züge Trinken aus der blauen würzigen Luft –.– Ich schritt kräftig aus. Weitundbreit sollte kein Mensch bleiben, der mich erschrecken könnte.

Das waren letzte Wortfetzen von Dieserstimme, die Früher die meine gewesen sein mußte & der ich nun zugehört hatte wie der Schauspielerstimme in 1 Farce auf dem Theater. Worte, die eigentlich kleine hervorgeschluckte Schreie 1 Ertrinkenden gewesen sind, eiligst & voller Not noch 1 Mal hervorgestoßen, – bevor der Ertrinkende für=immer verstummend in die Wassertiefen sinken muß.

Vorbei. – *Wer verraten ist, der hat nichts mehr zu verlieren u niemand, dessentwegen Wut noch lohnt.* –

Beim Wiedererscheinen des Richterkollegiums im Saal & zur Verkündung des Urteilsspruchs haben sämtliche Anwesende von ihren Plätzen sich zu erheben. Ich habe das schon viel früher getan.

\+ + +

Das einmalige Angebot

Frühjahr 2003 bis Sommer 2004

Macbeth: Willst du nicht leben.
Seyton: Sir, es langweilt mich.
Heiner Müller, *Macbeth* (nach Shakespeare)

Leben – 1 Schattens Dauer, von Lidschlag zu Lidschlag in 1 nur mäßig eindrucksvollen Traum. Als meine Augen noch jung waren, zeigten die Blicke mir Welt, darin Alles älter war als ich. Mit dem Blick des toten Hundes schauend jetzt, und Eine Geliebte lernt Man erst kennen, wenn sie 1 verläßt. Das frißt das Fleisch auf unter der Haut –.

Ein Mann, der ein Mal der Frau seiner Leidenschaft begegnete, und diese Leidenschaft ist zerbrochen, der kann nicht zurück unter die teemilden Schatten vom Baum der Freundschaft, die von Dieser Frau dann zu ihm=all-1 noch hinüberreichten. Ein Journalist, einst für die größten Zeitungen des Landes schreibend, kann nicht zurück ans Ende der Warteschlange für brotkrumige Almosenarbeit. Für das-kleine sind meine Kräfte nicht mehr groß genug; der Augenglanz brüchig geworden u matt wie ausgetrocknete Morastlöcher, der Blick zu Grunde. 1 Wanderer, an Krückstöcken seiner Leidenschaft & seiner Ehre nachhumpelnd, u keinen roten Cent in der Tasche. Die 1 Ratte, die aufs Durchnagen sich nicht versteht: auf Behörden Formulare mit den Krallpfoten von Bittstellern bekritzeln, sauerverkniffen hoffend auf Gewährung amtlich beschnittenen da-Seindürfens von einer Langenbank zur andern, im scheußlich=langweiligen=Leben.....

Mein Körper hat mir die Richtung vorgegeben: ich werde zusehens dürrer: *!Verschwinden sollst du.* Nach etlichen Jahren und vielen gescheiterten Plänen & Vorhaben – die allergeringsten Unternehmungen gingen regelmäßig schief; später dann auch im Amok-Lauf gestolpert als Dilettant – habe ich, aus Überdruß vor der sturen Immergleichheit endlos sich wiederholenden Mißlingens, beschlossen aufzuhören. Alles was in den-Jahren zwischen Kindsein u: Erwachsenheit sich 1gestellt hatte – Beruf, Ehe, bescheidner Besitz, 1 Unterkunft so unbehausbar wie der Chitinpanzer von 1 toten Insekt –, ist von der

Sonne der Zeit wie Sandburgen vertrocknet und zu windleichtem Staub zerfallen. Den verstorbenen Eltern u den übrigen Verwandten, Freunden, Bekannten, den zwei geliebten=Frauen auch, war in meiner Gegenwart mit der grauenhaften Serie alles Lebendigen nurmehr das Verblassen zu gespensterhaften Schemen beschieden; desgleichen ich selbst, all-1 durch den Countdown der Gene im Dasein festgehalten und mich=selbst schon lange überdauernd, 1 Sitzenbleiber. : ?Was also tun.

Zunächst trug ich mich durch die-Jahre so, wie 1 teilnahmsloser von müdmachend elenden Mißgeschicken & kleinlich=hämischen Miseren schamlos u schlapp gemachter, schließlich von Gleichgültigkeit Überdruß Altemgroll u Freudlosigkeit verzehrter Mann seinen blassbefleckten Mantel längst unbestimmbarer Färbung – fadenscheinig der Stoff, vom nächstscharfen Mauereck unweigerlich aufgefetzt, *!ratsch* ein Lebenslauf, ent-2 – durch die Restposten an Jahren weiterschleift. Allzeit schätzen Menschen ein:ander ab nach dem Wert fürs Leben; doch !?wer schätzt Leben ab nach dem Wert für Menschen –.

Menschen aber sind immer auch zu fried=fertig. Könnte ich mir=selbst begegnen, ich zögerte nicht 1 Sekunde: Mit dem Eisengesicht tiefster Verachtung würd ich hintreten vor mich, die Pistole heben & Aufderstelle schösse ich mich nieder. Und jeder, der das tun würde, hätte mein vollstes Verständnis u meine Billigung.– Doch All=Tag hat keine solch romantischen Sparren; die allermeisten Menschen sind bei lebendigem Leib zu Tode gezähmt. Also muß, was sie nicht tun können, ich selber in Angriff nehmen.

Nichts wird Lebenden vorm Bollwerk-der-Institutionen schwerer gemacht, nirgendwo verstellen größere Hindernisse den Menschenweg, als seinen freiwillig gesuchten Weg ins Aus. Grad als sei Menschen-Leben wirklich & end=gültig die Beute für Den-räuberischen=Leviathan; denn Keiner wacht mit strengeren Geboten über Besitztümer, als der Räuber über seinen Raub. So daß als der eigentliche Herd für Sitte & Moral 1zig Das-Diebische=des-Räubers erscheint.

Indessen, so der Anschein, hat auch daran in Letzterzeit manches sich geändert; & seis all-1 der Erkenntnis jenes Leviathan zufolge, daß *Menschen* u *überflüssig* synonym geworden : Die vielzuviel Geborenen drücken den Kurs für das-Menschliche tief hinab an der Börse Alleslebens. So daß bereits von großer Baisse & von Inflation für *wet ware* die Rede geht. ?Wohin also mit all dem überzähligen u 1zig Kosten machenden = schmarotzenden Fleisch.....– Auf derlei Grund lockert sich so manches strenge Gebot.

Die Möglichkeit zum Sterben, erzählte mir *Elisabeth* einestags, soll seit-Kurzem sehr einfach geworden sein. Selbst in Fällen wie meinem (ich habe keine schwere od unheilbare Krankheit, daraufhin Der-Wunsch-nach-dem-Tod in der-Öffentlichkeit auf Akzeptanz & Beistand hoffen könnte), selbst also im Fall 1 Jemands, der *einfach nur wegsein will*, teilte mir *Elisabeth* mit, benötigte das nunmehr nichts anderes als den Gang ins Kranken-Haus. Dort würde man, nach den üblichen Aufnahmeformalitäten, alles-Weitere unproblematisch regeln. Das, sagte *sie*, sei Das einmalige Angebot – von sämtlichen Zeitungen & Nachrichtensendungen kolportiert, ob ich denn nichts ?gehört od ?gelesen hätte –.– *Sie* mußte offenbar vergessen haben, daß ich schon seit Jahren keine Zeitungen mehr las, Nachrichtensendungen in Radio&fernsehn versäumte; – dies auf Zeitungsbögen & in den Lautsprechern hochgezerrte Gekläff hatte mich im-Lauf-der-Jahre resistent gemacht u in einen Zustand der Taubheit=dagegen versetzt. Nun, schiens, war mir tatsächlich ein Mal etwas wirklich !Bedeutendes entgangen.

Das einfache Sterben – für Jedermann auf seinen Wunsch sofort & problemlos möglich : In der Tat, das einmalige Angebot.

Seit meiner Jugendzeit haben Überlegung um den *Selbstmord* mich mit unterschiedlicher Intensität & Leidenschaft beschäftigt. Was ich daran allerdings von=jeher als demütigend empfunden habe, war zunächst der Umstand von Verzweiflung od Depression, der mich aus Grübeleien heraus zuweilen in-Gedanken zu diesem Aus-Weg hingeführt hatte, den ich somit als ausgesprochen würdelos u nichtig empfinden mußte; wäre dieses Nachgeben doch dem-Sieg der Übermächtigen=Außenwelt gleichgekommen. Nichts hatte mich weiter von dieser Tat abbringen können, als die beiden schwarzen Zustände Verzweiflung und Depression.

Hinzu kamen weitere Einwände.

Zunächst die Erbärmlichkeit bei den immer heimlich & betrügerisch zu vollziehenden Vorbereitungen sowie die lächerliche Verbindung mit handwerklicher Bastelei: der feste Strick am haltbaren Haken, der zuvor im Baumarkt zu erwerben & dann mittels Bohrmaschine in Gemäuer od am Dachbalken anzubringen war; das Beschaffen 1 tauglichen Rasiermessers; der Diebstahl einer Waffe sowie meine Unklarheiten über deren Gebrauch & die richtige Munition; die Suche nach dem genügend hohen Gebäude, von dem herab der-Sprung stattfinden soll; od das heimlich=tuerische Tabletten-Sammeln, wie Andereleute Briefmarken od Bierdeckel. (?Sammelte ich wirklich die !richtigen Pillen). Zu schweigen von den Requisiten einer=ganzen Sterbe-Industrie: der kanadische EXIT BAG™ für den Dreißigminuten andauernden Erstickungstod, od, für die besser Betuchten, die Todeshotels vom Schweizer »Notausgang«. Besonders ekelhaft die Verein's Meierei & das Geld=scheinhumanistische Gekwatsche um Sterben&-tod, letztlich gar mittels Parlamentsbeschluß: Das menschlichste aller menschlichen Feste – des Menschen Fest zu seinem=eigenen Tod – von Bürokraten per Gesetzesbeschluß melioriert zu finden: !unerträgliche Verkommenheit..... Obenan stets die beamtische Prüffrage *?Warum*. Dabei auf die simple = einzig richtige Antwort: *Weil ich sterben !will* – die Schranke der Prüfbeamten strikt !untenbleibt & den-Übergang verwehrt. ?!Was eigentlich legitimiert diese diätenverspeckten Säue, über !Meinen=Tod befinden zu wolln, nachdem ihnen *mein Leben* keinen Furz an Beachtung wert gewesen war.–

Aasfliegen gleich, sah ich zu allem Überfluß um Den Tod faselige Sterbebegleiter sich scharen, die den Leichen-Kandidaten mit Moralingeseiere umschwirren als die garantierte Verhinderung letzter=festlicher Minuten. Nicht weniger scheußlich die Schwemme gedruckter filosofischer Weisheit's Plattler *Zur-Vorbereitung-auf-das-Sterben*; die – statt der passend=praktischen Anleitung, wie sie jedem Rasierapparat als Selbstverständlichkeit mitgegeben wird – dagegen in den widerwärtigen=Esoterik-Regalen von Buchläden als Handbücher voll weinerlicher Geschwätzigkeit um diese Tat sich ranken wie billige Totenkränze aus Plastik einer Bestattungs=Industrie.–

Als ob die eigentliche Tat und daraufhin die unvermeidlich öffentliche Zurschaustellung der Leiche nicht schon genug an Entwürdigung enthielte: Man bricht die Tür zur Wohnung auf, aus der seit-Tagen Nachbarn einen *verdächtigen Geruch* wahrnehmen, und Man beglotzt die rausbläkende Zunge des Erhängten; die vollgeschissnen Hosen des Gas-Vergifteten. Inmitten einer Pfütze aus Blut, zu schwarzen Flecken geronnen, der zerschmetterte Schädel desjenigen, der aus dem xten Stockwerk sich stürzte und auf dem Asfalt sein Gehirn verspritzte, daran schon Fliegen & Hunde schlecken –; sowie der Aufmarsch von Polizei Feuerwehr & Schau-Süchtigen, die um die Leiche sich scharen & diensttuerisch eingreifen. Denn – bei Mord wie bei Selbst-Mord – gehts immer um das Letzte: ?Wohin mit dem störenden Rest: dem

Totenkörper.– Ganz zu schweigen von all den Selbstmord-Versuchen, die schief gehen, u diese Gefahr besteht jederzeit; es gibt keinen tot=sicheren Weg in den Tod –:– Vielmehr sollte Selbstmord – genau wie dessen Seitenstück: Sex & Zeugung – eine Tat aus Freiheit u Lust hergeben: → Ein Fest. Selbstmord ist eine viel zu souveräne Aufgabe, um sie Pfuschern u Versagern = den Unglücklichen, zu überlassen –.
→ !Hochnoble Vorstellungen, gewiß. Doch ?wer hat bislang einen Weg gefunden, sie zu !verwirklichen; immer u letztlich in-Allem war Demütigung..... der 1zige Begleiter; u die Schäbigkeit Leben zu empfangen wird nur davon übertroffen, Leben wieder verlieren zu müssen. –

Und jetzt erzählt mir *Elisabeth* von diesem *einmaligen Angebot*. Solch unverhoffte Aussicht stimmt mich zuversichtlich. Ich spüre einen jahre=langen Alpdruck von mir fallen – u weiß jetzt, !was tun.–

Durch die Erfahrungen des Scheiterns all meiner Pläne jedoch mißtrauisch geworden, frage ich *Elisabeth*, ob sie mich in dieses *Krankenhaus* begleiten & auch bei der Aufnahmeprozedur dabei sein wolle (ich befürchte auch hierbei, was mir zeitlebens am besten gelungen war: das Mißlingen). Mit erfreulicher Sachlichkeit sagt mir *Elisabeth* ihre Unterstützung zu. Freudig verabrede ich mit ihr Tag & Stunde.

Zuvor werde ich noch Vielzeit zubringen müssen fürs Erledigen beamtischer Dinge, Losreißen von behördlichen Saugarmen, denn will man Echo & Schatten seiner Selbst loswerden, ist das Nichts nicht 1fach zu haben: – Kontoauflösen – fällige Rechnungen weit im-Voraus bezahlen – Briefe an die wenigen Bekannten schreiben, die in-den-Jahren übriggeblieben sind. Zu vorsichtig, neue Freundschaften zu schließen, hatte ichs bei den alten belassen. Doch sind auch diese Verbindungen inzwischen verblaßt wie zu lange im Tageslicht liegendes Papier. Still=schweigend u wissentlich hatten wir uns jedoch dies ausgeblichene Fühlen bewahrt, denn die Schrift auf den Bögen unsrer Jahre ist ebenso blaß geworden wie dessen Papier. In meinen Gedanken, u gewiß auch in den der Andern, waren wir uns verblieben als wären wir alte, eigentlich überflüssige Möbelstücke, weder sonderlich dekorativ noch von höherem Wert, doch würde das Abschaffen größere Mühe bereiten als das Behalten. Also hielten wir einander in lauer, abendsonniger Distanz. Ich verfaßte die Briefe mit unverfänglichen Worten; unaufgeregt & sachlich schrieb ich ihnen, es ginge mir gut, besser als je zuvor (u damit schrieb ich keine Lüge); ich wollte diesen Bekannten Mühen & insbesondre die Anstrengung-der-Trauer darüber ersparen, daß sie angesichts dieses wahrscheinlich als Unglück 1 ihrer Bekannten verstandenen Vorkommnisses wirkliche Trauer gar nicht würden empfinden können, sondern in deren unseligem Abglanz 1zig die Verpflichtung zu mühsamen Beileid's Bezeugungen gegenüber *Elisabeth* sähen. Meine Zeilen sollten Abwesenheit-für-Längerezeit bedeuten – die Bekannten würden das Übliche in meiner Lebensweise vermuten; erst lange nach meinem Verschwinden würde sie Die-wirkliche-Nachricht erreichen.– Alles verbliebene Geld, nachdem ich für das *Einmalige Angebot* reichlich habe anzahlen müssen, stecke ich in 1 Briefumschlag, an *Elisabeth* adressiert. Sie weiß nichts davon; sie würde das Kuvert erhalten, nachdem Alles vorüber wäre –. Für sie dann 1 verfrühtes, kleines Weihnachtsgeschenk, nur läge in der Krippe kein unschuldiger Säugling, still ruhend im Stroh SEiner tödlichen=Zukunft=am-Kreuz – ich hätte meine Zukunft & mein Kreuz bereits hinter mir, u mein äußerer Anblick ergäbe dieses Bild: Auf 1 Pritsche im *Krankenhaus* 1 schon abrißreifer Kerl, der so müde gewesen war, daß er sein Restleben, lieber Heut als morgen, in der Pfandleihe, aus der er vor-Zigjahren ungefragt hinausgezerrt, nun um 1 paar Jahre zu früh zurückgegeben hat.– Im-Innern dagegen würde ich Eine große Festlaune verspüren (u: keine jener miserablen Feiern, die, aus Dummheit Faulheit eigener Unfähigkeit od Machenschaften Anderer, an Schäbigkeit kaum zu übertreffen gewesen waren); jetzt gewiß die größte u die reinste Freude meines Lebens.

→ Denn während all der Jahre Anderer-mit-Anderen: Gemisch aus Gier Bosheit Hinterlist Sentimentalität & Wut, daran wir=Alle kleben & uns über-die-Jahre langsam zu Tode zappeln wie Fliegen am Klebstreifen –:während solcher gemein=Schaft..... wird Alles verdorben. Das Zuviel an Menschen stürzt des einzelnen Menschen Wert inflationär, & stürzt Menschenwerk ohne Unterschied gleich der-Menschen=Selbst ins Aus. Leben wird dadurch so scheußlich gähnenswert, daß nicht einmal dem Gegenteil von Leben noch Verheißung bleibt. In der Welt voller Menschen kann

> ***S. 144, Zwangsvollstreckung & Die Vollendung der Natur*** sowie ***S. 176, Erziehung Berlin. Sexus=Kapitalismus=Maschine. Vor Spiel.→:***
> *»Der Ort, den eine Epoche im Geschichtsprozeß einnimmt, ist aus der Analyse ihrer unscheinbaren Oberflächenäußerungen schlagender zu bestimmen als aus den Urteilen der Epoche über sich selbst. Diese sind als der Ausdruck von Zeittendenzen kein bündiges Zeugnis für die Gesamtverfassung der Zeit. Jene gewähren ihrer Unbewußtheit wegen einen unmittelbaren Zugang zu dem Grundgehalt des Bestehenden.«*
> Kracauer, *»Das Ornament der Masse«*

Der Mensch nicht sein – u !soll auch !Nichtsein. – Und immer auch Das Unerklärliche: Freundlichkeit, Sanftheit, – die auch mich dann ergriff wie Früher in der Nähe zu 1 Mädchen, später zu einer Frau, die meine Wut besänftigten 1zig durch die federleichte Berührung mit 1 schmalen Hand – : Doch jede Handlung später mißrät zum Bußgang vor Freizeit-Dominikanern aller verluderten=Kirchen..... Und weil für Schuld niemand existiert der entschulden könnte, wird daraus immer 1&derselbe lebens=lange Bußgang ohne Entsühnung: veraschte Lebensstunden glanzlos in die Vielzahl von Jahren gestreut. Und jedes Wort u jede Minute Darin wie Wolken aus Leblosenstaub..... *Schwarze Fahnen, herbsthin wehend* – :!Das kannte ich; war eigenes da-Sein. Nicht der-Tod = die Tatsache, ab 1=bestimmten Stunde *nicht mehr u niemals wieder zu sein* erschreckte mich; vielmehr ward zu Allentagen=Allennächten das Dasein mir verdorben durch DIE-GESELLSCHAFT-DER-NORM=GERECHTEN-MENSCHEN. !Meintod dagegen wäre !end=lich Ein wirkliches Fest : Das Fest für=mich-allein.

In der letzten Nacht habe ich gut & ohne die seit-Jahren üblichen Unterbrechungen geschlafen; das Ticken des Weckers empfängt mich nun und bereitet zutrauliche Stimmung im Geruch von ofenwarmem Staub. Ausgeruht stehe ich auf, kurz darauf erscheint *Elisabeth* – zur verabredeten Zeit gehen wir los, hinaus in eine sonnenlose Stunde. Der Himmel bleibt ohne Licht & die automatische Beleuchtung über den Hauptstraßen brennt den gesamten Tag. Menschen stoßen dumpf & stur gegen:1:ander, tappen, schwächlich, wie in tiefer Finsternis umher. Dieser Tag ist am Baum eines Jahres das Blatt, das ein zu früher Herbst überfallen hat. Keinwind, die Alltags-Geräusche in der Stadt klingen gedämpft als würde Nebel sie umhüllen, die Geschäfte schleichen wie die Menschen matt, ohne besondere Auffälligkeiten, dahin.

Die A.F.P.: die Anstalt zur finalen Problemlösung – wie das Aushängeschild in windschnittiger Geschäftssprache Diesenort ausweist – befindet sich in 1 abgewirtschafteten Gebäude, das mit seiner schmutzblinden Fassade & all seinen Stockwerken nicht an ein Krankenhaus, vielmehr an eine staatliche=Viehnanz-Behörde erinnert. Vom Pförtner, eher einer speckig dahockenden Stimme als einem Menschen gleich, werden wir über lange, hohe Flure hinweg zu einem Raum gewiesen, der an die Zahlstelle für Sozialhilfeempfänger denken läßt. Und richtig, an der Eisentür glänzend in schwarzen Frakturlettern auf beigefarbenem Ölanstrich die Aufschrift: Hauptkasse. (:?Ob diese

Schrift nur deshalb belassen wurde, weil es hinter dieser Tür buchstäblich um-den-Kopf geht.) Doch 1 angeheftetes Blatt Papier aus neuerer Zeit mit der Aufschrift *Anstalt zur finalen Problemlösung* – diesmal jedoch handschriftlich & eilig mit Kugelschreiber dahergeschmiert sowie darunter in farbiger Schrift der Hinweis *Gruppen & Familien bevorzugt! Nutzen Sie unsere Sondertarife!* – zeigt uns: Hier ist der rechte Ort. Die untere Kante des Papierschilds entlang hat jemand (1 hier ?Wartender wie ?ich) mit Rotstift den rätselhaften Spruch, der mir bekannt erscheinen will, gekritzelt: *Das Gesetz ist niemals auf Seiten der Gesetze*, und daneben die Fratze 1 Uniformierten – :Humor von 1 ?Ent-Täuschten. Auf mehrmaliges Klopfen keine Erwiderung; wir treten unaufgefordert ein.

Drinnen Gerüche nach kalten Möbeln Bohnerwachs & Carbol – und würde man in die Zimmerecken schaun, begegnete man dort gewiß dem Kanzleimief aus Frühererzeit. Das einstige Mobiliar eines Kassenraums, Schaltertische Panzerschränke, waren zwar entfernt – dafür jetzt wie im Massenschlafsaal eines Lazaretts aufgestellt etliche Metallbetten, Nachtschränkchen mit abblätterndem eiweißem Anstrich, winzige Tische m. Wachstuchdecken, davor fleckige Paravants, die das Licht aus angestaubten weißen Glaskugeln, an dünnem Stab tief in den Raum herabhängend, wie Schweiß aufzusaugen scheinen. Auch sind vor den beiden hohen Fenstern die Metallgitter noch verblieben, so daß dieser Raum in seiner Gesamtheit eher wie die Geschlossene Station innerhalb eines Irrenhauses aus den Fünfzigerjahren erscheint.

Plötzlich ist sie da: *!Sophia* – in der Kluft 1 Krankenschwester betritt sie den Raum.

Jetzt bin ich mir sicher, u sehe meine Vermutung von einst bestätigt: *Elisabeth & Sophia* haben sich zum Bündnis zusammengeschlossen; – dem Bündnis gegen mich.– Nachdem ich überrascht aufsprang, *Sophia* die ich Solangezeit nicht mehr gesehen hab, zu begrüßen, prall ich an ihrer Fremdheit wie an einer Glaswand zurück. Sie gebärdet sich, als kennten wir uns nicht, als sei ich 1 von vielen ihrer Patienten=hier. Die Frau wirkt zudem gealtert – !wie ist das ?möglich in so Kurzerzeit. Schon geht sie, dienstbereit=unauffällig, einwenig gebeugt durch den Raum; ihre Erscheinung wirkt verbraucht, die Haare stumpf wie der Blick, darin verlöschend noch Erinnerung an Jugend glimmt, als wäre sie von 1 Tag zum andern ins Alter gestürzt. Sie tritt aus einer der trübschattigen Ecken auf mich zu, lautlos wie eine Motte, nimmt mit der Routine ihres Berufs meine mitgebrachten Sachen (Handtuch, Nachthemd, Waschzeug) entgegen: –Das (sagt sie & weist auf mein Nachthemd) –können Sie Hier nicht brauchen. – (Und hat mich tatsächlich mit *Sie* angesprochen.) –Nehmen Sie dieses dafür. – Sie reicht mir 1 dünnen hellen Leinenkittel mit Knopfleiste auf der Rückenseite. Noch 1 Mal versuche ich, mich bei ihr in Erinnerung zu bringen; suche, heimlich tastend, nach ihrer Hand. Sie geht nicht darauf ein, weicht schroff der Berührung aus; – mit keiner Wimper verrät sie etwas von Früherentagen. (*Elisabeth* wacht !genauestens über diese Szene : ?Ob solches Verhalten ausgemacht ist zwischen den beiden Frauen als Bedingung für den Sexuellen Ehr=Geiz-Frieden.....)

Sophia bedeutet mir, an einem rohen Holztisch Platz zu nehmen, während sie von mir sich abwendet & 1 der vielen Metallbetten im Raum herzurichten beginnt. (?Bin ich der 1. heut od ?sucht niemand außer mir Das Ende : zutrauen würd ich das dem-Gemensch, das amliebsten ewig=leben & mit Faust-Recht ewig=jung=bleiben will – :Und ist nur 1 anderes Wort für unendlich=alt=werden. – Daher !schnell, *Sophia*, bevor Behörden diesen Aus-Weg der Kosten halber wieder versperren.....)– *Elisabeth* bleibt neben der Tür am Eingang stehn, den Raum & das Tun darin noch immer still doch aufmerksam betrachtend –.

Vor mir auf dem Tisch etliche Formulare, die ich sofort auszufüllen habe. Außer den simplen Angaben über Name & Geburtsdatum komme ich mit den Fragen nicht zurecht – das ganze erinnert fatal an die Formulare zur Steuererklärung. *!Verdammt, ich habs gewußt, daß auch hier wieder was !schiefgehn würde.* (?Ob ich *Elisabeth* od *Sophia* um Hilfe bitten soll. Immerhin, sie=beide sind Geschäftsfraun & wissen mit dem Ausfüllen solcher Formulare Bescheid.)

Ich schaue zu *Sophia* hinüber, die soeben im Tatengeklapper ihrer eifrigen Routine einige Gerätschaften (ein Waschlavoir auf Dreibein, verschiedene Emailleeimer) bereitstellt. Sodann rollt sie einen Servierwagen heran, darauf sind fürs fachgerechte Zulangen vielerlei Instrumente bereitgelegt, chromglänzend & von unterschiedlichster Größe; die meisten sehen ungut aus, lassen bizarre Handlungen vorausahnen –, ein Anblick wie das Arsenal eines perversen Waffensammlers. Daneben legt sie Ballen Zellstoff & Mull ab. Diese Gegenstände gruppiert *Sophia* (die ich bereits als *Kranken=Schwester* zu denken beginne) beflissen um das Bett –.

Ich, noch immer über den Formularen hockend, frage sie, was denn geschähe, wenn ich die Fragen nicht od falsch beantworte. –Dann können Sie eben nicht sterben. – Lautet die gleichgültige Antwort im hartnäckig=nüchternen Ton, während ihre Hände mit den stummligen Fingern die Arbeit in fachlicher Routine weiterführen.

Mit Schwung breitet sie jetzt eine häßlichrote Gummidecke voll hartgewordner Talkumflecke über die Liegefläche der Pritsche hin, klatschend fällt die Gummihaut nieder –. Zunehmend verunsichert u bang meine Frage, wozu sowas gut sei. –Nun – (antwortet *Sophia* ebenso gleichgültig wie auf die vorige Frage) –Sie werden sich *Dabei* entleeren. (:!Grauen – alle Wißbegier & weiteres Fragen ist mir gründlich vergangen, ebenso wie Freude Mut u die Festlaune erkalten –.)

Inzwischen hat *Elisabeth* in das Geschehen eingegriffen. Auch ohne sie bitten zu müssen, hat sie sich der Formulare angenommen, ist auf *Sophia*, die ihre Arbeit inzwischen beendet hat, zugegangen – beide Frauen nehmen am anderen Tischende Platz & beugen sich murmelnd über die Fragebögen, wobei *Elisabeth* hin&wieder mit der Schulter od mit kurzem Blick auf mich weist. Über die Papiere gebeugt, im trüben Lichtschein noch erkennbar, haben sich 1ige Haarsträhnen über den Stirnen beider Frauen verschlungen, winzige Härchen greifen wie Tentakeln zueinander.

Die beiden Frauen haben offenbar meine Formulare ausgefüllt; den dünnen Stapel Papier in *Sophias* Händen, machen sie Anstalt, den Raum gemeinsam zu verlassen. Zuvor jedoch heißt mich *Sophia* mit der kühlen, abgeklärten & aller Intimität bereinigten Stimme meine Kleidung-ablegen, Schuhe & Socken-aus- & das Anstalts-Hemd-anziehen. Offenbar reagierte ich zu langsam; *Sophia*, in geschäftiger Eile wie eine Erzieherin dem Zögling, hat die Knöpfe am Leinenhemd auf der Rückenseite geschlossen & mich daraufhin auf die vorbereitete Pritsche niederlegen lassen. Noch will ich *sie* fragen, wie es nun weitergehe, – aber *sie* & *Elisabeth* haben den Raum, meine Schuhe & Kleidung in Händen, ohne auf mich weiter zu achten, bereits verlassen.

Allein im öltrüben Licht (?vielleicht ist Draußen inzwischen Abend) liege ich, wie angeordnet, still. Einige der Knöpfe am Sterbehemd drücken aufs Rückgrat – durch den dünnen Hemdstoff spüre ich kalt das Gummilaken wie eine leblose Haut, – ich suche auf der harten Pritsche für die Letztenminuten eine etwas bequemere Lage.

?Wie nun weiter. – Die Decke des hohen Raums dieser seltsamen Haupt=Kasse, je länge ich hinaufstarre, scheint immer weiter in die

Höhe zurückzuweichen. Wahrscheinlich wird man darauf warten, bis ich eingeschlafen bin – –

Mir fällt plötzlich ein, daß ich vergessen hab zu fragen, auf ?welche Weise man mich zu erledigen gedenke. Auch in *Elisabeths* Erzählung – !das bemerk ich erst jetzt – war !Davon..... nicht die Rede. – Die Instrumente auf dem Servierwagen indes lassen nichts Gutes ahnen: Zangen (manche perfid gebogen & gezähnt wie metallische Schnäbel urzeitlicher Raubvögel), Sägen, ein Schraubstock, eine Maschine mit 1gespanntem Schädelbohrer, Hebel, Tourniquets, Pinzetten, Schab- & Schneideisen, kleine Hämmer aus funkelndem Stahl – erinnern ans Instrumentarium in einer Gericht's Medizin. Das-Ziel: Wiederum bissenweise mein Leben herauszukratzen, auch wie in Allenjahren=zuvor mir das-Leben nur mit kleinen dreckigen Löffeln verabreicht worden war, & anschließend die Reste-von-mir mit der Maschinerie-der-Demütigungen fest=zu=verlöten. Mehr war u mehr ist !niemals zu erwarten.....
→ Das Schöne im Leben, an das auch ich mich erinnere, das habe ich zu-Allenzeiten nur in den Wäldern erlebt. Von-kleinauf waren die Wälder mir wie nahe Verwandte, ihnen fühlte ich mich mehr vertraut, als den Eltern. Unter Bäumen=angstlos – die Pflanzen würden fliehen können, spürten sie wie wir Die Angst –; Leben nicht erst sich er-finden zu müssen, sondern Leben in=sich aufnehmen zu können !da=wo-sie=sind, regungslos in Sicherheit, die von einer Liebe herrührt, höher als alle Vernunft – Dort ist mein wahres Zuhause gewesen. Und später empfand ich mich Dort von Fremden überfallen & Ohnegrund zwischen Häuser Ungetüme Menschen verschleppt, in die-Städte ins Messergemühle tätigen Daseinmüssens..... Scheinleben, Scheintaten, Scheinbedeutung; Atem&zeitlosigkeiten als gemein=hin sanktionierter Lebens-Diebstahl; die Zersplitterung des Eigentums-an-Zeit raubt sowohl die Denk-Zeit als auch die Erfahrungs-Zeit, so wird Leben's Trieb entwertet, verschlissen, verbraucht..... Den hohen Wäldern voll grüner pflanzenfrischer Lüfte aber blieb ich im-Innersten verbunden. – Und !Alldas sollte ich alsbald !niemals ?wiedersehen – : Wehmut bei solchen Gedanken schnürt mir die Kehle zu. Aber an Wehmut ist noch keiner je erstickt. Leben zu bekommen ist dümmlich=grotesk voll bitterer Komik & Schmerzen; also wird Leben zu verlieren nicht anders sein.

!Aber ?wie. Ich hab danach zu fragen vergessen..... : !Typisch für mich, !typisch (und erneut helle Wut) für all meine Lebens-Blödheit.

Nicht zuletzt am Unvermögen, zum richtigen Zeitpunkt das Richtige zu tun od zu lassen, sind viele meiner Pläne & Vorhaben gescheitert.

Zeit vergeht – –

Trotz zunehmender Müdigkeit, vielleicht nur als Folge nachlassender Spannung, vermag ich nicht einzuschlafen. Auch steht ringsum tiefe Stille, so als sei ich in einen Saal am Endederwelt od in einen vergessnen Bunker tief unter die Erde abgeschoben. *Elisabeth* & *Sophia* kehren nicht wieder zurück, sie müssen inzwischen weit fort sein. Darüber bin ich erleichtert; ich habe beide Frauen vor meinem Ende nicht noch einmal mit jenem Letztenblick angesehen, also werde ich enden können ohne störende Erinnerung.

?Ob meine Formulare zur bürokratischen ?Zufriedenheit ausgefüllt sind –: Zweifel..... Außerdem habe ich mir dies=Alles=Hier wesentlich feierlicher vorgestellt. Wenngleich gewisse Vorstellungen *Letzter Wünsche* & andere Bordellfantasieen ich zwar von Anbeginn als sentimentalen Unsinn ausgeschlossen hab, so hätte ich schon 1 Weniges an *Letzter Beachtung* erwarten wolln; 1 Handvoll Erdbeeren zum Beispiel wäre mir willkommen gewesen, 1 Streifen bitterer Schokolade od wenigstens 1 Banane. Vermutlich gibt es hier weder Erdbeeren noch denkt Man hier an Schokolade od Bananen : Sicher hat das Personal alle-Hände-voll-zu-tun mit dem ordnungsgemäßen Ablauf der *Beendigungsprozesse* (:die ?fachgerechte Bezeichnung fürs wunschgemäße Abkratzen). Die modisch=zukunftsorientierte finale Problemlösung – von Zukunft faselt nur, wer keine mehr hat – dominiert den Gesellschaftston noch bis in den letzten Furz. Mein Wille Im-Leben-zu-sein hatte während *Sophias* Nähe zum Ehrgeiz sich zugespitzt; – so stand ich 1 Weile auf Zehen, und jetzt bin ich umgestürzt.

Geschmack nach dreckigen Löffeln aus Aluminium, u nirgendwo 1 Waschbecken mir den Mund auszuspülen. Das muß der Geschmack letztmaliger Ent-Täuschung..... sein. ?Soll ich aufstehn, meine Kleider suchen und 1fach raus&fort. Aber nun bin ich so !weit gekommen, da will ich 1 Mal !keinen Rückzieher machen. Zudem überfällt mich jetzt wirklich Müdigkeit; kaum bin ich noch fähig mich zu rühren. All-1 der Kopf bleibt wach u verhindert den Schlaf –.– Und wie in Zeiten=davor in aberhundert Nächten-ohne-Schlaf kehrt auch jetzt mit öd klappernden Routineschritten jenes Tausenderlei in den Kopf zurück, das ich versäumt habe; das noch hätte getan werden solln, u: nun für=immer ungetan wird bleiben müssen :

– Ein Zeitungsabonnement, ungekündigt. Stoßweise Papier, aus dem Briefkasten kwellend und den Boden im Treppenhaus überschwemmend mit fettigem Schlagzeilengekeif – so wird es nach meinem Tod für eine Weile dort liegen, nachts und während der Dämmerungsstunden bleich wie Spucke als Rotzefladen Öffentlicher-Meinung.....

– Die letzte Stromrechnung ist unbezahlt geblieben. Nach 2 od 3 Mahnungen wird Man mir den Strom abstellen, Leute in Firmenmontur & versehen mit dem Wust offizieller Auftragszettel, die Wichtmienen amtlicher Vollstrecker vor=sich hertragend zur Verrichtung, werden daraufhin die Kabel abklemmen & den Zähler plombieren – !A diese armseligen Schweine werden glauben, jetzt haben SIE mich !kirre gekriegt. (Widerhallend fällt hämisch trockenes Krächzen von den Wänden dieses Raumes – meine Stimme, 1 letztes Gelächter probierend).

– À propos: ?Habe ich da-Heim den Elektroherd ?ausgeschaltet; das Licht ?gelöscht – (& schon, wie in jenen schlaflosen Nächten, will ich aufspringen um nachzusehn – :ich bleib liegen, bleiern die Gewißheit, da-Heim ist verloren für=immer –)

– Die Jahreskarte für die BeVauGeh : Ich hab zu Jahresbeginn für volle 12 Monate bezahlt – nun hab ich an diesen verlotterten Verein ein Gutteil Meinesgeldes !verschenkt..... Lieber mit nem räudigen Hund vom gleichen Teller fressen, als ner Behörde was schenken – (Wütend strampele ich mit den Beinen, das Gummilaken unter mir verrutscht –)

– Geschirrabwasch vergessen. Im Spülstein Töpfe&teller mit Resten Fleisch-Gericht vom Letzten Abendmahl..... Auch den Mülleimer hab ich nicht ausgeleert : Soll er stinken wie n Könixgrab –

– Den Taxifahrer, dem ich 1 nachts begegnet war u der mir seine Geschichte erzählte, daraus ich soviele Geschichten gezogen hab, hatte ich noch einmal aufzufinden versucht, freilich ohne besondere Mühe, also hatte ich ihn niemals wiedergesehn. Dazu hatte mir letztlich die Lust gefehlt : Ich habe nicht viel, ich habe nur zu oft das Immergleiche gesehen, u verfüge nicht über jenes seelig=machende Vergessen von begeisterten Kino&theaterbesuchern, die verklärten Blickes von *!einmaligen Erlebnissen* schwärmen u: nicht merken, daß sie immer die gleichen Filme, immer die gleichen Stücke sehn.– Zudem, dieser Fremde schien mir 1 Nochschwächerer als ich; somit habe ich ihn behandelt, wie Jedermann den Nochschwächeren behandelt: ich habe ihn nicht gesucht, ich habe ihn zu vergessen gesucht. (Ein Brocken wirklicher Pein, von derselben Schwere wie Gram aus zu=spät gekommener Einsicht, den Verstorbenen meiner Familie, besonders Vater=Daheim-auf-dem-Dorf, niemals mit größerer Freundlichkeit begegnet zu sein) –

:!Was für Erwachsenen-Empfindungen, Große-Gefühle, mit dem ie-Kuh passend zu Fleischbraten & Sockenwaschen für unseren Kosmos aus Nützlichkeiten: die Pfeile der Tätigen vom ehrwürdigen Stamm der Appendix-Hominiden: *Hab Rendite im Herzen & Schweinkram im Bauch*: Mitten ausm-Leem gegriffen & platziert ins Herz des All-Tags hin-1. Wir=verstehen=uns=schon, ?gälle: Wir Schnadahüpferln der recht Schaffenheit.....– : Hab mich wieder muntergefaselt; die schöne graumachende Schläfrigkeit ist dahin. Und wälze mich auf dem knarrenden, kwietschenden Lager. –

–Eli – Sa – Bett. – Laut sage ich ihren Namen in den Raum, damit 1 menschlicher Ton dies stumpfe Gehäuse durchdringt; die Silben liegen schwer & bereits fremd auf der Zunge: –!Warum kommst du nicht zu=mir ?zurück. – Und lausche –. Nichts zu hören Hier außer dröhnender Stille. Doch auch Die ist gewiß nur in meinem eigenen=Kopf..... – –

Abermals ist Zeit verstrichen, ich glaube sie zu spüren als ein Gewässer das wie kaltes Spülicht über mich hinwegfließt ohne erkennbare Strömung –. Gewiß sind inzwischen Vielestunden vergangen –:– Niemand, der zu mir an die Pritsche getreten wäre, mir das-Leben, wie das komischerweise heißt, zu nehmen. Noch 1 Witz: ?Wie mir etwas nehmen, was ich niemals ?besaß. ?Lebe ?ich=?wirklich noch. Und hebe meine Hände vor die Augen –: ich sehe, also lebe ich.

Nichts..... ist geschehen. !Solches Nichts: wie gut ich es !kenne. ?Bin ich, & genau wie im-Leben, nun auch im-Sterben ?übergangen worden, ?betrogen & ?vergessen..... : Die Schrift auf dem Zettel an der Tür versicherte Gruppen & Familien bevorzugte Behandlung – :Wie im-Leben also bis in den-Tod ist Der 1zelgänger im Nachteil.....

Noch einmal, unter anderem Blick, denke ich dabei an *Sophia*, an *Elisabeth*. Auch sie hatten – jede für sich – ihre schlanken, geld&gefühls=gierigen Arme nach mir ausgestreckt, und sind – jede für=sich – fortgegangen, als nichts mehr zu holen war; als ich verbrannt war, verglüht & im-Ende. Diese Art Mensch ists immer gewesen, die mir begegnet ist, u: sollten darunter Anderemenschen gewesen sein, so hatte ich sie nicht bemerkt od sie hatten sich=selbst wohlweislich in der Tarnung gehalten.– Doch zumindest *Sophia* hat mir niemals etwas

Anderes vorgemacht. Selbst vorhin – ?wie lange mag Das her sein –, in jenen Letzten-Momenten bevor sie diesen Raum u mich für=immer verließ, hat sie mir keine falsche Trauer, keine schmierige Abschiedsszene gespielt; sie ist von mir gegangen mit derselben Sachlichkeit, mit der sie vor-Wielangerzeit an einem Frühlingsmorgen ins Zimmer & zumir gekommen war, ihr Atem schmeckte heiß u hatte 1 winziges Arom von Wein –. Diese Frau war die Eine Ausnahme. – ?*Elisabeth*. Schon verblassend ihr Bild –.

Ansonsten waren mir die vulgären Fressernaturen Gesellschaft, Diebe & Betrüger – Männer wie Frauen –, die ihre Treulosigkeiten & Lügnerein so fein & dicht verstreuten wie Glasstaub, von Zugluft in die Augen getrieben, in die Netzhaut und ins Innerste dringend, & mit windsigen messerscharfen Partikeln langsam, beinah unmerklich das Herz zerschneidend, bis es aussieht wie der Lederhandschuh eines abgetakelten Straßenboxers. *Wa-bump Wa-bump* – die Schatten boxen mit dem Rhythmus ihrer eigenen Lügen. Schon die Neugebornen sind nicht unzerschlagen, auch sie die immer bereits zu alt-Gebornen, die Ohren zu Fallgruben & die Mäuler voll grobgiftiger Worte; jedes 1zelne, weil sie nicht töten können, soll unheilbar verwunden.....

Das Vermögen zu sterben dagegen ist Das Erhabenste Fest, Der Größte Sieg, den 1=Jedermensch über all die Scheußlichkeiten & Scheusale im Leben erringen kann. Somit ist jedes Menschen Leben im-Ende des-Lebens von !Triumf gekrönt –.–

Dagegen die Anstalt zur finalen Problemlösung – nicht allein um das Leben, sondern auch um den Triumf im Sterben wollen Die=hier jeden bringen, der so blöd ist auf ihr *Einmaliges Angebot* reinzufallen. !Dazu all diese Formulare = all diese Messer Sägen Bohrer Zangen..... SIE operieren noch bis in die Letzteminute aus Aller Fleisch jegliches Quäntchen Glück heraus. : Auch dieses *Einmalige Angebot* ist ein riesengroßer !Schwindel. Das *1fache Sterbenkönnen* Nichts als teuer bezahlter Humbug – 1 von vielen in der langen u langweiligen Kette, dadran das-geschäftige-Leben..... Menschen gefesselt hält.

Doch dann, u !zwingender als dieser, stürzt ein ganz=anderer Verdacht als flammende Ein-Sicht in mein Gehirn, verbrennt sekundenschnell das bislang gehütete 1vernehmen mit Diesemtag & Dieserstunde: das *Einmalige Angebot*, dieses als Hauptkasse getarnte, scheinbare Krankenhaus mitsamt seinem Sterbe-Zimmer & *Sophia*, der vermeintlichen Krankenschwester –: Alles lediglich Einfälle dieser beiden Frauen, mich auf den Weg !end=gültigen Erwachsenseins zu werfen.

Sie haben beide – weder *Elisabeth* noch *Sophia* – in Allenjahren=zuvor keine Gelegenheit ausgelassen, mich *erziehen* zu wolln, jede auf die ihr=eigene Art, umsonst. Effektlos glitten all-jene von ihnen als verlockend gemeinten, ausgebreiteten Angebote zum Erwachsen-Sein an mir ab: der Große Liebhaber, die Segnungen-des-Familien=Lebens, Kinder=groß-ziehen, Erfolg-im-Beruf strategisch organisieren, dem-Glück-einen-Namen-geben : Und als ich 1-ums-Anderemal darüber die Bemerkung machte, ob sie ihr Leben wie 1 Werbe=Spott für die Bausparkasse betrachteten, schien besonders *Elisabeth* oftmals, angesichts ihrer gescheiterten Versuche, zu verzweifeln. Tränen, und dann ließ sie sich scheiden. Sie trennte mich von ihr, wie man von einem langsam bösartig werdenden Geschwür sich trennt mit 1 scharfen Schnitt.

So erschien mir Das bis=!jetzt, bis zu=!Diesemmoment.

Und muß dagegen nun mit aller Schonungslosigkeit erkennen, ich habe *Elisabeth* & *Sophia* nicht nur !mißdeutet; vor=allem habe ich sowohl die Weite als auch die Ernsthaftigkeit & Unerbittlichkeit ihrer Vorhaben !unterschätzt, aus 1 Halbenkind das nahtlos vom Kind- ins Altsein überzuwexeln drohte, einen Erwachsenen Mann voll Erwachsenen=Ernst & durchdrungen von Ernsthaften Mannes-Gedanken zu erschaffen. !Deshalb hatten die beiden Frauen ihr Bündnis geschlossen mit der Absicht, mich zurückzuführen Dorthin woher ich gekommen war: zu DES-NORM=GERECHTEN-MENSCHEN Normaler-Ehe – mit *Elisabeth*, aus dem Willen heraus, ihre verbleibende Lebenszeit an 1 Dummenjungen nicht vergeuden zu wollen. Die Erscheinung des-Mannes neben einer Frau ist Spiegel für den Stolz der-Frau; oft genug ist dieser Spiegel blind.....–

So hab ich zwar mit Allem, nur nicht mit der List zweier Frauen gerechnet, herrührend aus deren unbesiegbarem Tatsachen=Sinn : Sie=Beide haben diese=Komödie für mein Sterbe-Theater erfunden & inszeniert.– Jetzt auch fällt mir ein, daß ich jene angebliche Zeitungsannonce, darin das *Einmalige Angebot* zum *1fachen Sterben* ausgeschrieben sein soll, !niemals selbst gelesen hab; allein *Elisabeth* hat sie mir vorgelesen. (Meine strikte Weigerung, trotz des Abonnements, Zeitungen jemals wieder in die Hand zu nehmen, mochten ihr Idee & Gelegenheit zu solch absurder Komödie geboten haben.) : !So, genau!so muß Alles gekommen sein –.– Nun also bin ich Hier auf der Bühne im Theater-des-Mannes, ohne Publikum, als Erwachsener erwachsene Gedanken treidelnd den Strom meiner restlichen Zeit hinauf – : – Unerwachsen in Redlichkeit zu leben war mir nicht vergönnt; unredlich als Erwachsener zu sterben ebensowenig. WAS SOLL JETZT AUS MIR WERDEN – –

Mit !Einemschlag wieder zurück im Wachsein, richte ich den Oberkörper auf, laut hallend meine Stimme im Raum: –Ich hielt Sterben für 1fach. Aber ich sehe es genauso verdorben wie alles-Leben. Genau wie Leben ist auch Sterben ohne jede Würde nichts als 1 schäbige Angelegenheit. Auch zum-Sterben zieht Man die Fäden der Überwachung & den-Gehorsamen das Geld aus der Tasche. Die Aasgeier lassen immer 1 Rest, damit der nachwachse für künftiges Herausreißen. Eines aber erhält niemand=nirgendwo: Das Fest zum eigenen Tod. Dem Leben wie Dem Sterben tritt von-Allenseiten DER GEPANZERTE WIDERSTAND entgegen.

Die Türen zu dem hohen stillen Saal bleiben verschlossen, das Erscheinen Fremder hier dürfte nicht zu erwarten sein. *Das einmalige Angebot*: sein Todesfest !nicht erschachern & !nicht sich schenken lassen. Ich=meine-Waffe, Ich=mein-Krieger in der Schlacht um die eigene Würde : Ich=allein muß Jetzt & Hier entscheiden:

Leben – 1 Schattens Dauer, u: darin die frühen Träume – !o nichts von Ikarus mit verbesserten Flügeln aus Aluminium, niemals höchste Türme & Berge die zu erklettern reizten, !keine verdächtigen Höhlen & Grotten voller Schätze od All-Macht aus Sternenstaub, !nichts von Menschenfresserei in der Liebe –; Schatten war mir stets die angenehmste Klimazone –; u dennoch, die Träume waren rot wie das Blut jung u die Haut noch ohne Runzeln – der Träume ausgestreckte Hände ohne Zittern fest, überm Handgelenk unter der Haut pulsend 1 blaue Ader. Leben's Zeit aber hat sich drin verbissen & Stücke rausgefetzt, Wundbrand: Kleinlichkeiten & Ärgernisse Verbohrtheit Wissens-Hamsterei; man krepiert nicht dran,

S. 217, Genie-aus-dem-Wald od Zur Genese des eigen-Sinns:
Bertolt Brecht: »*Die Lebenskunst Baals teilt das Geschick aller andern Künste im Kapitalismus: sie wird befehdet.*« – ?Wer aber ist Der Kapitalismus : ?Hatten die Bauarbeiter des siebentorigen Theben in selbstgewollter Unmündigkeit ?nicht *ihre* Könige; die makedonischen Söldner ?nicht *ihren* Alexander, der römische Koch ?nicht *seinen* Zäsar – & allen alle Dezennien ein Großermann. Volk ist immer tümlich, sonst hätten Diktatoren niemals 1 Chance. – ?Wer also trägt Den Kapitalismus: die-Kleinenleute. Die zahlen aus selbstgewählter Hörigkeit den-Großenleuten & sind immer zur-Stelle, wann&wo sie von den-Großen gebraucht werden. Zudem der Grad an Befehdung noch sich steigern läßt, sobald die Maßnahmen der-Fehde zu Ritualen der-Ehrung werden.

aber die Glut in den Adern kehrt allmählich zu Asche über Zwölfjahre-hinweg. Da saß ich, all-1 mit einer Frau, in 1 Familie Ohnekind, erst Quartalssäufer dann Spiegel-Trinker, streit=süchtig & kleinlich wie der eigene Mißerfolg. Träume blieben noch immer, aber Träume ohne buntes Gefieder, dickes Blut & dicke Hüften, im Mund noch das Herz-aufge-Trumpfe aus Frühenjahren, Parolen voller eigen-Sinn, schlagfertig & schlagbegierig ausgeteilt noch immer, aber Gebell aus 1 Maul voll Besserwisserei ohne Jugendlichkeit ohne den Wildgeruch von jungem Tier, daher völlig ohne Reiz, kein Hauch von Glut, nur Atem noch aus schlaflosen Nächten. Die Fehler im Alter werden so unverzeihlich, wie das-Alter selbst. Und immer noch: der Träume ausgestreckte Hände – überm Handgelenk unter der Haut pulsend 1 blaue Ader, die eigenen Augen starren drauf verständnislos: *!Das sollen ?meine Hände sein, – aber !ich bin doch erst Mitte 20.* – Sterben – die Lebensjahre & die Zeit. Und wenn sie zunahekommen, kann man sie wegwischen aus den Augen – von Lidschlag zu Lidschlag in 1 nur mäßig eindrucksvollen Traum. Aber er ist der 1zige den ich habe. Also will ich ihn weiterträumen –, und bin ein Mal über die Schattenzone gesprungen mit dem Rücken=voran zu einer Frau auf den Steingrund Berlin, Schimäre meiner=selbst habe ich strauchelnd die Balance gesucht –,– u: habe bekommen was zu=mir gehört.– Klar u hart brennt das Licht aus eigener Entschlossenheit.

S. 486 Freak Waves. Jähe Wut →:
»Als Gegenstück zu den Regierungskünsten, gleichzeitig ihre Partnerin und ihre Widersacherin, als Weise, ihnen zu mißtrauen, sie abzulehnen, sie zu begrenzen und sie auf ihr Maß zurückzuführen, sie zu transformieren, ihnen zu entwischen oder sie immerhin zu verschieben zu suchen, als Posten zu ihrer Hinhaltung und doch auch als Linie der Entfaltung der Regierungskünste ist damals in Europa eine Kulturform entstanden, eine moralische und politische Haltung, eine Denkungsart, welche ich nenne: die Kunst, nicht regiert zu werden…«
Michel Foucault, *»Was ist Kritik?«*

Während des Umherwälzens muß das im Rücken zugeknöpfte Hemd sich geöffnet haben. Das Gummilaken über der Pritsche macht 1 leises, zischendes Geräusch, als beim Aufstehen die warme Haut meines Körpers vom kalten leblosen Grund sich löst – –

Sommer 2004

Zuerst in den Handflächen, dann im Bereich der Stirn und sogleich im gesamten übrigen Körper das Gefühl der festen Berührung mit einem großen Anderenwesen – kein Schmerz – ein seltsames Strömungsgemisch aus Ruhe u Kraft durchdringt mit elektrisierender Wärme jede 1zelne Nervenfaser im Leib, als wäre die Verbindung mit Fleisch u Wäldern einer-Anderen Erde neu geknüpft. Am Waldrand das Bild der Chamaerops im prachtvollen Gefiederschmuck, hellgrün u sommersatt leuchtend, die Palmblätter raschelnd im Wind –.

Aus diesem Geräusch beugen sich zwei Stimmen leise zu mir herab; 1 dunkle Haarsträhne vor meinem Gesicht, wie der Schatten 1 Messers Schneide das Blickfeld teilend. Am Kopfende auf dem Nachttischchen eine Vase, daraus in hellen Farben erblühend ein Fächer Blumen, wie man sie zu Besuchszeiten mitbringt ins-Krankenhaus. Daneben, auf weißer Serviette abgelegt, 1 rotes Halmafigürchen, das zuletzt übriggebliebene, das seit Früherzeit mich begleitet hat, abgeschabt & zerkratzt die Oberfläche an diesem kleinen kindlichen Holz – da liegt er: *mein innerer Leib.*

–Deine Operation ist gut verlaufen. – Höre ich die Stimme einer Frau. Und die einer anderen: –?Wie geht es dir ?Heute. ?Hast du im Kopf noch ?Schmerzen. – Die bekannten Stimmen zweier Frauen. Sie halten ihre Gesichter über mich.

Meine eigene Stimme, laut: –Ich spüre so viele neue Kräfte in=mir.

–Das ist gut. Und jetzt wird Alles nicht mehr lange dauern. Du wirst aus dem Altenleben & Milieu dich be!wußt & !endgültig herauslösen, und Hier=in-Berlin – aber in vollkommen anderer Umgebung mit anderen Menschen unter neuen Lebensbedingungen – deinen neuen Anfang finden. ?Freust du dich.

Als läge eine besondere Helligkeit um diese beiden eng neben1ander stehenden Frauengestalten, schauen ihre Gesichter auf mich herab.

–Achübrigens, – höre ich Sophias leicht hinsprechende Stimme: –Du brauchst dir keine Sorgen zu machen: die Gerichtskosten für beide Verfahren, den Klinikaufenthalt=hier hat der Rein, – hat Meinmann bezahlt. Übrigens auch deine !Operation. Er hat in dir immer Den Unbekannten Freund gesehn.

–?Meine Ope-Ration. –

–Ja: !Erinnerst du dich denn an ?Garnichts. – Sophia tritt noch 1 Mal vor mein Bett. –Mit dem 1. Prozeß deine Verurteilung: mehrfacher Totschlag-im-Affekt: Die Zahl der Jahre=Haft, zu der du verurteilt wurdest, die kannst du gewiß !nicht vergessen haben. – Sie forscht in meinem Gesicht; fortfahrend: –Dann bei 1 medizinischen Untersuchung die Diagnose: Cerebraltumor, im frühen Stadium. Sagte Man. Sofort hat Meinmann sich mit deinem Anwalt beraten; – der ging mit dem Prozeß in-Revision. Und für die Wiederaufnahme bei der neuen Verhandlung meinte 1 neubestellter medizinischer Gutachter, deine Tumorerkrankung – beim 1. Prozeß noch unbekannt – ließe all=deine vorhergehenden Taten jetzt in völlig anderem Licht erscheinen & Das müsse unbedingt als straf!mildernd berücksichtigt werden. Denn allein infolge !dieses Tumors, so erklärte er Dem Gericht, konntest du über-Haupt –

?!Was ist mit dieser !Ope-Ration. –

–Du erinnerst dich !wirklich ?nicht. – Sophia beugt sich zu mir herab & betrachtet mich (wie mir scheint) mit leicht ungehaltener Miene, als wolle sie sagen: *Aber !Das hatten wir dochnunwirklich lang&breit besprochen.* –Ich habe dir damals beim Ausfüllen Der Formulare geholfen, Deinem Einverständnis für die Trepa-Nation zur Entfernung des Tumors. – Versucht sie erneut meine Erinnerung. –Du warst sogar zornig, weil du mit den Formularen nicht zurechtkamst. – Dies sagt sie nun versonnen lächelnd wie beim Gedanken an ein Urlaubserlebnis, weit zurückliegend u kurios. Sie bringt ihr Gesicht näher an meins –, beugt sich tiefer und tiefer herab –, bis ihr Schatten über mir liegt.

–Du wirst schonbald von Dem Eingriff genesen sein; und auch nach deinem 2. Prozeß wird Man dich wohl kaum für=ewig im Gefängnis behalten. – Sie versucht 1 Lachen. –Dann kommst du nach-Hause=zuuns. Wir, Elisabeth & ich, wir werden dir sogar den passenden Rollstuhl aussuchen. Du wirst wieder Eine Bleibe haben. ?Freust du dich. –

Ich schaue hinauf in dieses so Langezeit vermißte Gesicht. Und sehe es an – und schaue in es hinein –, in ein Gesicht, das ich trinken möchte –.– Dann erinnere ich mich: An den Tag als ich diese Frau zum ersten Mal sah, damals in Hamburg in ihrem hellen geschlechtslos wirkenden Praxisraum. Und erinnere meinen ersten Eindruck von dieser Frau, und freue mich nun, daß dieser Eindruck seinerzeit nicht getrogen hat: *In diesem Leib wohnt nur diese Eine Frau.*

–Ja. Ich erinnere mich. – Höre ich mich sagen. Und lauter: –Ich bin glücklich. –:Sofort eilen Ärzte herbei.

Die beiden Frauen, Arm-in-Arm, geschmeidig wenden sie sich nun ein=ander zu, flüchtig die Lippen küssend; sie scheinen seit Langerzeit gut mitein=ander vertraut. Unbekümmert lachend u plaudernd wie beim Spaziergang eine Promenade unter schattigen Linden entlang gehen sie, sichtlich erleichtert über meine Antwort, an den umherhuschenden Ärzten vorüber, zur Tür. Von dort=her der Rest 1 Satzes, der, zwischen den beiden Frauenmündern schwebend, zu mir herüberdringt: –glücklich – (höre ich sagen, und:) –beinahe schon 1 vollkommenes Kind.

Liegend schaue ich den beiden Frauen hinterher. Von ihnen für 1ige Momente noch zweierlei Aromen – süß u herb, heimatlich –, und der Haut ihrer bloßen Arme entströmen Düfte nach frischen grünen Äpfeln. Verwehend der mitsamt dem Stoff ihrer luftigen Kleider hinaus durch die sich wieder schließende Tür, – so spurenlos leicht wie Farbensprenkel aus einem Prismenglas. Der Duft der Frauen –, u: vom-Mensch bleibt weniger als 1 Schatten.

Jetzt müssen sie schon weit=fort sein – so weit, daß sie von mir Nichts mehr verlangen. Also könnte ich mein Verlangen nach ihnen zu neuem Brand entfachen : *Hinaus, kleine Flamme – die Stürme=draußen ein weites großes Feuer* – Liebe auf den letzten Blick. Ein Starker findet einen Stärkeren, ein Anderer einen Anderen. Denn seinen Wünschen kann Niemand entgehn. Und alles Licht-ringsum ist klar, weiß u festgefügt wie ein Kastell. (Darin geborgen auch mein Größter Wunsch – kein Skalpell hat Ihn gefunden; nach der Operation bleibt Er mir als Phantom Lust=unwiederholbar. Aber ich werde mich zeit=lebens !Daran erinnern: Ich habe ihn ein Mal gehört DEN SCHREI 1 Menschen, kurz bevor das Leben ihn verließ durch meine Hand, Damals nach meinem Lauf durch die-Stadt voller Brand & Messer, fort in die Wälder –. Plötzlich war er da u in meinem Weg: 1 Spaziergänger, 1 Unbekannter. Zahle der für=Alles.....: Ich habe ihn niedergeworfen, zerschlagen, aufgeschlitzt, ausgeweidet – daraus DER SCHREI 1 Menschen, scharf u schrill, wie 1 Stichflamme dem Rachen entfahrend – hoch hinaus – in Schmerz u Unschuld so stark u weiß wie das Licht. !Wie schön, jemanden zu töten, dem der Verlust des-Lebens EINEN SCHREI wert ist. Ich habe IHN gehört : Mein Größter Wunsch ist in Erfüllung gegangen.) Und so sage ich es noch einmal, leise für=mich, aus tiefster Überzeugung:

–Ich bin glücklich.

Exit Existenz

Spätherbst 2004

Wer schreibt, kann nicht töten. Mein Manuskript ist mein Alibi. Ich beließ mich Namenlos. ?Wozu Namen, wenn das Ich unauffindbar geworden; die Scheinwerfer des Verdachts werden andere fassen.

Im Postamt das Paket mit dem fertigen Manuskript abgegeben. Vermutlich am Nächstentag wird es den Verlag erreichen. (*Mare Vanitatum*, 1 spezielle Region hinter dem Mond, und Jedesbuch 1 Buch=mehr im Meer aller Vergeblichkeiten.) Die Wut im Kopf habe ich in Worte gefaßt – *jedes Wort verwundet, das letzte tötet.* Und ich habe meine Wörter, die Toten, begraben zwischen Papier in einem Buch. Sie kommen nicht wieder.

Die Treppenstufen vor dem Hauptportal des hohen Postgebäudes wieder hinab, die Schritte mit Steinklang führen ins Rumoren der Groß-Stadt zurück. Ruhend im Spätoktober die Stunde –, an den Bäumen die Äste nach den letzten Stürmen kahl. Ein Tag ohne Sonne im schönen hirngrauen Licht. Und Nichts kann den Schreiber daran hindern für=sich=selbst zu siegen, soviel solange soweit –, bis sein Sieg die Spuren verrät, die zurückführen dorthin wo Geschriebenes Verbrechen bezeugt. (Schwer das Gewicht, mit dem die Pistole & die Schachtel Munition in der Jackentasche beim Lauf gegen die Hüfte schlägt.)

Weitundbreit werden keine Menschen bleiben u keine Geschichten, die nach mir greifen und mich schrecken können.

S. 11, Intro Szene →:
Menschen u Geschichten –: ohne je Freund zu sein, waren sie mir Schrecken lange=genug. Heut kenne ich Die Zahl, wieviele Abschiede Täuschungen Ent-Täuschungen, allsamt gehäuft zur Jahrzehnte=hohen Lebenshalde, ich hab ertragen können im Countdown von eigener Leben's Zeit. Dann !Der-Moment: die Eine Leuchtziffer im-Innern rot gellend der Aus=Ruf !GENUG. ES !REICHT.

Und schreite Danach..... kräftig aus und gehe befreit in meine Landschaft hinein.

Anmerkungen

*Zum Gebrauch der **Links** in den Texten.*

Zweierlei Link-Arten sind anzutreffen. Beispielsweise findet sich in ***Schmutzige Menschen*** auf der Seite 30 bei der unterstrichenen Passage Mietpreise in Wucherhöhen hinauftrieb das erste Link mit dem in einen Rahmen gesetzten zugehörigen Text: ***»S. 144, Zwangsvollstreckung & Die Vollendung der Natur:«***.

Dieser Hinweis gilt somit dem auf der Seite 144 beginnenden Text ***Zwangsvollstreckung & Die Vollendung der Natur***.

Im Gegensatz dazu ein anderes Link auf der Seite 37. Dort findet sich bei der unterstrichenen Passage *der Falsche.....* im Rahmen die Hinweiszeile: ***»S. 207, Bittere Neige →:«***.

Durch den Pfeil → wird nicht auf den Anfang, sondern auf eine spätere Passage auf der Seite 207 dieses Textes verwiesen. Dort markiert am linken Rand der Pfeil → den Beginn des empfohlenen Leseeinsatzes.

10 Ihre Welt ein Lazarett & jeder des anderen humaner Kranken-Pfleger. : Anspielung auf Goethe; »Italienische Reise«: »Auch muß ich selbst sagen, halt ich es für wahr, daß die Humanität endlich siegen wird, nur fürcht ich, daß zu gleicher Zeit die Welt ein großes Hospital und einer des andern humaner Krankenwärter sein werde.«

39 Baudelaire, Charles; »Die Blumen des Bösen«, übers. v. Friedhelm Kemp, S. Fischer Verlag, 1966

58 Flaubert, Gustave; »Lehrjahre des Herzens«, übers. v. Walter Widmer, Artemis & Winkler, 1996

83 Baudrillard, Jean; »Der Geist des Terrorismus«, hrsg. v. Peter Engelmann, Passagen Verlag Wien, 2002

98 Gallimatthias od. galimatias (frz.): verworrenes Gerede, Wortverkehrung, verwirrtes Geschwätz, Unsinn

173 Flusser, Vilém; »Die Geschichte des Teufels«, hrsg. v. Andreas Müller-Pohle, European Photography Göttingen, 1996

175 Frese, Jürgen; »›Bewußtsein als Verhängnis‹, Alfred Seidels Bedeutung für fortwirkende Soziologische Theoriebildungen der 20er Jahre«, in: Etappe 16, Bonn, 2001/2002

217 vgl. Schiller; »Die Räuber«, I,1; in: Sämtliche Werke in zehn Bänden, Berliner Ausgabe, Band 2, Aufbau-Verlag Berlin und Weimar 1981

249 Flaubert, Gustave; »Bouvard und Pécuchet«, übers. v. Thomas Dobberkau, Rütten & Loening Berlin, 1980

353 vgl. Schiller; »Die Räuber«, a.a.O.

267 Stendhal; »Rot und Schwarz«, übers. v. Elisabeth Edl, Carl Hanser Verlag München, 2004

268 Rabenmilch: Anspielung auf I. Buch d. Könige, 17,3-6: (Gott zu Elia) *»Geh weg von hier und wende dich nach Osten und verbirg dich am Bach Krith, der zum Jordan fließt. / Und du sollst aus dem Bach trinken, und ich habe den Raben geboten, daß sie dich dort versorgen sollen. / Er aber ging hin und tat nach dem Wort des HERRN und setzte sich nieder am Bach Krith, der zum Jordan fließt. / Und die Raben brachten ihm Brot und Fleisch des Morgens und des Abends, und er trank aus dem Bach.«* Darin fließt zwar nur Wasser, doch den volkstümlichen Vorstellungen vom Paradies gemäß fließen in Bächen Milch und Honig.

283 Benjamin, Walter; »Die Zeitung«, in: »Medienästhetische Schriften«, Suhrkamp Verlag Frankfurt am Main, TBW 1601, 2002

301 Goethe an Riemer (1827): »Der Geist des Wirklichen ist das wahre Ideelle.«

332 Mann, Heinrich; »Kobes«, Aufbau-Verlag Berlin und Weimar, 1971

347f. Plessner, Helmuth; »Grenzen der Gemeinschaft. Eine Kritik des sozialen Radikalismus«, Suhrkamp Verlag Frankfurt am Main, TBW 1540, 2001

393 2. Newtonsches Axiom: Das dynam. Gundgesetz. Wirkt auf einen Körper der Masse m eine Kraft F, so erfährt er eine Beschleunigung a in Richtung von F, wobei F = m a.

418 Auden, Wystan Hugh; »The Wanderer«, Nachdichtung v. A. Claes/E.Lohner, in: »Glück mit dem kommenden Tag«; Verlag Volk und Welt Berlin, 1978

442 Mann, Heinrich; a.a.O.

453 Mann, Heinrich; »Der Unbekannte«; ebda.

458 brak (russ.): sowohl »Ehe« als auch »Ausschußware«

trjápka (russ.): »Schlappschwanz«, »Feigling«

460 »Keine goldenen Träume, keine milden Aussichten«; vgl. »Der alte Moor: Oh – meine Aussichten! Meine goldenen Träume!« in Schiller; »Die Räuber«, I,1, S. 33

491 Die Formulierung der zeitabhängigen Schrödinger-Gleichung in *»Freak Waves. Jähe Wut«* entstammt einem Internet-Eintrag von Simone Schönbach, TU Berlin, vom 15.12.2000.– Die stationäre Wellengleichung nach Schrödinger vgl. www.physik.uni-siegen.de

493 Den Begriff *Telematik* im gleichen Text sowie einige Anregungen zum Thema verdanke ich den Schriften von Vilém Flusser in »Medienkultur«, Fischer Taschenbuch, 2002^3.

518 Müller, Heiner; »Stücke«, Henschel Verlag Berlin, 1975

523 Kracauer, Siegfried; »Das Ornament der Masse«, Suhrkamp Verlag Frankfurt am Main, 1963

535 Foucault, Michel; »Was ist Kritik?«, übers. v. Walter Seitter, Merve Verlag Berlin, 1992